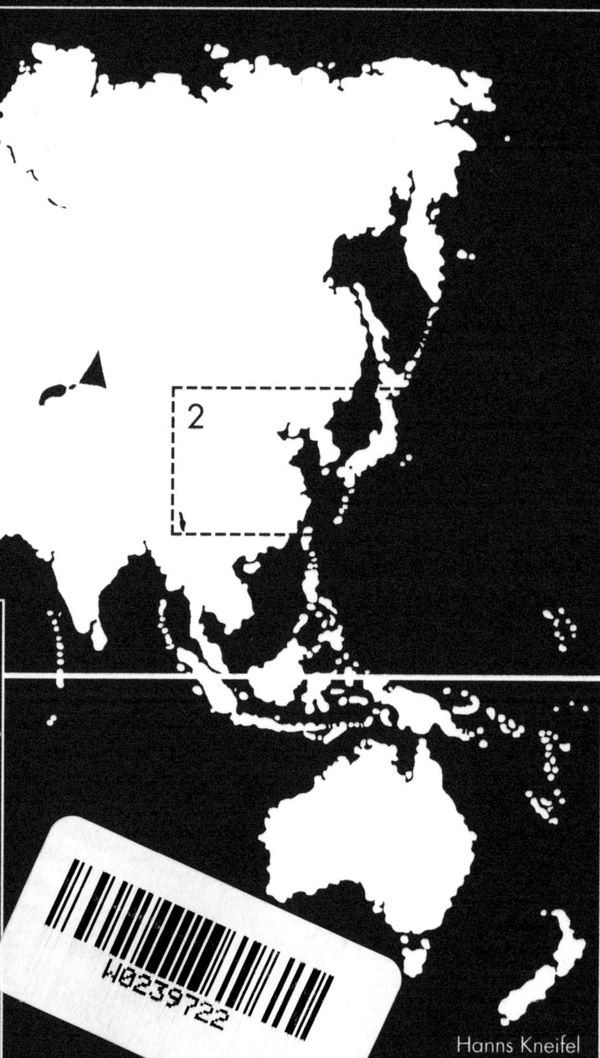

ayas

Um 731 n. Chr. sta[...]sich im Land der Maya zwei große Staatenbunde (Calakmul und Tikal) gegenüber. Dieses Macht-Gleichgewicht hielt das Land stabil, bis Tikal, übermächtig geworden, das riesige Gebiet nicht mehr beherrschen konnte.

Perry Rhodan

Atlan

Ritter von Arkon

von

Hanns Kneifel

MOEWIG

Redaktion: Klaus N. Frick
Titelillustration: Rüdiger W. Wick
Druck und Bindung: Ebner Ulm
Printed in Germany 1996
ISBN 3-8118-1507-5

Vorwort

Professor Cyr Aescunnar, der Chronist des Arkoniden Atlan, würde wahrscheinlich schreiben: Das achte Kapitel der ANNALEN DER MENSCHHEIT, geschildert von Kristallprinz Atlan, dem Einsamen der Zeit, umfaßt den Zeitraum zwischen etwa 70 und 453/54 n. Chr. Die Kapitelüberschriften könnten etwa lauten: Zusammengestellt aus Atlans Abenteuern in den PERRY RHODAN-Taschenbüchern *Hüter des Planeten,* Atlan-Zeitabenteuer im Taschenbuch 266, geschrieben 1984; *Stern der Astarte,* Taschenbuch 271 von 1985; *Fürsten des Chaos,* Taschenbuch 276, geschrieben 1985; das »Burgunderkapitel« aus *Novellen der Sterne und Kämpfe,* Taschenbuch 282 von 1986; *Feldzug der Mörder,* Atlan-Zeitabenteuer im Taschenbuch 86, geschrieben 1971.

Der interessierte Leser und Liebhaber der Atlan-Zeitabenteuer weiß, daß der uralte Arkonide sich zu zwei zeitlich getrennten Anlässen an seine Erlebnisse unter den Barbaren von Larsaf III – unseren fernen Vorfahren auf Terra – erinnerte: Rund einige Dutzend Male führten plötzliche Erlebnisse, eindrucksstarke Bilder oder andere äußere Zwänge zur provozierten Erinnerung und deren Schilderung, und die NEI-Phase nach dem Desaster auf dem untergehenden Planeten KARTHAGO II, wo Atlan so schwer verletzt wurde, daß er monatelang an der Schwelle des Todes stand und seine Erinnerungen in chronologischer Reihenfolge schildern mußte, um – unbewußt – durch die Katharsis seinen Verstand und die Wirkung des Extrasinns zu retten. Während dieser mehr oder weniger pausenlosen Preisgabe von Geschehnissen in ferner Vergangenheit berichtet der Arkonide im Heilschlaf auch ein zweites Mal, meist genauer, über jene Erlebnisse, die seinerzeit bereits dokumentiert worden waren; seine letzte Erinnerung wird wohl jene sein, in der er mit Perry Rhodan zusammentrifft.

Die achttausend Jahre bis zur Zeitenwende – von der Atlan nichts ahnen kann – sind vorbei. Im Gegensatz zu uns, Chronist und Leser, weiß der Gefangene der Zeit nicht, was ihn noch erwartet: ob er fremden Raumfahrern nachjagen oder den seltsamen, gefährlichen Befehlen von ES gehorchen muß. Warum trägt er den Zellaktivator wieder auf der Brust und nicht unter der Haut? Ein, zwei Dinge weiß Atlan nun genau: Er hat ein kleines Raumschiff, mit dem er die anderen Planeten des Larsaf-Sonnensystems anfliegen kann, und er hat einen Hypersender, der ihn in die Lage versetzt, mit dem »Venuskommandanten« zu sprechen und ihn anzuweisen, die Arkonflotte herbeizurufen. Dieser Besitz bürdet ihm eine zusätzliche Verantwortung auf, und er wird sich ständig fragen, ob er die Evolution von Zivilisation und Kultur den Barbaren überläßt oder den Planeten abermals kolonisieren soll; im ersten Jahrtausend nach der Zeitenwende, in Kulturen, die viele seiner Erfindungen und Denkanstöße aufgegriffen und so zu Teilen der Entwicklung gemacht haben. Spätestens Attilas Hunnen aber haben ihm gezeigt, daß es offensichtlich zu wenig Land für zu viele Menschen gibt. Er weiß, daß die Zeit des Faustkeils als einziger Waffe vorbei ist. Auch seine Erfindungen werden dazu beitragen, daß sich mehr Barbaren mit weiter fortgeschrittenen Methoden vom Leben zum Tod bringen können.

Trotz dieser Aussichten schläft Kristallprinz Atlan tief und ruhig: Wie ihm die unbeschwerten Tage in Burgund gezeigt hatten, gibt es in der Welt der Barbaren auch unproblematische Zeiten. Tage und Nächte der Minne, Saitenklang und edler Wein, lange Gespräche mit klugen Freunden und die Ausrüstung des Schutzzylinders, die ihm jederzeit Besuche auf einsamen südlichen Inseln ermöglicht, wo er die Wärme der Sonne Arkons wiederzufinden glaubt. Trotz aller statistisch wahrscheinlichen Rückschläge, Gefahren und Aufregungen, die der erstaunliche Roboter Rico zu dokumentieren versucht, bleibt Larsaf III, also Terra, ein herrlicher, reicher Planet. Atlan, Paladin der Menschheit, Hüter des Planeten, wird seine Barbaren nicht im Stich lassen und weiterhin versuchen, sich dabei wohl zu fühlen. Der Dank des Chronisten, der leider mit Rico nicht in Verbindung steht, geht wie stets an Rainer Castor, den unbestechlich Nachrechnenden, und an Lektor Klaus N. Frick, der die ANNALEN DER MENSCHHEIT mit den Augen des Sukhr-Falken kontrolliert und Schaden von ihnen abwendet.

Herbst 1995 — Hanns Kneifel

Prolog

Der Schrecken galoppierte durch die kalte Nacht. Hinter dem Hügel erschien zuckende Helligkeit. Schreie und Hufschlag vieler galoppierender Pferde wurden lauter. Knallende Peitschen, schleifend rasselnde Bronzefelgen auf Sand und Stein, keuchende Pferde und die vielfältigen Geräusche von Sattelzeug, Rüstungen und Waffen vereinigten sich zu einem malmenden langgezogenen Laut, der die Ohren marterte und jeden, der zusah und zuhörte, vor Entsetzen erstarren ließ. Die Reiter auf schwitzenden Pferden, deren Fell und Atem dampften, trugen große Fakkeln. Funkensprühende Flammen knatterten waagrecht, der weiße, graudurchwölkte Rauch hüllte die Reiter, die drei Wagen und die Nachhut ein; es war, als kröche ein Drache auf tausend Krallenfüßen schnell über den Hügel und weiter durch die Nacht.

»Wir reiten auf der Straße zur Unsterblichkeit!« schrie ein Reiter. Sein Nebenmann, der im Sattel des gedrungenen Pferdes stand, über und über von weißen Flocken bedeckt, rief, schrill lachend:

»Der Himmel wird einstürzen, die Erde wird beben!«

»Macht Platz für Kaiser Ch'in Shih Huang-ti!«

Die Straße unter dem mondlosen, sternklirrenden Winterhimmel war leer; niemand wagte sich aus den Hütten. Auf den Gräsern und den blattlosen Bäumen und Maulbeerbüschen lag Rauhreif. Im zuckenden Licht der Fackeln funkelten die Gewächse Augenblicke lang auf, wie Knochen oder die Gerippe von Wesen aus jener Welt, die Shih Huang-ti suchte.

Die Große Mauer war errichtet, die sechs Königreiche geeinigt, alle Schriften verbrannt, die Mutter des Einzigen Kaisers wegen bestialischer Ausschweifungen in die Verbannung geschickt. Nicht einmal die Männer der Palastgarde durften über den Tod sprechen, auch wenn sie ihn dutzendfach austeilten auf ihren Ritten auf der Suche nach dem Trank der Unsterblichkeit.

Weit voraus, zwischen kahlen Hügeln, leuchtete ein einsames Licht auf dem Turm der Grenzfestung. Der rasselnde, feurige, rauchende Schreckdrache bewegte sich auf der Straße weiter, an Feldern und Weiden vorbei, entlang der Kanäle, in deren Wasser sich die Sterne spiegelten, und über zierliche Brücken.

Ein Rabenvogel hüpfte flügelschlagend aus dem Schwarm hinaus und zog einen Darm mit sich. Der schwarze, aufgedunsene Kadaver, auf den Dutzende schwarzer Aasfresser krächzend einhackten, lag neben der

Mauer der südlichen Grenze. An den Ecken des Turms knatterten im eiskalten Wind die Fahnen des Reiches; aus allen Richtungen kamen Späher, Spione und Heerführer zusammen. Der Blick glitt über leeres Land, aus dessen Siedlungen dünne Rauchsäulen fast senkrecht in die Winterluft stiegen. Ein Fuchs schnürte durch vergilbtes Gras und verschwand am Fuß des Hügels zwischen den Bäumen. Auf der Kuppe der höchsten Erhebung in weitem Umkreis standen zwei Reiter. Sie waren mit Pelzen vermummt, auch die Pferde trugen abgesteppte Decken.

»Allen Dingen, sagt der Kaiser, hat er den richtigen Namen gegeben.« Der Ältere sprach, sein Atem gefror vor seinen Lippen. »Sein Thronfolger wird Zweiter Kaiser, dessen Sohn Dritter Kaiser, und so fort. Der Erste Kaiser wird die große Schlacht schlagen.«

»Und er wird wahrscheinlich auch sterben, denn noch niemand hat ihm die Unsterblichkeit gebracht.«

»Es ist müßig, darüber nachzusinnen.« *Seltsam,* dachte der Jüngere und starrte den kreisenden Vogel an. Das Pferd scharrte mit kalten Hufen im eisigen Boden. Seltsam: *Mitten im Winter kreist ein Reiher tief über dem Hügel; längst sollten diese Vögel in wärmeren Gegenden ihr Futter suchen.* »Der Thronfolger ist ein schwacher Mann.«

Auf der riesigen Ebene an der Grenze würde die Schlacht geschlagen werden. Viele Menschen im Reich würden nur dem Sieger gehorchen, denn Ch'in Shih Huang-ti hatte die Gelehrten in Kerker geworfen oder töten lassen, den einstmals Mächtigen die Macht und den Besitz genommen, und nur wenige glaubten daran, daß er der erste Unsterbliche einer unsterblichen Dynastie war.

»An der Grenze ist es kälter und karger als an jedem anderen Platz im Reich«, sagte der Ältere mürrisch. »Und ich sage dir: Die Schlacht, der ganze Krieg ... sie sind so überflüssig wie die dreizehnte Konkubine des Kaisers.«

Seit die Große Mauer stand, seit die Anzahl der Räume im Hauptstadt-Palast *dreihundertfünfundsechzig* betrug, überdies eine kleine Kammer zur Beobachtung der Sterne hinzugefügt worden war, glaubte der Kaiser, daß der Tod von draußen kam, wie ein Meuchelmörder aus den Außenlanden. An mehr als zwei Dutzend Orten weit jenseits der Reichsgrenzen suchten Späher und Spione nach dem Kraut, dem Trunk, der Arznei oder dem Elixier der Unsterblichkeit. Der jüngere Krieger, Anführer der Bogenschützen, schlug die Eiskristalle vom Pelzsaum der Kapuze und sagte:

»Der Kaiser ist rastlos. Schon morgen reiten wir zurück.«

Vom Dach des Grenzbauwerks blies eine Bronzefanfare. Der Schall fuhr über das reglose Land dahin; Rauhreif rieselte wie Schnee von Ästen und Bambusröhricht.

»Hörst du? Wir werden gerufen.« Der Ältere ruckte am Zügel. Aus den Nüstern des Pferdes fauchten Dampfwolken. »Zurück zum Palast. Morgen, wenn das Ostgestirn am Himmel ist.«

»Dann sollten wir einmal über die Ebene reiten«, sagte der Jüngere. »Wenn wir dabei nicht erfrieren. Aber wir sind es, die den Kampf werden führen müssen.«

Er hob den Arm, senkte ihn langsam und deutete nach vorn. Die Reiter stoben in stockendem Galopp den Hügel hinunter; der Reiher glitt aus dem Flugkreis hinaus und folgte ihnen in geringer Entfernung.

Ich sah aus den Augen des Reihers und hörte mit seinen Ohren. Ich kannte die Sprache, verstand die Worte, aber mein Verstand – scheinbar hartgefroren wie der Boden an der Grenze des Ch'inreiches – weigerte sich noch, sie richtig zu deuten. Immerhin begriff ich in der trostlosen Phase unmittelbar nach dem Erwachen, warum ich mich an den Ersten Kaiser erinnerte: Es war eine eckige weiße Fläche vor mir. Ein leerer Monitor oder ein Blatt Papier. Papier, eine Erfindung der Han-Dynastie, eine Handvoll Jahre vor den Jahren des Großen Ersten Kaisers, löste teilweise meine Folien, die Shafadu-Blätter der Rômet und das feinlederne Pergament ab; Arconrik oder Rico oder welchen Namen er gerade zu tragen beliebte, hatte einige Truhen voll Papier aus dem Reich im Osten eingehandelt. Ich dachte an die unzähligen Tonfiguren der vergrabenen Heere des Shih Huang-ti, an die Nachbildung seiner Welt, die von Gold und Edelsteinen strotzte und das Innere einer großen, künstlichen Höhle ausfüllte, wo bronzene Schiffchen auf einem Meer aus Quecksilber segelten; wieder senkte sich jene Müdigkeit über mich, die in Schlaf mündete, der weitere grausige Träume gebar.

Die Sonne sank wie eine in Blut getauchte Bronzescheibe inmitten rätselvoller Wolkengebirge von der Farbe sommerlicher Maulbeerbaumblätter. Als sich Su-mah-Chien, der greise Heerführer, in seinem durchschwitzten Sattel umdrehte, sah er, daß die Straße genau in die Mitte des roten Halbkreises mündete, so als käme sie aus dem Tor des Blutes. Blutstropfen waren auch auf der Sandstraße, die ebenso breit war wie jede Straße im Reich, voller Pferdekot, zerbrochener Pfeile, den Lachen stinkenden Urins und den schleimigen Spuren aus der großen Fischtonne.

Die Große Schlacht war geschlagen. Kaum ein Pferd und keiner der Männer mit zerhauenen Rüstungen und schartigen Bronzewaffen war nicht von Schürfungen, Schnitten und Wunden gezeichnet; trotzdem liefen die Tiere im Trab auf die riesige Gartenanlage des Großen Palastes zu. Alle Schatten wiesen nach Osten und vermischten sich, unsäglich lang und dunkelgrau, mit den Waagrechten des Horizonts.

»Die Erde hat gebebt.« Der Alte lenkte sein erschöpftes Pferd an den Straßenrand und rückwärts zwischen ratternde Bambusstangen. »Unter Millionen Hufen und dem Aufprall zehntausender Körper, die fielen, wie tote Männer fallen. Nun wird der Himmel einstürzen.«

Der Himmel zeigte ein wolkenloses, vornächtliches Dunkelblau. Die malvenfarbenen Wolken färbten sich schwarz, die Schatten lösten sich auf. Su-mah-Chien wartete, bis sich der erste der beiden Wagen genähert hatte, kitzelte seinen Hengst mit den Sporen und lenkte ihn neben die reichgeschnitzte Bordwand. Der Wagen stank nach faulendem Fisch, Salzwasser, heißem Achsenfett und der gedunsenen Leiche; auch die Pferde rochen wie Gerbergruben.

»Was immer sie uns fragen – sagt die Wahrheit!« rief der Heerführer. Sein Lachen klang, als käme es aus einem offenen Grab. »In weniger als einer Stunde liegen wir in den Bädern und in den Schößen der Weiber.«

Er warf einen langen Blick auf den Vogel der Jahre. Ohne einen Schwingenschlag schwebte der Reiher über dem traurigen Zug, der nicht mehr als siebzig, fünfundsiebzig Krieger zählte. Er hatte auch während der langen, erbarmungslosen Schlacht über der Ebene gehangen, als sei er Teil des wütenden Himmels. Das letzte rote Licht schien die Bäume, Kanäle, Brücken, Tore, Wände und Türme des Palasts in ein Blutbad zu tauchen.

Der Alte wechselte mit den Gespannführern einen Blick tiefer Trostlosigkeit. Er deutete mit dem Daumen über die Schulter, zum zweiten Wagen, auf dem junge und alte Gespielinnen, Kurtisanen, Badesklavinnen und Sohlenkitzlerinnen saßen. Drei von ihnen waren schwanger; sie saßen wie erstarrt da und zerkratzten sich unter den kostbaren, staubbedeckten Gewändern die Brüste und Oberschenkel. Es war wortlose, nicht sichtbare Trauer befohlen worden, denn hätten sie entlang des langen Weges schrilles Trauergeheul ausgestoßen, würde jedermann wissen, daß der Kaiser tot war.

»Es wird heut' nacht und morgen ein großes Kehlendurchschneiden von Beischläferinnen geben«, sagte der Alte etwas leiser. »Die Angst des Thronfolgers, daß sich die schäbigen Reste der sechs Reiche erheben, ist so groß wie der Himmel. Sag's den anderen: Sie sollen die Weiber nehmen und verstecken. Wir sind die letzten Getreuen des Kaisers.«

Er hielt sich an der Bordwand des Kastenwagens fest. Das große Holzfaß war mit Stricken verschnürt, so daß es nicht kippen konnte. Der nackte, von tiefen Wunden gezeichnete Leichnam Ch'in Shih Huang-tis war zwischen den Flußfischen verborgen, unter dem schartigen Holzdekkel. Man hatte Gerüchte ausgestreut: Der Kaiser war mit seinen Truppen geritten, um die Verlierer der Schlacht zu züchtigen und Beute zu nehmen. Die Übergabe der Macht an den Thronfolger mußte im scheinbar tiefen Frieden erfolgen. Inzwischen, nach sieben Tagen und Nächten zwischen der Grenze und dem Palast, stanken Leichnam und Fische wie eine erhitzte Kloake.

Die Zeit der Wahrsager, Priester exotischer Göttlichkeiten und Propheten des Verrückten würde ebenso enden – nein: sie war schon vorbei, aber jene wußten es noch nicht! – ; enden wie das Leben jener Frauen, deren Leibesfrucht den Thronfolger auf dem Weg zum Thron störte. Hundertzwanzigmal tausend reiche Familien hatte der Kaiser nach Hsien-yang umgesiedelt, in jene Stadt, deren Tore der Zug eben durchritt und durchfuhr. Der Alte hielt sein Pferd an und richtete den Blick zu den Sternen.

»Zwei oder drei Jahre gebe ich dem Thronfolger«, sagte er leise und zwinkerte dem Vogel zu. »Mit ein wenig Glück bin ich dann nicht mehr unter den unglücklich Lebenden. Der Himmel ist herabgefallen, und ich habe alles gesehen, alles erlebt, habe an der Seite der weißhaarigen Langnase gekämpft, getrunken und gehurt – ich weiß, daß es die Unsterblichkeit nicht gibt.«

Der Zug trabte, knarrte und rasselte an ihm vorbei.

Alle Männer waren handverlesen; die Treuesten der Treuen, seine Freunde zu jeder Tageszeit und Jahreszeit, eingeschworen auf den alten, toten Kaiser: es war seine Aufgabe, sie zu schützen. Er ritt zu den Ställen, stieg ab und nickte den Pferdeknechten zu, und während er über unzählige Stufen und durch viele Räume des Palastes der 365 Räume zum Thronsaal ging, begann er zu begreifen, daß mit ihm, wann auch immer, alle Erinnerungen sterben würden; er bedauerte, daß nicht nur Menschen, Mauern, Paläste und Flotten vernichtet werden konnten, sondern auch so vieles Wissen und selbst jene Blüten des Herzens, die da hießen: Treue, Freundschaft, stille Heiterkeit oder laute, fröhliche Trunkenheit. Er holte tief Luft, packte den Griff des schweren Bronzeschwertes und ging gesenkten Hauptes weiter.

1.

Töne, Bilder, Klänge und Farben ... die Darbietung endete. Die Bildschirme zeigten abstrakte, beruhigende Darstellungen. Ich erkannte Rico, der gegen ein Pult gelehnt stand und in einer Pergamentrolle las. Ich verstand auch, was er sagte:

»In omnibus requiem quaesivi, et nusquam inveni nisi in angulo cum libro.«

Überall hatte er also Ruhe gesucht, dieser erstaunliche Robot, er hatte sie nirgendwo gefunden, nur in dieser Ecke mit einem Buch. Ich konnte ihm sogar glauben. Als ich Schritte hörte, konnte ich in dem geschwächten Zustand nur die Augen bewegen und sah Narnia, die sich meinem Lager und der Batterie der strahlenden, blinkenden und summenden Geräte näherte. Ihr Lächeln – ich erkannte es sofort. *Rico hat sie lange vor dir geweckt. Eine aparte Änderung der Routine!*

Also war auch der Extrasinn erwacht. Narnia hielt mir einen Becher an die Lippen. Während ich trank und edlen, alten Wein schmeckte, flüsterte sie:

»Ich werde dir niemals verzeihen, Atlan! Du warst ohne mich dort. Alle diese Bilder! Wir müssen beide bald wieder in die Oase! Sie erinnern sich noch immer an uns.« Dann sagte sie streng: »Aber zuerst mußt du deinen Körper unter Kontrolle bekommen. Ich habe es schon hinter mir.«

Ich war fast unfähig zu sprechen und krächzte etwas, das wie »bald, ich gebe mir Mühe« klingen sollte. Rico rollte das Pergament zusammen und erklärte mit sachlichen Worten einen erstaunlichen Tatbestand.

»Vielleicht wird der Anblick des ersten Raumschiffsmodells deinen Zustand einige Sekunden schneller ändern. Diese Bilder und andere, die nicht weniger interessant sind.«

Offensichtlich, dachte ich todmüde, ehe ich wieder einschlief, hatte nicht ein Alarmruf von ES mich und meine Geliebte geweckt. Mein Kopf sank zur Seite, und als ich wieder aufwachte, fühlte ich mich weitaus kräftiger.

Die Prozedur, die wie immer viel zu lange dauerte, hatte mich fest in ihrem Griff. Um meinen Verstand zu beschäftigen, spielten die Speicher der Computer die Szenen der Vergangenheit ab. Das bedeutete, sie zeigten mir die Ereignisse, an die ich mich erinnern durfte. Sie waren von ES nicht blockiert worden.

Zuerst vermißte ich meinen Zellaktivator. Rico beruhigte mich und zeigte ein Bild. Das lebensverlängernde Gerät befand sich unter meiner Haut, tief im Muskelfleisch der Brust versteckt.

Auf mehreren Bildschirmen erschienen die Aufnahmen der Spionsonden. Texte, Zahlen, Grafiken und Originalton vervollkommneten sie. Hin und wieder griff Rico ein und gab Erklärungen ab.

Er hatte auch eine ziemlich genaue Zeitlinie entwickelt. Sie basierte auf dem Jahr 1, das ab urbe condita – Gründung der Stadt Rom – gerechnet wurde und vor 821 Jahren stattgefunden hatte.

Einzelne geschichtliche Daten, die für uns wichtig sein mochten, wurden geschildert. Im Jahr 767 starb der »göttliche« Caesar Augustus. 780 taufte ein hagerer, bärtiger Mann namens Johannes einen anderen, der sich Jesus nannte. Am dreiundneunzigsten Tag des Jahres 786 gab es im südöstlichen Teil des Mittelmeers eine partielle Mondfinsternis. Blutrot schimmerte der vom Erdschatten verdunkelte Teil des Mondes, da ein Sturm Sand in die Atmosphäre geblasen hatte. Es war früher Abend, etwa die sechste Stunde nach Mittag – in dieser Stunde starb jener Jesus aus Nazareth am Kreuz, von Römern hingerichtet.

790 wurde Caligula ermordet, Claudius folgte ihm auf dem Caesarenthron, ihn löste 807 Nero ab. Elf Jahre später hatte ich Nero in einem völlig sinnlosen Einsatz gedemütigt, der mich nach Rom gebracht hatte. Von diesen Jahren hatte ich nichts vergessen. Die römischen Arenen, sagte ich mir stoisch, kannte ich besser als Männer wie Seneca. Julius Caesar, immerhin, hatte zusammen mit seinem Berater einen Jahreskalender entwickelt, der fast so genau war wie unserer.

Wir schrieben das Jahr 823 ab urbe condita. Nero war tot. Titus Flavius Vespasianus, Caesar Vespasian, regierte das Imperium milde. Wir konnten darauf hoffen, unsere Vorhaben in Ruhe durchzuführen.

Vor weniger als dreiunddreißig Jahren hatten wir, ohne Narnia, die Oase besucht.

Wahrscheinlich gab es noch einige Greise, die sich an Arconrik, Ekrala und mich erinnerten, an Lalaga und Ktesios. Dessen war ich sicher.

Der Logiksektor flüsterte: *Und den wahnwitzigen Falkner Khach't gibt es auch noch.*

Stunde um Stunde verging, während unaufhörlich Informationen aus allen Teilen der Welt, mehr oder weniger wahllos, aber stets hochinteressant, auf mich eindrangen.

Arconrik/Rico spielte die Aufnahmen einer uralten Marmorsäule in das Programm ein. Sie stammte aus Alexandria und trug die Inschrift in Altgriechisch ATLAN POLIN DOMISSAS APILTHEN.

»Atlan gründete die Stadt und ging weg«, sagte Rico. »Das ließ dein merkwürdiger Un-Freund Alexander von Makedonien einmeißeln.« Meine Erinnerungen an Alexandria und die Bibliothek der Stadt waren nichts anderes als kurze, blitzartige Stücke eines Mosaiks, über das ES die Verfügung hatte.

»Warum bin ich geweckt worden? Von wem?« fragte ich, als mir meine Stimmbänder wieder gehorchten.

»Es ist dein Ziel, ein Raumschiff zu konstruieren und damit zum Robotgehirn des zweiten Planeten zu fliegen. Wir brachten vor etwa drei Jahrzehnten Einzelteile und Werkzeuge samt Plänen zur Oase. Jetzt können wir weiterarbeiten.«

»ES, der allgegenwärtige Wächter, meldete sich nicht?«

»Nein. Ich muß analysieren, daß er unsere Vorhaben mit Wohlgefallen betrachtet. Allerdings wird er eingreifen, wenn es ihm nicht paßt.«

Ich wurde kräftiger, meine Haut bräunte sich, ich ging umher und konnte feste Nahrung zu mir nehmen. Narnia und ihr Freund Arconrik hatten die Zeit gut genutzt und sich genügend Bänder und Informationen angesehen. Die junge Frau hatte aus vielen Städten rund ums Mare internum die schönsten Vorbilder neuer Kleidung aufgenommen, und Ricos Maschinen waren, unsere Vorräte verwendend, angelaufen. Jedesmal, wenn Narnia in mein Blickfeld kam, trug sie ein anderes, aufregendes Gewand. Ihr Haar war von Rico gepflegt und in verschiedene Frisuren gelegt worden; ich staunte immer mehr darüber, wie groß die Lernfähigkeit Ricos war und wie gern und spielend leicht er alle seine Fähigkeiten anwendete.

Professor Cyr Aescunnar starrte, den Kopf in beide Hände gestützt, auf den Monitor, der ihm den Arkoniden zeigte, ausgestreckt im Antigravnetz des gläsernen Überlebensbeckens. Atlans Kopf und Schultern waren von der golden schimmernden SERT-Haube bedeckt, in der Nährflüssigkeit wirbelten Sauerstoffbläschen und färbten sie milchig; der Prätendent des Neuen Einsteinschen Imperiums schien sich jenseits der letzten Krise zu befinden, auf dem langen, schwierigen Weg der Genesung. Buchstaben und Worte seiner Erzählung bildeten sich auf der Printplatte, Cyr lauschte jedem Atemzug, jeder Wortbedeutung nach; er trug altmodische Kopfhörer, die ihn akustisch von der Außenwelt abschlossen. Sämtliche Aufzeichnungsgeräte waren aktiviert, die Anzeigen der Überwachungsgeräte in Atlans Intensivstation sagten den behandelnden Ärzten und ihm, daß Atlans Leben in einer stabilen Phase ablief; er lag im Tiefschlaf und sprach klar und deutlich.

»Aber warum ausgerechnet wieder über den *Ersten Göttlich Erhabenen,* jenen abergläubischen, grausamen und größenwahnsinnigen Herrscher mitsamt seinen siebeneinhalbtausend tönernen Wächtersoldaten?«

Ein Blatt Papier, wie Atlan berichtet hatte, genügte dem Chefhistoriker der Chmorl-Universität auf Gäa nicht als Erklärung.

»Es muß das Stichwort *Unsterblichkeit* gewesen sein«, murmelte Cyr. »Der verrückte Kaiser suchte sie, und Atlan hatte sie.«

Bisher hatte der Kristallprinz, der Einsame der Zeit, von seinem Aufenthalt auf Terra in chronologischer Reihenfolge berichtet; die Erinnerungssplitter an spätere oder frühere Erlebnisse oder Eindrücke waren für den Ara-Mediziner Dr. Ghoum-Ardebil und sein vielstrapaziertes Team stets Alarmzeichen gewesen: zwischen den Operationen und der Rehabilitationsphase hatten sie stündlich mit Rückfällen rechnen müssen. Cyr Aescunnar zuckte mit den Achseln und sagte:

»Unsterblichkeit, potentielle oder eingebildete, ist nur wenigen Ausgewählten zuteil geworden. Als Geschenk.« Aescunnar, Herausgeber der ANNALEN DER MENSCHHEIT, hob den Kopf und betrachtete die holografischen Bilder der langwierigen Ausgrabungen; alle jene Faustkämpfer, Bogenschützen, Lanzenträger, Gespannführer, Zugpferde und Reitpferde der tönernen Armee; das unterirdische Abbild der Welt, so wie sie Shih Huang-ti begriffen hatte, war bis zum Verschwinden des Planeten Terra unangetastet und unausgegraben geblieben. »Der Gedanke daran, daß irgendwo das Geschenk der Unsterblichkeit wartet, kann einen Menschen wahnsinnig machen – und einen Arkoniden erschrecken.«

Fünftausend Schiffe, wußte Aescunnar, hatte um das Jahr 200 vor Christi Geburt der chinesische Reichseiniger und Kaiser auf der Suche nach der »Insel der Unsterblichkeit« ausgeschickt. Die Flotten waren und blieben verschwunden; nicht einmal der Robot Rico wußte, wo sie geblieben waren.

»Also doch: Beim Aufwachen erinnert sich Atlan an das janusköpfige Geschenk des Zellaktivators und an seine Unsterblichkeit.« Noch wußte Aescunnar nicht, wie viele Jahre Atlan nach dem Arenakampf unter den Augen Caesar Neros tiefstgeschlafen hatte. Weniger als ein Jahr hatte er sich mit dem griechischen Freund Ktesios und der schönen Sklavin Lalaga von den Wunden der Gladiatoren erholen müssen; der Zellaktivator war dicht unterhalb der Knochenplatte unter die Haut operiert worden.

Cyr hob den Blick: Nun lag das goldschimmernde Ei an der dünnen Kette wieder auf Atlans Brust.

Atlan berichtete weiter, mit ruhiger Stimme und vorbildlicher Betonung:

Mein zweiter Gang mit zitternden Knien brachte mich in einen Nebenraum. Hier hing das erste Modell des Raumschiffs.

Mein rechter Arm lag auf Narnias Schulter. Sie stützte mich, und ihre weiche Haut roch nach Spezereien, die aus den Provinzen Roms kamen oder aus fremden Ländern.

»Und damit willst du zu den Sternen fliegen?« fragte meine junge Freundin ein wenig unsicher. Ich schüttelte den Kopf und bereute es sofort, weil mein Schädel schmerzend zu dröhnen begann.

»Nein. Nicht zu den Sternen. Zur nächsten Welt, in die Richtung der Sonne. Aber bis zu diesem Tag ist es noch sehr lange hin.«

»Du allein?«

»Auch das weiß ich nicht. Ich weiß nicht einmal, ob dieses Ding hier jemals fliegt.«

Das Modell bestand aus unzähligen Einzelteilen. Die Form entsprach einem schlanken Zylinder, der große, nach hinten gepfeilte Tragflächen aufwies. Es gab wenige runde Bullaugen. Einfache, wegklappbare Stützelemente verbargen sich halb im Rumpf. Selbst am Modell erkannte ich, daß sämtliche Teile in klassischer Handwerkerarbeit hergestellt werden sollten. In unseren Flottensilos lagerte Arkonstahl in solch großen Mengen, daß wir daraus nicht nur ein Raumschiff bauen konnten. Ferner erkannte ich Elemente, die wir auch in unseren Gleitern verwendeten. Das Modell bewies, daß wir in der Lage waren, eine einfache, möglicherweise aber durchaus brauchbare Konstruktion herzustellen. Rico näherte sich uns leise und sagte:

»Von den technischen Einrichtungen gibt es erste Pläne und eine Bedarfsliste, die teilweise schon von unseren Maschinen erfüllt werden konnte. Es ist noch sehr viel zu tun, Gebieter ... ich wollte sagen: Atlan.«

»Gewisse Programmierungspunkte sind nur schwer zu löschen«, murmelte ich. »Bereiten wir uns besser auf den nächsten Schritt vor. Unsere Startbasis ist ohne Zweifel die Oase.«

Es war noch keine Zeit gewesen, Bilder der Oase anzusehen. Rico hatte gesagt, daß das Archiv voll sei und zwei Spionsonden ständig in unterschiedlichen Bahnen um und über dem abgelegenen Fleck in der südöstlichen Landschaft Afrikas kreisten.

»Der einzige geeignete Platz. Wir werden lange arbeiten, viele Rückschläge haben und müssen unbeobachtet bleiben.«

Rico und Narnia brachten mich zurück in die Räume, in denen die Reanimationsmaschinerie auf mich wartete. Ich konnte noch immer nicht über alle meine Kräfte verfügen.

»Was ist an diesem Raumschiff so dringend, so wichtig? Was willst du auf der anderen Welt, die keiner kennt? Und warum bringst du dich zusätzlich zu allem anderen in diese Gefahr?«

Ich saß, in einen bodenlangen und warmen Bademantel gehüllt, in dem federnden Kontursessel. Rico kannte die Antwort, wenn auch auf seine vollcomputerisierte Weise. Ich lächelte müde, nahm einen Schluck von dem abscheulich schmeckenden Brei aus Konzentraten und Aufbaustoffen und versuchte, eine Antwort zu finden, die auch ein für allemal mir genügte.

»Auf dem zweiten Planeten, der anderen Welt, Narnia, steht ein mächtiger Sender. Er ist abgeschaltet. Wenn ich ihn erreiche, rufe ich meine Heimatwelt Arkon. Von dort kommen Schiffe, die größer sind als dieser Stahlzylinder. Sie werden die Barbarei sehr schnell beenden, ebenso wie die Gladiatorenkämpfe, die Krankheiten und diese verfluchte Sklaverei – und vieles andere. Dafür aber haben die Barbaren von Larsafs dritter Welt keine Chance mehr, sich selbst bis zu einem Höchstmaß zu entwikkeln und ihren eigenen Weg zu den Sternen zu finden.«

Ich machte eine Pause und blickte in Narnias fragende, große Augen. Goldpünktchen flimmerten in der Iris. Etwas leiser fuhr ich fort:

»Ich habe mir geschworen, vor unendlich vielen Jahrhunderten, den Barbaren zu helfen. Ich habe dies tausendmal getan, von der Pfeilspitze bis zur Landkarte, vom gebrannten Ziegel bis zur Windmühle und zahllosen anderen Erfindungen. Ich habe mehrere Angriffe fremder Eindringlinge allein zurückgeschlagen. Dieser unsichtbare Herrscher, ES, hilft mir dabei. Das heißt, daß ich meinem Vorsatz untreu werde. Aber je mehr ich von der Unfähigkeit der Barbaren sehe, mit einem Mindestmaß an Vernunft ihr Leben zu führen, desto leichter fällt mir der Entschluß. Wie auch immer, wir fangen an, das Raumschiff zu bauen. Und vorher kümmern wir uns um die Urenkel unserer Freunde. Auf zur Oase, Arconrik.«

»Über das alles«, meinte Narnia versonnen, »ist das letzte Wort noch nicht gesprochen. Wir vertrauen auf deine Kunst, Atlan.«

»Kunst«, entgegnete ich voller skeptischer Ironie, »kommt von Können. Käme Kunst von meiner augenblicklichen Fähigkeit des Denkens, hieße sie voller Berechtigung *Dunst.*«

Von Tag zu Tag ging es mir besser. Wir überprüften unsere Ausrüstung. Rico schickte drei große Container voller Packen, Fässer, Kisten und versiegelter Ballen 9635 römische *pedes* hoch zur Oberfläche.

Endlich konnte ich mich richtig bewegen und hatte alle meine Kräfte zurück. Immer wieder ließen wir die Bilder von der Oase auf die Schirme projizieren. Wir erkannten die wenigsten Bewohner. Die Oase war größer geworden, es wohnten mehr Menschen dort, sie alle waren weitestgehend gesund und reich, und nach wie vor standen zwischen den dicken Baumstämmen die seltsamen, an ägyptische Statuen und Götterbildnisse erinnernden Werke, die unsere Gesichter trugen. Arconriks »Museum der Technik und Erfindungen« war fast unverändert, was bewies, daß unsere Bedeutung in der Oase nicht vergessen worden war. Vor zwei Jahren hatten sie Ekrala begraben. Zwei Dinge waren wichtig:

Die Handwerker, die wir zum Bau einzelner Teile des Schiffes brauchten, waren nicht gut genug, und nicht gut genug ausgerüstet. Und der wahnwitzige Falkner Khach't lebte noch immer abseits der Oase und sah alles (?) durch die Augen seiner Raubvögel.

Im Jahr als Jerusalem zerstört wurde und der jüdische Aufstand zusammenbrach, betraten wir in vorzüglicher Tarnung und mit einer riesigen Menge Ausrüstung die Oberfläche von Larsaf III.

Wieder einmal mußten wir von vorn beginnen.

In der ersten Nacht brachte Arconrik mit dem großen Schiff, das mittlerweile mehr einem schwebenden Wrack ähnelte, unsere Ausrüstung in zwei Flügen in die Nähe der Oase. Natürlich schwebte ein Falke über den Dünen und dem weißen Kies des Flußbetts.

»Es würde mich wirklich interessieren«, fragte Narnia unruhig, »was ihr zwei Hüter der Welt wirklich vorhabt. Wieder versuchen, einen Caesaren zu stürzen? Oder abermals in der Arena zu kämpfen?«

»Ich schwöre es dir«, antwortete ich und spannte ein Zugseil des zeltartigen Sonnensegels, »daß wir keine solchen Gedanken haben. Wir wollen versuchen, in der Oase genügend Handwerker auszubilden und ihnen die Werkzeuge zu geben, mit denen sie uns helfen können. Und natürlich werden wir einiges für die Bewohner der Oase tun müssen.«

»Pferde, Sklaven, neue Erfindungen?«

»Das alles und noch mehr. Wir waren lange Zeit nicht dort. Wir sind zu einer Legende geworden. Es ist an uns, ihre Freundschaft neu zu gewinnen.«

Der Gleiter lag schräg auf den Steinen des trockenen Flußbetts. Im Schatten eines der wenigen Bäume hatten wir unser provisorisches Lager aufgeschlagen. Es war nicht mehr als ein Zelt, dessen Seitenwände jetzt, um den kühlen Wind auszunutzen, hochgezogen waren. Rund um die würfelförmige Konstruktion waren Teile der Ausrüstung gestapelt. Ein kleines Feuer aus Treibholz brannte unter einem Wasserkessel. Arconrik hatte im Augenblick die schwerste Aufgabe; ihn erwarteten wir in wenigen Tagen zurück.

»Ihr fangt also an, ein Raumschiff zu bauen.«

Ich nickte. »Und wir wissen nicht, ob wir es jemals schaffen. Aber wir versuchen es. Niemand sollte uns stören.«

»Ich glaube es erst«, lächelte Narnia skeptisch, »wenn ich auch den Schluß erlebt habe.«

Es wird ein interessantes Experiment sein, meldete sich der Logiksektor, *den Arkoniden ausnahmsweise nicht als Weltumsegler oder als Berater von Königen und Caesaren zu erleben.*

Auch für mich war es ein Experiment. Meinem Vorsatz, den Barbaren zu helfen, würde ich auf jeden Fall treu bleiben können, wenn auch in einem kleineren und wirkungsvolleren Rahmen. Narnia und ich hatten den Robotgeparden aktiviert. Er umkreiste wachsam unser Lager und schützte uns. Wir verbrachten den Tag damit, im kühlen Wasser des Flusses zu baden, uns zu sonnen und zu schlafen, die köstliche frische Luft zu atmen und uns auf der Oberfläche unserer Heimat wohl zu fühlen. Am Nachmittag summte es in dem breiten Schmuckarmband an meinem linken Handgelenk: Arconrik meldete sich.

Ich eilte zum Zelt und klappte drei der Seitenwände herunter. Ich öffnete eine Truhe, aktivierte den Bildschirm und erkannte nach wenigen Worten von Arconriks Schilderung den nachmittäglichen Sklavenmarkt von Alexandria.

Rico projizierte ein Bild von sich selbst. Er war wie ein reicher Römer gekleidet, von vier jungen, breitschultrigen Numidiern begleitet. Er trug einen unsagbar blasierten Gesichtsausdruck zur Schau. An seinen Fingern funkelten sieben Ringe, von denen einer protziger war als der benachbarte. Leise sagte er:

»Atlan Demetrion! Ich habe einen günstigen Tag herausgefunden. Heute gibt es den größten Sklavenmarkt des Jahres. Du wirst sehen können, daß die Käufer nicht zahlreich sind, das Angebot indessen ziemlich groß. Ich sondere nach unseren Bedürfnissen aus.«

Wir hatten genügend Münzen hergestellt. Sie waren von echten goldenen Münzen nicht zu unterscheiden, und, obwohl wir damit die Sklavenhändler vorsätzlich betrogen, würden sie es schwerlich jemals merken.

»Ich verlasse mich auf dich«, sagte ich. »Sonst irgendwelche Neuigkeiten?«

»Ich habe auch schon die Pferde eingekauft. Man bringt sie zum Treffpunkt.«

»Gut. Lasse es nicht zu lange dauern.«

»Ich will heute nacht noch aufbrechen. Alles ist bedacht. Du siehst und hörst, was ich sehe und höre.«

Wieder einmal konnten wir das häßliche Spektakel beobachten, wie Menschen, die in die Gewalt anderer Menschen geraten waren, meistbietend versteigert wurden.

Die Stadt begann zu pulsieren, als sich die ersten Schatten verlängerten. Die Händler öffneten ihre Stände. Wasser aus den sprudelnden Brunnen wurde auf das Pflaster geschüttet, verdunstete und kühlte den Platz. Ein kühler Seewind ließ die Kronen der Palmen und der Tamarisken rascheln. Die Sonnensegel über der Rampe flatterten. Gruppen von Müßiggängern bildeten sich und zerstreuten sich wieder. Die Gelehrten aus der Bibliothek diskutierten mit überlegenem Lächeln ihre jüngsten Erkenntnisse und dachten nicht einmal daran, sie dem Volk weiterzugeben. Auf der Rampe wurden Pulte aufgestellt. Männer mit Stricken und Peitschen stolzierten mit wichtigtuerischer Miene über die Steinplatten. Auf den Balkonen und in den Fenstern zeigten sich die ersten Zuschauer.

Unter dem Bogen, der den südlichen Rand des Platzes abgrenzte, entstanden Gemurmel und Bewegungen.

Ein Römer in schneeweißer, goldgeränderter Toga, sechseinhalb römische Fuß groß, ein dickes Goldband um die Stirn, schritt auf stiefelartigen, geschlossenen Sandalen heran. Vor ihm, in weiße Tuniken gekleidet, gingen zwei numidische Sklaven, die an vergoldeten Griffen eine kleine Truhe zwischen sich schleppten. Das Gefäß, in dessen Schloß ein Schlüssel steckte, war schwer.

Hinter dem Römer, an dessen Unterarmen in kostbaren Lederfutteralen zwei Dolche mit juwelenbesetzten Griffen steckten, die Spitzen zum Ellenbogen, gingen im gleichen Schrittmaß zwei weitere Sklaven. Sie trugen dünne Stricke und Peitschen.

Die Haut des Römers war eine Spur dunkler als sonnengebräunt. In seinem schmalen, von männlichen Falten durchfurchten Gesicht blitzten sonderbar grüne Augen. Er bewegte sich mit der unbewußten Selbstsicherheit eines Mannes von großer Macht, ebensolchem Reichtum und kühler Klugheit. Die Männer wichen vor ihm einige Schritte zurück, manche Frauen warfen ihm begehrliche Blicke zu.

Fünf Schritte vor der Rampe, die zwischen schlanken Säulen verlief und fünf Fuß hoch war, blieb er stehen und wandte sich an einen der Männer, die unverkennbar Knechte der Sklavenhändler waren.

»Ich bin Arconrik Carra«, sagte er mit der Stimme eines Senators. »Und ich reise. Ich brauche eine gewisse Anzahl Sklaven. Es ist müßig, mir mindere Qualität überhaupt erst anbieten zu wollen.«

Der Knecht geriet ins Schwitzen unter dem kalten Blick des Mannes. Er verneigte sich und brachte heraus: »Es sind junge Knaben hier, Herr, und junge Mädchen von erlesener Schönheit ...«

»Wann werde ich sie sehen können?«

Seine dunkelhäutigen Sklaven brachten Klappstühle, säuberten rund um seine Füße den Boden, sprengten Rosenwasser auf die Steine und bildeten ein schützendes Viereck um ihn, als er sich setzte und seine langen Beine übereinander schlug.

»Von mir aus könntet ihr anfangen«, sagte der Römer. »Übrigens: Ich zahle in gutem Gold. Für gute Ware. Sag dies deinen Herren oder wer immer an mir zu verdienen beabsichtigt.«

Niemand kannte ihn. Die abenteuerlichsten Vermutungen wurden leise geäußert. Bald wußte man, daß er vor den Stadttoren in dem Westflügel einer Karawanserei wohnte und vor wenigen Tagen mit der Raffinesse eines achtzigjährigen Roßtäuschers neununddreißig Pferde ausgesucht, zwanzig von ihnen geritten und alle in Gold bezahlt hatte.

Man wollte auch etwas von einem Sattel und merkwürdigen Ringen erfahren haben, in die er seine Füße gesteckt hatte. Es kamen nicht oft solche reichen Konsuln nach Alexandria, und schon gar nicht beschäftigten sie sich in dieser Form mit dem Ankauf einer derart schnellebigen Ware wie Sklavinnen und Sklaven.

Sieben Händler verkauften an diesem Nachmittag Sklaven, von Halbwüchsigen bis hinauf zu Fünfzigjährigen, die weitaus billiger zu haben waren. Sie stürzten aus den Quartieren hinter den Türen und Vorhängen auf die Bühne, sprangen die Treppe hinunter und redeten auf Arconrik Carra ein. Er machte eine Bewegung, als wolle er einen Schwarm lästiger Fliegen verscheuchen, und sagte hart:

»Ich bin nicht hier, um Diskurse zu gewinnen. Ich will kaufen, und das ohne unziemlichen Aufenthalt. Denkt daran – jede Ware verdirbt. Wenn niemand etwas dagegen hat, sollten wir diese Auktion hinter uns bringen.«

Sie versicherten, sich zu beeilen, und als sie zurückhasteten, stritten sie sich schon darüber, wer anfangen durfte. Ausnahmslos wirkten sie wie die Geier auf einem Aas. Schließlich stellte sich einer ans Pult, las seine Wachstäfelchen und schrie dann:

»Zuerst die Knaben. Geschaffen, zu dienen, der Lust oder als Weinschenk, die Haut wie kühler Balsam, langes Haar, um sich die Finger abzutrocknen, gesund und unverdorben ...«

Carra griff in sein Gewand, holte eine weiße Tafel aus dünnem Holz hervor und einen Stift. Er malte blitzschnell Zeichen auf die Tafel. Jene, die sich auf Zehenspitzen stellten und über seine Schulter mitzulesen versuchten, erkannten nicht einen Buchstaben. Er schnippte mit der rechten Hand und deutete auf die Rampe. Die beiden Numidier mit Peitschen und Seilen sprangen hinauf und begutachteten die Angebotenen. Mit dem einen oder anderen sprachen sie leise, untersuchten die Körper, ließen sich die Zähne zeigen, prüften Muskeln und den Bau der nackten Körper, bemerkten die Spuren von Entbehrungen und Peitschen.

An diesem Nachmittag wurden zweihundertneun Sklaven angeboten.

Hin und wieder steigerte einer aus der Menge mit, die sich am Fuß der Bühne gebildet hatte. Händler verkauften Wein und kaltes Wasser, allerlei Zuckerwerk und geröstete Nüsse. Der Geruch nach Schweiß und Angst mischte sich mit der würzigen Seeluft. Gespräche flammten auf und verstummten wieder. Irgendwo schrie jemand. Ab und zu ein Stöhnen, wenn die Peitsche der Knechte einen widerborstigen Sklaven traf.

Junge Mädchen und junge Burschen von ausgesuchter Schönheit wurden gezeigt. Ununterbrochen nannten die Händler Preise, die Arconrik schweigend niederschrieb.

Junge Männer, die hastig mit den Gehilfen des reichen Römers sprachen und einen verstörten, hoffenden Ausdruck in den Augen hatten, als man sie wieder wegführte. Frauen, denen man ansah, daß sie ein arbeitsreiches Leben gewohnt waren. Mütter mit Kindern jeden Alters. Faltige Greise und Greisinnen. Riesige, muskelstrotzende Numidier. Menschen von hellerer Hautfarbe und mit glattem Haar. Sie waren schicksalsergeben, trotzig, wütend, niedergeschlagen, starr vor Resignation, blickten listig, weinten und schluchzten, stießen wilde Flüche aus und bekamen die Peitsche.

Arconrik betrieb sein Geschäft mit leidenschaftsloser Kälte. Seine Sklaven glichen ihm. Man flüsterte, daß er sie, bevor er die Pferde gekauft hatte, von einer Sklavenkarawane übernommen hatte. Er schien mehr als reich zu sein.

Reichtum, auf diese Art zur Schau getragen, verblüffte sogar die Alexandriner, die vieles kannten und gewohnt waren. Hin und wieder machte Arconrik einen Strich, ein anderes Zeichen, eine seltsam schlangenförmige Figur auf seiner Tafel.

Es wurde später und dunkler. Ein Teil der Menge verlief sich. Endlich, als noch eine Handvoll ausgemergelter Numidier aus den Gewölben getrieben wurde, stieg Carra auf das Podium und winkte die Händler herbei.

»Von dir, Neffe der Habgier«, sagte er unter dem Gelächter der Umstehenden und deutete auf denjenigen, der zuerst seine Angebote gemacht hatte, »kaufe ich folgende Sklaven. Die Nummern ... die Namen ... und über den Preis verhandeln wir mit leisen Stimmen.«

Er nannte, ohne mehr als einen flüchtigen Blick auf seine Aufzeichnungen geworfen zu haben, Nummern und Namen und kurze, treffende Charakterisierungen. Acht Sklaven wurden herausgeführt. Einen schickte Carra wieder zurück und warnte den Händler, ihn betrügen zu wollen.

Einem aufmerksamen Beobachter wäre es nicht entgangen, daß die Gekauften entweder besondere handwerkliche Fähigkeiten hatten, jung und vielversprechend wirkten, daß sie so wirkten, als hätten sie Bauernhöfe bewirtschaftet oder Metall bearbeitet. Es waren Menschen, die mit den Helfern des Römers geredet und ihnen gesagt hatten, was sie konnten.

Sie wurden aneinandergefesselt und stellten sich im Hintergrund der Bühne auf, hungrig, in Lumpen gehüllt und eine winzige Spur neue Hoffnung im Blick. Arconrik handelte nur kurz, rief etwas, und ein Sklave brachte eine abgezählte Menge Goldstücke; Sklaven und Gold wechselten den Besitzer.

Sechsmal wiederholte sich noch dieser Vorgang. Achtundvierzig Mädchen, Jungen, Frauen und Männer wurden gekauft. Die Kinder von drei Frauen erhielt der Käufer als Dreingabe. Die Mütter begannen vor fassungslosem Glück laut zu weinen. Wieder winkte Arconrik den Händlern. Sein Sklave brachte eine Weinamphore und Becher. Die Gruppe versammelte sich auf der Bühne.

»Und für mich selbst«, sagte Arconrik bedächtig, »habe ich deine Sklavin, Bruder des Schakals, ausgesucht. Sie heißt Usha Tizia. Ich zahle drei Goldstücke.«

Auf den günstigen Abschluß wurde Wein getrunken. Die Knechte, durchwegs rohe Gestalten mit Gesichtern, die zugleich mit dem Beruf der Besitzer abgestumpft waren, brachten eine erstaunliche Gestalt ins letzte Licht des späten Nachmittags.

Eine hellhäutige Numidierin, schlank und fast so groß wie der Römer, mit wohlgeformten Brüsten und hüftlangem, kaum gekräuseltem Haar. Ihre Augen waren bemerkenswert groß und wieselflink. Sie war höchstens siebzehn Jahre alt; ihr Rücken trug die Spuren der Peitschenschnüre. Sie strahlte etwas Besonderes aus. Niemand war sich darüber klar, was es wirklich war. Zum erstenmal lächelte der Römer, wandte sich an die Sklavin und sagte:

»Die anderen habe ich für meinen Herrn gekauft. Dich kaufte ich für mich. Niemand sonst wollte dich haben. Ich bin sicher, daß morgen schon für dich ein neues Leben beginnt.«

Jeder, der diese Szene beobachtete, dachte sich etwas anderes. Der Römer und Usha Tizia überragten jeden Anwesenden um mehr als einen Kopf. Die Numidierin senkte den Kopf und hob die Schultern. Unter langen Wimpern schoß sie einen prüfenden Blick auf Carra ab, der gänzlich ungerührt blieb, seinen Preis zahlte und den Becher leerte. »Bringt sie schnell dorthin, wo wir wohnen«, sagte er leise zu seinen Sklaven. »Ich bin in Eile.«

Einige Atemzüge später wurden neunundvierzig Sklaven, in vier Gruppen aneinandergefesselt, durch die halbe Stadt getrieben und in die Richtung der Karawanserei. Die Goldkassette wog nicht mehr ganz so schwer. Jenseits des Torbogens bestieg Arconrik Carra sein Pferd, einen riesigen, breitgebauten Rappen mit weißer Stirnblesse und weißen Vorderbeinen.

Obwohl die Gerüchte noch lange anhielten, sah man ihn in Alexandria mehr als ein Jahrhundert lang nicht mehr.

»Natürlich habe ich mir, um deiner Frage zuvorzukommen, schönste Narnia, bei allem etwas gedacht«, sagte Arconrik, während die Bilder dunkel zu werden begannen. Wir hörten jetzt nur noch seine Stimme. »Ich hoffe, daß ich morgen bei euch bin.«

»Du hast dir eine Freundin gekauft«, stellte ich, tief verblüfft, mit unsicherer Stimme fest.

»Dies war meine Absicht. Ich werde sie heute nacht ins Schiff bringen und halbwegs vorbereiten. Die Hauptarbeit hast du morgen. Ich melde mich rechtzeitig.«

»Verstanden«, sagte ich. »Lasse die Funkverbindung stehen und gib ab und zu einen kurzen Bericht.«

»Es ehrt mich, Atlan Demetrion.«

Er mußte sich etwas gedacht haben! Ein Robotergehirn, sagte ich mir, tut nichts Unlogisches. Der Gedanke, daß ein Roboter von Arkon eine Freundin oder gar Geliebte aus der Barbarenwelt nahm, war so absurd, daß er schon wieder originell war. Ich beschloß, zu warten. In dieser Nacht würde Arconrik seinen vier Helfern und Sklaven Essen und Wein geben. Der Wein enthielt ein starkes Schlafmittel. Mit dem »Schiff«, das wir wieder aus dem Sandversteck befreit hatten, brachte er sie hierher. Dann verlud er die Pferde und machte mehrere zusätzliche Flüge. In einem Viertelmond etwa konnten wir die Oase erreichen.

»Fast ein halbes Hundert erfolgversprechender Menschen«, sagte ich. »Die Bewohner der Oase werden auf eine harte Probe gestellt.«

»Wie jeder«, bemerkte Narnia, »der das Glück hat, es mit dir zu tun zu bekommen.«

Ich zog sie an mich, lachte. »Der Fluch der Klugheit ist es, daß mit ihr zugleich die Kritikwilligkeit wächst, Liebste. Was hast du als Abendessen gedacht?«

»Du kennst die Vorräte. Entzünde einige Lichter und sag mir deine Wünsche.«

»Sofort.«

Es wurde eine Szene voll von surrealistischer Eindringlichkeit. Um uns herum war Sandwüste; völlig einsam, nur durchfurcht von der Spur des Robotgeparden Xandar. Über uns der schwarze Himmel voller riesiger Sterne. Zwei Bogenschuß weit rauschte der Fluß. Das Feuer loderte, große Flammen aus Gaspatronen beleuchteten die Leinenwände des Zeltes und gaukelten mit den Schattenspielen. Wir aßen Braten, gewürzt mit Salz und Kräutern, Früchte und Brotfladen, Käse und Butter, und dazu tranken wir schweres, dunkles Bier. Für jeden sichtbar – aber da gab es niemanden! – bewegten wir uns in der kleinen Zone aus Helligkeit, ohne Furcht und in der Erwartung einer schwierigen, aber guten Zeit. Es war seltsam: Allein der Gedanke, hier in Ruhe arbeiten zu können, ohne daß ich mich in die Auseinandersetzungen der Barbaren untereinander mischen wollte, erfüllte mich mit großer, fast introvertierter Vorfreude.

Wir aßen, tranken, blickten in die Sterne, und ich zeigte Narnia über dem Horizont den Stern, der ein Planet war, auf dem das Gerät stand, mit dem ich die Flotte Arkons herbeirufen würde ... eines Tages. Das Feuer brannte nieder, ich löschte die Flammen, bis nur noch eine übrig war. In der Wüste waren die Nächte sehr kühl. Wir verkrochen uns unter die Decken und liebten uns. Wir schliefen, jeder in den Armen des anderen.

Der Schrei eines Falken weckte uns vor Mittag.

Ich stand auf, trank kalten Tee und ging hinunter zum Wasser. Vom Kamm einer Düne, goldgesprenkelt und wachsam, blickte mich der Gepard an. Xandars Programmierung war darauf abgestimmt, uns schon durch seine Haltung zu signalisieren, ob es Gefahren gab. Ich winkte ihm; alles war ruhig. Die Ankunft von Arconrik stand kurz bevor. Zweimal hatten seine Meldungen mich geweckt. In kurzer Zeit würden wir uns um insgesamt dreiundfünfzig Sklaven zu kümmern haben.

In meinen Überlegungen reifte ein Plan heran, der auch den Falkner einbezog. Dieser Mann, mit größter Sicherheit ein Androide von Wanderer, also ein Spion von ES, mußte mir helfen. Natürlich würde er es tun. Ich wußte nur noch nicht genau, auf welche der vielen möglichen Weisen ich ihn benachrichtigen sollte.

Gerade, als ich mich abgetrocknet und angezogen hatte, meldete sich zum letztenmal der Roboter Arconrik.

»Wir kommen, Atlan. Es gibt Arbeit.«

»Verstanden.«

Über die Dünen schob sich der Bug des Schiffes. Dann schwebte es über die sandige Ebene und warf einen schwarzen Schatten. Der Mast war zersplittert, die Rah und das Tauwerk fehlten, und Arconrik stand im Heck und steuerte. Vor ihm saßen zwei seiner Diener, und zu meiner Überraschung erkannte ich Usha Tizia, die sich an der rissigen Reling festhielt. Der wuchtige Gleiter ging tiefer, bis der mürbe Kiel fast auf dem Sand schrammte. Arconrik lenkte das Schiff, an dessen Planken nur noch die großen Augen und die Lettern deutlich zu erkennen waren, bis in den Schatten. Langsam ging ich darauf zu und wartete, bis sich der Rumpf tief in den lockeren Sand gesenkt hatte. Die Numidierin war übermüdet, verwirrt und desorientiert. Arconrik winkte seinen Helfern. Sie klappten eine breite Planke herunter.

»Ihr habt einen langen Flug hinter euch«, sagte ich. »Der Tee ist gleich fertig.«

Einer der wenigen Vorteile des Römischen Imperiums war, daß die Umgangssprache innerhalb der Grenzen gleich war. Örtliche Sprachen und Dialekte wurden von den Eroberern erstaunlicherweise zugelassen. Die zwei Diener und Usha verstanden mich also gut.

Arconrik half der jungen Frau herunter. Ich legte meine Hand auf ihre Schulter und hörte in meinem Rücken die Schritte Narnias.

»Das sind Demetrion Atlan«, erklärte Arconrik, »und seine Freundin Narnia. Sie war vor langer Zeit eine Sklavin wie du. Ich habe dich gekauft, weil ich so viel Arbeit habe, daß ich jemanden brauche, der mir nicht von der Seite weicht und mir hilft. Bis du alles kannst, was ich verlange, wird es seine Zeit brauchen.«

Mit einem prüfenden Lächeln sagte Narnia: »Ich werde dir dabei helfen, Kind. Keine Angst. Alles, was du erlebt hast und noch erleben wirst, ist erklärbar.«

»Ich ... es ist zuviel. Ich verstehe nichts. Der Römer dort, er hat mir gesagt ... wo bin ich?«

»Weit weg von Alexandria. Komm!« sagte Narnia. Arconrik und die beiden Numidier schleppten die schlafenden Sklaven aus dem Schiff und legten sie im Schatten des Baumes auf Decken. Ich schaute zuerst, sprachlos vor Überraschung, Narnia und Usha nach, dann wandte ich mich an Arconrik. Ich schaltete das Multifunktionsgerät ab und sagte:

»Usha Tizia soll deine Helferin werden? Wissenschaftliche Beraterin? Ich glaube, die lange Ruhe in der Kuppel schadet deinen Positronen!«

Rund um das kubische Zelt begann es auszusehen wie nach dem Überfall auf eine Handelskarawane. Arconrik schüttelte den Kopf. Er trug eine junge Mutter über die Planke herunter. Die Frau hielt ihr schlafendes Kind an sich gepreßt.

»Es ist so, wie ich sagte. Vergiß nicht, daß wir eine Arbeit vor uns haben, die wir nicht in vollem Umfang abschätzen können. Ich kann zwar vierundzwanzig Stunden lang arbeiten, aber nicht länger. Sie soll mir alle Kleinigkeiten abnehmen. Du weißt ebensogut wie ich, daß der Tag in der Oase aus mehr besteht als aus Konzentration auf unsere eigene Arbeit. Sie wird es schaffen, denn sie hat die besten Lehrer, die es auf Larsaf Drei gibt.«

Jetzt schüttelte ich den Kopf. Er hatte recht. Noch eine Aufgabe. Daß die Barbaren, wenn sie begabt waren und wirklich wollten, erstaunlich lernfähig waren, wußte ich ebensogut wie er. Ich nickte und fragte weiter:

»Wann, rechnest du, sind wir in der Oase?«

»In fünf Tagen. Ich hole die Pferde. Du hast Khach't Nachricht geschickt?«

»Noch nicht. Aber er sieht alles.«

Ich deutete nach oben. Jetzt kreisten zwei Falken über unserem chaotischen Lager. Arconrik brachte seine beiden schlafenden Sklaven aus dem Schiff, weckte sie unsanft auf und erklärte ihnen in kurzen Sätzen, wo und wer wir waren. Sie hatten schon länger Zeit gehabt, sich an ihn zu gewöhnen. Während ich das Pergament beschrieb, warf ich immer wieder wachsame Blicke auf Narnia und Usha, auf Arconrik und seine vier

Helfer. Sie rüsteten sich mit Waffen aus, die wir mitgebracht hatten – originale Waffen aus unseren letzten Abenteuern. Kurze Zeit später kletterten die fünf an Bord und verschwanden samt ihrer Ausrüstung.

Ich tippte auf ein Schmuckfeld des Armbands. Einige Atemzüge später lief der Gepard zwischen den Sklaven, die sich vereinzelt zu bewegen begannen, hindurch und blieb vor dem Zelt stehen. Ich rollte das Pergament zusammen und winkte ihm. Ich zeigte ihm auf der Karte den Weg bis zu Khach'ts seltsamem Quartier, weit an der Oase vorbei durch die Wüste.

»Eingeprägt?«

Xandar stieß einen fauchenden Raubtierschrei aus. Dann senkte er den Kopf. Ich schob die Rolle, mit einem Metallband verschlossen, zwischen seine nadelscharfen Zähne und schlug auf die Kruppe des Tieres. Das herrlich gezeichnete Fell war noch weich und ohne Geruch.

»Lauf hin. Und komm zurück, wenn er die Rolle an sich genommen hat. Sein Bild hast du gespeichert?«

Wieder ein antwortendes Fauchen, dann rannte der Gepard in seinem federnden, weitgreifenden Trab los und ließ hinter sich eine aufstiebende Sandwolke zurück. Ich streckte meine Beine aus und sah zu, wie Narnia versuchte, mit halblautem Gespräch, heißem, gesüßtem Tee und gutem Essen die zukünftige Assistentin Arconriks zu beruhigen und ihr die Scheu vor den vielen neuen und verwirrenden Eindrücken zu nehmen.

Mir blieb die Aufgabe, die anderen Sklaven zu beruhigen. Sie waren zweimal aus ihrem gewohnten Leben gerissen worden. Einmal durch die plötzliche Versklavung, zum zweiten durch einen unbegreiflichen Ortswechsel und noch mehr durch eine Reihe unerklärlicher Vorfälle. Ich ging hinüber zu Narnia und Usha und sah, daß Usha bereits Narnias Stiefel aus fast weißem Leder trug, daß die Striemen der Peitsche auf Ushas Rücken von Narnia perfekt versorgt waren und das Mädchen entspannt wirkte.

»Tizia«, fragte ich, »wie viele Tage warst du mit den anderen zusammen bei den Sklavenhändlern eingesperrt?«

»Viele Tage.« Sie zählte an den Fingern. »Zweimal zwölf und einen, Herr.«

»Sage nicht ›Herr‹ zu ihm. Das mag er nicht«, wies Narnia sie im Tonfall einer besorgten Schwester zurecht. »Er heißt Atlan oder Demetrion.«

»Du willst die kluge und tüchtige Gefährtin meines Freundes Arconrik werden«, sagte ich. »Jetzt mußt du mir helfen. Die anderen Sklaven wachen auf. Wir müssen sie beruhigen.«

Sie nickte eifrig, und ihre Verwirrtheit löste sich halbwegs, als ihr Narnia die Hand auf den Arm legte.

»Gib ihnen zu trinken, Herr ... Atlan. Und Essen. Sag ihnen, was mir deine Freundin erklärt hat.«

»Ich sagte, daß sie frei sind, daß sie in die Oase kommen und alles andere, was du ihnen auch sagen wirst.«

»Dann hilf mir«, bat ich Usha. »Narnia! Wir brauchen Tee und Essen.«

»Ich habe schon daran gedacht.«

Es folgten einige Stunden, die mich beschäftigten, aber auch verwirrten. Wir warteten, bis sie alle wach waren. Dann schnitten wir als erstes ihre Fesseln durch. Ich sprach mit ihnen; Usha berichtete, wie sie eine unglaubliche Reise hinter sich gebracht hatten. Narnia verteilte heißen Tee, gesüßt mit Honig, verstärkt durch Alkohol. Ich klappte einen Tisch auseinander, öffnete die Taschen mit der medizinischen Ausrüstung und behandelte zahllose Wunden und Peitschenspuren. In diesem Stadium war es leicht, das Vertrauen von knapp einem halben Hundert Menschen zu gewinnen. Usha zeigte, daß Arconrik einen erstaunlich sicheren Blick bewiesen hatte. Sie vergaß sofort ihre eigene Lage und half uns mit großer Schnelligkeit und ebenso sicher.

Schritt vor Schritt: Es dauerte Tage, bis alle Pferde da waren, die Lasten aufgeladen, die Mädchen und Frauen und Männer ihre Scheu verloren und ich genügend Informationen hatte. Dann brachen wir auf. Etwa die Hälfte ritt, die andere belud wieder das Schiff, das diesmal den Weg über das Wasser des Flusses wählte, und fünf Tage später trafen wir mit dem Gleiter auf Khach't.

Er saß grinsend auf einem Rappen, auf dem linken Unterarm erwartungsgemäß einen Falken mit lederner Haube.

»Willkommen, Demetrion! Alles ist vorbereitet. Es wurde Zeit«, rief er. »Viele Menschen bringst du mit – und ebenso viele Probleme, denke ich.«

Er heftete seinen Blick zuerst auf Narnia, dann auf Usha, schließlich auf mich. Seit rund zweieinhalb Jahrhunderten wachte er über die Oase. Hinter ihm tauchten aus den niedrigen Dünen, vor den dürren Gräsern am Rand der Oase, etwa fünfzehn bewaffnete junge Männer auf Pferden auf.

»Es freut mich, dich gesund und angeblich blind zu treffen«, sagte ich und hielt den Gleiter dicht vor ihm an. »Du hast uns beobachtet. Lange Erklärungen erübrigen sich also. Kann ich auf deine Hilfe rechnen?«

Er stieg ab, noch immer scheinbar alterslos, klein und zäh, voll abgründigen Humors und undurchschaubar. Wir umarmten uns und lachten. Ich war wirklich froh, ihn zu sehen. Mit wenigen Worten klärte ich ihn auf, und er sagte:

»Seid unbesorgt. In der Oase seid ihr die unangefochtenen Herrscher. Die Erinnerung an euch wird weitergegeben von Geschlecht zu Geschlecht.«

»Dann werden sie tun, was wir verlangen?«

»Nicht alles, denn die Sitten sind ein wenig verwildert. Ich habe sie vorbereitet.«

Ich begrüßte die jungen Männer. Sie waren freundlich, aber voller Mißtrauen. Sie versicherten mir, daß sie alles getan hätten, um uns einen würdigen Empfang zu bereiten. Aber unausgesprochen blieb ihre Frage.

Sie lautete: Wer seid ihr, daß ihr Hunderte von Jahren lang, durch die vielen Tage und Monde hindurch, immer wieder hierherkommt? Unsterbliche? Dämonen? Götter?

Eines Tages würden wir die Frage beantworten müssen. Mein Extrasinn flüsterte:

Sie sind kritisch geworden, Arkonide! Sie stellen Fragen. Diese Fähigkeit ist von euch damals, mit Beilarx zusammen, entwickelt worden!

Ein Grund mehr, sagte ich mir, stolz auf unser Wirken zu sein. Wenigstens in einem kleinen, überschaubaren Bereich bewiesen die Barbaren, daß es auch ohne Krieg und Machtgier möglich war, eine menschliche Gemeinschaft aufzubauen.

Die Reiter, Arconrik mit dem Schiff und wir mit dem Gleiter kamen fast gleichzeitig in der Oase an.

Bis tief in die Nacht hatten wir zu tun, um die Ausrüstung ins Haus zu bringen, den Menschen der Oase zu erklären, was diejenigen tun würden, die wir mit uns gebracht hatten, daß wir lange bleiben würden und daß sie ihr Fest auf den nächsten Abend verschieben sollten. Für die Neuen gab es genügend Platz. Sie wurden herzlich aufgenommen, während man uns mit Scheu begegnete.

Die riesige Wassermühle arbeitete noch immer; sie würde überholt werden müssen. Auch die Windmühlen drehten sich. Speicher und Scheunen waren gefüllt, die Schulen hatten ihre Kinder für diesen Tag weggeschickt. Mit jedem weiteren Schritt sahen wir, daß es der richtige Augenblick gewesen war, wieder eine neue, überraschende Entwicklung zu beginnen. Spät am Abend trafen wir uns in dem überfüllten, ungemütlichen Haus, in einem Raum von Arconriks Museum.

Öllampen, ein lodernder Kamin, hölzerne Sessel, mit Fellen ausgeschlagen, ein kleiner Imbiß und die alten, wertvollen Pokale voll Wein. Ein Kreis müder Gestalten, lang ausgestreckt, gähnend und die Becher in den Händen.

»Nicht einmal in meinen Träumen erlebte ich, was die letzten Tage mir zeigten«, sagte Usha Tizia überraschend klar. Arconrik hob kurz den Arm und entgegnete:

»Wir beginnen in vielen Tagen, ein Ding zu bauen, das unendlich wichtig für alle Menschen dieser Welt ist. Morgen wirst du lernen, Zahlen und Buchstaben zu schreiben und zu lesen.«

»Morgen abend ist niemand mehr nüchtern genug, um eine klafterhohe Zahl zu erkennen«, murmelte Khach't. »Mir glauben sie auch nicht, daß ich nicht einer meiner eigenen Söhne bin.«

Ich mußte lachen.

»Freunde! Wir haben viel Zeit. Nichts und niemand drängt uns. Mein erster Eindruck von den Menschen der Oase ist, daß sie erstens eine Blutauffrischung in mehrfacher Hinsicht brauchen, zweitens den Kontakt mit Kultur und Zivilisation. Trotz der Handelsstraße, die dort entlangführt.«

Wir hatten viele Stunden der Beobachtungen hinter uns, die exakten Höhenbilder mit einem Kartennetz darüber, die Chronologie von Arconriks Beobachtungen und unsere eigenen, von den Computern nachgerechneten Theorien über Werden und Vergehen solcher Siedlungen. Narnia unterbrach lächelnd:

»Auch darüber sollten wir heute nicht mehr sprechen. Ein Wort über Usha, Freund Arconrik.«

»Ich höre voller Aufmerksamkeit.«

»Sie ist jung. Sie hat ein schlimmes Schicksal hinter sich. Als du nicht bei uns warst, bewies sie, daß sie klug, liebenswert und unendlich tüchtig ist. Ich glaube, sie wird meine Freundin werden.«

Arconrik lächelte selbstbewußt. Usha wand sich vor Verlegenheit. Ihr Gesicht glühte vor Stolz. Siebzehn Sommer, so erinnerte sie sich nun, zählte ihr Leben. Dies in einem Land und einer Kultur, in der Vierzigjährige bereits verbrauchte Greise waren. Rico sagte ruhig einen Satz, der mich schon wieder verwirrte.

»Es liegt ein gutes, aber hartes Leben und Lernen vor ihr. Ich werde alles tun, um sicherzustellen, daß sie wieder bei uns ist, wenn wir uns gebärden wie Unsterbliche.«

Narnia und ich sahen uns schweigend in die Augen. Wir erkannten, was der Spruch bedeutete. Arconrik blieb gelassen. Usha verstand den Sinn seiner Antwort nicht, aber sie begriff, daß gewaltige Dinge vor ihr lagen. Sie schaute niedergeschlagen in die Flammen der Öllampen. In zwei Jahren würde sie eine schöne junge Frau geworden sein. Khach't zerbrach die gespannte Stille, als er sagte:

»Ich freue mich auf die nächste Zeit. Es wird sicher lustig mit euch zusammen. Schon heute lade ich euch zum nächsten Musikabend auf den Steintraversen ein.«

»Überredet!« sagte ich. Raban der Jüngere, der gewählte Vorsteher der Gemeinschaft aus mehr als eineinhalbtausend Menschen, hob den Arm und fragte:

»Jene freigelassenen Sklaven, Demetrion Atlan, was sollen wir mit ihnen tun?«

»Nehmt sie so bei euch auf, wie eure Väter andere Freigelassene in ihr Herz schlossen. Es sind Handwerker darunter – eure Schmiede, Holzschneider, Bronzegießer und Steinmetze werden Gehilfen bekommen. Das alles wird langsam vor sich gehen. Morgen? Erst einmal ein Fest, bei dem sich alle kennenlernen. Ich habe mit Freude gesehen, wie eure jungen Reiter den Mädchen glühende Blicke nachgeworfen haben.«

»Wer immer die Sklaven befreit hat, er hat scharfe Augen und Sinn für Schönheit!« lobte Raban. Arconrik hob den Pokal und erklärte in einem Ton, der keinen Widerspruch zuließ:

»Natürlich war ich es, Gevatter der Bewässerungsgräben!«

Wir wurden schläfrig und zogen uns in verschiedene Zimmer zurück. Am nächsten Morgen stellten wir fest, daß Arconrik unermüdlich gearbeitet, daß er drei Räume fast vollständig eingerichtet und ausgestattet und die Fächer und Schränke gefüllt hatte. Quer über der Schwelle des Zimmers, in dem Narnia und ich schliefen, lag Xandar mit ausgestreckten Läufen, den Kopf wachsam hochgereckt.

2.

ERINNERUNGSSPLITTER: Das »Schiff« war an Land gezogen worden. Es war völlig leer. Handwerker beschäftigten sich damit, es wieder zu reinigen, zu reparieren und aufzurüsten. Jede Stunde brachte neue Probleme: Raum um Raum wurde eingerichtet. Teppiche, Möbel, Vorhänge und große Tische. In den Fächern stapelten wir, unentwegt schleppend und lachend, die Teile der Ausrüstung. Metallbarren und die schartigen Schwerter unserer römischen Abenteuer brachten wir zu den Metallschmelzen. Einige Kranke kamen zu mir und wurden, so gut ich es mit den Mitteln arkonidischer Heilkunst verstand, behandelt. Wir sprachen eine Mischung aus Latein und Altkarthagisch-Punisch.

Narnia und ich suchten uns Pferde aus. Zwei junge Freigelassene kümmerten sich, wenn sie nicht in der Schule lernen mußten, um Zaumzeug, Sättel und die Pferde, die im Stall standen und zunächst einmal mit Spezialfutter versorgt wurden.

Auch Usha Tizia ging zur Schule, lernte einen Griffel zu halten und Lettern zu schreiben, Zahlen im Dezimalsystem zu erkennen und zu rechnen. An einem der ersten Tage schnitt Arconrik ihr Haar, wusch die Läuse aus den Strähnen heraus, wandte eine geheimnisvolle Chemikalie an und machte auf Tizias Wunsch das Haar glatt und »so silbern wie Atlans Haar«. Narnia ließ für sich und Usha Tizia Hemden und Röcke nähen und Gürtel anfertigen. Ein Kunstschmied schenkte ihr eine fast doppelt handgroße Schließe, die ein Abbild von Arconriks Kopf (vom Standbild unter den Bäumen) darstellen sollte. Ihre Wunden vernarbten. Die zersplitterten Fingernägel wuchsen. Sie lernte von Narnia, sich diskret zu schminken. Von Tag zu Tag wurde sie schöner und selbstbewußter. Sie lernte mit rasendem Eifer und großer Begeisterung – und dementsprechendem Erfolg.

Und sie lief Arconrik nach wie ein junger Hund.

ERINNERUNGSSPLITTER: Unsere Maschinen hatten mehrere tausend Schritt Drähte hergestellt, aus Kupfer und mit dicker Isolierung aus Kunststoff und in verschiedenen Farben. An die *Ssagia,* die Wassermühle, schloß Arconrik mit der Hilfe der Schmiede den mitgebrachten Generator und die Wechselrichter an. Wir verlegten eine Linie, wohlisoliert und sicher, zu den Bronzeschmelzöfen, die andere zum Hauptplatz, und von dort in fast jedes größere Haus. Glaskugeln mit Kontakten, schlechtem Wirkungsgrad der Platinwendel, dafür aber langer Lebensdauer, wurden aufgehängt. Als sich der Generator drehte und bestimmte Schalter umgelegt wurden, besaßen wir helle, elektrische Beleuchtung und ebensolche Energie.

Arconrik verkleinerte den Basaltfelsen abermals. Tagelang arbeitete jeder Erwachsene der Oase mit uns. Wir hoben eine riesige Grube aus und verwendeten das Material dazu, den Staudamm aufzuschütten und bepflanzbar zu machen. Der Boden wurde mit Basaltquadern ausgefüllt, wuchtige Mauern entstanden und wurden mit Erdreich bedeckt. Auch hierher führten bald dicke, in Röhren aus gebranntem Lehm verlegte Drähte.

In der Zeit, in der ich geschlafen hatte, war die Oase nach drei Richtungen um zweihundert Schritte im Radius gewachsen. Die Straße führte inzwischen hinaus in die Wüste und war von wachsenden Bäumen gesäumt. Eines fernen Tages würde sie sich mit dem Karawanenweg kreuzen, der in Nord-Süd-Richtung verlief.

Arconrik beruhigte mich.

»In dieser Halle werden wir genügend Platz haben. Die Flügelenden des Raumschiffs reichen *nicht* bis an die Wände!«

»Ich weiß nur, daß du alles berechnet hast. Pläne kenne ich nicht«, versetzte ich. Die Mauern wuchsen von Tag zu Tag mehrere Handbreit. In die Richtung der freien Wüste bauten wir riesige Tore ein; Konstruktionen aus Bronzeblech und imprägnierten Balken in Drehlagern aus Bronze.

Inzwischen hatten Narnia und ich mindestens siebenhundert Frauen und Männer mit Salben, Arzneien, verschiedenen Kräutersuden und Binden versorgt. Sie erinnerten sich – auch hier hatten sich einige Familien das Wissen aufgehoben und auf die Herstellung bestimmter Mischungen spezialisiert, die wir sie vor Jahrhunderten gelehrt hatten – gut an die Legenden und Anweisungen der »Gründer der Oase«.

Schon jetzt waren die Freigelassenen wirklich frei.

Einige junge Mädchen fanden einen Platz in Familien. Die reiferen Männer der Oase nahmen die Witwen mit den Kindern zu Frauen. Die Männer mit handwerklichen Fähigkeiten suchten und fanden Plätze, an denen sie ihre Neigungen vertiefen und ihre Kenntnisse anwenden konnten. Sie arbeiteten für sich, für den Handel und, aus fröhlicher Dankbarkeit, auch hin und wieder für uns.

Zusammen mit den Reitern lief der Robotgepard in weiten Schleifen und Kreisen um die Oase und schützte sie. Wir besuchten Khach't und feierten mit ihm heitere nächtliche Feste ... meine Versuche, über ihn etwas von ES zu erfahren, scheiterten völlig.

Bis zu diesen Tagen hatte keiner von uns das Gefühl, daß eine Katastrophe vorprogrammiert wäre. Arconrik zeichnete mit mathematischer

Exaktheit auf mitgebrachte Kunststoffbögen die ersten Pläne für das Sternenschiff. Die Metallschmelzer stellten eine harte, federnde Legierung her und formten Träger. Die Schmiede hämmerten halbkreisförmige Elemente, und mit Bohrern aus Arkonstahl machten sie lange Reihen von Löchern in deren Ränder.

Narnia sagte mir, sie fürchte den Tag, an dem sich Usha Tizia in Arconrik verliebte.

Wir schafften es, vier Träger zu schmieden, mit denen wir die gesamte Breite unserer Halle überspannen konnten. Balken kamen darüber und dünne Bronzebleche. Dann erst konnten wir langsam darangehen, das Dach der halb unterirdischen Halle mit Sand und Erdreich, pflanzlichen Abfällen und den Samen von Gras ebenso zu bedecken wie mit Schößlingen von Bäumen. Die Halle sollte unsichtbar bleiben. In die Siedlung führte ein gemauerter Stollen.

Für jeden gefällten Baum, dessen Holz wir zum Brennen und Kochen gebrauchten, pflanzten wir drei neue. Der Fluß führte viel Wasser, die Kanäle wurden gereinigt und verlängert, und schließlich fing die Regenzeit an. Jetzt hatten wir mehr Zeit zum Nichtstun, und alle Arbeiten verlagerten sich ins Innere der Häuser.

Drei Dutzend neue Häuser und Scheunen, Werkstätten und Lager wurden angefangen. Und die Menschen der Oase schienen zu vergessen, daß ihre eigenen Götter gekommen waren.

In der Halle des Sternenschiffs wölbten sich auf den schmalen Laufschienen, auf denen ein hölzerner Wagen stand, die ersten Teile des Schiffes. Der Kiel war fertig. Konvex gekrümmte Elemente voller Nietenlöcher reihten sich aneinander. Jetzt waren wir dabei, Scheiben aus Glas zu gießen, und die fehlgeschlagenen Versuche entmutigten uns nicht einmal; es gab genügend Wein und Bier.

ERINNERUNGSSPLITTER: Seit sechzehn Tagen wechselten Blitze, schwarze Wolken, Donner und Regen einander ab. Alles troff vor Feuchtigkeit. Die schwüle Luft lastete über allem und lähmte alles. Mehr als hundertachtzig Tage waren vergangen.

Wieder einmal fühlte ich mich ausgeliefert. Was wußte ich, wie ES seine Androiden-Beobachter ausstattete? Ich stellte mir vor, daß Khach't es durch die Augen seiner verdammten Falken sah, daß ES durch die Augen von Khach't sah, sich in seinem makabren Humor köstlich amüsierte und zu einem Zeitpunkt, da meine Hoffnungen am größten waren, erbarmungslos zuschlagen und alles zerstören würde.

»Dein Schweigen läßt sich nicht niederschreien, wie?« fragte ich.

Khach't schüttelte stumm den Kopf. Sein Blick glitt über den halben Rumpf des Sternenschiffs, das wie ein Seeschiff mit nadelscharfem, aber waagrecht durchschnittenem Bug aussah. Mit dicken Bändern aus Kunststoff waren einzelne Elemente abgedichtet und mit funkelnden Nieten zusammengeheftet.

»Nein.«

»Höre trotzdem zu, du runzliges Objekt eines unsichtbaren Herrschers«, sagte ich entschlossen. »Ich weiß nicht, ob das Schiff in fünf, zehn oder hundertzwanzig Jahren zum erstenmal fliegt. Ich will damit die sonnennähere Welt anfliegen und von dort Hilfe für diese Barbaren herbeifunken. Seit mehr als sieben Jahrtausenden bin ich auf dieser Welt! Seit dieser Zeit sehe ich zu, wie sie sich gegenseitig abschlachten. ES hat mich nicht gewarnt, hat mir nichts verboten – das Denken schon gar nicht! –, hat keinen Kommentar abgegeben. Ich will ihnen helfen. Ich habe es satt, bis hierhin.«

Ich fuhr mit der flachen Hand quer über meinen Hals. Wir saßen auf zwei niedrigen Montageplattformen, zwischen uns einen Krug und grobe, hölzerne Becher. Immerhin war Khach't so echt, daß er einen guten Schluck niemals abschlug.

»Daß du es satt hast, Atlan – ich versteh's.«

»Wie schön. Ich mache hier so lange weiter, bis ES mich anhält. Sag es ihm. Wann hast du das letztemal von ihm gehört?«

»Vor dreiunddreißig Jahren!«

»Als wir uns das letztemal hier trafen.«

»Richtig. Hast du schon einmal darüber nachgedacht, warum dein Zellschwingungsaktivator einmal in deinem Brustmuskel einoperiert, dann wieder frei inmitten deines grauen Haargekräusels schaukelte, heute wieder unsichtbar ist?« fragte er leichthin. Ich zuckte zusammen. In dem dicken, pappigen Nebel meiner halb vernichteten Erinnerungen hatte ich mich dies mehrmals gefragt. Es gab keine Antwort.

»Weißt du mehr als ich?« murmelte ich.

»Nein. Mehr als du weiß ich auch nicht. Du magst daraus erkennen, mein verzweifelter Freund, daß ich kein Vollstrecker von ES bin. Ein Werkzeug, so wie du.«

»Ein Opfer, der wie ich die Dreckarbeiten macht.«

»So sehe ich es. Deswegen auch mein Hang zu dummen, leichtfertigen Scherzen und die Zuneigung zu breithüftigen, feurigen und vollbusigen Töchtern des Landes.«

»Willkommen in der Gemeinschaft der ES-Geschädigten«, murmelte ich und stürzte den Rest des Weines hinunter. »Waffenstillstand zwischen uns?«

»Natürlich. Bis sich ES meldet. Dann tun wir wieder, was ES befiehlt. Schläfst du eigentlich mit dieser hochgewachsenen Numidierin? Sie sieht aus, als würde sie vor Begehren dampfen.«

»Wenn überhaupt«, antwortete ich ehrlich, »lege ich meine zitternden Arme nur um Narnia. Andere Männer hätte ich wegen weniger dummen Fragen niedergeschlagen.«

»Ich bin weder ein anderer«, entgegnete er kühl, »noch bin ich ein Mann im herkömmlichen Sinn. Vergiß es. Ich wünsche dir und deinen verwegenen Plänen alles nur erdenkliche Glück.«

»Danke. Ich gehe – gehst du mit?«

»Ich bin mit einer der eben erwähnten Töchter der Oase in der Fischerkneipe verabredet«, sagte er. »Gehen wir.«

Ich schaltete die Versorgung aus, nahm die Handlampe und ging mit ihm durch den verborgenen Tunnel in die Richtung des aufgestauten Sees. Dort, wo die Fischer anlandeten, gab es einen Steg, viele Boote, Netze und einen Mann, der die Fische briet, Bier und Wein ausschenkte und Suppe verkaufte. Es war, nach einem kurzen Spaziergang aus dem Zentrum der Siedlung, ein beliebter Treffpunkt. Er würde an Zustrom verlieren, wenn wir auch dorthin Drähte verlegten und Helligkeit erzeugten.

Ich trennte mich von ihm, als ich das Licht aus unserem Haus sah. Hinter einem Vorhang erkannte ich die Silhouetten von Usha und Arconrik, die mit vielen Gesten, die Köpfe über einen Tisch mit Pergamenten gebeugt, die Arbeit des nächsten Tages besprachen.

»Denke daran!« rief ich Khach't nach. »Ich konstruiere, baue und teste weiter ... bis zum bitteren Ende.«

Er winkte fröhlich und schlug den Weg zum Damm ein. »Ich werd's nicht vergessen!«

Die Rätsel blieben. Keine Antwort auf viele Fragen. In der halben Dunkelheit blieb ich stehen, drehte mich herum und lauschte. Aus dreihundert Wohnungen schlug ein Stimmengewirr an mein Ohr, die Laute von zahllosen Tieren, das beruhigende Rauschen des nächtlichen Regens. Bis zum bitteren Ende? Die Schwierigkeiten begannen erst nach dem ersten Flug.

Und der Augenblick des ersten Fluges war noch unendlich weit entfernt.

Wieviel Zeit gab uns ES noch?

ERINNERUNGSSPLITTER: Die Siedlung, nur Oase genannt ... seit jeher bevorzugten Menschen dieses Planeten die Stadt als Raum für ihr Leben und ihre Tätigkeiten. Alle Kulturen, die ich kannte, hatten ihren Ausgangspunkt in Ansammlungen von mehr und mehr Menschen. Sie trugen den Ausdruck *Stadtkulturen* zu Recht. Die Gemeinschaft bot Schutz gegen viele Arten von Überfällen. Das Leben in Freiheit begünstigte die Arbeitsteilung, und diese Art der Arbeit wurde besser, je länger sie von stets denselben Handwerkern ausgeführt wurde. Der Wohlstand nahm zu, die schöpferischen Kräfte der Bürger wuchsen damit.

Technik und Kunst waren die wichtigsten Ergebnisse dieser Entwicklung, die sich in der Oase schon seit langer Zeit vollzog. Die Schmiede hatten einen eigenen Zierstil, ebenso wie die Zimmerleute und die Steinmetze. Unsere Standbilder waren ebenso ein Beweis dafür wie zahllose Riegel, Zuhaltungen, Schnitzwerk und unzählige Gebrauchsgegenstände des täglichen Lebens.

Konnte die Oase eines Tages eine eigene Kultur entwickeln? Würde sich der Einsatz von fünfzehnhundert und mehr Menschen aus vielen Teilen der Meeresküste lohnen? Oder fehlte ihnen inzwischen eine wirkliche Herausforderung?

Sie waren – bis auf Ausnahmen – die Nachkommen von versklavten Barbaren. Der Umstand, daß sie sich hier frei und geschützt fühlen konnten, verhinderte vielleicht, daß sie sich frei entfalteten.

Du kannst nichts anderes tun, sagte der Logiksektor, *als genau zu beobachten und von Fall zu Fall zu reagieren.* Ich konnte schlecht ein Amphitheater bauen und aus Rom Schauspieler herbeiholen.

Würde ich sie alle für die Idee des Sternenflugs begeistern können? Nicht alle. Wahrscheinlich nur einige. Sie herauszufinden, würde wohl nicht allzu schwer sein. Bei der Vorbereitung mußten wir allerdings mit Götterglauben und Märchen arbeiten, nicht mit exakter Naturwissenschaft.

Ich saß auf der steinernen Bank neben dem Eingang zur Weinkellerei, gegenüber dem Standbild Ekralas. Neun Familien stellten Wein her, lagerten ihn, tauschten ihn gegen Brot und alle anderen Nahrungsmittel ein und bewahrten die getrockneten Trauben in wachsversiegelten Amphoren auf. Sie hatten mir einen glasierten Tonbecher weißen Wein angeboten. Auch dieser Becher trug die unverkennbare Signatur der Oasen-Verzierungen.

Ich trank den Wein in kleinen Schlucken, hatte die Füße auf die steinerne Tischplatte gelegt. Aus der Schmelze ertönte das Zischen einer abgelöschten Legierung.

Schritte näherten sich. Ich wandte den Kopf. Usha Tizia kam näher und setzte sich lächelnd neben mich. Cipora, die Weinwirtin, brachte ihr zugleich mit einem Schwall aufgeregter Worte einen großen Becher Wein.

»Nun? Gutgelaunt? Du wirst von Tag zu Tag schöner«, sagte ich. Sie warf mir unter langen Wimpern einen melancholischen Blick zu. Dann zuckte sie mit ihren schlanken Schultern. Ihr Haar war ein wenig dunkler geworden und zeigte blaue Schatten im schimmernden Silber. Ihre Stimme, leicht rauchig, wurde noch rauher vor innerem Schmerz.

»Nun ist schon der Mond versunken«, zitierte sie, *»und auch die Plejaden. Mitte der Nacht, und die Zeit des Wartens vorüber. Alleine schlafe ich.«*

»Du weißt, was Sappho vor achthundert Jahren geschrieben hat!« staunte ich. Sie nickte.

»Ich habe viel von Arconrik gelernt. Alles, was ich bis heute lernen konnte.«

»Und du willst mir sagen, daß du enttäuscht bist, weil dir Arconrik seine Liebe nicht erklärt hat. Danke für dein Vertrauen.«

Sie nickte und nahm einen langen Schluck. Es war erstaunlich, was ihr Narnia, Arconrik, die Lehrer in der Schule und auch ich hatten beibringen können. Sie war traurig und schaute mich voller Hoffnung an.

»Ja. Weißt du, warum?«

»Ich weiß es.«

»Sagst du es mir?«

»Er ist so beschäftigt, denkt so viel, vergißt niemals etwas; er kann gar nicht an derart triviale Dinge wie körperliche Liebe denken. Dennoch liebt er dich. Ich kenne ihn seit unendlich vielen Jahren. Er ist zu dir so wie zu mir. Wie ein Bruder, noch besser, wie ein Freund. Ich hatte nie einen besseren. Glaubst du mir?«

Wir sahen uns über den Rand der Becher hinweg in die Augen. Ihre Augen glänzten feucht. Sie kannte mich eineinhalb Jahre und mußte wissen, daß ich die Wahrheit sagte.

»Ich glaube dir. Aber ich verstehe es nicht.«

»Richte dich danach. Er ist dein Freund; er würde sonst niemanden an dem gewaltigen Schatz seines Wissens teilhaben lassen. Hast du nicht selbst gemerkt, wie sehr du dich verändert hast? Er würde sterben für dich. Für Narnia und mich, ganz nebenbei, natürlich auch. Aber er wird niemals in der Nacht zu dir kommen und dich lieben. Vergiß es, ein für allemal. Ich bin traurig, daß ich es dir so hart erklären muß.«

»Ich werde mir keinen der jungen Männer hier suchen«, murmelte sie niedergeschlagen. Ich hatte dieses Gespräch erwartet und mußte ihr die zutreffende Antwort geben.

»Du würdest keinen finden, der sich auch nur annähernd mit Arconrik vergleichen ließe.«

»Ich bin die jüngste von euch, und die dümmste«, flüsterte sie nach einem zweiten Schluck. »Aber das weiß selbst ich.«

Ich legte meinen Arm um ihre Schultern und zog sie tröstend an mich. Sie lehnte sich schwer gegen meine Brust. Ich sah, daß ihre Ohrläppchen durchbohrt waren und daß sie Schmuck aus Silber und funkensprühenden Steinen trug, der sich von ihrer hellbraunen Haut auffällig abhob. Richtig! Es gab mehrere Männer in der Oase, die herrlichen Schmuck herstellten. Edle Metalle gab es genug.

»Nichts ist ewig, nichts ist von Bestand«, murmelte ich in Ushas Ohr. »Du wirst, wenn wir ein klein wenig Glück haben, an unserer Seite noch vieles erleben. Das meiste davon ist weitaus interessanter als die Liebe eines Mannes – aber das werde nicht einmal ich einem jungen Mädchen erklären können.«

»Vielleicht schaffst du es«, lächelte sie, während sie die Tränen wegwischte, »wenn du es noch oft genug sagst.«

»Schön wär's«, brummte ich, stand auf und holte zwei volle Becher Wein. Um uns herum lief das Leben der Oase ruhig, heiter und arbeitsam ab, trotz des Regens. Ab und zu blitzte ein verirrter Sonnenstrahl durch die triefenden Blätter. Der Fluß stürzte sich rauschend über die steinerne Krone des Dammes. Schweigend, tief in Gedanken versunken, tranken wir den Wein und gingen dann, im Schutz der Bäume und der weit vorspringenden Dächer zu unserem Haus zurück, wo Usha Tizia neben Arconriks Laboratorium zwei Zimmer hatte, die sie langsam mit Möbeln und Gegenständen ihrer eigenen Vorstellungen einrichtete.

An meiner Miene erkannte Narnia, daß etwas Bemerkenswertes vorgefallen war. Sie erwartete uns, schweigend lächelnd, zog Usha mit sich und schloß hinter sich die reichgeschnitzte Tür.

Ich hatte eine Idee, wie wir die Bewohner der Oase für eine gemeinsame Aufgabe interessieren konnten.

Regenzeit. Tage, an denen nur in Innenräumen gearbeitet werden konnte. Wir schlossen sechs Gleiter-Antriebseinheiten an die Tragflächen und die kurzen Stabilisierungsflächen im Bug des Schiffes an, legten Steuerleitungen, schmiedeten Hebel und Umlenkungen und setzten einige mitgebrachte Instrumente in ein Pult aus Holz ein. Die Konstruktion ließ schon jetzt erkennen, daß sie mit einfachen Mitteln gebaut und ebenso zu reparieren war; für uns eine lebensentscheidende Einzelheit.

An jedem Abend versammelten sich an unserer Tafel einige Bewohner der Oase. Ekralas Sohn war einer der aufmerksamsten Zuhörer. Wir fragten sie, ob sie wüßten, was die Sterne am Nachthimmel wären. Verschiedene verworrene Antworten gaben uns die Möglichkeit, ihnen unsere »Wahrheit« zu berichten.

Es war der Widerschein göttlicher Feuer, die auf Welten wie unsere brannten. Von diesen fremden, phantastischen Welten kamen die Einflüsse, die das Leben der Menschen bestimmten.

Wir sagten unseren Gästen, daß sie diese Erkenntnis an ihre Kinder und Verwandten weitergeben sollten.

Der nächste Fragenkomplex war weitaus schwieriger zu beantworten.

Wie kam es, daß wir vor grauen Vorzeiten erschienen, ein paar Jahre blieben und die Oase erweiterten und aufbauten, dann rätselhafterweise wieder verschwanden, nach Jahrzehnten oder längerer Zeit, völlig unverändert und nicht gealtert, wieder mit neuer Ausrüstung, neuen Menschen und neuen Einfällen wiederkamen?

»Seid ihr Götter, die ewig leben?« fragte Raban der Jüngere. Arconrik schälte langsam eine Frucht, machte mir ein Zeichen und gab langsam und mit sorgfältig gewählten Worten die Antwort.

»Wir warteten schon lange darauf, daß wir dies gefragt werden würden.«

»Jetzt *fragen* wir!« beharrte Ekralas Sohn Recha.

»Vor vielen Jahrhunderten schickten uns unsere Herren – ihr mögt sie ›Götter‹ nennen – von einer dieser Welten«, er zeigte mit der Messerspitze in die Richtung des regenwolkenverdeckten Sternenhimmels, »hierher. Wir sollten den Menschen dieser Welt helfen, sie belehren, die Guten schützen und die Schlechten abwehren oder töten. Das taten wir. Aber die Rückkehr war für uns unmöglich, weil das Schiff für diese lange, unendlich weite Reise zerbrach.«

Die Art der Bewegung, die der bootsähnliche Gleiter und das sehr viel größere Schiff ausführen konnten, nahmen die Oasenbewohner mittlerweile hin. Was einen bestimmten Grad an Unverständlichkeit überstieg, schien sich halbwegs im Unsichtbaren abzuspielen.

Sie verstanden, daß Arconrik ein anderes Schiff meinte. Usha Tizia hatte ihre Ellenbogen aufgestützt, hielt Wangen und Kinn mit den Handflächen und blickte Arconrik voll schweigender Konzentration an. Sie hing an seinen Lippen, und jedes Wort schien für sie wie ein Bissen Braten zu sein.

»Erzähl weiter! Es ist zu glauben, was du berichtest.«

»Das will ich meinen«, begehrte Arconrik auf. »Selbst Beilarx, der legendäre erste Meister der Bürger dieser Oase, unser Freund, glaubte uns alles. Er hatte es einfach: Es war die Wahrheit.«

»Du schweifst ab«, sagte ich halblaut. Natürlich waren die Einzelheiten seiner Erzählung längst zwischen mir und ihm abgesprochen.

Arconrik holte tief Luft; ein Geräusch, das ihn noch menschenähnlicher machte, und sprach weiter.

»Wir sind also auf dieser Welt gestrandet. Keiner von uns hat das ewige Leben. Immer dann, wenn ein Teil der Arbeit getan ist, werden wir zurückgerufen. Dann liegen wir in einer Höhle, tief im wulstigen Schoß eines Berges, im tiefen Schlaf, ja, man kann sagen, wir sind so gut wie tot. Wenn die Menschen, die sich an uns erinnern, in Gefahr sind – nicht immer geht es so! –, wachen wir auf, packen unsre Ausrüstung zusammen und kommen zurück.«

»Das bedeutet vielleicht, daß ihr noch einige Tage hierbleibt und dann geht? Und zurückkommt, wenn wir längst alle gestorben sind, und sich nur unsere Kinder und deren Kinder an euch wie an Sagen und Legenden erinnern?«

Gleichzeitig nickten Narnia, Arconrik und ich.

»Nicht anders ist es.«

»Und ... der bronzene Vogel in der verborgenen Halle?« wollte Raban wissen. Diesmal antwortete ich.

»Wir versuchen, zusammen mit euch allen, ein Schiff zu erbauen. Es soll uns zurückbringen zu der Welt, von der wir kommen. Aber es ist zum Verzweifeln schwer. Wir müßten durch schreckliche Abenteuer, durch Stürme, Wasser, Sonnenhitze, über die Wüstenei der Gedanken und halbwegs durch das Reich der Toten fliegen. Deswegen werden wir sehr lange brauchen, um dieses Schiff zu bauen. Vielleicht gelingt es uns nie.«

Xandar stand auf, schüttelte sich, fauchte und tappte langsam die Steintreppe hinunter. Eines der jungen Mädchen, die Arconrik gekauft hatte, goß die Becher wieder voll.

»Aber ihr kennt und wißt so vieles!«

»Es ist nicht genug.«

»Eine weite Reise muß es sein, fürwahr«, murmelte Raban. »Ein fernes Land. Weiter als die Stadt, aus der die Leute kamen, die ihr gebracht habt?«

Ich nickte, winkte ihnen und führte sie in meinen Arbeitsraum. Zwei große Glaskugeln verbreiteten kalkiges Licht. Ich zog sie zu einer der großformatigen Karten, zeigte ihnen die Oase, deren Ausdehnung, den Fluß und die Wüste, das Gebirge und die riesigen leeren Strecken rund um dieses Gebiet. Sie begriffen nach vielen Erklärungen. Als ich ihnen sagte, daß unser bronzenes Schiff eine Strecke zu überwinden hatte, die tausend mal tausend so groß war wie vom nördlichsten bis zum südlichsten Punkt des Kontinents, schüttelten sie ungläubig die Köpfe.

Recha war von praktischer Natur. Er blieb neben der Tür stehen, hob den Becher und stellte fest:

»Das bedeutet für uns aus der Oase, daß wir dann, wenn ihr eines Tages verschwindet, euer Erbe hüten und beschützen müssen wie bisher? Daß wir alle so weiterarbeiten, als wäret ihr mitten unter uns?«

»Du hörst, Arconrik, jemanden, der dich vollkommen verstanden hat«, schloß Tizia. Ich konnte nur zustimmen.

Draußen rauschte gleichmäßig der milde Regen nieder. Unsere Besucher tranken die Becher leer, schüttelten unsere Hände und gingen verwirrt über das glänzende Pflaster, entlang der Leuchtkörper und unter den Dächern zu ihren Häusern und Wohnungen. Von den Gladiatoren, die vor rund dreiunddreißig Jahren mit mir gekommen waren, lebte nur noch einer: der Grieche Kalas. Mit zittriger Stimme hatte er mir erzählt, daß alle meine Kampfgefährten, auch Lalaga und ihr Gefährte, friedlich gestorben waren und er sich ein ebensolches Ende wünschte. Nicht jeder von ihnen hatte eine Familie gegründet und Kinder hinterlassen. Aber sie waren in der Bevölkerung der Oase gut aufgenommen worden und hatten ihren Platz gefunden. Von mir hatten sie oft gesprochen. Ebenso würde es denjenigen gehen, die Arconrik gekauft hatte – für Tizia erhoffte ich ein anderes Schicksal.

»Wann wirst du zum erstenmal fliegen, Atlan?« fragte sie. Ich hob die Schultern.

»Nach Ende der Regenzeit. In einer Handvoll Tagen also.«

»Allein?« wollte Narnia wissen. Es befand sich nur ein provisorischer Sitz vor den Kontrollen. Ich nickte.

»Ein erster Versuch. Nicht mehr ... es sind noch Tausende von Problemen nicht gelöst.«

An diesem Abend dachte ich aber weniger an das große Vorhaben, als an die seltsamen Lücken in meiner Erinnerung, verbunden mit den Abständen, in denen ich die Oberfläche der Welt besucht hatte. Sicher, innerhalb der Kuppel von hundertzwanzig großen Schritten Durchmesser, die sich als Röhre weit in den Fels hinein fortsetzte, gab es genügend Magazine und Räume, in denen sich gewaltige Mengen Ausrüstung verbargen, und in denen ein einzelner Mensch ohne geringste Mühe versteckt werden konnte. ES hatte wieder einmal gewirkt.

Wußte ES eigentlich, daß Rico in bestimmten Abständen seine Suchroboter ausschleuste, um Material und sogar Frischfleisch zu erbeuten?

Wenn ES darüber Bescheid wußte, dann reagierte dieses Wesen nicht so darauf, wie ich es mir vorstellte.

»Gehen wir schlafen«, schlug ich vor. »Wenn der Regen aufhört, fängt die harte Arbeit wieder an.«

So war es. Wir hämmerten, drehten Gewinde, glätteten Schrauben und versuchten, einzelne Teile zu verbessern. Rico funkte Maße und Pläne zu den Maschinen der Kuppel. Die Tore öffneten sich. Ich saß vor den runden Bullaugen, die an vielen Stellen die Rundungen des zylindrischen Körpers unterbrachen. Das Spezialglas und die Einfassungen stammten aus den Kuppel-Vorräten.

Ich bewegte die Gleitersteuerung. Langsam hob sich der schwere Apparat. Er glitt ebenso langsam vorwärts, hinaus in die Helligkeit. Ich zog die Schutzbrille über die Augen und winkte kurz. Mit Arconrik stand ich in Funkverbindung. Das hohle Gerüst des Schiffes warf einen großen Schatten, der immer kleiner wurde; ich ließ das Gerät schräg aufsteigen. Es war so leicht zu dirigieren wie ein großer Gleiter, wurde schneller und zog in etwa vierhundert Schritt Höhe den ersten Kreis über die Oase. Immer wieder gingen meine Blicke zwischen dem Boden und den Instrumenten hin und her. Die Energiezellen waren prallvoll und lieferten genügend Energie. Ich sah, ganz winzig geworden, die Menschen, die alle ihre Köpfe in den Nacken gelegt hatten. Einige Erwachsene und fast alle Kinder winkten herauf. Ich neigte das Schiff mehrmals hin und her und kletterte höher, lehnte mich zurück und versuchte mir vorzustellen, wie ich über die dampfende, heiße Landschaft des zweiten Planeten schwebte.

Immerhin gab es im Lagerverzeichnis der Kuppel einen Raumanzug! Ob er noch funktionierte, was lebensentscheidend sein würde, wußte ich nicht.

»Irgendwelche Probleme?« fragte Arconrik. »Sie sind alle voller Staunen und Verwunderung.«

»Keine Probleme.«

Der Antrieb, der für die Gleiter vorgesehen war, konnte das Gerät nur bis in eine bestimmte Höhe bringen. Arconrik hatte ausgerechnet, daß ich viertausend Schritt erreichen konnte. Der Höhenmesser zeigte eintausend. Ich richtete das Ruder gerade aus und schob die Hebel vor. Eine Stunde lang stieg der metallene Vogel, begann abermals in einen weitaus größeren Kreis einzuschwenken und schaffte tatsächlich knapp viertausend Schritt über dem Boden. Die Luft war eiskalt und dünn geworden. Ich richtete die Spitze wieder nach Südost und schaltete, als ich genügend Geschwindigkeit erreicht hatte, den Antrieb aus. Die Konstruktion neigte sich nach vorn und begann den langen Landeanflug. Sie ließ sich gut steuern; ich versuchte zuerst harmlose, dann immer riskantere Manöver. Alle unsere Hebel und Züge funktionierten hervorragend. Die Luft heulte und schrillte entlang der Konstruktion. Die zaghafte Hoffnung, daß ich mit diesem »Ding« tatsächlich einen vergleichsweise unbedeutenden – für mich gigantischen – Raumschiff-Flug würde unternehmen können, wuchs eine Kleinigkeit. Die Segeleigenschaften waren gut, die Sinkgeschwindigkeit gering. Also würde ich das Schiff auch noch beherrschen, wenn sämtliche Ausrüstung darin war.

Immerhin, das erste und das letzte Zehntelprozent deines Raumflugs kannst du als gelöst betrachten, sagte grimmig der Logiksektor. Ich mußte wider Willen laut lachen.

»Du scheinst gutgelaunt zu sein?« fragte Arconriks Stimme aus dem Ohrhörer.

»Aus guten Gründen«, antwortete ich. »Der bronzene Vogel fliegt tatsächlich.«

»Ich sehe dich bereits, als blitzenden Reflex.«

»Das ist meine Hochstimmung, die derart funkelt«, gab ich zurück und sah vor mir, nur durch einen Stützträger und genietetes Metall in zwei unterschiedliche Bereiche geteilt, das herrliche Panorama, in dessen Mitte sich die Oase befand, einsam, geschützt durch trostloses Land und Gebirge, mit der einzigen schwachen Stelle, die der Fluß darstellte. Wieder legte sich das heulende, brüllende Ding in eine Kurve und jagte schräg abwärts. Ich verbrachte die letzte halbe Stunde damit, einen schwierigen Landeanflug zu probieren, und beendete ihn, mehr als hochnervös, mit einer Landung auf den drei knarrend ausklappenden und sich verlängernden Landestützen, allerdings mit der Unterstützung der beiden Gleitermaschinen, die in den vorderen Stützflügeln eingebaut waren. Ich blieb einen langen Moment liegen, den Rücken waagrecht, die Knie und Füße hoch über meinem Kopf.

»Immerhin, Arkonide«, murmelte ich, halb zufrieden, und ließ den Vogel aus Bronze – ein treffender Name, der allerdings nicht zutraf – wieder in die Waagrechte zurückkippen.

Als ich die Luke aufstemmte, sah ich unter der Menge der Wartenden den Falkner Khach't. Sein Gesichtsausdruck war alles andere als heiter oder ironisch.

Durch den knirschenden Sand stapfte ich auf ihn zu. Umständlich, den Vogel auf seinem Unterarm balancierend, kletterte er aus dem Sattel. Narnia und Tizia rannten auf mich zu und hängten sich an meine Arme. Arconrik machte zustimmende Gesten, und die Handwerker der Oase redeten leise und fast erschrocken miteinander.

»Ich bin nicht hier«, eröffnete Khach't den Wortwechsel, »um dir zu auffallenden Taten zu gratulieren.«

»Ich sehe es an deinem Gesicht«, gab ich zurück. »Was ist los?«

»Unser Herrscher ist aus dem Dunkel der vergessenen Jahre aufgetaucht. Er sprach zu mir. Zu dir nicht?«

Ich schüttelte den Kopf. Ich hatte nicht den winzigsten Impuls wahrgenommen. Ein Gefühl kommenden Unheils beschlich mich.

»Was sagte er? Was diktierte ES?«

»Bitter, Arkonide. Ihr werdet viel Zeit haben, über die Inneneinrichtung nachzudenken. ES warnte mich. Es würde sich in der Oase binnen weniger Jahrzehnte eine geschlossene, isolierte Zivilisation bilden, wenn ihr euren Aufenthalt länger ausdehnen würdet. Licht aus Elektronen, zahllose neue Fertigkeiten und Erfindungen, die keine sind. Und schließlich noch ein Sprung der Technik, alles, was mit diesem Vogel zusammenhängt – ES ist mürrisch und außerordentlich grämlich.«

Ich sagte: »Das bedeutet, daß wir freiwillig in den langen Schlaf zurückgehen sollen? Ehe ES ungeduldig wird und uns mitten aus der Arbeit herausreißt?«

»Ich sehe es so.«

Eine Chance für Tizia! sagte der Logiksektor erfreut.

»Wie viele Tage haben wir noch?«

»ES gab keine genauen Anweisungen. Fünf, sage ich. Höchstens sieben. ES läßt nicht mit sich spaßen.«

»Wem sagst du das.«

Narnia begriff, Tizia wußte nicht, worum es ging. Arconrik hatte jedes Wort verstanden und blieb erstarrt stehen. Ich wagte noch nicht, in Ruhe nachzudenken. Ich war aus einem Traum herausgerissen worden, aber auch das bedeutete für ES nichts. Und ich war es gewohnt. Mit einer Stimme, die vor Enttäuschung rauh geworden war, sagte ich:

»Gut. In sechs Tagen sind wir verschwunden. Wir tun, was wir können, um es den Menschen hier zu erklären. Der Rest bleibt dir. Wann, denkst du, dürfen wir wiederkommen?«

Er zuckte die Schultern und zeigte dann auf Arconrik.

»Ihr schlaft. Er wird kontrollieren, wann der beste Augenblick ist. Ihr solltet wohl dort weitermachen, wo ihr jetzt aufhören müßt. Es tut mir leid, denn es ist immer eine lustige Zeit mit euch.«

»Geht in Ordnung«, knurrte ich. »Wir tun, wie immer, was ES will.«

Das Ende war lautlos wie der Stillstand der Sonnenuhren. Ich zog die beiden Frauen mit mir und versuchte, meine Enttäuschung herunterzuschlucken. Ich zweifelte nicht eine Sekunde lang an der Richtigkeit dessen, was Khach't uns gesagt hatte. Die Schwierigkeit lag nicht darin, einzupacken und uns mit dem Ende dieses Kapitels abzufinden, sondern in der Schwierigkeit, für eine sehr lange Zeit vorzusorgen. Um mich zu betäuben, sagte ich zu Narnia:

»Du hast alles verstanden? Wir fangen sofort an. Unser Wasserschiff und der bronzene Vogel müssen konserviert werden. Wir fangen, irgendwann, wieder dort an, wo wir heute aufhören. An die Arbeit, Freunde.«

Fünfundsiebzig Stunden, von kurzen Schlafpausen unterbrochen, sprachen wir mit den Menschen. Die Erwachsenen unter den ehemaligen Sklaven waren unsere wichtigsten Verbündeten.

Die Erzählungen über unseren Schlaf und die verschiedenen Welten wurden aktuell. Den wahren Sinn begriffen vielleicht mehr Menschen, als wir dachten – oder auch nicht.

Wir gaben das feierliche Versprechen ab, wiederzukommen. Die

Freunde, die wir gewonnen hatten, versicherten, unser Haus zu bewahren, die Halle des Vogels zu schließen und zu verstecken, so weiterzuarbeiten, wie bisher. Ich erklärte Usha Tizia, daß sie das Große Los ihres Lebens gezogen hätte, denn sie würde bei uns bleiben und bei ihrem geliebten Arconrik.

Ich, der Hüter des Planeten, gab das Signal. Mitten in der Nacht kam der Falkner, brachte einen Tonkrug, angefüllt mit uraltem, edlem Wein. Er verabschiedete uns, ernst und nachdenklich, wie ich ihn noch nie erlebt hatte. Auch er versprach, »nach dem Rechten zu schauen«. Wir kletterten, vier Personen und der Gepard, in den schwerbeladenen Gleiter und flogen davon, ohne jemandem die Hand zu drücken.

Keine zehn Stunden später befanden wir uns, nach einer Reise, die Tizia abermals erschreckte, in der Unterseekuppel, in den gewohnten Räumen. Wieder fing die lange Zeit des tiefen Schlafes an.

Wenn wir wieder aufwachten, war es sicher, daß uns Chaos, Desorientierung und neue Aufregungen erwarteten. Rico, menschenähnlicher als je zuvor, würde uns beim Erwachen helfen: So wie immer.

Während wir schliefen, ließ Arconrik aus einem der sechs arkonidischen Flottensilos und dem Magazinspeicher – sie waren über den gesamten Planeten verteilt – Metalle, Halbzeug und Teile unserer alten Flottenausrüstung holen; die Maschinen des Schutzzylinders hatten viel Zeit, unsere handwerklich unvollkommenen, aber funktionsfähigen Entwürfe in eine erstklassige Konstruktion umzusetzen, die möglichst in einem Stück zur Oase geschafft werden würde.

Scarron Eymundsson, die am Abend mit Djosan Ahar den Geschichtswissenschaftler besuchte, brauchte nur wenige Minuten, in den schweren Sessel neben Cyr gelehnt, um sich vor dem Halbkreis der Monitoren, Holoprojektoren, flirrenden Computerbilder, der Zeittafel und den Aufzeichnungsgeräten zurechtzufinden. Die Sorge über Atlans weiteres Leben marterte sie seit einigen Tagen nicht mehr so stark und schien, so meinte Cyr erkannt zu haben, geringer zu werden mit jeder weiteren Nacht, die Atlan überlebte. Leise fragte sie:

»Etwa einundsiebzig nach Christi, Cyr? Etwas mehr als dreißig Jahre nach dem letzten Einschlafen, nicht wahr?«

»Wir haben gerechnet. Die Daten sind noch nicht exakt. Aber er ist wenige Jahre nach seinem – wie er sagt: überflüssigen – Abenteuer als Söldner für Rom wieder aufgewacht. Nicht an Lalagas Seite.«

»Er hat die Römer wirklich nicht gemocht.« Djosan Ahar nickte und grinste kalt. »Aber es gab Einzelheiten und Errungenschaften, die er durchaus schätzte. Die Sprache im ganzen Reich, die Reichsidee, einen Teil der Baukunst und anderes.«

Ktesios und Lalaga waren also, vermutlich von Rico, zur Oase geschafft, dort gastlich aufgenommen worden und gestorben, vor Atlans neuem Besuch. Aescunnar schüttelte langsam den Kopf und deutete auf den Computerentwurf des primitiven Raumschiffes, das in Handarbeit und von den hochtechnischen Maschinen des Überlebenszylinders hergestellt worden war.

»Ein Raumschiff ... besser: ein Raumbötchen zur Venus, dem zweiten Planeten, dem Stern der Astarte! In römischen Werkstätten von einem Roboter und Puniern hergestellt! Es ist ein Vorhaben von schwer überbietbarer Kühnheit!«

Der erste Entwurf des Raumflugkörpers, den die Computer nach den Worten Atlans aufgebaut hatten, sah aus wie eine unbeholfene Synthese zwischen einem Gleiter, einer zylindrischen Rakete, einem antiken Düsenflugzeug mit Teilen exotischer Vögel und dem Gehilfenstück eines Schmiedes. Aescunnar sagte leise:

»Wir wissen nicht, ob das Gerät je den Flug zur Venus schaffte. Wir wissen nur, daß Atlan überlebte, falls er den Mechanismus mehr oder weniger erfolgreich bewegt hat. Und wir wissen, daß die Arkonflotte niemals die Erde angeflogen hat. Wir werden erfahren, wie es ausgegangen ist – Atlan, dort im Planetaren Krankenhaus, spricht unablässig, und er wird es uns berichten.«

»Wir brauchen nur zu warten«, sagte Scarron.

Wieder einmal hatte ES eingegriffen, weil ES vor rund 3400 Jahren seinen Einfluß auf die Barbaren bedroht gesehen hatte. Atlan, Usha Tizia und Narnia hatten sich in den Kälteschlaf des Schutzzylinders zurückgezogen; wie lange waren sie in der Oase gewesen, und wie lange ließ ES sie schlafen? Djosan Ahar, Scarron Eymundsson und Cyr Aescunnar lauschten schweigend dem Anfang eines neuen Kapitels eines Abenteuers; vor den gebannten Zuhörern breitete sich ein großes, farbiges und von Leben durchflutetes Panorama aus.

3.

Der Stillstand der Sonnenuhren ...

Khach't hatte diesen treffenden Ausdruck geprägt. Der tiefe, lange Schlaf bedeutete ebensolche Erstarrung aller Gedanken und Empfindungen. Wir verbrachten eine unbestimmte Zeit in den dunklen, kalten Räumen der Tiefseekuppel. Die Computer steuerten sämtliche Vorgänge.

Die Energieversorgung war ebenso sicher wie unser Überleben, die Flut der Informationen riß nicht ab. Das einzige Wesen, das scheinbar lebte, war ein hünenhafter Mann mit gebräunter Haut, leuchtendgrünen Augen und schwarzem, lockigem Haar. Er bewegte sich wie ein besonders kräftiger Mensch, der gewohnt war, seine Kräfte mit äußerster Zweckmäßigkeit einzusetzen. Das Wesen, das vor einer noch nicht genau definierbaren Zeitspanne den Namen *Arconrik Carra* gehabt hatte, der Robot Rico, war erstaunlich menschlich geworden. Menschlich?

Aus einer Handvoll Gigabytes an einzelnen Informationen, die seine leistungsfähige Positronik verarbeitet hatte, waren im Lauf vieler Abenteuer Verknüpfungen entstanden, waren immer wieder Verbesserungen hinzugefügt und Irrtümer umprogrammiert worden. Die Veränderung eines Roboters ging so weit, daß er Vergnügen daran hatte, an aromatischen Getränken zu riechen und ernsthaft zu behaupten, es steigere sein Wohlbefinden.

Es gab keinen besseren Mechanismus als Rico-Arconrik, um auf drei Lebewesen aufzupassen, den Weiterbau des Raumschiffs zu planen, viele Maschinen, teilweise gleichzeitig, entsprechend zu betätigen, die Spionsonden zu dirigieren, auf die Oase aufzupassen, Informationen zu verarbeiten und zueinander in Relation zu bringen und zu speichern, Bildfolgen und Geräusche, Sprachen und Schriften zu analysieren ... und das vierundzwanzig Stunden am Tag, 365,26mal im Jahr und 109,35 Jahre lang.

ES hatte sich nicht gemeldet, hatte zweifellos gemerkt, daß sich die vier aus der Oase und von ihrem Vorhaben zurückgezogen hatten. Nun war genügend Zeit vergangen, sagte sich Arconrik.

Er aktivierte die Kontrollgeräte, die eine Unterbrechung des Schlafes einleiteten. Mit Narnia und Atlan-Demetrion hatte er keine Probleme. Sein einziges Problem hieß Usha Tizia, zählte (fast genau von ihm geschätzt, nachgerechnet und verifiziert) 18 mal 365,26 Tage, mit einer Fehlerwahrscheinlichkeit von maximal sechs Prozent.

Die Zeit, bis alle seine Schützlinge an einem Tisch sitzen und bei den Flammen künstlicher Kerzen den Wein trinken und sowohl frisches Obst als auch Gemüse und Braten essen konnten, verbrachte er damit, ihnen die Eckdaten des verstrichenen Jahrhunderts vorzuführen.

Caesar Titus war gestorben, Domitian löste ihn als Gewaltherrscher ab, Nerva und Trajan folgten, darauf Hadrian, Antoninus Pius, Lucius Verus und bis jetzt, Marc Aurel.

Kurz nach dem ersten planetengebundenen Flug des Wolkenschiffs aus Bronze zerstörte der ausbrechende Vulkan *Vesuvius* zwei kleine Städte des römischen Staatsgebietes, Herculaneum und Pompeji; mehr als zweitausend Tote. Rom brannte wieder einmal. In Germanien wurden Provinzen gegründet. Rom beherrschte die Welt in weitem Umkreis des Mare. Kundschafter aus dem Land Ch'in erreichten die römischen Grenzen. Die Religion des gekreuzigten Jesus aus Nazareth verbreitete sich. Mehr als eineinhalb Millionen Menschen lebten im Stadtgebiet Roms. Römische Händler entdeckten erstaunlich weit gelegene Länder und Kulturen. Die Pest wütete im Römischen Reich.

»Kurzum«, bemerkte Arconrik, »nichts, das ES dazu bringen würde, dich aufzuwecken, Atlan.«

»Also hast du entschieden, uns zu wecken?«

»Ich dachte an das Schicksal deiner geliebten Barbaren, denen du die fragwürdigen Segnungen der Arkonflotte bringen willst.«

»Auch gut.«

Die Computer hatten die Problematik berechnet, das Für und Wider abgewogen und in exakten Zahlen ausgeworfen. Mit Sicherheit war ein geringfügiges Plus *für* eine erfolgversprechende Fortführung der Arbeiten errechnet worden. Rico als ausführende Instanz zog die Konsequenz. Ich äußerte meine Freude über die Tatsache, ohne die Wichtigkeit einer Mission auf Leben und Tod zur Oase zurückkehren zu können, nicht deutlich. Trotzdem verstand mich diese Maschine, die so unendlich viele Jahre der Einsamkeit mit mir geteilt hatte.

»Nun zur Oase«, sagte ich undeutlich. Zum wievielten Male versuchte mein Körper, seine Kräfte wiederzubekommen? Ich hatte das Zählen aufgegeben. Wie sollte ich auch – meine Erinnerungen waren manipuliert.

»Es wird dir vielleicht nicht gefallen, was du siehst!«

Ich erschrak. Ricos künstliches Gesicht wirkte verschlossen. Er aktivierte abermals die Bildschirme, die Lautsprecher und das faszinierende Spektrum seiner Beobachtungsgeräte.

Wieder schlugen die Eindrücke über Tizia, Narnia und mir zusammen. Eine Stunde vor der Morgendämmerung. Zunächst: *Stille und Finsternis.*

Unendlich langsam, ebenso schleichend, wie sich der Himmel mit den wenigen Sternen und dem vollen Mond dicht über den Dünen erhellte, kamen einzelne Geräusche und Laute auf. Nachtwind ließ den Sand silbertönend über die geriffelte Oberfläche der erstarrten Dünenkämme rieseln. Einmal hier, dann in anderer Richtung, dann hinter den Zelten – scharfe, klirrende Geräusche. So klirrten Halseisen, Fußfesseln und Ketten. Grillen zirpten. Das schwere Atmen von Menschen, die im tiefen Schlaf versunken waren. Irgendwo wieherte ein Pferd, einige Männer schnarchten. Aus der rotgesprenkelten Asche eines Lagerfeuers trieb eine Rauchfahne hoch und bildete eine graue Wolke, die in halber Mannshöhe zwischen den eineinhalb Dutzend Zelten schwebte. Die letzten Sterne verschwanden, die Pferde wurden unruhig, das Kettenklirren war jetzt unüberhörbar. Schlagartig hörten die Grillen mit ihren sehnsuchtsvollen Liebesrufen auf.

Hinter den Körpern der Pferde schob sich eine Gestalt hervor. Ein junger Mann, gekleidet in eine lederne Halbrüstung und eingehüllt in einen bodenlangen weißen Mantel, griff nach einem Speer, der im Sand steckte, und begann einen langsamen Rundgang. Er war hellwach und bewegte sich fast lautlos. Nur seine Sohlen knirschten im Sand.

Er blieb zwischen den letzten beiden Zelten stehen, warf einen langen

Blick auf die etwa zwanzig Männer in Ketten und schaute dann nach Osten.

Das Lager befand sich auf dem Hang einer Anhöhe. Von hier aus hatte der Wächter einen ungehinderten Blick auf die Ausläufer des Waldes, der grünenden Felder und der steppenähnlichen Zone am Rand der Oase. Er sah den breiten Kanal, der sich aus dem Innern der dicht stehenden Baumgruppen bis hierher erstreckte, und die große Grube, an deren Rand die Werkzeuge der Sklaven und Arbeiter lagen. Unzählige Wagenspuren durchzogen das Gebiet, in dem riesige Haufen von Steinen lange Schatten zu werfen begannen. Die Geckos gruben sich jetzt, in der Stunde des Sonnenaufgangs, in den Sand ein und suchten vor der kommenden Hitze ihre Verstecke auf.

Schweigende Männer, ähnlich gekleidet und bewaffnet wie der Wächter, tranken kalten Tee, sattelten zwei Pferde und winkten ihm, ehe sie nach Westen in die Wüste hinausritten. Auch sie waren unruhig geworden.

Die nächtliche Kälte der Wüste milderte sich, als die kräftigen Sonnenstrahlen die gesamte Umgebung in grelles Licht tauchten. Sämtliche Gegenstände waren jetzt stechend klar zu erkennen, und das Vorhaben der Leute aus der Oase offenbarte seine ganze, erstaunliche Größe. Ein Sklave richtete sich auf und rief: »Herr! Tilnemu!«

Mit wenigen Schritten war der Wächter bei der Gruppe der angeketteten Männer. Zwischen Sklaven und Wachen herrschte in dieser frühen Stunde des Tages ein besonderes Verhältnis.

»Was gibt es?«

»Wir haben das Ohr auf der Erde«, sagte der Sklave. »Der Sand trägt jeden Laut sehr weit. Es kommen viele Reiter, Herr.«

Nachdenklich erwiderte Tilnemu: »Eure Freunde? Sie werden euch befreien wollen. Ich meine, ihr sollt angekettet bleiben.«

Er wandte sich um und handelte schnell und mit großer Sicherheit, so wie er es von seinen Vorgängern gelernt hatte. Binnen kurzer Zeit waren alle Reiter aus den Zelten gestürzt, hatten die Waffen angelegt und die Pferde gesattelt und aufgezäumt. Fünf Reiter galoppierten über den Hügelrücken hinweg in die Wüste hinaus, zwei andere zurück zur Oase. Fünf bewaffnete Wächter blieben im Lager und setzten die Helme auf.

»Sie werden uns überfallen!« riefen einige Sklaven. Ein Wächter trug Abfallholz zusammen und schichtete es über die Glut. Der Dreifuß mit dem Wasserkessel wurde über die ersten aufzüngelnden Flammen gehängt.

»Uns?« gab ein Bewaffneter zurück. »Sie greifen an, so wie ihr es getan habt.«

»Und sie werden mit euch dort weiterschuften!« schnarrte ein anderer.

Die Sklaven waren noch vor zwei Monden Angehörige einer Plündergruppe gewesen. Zufällig stießen sie auf den Weg zur Oase. Ihr Versuch, die Siedlung zu überfallen, scheiterte an der Wachsamkeit der

Reiter und endete in einem kurzen, schnellen Kampf. Drei Tote, zwei Verletzte, und der Rest schuftete am Kanal und dem entstehenden neuen See. Aus der Oase kamen Reiter; einzeln und in kleinen Gruppen. Auch sie waren bewaffnet und näherten sich schnell und ohne laute Geräusche. Ein Reiter kam aus der Wüste zurück und machte Zeichen. Zwölf Bewaffnete, bedeutete dies, fünfzehn Pferde, wenig Tragelasten. Waffen!

Schnell verteilten sich die Reiter in den Schutz der Dünen. Hoch über ihnen kreiste einer der Falken, die wohl zu dem kleinen Mann gehörten, der sie immer wieder besuchte.

»Tilnemu!« rief wieder der ältere ehemalige Räuber. »Laß uns frei.«

»Warum sollte ich?«

»Wir kämpfen mit euch. Keiner will fliehen. Bei euch geht's uns gut.«

Tilnemu war einer der Anführer. Die Sicherheit der Oase und der verborgenen Schätze gingen ihm über alles. Er überlegte nicht lange und machte drei Sklaven los. Er löste die Fußfesseln der überraschten Sklaven, öffnete die Halsringe und ein Ende der Handketten. Dann sagte er:

»Ihr alle geht in die Zelte, Kuhen. Ihr drei könnt beweisen, zu wem ihr in Zukunft gehören wollt. Ich stehe dort mit dem Pfeil auf der Sehne. Später reden wir weiter.«

»Einverstanden!« Kuhen nickte, packte die armlange Kette mit der Hand und schwang sie. Das Metall pfiff und heulte durch die Luft. Seine Kameraden rannten hinkend und mit rasselnden Fesseln ins Zelt. Wieder breitete sich Ruhe aus.

Zunächst ritten die Fremden im Trab. Es waren wild aussehende, bärtige Gestalten mit zerrissenen Gewändern, auf ungepflegten Tieren und mit schartigen Waffen. Die Straße nach Osten war fast unsichtbar, trotzdem fanden sie den Weg. Sie ritten in den scharf eingekerbten Tälern der Dünen. Plötzlich stieß der braunhäutige Anführer einen scharfen Befehl aus. Die Reiter zwangen die Pferde in den Galopp. Dann bogen sie nach rechts und links ab und peitschten die Flanken der Pferde, die hangaufwärts keuchten. Ihre Hufe versanken tief im Sand, der in breiten Bahnen abwärts rieselte. Die Angreifer zogen Schwerter, hoben Schilde und wirbelten Speere über den Köpfen. Es war eine bunt zusammengewürfelte Bande, mit unterschiedlichen Waffen ausgerüstet, mit kostbarem, geraubtem Schmuck um Arme, Hälse und an Fingern – Räuber, Wegelagerer und von Narben gezeichnet. Sie tauchten auf den Kämmen der Dünen auf und sahen zum erstenmal den grünen Rand der Oase. Aufgeregt begannen sie zu schreien, aber ein Kommando des Anführers brachte sie zum Schweigen.

»Denkt daran! Sie werden sich wehren!«

Als die Reiter sich am höchsten Punkt der Dünen befanden, als die Pferde die ersten dürren Halme sahen, griffen sie kräftiger aus. Die Rückseiten der Dünen wurden flacher. Die Angreifer zerrten die Packpferde hinter sich her, sie schmeckten den Rauch des Feuers und sahen die Spitzen der Zelte hinter den Hügeln. Noch glaubten sie an einen schnellen Erfolg. Die Pferde stoben den flachen Hang hinunter, gelber Schaum flockte aus den Mäulern. Die Hufschläge begannen dumpf zu dröhnen.

Unvermittelt tauchten von drei Seiten Reiter auf.

Sie bildeten einen lockeren Halbkreis. Pfeile heulten durch die Luft und trafen in die Schilde der Angreifer. Schreie gellten auf. Ein breitschultriger Mann schien aus dem lockeren Sand aufzutauchen, schwang mit der Rechten eine Kette und schlug einen Reiter aus dem Sattel; die Kette wickelte sich um dessen Hals. Ein Pferd überschlug sich und schleuderte den Reiter den Hang hinunter. Er brach sich den Hals, als er gegen einen Stapel grob zugehauener Balken prallte.

Die Reiter, deren Füße in Steigbügeln steckten, warfen ihre Pferde herum und griffen an, ohne daß sie sich verständigten. Sie rammten die Angreifer mit den Schilden von den Pferderücken herunter. Klirrend brachen die Waffen der Räuber, als sie mit dem weißglänzenden Stahl der Schwerter und Klingen der Streitäxte zusammentrafen. Die Räuber waren, obwohl sie vom Erscheinen einer so großen Zahl von Verteidigern fast gelähmt sein mußten, verzweifelt mutig. Sie schlugen wild um sich, aber sie waren binnen kurzer Zeit zu Boden gerissen, überwältigt, entwaffnet und gefesselt. Zwei Pferde, die sich die Läufe gebrochen hatten, wurden blitzschnell getötet.

Tilnemu entspannte den Bogen. Er hatte nicht einzugreifen brauchen. Die drei Sklaven hatten gekämpft, als wäre es um ihr Leben gegangen. Die Angreifer wurden zusammengetrieben, und sie starrten in grimmige, entschlossene Gesichter.

»Wer hat euch gesagt, daß es hier Beute gibt?« fragte Tilnemu und wog seinen Dolch in der Hand. »Wie heißt du? Wer seid ihr?«

Seine Männer fingen die Pferde ein, sammelten Waffen und Packen ein und verbanden die schweren Wunden; sie mußten zusehen, wie ein zweiter Räuber zusammenzuckte und starb.

»Am Lagerfeuer haben wir's gehört. Gerüchte. Eine reiche Stadt im Südosten.«

»Ich bin Adsagi.«

»Wir haben uns vor Monden getroffen.«

»Ihr werdet niemals wieder eine Siedlung überfallen«, sagte Tilnemu mit harter Stimme. »Ihr werdet an der Siedlung mitbauen. Ab jetzt habt ihr nur noch das Recht, für geleistete Arbeit Essen, Schlaf und Wasser zu bekommen. Bringt sie weg – dort hinunter!«

Er wandte sich um und sprach zum erstenmal die drei Sklaven mit ihren Namen an.

»Ihr seid frei. Ich bitte euch, diesem Gesindel beizubringen, was ihr gelernt habt. Es wird lange dauern, bis dort unten ein See und ein Kanal entstanden sind.«

Er zog aus einer Gürteltasche einen kantigen Schlüssel und sperrte die kleinen Riegel der Handfesseln auf. Die Reiter aus der Siedlung brachten die Pferde und die wenig wertvolle Ausrüstung weg. Aus der Oase kamen die Gespanne und die Arbeiter, das Essen und Werkzeuge. Eine Stunde später hatte man den Gefangenen die Köpfe und Bärte geschoren. Wachen umstellten die Gräben und das ständig anwachsende Loch, dessen Boden mit fettem Lehm und mit Steinplatten abgedichtet wurde. Es schien, als habe der Alltag wieder Einzug gehalten.

Ich lehnte mich zurück und schüttelte den Kopf. Usha Tizia warf mir einen besorgten Blick zu.

»Ich kann verstehen, daß sie wütend über die Angriffe sind. Aber ... Sklaven in einer Gemeinschaft, die fast ausschließlich von Sklaven abstammt! Unglaublich!«

»Es wird aufhören, wenn wir dort sind«, rief Tizia mit weit aufgerissenen Augen. »Sklaven! In Bronzefesseln! Und Khach't greift nicht ein?«

»Khach't sieht seine Aufgabe hauptsächlich darin, meine dunkle Taube«, erklärte Arconrik bedächtig, »zu beobachten und Ratschläge zu geben. Er wird ihnen empfohlen haben, die Sklaven freizulassen, wenn sie sich deutlich erkennbar für die Oase entschieden haben.«

»Immerhin«, brummte ich, »sahen die angeketteten Männer nicht unterernährt aus. Ich konnte auch keine einzige Peitsche erkennen.«

»Auch ein Speerschaft ist nicht ohne pädagogische Wirkung.«

Arconrik hantierte mit einer Ansammlung von Kunstpapier-Pergament, dessen Blätter links zusammengeheftet, durch einen biegsamen Lederstreifen und zwei dünne, lederüberzogene Deckel geschützt waren. Er blätterte gelangweilt darin.

»Was ist das?«

»Dioskurides Pedanius«, sagte der Robot. »Griechischer Arzt. Dient in der römischen Armee, beziehungsweise diente dort. Jetzt tot. Ein umfassender Katalog von Giften, Drogen und Kräutern, ›de materia medica‹. Es sind nicht weniger als tausend Anwendungsbereiche. Geschrieben in Latein, Griechisch und Phönizisch, von mir unauslöschlich auf die Folie geprägt und als Geschenk für die Ärzte der Oase gedacht.«

»Ausgezeichnet«, sagte Narnia. »Und das andere, dreibändige Ding, das auf Atlans Arbeitstisch liegt?«

»Das werde ich später besprechen«, versicherte er.

Die langwierige Prozedur der Planung ging zu Ende, wir tauchten mit dem Gleiter und der Ausrüstung auf und machten uns langsam auf den Weg zur Oase. Immer wieder legten wir einen Aufenthalt in einsamen Sandbuchten ein und bräunten uns, schwammen, brieten riesige Fische und bekamen schrittweise wieder das richtige Gefühl für die Bedingungen an der Oberfläche von Larsaf Drei.

Im Sand kauerte Khach't und betrachtete die dünne Spur der Wüsten-Rennmaus. Er hatte sie nachts ausgesetzt, wieder einmal, und jetzt ihre Falle geöffnet.

Das Gerbil besaß ein absolut funktionierendes Heimfindegefühl. Es suchte seinen Schlupfwinkel stets auf dem kürzesten Weg auf. Khach't hatte Hindernisse aufgebaut, die selbst ihn verwirrten; Steine, kniehohe Sandwälle und tiefe, labyrinthische Gräben. Das Gerbil, das fortwährend die Richtungsänderungen seines Weges registrierte, besaß ein Organ, das der Falkner Drehbeschleunigungs-Meßfühler nannte.

»Erstaunlich«, murmelte er. »Ein Umstand, der Atlan ebenso interessieren wird wie andere Erstaunlichkeiten.«

Das winzige Tier hatte abermals seinen Heimweg berechnet. Es raste über den Sand, umging nur die Steinbrocken und bewegte sich fast absolut geradlinig auf das unterirdische Nest zu. Seufzend stand Khach't auf und murmelte:

»Wenn die Menschen ebenfalls einen solchen Sinn für die richtige Richtung hätten, wäre vieles angenehmer. Ich denke, der Arkonide wird es ihnen zeigen.«

Nach dem fünfzigsten Versuch ging er wieder in seine Behausung, um für den reichlich zerzausten Falken ein neues Federkleid zu basteln. Er wußte, daß Atlan und Arconrik wieder dort anfangen würden, wo sie vor mehr als einem Jahrhundert aufgehört hatten. Es warteten mehrere Überraschungen auf die Männer, deren Statuen entlang der Arkadiane standen.

Einige Tage danach wandte sich Tilnemu an Oncusind, Xandars Enkel. Sie saßen nebeneinander auf der steinernen Bank und schauten über den Wasserspiegel des aufgestauten Flusses hinweg auf die Uferbäume. Die Zweige hingen tief ins Wasser. Langsam und knarrend drehte sich die Mühle und kippte unaufhörlich Wasser in die Rinne aus Bronzehalbrohr.

»Alles ist bereit. Wir warten«, sagte Xandars Enkel. »Wann kommen endlich die Schläfer aus der anderen Welt?«

»Nicht einmal der Erzähler weiß es. Auch Khach't nicht. Sie werden kommen.«

»Weißt du«, meinte der etwa dreißigjährige Mann, der seit einem Jahrzehnt die Grenzen der Oase schützte, »ich habe ein Gefühl des Unbehagens. Alles, was wir tun, gelingt mehr oder minder. Aber es fehlt etwas.«

»Etwas, das uns mitreißt.«

»Alle glauben an die Legenden des Erzählers. Auch ich und du. Er hat versprochen, daß die Kampfgefährten unserer Urahnen kommen und uns einen neuen Weg zeigen.«

Vor zweiunddreißig Jahren war am Rand der Oase ein leckes Boot angeschwemmt worden. Darin lag, halbtot, ein weißhaariger alter Mann. Die Wächter brachten ihn zu den Heilkundigen. Es war ein entlaufener griechischer Sklave, der lesen, schreiben und Geschichten erzählen konnte. Er sprach mit leiser, erstaunlich fester Stimme und war seit dem Tag, an dem er wieder zu Kräften kam, im Schatten der Bäume zu finden, wo er alles über die Götter der Griechen und deren Taten vortrug.

Sein Gedächtnis war ausgezeichnet. Die Kinder liebten ihn, und er liebte sie. Mit der Zeit vermischten sich die griechischen Götter mit den Gestalten Demetrion-Atlans, mit Arconrik, der alles konnte und von furchtbarer Kraft war, mit der schönen Tochter des Landes und der Dunkelhäutigen.

Aus diesem Grund blieb die Erinnerung an Demetrion und seine Helfer wach.

»Es ist versprochen. Ich glaube, daß sie kommen«, sagte Oncusind.

»Es ist höchste Zeit.«

Jetzt, in der Zeit der Reife aller Früchte und des Korns, arbeiteten die meisten Frauen, Kinder und Männer am Kanal und am neuen See. Riesige Mengen von Erdreich, Gestein und Sand wurden bewegt. Obwohl die Anzahl der Köpfe nicht nennenswert zugenommen hatte, wurden mehr Nahrungsmittel und Gegenstände aus Bronze, Eisen und Holz erzeugt. Zwei Handelskarawanen verließen im Frühjahr und im Herbst die Oase und tauschten die Waren ein, und daher kamen auch die Gerüchte über eine reiche Stadt im Osten der glühenden Wüste, jenseits der Berge, deren Abstürze wie Mauern wirkten.

Tilnemu hob den Kopf. In seinem kantigen, braunen Gesicht erschien ein Ausdruck der Fassungslosigkeit. Er sprang auf, packte Oncusind an der Schulter und deutete auf die Wasserfläche.

»Da! Das schwebende Boot! Wie es der Grieche erzählte ...«, keuchte er, halb erleichtert, halb ungläubig. Um die ausgewaschenen Granit- und Basaltfelsen bog das Boot, mit vier Menschen besetzt. Auf dem sanft ansteigenden Bug stand ein Gepard mit fast schwarzem, goldgezeichnetem Fell und großen Augen.

Das Boot lag schwer im Wasser. Im Heck saß der Mann mit dem knapp schulterlangen weißen Haar und dem kühnen Gesicht. Die scharfen Augen der Männer entdeckten Usha und Narnia, zwischen denen Arconrik stand und jetzt auf genau jene Art winkte, wie sie sich jeder vorstellte, der die Geschichten des Griechen kannte.

»Sie sind es! Und wir ... ausgerechnet ... wir sind hier. Hierher, Atlan!«

Die beiden letzten Worte schrie Tilnemu. Das Echo hallte über die stille Wasserfläche. Das Boot steuerte heran und schob den kielförmigen Bug auf den weißen Kies. Einige Fischer ließen ihre Netze los und rannten herbei.

»Willkommen!« sagte Tilnemu beinahe ehrfürchtig. »Wir haben zu lange auf euch gewartet.«

»Alles, was wir wissen, sind Erzählungen!« rief Oncusind. »Ich bin der jüngste Enkel Xandars. Jetzt sehen wir euch! Beiiebt es euch, lange zu bleiben?«

Atlan half Narnia aus dem Boot, Arconrik faßte Tizia um die schmalen Hüften und stellte sie zwischen die Fischer. Die Männer packten einander an den Handgelenken und schüttelten sie, als wären sie alte Freunde. Unzählige aufgeregte Worte der Begrüßung wurden gewechselt. Ein Bote rannte durch die Gassen und über die Plätze und schrie jedem die Neuigkeit zu. Als die Bewohner aus den Häusern und Ställen kamen, sahen sie, wie der Anführer der Wachen und der gewählte Verwalter der Oase die Gäste zu ihrem Haus führten.

Eine gewaltige Aufregung bemächtigte sich der gesamten Siedlung. Die langersehnten Freunde waren wieder gekommen. Freunde? Götter? Helfer oder Vorgesetzte? Von jedem Wort galt etwas, und zusammen bildeten die Teile genau den Begriff, den niemand aussprach.

4.

Am Mittag des dritten Tages – alle Ausrüstung war von vielen helfenden Händen aufgeräumt und an Ort und Stelle – öffneten sich die Tore der unterirdischen Halle.

Gleißende Helligkeit drang ein. Wir alle standen sprachlos da. Das Schiff aus Bronze war hier – unangetastet, und dennoch reichte meine kühnste Phantasie nicht aus, um zu begreifen, was ich sah.

»Es ist wie ein Wunder«, flüsterte Usha und umklammerte Arconriks Arm.

»Ich habe es nicht erwartet.«

»Niemand, Atlan, hat es sich vorstellen können.«

Atemlos vor Staunen betrachteten wir das Kunstwerk. Der Hügel über dem Dach war von hundertjährigen Bäumen bewachsen. Der Gang von unserem Haus zu der Werkstatt war intakt, und schnell war der Sand vor den Toren weggeschaufelt – unter anderem von Sklaven, die in Ketten geschlagen waren. Ich sagte nichts. Noch nicht.

»Wer hat das alles gemacht?« fragte ich und ging langsam, den Arm um Narnias Schultern, um die erstaunliche Konstruktion herum. Ein alter Bronzeschmied grinste breit, fast berstend vor Freude und Stolz. Er sagte:

»Wir, alle! Einer fing an, und in hundert Jahren ... jeder, der einen Einfall hatte, kam hierher und tat etwas.«

Das Äußere der Zweckkonstruktion hatte sich verändert. Fledermaus, Drache, Meereswesen, Sagengestalt, Schmetterlingsflügel und Augen mythologischer Tiere ... das alles fand sich hier. Jeder Handbreit der Oberfläche war verziert. Linien mit haarfeinen Mehrfachspuren aus funkelndem, leuchtendem Glasfluß, Muster und geschwungene, bizarr federartige Fortsätze, Umrandungen von Bullaugen mit Iris, Wimpern und phantastischen Formen – ein glänzendes, blitzendes, schönes Wunderwerk der Farben und Formen.

»Einiges an Gewicht ist dazugekommen«, bemerkte Arconrik nüchtern. »Aber es wird am Himmel einen überraschenden Anblick bieten.«

»Besonders bei Sonnenschein«, murmelte ich gedankenvoll. Das war das schönste und sicherste Zeichen der Zuneigung, das uns die Oasen-Leute hatten geben können.

Jede Niete war Teil der Verzierung. Winzige Sprünge und Risse zwischen den Platten aus Arkonstahl und Bronze waren verschlossen worden. Selbst die Rohrelemente glänzten, mit Rankenmustern geschmückt. Auf der Außenhaut dieses seltsamen Flugkörpers fanden sich nahezu alle Arten der Verzierungen, die ich aus den Kulturen der Barbaren kannte. Ich war noch immer hingerissen von diesem Bild.

Es gelingt den Barbaren stets wieder, dich zu überraschen, meldete sich der Extrasinn. *Dein Raumfahrt-Problem wurde zwar schöner, aber nicht leichter.*

»Herrlich! Wunderschön! Du hast sie gelehrt, dies alles zu können«, flüsterte Narnia, »und zu wollen.« Sie war ebenso hingerissen wie ich. Ich dachte bereits einen Schritt weiter. Die Ausstattung, die aus dem Fluggerät ein weltraumfestes Schiff machen sollte, würde uns, trotz aller Planung, vor große Probleme stellen.

Wir setzten, nachdem wir uns bei den Handwerkern einzeln bedankt und dabei eine Bestandsaufnahme der Leistungen und Möglichkeiten gemacht hatten, den ersten Rundgang durch die Oase fort. Der Emmer, der Weizen und der Hafer standen hoch, die Ranken des Weines bildeten schattige Tunnel; überall sahen wir reifende Früchte. Auf den Stufen des steinernen Standbilds saß Patroklos, der uralte Grieche. Er zählte mindestens achtzig Herbste und hob, als er uns kommen sah, die Hand. Auf seinem Knie ritt ein hellhäutiges Kind, ein halbes Dutzend hockte vor ihm. Er lächelte uns zahnlos an und unterbrach seine Erzählung nicht.

» ... für Minos, den großen, weisen König von Kreta, baute der listige und alleskönnende Daedalos den Palast. Er lag halb unter der Erde und halb darüber. Minos war der Sohn des Zeus, des höchsten aller Götter. Daedalos, der von der Insel Kreta fliehen wollte, sammelte Federn von großen Vögeln und Wachs, Ruten und lederne Schnüre. Daraus machte er große Flügel und schnallte sie an seine Schultern. Er stieg auf einen Berg, breitete die Arme und somit die Flügel aus und schwebte davon ...«

»So wie Demetrion Atlan!« sagte Usha leise.

»Eine neue Legende wird gerade geboren«, versuchte Narnia abzuschwächen. Ich wandte mich an Tilnemu.

»Xandar heißt der schwarze Gepard, der mit uns kam und die Oase bewacht. Wie kommt es, daß Oncusind sich Xandars Enkel nennt?«

»Sein Großvater nahm den Namen des mutigen Tieres an. Der Gepard ging mit euch und wurde zur Legende.«

»So einfach ist es also«, murmelte ich. »Nun denn, sehen wir weiter. Und dir, Patroklos, rate ich, Lebende nicht mit Gestalten der Sagen gleichzusetzen, und Sterbliche nicht mit Göttern. Beim Zeus!«

»Und wenn schon«, fügte Arconrik sarkastisch hinzu, »dann ähnelt Atlan dem kunstvollen Feuergott und Schmied Hephaistos.«

Wir gingen durch Haine und Felder, über Brücken und entlang der gewundenen Hauptkanäle. Die Weiterführung des Kanals war so gut wie fertig. Eine kunstvolle Schleuse trennte die beiden Hälften. Am See, überraschend tief ausgeschachtet, wurde gearbeitet. Auch von seinen Ufern führten Stichkanäle hinaus in die dorrende Steppe. Ein Abfluß, der verhindern sollte, daß das stehende Wasser verdarb, war mit bronzenen Gittern versehen. Also wollte man auch hier Fische aussetzen.

»Du bist der Verwalter, Oncusind?«

»Man hat mich für zwei Jahre gewählt«, bestätigte er. Gespanne, von je sechs Pferden gezogen, schleppten Sand aus dem Loch und brachten Steinplatten zurück. Nasser Lehm hielt sie auf dem Grund des zukünftigen Sees und an den schrägen Ufern fest.

»Warum sind die Männer in Fesseln? In Ketten? Warum hat man ihnen Bart und Kopf geschoren?«

Ohne viel Verlegenheit erwiderte Oncusind:

»Beilarx erzählte es seinen Söhnen, diese gaben es weiter, jemand schrieb es auf, Publius Thrax, Ktesios und Ekrala bestätigten es und sagten, wie sie es gemacht hätten. Wir hatten immer die Wahl, die Räuber totzuschlagen. Immer waren wir schneller und stärker. Wir zogen es vor, sie zuerst zu überzeugen, daß es sinnlos war, uns berauben zu wollen.«

Narnia und Usha hörten aufmerksam zu, während ihre Blicke über die riesige Baustelle gingen.

»Ich fange an, zu erkennen, daß ihr letztendlich klug handelt«, sagte ich nachdenklich. Wie immer und überall registrierte Arconrik alles, auch die winzigsten Einzelheiten, die er für baldige oder spätere Verwendbarkeit speicherte.

»Möglich«, gab der selbstbewußte Mann zurück. »Wir nehmen ihnen alles, gewöhnen sie langsam an unsere Art und geben ihnen stückweise mehr zurück, als wir nahmen – wenn sie zeigen, daß sie hier bleiben wollen. So war es immer.«

»Wann nehmt ihr ihnen die Fesseln ab?«

»Man wird sehen. Vielleicht in einem Mond? Vermutlich später.«

»Das ist euer Problem«, sagte ich schließlich widerstrebend. »Trotzdem sehe ich in einer Gemeinschaft, die von Sklaven gegründet wurde, Sklaven höchst ungern. Ändert diesen Zustand möglichst schnell.«

Seine Antwort entwaffnete mich.

»Ihr seid wiedergekommen. Wir brauchen euren Rat. Wir werden oft genau das tun, was ihr wollt.«

»Wenn ihr einen Rat haben wollt, dann weiß ein jeder, wo wir zu finden sind.«

Wir beendeten nach einigen Stunden die Wanderung durch den großen, fruchtbaren und von ruhiger, zielbewußter Arbeit erfüllten Flecken Natur. Die Bewohner hatten seit den ersten Tagen nichts verlernt und ihr Können mit unserer Hilfe verbessert und verfeinert. Und jetzt konnten wir ihnen wieder helfen. Zuerst war es wichtig, den Heilkundigen das Buch des Pedanius *de materia medica* zu erklären und in schwierigen Fällen selbst zu helfen.

Eines Tages, vielleicht gar nicht so fern, sagte der Logiksektor, *wird auch diese Idylle zerstört werden. Gewalt? Überfälle? Sandsturm? Niemand kann es sagen.*

In unserem Haus versuchten wir, die einzige Heimat wiederzuerkennen, die Arconrik und ich je gehabt hatten. Gegen die Kühle der Nacht machten wir Feuer in den Kaminen, ließen uns Essen und Wein bringen und versammelten uns, müde geworden, um den wuchtigen Tisch.

»Wein für die Hüter der Welt«, meinte Arconrik und füllte die Becher. »Wieder fängt ein neuer Abschnitt für uns und für mehr als eineinhalb tausend Menschen an.«

»Frühestens morgen!« sagte Usha Tizia mit Nachdruck.

Wir sprachen darüber, daß die Räuber der Oase frisches Blut zuführten, ohne es eigentlich zu wollen. Immerhin bestand eine bestimmte Gefahr der Inzucht. Ich erinnerte mich plötzlich anderer Minderheitengruppen, mit denen ich zu tun gehabt hatte – vor meinem Abenteuer in Neros Arena. Sie trieben die Anhänger der neuen Religion hinein zu den wilden Tieren. Die Christen, deren Leben wir Gladiatoren zu retten versuchten, lehnten unsere Bemühungen ab. Uns hatte es widerstrebt, daß unbewaffnete, chancenlose Menschen im Sand des Circus maximus zerrissen wurden. Aber sie wollten lieber für ihren Glauben sterben; Märtyrer sein, nannten sie es, schneller ins ewige Reich ihres Gottes einzugehen. Sie brauchten unsere Hilfe nicht, sagten sie. Und meine am wenigsten.

»Eines Tages wird eine versprengte Gruppe von ihnen auch hier auftauchen«, sagte ich skeptisch. »Dann gibt's ein Problem mehr.«

»Meinetwegen«, schloß Tizia.

Ein riesiger Berg von Arbeit lag vor uns. Wir reparierten den Generator, die korrodierten Leitungen und Fassungen und schlossen neue Leuchtkörper an. Die Handwerker halfen uns, Werkzeug und Ausrüstung in die Halle zu bringen, und wir fingen mit den Vorbereitungen zum zweiten Flugversuch an; mit der neuen Konstruktion, die in einer dunklen Nacht gegen unser technisches Provisorium ausgetauscht worden war.

Das Schiff war abgedichtet, die Hülle isoliert. Wir bauten einen Vielzwecksessel ein, der vor den Kontrollen eingeschraubt wurde. Ich schälte den alten Raumanzug aus der raumfesten Verpackung und testete ihn, indem ich einige Tage lang in ihm herumlief und arbeitete, seine Systeme immer wieder belastete.

Ich war sicher, daß ich den Apparat auf dem zweiten Planeten und auf der Erde landen konnte. Innerhalb einer dichten Lufthülle zu fliegen oder zu gleiten, stellte kein Problem dar.

Aus großer Höhe, sowohl auf der anderen Welt als auch hier, mit hoher

Geschwindigkeit loszufliegen, in den Raum hinein zu starten und eine Geschwindigkeit zu erreichen, die mich den langen Weg zweimal zurücklegen ließ, war ein weitaus größeres, aber nicht unlösbares Teilprojekt.

»Eine Frage zur Sicherheit«, sagte ich zu Arconrik. »Du hast deine Berechnungen genau abgestimmt?«

»Ich nahm mehr als das doppelte Gewicht an und ließ die Computer immer wieder Alternativen durchrechnen. Du würdest genügend Reserven haben.«

In einem Container waren acht Feststofftreibsätze verpackt. Wir bauten die Hälfte davon aus und installierten sie im Heck. Knapp hundertzehn Jahre hatte Arconrik Zeit gehabt, Chemikalien zu sammeln, zu rektifizieren und zu mischen. Eine kleine Testanlage befand sich noch immer unterhalb der Tiefseekuppelräume. Zündungen, Zündleitungen und Kontakte, zum größten Teil mitgebracht, wurden verlegt. Wir befestigten sie so, daß ich sie würde reparieren können. Natürlich achteten wir auf mehrfach angelegte Systeme. Jeweils drei Treibsätze sollten die LARSAF DREI genügend beschleunigen, zwei waren als Reserve oder für plötzliche Bremsmanöver gedacht.

Als Admiral der arkonidischen Flotte verstand ich viel vom Bau moderner Raumschiffe. Aber wir konstruierten ein bronzezeitliches Modell. Jedes Konstruktionsprinzip mußte umgedacht und auf die einfachste Formel hinunter- und zurückgeführt werden.

»Woher hast du eigentlich die Chemikalien?« fragte ich den Roboter. Arconrik antwortete:

»Nicht nur Spionkugeln, sondern auch simple Hilfsroboter werden von mir ausgesetzt und gesteuert. Ich fand Salpeter und alles andere ziemlich einfach. Chemische Versuche unternahm ich mit Rechnerhilfe in der Kuppel. Was für eine Amphore voller Wein gilt, ist auch mit einem Sack Holzkohle oder Schwefel durchzuführen. Ich baute eine Versuchsanordnung und berechnete das beste Mischungsverhältnis; außerdem fand ich viel Brauchbares in den Flottensilos.«

»Immerhin arbeitet der Raumanzug noch zufriedenstellend.«

»Notiere die Ausfälle«, sagte er. »Ich kann vieles reparieren.«

»Verstanden.«

Die weitaus größere technische Herausforderung waren die Überlebenssysteme und die Lagesteuerung. Dampfstrahldüsen setzten die Möglichkeit von starker Erhitzung voraus. Wie waren die Exkremente zu beseitigen? Die Nahrung? Ich konnte ziemlich lange von Nüssen, Wasser und Wein, trockenen Früchten und Braten, gesalzenem Fisch und Würsten leben. Dieser Teil der Ausrüstung würde uns vermutlich Jahre an Planung und Ausführung kosten und gefährliche Pannen.

Arconrik und ich hatten uns geschworen, diesmal zumindest einen weiten Vorstoß in den Raum zu unternehmen. Dafür mußten die Voraussetzungen geschaffen werden.

»Du hast von einem Ausbilder – so deine Erinnerungen – während der ARK SUMMIA gelernt, dich in eine Art Tiefschlaf zu versetzen. Du wirst diese Fähigkeit beim wirklichen Flug brauchen. Es reduziert die Überlebensprobleme.«

»Das zeigt sich, wenn es notwendig wird.«

Arconrik hatte jede denkbare Phase des Fluges exakter gespeichert, als es jede Checkliste vermochte. Wir gingen jeden einzelnen Schritt mehrmals durch und besprachen sowohl die Phasen als auch die dazugehörigen Schaltungen und Überlegungen, legten ein Band in einem Recorder an. Jeder Griff wurde immer wieder geprobt. Am Boden funktionierte alles.

»Diese Barbaren«, stöhnte ich. »Ich habe dutzendmal mein Leben für sie riskiert. Und jetzt treiben sie mich auch noch zu technischen Höchstleistungen.«

»Dein eigener Wunsch. Dein Risiko!«

»Du hast natürlich wieder einmal recht.«

Wenn ich den Sender erreichte, mit Arkon Verbindung aufnehmen konnte, dann waren alle meine Probleme und die dieses verdammten, herrlichen Planeten vorbei.

An einem dieser Abende fand ich zum erstenmal Zeit, das »Buch« anzusehen, das Arconrik auf schwer zerstörbare Folie kopiert hatte. Es war ein hochinteressantes Dokument, denn es handelte von – mir!

Ein Mann, der sich *Publius Multiverba Maximus junior* nannte, hatte es geschrieben. Das zerfledderte Original, auf Palimpseste geschrieben, also auf immer wieder abgeschabtem und neu beschriebenem Pergament, war *oblitus,* also vergessen oder verschollen. Arconrik hatte es gerettet und rekonstruiert.

CONFLICTATIO FABRICATORIS PAUPERIS VERBARUM BONARUM CONTRA MERCATOREM

POTENTUM PAPYRORUM SCRIPTORUM. LIBER SECUNDUS: GESTA HOMINIS AMBULANTIS

Ich übersetzte: »Zweites Buch. Die Taten des wandernden Mannes.«

Das erste Buch war unauffindbar. Es mußte etwa zu Julius Caesars Lebzeiten geschrieben worden sein. Nach einigen Zeilen mußte ich erkennen, daß jener Publius der Jüngere, »Schwätzer«, wie er sich selbst nannte, Legenden und Gerüchte und zufällige, aber zutreffende Spuren eines Mannes gefunden zu haben glaubte, der durch die Welt und die Zeiten wanderte und den Menschen half.

Ich war zu müde, um weiterzulesen. Die Buchstaben tanzten vor meinen Augen. Ich war neugierig auf das, was ich in dem Buch wiederfinden würde. Vielleicht sogar Erinnerungen, die ES blockiert hatte.

Wie auch immer: Auf diesem Planeten war ich wahrscheinlich der einzige Mann, dem es geglückt war, die meisten seiner Träume zur Realität werden zu lassen.

In einer der nächsten Nächte bugsierten wir das große Gleiterschiff aus der Halle hinaus. Wir ließen es in einem Halbkreis um die Oase schweben und setzten es neben dem Steg der Fischer ins Wasser des gestauten Flusses.

Unser Vorhaben war großartig und gewagt: Für Tilnemu, Oncusind und Begaspoint zählte die Große Fahrt zu den Abenteuern, die sie sich wünschten. Langsam wurde das Schiff beladen und mit Tauwerk, neuen Segeln und Ruderblättern ausgerüstet.

»Der einfache Weg, Begaspoint, ist weit. Einmal tausend und dreieinhalb mal hundert römische *miliae.* Eine *milia* sind eintausend Doppelschritt«, warnte ich ihn. Er bewies grenzenloses Vertrauen in unser Wissen.

»Ihr seid bei uns. Wir schaffen es, Atlan!«

Der Hafen Berenike lag am Ufer des Roten Meeres. Von der Oase war er in Luftlinie rund elfhundert römische Meilen entfernt, entlang des Flusses und dann, über die Wüste nach Osten, konnte das schwebende Schiff das Ziel in knapp mehr als einem Tag und einer Nacht erreichen.

»Du hast keine Angst? Dort werden wir andere Menschen antreffen, und ganz andere Umstände, Sitten und Gefahren. Unbekanntes umgibt uns, eine Stunde, nachdem wir hier ablegen.«

»Keiner von uns fürchtet sich. Ehrlich!«

Eine Handelsstraße, die von griechischen, phönizischen und arabischen Händlern mit Billigung der Römer benutzt werden durfte, führte von Alexandria über Klysma, von dort nach Myos Hormos, dann über das Meer nach Leuke Kome und nach Berenike. Dieser Ort war an der Ostküste auch einer der Endpunkte der Händler aus dem Süden und Makran. Adulis am Roten Meer lag im Osten zwar näher an der Oase, der Weg führte aber durch unwegsames Gebirge.

»Vorsicht mit den Lampen!« schrie Oncusind den Trägern zu. »Nicht in den Kielraum!«

Das Angebot an Waren war groß und vielfältig. Herrliche Öllampen aus Bronze, mit dicken, neuartigen Dochten, das dazugehörige Öl und das Funkenzeug, kostbarer, alter Wein in wachsversiegelten Amphoren, die ihrerseits herrlich verziert und glasiert waren. Die Oase verschickte nur beste und teuerste Waren.

»Wie groß ist die Mannschaft?« fragte Usha. Arconrik antwortete:

»Du bist natürlich dabei. Meine beste und schönste Helferin soll die fremde Welt kennenlernen. Dazu Narnia und Atlan, ich als Steuermann, die drei aus der Oase. Das wird, denke ich, reichen.«

»Wann sind wir wieder zurück?« wollte Tilnemu wissen. Ich zuckte die Schultern und schätzte:

»Nicht länger als ein halber Mond. Sie werden uns nicht vermissen.«

In kleinen Kästen aus edlem Holz, mit Leinen ausgeschlagen, brachten die Goldschmiede den Schmuck an Bord. Gold, Silber und herrlich gearbeitete Bronzeringe und -reifen. Dazu zierliche Idole; Figurinen, in denen man ebenso griechische wie römische Gottheiten erkennen konnte wie persönliche Hausgötter. Bronzene Dolche und Schwerter mit Schneiden aus gehärtetem und haarscharf geschliffenem Eisen, dazu Speer- und Pfeilspitzen für meisterliche Schützen. Dicke, schwarze Amphoren voller grüner und schwarzer Oliven, mit Hilfe listig konstruierter Apparate entkernt, wurden in dicke Strohbündel gehüllt und festgezurrt. Die Arbeit von rund einem Jahr würde sich im Schiff befinden, wenn es voll beladen war.

»Denk daran, daß wir auch noch ein wenig Platz brauchen«, lachte Oncusind und polierte seine goldenen Schmuckreifen um die Oberarme.

»Wir und unser Essen«, pflichtete ihm Begaspoint bei.

In großen, gläsernen Kelchen, mit gewachstem Leinen oder Pergament verschlossen, wurden die Gewürzkräuter und die Salben, ebenfalls behutsam verpackt, in die gepolsterten Zwischenräume gestapelt. Den Rest der wertvollen Ladung stellten unsere Tonwaren mit Glasuren und Verzierungen dar, die niemand besser herzustellen vermochte als wir: Schalen, Becher, Teller und Näpfchen in allen Größen und vielen Formen.

»Wann brechen wir auf?« wollte Usha wissen. Beharrlich ließ sie die glühenden Blicke Begaspoints an sich abgleiten.

»Wir haben keine Eile«, sagte ich. Die Tonkrüge voller goldgelbem Honig wurden dick in Stroh verpackt, an den Henkeln mit Tauen sicher befestigt. Ich verteilte an die Frauen je einen großen und einen kleinen Dolch. Eine Waffe, zugleich Eßbesteck, Werkzeug und reichverzierter Lähmstrahler. Ich erklärte ihnen kurz die Wirkungsweise, und sie schnallten die Scheiden aus golddrahtgeheftetem Leder an den breiten Gürteln mit den vielen Innenfächern fest. Die drei Begleiter hatten staunend zugesehen, wie ein kleiner Affe aus den Ästen des Baumes gepurzelt und bewußtlos liegengeblieben war. Ich reichte ihnen ebenfalls zwei dieser Waffen.

»Das ist Zauberei!« stellten sie fest. »Damit wird uns niemand besiegen können.«

»Täusch dich nicht«, warnte Arconrik. »Es ist eine listige Hilfe, nicht mehr. Es schont Menschenleben.«

»Solange unsere damit gemeint sind ...«

Abends, im Haus, breitete ich die Höhenfoto-Karten mit den Gitternetzen aus. Aufmerksam studierten wir jedes Geländemerkmal. Der Fluß, an dessen oberstem Lauf sich die Oase befand, wand sich nach Süden. Zuflüsse kamen von rechts, von Osten. Jedes Jahr einmal schwemmte der Fluß Unmengen fruchtbaren Schlamms durch sein Bett. Über die großen Schaufeln der Wassermühle wurde er aus dem gestauten Bereich herausgeschöpft und abgeleitet, eine große Menge brachten die Oasenbewohner aus dem Altwasser auf ihre Felder; es war, aus den Überlaufzonen als weiche Brühe geschaufelt, ein hervorragender Dünger.

Wir würden dem Fluß eine Weile lang nach Norden folgen, dann abkürzend geradeaus schweben oder tatsächlich im Wasser schwimmen – über Land, das vielleicht noch keines Menschen Fuß betreten hatte -, dann wieder dem Wasser nachschweben und schließlich, etwa im letzten Drittel der Entfernung, scharf nach Osten abbiegen.

Dabei mußten wir eine unfruchtbare, gebirgige Landschaft durchqueren. Uns war daran gelegen, daß möglichst wenige Menschen sahen, wie ein Schiff mit schlaffem Segel durch die Luft schwebte.

Es gab bereits genug Gerüchte und Legenden, und möglicherweise fand ich mehr davon in einem Pergament oder Papyrus wieder, als mir lieb war. Ich hatte vor, das »Tagebuch des schlafenden Wächters« zu schreiben, wenn überhaupt jemand. In diesem Augenblick wisperte der Extrasinn: *Oder die Aufzeichnungen eines gestrandeten Arkoniden!*

»Es ist also doch wahr, was die Alten erzählten – ihr könnt die Welt mit den Augen des Falken sehen«, bemerkte Begaspoint. »Das also ist die Oase!«

Er hatte sie richtig definiert und betrachtete die farbigen und fast dreidimensionalen Einzelheiten. Wir verfolgten unseren Kurs und entdeckten am Ende der Großen Fahrt auch den Hafenort Berenike.

»Ihr werdet auf der Fahrt sehen und erleben müssen, daß es viele Formen des Lebens der Menschen gibt. Ganz andere Sprachen, fremdartige Gebräuche. Vielleicht spüren wir, daß unsere Gedanken hier richtig sind. Oder fast richtig«, meinte ich ernst. »Vergeßt das nicht!«

Arconrik hatte mit seinen Sonden herausgefunden, daß wir mit der griechischen und römischen Sprache im Hafen der Händler zurechtkommen würden.

»Wir vergessen nichts. Wir werden alles erzählen, jeden Schritt«, versprach Begaspoint.

»Wird wohl eine längere Geschichte. Haltet euch bereit«, ordnete Arconrik an.

Ausrüstung und Nahrungsmittelvorräte waren rechtzeitig an Bord. In der Morgendämmerung des übernächsten Tages legten wir ab und dirigierten das Schiff mit den beiden großen, weit aufgerissenen Augen am Bug zuerst im tiefen Wasser des Stausees flußaufwärts, und als wir sicher waren, daß uns – außer Khach'ts Falken – niemand zusah, ließ Arconrik den großen, geschwungenen Körper aus dem Wasser klettern, zwanzig Ellen hoch, und wir rasten nach Norden.

Die Geschwindigkeit wuchs ständig. Der Fahrtwind trieb uns bald, wenn wir nach vorn blickten, die Tränen aus den Augenwinkeln. Schon nach einer Stunde schwebten wir neben unserem grotesken Schatten dahin. Der Mast wurde nach vorn gekippt, die lange Rah an ihm festgezurrt. Ihr oberes Ende bildete eine Art Bugsteven. Wir glitten über unbekanntes Land. Unter uns war Wasser, Sonnenlicht ließ Kies und Gestein strahlen, das Geräusch des Windes nahm zu.

Arconrik stand im Heck, hielt sich am Schaft des Ruders fest und betätigte die Kontrollen des schwer beladenen Fahrzeugs. Die Triebwerke summten leise. Neben ihm, in den weißen Mantel eng eingehüllt, saß Usha und hielt den sichelförmigen, durchsichtigen Augenschutz fest. Schweigend und voller Begeisterung betrachtete sie die vorbeirasenden Geländemerkmale. Tilnemu, Oncusind und Begaspoint, ebenfalls fröstelnd, kauerten rechts und links von Narnia. Sie schwiegen vor Erstaunen und sogen jeden neuen Eindruck förmlich in sich auf. Ich löste Narnia ab, als die Sonne höher geklettert war und es wärmer wurde. Sie legte sich unter das Vordeck auf die Felle und schlief bald ein.

Ich versuchte zu erklären, wo wir uns befanden und daß unbekannte Kräfte uns bewegten, daß dies keine Zauberei und wir keine Götter wären, daß wir entlang des Weges das Werden und Vergehen sehen konnten; abgestorbene Bäume, junge Triebe, das Bruchmuster des ausgetrockneten Flußbettes, die bleichen Knochen eines Tierskeletts, fremdartige Vögel und die näher kommenden Felsen und Berge. In langgezogenen Wendungen folgte das schwebende Schiff den engen Windungen des Flusses. An keiner Stelle führte er so viel Wasser, daß wir die Reise als »Schiff« hätten fortsetzen können.

Gegen Mittag fanden wir tiefen Schatten auf einer langgezogenen Insel, die zwischen Resten einst wuchtiger Gemäuer die Stämme und Kronen großer Bäume aufwies. Behutsam senkte Arconrik den schwer beladenen Rumpf in den knirschenden Kies.

»Nun weiß ich«, sagte Tilnemu ernst und suchte nach Worten, »warum alle, die euch näher kennen, immer wieder von euch und euren Taten sprechen. Natürlich habe ich es gehört und gelesen.«

»Ihr werdet noch mehr erleben. Das ist erst ein Anfang«, versicherte Narnia.

Wir machten eine ausgedehnte Rast, aßen und schliefen, bis die ärgste Hitze vergangen war. Bis zum Einbruch der Nacht, die wir in völliger Einsamkeit auf einem tief gelegenen Plateau verbrachten, legten wir ein gutes Stück des Weges zurück; mehr als die Hälfte der gesamten Strecke lag nun hinter uns.

Ich schleppte Felle und Decken aus dem Schiff und breitete sie zwischen den windgeschliffenen Felsbrocken aus, die wie bizarre Spielfiguren auf dem ebenen Tafelberg lagen und standen. Zwei Öllampen gaben mildes Licht. Die Flammen brannten still in der ruhigen Nachtluft. Der erste Weinkrug wurde geöffnet.

Begaspoint und Oncusind unterhielten mit dem mittags eingesammelten Holz ein Feuer und brieten Würste und Fleisch.

Das erste Drittel der Nacht saßen wir ums Feuer, unter dem gewaltigen Sternenhimmel, über den die haarfeine Sichel des Mondes zu wandern begann. Unsere Gespräche waren leise und so gehaltvoll wie noch nie. Die leblose Wirklichkeit um uns herum und über uns, das Erlebte und Begriffene dieser Fahrt, das Wissen, eine unglaublich große Entfernung zurückgelegt zu haben und die aufkeimenden Zweifel der Männer, die in ihrem ganzen Leben noch nie die Oase verlassen hatten – diese Salzkörner waren die Würze der Worte und Überlegungen.

Narnia und ich verließen den Feuerkreis.

Arconrik wachte über uns. Der schwarze Gepard beschützte nicht uns, sondern die Oase. Wir nahmen einigen Wein mit uns, füllten die Becher und krochen unter die weichen Mäntel. Allein unter den Sternen und dennoch sicher, sprachen wir leise, liebten uns, schliefen tief und ohne Träume. Die Strahlen der Sonne kitzelten unsere Nasen und weckten uns, als die anderen längst das Essen bereitet und die Ausrüstung an Bord gebracht hatten.

Am späten Abend fanden wir zwei Stunden von Berenike entfernt eine sandige Bucht und landeten dort, den Kiel halb am Land und halb im Wasser.

Kurz nach der Morgendämmerung, mit prallem Segel und aufgerichtetem Mast, fuhren wir in den Hafen der Küstenstadt ein.

Stege und Kaianlagen, einfache Ladebäume, Häuser und Dächer breiteten sich halbkreisförmig vor uns aus. Eine schwache Brandung ließ ein Dutzend Küstensegler schaukeln. Sie lagen mit dem Heck zum Balkensteg, die Buganker spannten die dicken, nassen Haltetaue. Es roch nach Fäulnis, Fisch und Gewürzen; der Geruch, der jeden Hafen auszeichnete.

Lange Reihen von Sklaven schleppten Ballen hin und her. Über das Wasser kam das Echo von Rufen, Gelächter, das Klatschen der Peitschen, das immerwährende Knarren von Planken und ein Chor anderer Geräusche.

Wir waren wieder unter Menschen. Unter Barbaren. Ich machte eine ausholende Bewegung und rief im Tonfall eines Märchenerzählers: »Hört, ihr alle, ihr Weitgesegelten und dennoch Ahnungslosen! Hört, wie dieser Platz zu seinem Namen kam! Mehr als dreiunddreißig Jahrzehnte ist es her, als Ptolemaios, der Nachherrscher Alexanders des Großen von Ägypten, in den Krieg gegen die Syrer zog. Wenn er als Sieger zurückkäme, sagte seine langhaarige Gemahlin Berenike, würde sie ihr Haupthaar opfern und der Aphrodite weihen, der Göttin der Liebe. Das alles geschah! Sie schnitt ihr herrliches, langes Haar ab, und die Götter versetzten es in den Olymp ihrer Gestirne. Gestern nacht, Geliebte, habe ich dir das Sternbild gezeigt.«

»Du kannst es fast so gut wie unser Märchenerzähler Patroklos«, lachte Tilnemu.

»Auf alle Fälle kann er's lauter!« rief Oncusind.

Unter dem lauten Gelächter hörte ich Usha Tizia sagen: »Und für Arconrik habe *ich* mein Haar abgeschnitten.«

»Ich bin kein Herrscher«, verteidigte sich Arconrik schwach. Natürlich hatte er das Problem erkannt, wenn auch nicht völlig verstehen können. Wie so unzählige Male zuvor bewies Narnia, daß sie die feinsten Schwingungen des Herzens früher spürte und besser erkannte als sonst jemand. Jetzt tröstete sie die junge Dunkelhäutige, die außer unserer

Freundschaft in ihrem »zweiten Leben« nur Arconrik als Bezugsperson kannte. Ausgerechnet ihn, einen Roboter.

Das Anlegemanöver nahm unsere ganze Aufmerksamkeit in Anspruch. Wir erhielten einen Platz im sicheren Schutz eines Dammes aus natürlichen Felsen und Steinbrocken, über die man ein holpriges Steinpflaster verlegt hatte. Klatschend fiel unser Anker aus Eisen, Bronze und Holz von der langen Kette. Keiner der anderen Kapitäne, das bewiesen die neugierigen Blicke, die ausgestreckten Arme und die aufgeregten Rufe, hatte je einen solchen Anker gesehen.

»Woher kommt ihr?«

»Aus Africa. Ihr kennt den Hafen nicht«, antwortete Arconrik. »Wenn ihr unsere Waren seht, erfahrt ihr alles.«

Endlich war das Schiff ruhig und solide belegt. Wir brachten eine breite Planke aus, begrüßten andere Handelskapitäne, die Männer des Hafens und die Wächter. Bald hatten wir die neuesten Gerüchte gehört – die Gespräche in allen Häfen dieser Welt kreisten immer um dieselben Themen. Ich zog die anderen Männer mit mir in die Hafenschänke und zahlte ihnen den einen und anderen Becher Wein oder Bier; mit römischen Silbermünzen.

»Erzähl uns, was du anbietest, Kapitän Demetrion!« forderten sie mich auf.

Arconrik bewachte das Schiff und begann einige Truhen und Ballen auszupacken. Noch war die Stunde nicht da, in der die Händler der Stadt und die Bewohner in den Hafen herunterkommen würden. Es war geradezu herzerfrischend, Tizia und Narnia und die drei Männer der Oase zu beobachten. Für sie, mit Einschränkungen, war alles neu und gleichermaßen aufregend. Unsere Unterhaltungen gingen langsam, Satz um Satz, in ein echtes Handelsgespräch über.

Fünf Tage lang brauchten wir, um unsere Ladung zu verkaufen oder einzutauschen. Wir schleppten ziegelförmige Bleibarren in den Kielraum, Silber und wenig Gold, einige Ebenholzkisten voller unbekannter Gewürze, etliche edle Steine für die Goldschmiede, Zedernöl und andere Dinge, die es in der Oase nicht gab und die wir nicht herstellen konnten. Unsere Waren riefen beträchtliches Aufsehen hervor, was die Qualität und auch den Preis betraf. Wir handelten hart, unterschritten aber unsere Preise nicht.

Einer der Erfolge war, daß sie uns fragten, wann wir wieder nach Berenike kommen würden. Wir versprachen, innerhalb der nächsten vier Monde nach dem Jahreswechsel wiederzukommen. Auch mit den Bewohnern Berenikes wickelten wir einen schönen Teil des Handels ab. Selbst Palmenschößlinge kauften wir den Städtern ab.

»Die Liste, die wir von den Handwerkern bekommen haben, ist erfüllt«, vermeldete Begaspoint. »Morgen ist Sklavenmarkt, Atlan.«

Da ich wußte, daß nicht nur er große Leidenschaft für Tizia empfand, schwieg ich und zog fragend die Brauen hoch.

»Ich habe mich unter den Töchtern des Hafens umgesehen«, murmelte er und machte eine eindeutige Geste. »Sie machen es mir leicht, zu vergessen.«

Jetzt mußte ich lachen. Er hatte sich in den vergangenen Tagen wirklich viel Mühe gegeben. Mit Narnia waren Tilnemu, er und Oncusind in die Schuppen gegangen und in die Schiffsbäuche hinuntergeklettert, um sich das Angebot an Sklaven anzusehen und um Preise zu feilschen.

»Verstehe ich euch recht?« fragte ich schließlich, nachdem die Becher gefüllt waren. »Ihr wollt hier Sklavinnen erstehen, um eure niederen Lüste zu befriedigen.«

An meinem Grinsen merkte er, daß es mir nicht ganz ernst war. Er hob den Becher. Wir saßen an einem weißgescheuerten Tisch unter dem Vordach der Hafenschänke. Vor uns entfaltete sich das bunte Leben des nachmittäglichen Hafens.

»Wie du es sagst, sind wir alle einst Sklaven gewesen, ich meine, viele unserer Ahnen. Auch Narnia, deine Freundin, und Tizia. Was ist daran? Wir wollen die Mädchen zu unseren Frauen nehmen.«

»Das höre ich nicht ungern. Wie viele, wenn ich fragen darf, wollt ihr mitnehmen?«

Er war unschlüssig; offensichtlich waren die besprochenen Preise nicht niedrig genug. Ich würde ihm helfen, wenn es am Gold oder Silber lag. Dennoch sagte ich:

»Nehmt nicht die Schönsten. Kauft die klügsten Mädchen. Sie werden sofort verstehen, daß ein gutes Leben für sie beginnt – was natürlich von euch jungen Hitzköpfen abhängt. Am besten ist, ich gehe mit euch und gebe euch unaufgefordert gute Ratschläge.«

Ich wünschte, ich hätte eine andere Heimstatt! zischte das Extrahirn. *Manchmal bist du wahrhaft unerträglich – edel und infam, Arkonide!*

Ich hob die Schultern. Damit konnte ich leben.

Wir verbrachten fast den ganzen nächsten Tag damit, das menschliche Elend der Barbaren abzuschätzen. Es waren etwa zweihundertdreißig Sklaven zu verkaufen. Wir sprachen mit den Mädchen und den jungen Frauen, und keiner von uns nahm die Aufgabe leicht. Narnia und Usha halfen, wo sie konnten. Schließlich hatten wir acht Mädchen gefunden. Narnia und Usha nahmen sie mit sich. Ich hatte alles mit meiner Freundin geregelt. Kleidung wurde gekauft, weiche Sandalen, die Mädchen folgten Narnia in ein Badehaus und kamen, völlig verwandelt und plötzlich viel hübscher, zum Schiff zurück. Wir Männer hatten inzwischen einige Becher Wein geleert – unseren Wein, weil er der beste weit und breit war.

Den Männern hatte ich ins Gewissen geredet. Die Unsicherheit darüber, was passiert war und noch mehr, was die Mädchen erwartete, darüber hinaus die seltsame Weise unserer Fahrt, würde sie in tiefe Verwirrung stürzen. Es lag an ihren zukünftigen Liebhabern, sie zu beruhigen.

»Wir glauben, daß du die größere Erfahrung hast«, stellte Begaspoint fest und hob den Kopf. Sein Blick richtete sich auf die Frauen. Ich hob den Becher und rief:

»Kommt an Bord! Übermorgen legen wir ab! Willkommen!«

Da Narnia und Usha für alles gesorgt hatten, waren die Mädchen auch satt und trugen einige einfache Schmuckstücke. Sie rochen nach Sauberkeit, und die Gefühle, die sich in den Gesichtern und Gesten widerspiegelten, waren kaum zu beschreiben.

»Ich bin Arconrik, der Steuermann«, sagte der Roboter laut und legte alle seine beruhigenden und überzeugenden Schwingungen in seine Stimme. »Kommt zu mir. Ich halte, was diese Männer versprechen. Trinkt einen Becher Wein mit uns und stellt Fragen.«

Nacheinander kamen sie über die federnde Planke in den Schutz des waagrecht gespannten Segels. Bis zum Einbruch der Dunkelheit, als wir zum Essen in die Hafenschänke hinübergingen, kannten die jungen Frauen einen großen Teil ihres zukünftigen Schicksals.

Wir lösten im Sternenlicht die Belegtaue und hoben den Anker. Als die Sonne über Berenike aufging, war unser Schiff verschwunden. Wir ließen uns Zeit und waren vier Tage später in der Oase. An diesem Punkt endete, Erfolg oder nicht, die Verantwortung von uns vier aus der Vergangenheit.

Funkelnd und glänzend lag das Sternenschiff auf den bronzenen Schienen, die aus der Halle hinausführten. Früher Morgen. Ich hatte den Raumanzug geschlossen, aber noch nicht den Helm und das Visier. Über drei verschiedene Funkgeräte stand ich schon jetzt mit Arconrik in Verbindung. Ich war unruhig und voller Spannung. Die Luke stand weit offen, beide Schleusentüren ebenfalls. Ich trug Handschuhe und einen Wasservorrat mit Saugröhrchen; der lederne Wassersack schien im erwarteten schwerelosen Zustand brauchbar zu sein.

»Sämtliche Werte in arkonidischer Terminologie!« sagte Arconrik. »Bereit?«

Wir hatten weitergearbeitet. Die Änderungen und Neukonstruktionen waren nicht aufwendig, aber wichtig. Der bevorstehende Probeflug bedeutete für uns einen weitaus größeren Schritt als die erste Phase der Konstruktion.

»Ich bin bereit«, antwortete ich. Noch war ich in der Lage, den Start zu verschieben. Unter den wenigen Zuschauern befanden sich Narnia und der wahnwitzige Falkner. »Los.«

Wir gingen hinüber. Ich blieb im seitlichen Eingang sitzen und vergewisserte mich trotz der einwandfrei verlaufenen Prüfungen und aller abgehakten Listen ein letztes Mal vom Zustand der Werkzeuge und der wenigen Vorräte. Der Innenraum mit seinen vielen Handgriffen aus dikken, geflochtenen Sehnenschnüren roch nach dem Zedernöl, mit dem Arconrik das Leder des großen Spezialsessels imprägniert hatte.

Narnia küßte mich schweigend. Ich versicherte ihr, in der Nacht, am Morgen oder früher zurück zu sein.

Ich kletterte ins Innere. In der Mitte der langen Röhre konnte ich aufrecht stehen. Sie war an dieser Stelle mehr als mannshoch. Ich verschloß mit den einfachen Klemmriegeln die äußere, dann die innere Schleuse und setzte mich. Breite gepolsterte Gurte hielten meine Oberschenkel, die Schultern und die Brust im Sessel fest; den Brustgurt befestigte ich noch nicht. Durch die Bullaugen rechts und links des mittlerweile mit weitaus mehr Anzeigen und Instrumenten ausgestatteten Pultes blickten Narnia und Arconrik.

Ich schaltete die Funkgeräte aus und wieder ein und sagte: »Geht vom Schiff zurück. Ich steige auf.«

Ich winkte kurz in beide Richtungen, aktivierte nacheinander alle Steigmotoren und bewegte dann die leichtgängigen Regler. Die lange Spiralfeder für das Uhrwerk der Pumpe gab einen schnarrenden Laut von sich. Langsam hob sich das Schiff aus Bronze. Ich ließ es waagrecht steigen, bis auf zweihundert arkonidische *meter.*

»Ich schalte den Recorder ein«, sagte ich. »Unterbrich mich vorläufig nicht.«

»Wie abgesprochen.«

Wie beim ersten Flug richtete ich die Spitze, die einem seltsamen Vogelschnabel glich, höher und ging in einen Steigflug über. Das Schiff gehorchte jedem Handgriff und begann, einen Kreis nach dem andern zu beschreiben. Ich blickte nicht ein einziges Mal nach unten und kontrollierte Schritt um Schritt, je nach Ansage des Bandes, die notwendigen Handgriffe. Ich stieg weiter: eintausend, eintausendfünfhundert, zweitausend *meter.*

Vergiß nicht, daß du keine Außenluft atmen kannst, warnte mich überflüssigerweise der Logiksektor.

Dreitausend ... dreitausendfünfhundert. Jetzt überblickte ich einen Großteil des Kontinents; Wolken verhinderten die Sicht zum Meer im Norden. Ich begann mich wie ein Vogel zu fühlen, griff nach dem Ventil über meinem Kopf und zog daran. Ein Luftstrom pfiff gellend durch das winzige Loch hinaus. Noch war es nicht kälter geworden; ich würde es in meinem Gesicht, auf der Haut, sofort spüren. Als ich viertausenddreihundert auf den Instrumenten abgelesen hatte, stellte ich die Steuerung gerade und sagte:

»Die Gleitertriebwerke schaffen es nicht mehr höher, Rico. Ich versuche den nächsten Teil.«

»Verstanden.«

Zuerst schloß ich den Raumanzug, orientierte mich, wo die Sonne stand, und wußte, daß wir bisher nur vergessen hatten, die Bullaugen innen mit Blenden zu versehen.

Ich richtete die Nase des Schiffes so weit aufwärts, wie es möglich war. Dann schob ich den Geschwindigkeitshebel ganz bis zum Anschlag nach vorn und zog ihn um einen Fingerbreit wieder zurück. Die Nadel des Geschwindigkeitsanzeigers begann schnell zu klettern. Leicht schräg zur Planetenoberfläche, schneller, immer schneller, schoß ich dahin, in westliche Richtung, die Sonne in meinem Rücken. Die Klappen an den Flügeln erzeugten in der dünnen Lufthülle immer noch Auftrieb. Ich stieg auf viertausendfünfhundert ... fünftausend, dann riß die Strömung ab.

»Zündung eins!« sagte ich. Die Verbindung war mit zwei Geräten klar, ein drittes knisterte und zeigte erste Ausfallerscheinungen. Ich schaltete es aus. Es war für kürzere Entfernungen hervorragend, fing jetzt zu versagen an. Dann führte ich mit akribischer Genauigkeit alle jene Schaltungen durch, die der Recorder mit meiner Stimme befahl. Ich schloß den Raumhelm, schaltete die Systeme der Innenversorgung ein und stellte eine Kabelverbindung mit dem Funkgerät des Instrumentenpults her.

»Zündung – jetzt!«

»Alles klar?«

Ich drückte auf den ersten Knopf. Mit der anderen Hand schloß ich den Schultergurt und zog einen Hebel. An den Knien und von den Hüften aufwärts klappten die gepolsterten Seitenteile des Sessels hoch und begannen mich einzuklemmen.

Die Eigengeschwindigkeit des Fluggeräts war so hoch wie nie zuvor. Wir jagten in einem Winkel von zwölf Grad aufwärts nach Westen. Weit vor mir ahnte ich bereits die endlose Fläche des Ozeans. Dann, urplötzlich, traf ein gewaltiger Hieb die Konstruktion, preßte mich mit aller Gewalt in den Sessel. Ich konnte gerade noch die Bewegung zu Ende führen, mit der ich die Triebwerke ausgeschaltet hatte. Die erste Feststoffhülse hatte gezündet. In den kleinen Spiegeln, die vor den Bullaugen hingen und stark vibrierten, sah ich eine grelle Stichflamme und eine gewaltige Rauchwolke. Das Sternenschiff zitterte und ächzte, aber es bewegte sich geradeaus, von der Planetenoberfläche hinweg.

Der Andruck preßte mich in den Sitz. Ich wog mindestens dreimal soviel wie sonst. Der Druck wurde stärker; es flimmerte vor meinen Augen. Trotzdem drückte ich einen Hebel in der rechten Armlehne. Wieder zündeten zwei kleine Triebwerke und hoben die Vorderflügel an. Die Helligkeit, die innerhalb der Lufthülle herrschte, verging langsam, während noch immer die mächtige Flamme am unteren Ende des Schiffes toste und donnerte. Sie schien leiser zu werden, ließ aber an Kraft nicht nach.

Die Sterne wurden durch die Bullaugen sichtbar. Ich erhaschte einen undeutlichen Blick in die Rückspiegel – die Stichflamme deutete, falls ich nicht sehr irrte, genau auf den Mittelpunkt der Wolken, des Landes und des ringsum abfallenden Horizonts.

Das Triebwerk brannte eine Ewigkeit. Die Zeiger der Uhren tanzten und zitterten wie alles andere. Mein Herz schlug rasend schnell, ich konnte mich noch immer nicht rühren. Ich fühlte, wie meine Gesichtshaut nach hinten gezogen wurde, wie meine Arme und Beine blutleer zu werden schienen, wie sich langsam eine Bewußtlosigkeit näherte. Scharf und deutlich hörte ich hingegen durch das immer leiser werdende Dröhnen und Klirren die Stimme Arconriks:

»... unter impulsivem Einsatz immanenter, bis zum Moment der Effektuierung des Impulses latenter Energien löste sich die amphibielle Kreatur von ihrem habituellen Standort und ...«

»Hör mit dem Schwachsinn auf!« ächzte ich. Arconrik blieb ungerührt.

»Ich muß feststellen, ob du bereits nachlassende Leistungen zeigst. Du mußt sagen, was der Text bedeutet ...«

»Ich werde alles andere tun!«

»... und verschwand, eine von Wurfgesetzen diktierte Parabellinie beschreibend ...«

Schlagartig ließ der Andruck nach. Das Triebwerk war ausgebrannt. Ich sah durch die Glasscheiben Dunkelheit voller Sterne. Die Sonne brannte lodernd auf den Tragflächen. Ich mußte das Visier herunterklappen; meine Augen fingen zu schmerzen und zu tränen an. Salziges Sekret sickerte über meine Wangen.

»... nach Erreichen des ihr adäquaten Elements in den mehr oder weniger durchsichtigen Existenzräumen. Löse dieses Rätsel, Atlan.«

Der wirkliche Raumflug fing an. Ich war schwerelos. Die Gurte hielten mich am Sessel fest. Ich stemmte mich in die Gegenrichtung und stieß den Hebel wieder nach vorn. Die Seitenteile klappten herunter und gaben mich frei. Es war alles unheimlich ruhig. Ich öffnete vorsichtig den Helm und machte eine Sprechprobe.

»Da ich dich gut verstehe – deine Stimme klingt unverändert -, würde ich sagen, daß die Kabine dicht ist«, sagte Arconrik.

Ich konnte kein Zischen entdecken. Offenbar waren die Lecks, wenn es welche gab, so fein, daß nur vernachlässigbar wenig Luft entwich. Ich hatte einen Vorrat im Raumanzug, und zwei Preßlufttanks waren an die kleine Pumpe angeschlossen.

»Das Sternenschiff treibt schwerelos dahin«, sagte ich. »Ich mache so weiter, wie wir es festgelegt haben.«

Das Innere kühlte nicht ab. Noch nicht? Immerhin war eine Seite der Sonne zugekehrt, die andere lag im schwarzen Schlagschatten. Der Entfernungsmesser zeigte eine erstaunliche Zahl an: 155.000.

Und die Zahlen bewegten sich noch immer rasend schnell. Noch trug der Impuls des erstaunlichen Triebwerks mich weiter und weiter vom Planeten fort. Ein Blick durch die Bullaugen: die Sterne und der Mond bewegten sich nicht. Also verlief der Flug des ebenfalls ruhig liegenden Schiffes auf einer Geraden.

Keine Euphorie! warnte der Logiksektor zutreffend. *Du hast in Wirklichkeit den Planeten noch nicht verlassen!*

Ich wußte dies sehr genau.

Zuerst öffnete ich das Ventil der ersten Druckflasche. Preßluft strömte mit feinem Zischen heraus. Dann löste ich die Sperre und schaltete ein Gerät an, das die Luft bewegte. Dann schaltete ich die Sauerstoffversorgung des Anzugs ab. Die Temperatur blieb konstant. Seit dem Aussetzen der Zündung waren mehr als eineinhalb Stunden vergangen. Ich sagte mir mit großer Befriedigung, daß meine Fähigkeit, mich in der Schwerelosigkeit zu bewegen, ähnlich geartet war wie die des Schwimmens: Einmal richtig gelernt, und man wandte diese Kunst an, ohne nachzudenken und erfolgreich.

»Noch bin ich auf direktem Kurs irgendwohin!« sagte ich. Arconrik und Narnia antworteten fast gleichzeitig.

»Zum Haar der Berenike?«

Ich lachte. Die richtige Antwort fiel mir schwer. Zur Überbrückung nahm ich einen Schluck aus dem Lederbeutel, der sich kugelförmig aufgebläht hatte.

»Ich weiß nicht, wohin. Ich habe, wir ihr wißt, nach geradeaus vorn keinen direkten Blick. Aber es sind Sterne. Bewegungslos, groß und herrlich. Auch unseren zweiten Planeten habe ich noch nicht entdeckt.«

»Verstanden. Was bedeutet mein Text?« wollte Arconrik beharrlich wissen. Ich grinste.

»Die Erklärung: Diesem Lebewesen ging es so wie mir vor kurzer Zeit.«

»Der Text! Die Bedeutung?«

»Der Frosch«, sagte ich, *»springt ins Wasser!* Zufrieden?«

»Ich registriere, daß dein analytischer Verstand noch gut arbeitet«, erwiderte Arconrik.

Wenn ich jetzt die übrigen Feststoff-Triebwerke zündete, eines nach dem anderen, würde ich weiterfliegen, immer tiefer in die Schwärze hinein und dem hypnotischen Eindruck der Sterne entgegen. Ich riß mich von dem Bild los und stieß mich ab. Langsam, immer wieder von einer Seite zur anderen schleudernd, trieb ich zum Sessel, schwang mich hinein und befestigte meinen Beckengurt.

Natürlich war ich ohne die Hilfe der positronischen Rechner nicht in der Lage, alle jene Verhältnisse zwischen Schub, Gewicht, Länge und Zeitdauer des Fluges zu berechnen. Nicht einmal andeutungsweise. Aber ich erkannte, mehr gefühlsmäßig als kalkulierend, daß der Flug tatsächlich möglich war. In den Ohren knackte es. Ich griff wieder nach dem Knauf und öffnete das Ventil. Abermals bewegten sich meine Trommelfelle. Sofort, vom Luftstrom bewegt, der ins All hinauspfiff und wie eine Düse wirkte, wich die Nase der LARSAF DREI – so nannte ich das Schiff – von der Geraden ab. Es wurde schlagartig kühler in meinem metallenen Abteil.

Für diesen kurzen Flug bedeutete das Fehlen vieler Gegenstände, Geräte und Einrichtungen nicht viel. Luftreinigung und Wiederverwertung, Wärme und Kälte – dies ließ sich durch Abstrahlung verhindern oder hervorrufen, also durch bestimmte Stellung zur Sonne, auf die ich zufliegen würde –, das Problem der Nahrung und der Versuch, mit Arconrik weiterhin sprechen zu können. Ich hatte bei diesem Gedanken bereits eine Idee, die mir leicht durchführbar erschien.

Die Bahn des zweiten Planeten war, rechnete ich die Bahndaten von Larsaf Zwei und Drei der Einfachheit halber als Kreise, 108,15 Millionen arkonidische *Tausendmeter* von der Sonne entfernt, die von Drei, »meinem« Planeten, 149,50 Millionen. Also trennten die Bahnkreise »nur« 41,35 Millionen. Da die LARSAF DREI eine sorgsam berechnete ballistische Bahn fliegen mußte, vergrößerte sich diese Distanz. Um wieviel?

Auch das war von den Computern leicht auszurechnen.

Sie würden mir ebenso die Tage und Monde nennen können, an denen ich zu starten hatte. Aber wie lange dauerten dann die Flüge?

Noch trieb ich von Larsaf Drei weg, hinaus ins All. Nicht mehr lange.

Ich glaubte, zu spüren, wie sich die Bewegung verlangsamte. Ein Blick auf den Enfernungsmesser. Die Zahlen änderten sich fast kriechend.

»Arconrik? Verständigung klar?«

Ich spannte alle meine Sinne an. Ich durfte nicht riskieren, daß auch nur ein Teil der einfachen Einrichtung versagte. Wurde die Luft schon schlecht? Ich hatte die Sicherheit des Raumanzugs.

»Klar. Ich höre.«

»In kurzer Zeit werde ich umkehren müssen. Die Anziehungskraft beginnt den kinetischen Impuls zu neutralisieren.«

»Der Zeitpunkt deckt sich ziemlich genau mit den Berechnungen.«

»Ich bin beruhigt. Mir geht es gut.«

»Das wollte Narnia wissen.«

»Sie kann beruhigt sein.«

»Ende.«

Auch das Problem, meine Exkremente und alle anderen Abfälle zu beseitigen, löste ich nach kurzem Nachdenken. Voraussetzungen waren einwandfreie Möglichkeiten, Metallverbindungen abzudichten und trotzdem beweglich zu halten. Auf dem zweiten Planeten hatte ich eine stark bewegte, heiße und feuchte, nicht atembare Lufthülle.

Ich blickte auf die Uhr. Vor genau sieben Stunden war ich gestartet. Sieben Stunden! Ich hatte geglaubt, höchstens drei Stunden wären vergangen. Das Fehlen der Geräusche außer dem Ticken und Surren war ein weiteres Problem. Ich brauchte Musik und Worte. Also brauchte ich entsprechende Wiedergabegeräte, wenn mich Arconriks Sender nicht mehr erreichten und ich ihn nicht mehr. Ein weiterer Kreis von Problemen.

Und – wie fand ich Larsaf Zwei? Ich löste den Gurt und trieb zum nächsterreichbaren Bullauge. Ich starrte hinaus und sah Tausende und aber Tausende von Sternen. Auch ein Planet war für meine Augen nichts anderes als ein größerer Stern. Überdies konnte er sich auf der gegenüberliegenden Seite der Sonne befinden. Ich gab es auf und widmete mich dem Bild der Erde. Sie lag nicht mehr ganz genau hinter dem Heck des Raumschiffs. Inzwischen hatte sich die gigantische Kugel gedreht, und ich würde meine Not damit haben, die richtige Stelle wiederzufinden. Aber die Energievorräte der Gleitertriebwerke waren, verglichen mit allen anderen Systemen, geradezu grenzenlos.

Das Sonnenlicht lag nicht nur gleißend auf allen sichtbaren Metallflächen, sondern auch auf den Wolken. Ich erkannte einzelne Großstrukturen, darunter gelbe, blaue und braune Flächen, Gebirge, Seen und Meere – ich hatte in der Tasche des Sesselrückens alle Höhenaufnahmen stekken, die wir diesmal mitgenommen hatten.

Nach einer Stunde: Jetzt liefen die Zahlen rückwärts. Ich meldete es an Arconrik. Ich merkte an der Verständigung, daß er sich inzwischen weit von mir entfernt hatte ... der Planet drehte sich unter mir. Ich versuchte, einzelne große Gebiete klar auszumachen und fand immerhin heraus, daß ich mich auf einem Punkt hoch über der gedachten Linie zwischen der nördlichen und südlichen Hemisphäre befand. Der langsame Sturz der LARSAF hatte begonnen.

Ich trank Wasser, einen Schluck Wein, aß Nüsse, Oliven und eine Scheibe fetten Braten. Auch ein feuchtes Handtuch hatten wir vergessen. Mein fotografisches Gedächtnis würde sich diese Punkte ebenso merken, wie es sich die Umrisse von Geländemerkmalen eingeprägt hatte. Beim nächsten Blick aus dem Bullauge sah ich, daß das Schiff annähernd parallel zum Planetenboden schwebte. Zahlreiche kleine Stöße und Bewegungen im Innern hatten die Lage verändert. Noch gab es keinen bemerkbaren Luftwiderstand. Unter mir lag jetzt eine endlose Meeresfläche, über der sich unaufhörlich Wolken bildeten und ihre Umrisse veränderten: strahlendes Weiß über tiefblauem Hintergrund.

Meine Fallgeschwindigkeit nahm zu. Ich befand mich noch immer über offenem Meer. Inseln, die weit im Osten lagen, etwa auf der Teilungslinie, zogen langsam unter mir vorbei. Natürlich war auch das Schiff nicht unbeeinflußt geblieben; die Planetendrehung schleppte mich mit sich. Also mußte in absehbarer Zeit wieder, von Westen herkommend, Afrika unter mir auftauchen.

Das Schiff lag noch immer waagrecht. Ich trank noch einige Schlucke Wein aus der kleineren, fast kugelrunden Lederhülle. Geduldig wartete ich, bis ich Arconriks Stimme wieder gut verstehen konnte. Wir tauschten sämtliche Informationen aus, die sich inzwischen angesammelt hatten. Ich wollte vermeiden, die zunehmende Sinkgeschwindigkeit abzubremsen, indem ich einen zweiten Feststoffkörper zündete. Noch immer spürte ich keinen Luftwiderstand, auch machte ich keine erkennbare Fahrt über dem Grund. Also wartete ich; meine Ungeduld nahm nun schneller zu als die Fähigkeit, mich abzulenken.

Sämtliche Bewohner der Oase warteten inzwischen auf das Erscheinen des Sternenvogels. Das Schiff hatte mittlerweile wohl ein Dutzend poetischer Namen. Und ich wurde mehr und mehr zu Daidalos.

Dann spürte ich die ersten, ruckenden Bewegungen. Ich begann mich anzuschnallen und bewegte sämtliche Hebel, die mit der Steuerung eines gleitenden Objekts zu tun hatten. Sehr viel laienhafter, sagte ich mir, kann Raumfahrt wirklich nicht betrieben werden!

Die LARSAF fiel schneller. Ich konnte ihren Kurs inzwischen ein wenig beeinflussen und steuerte in eine große Linkskurve. Aus der Kurve wurde ein riesiger Kreis, noch immer über dem blauen Meer. Die Sonne stand tatsächlich, als ich mich nach dem Planetenboden orientieren konnte, an anderer Stelle. Ich war irgendeine rechnerisch schwer nachvollziehbare Figur geflogen, alles, nur keine Gerade.

»Bei dir ist es tiefe Nacht, nicht wahr?« fragte ich. Sofort antwortete der unerschütterliche Roboter:

»Zur Zeit deiner Landung dürfte gerade die Sonne über der Oase aufgehen.«

»Und Narnia?«

»Wird dich hohläugig begrüßen. Sie hat kaum geschlafen.«

»Ich auch nicht«, sagte ich. »Es wird langsam gefährlich.«

Es gab mehr Luftwiderstand. Ich stellte die Triebwerke auf Leerlauf und schaltete sie ein. Die ersten Geräusche drangen durch die dicke Isolierung. Die Hebel in meinen Händen fingen zu zittern und zu rütteln an. Aber gehorsam flog, während unter mir der Rand des Kontinents auftauchte, das Schiff im Kreis, leicht zu dessen Mittelpunkt geneigt, so daß ich immer wieder durch das Bullauge einen guten Blick hatte. Ich verglich die Eindrücke und war meiner Sache ziemlich sicher.

Neuntausend ... und abnehmend.

Die Geschwindigkeit nahm zu. Das Heulen wurde schriller und schärfer. Die Vibrationen änderten ihre Art. Längst war ich aus dem Bereich der Schwerelosigkeit heraus. Larsaf Drei zerrte an jedem Teil der Konstruktion und ganz besonders an meinem Magen. Der harte Klumpen darin schien aus Blei zu sein. In einer Höhe von siebentausend hob ich die Spitze des Schiffes und gab volle Energie auf die bremsenden Triebwerke. Eine Reihe starker Rucke schüttelte das Schiff. Wir hatten gut gerechnet und ebenso gut gearbeitet: Nicht eine Schraube löste sich. Noch einmal dasselbe Manöver, und das nervenzersägende Geräusch glitt in einen tieferen Bereich herunter. Als ich sicher sein konnte, daß die Triebwerke einen weitaus höheren Wirkungsgrad haben würden, gelang es mir, die Geschwindigkeit bis auf einen Wert herunterzubringen, den ich nicht kannte, der mich aber beruhigte. Und endlich kamen die Berge, das Rote Meer und jener Teil des Kontinents, auf dem ich landen würde, in Sicht.

Die Schatten waren lang und tiefschwarz. Ich zog meine Kreise wie Khach'ts Falken, ging tiefer und tiefer und handhabte das Schiff schließlich wie einen Höhengleiter. Schließlich holte ich weit aus, näherte mich der Gegend um die Oase von Osten, also mit der Sonne im Rücken.

»Eine Volksmenge starrt zum Himmel und sieht die Schöpfung ihrer Handwerker«, klärte mich Arconrik auf. »Wo landest du?«

»Zweckmäßigerweise am Startplatz«, sagte ich.

Die letzte Distanz war ebenso einfach wie der Start. Ich umrundete zweimal die Oase, bremste immer wieder, wurde langsamer und ging tiefer und landete senkrecht dicht vor dem weit offenen, dunklen Tor der Halle.

Nacheinander schaltete ich alles aus. Ich schnallte mich los, desaktivierte den Raumanzug und fühlte, als ich nach hinten turnte und das Ventil der Druckflasche schloß, eine erbärmliche Schwäche in den Knien. Dann entriegelte ich die Schleusentüren und kletterte ins Freie.

Narnia kam herangelaufen und warf sich an meine Brust. Sie weinte und lachte gleichzeitig, und schließlich halfen sie mir aus dem Raumanzug.

Die Luft, die aus dem Flugapparat herauswehte, stank ganz seltsam. Jedenfalls nicht mehr nach Zedernöl.

»Wir haben uns selbst übertroffen, Arconrik«, sagte ich mit rauher Stimme, einen Arm um Narnias Schultern und in der Hand einen Pokal voller Wein. Meine Finger zitterten, als ich das schwere Ding an die Lippen hob. »ES hat nicht geholfen, dennoch hielten alle Schrauben und Nieten.«

Im Heckbereich sah ich Flammen- und Rauchspuren. Arconrik nickte.

»Du hattest, ohne es recht zu begreifen, mehrere Dutzend Probleme«, sagte er. »Wir brauchen noch unzählige Geräte. Aber, immerhin, die Grundidee ist offensichtlich richtig. Wenn ihr euch dem Taumel der Wiedersehensfreude hingebt, werde ich jede Handbreit des Schiffes aus Bronze genau untersuchen.«

Er würde alles finden, was zu finden war. Mehr noch: Bei ihm waren alle technischen Probleme gut aufgehoben. Beim endgültigen Flug nach Larsafs zweiter Planetenwelt würden wir alles richtig machen. Und besser als heute.

Schließlich hängt dein Leben davon ab, flüsterte der Logiksektor.

Überall standen die Bewohner der Oase und winkten. Hellhäutige und dunkelhäutige, alt und jung, Frauen und Männer ... sie alle riefen uns begeisterte Worte zu und freuten sich, daß der Vogel aus kostbar verzierter Bronze wieder vor der Halle lag.

»Wie war es? Was hast du dort oben gesehen? Warst du zwischen den Sternen? Hast du die andere Welt gesehen?« überschüttete mich Narnia mit zusammenhanglosen Fragen.

Ich spürte erst jetzt die volle Tiefe der Erschöpfung. Ich war unendlich müde. Jeder Schluck Wein, den mir die Menschen entgegenreichten, ließ mich stärker schwanken. Ich versuchte, Antworten zu finden und ließ mich von Narnia zum Haus ziehen und schleppen.

»Vielleicht habe ich die andere Welt gesehen«, sagte ich stockend. »Ich weiß es nicht. Ich weiß nur, daß ich froh bin, wieder bei dir auf unserer Welt zu sein.«

»Wir reden später, ja?«

»Ich brauche ein heißes Bad, deine Nähe und einen tiefen, langen Schlaf«, sagte ich und spürte die warmen, pulsierenden Ströme, die vom versteckten Zellschwingungsaktivator ausgingen. Die feinen Narben schmerzten. Ich drehte mich noch einmal um, blickte in Dutzende bekannter Gesichter und rief:

»Wenn ich ausgeruht bin, feiern wir ein großes Fest! Unser Vogel aus Bronze tat einen weiten, herrlichen Flug!«

Alle schrien und jubelten, obwohl sie die Konsequenzen nicht einmal ahnen konnten. Wir gingen ins Haus. Usha schien geahnt zu haben, was mir fehlte. Trotz des leichten Schwindels roch ich die Kräuter und Öle des Badewassers.

»Unglaublich«, sagte ich. »Jetzt, wo alles vorbei ist, kann ich es nicht glauben. Ich habe die Welt fast verlassen gehabt. Es war aufregend. Und einsam.«

Ich zog mich aus, ließ mich ins heiße Wasser gleiten und versuchte mich zu entspannen. Es war eine wirkungsvolle Therapie. Ich vergaß, was meine Überlegungen förmlich durchflutete, schlief mitten unter Narnias Liebkosungen ein und wachte wieder auf, als mich mitten in der Nacht der Lärm des Festes aus einem ruhigen, tiefen Schlaf riß. Ich fühlte mich wunderbar frisch und leicht. Ich stand, nachdem ich mich erfrischt und in neue Kleidung geschlüpft war, plötzlich mitten unter den Feiernden. Der riesige Tisch prangte auf der Terrasse, mehr als fünfzig Personen standen und saßen in der Halle und unter den vielen Lichtern.

Usha reichte mir einen großen Becher kaltes Bier. Ich nahm einen langen Zug, der mir so gut schmeckte, als hätte ich wochenlang mitten in der Wüste gedürstet.

»Zu uns, Demetrion Atlan. Hierher!«

Ich blickte in lachende Gesichter. Tilnemu, Oncusind und Begaspoint hatten ihre Wahl getroffen. Die jungen Frauen, vor einem Mond noch Sklavinnen, waren fröhlich und schienen das Leben bei uns zu genießen. Auch Yatnadl, einen der besten Metallhandwerker und »Erfinder«, sah ich an der Seite einer Braunhäutigen, die mit uns gekommen war.

Narnia und Usha hängten sich an meine Arme. Das Bier roch frisch und verlockend. Arconrik schob sich durch die Menge und roch an einem Weinpokal.

»Ich frage mich«, sagte ich zu ihm, »warum sie sich derart freuen. Sie haben nichts anderes gesehen als das fliegende Ding.«

Die Begeisterung war echt; es mochte auch damit zusammenhängen, daß jedermann den anderen ansteckte. Ich blickte mich suchend um. Auch Khach't war da und schäkerte. Sklaven in Ketten konnte ich keine entdecken.

»Sie ahnen, daß dieser Vogel die Oase allen anderen Menschen überlegen macht. Sie wissen, daß wir schneller und sicherer reisen als jede Karawane, jedes Schiff«, versuchte er mir zu erklären. Ich winkte zum Falkner hinüber.

»Eine zufriedenstellende Erklärung«, brummte ich. »Ich will heute nicht darüber nachdenken, was noch alles vor uns liegt. Arbeiten wir weiter an dem schönsten Sternenschiff dieses Sonnensystems?«

»Bis auf weiteres.«

Khach't setzte sich, nachdem er seine lüsternen Verabredungen getroffen hatte, zu mir. Er beglückwünschte mich zu dem Erfolg. Schließlich war er unter allen der einzige, der die volle Tragweite des Versuchs wirklich begriff. Dann wiegte er nachdenklich seinen schmalen, zerknitterten Schädel und meinte:

»Ich habe schon einmal warnen müssen. Wie lange geht das noch gut, Atlan?«

»Keine Ahnung. Gibt es Anzeichen, daß wir unsere Arbeit unterbrechen müssen? In diesem Fall wäre es mir nicht unrecht. Eine Masse technischer und astronomischer Probleme sind zu lösen. Schwere Aufgabe!«

Er nahm einem vorbeigehenden Jungen einen Weinbecher vom Tablett und versicherte:

»Ich werde euch raten und warnen, wenn ich etwas spüre oder erfahre. Warum sich ES nicht an euch wendet, ist mir schleierhaft.« Und nach einem gewaltigen Schluck: »Was ich hingegen weiß, ist, daß der Caesar Marc Aurel zu seinen vergeblich göttlichen Ahnen versammelt wurde. Sein bisheriger Mitregent, Commodus, sitzt auf dem Thron des Römischen Reiches. Er ist zu jung und trägt alle Züge eines Nero zu dessen schlimmster Zeit.«

»Abgesehen davon, daß er nicht der letzte Caesar sein wird und nicht der vorletzte – ist es wichtig für uns? Für das Schiff, die Oase und unsere Ruhe und sorgenlose Freiheit?« erkundigte ich mich.

Die Musik und das Gelächter, die vielen heiteren Stimmen, der Geruch nach Speisen und Gebratenem, die Freunde, mit denen ich zusammensaß, das alles, zusammen mit der warmen Nacht und den Insekten, die mit phosphoreszierenden Leibern wie Funken durch die Zweige schwirrten, machten mich sorglos und leichtsinnig. Rom war unendlich weit entfernt.

»Indirekt«, antwortete er. »Du weißt, daß meine Falken weite Strecken zurücklegen und hoch fliegen. So wie gewisse Geräte deines unfehlbaren Freundes Arconrik.«

»Bekannt. Was hast du gesehen?«

»Du weißt, daß die Zweite Legion in Nicopolis nahe Alexandria liegt.«

»Daß es die Zweite ist, weiß ich nicht, aber wir sahen ein großes Lager und alles, was dazu gehört.«

»Möglich, daß Commodus den Befehl gab. Sie kommen, gut ausgerüstet, den Fluß aufwärts. Zwar bewegen sie sich langsam und vorsichtig, und niemand weiß, wie weit sie vorstoßen werden, aber du kennst die bohrende Hartnäckigkeit der Legionäre.«

»Ich kenne so manches. Weißt du, was sie wollen?«

»Die Grenzen des Römischen Reiches erweitern, was sonst. Sie hörten wohl von reichen Städten am Oberlauf. Obwohl es nicht stimmt. Aber wo ein Weg ist und Wasser, da ist auch bald ein Römer mit Schwert und Helmbusch.«

»Du meinst, wir sollten ihnen klarmachen, daß es sich nicht lohnt, den Strom bis zu seinen Quellen erforschen und in Besitz nehmen zu wollen?«

»Da ES die Oase kennt und billigt – was ich weiß! –, dürfte es ein Entschluß sein, der ihn zumindest beruhigt. Kein Risiko für ES, so wie deine Reisepläne zwischen den Sternen.«

Arconrik hatte zugehört. Ich war sicher, daß er über die Relaisstationen bereits seine Spionsonden in die wichtigen Positionen steuerte, ohne daß wir etwas anderes sahen als den unverändert heiteren, klugen Ausdruck seines Gesichts.

»Wir sollten das Fest genießen«, sagte ich nach kurzer Überlegung. »Es hält für jeden etwas Schönes bereit. Um die Römer kümmere ich mich, wenn es an der Zeit ist. Noch etwas: Wann würden sie hier sein, wenn sie in der gleichen Geschwindigkeit weitermarschieren?«

»In vier, fünf Monden.«

Ich leerte den Bierkrug und deutete damit zu den Tischen, wo sie die Würste, Schinken und Bratenstücke und Brot austeilten.

»In einem halben Jahr werden sie wissen, daß der Süden trostlos, unfruchtbar, menschenleer und mörderisch ist«, versprach ich. »Aus Africa kommt immer etwas neues Schlechtes. Diesmal hat es einen Namen.«

Arconrik kicherte hohl und sagte: »Demetrion Atlan.«

Wir liefen hinüber und erstaunten unsere Oasenbewohner durch einen grandiosen Appetit und durch eine Stimmung, die sie an uns nicht kannten. Wir waren unter den letzten Nachtschwärmern und fielen, trunken von Alkohol und Heiterkeit, zufrieden in unsere Betten, als der Morgen dämmerte.

5.

Ich stand neben der Werkbank, stemmte die ruß- und ölverschmutzten Hände gegen meine nackten Hüften und schüttelte den Kopf.

»Du weißt es längst, Arconrik«, sagte ich entschieden. »Ohne die Maschinen der Kuppel kommen wir nicht mehr weiter.«

»Wir haben getan, was wir *hier* tun konnten!« beharrte er. Klirrend warf er ein Werkzeug zurück in die Metalltrümmer auf der Holzplatte.

»Es ist klüger, rechtzeitig aufzuhören!« sagte ich.

»Einverstanden. Ob du in zehn Monden startest oder in einem Jahrzehnt, ist unwichtig.«

Vielleicht hätten wir mit unserer umfangreichen Ausrüstung noch das eine oder andere technische Problem gelöst. Aber sämtliche Berechnungen und sogar der Versuch, das Ziel zu finden und anzusteuern, sobald die LARSAF DREI die Lufthülle verlassen hatte, mußten in Ruhe und mit den weitaus höheren Möglichkeiten in der Kuppel unternommen werden. Für uns konnte diese Erkenntnis nur heißen, daß wir den bronzenen Vogel in einen Zustand versetzten, der ihn unbestimmte Zeit konservierte – und dann die Halle wieder versteckten.

»Beschlossene Sache«, ordnete ich an. »Du kümmerst dich um dieses einmalige Gerät. Wir alle bereiten die eineinhalbtausend Freunde auf unser Verschwinden vor und lehren sie, die nächste Zeit ebensogut zu überstehen wie die letzten Jahre ohne uns.«

»Und du führst deinen Plan aus.«

»Genauso wird es geschehen!« versicherte ich. »Wir wissen, wann es an der Zeit ist, aufzuhören.«

Ich ging hinunter zum Fluß, um mich zu reinigen und zu schwimmen. Während ich mich keuchend durch das kühle Wasser bewegte, dachte ich an die Bilder und Gespräche, die wir aufgefangen hatten. Commodus, der Sohn und Nachfolger des philosophischen Marcus Aurelius, entpuppte sich als wahres Scheusal. Rom hatte bisher nachweislich viel verdaut: eine Reihe ausschweifender, mordgieriger Intriganten, größenwahnsinniger und bluttriefender Mörder und irrer Männer, die sich für Gott hielten. Aber Commodus schien es mit ihnen allen aufnehmen zu können, trotz seiner Jugend und wegen seiner eigenartigen Phantasie. »Er ließ ihn töten, um ihn einzuschüchtern!« hieß es in Roms Straßen.

Wenn seine Soldaten jemals die Oase erreichten, dann war dieses Paradies für alle Zeiten ausgelöscht und verwüstet. Jahrhunderte des Aufbauens würden binnen Viertelmonden verloren sein. Das angehäufte Wissen, die Kenntnisse, beschriebene Pergamente und die zahllosen halbversteckten Erfindungen aus der Vergangenheit! Lieber sollte der Sand alles zudecken.

Es gibt nur einen Weg. Geh hin und vertreibe sie. Sie müssen in Rom berichten, daß sie aus der Hölle kommen, befahl der Logiksektor. Ich würde gehorchen.

Während wir die Bilder studierten und Pläne machten, richteten wir alle es so ein, daß unser Rat häufiger denn je gebraucht wurde. Sido Eos, die junge Frau, war in India versklavt worden und brachte die Kenntnisse der Webkunst in Yatnadls Familie. Bald hatten wir Webstühle nachkonstruiert und verbessert, auf denen aus Leinen und der gesponnenen Wolle herrliche Stoffe mit farbigen Mustern gewebt wurden. Natürlich waren es nur kleine Schritte bis zu wasserechten Farben und Mustern, die von Usha und Narnia gezeichnet und getuscht wurden.

Der Kanal und der See waren fertig, und wir öffneten die Schleusen. An den Ufern, in tiefen Pflanzgruben, wuchsen die Palmen heran, von Schutzzäunen umgeben. Die Setzlinge gingen bis auf wenige an.

Alle Werkzeuge wurden erneuert, die verschiedenen Wasserräder und Mühlen ausgebessert. Arconrik brachte Begaspoint und dem ehemaligen Räuberanführer Gutnacan bei, wie der Generator zu behandeln und gegebenenfalls instand zu setzen war, wie man ihn ein- und ausschaltete und versorgte. Unverändert bewachte Xandar die Oase. Es fand in unserer Zeit kein weiterer Überfall mehr statt.

Ich fing an, einen schwarzen Hengst und einen gescheckten Wallach zu trainieren. Ich hatte lange gesucht, um aus den Tieren die besten und stärksten herauszufinden; sie mußten überdies die Gespanne ziehen, und ich brauchte lernfähige und willige Reittiere für meinen Kriegszug gegen die Legionäre.

Felder, Weiden, Schutzzäune und die vielen kleinen Dinge, die den Alltag leichter machten, die Ausbildung der Heilkundigen, ein neues Konzept für die Schulen, den nur halb geglückten Versuch, die unterschiedlichen Glaubensrichtungen oder Religionen zu vereinen, Erklärungen dafür, daß kein zweiter Flug mehr stattgefunden und man die Tore der Halle wieder mit Sand und schnellwachsenden Gewächsen verschlossen hatte ... all das nahm unsere Tage voll in Anspruch. Die Metallschmelze und die Schmiede erhielten neue Ausstattungen und arbeiteten bald nach neuartigen Verfahren.

Die Tage vergingen schnell. In den Nächten und an langen Abenden saßen wir zusammen und genossen jede Stunde.

Begaspoint war bis zur Lächerlichkeit in Nicreta verliebt, ein hellhäutiges Mädchen mit Mandelaugen, das aus Persia kam. Für Usha Tizia hatte er keine seiner wild auffordernden Blicke mehr. Aber da Arconrik fast immer an ihrer Seite war oder vielmehr sie bei ihm, schien die knisternde Stimmung unserer schönen Freundin leidlich entspannt.

Als sich die Legionäre dem Punkt näherten, der für uns als letzte Grenze galt, beluden Arconrik und ich das Gleiter-Schiff, legten den Mast und lösten alle Taue. Er brachte mich an die Stelle des Flusses, die wir ausgesucht hatten. Dort fing mein Kampf gegen die römische Macht an.

Der Fluß war an dieser Stelle ebenso schmal wie nahe der Oase. Zu dieser Zeit führte er das wenigste Wasser. Die Gegend trug die schroffen Merkmale verschiedener Zonen: Das Wasser hatte sich einen Weg durch das Gebirge gebahnt und einen tiefen, dreieckigen Einschnitt zurückgelassen. Bis zu den schäumenden Wellen, die über riesige Felsblöcke sprudelten und rauschten, waren es von meinem Standort etwa fünfzig Mannslängen. Rechts und links des Einschnitts erstreckten sich Steine, Geröll und der Sand der Wüste, sie bildeten einen Hang, der so schräg und steil war, daß er bei einer größeren Neigung in sich zusammengestürzt wäre.

Am Scheitelpunkt dieser Barriere, die sich nach rechts bis zu den schroffen, leblosen, fast weiß strahlenden Bergen und links in die Unendlichkeit des Wüstenhorizonts erstreckte, hatte der ewige heiße

Wind einige Dünen angeweht. Ihr Sand sickerte immer wieder in breiten Zungen den Hang abwärts.

Dort unten, wo das Wasser aus der Schlucht hervorkam und wieder in das breite, trockene Flußbett lief, gab es an beiden Ufern verkümmerte Bäume, dorrende Wasserpflanzen und das gezackte Muster des pulverartig ausgetrockneten Schlammbodens. Irgendwo dort unten kämpfte sich ein Zug von zweieinhalb mal hundert Legionären auf mich zu. Noch sahen sie mich nicht.

Ich saß im Sattel des Rapphengstes, blickte auf die hitzeflirrende Landschaft und sagte mir, daß ich noch Zeit hatte. Ich zog am Zügel und ritt langsam zurück. Mein verborgenes Lager befand sich auf der Hochfläche. Wilde Felsformationen, dazwischen Grün und Bäume, Büsche und Sand, kleine und große Dünen, eine Insel im riesigen Flußbett weiter im Süden, überhängende Steinbarrieren – und überall gnadenlose Hitze. Wachsam stand Xandar auf der schräg vorspringenden Felsnase.

Ich schnippte mit den Fingern und ritt im Trab in den spärlichen Schatten zurück.

Die Höhle öffnete sich nach Süden. Mein Fluchtweg würde, wenn es nötig wurde, frei sein. Ich lockerte Zügel und Sattel, gab Xandar einige kurze Kommandos und setzte mich auf den runden Stein.

Die Innenseite des Schildes verwandelte sich in einen runden Bildschirm. Ich steuerte die Linsen und Mikrophone des schwebenden Spions aus und sah die Römer. Sie lagerten im brüchigen Schatten der kümmerlichen Gewächse. Daco Claudius, der Anführer, ein schlanker, sonnenverbrannter Mann, der nur aus Knochen, Sehnen und Muskeln zu bestehen schien, grauhaarig und mit markanten Falten im bartstoppeligen Gesicht, bohrte die Eier von Sandflöhen aus seinem Zeh.

»Irgendwann erreichen wir eine Siedlung. Es muß eine Stadt am Oberlauf geben!« knurrte er wie ein Wolf. »Oder meinst du, es ist nicht so, Cirta?«

»Ich weiß es nicht. Wir haben sieben Männer verloren.«

»Wir sind Legionäre, keine Kinder.«

Erschöpft, hungrig und von der Sonne verbrannt, mit lädierter Kleidung und dahinschwindenden Vorräten lagen, hockten und standen die Römer nahe des Wassers. Trotz ihrer wenig beneidenswerten Lage erfüllte sie eiserner Wille und ebensolche Entschlossenheit. Einige von ihnen fingen Fische; es waren kaum handgroße, zappelnde Tierchen, die niemanden sättigten. Andere kauten auf Lauchstangen und auf krümelnden Nüssen.

»Wie lange, wie viele Tage oder meinetwegen Monde lang, gehen wir noch weiter?« fragte Gordian, der Centurio, nach einer Weile.

Ihre Waffen und Schilde waren in Ordnung. Auch die Helme glänzten.

»Bis wir etwas finden.«

»Oder bis wir alle tot sind.«

»Wir führen den Befehl des Caesars aus. Nichts anderes.«

Ich ließ das Spionauge kreisen, schätzte die Entfernungen und den Zustand der Truppe ab und schaltete den Bildschirm aus. Dann öffnete ich den Krug und nahm einen langen Schluck; der Wein wurde von nassen Tüchern kühl gehalten.

Niemand erkannte mich; nicht einmal ich selbst konnte große Ähnlichkeit mit dem arkonidischen Kristallprinzen feststellen. Von Kopf bis zu den Zehen war ich mit Pflanzenextrakt und Öl schwarz gefärbt. Mein Haar war zu einem dicken Zopf geflochten, der über mein rechtes Ohr fiel. Ich trug nur die Stiefel aus Leinen und Leder, Sporen, ein Lendentuch und einen breiten Gürtel, der das übergeschlagene, bunt gewebte Tuch und die Waffen hielt.

Die Höhle war voller Krüge, Säcke und anderer, seltsamer Gegenstände. Ich war entschlossen, alle Möglichkeiten auszunutzen. Ich überlegte, hob einen Krug hoch und trug ihn bis zum Rand des Wassers. Mein erklärtes Ziel war, die Römer zu vertreiben. Jetzt fing ich damit an. Bis sie meinen Standort erreichen würden, vergingen mindestens fünf Tage. Wachsam lief der schwarze Gepard neben mir her, bis ich zwischen den riesigen, gerundeten Steinen den Fluß erreichte. Die Römer waren abergläubisch; selbst vor militärischen Aktionen richteten sie sich nach Vogelflug oder der Lage der Eingeweide von Opfertieren. Ich warf den Krug mit aller Kraft gegen die Felsen. Er zersplitterte mit einem trockenen Laut, und sofort färbte sich das Wasser blutrot und begann zu stinken. Schnell lief ich zurück zu meiner Höhle. Der Gestank war kaum auszuhalten – er war unbeschreiblich, und schon begann das Wasser leicht zu schäumen, der Geruch stieg in die Höhe und verteilte sich in der mittäglichen Hitze.

Du willst sie nicht töten, sondern vertreiben. Hoffentlich hast du dich nicht verrechnet! gab der Logiksektor zu bedenken.

Ich hatte noch viele andere Mittel. Nachdem mich Arconrik mit dem großen Gleiter abgesetzt hatte, selbst mit Heu und Futter für die Pferde, gab es Zeit genug, sich jeden Schritt genau zu überlegen. Die Legionäre mußten fliehen und voll Entsetzen erzählen, daß der Oberlauf des Flusses eine tödliche, gespenstische Falle sei. Bis das Flußwasser, das sich in stinkendes Blut verwandelt zu haben schien, die Legionäre erreichte, vergingen schätzungsweise zwei Tage. Ich legte mich in der Höhle auf die Decken, die über dem sauberen Sand lagen. Mein Blick ging zu den Zeichnungen und Malereien, die unbekannte Wanderer vor langer Zeit hier zurückgelassen hatten. Tanzende, kämpfende und arbeitende Menschen, verschiedene Tiere, die es hier längst nicht mehr gab, seltsame, undeutbare Zeichen – ich verstand sie nicht.

Ich schlief, fütterte die Pferde, sprach mit Arconrik und Narnia, sah zu, wie die Legionäre ihr Gepäck aufnahmen und weiter marschierten. Sie waren unglaublich hartnäckig. Aus ihren Gesichtern sprach das volle Maß der Entsagung und Entbehrung. Aber sie setzten schweigend Fuß vor Fuß und folgten dem Wasserlauf, der sich durch ein Gebiet von unüberbietbarer Trostlosigkeit wand und vor ihren Augen immer wieder zu versiegen schien.

Eineinhalb Tage später erreichte die Färbung des Wassers die Römer. Sie waren, erschöpft und sandbedeckt, am frühen Abend stehengeblieben und wandten sich nunmehr dem Wasser zu. Ihre Wasserschläuche waren leer. Als sie ihre brennenden Füße kühlten, als einige Fische zu speeren versuchten, andere Treibholz zusammentrugen, erschienen die ersten Schaumflecken auf den plätschernden Wellen. Sie waren hellrot. Noch starrten die Männer diese seltsame Erscheinung verwundert an, dann aber zog einer von ihnen den blutroten Arm aus dem Wasser und schrie lästerliche Flüche.

Sie rannten hinaus ans Ufer, mitten in die Sonnenhitze, und dann sahen sie einen breiten, brodelnden Bach aus Blut. Dazu kam der Gestank, der schon seit Stunden ihre Nasen belästigte.

Sie waren starr vor Schreck. Auch Daco Claudius und Gordian wußten nichts zu sagen. Unter der Sonnenbräune änderte sich ihre Hautfarbe in fahles Weiß. Kalter Schweiß brach aus. Einer flüsterte:

»Wir dürfen nicht weitergehen. Wir sind am Ende der Welt. Wasser wird zu Blut.«

»Es ist rot«, stammelte der Centurio. »Vielleicht Tiere? Eine seltene Erde, Schlamm, hat es gefärbt.«

Ich hörte aufmerksam zu. Vor diesem Mann mußte ich mich hüten. Er war weniger abergläubisch oder tat wenigstens so. Für mich – und auch für die verzweifelten Männer dort unten – war das alles kein Spiel. Es ging um viel mehr.

Erst am nächsten Mittag trauten sich die Legionäre wieder ans Wasser. Es war nicht mehr blutrot, und auch der Gestank war verweht. Aber jetzt warteten sie förmlich auf den nächsten Zwischenfall. Sie waren völlig abgeschnitten von allen menschlichen Siedlungen. Seit zwei Monden hatten sie nur eine Handvoll Nomaden mit ihren mageren Tieren gesehen, niemanden sonst. Und dort, wohin sie gingen, war es noch einsamer – das ahnten sie jetzt.

Mitten in der Nacht zuckten von den Bergen lange, grellweiße Blitze auf ihr Lager zu. Dürres Holz fing sofort Feuer. Dort, wo die Blitze in den Fluß einschlugen, verwandelte sich Wasser in weißen Dampf, der im Mondlicht brodelte und kochte. Langhallender Donner schwang zwischen den Dünen und den Abhängen hin und her. Zwei Legionäre rannten schreiend davon und brachen sich die Hälse, als sie in breiten Erdspalten verschwanden.

Ich legte die schwere Lanze zur Seite und lauschte. In der fast absoluten Stille der Nacht, in der nur das Wasser rauschte, glaubte ich die wilden Verzweiflungsschreie zu hören. Aber ... am nächsten Morgen marschierten sie weiter. Noch wenige Stunden trennten sie von dem langen Abhang und der unbezwingbaren Schlucht, durch die das Wasser schoß.

Es war die Stunde zwischen Morgen und Mittag, an der das Licht schärfer ist als sonst. Die Römer, die in einer langen Doppelreihe hintereinander auf die riesige Barriere zumarschierten, wechselten hin und wieder einige Worte mit dem Nachbarn, nicht mehr. Sie hatten kaum geschlafen, denn in der Nacht waren wieder die Blitze rund um ihr Lager eingeschlagen. Ein Wächter war von einer Schlange gebissen worden und unter gräßlichen Qualen gestorben, schreiend und blau angeschwollen.

Es gab keinen Schatten, kein Grün, nur Hitze, Sand und Felsen. Von Schritt zu Schritt schien die Natur ärmlicher und öder zu werden. Plötzlich hielt Gordian Claudius am Arm fest und deutete nach oben.

»Sieh! Dort!«

Die Gestalt auf dem Kamm des gewaltigen Hanges hob sich scharf gegen das Licht ab. Es war ein schwarzhäutiger Reiter auf einem schwarzen Pferd. Er stand bewegungslos wie eine Steinfigur und starrte hinunter auf die Schlange der Marschierenden.

»Sie ist also nicht menschenleer, diese verfluchte Wüste!« keuchte Gordian. Der Reiter trug einen runden Lederschild, Schwert, Kampfbeil und zwei Lanzen. Er war halbnackt, von seinen Handgelenken und Oberarmen leuchtete das helle Metall breiter Bänder.

»Das ist ein einzelner Mann. Ein Numidier!« sagte Cirta.

»Wo er ist, gibt's andere! Weiter! Er wird uns führen!«

Die Legionäre ahnten, daß sie am Ende waren. Zuerst hatten sie den kleinen Troß und die Dirnen zurückgelassen. Dann zerbrachen Räder und Achsen der Wagen. Sie teilten die Lasten auf, trieben die Zugochsen mit und schlachteten einen nach dem anderen. Längst war das Fleisch des letzten verdaut. Die Pferde der Anführer waren eingegangen und ebenfalls gebraten und gegessen worden. Von Tag zu Tag schwand der Proviant. Das Land gab nicht viel her, außer Fischen, kleinem Wassergetier und seltsamen runden Nüssen mit harter Schale.

Die Legionäre begannen begeistert zu schreien. Jetzt hatten sie wieder ein Ziel. Trotz ihres Zustandes wagten sie sich an die ersten Schritte des beschwerlichen Aufstiegs.

Noch immer stand der Reiter ruhig da. Nur das Pferd warf seinen Kopf in die Höhe.

Als die Legionäre, die sich zu einer Linie von zweihundert Doppelschritten Breite verteilt hatten, einige Dutzend Schritte aufwärts geklettert waren, wehte ein heißer Windstoß Sand über die Kante. Kleine Steine begannen zu rollen. Zwischen den langgezogenen Sandfahnen erschien ein schwerer, grauer Nebel, der sich schwarz färbte und schwer war wie Wasser. Er glitt geräuschlos und schnell den Hang abwärts. Er kam aus dem Bereich jenseits der Kante. Es wurde immer mehr. Zuerst kümmerten sich die Männer nicht darum, jetzt aber, mitten am hellen Tag, sahen sie sich von einer ständig wachsenden schwarzen Wolke eingehüllt. Sie nahm ihnen den Atem, ließ sie taumeln und erfüllte ihre Herzen mit der Furcht vor dem fremden Land. Sie blieben stehen, tasteten blind um sich und verschwanden, Mann um Mann, in der nachtschwarzen Flut. Wilde Schreie waren zu hören, Flüche und hervorgestoßene Anrufungen der Götter. Eisen klirrte auf Stein, und noch immer glitt, verderbend und lautlos wie die Dämmerung, der brodelnde und kochende Dunst wie dicker Rauch ohne Feuer über die riesige schräge Fläche.

Männer, die an vielen Plätzen gekämpft und gegen barbarische Übermacht gesiegt hatten, fühlten ihre Sinne schwinden und starben vor Angst und Furcht. Die Stimmen Cirtas und Gordians kamen gedämpft und undeutlich aus dem Chaos.

»Es ist nur Rauch! Wartet, bis das Feuer erloschen ist!«

»Geht zurück!«

»Klettert weiter! Oben gibt es frische Luft.«

Die Legionäre versuchten zu gehorchen. Blind, hustend und keuchend, von Schweiß überströmt und vom feinen Sand, der in ihre Nasen, Augen und Ohren kroch, weiß überpudert, krochen sie wie Tiere auf vier Gliedmaßen weiter. Sie verloren viele Waffen und Teile der schwindenden Ausrüstung.

Als sie den Rand des Abhangs erreicht hatten – nicht alle, nur die Anführer und eine Gruppe besonders kräftiger und unerschrockener Männer –, war der schwarzhäutige Fremde verschwunden. Sie fanden nicht einmal Hufspuren. Nur die Abdrücke eines Panthers oder Leoparden, die deutlich zwischen den Felsen zu sehen waren.

Aus einer langen Reihe von tiefen Trichtern im Sand und aus Felsspalten kroch der schwarze Nebel.

Die Hochfläche, von der jener Felseneinschnitt umgeben war, entpuppte sich als ebenso leer, hitzedurchglüht und trostlos wie das Land darunter.

Die Römer taumelten in den kargen Schatten und warfen sich erschöpft nieder. Dann hörten sie das zornige Summen der Fliegen. Sie schossen heran, funkelnd wie kleine Metallstücke, wütend vor Hunger und Gier. Zuerst waren es nur kleine Gruppen, dann näherten sich größere Schwärme, und schließlich waren es Tausende und aber Tausende, die sich auf die entkräfteten Männer stürzten. Die Legionäre sprangen auf und führten wilde, verzweifelte Tänze auf, schlugen um sich, versuchten die unerbittlichen Schmeißfliegen zu vertreiben. Aber die Plage hielt an, bis es dämmerte. Heute gab es weder frisches Wasser noch Holz für ein Feuer.

Das Sonnenlicht starb, die Schatten fielen über das Land. Hinter den Felsen erhob sich der Mond: riesengroß, ätzend gelb und zernarbt. Das einzige Geräusch war das ferne, verlockende Murmeln und Rauschen des unsichtbaren Flusses. Alles atmete tiefe Verlorenheit aus. Jedes lebende Wesen, so schien es nicht nur, war allein, einsam und gleichsam winzig wie ein Käfer mitten in einer ungeheuren Wüstenei. Über dem Gebiet, in dem sich dunkle Körper bewegten, unruhig und von bösen Träumen geplagt, lag die tiefste Dunkelheit. Die Hochfläche, von der jetzt die Kälte der Nacht Besitz ergriff, wirkte auf den Verstand der Legionäre wie ein Orakel: *Hier endet alles Leben. Hier ist nicht mehr die Welt der Menschen. Hier treffen sich die Grenzen von Aegyptus mit dem Tod.*

Gegen Mitternacht weckte die Kälte den Anführer. Claudius Daco zog den schmutzigen, durchlöcherten Mantel um seine Schultern und ging langsam auf und ab. Seine knirschenden Schritte weckten einen Legionär.

»Es ist nichts«, beruhigte ihn Daco. »Schlaf weiter.«

»Schlafen?« Ein Fluch folgte. In der Ferne erschien ein winziges Licht. Es befand sich über dem Boden, der im Licht der Sterne und des Mondes von den Geistern erschlagener Gegner erfüllt schien. Wirre Bilder und Vorstellungen bildeten sich in seinem Kopf. In ihm stritten der feste Wille, den Befehl auszuführen, und die Einsicht, daß sie, einer nach dem anderen, hier umkamen und nicht einmal in der Lage sein würden, Commodus zu berichten, daß sie das lebensfeindliche Ende der Welt erreicht hatten.

Das winzige Licht verschwand. Seine Augen brannten, und er glaubte an weitere Sinnestäuschungen, als er die auflodernden Flammen sah. Sie kamen aus der Ferne, schlängelten sich heran, wuchsen und wurden höher. Lodernde, feurige Mauern wuchsen aus der Wüste heran, glitten knatternd um die Felsen herum und färbten sich auf ihrem Weg gelb, rot und blau, dann grün und wieder strahlend weiß. Es war, als wären die hohen Flammen wirkliche Gegner, die auf die schlafenden und träumenden Legionäre zurannten und taumelten.

»Nein! Nicht auch noch das!« schrie Claudius auf. »Aufwachen! Feuer!«

Die Legionäre kamen taumelnd und halb besinnungslos auf die Beine. Inzwischen hatte sich die Hochfläche erschreckend verändert. Die Flammen waren wie die Mauern eines Irrgartens; lebende, sengende und heulende Wälle. Sie züngelten über die Sandflächen, brannten die kargen Büsche ab, rasten um die Steine herum, liefen aufwärts und abwärts und umschlossen die Römer von allen Seiten, fauchten zwischen ihnen hindurch, erstarben an dieser Stelle und wurden an einer anderen wieder neu entfacht. Ununterbrochen prasselten sie heran, änderten ihre Farbe und den stechenden Geruch des Rauches.

Die Legionäre versuchten zu entkommen. Sie kletterten über die Felsen hinauf, gruben sich in Sand ein, rannten auseinander, halfen oder behinderten einander gegenseitig, schrien, fluchten und erkannten nicht, was tatsächlich hereinbrach über sie.

Als die wandernden Flammen, an deren Fuß der Sand glühte, erloschen, sammelten sich die Männer. Ihr Haar und ihre Bärte waren versengt. Viele hatten Brandwunden.

Gordian sprang auf einen Steinbrocken und versuchte sich zu fassen. Er sprach mit rauhen, stockenden Worten.

»Legionäre«, sagte er, »wir haben uns gewehrt wie Männer. Alles steht gegen uns auf. Wir sind an einem Ort, der niemandem als Heimat dient. Wir werden es noch drei Tage lang versuchen – wir brauchen Wasser und etwas Essen. Wenn wir Menschen sehen, gehen wir weiter. Wenn das Land aus Durst und Hitze nicht endet, kehren wir um.«

Sie waren zu erschöpft, um laut zuzustimmen. Sie hatten bis zu dieser Stunde nicht zu murren gewagt; es war ihnen auch kaum in den Sinn gekommen. Die Angst, zu verdursten und zu verhungern, saß tief in ihnen, tiefer aber ihre Treue zu Rom.

»Ich fürchte«, sagte Claudius knapp, »wir werden umkehren müssen. Aber ... mein Schwert ist scharf. Ich werde kämpfen, wenn es sein muß.«

Den kümmerlichen Rest der Nacht verbrachten sie damit, die Wunden mit den letzten Tropfen Öl zu versorgen. Sie teilten den letzten Schluck des faulig schmeckenden Wassers und versuchten, sich vom Schlafmangel und den unerklärlichen Schrecken zu erholen.

Die kleine, schwarze Kugel mit den blitzenden Augen, die über ihnen schwebte, änderte ihren Kurs und entfernte sich lautlos nach Süden.

Die Legionäre taten mir leid. Ich wollte diesen elenden, zermürbenden Zustand so schnell wie möglich beenden. Warum kehrten sie nicht um?

Denk an rund eindreivierteltausend Menschen! Denk an die Oase! An das Schiff! widersprach der Logiksektor.

Ich hatte mich langsam zurückgezogen und meine Spuren verwischt, nachdem ich die Kanister mit dem kalten Rauch vergraben, die Duftstoffe für die Fliegen verteilt und die Kanäle für die leicht brennbare Flüssigkeit mit den verschiedenen Zusätzen von Chemikalien und Metallspänen ausgehoben und wieder zugeschüttet hatte. Auch mich umgab die trostlose Einöde, aber ich lagerte nahe am Wasser.

Ich blickte zum Mond hinauf und hob die Schultern.

»Sie sind nahe davor, aufzugeben«, murmelte ich. Ruhig standen die beiden Pferde da. Bisher hatte ich direkten Kontakt zu den Legionären des Daco vermeiden können. Ich wollte keinen Kampf. »Aber noch sind sie nicht auf dem Rückzug.«

Von dem Felsenlabyrinth bis hierher war es für die Römer weniger als ein Tagesmarsch. Er führte durch schattenloses, staubtrockenes Gebiet. Ich hatte unter den ausladenden Ästen des einziges Baumes weit und breit das würfelförmige Zelt aufgeschlagen. Die Traglasten des Scheckens hatten sich stark verringert. Ich schnippte mit den Fingern, rief Xandar herbei und gab ihm neue Befehle. Er fauchte auf und rannte nach Norden davon. Die Möglichkeit, daß die Römer, wenn sie auf das frische Flußwasser trafen, neue Kräfte schöpften und ihren Auftrag eigensinnig weiter verfolgten, war nicht gering.

Das Wasser war zu flach; es gab kaum Fische. Nicht einmal größere Vögel zeigten sich. Ich hoffte, sie würden bis hierher kommen und dann umkehren – erreichten sie das Wasser nicht bald, kamen sie um. Ich wartete unruhig.

Einige Stunden Schlaf, eine gute Mahlzeit, ein Ritt entlang des Ufers nach Süden, und ich fand meine Überlegungen bestätigt. Auf weite Strecken durchzog der Fluß nur abweisendes, feindliches Gebiet. Tagsüber beobachtete ich, wie sie sich langsam weiterkämpften, am Ende ihrer Kräfte und ratlos gegenüber einem Land, das sie schweigend zurückstieß bis auf den Grund des nackten Überlebens.

Cirta und Gordian schienen das Wasser zu wittern. Sie führten gegen Abend die Legionäre zum Ufer, entdeckten nach der Biegung den Baum und schleppten sich dorthin. Zwischen den Wurzeln schlugen sie ihr Lager auf; das heißt, sie warfen die Schilde zu Boden und ließen sich fallen, nachdem sie sich vollgetrunken hatten wie Tiere.

Bis zu dem letzten Punkt ihrer Reise, an dem sie sich wieder selbst würden versorgen können, hatten sie rund fünfundzwanzig Tage zurückzulegen. Man sah Claudius Daco an, daß er diesen vernichtenden Umstand genau kannte. In welcher Richtung der Tod mit größerer Sicherheit wartete, wußte er nicht.

Ich wartete den beginnenden Tag ab, dann holte ich zum – hoffentlich! – letzten Schlag aus: Ein kleiner Sender verstärkte die Impulse des Psychostrahlers. Ich richtete den Kegel auf die nähere Umgebung des einzelnen Baumes aus. Ich selbst befand mich auf einem Felsvorsprung, von dem ein schmaler Pfad zum Lagerplatz und den Pferden führte. Ich schaltete den Sender an; lautlos und wie ein Rausch schlichen sich die Strahlungen in die Köpfe der Legionäre ein. Niedergeschlagenheit sikkerte in den Verstand ein, die Hoffnung schwand dahin, Trauer befiel die Männer. Sie hatten diese Gedanken, Überzeugungen und Träume, ob sie schliefen oder wach waren. Sie konnten sich nicht dagegen wehren.

Sie vermochten auch nicht klar zu denken.

Jeder einzelne Römer fühlte sich vernichtet, zerstört und wertlos. Die Natur und der fahlgraue Morgenhimmel wiesen ihm eine Rolle zu, die ihn erschreckte. Er erfuhr das Gefühl der eigenen Unwichtigkeit. Er war dieser Welt eine Last und ein Verdruß. Tief in der untersten Schicht seiner Seele erkannte der Legionär, daß es sinnlos war. Alles war sinnlos. Jeder weitere Schritt, jeder Versuch, nach Süden vorzudringen. Der nächste Atemzug konnte den Tod bedeuten. Es gab nichts, das sich zu finden lohnte. Kein Gold, keine Menschen, keine Nahrung. Das Nichts erwartete jeden, der weiterging. Der Tod, die Auflösung – und niemand war da, der den Mut eines Mannes sah, der ihm half, nicht einmal jemand, der ihn verachtete oder zu töten versuchte. Der Abgrund der Unglücklichkeit nahm die Herzen der Legionäre in sich auf.

Der Morgen hing über uns wie ein großer, schwarzer Fels. Nichts rührte sich. Wir waren allein, und ich drosselte die Stärke des narkotischen Senders. Es war einer der bösartigen Tage, an denen für einige Männer die Häßlichkeit der Welt einen Höhepunkt erreicht hatte, für andere, mich zum Beispiel, war dieser Tag keine gute Erinnerung.

Ich dirigierte die Sonde um und belauschte die Römer. Sie waren wie betäubt. Gegen Mittag hatte sich der Anführer so weit erholt, daß er mit gebrochener Stimme seinen Männern sagte, sie würden umkehren. Aber er sagte ihnen auch, daß sie fünfundzwanzig Tage lang in der eigenen Spur zurückmarschieren mußten, ohne die geringsten Aussichten, Nahrung zu finden.

»Trotzdem. Wir gehen zurück.«

»Auch der mächtigste Caesar findet hier nichts.«

»Nicht, wenn er zwei Legionen schickt!«

»Hier lebt niemand mehr.«

Sie erholten sich nur langsam von der tiefen Niedergeschlagenheit. Dann aber fingen sie mit der Sicherheit von Männern zu handeln an, denen weder Kampf noch die Schwierigkeiten des Überlebens fremd waren. Sie füllten jeden Schlauch, jedes Gefäß mit Wasser, reinigten sich und ihre Kleidung mit Sand und Wasser, sammelten Waffen und weggeworfene Ausrüstung zusammen, ruhten und marschierten noch vor dem Morgengrauen ab. Jetzt, als sie sich entschieden hatten, waren sie auch im Rückzug so entschlossen wie beim Vormarsch.

Ich atmete auf. Die Oase war vor den römischen Legionen sicher.

Drei Tage, nachdem ich mit Arconriks Hilfe in die Oase zurückgekehrt war, startete ich mit dem kleinen Gleiter. Mein Haar hatte sich wieder entfärben lassen, meine Haut noch nicht. Ich hatte den Laderaum mit frisch geschlachteten Tieren gefüllt, mit Früchten und einigen Schinken, etliche Krüge Wein lagen drin und Brote. In einem großen Bogen jagte ich über die sichtbaren Spuren der marschierenden Römer hinweg, mitten in der Nacht landete ich dort, wo sie am nächsten Mittag vorbeikommen würden. Ich hatte ein schlechtes Gewissen, das mich seit dem Einsatz des Psychostrahlers plagte.

Quer über den Weg zog ich mit Hilfe von nassem Sand und einem geschnitzten Stück Holz die scharf eingedrückte Spur eines Pferdes. Die Krüge und die Nahrungsmittel, die in feuchte Blätter verpackt waren, verteilte ich so, als hätte sie das Pferd oder der Reiter verloren. Die Spur begann und endete im Nichts. Ich hoffte, daß die abergläubischen Römer genau jene Schlüsse zogen, die ich mir vorstellte.

Aus sicherer Entfernung beobachtete ich, wie die Römer tatsächlich auf die Reiterspur stießen. Zuerst entdeckten sie den Krug, dann schwärmten sie in militärischer Ordnung aus und sammelten das Essen ein. Die harten Männer, die bisher ein unglaubliches Maß an Selbstbeherrschung gezeigt hatten, stürzten sich zuerst auf das Essen. Dann siegte wieder die verdammte römische Disziplin.

Sie teilten alles unter sich auf. Der Wein blieb bis zum Schluß übrig. Von den zweihundertfünfzig Männern waren nur noch etwa zweihundert übrig, und sie waren in einem unbeschreiblichen Zustand. Sie würden überleben. *Um ihrem Caesar zu sagen, daß Africa, das Land der Wunder, sie ausgestoßen hat wie Aussätzige,* erklärte der Logiksektor. Ich startete den Gleiter und flog ohne Eile zurück zur Oase. Einen Viertelmond lang brauchte ich, um die schwarze Farbe aus den Poren herauszuwaschen.

»Es ist seltsam und bemerkenswert genug.« Der Falkner strich über das Gefieder seines Raubvogels. »Unser seltsamer Herr, ES, läßt eure Versuche stattfinden.«

»Warum denkst du das?« fragte Usha Tizia beunruhigt. Inzwischen wußte sie so viel über ES, daß sie mitreden konnte. Ob sie die wahre Natur des Geistwesens von Wanderer erkannte, war fraglich – aber wir kannten sie ja auch nicht.

»Weil ES deutlich erklärt hat, daß Atlan, Arconrik, ich und meinethalben ihr beide zu den Wächtern des Planeten gehört. Zu den Kämpfern für die eigene Entwicklung des Barbarenplaneten. Und der Flug durch das luftlose Schweigen, durch die große Leere zwischen den Sternen würde alles ändern.«

»Das ist richtig«, murmelte ich. Die Regenzeit hatte wieder begonnen. Die Bewohner der Oase hatten sich fast ausnahmslos in die Scheunen, die Werkstätten, unter die Dächer und in ihre vielen Häuser zurückgezogen und ließen der Natur ihren Lauf.

»Ich kann mir vorstellen, daß ES anderweitig beschäftigt ist und keine Zeit findet, seine Kreaturen zu besichtigen und zu kontrollieren.«

»Immerhin«, bemerkte Narnia, »ziehen wir uns freiwillig in den Tiefschlaf zurück.«

»Aber ES wird wissen, daß ihr bestimmte Pläne habt. Ich selbst ahne nur, daß ich weiterhin als zweiter Wächter für die Sicherheit der Oase zu sorgen habe«, murmelte Khach't.

Wir saßen in dem großen Wohnraum, von üppig wucherndem Grün umgeben. Das Kaminfeuer loderte und prasselte. Bernsteinfarben senkte sich die Sonne hinter die westlichen Dünen. Regentropfen ließen auf den langen Kanälen und auf der Oberfläche der kleinen Seen ein ununterbrochenes Muster von Kreisen und Ringen entstehen. Das Rauschen des Regens schuf eine beruhigende Atmosphäre. Es war der Abend unseres Abschieds; wir erwarteten zu einem ruhigen Beisammensein die wichtigsten Freunde aus der Oase.

»Wenn es nach uns geht«, erklärte Arconrik, »sind wir nach einem Jahrzehnt wieder hier. Ich weiß nicht, ob es klug ist, den Menschen dieses Datum zu sagen.«

»Ich würde es nicht riskieren«, schlug ich vor. »Es hilft ihnen nicht, selbständig zu handeln, wenn sie wissen, daß wir bald wiederkommen.«

»Das sage ich auch!« meinte Arconrik. »Wir sind morgen verschwunden, und irgendwann kommen wir wieder.«

»Einverstanden.«

Das Schiff aus Bronze und der große Gleiter waren sicher versteckt. Unsere Ausrüstung war auf dem kleineren Gleiter verstaut. Jeder von uns war so gut wie sicher, die Bewohner der Oase auf die nächsten Jahre ausreichend vorbereitet zu haben. Viehzucht, die verschiedenen Pflanzen, die Schule und die Heilkundigen mit den Salben und dem Buch, die Wächter und alle Handwerker, die zahlreiche Waren für die nächste Karawane vorbereiteten, alle jene Webereien, Teppiche, Lederarbeiten, verschiedenen einfachen Maschinen und Geräte – alles griff wohlgeölt ineinander und ergab, wenn es nach dem Willen aller ging, eine wachsende Stadt, die sich selbst erhalten konnte und ihren Mitgliedern Frieden und Ruhe sicherte.

Die Tür schwang auf. Gutnacan und Panja kamen herein. Der ehemalige Räuber breitete die Arme aus.

»Uns wäre lieber, ihr würdet mit uns die Karawane führen, nach Berenike oder zu einem anderen Ort«, sagte er und nahm einen Becher. Ich schüttelte den Kopf.

»Ihr habt so gute Karten wie kein anderer Händler auf dieser Welt. Verlaßt euch auf euch selbst. Nicht auf uns.«

Bald bildeten wir wieder eine fröhliche Runde um den großen Tisch. Bis auf wenige Gegenstände waren unsere Zimmer leer. Arconriks Museum enthielt einige Dutzend neuer Ausstellungsstücke, an denen die Handwerker üben und technische Abläufe erkennen konnten. Tilnemu deutete zur Decke aus wuchtigen Balken und fragte:

»Meine Söhne werden mit dir fliegen, Demetrion, nicht wahr?«

Icise machte eine Geste, die seine Narrheit bezeichnen sollte, und lachte. Ich winkte ab.

»Wenn überhaupt, fliege ich allein. Vorausgesetzt, das Schiff aus Bronze ist noch unversehrt, wenn wir zurückkommen.«

»Wir werden es versteckt halten und mit unserem Leben beschützen. Da es tief im Boden ruht, überdauert es auch das Ende der Oase.«

»Du sprichst große Worte, Oncusind«, warf Arconrik ein. »Sorgt dafür, daß es niemals so weit kommt.«

»Verlaßt euch drauf.«

Es war ein langer, ruhiger Abend, an dem wenig getrunken und viel gesprochen wurde. Als ein Pärchen nach dem anderen in den gleichmäßig fallenden Regen hinausging und in der Dunkelheit verschwand, tranken wir die Becher leer, wuchteten die Packen unter das Verdeck des Gleiters und verließen das Haus. Usha blies die Flammen der Öllämpchen aus und setzte sich zu Arconrik. Der Gleiter startete und flog nach Nordwest, bis irgendwann die winzige, kahle Insel aus den Meereswellen auftauchte.

»Es ist die Stille einer Gruft!« sagte ich. »Trotz aller Vertrautheit mit jeder größeren Schraube innerhalb dieser Kuppel.«

Es war, als hätten wir die Schutzkuppel erst vor Stunden verlassen. Der Roboter machte sich, sobald wir unsere Habseligkeiten verstaut hatten, sofort an die Arbeit. Die Computer warfen erste Zeichnungen aus, die Arconrik ausführen würde.

Es gab eine lange Liste. Stück für Stück, möglichst in einer Art Baukastenprinzip, wurde von uns ruhig, langsam und gründlich entwickelt, fast immer zur Herstellungsreife. Jedes der Geräte würde ein Unikat sein. Die Computer speicherten alle Zeichnungen und druckten die Pläne aus. Narnia und Usha machten sich zum Schlaf bereit. Eines der wichtigsten Vorhaben war ein Gerät, mit dem ich aus dem Raumschiff heraus einwandfrei und ohne die geringste Chance für einen tödlichen Irrtum sowohl den zweiten Planeten als auch, beim Rückflug, unseren Heimatplaneten aus dem Gewimmel der Lichtpunkte herausfinden konnte. Ein kleines Rechengerät mußte eigens entwickelt werden, ebenso eine leistungsfähige Anlage, die meine und Arconriks Funksprüche auffing und verstärkt weitergab.

Zuerst legte sich Narnia auf die breite, weiße Liege. Ein modifiziertes Antigravfeld ließ sie zwei Fingerbreit über der Unterlage schweben. Usha Tizia half uns noch eine Weile lang und sortierte die Gegenstände der Erinnerung, beschriftete sie und brachte Ordnung in die Lebensmittelvorräte der Kuppel.

»Es wird lange dauern, bis die Liste erledigt ist«, sagte Arconrik. »Ich bin jahrelang ununterbrochen beschäftigt.«

»Du hast alles zur Verfügung, was du brauchst«, erinnerte ich ihn. »Energie, Maschinen, Ausgangsmaterial und Prüfverfahren.«

»Und viel Zeit, denke ich.«

»Auch das.«

Wir hatten unsere Waffen wieder mitgebracht. Die getarnten Geräte für unseren Schutz und die Sicherheit anderer waren kaum gebraucht worden. Mittlerweile befand sich in den Magazinen ein umfangreiches Lager der unterschiedlichsten Waren und Gegenstände. Medizinische Wirkstoffe gehörten ebenso dazu wie Sättel oder Mittel der Tarnung. Innerhalb eines Mondes brachten wir eine neue Ordnung in unseren Besitz. Gleichzeitig wechselten Arconrik und ich uns ab und dirigierten die Spionsonden über die nach unserer Meinung interessantesten Gebiete des Planeten der Barbaren.

»Ein Zeitalter ohne nennenswerte Taten oder Untaten«, bemerkte ich irgendwann.

»Das Römische Reich ist groß, und die Legionen kämpfen gegen den Druck, der auf die Grenzen zielt«, erwiderte der Roboter. Usha saß zwischen uns und ließ die Bilderflut auf sich einwirken.

»Wenig verändert sich. Es gibt Kampf, immer und überall, Leid und Sklaverei«, sagte sie schließlich. »Aber es geschieht nichts wirklich Großes.«

»Für die Oase bedeutet dies Ruhe und ungestörte Entwicklung.«

»Dennoch habe ich gewisse Sorgen«, warnte Arconrik. »Es sind zwar ausreichend Menschen dort, um ein Überleben zu gewährleisten, aber zu wenige, um durch starken Konkurrenzdruck aus eigenem Antrieb etwas Überraschendes zu leisten.«

»Dafür sind wir da, die Wächter der Welt!« versuchte ich einen schwachen Scherz.

»Nicht mehr lange und in zu großen Abständen«, gab Arconrik zurück. »Es fehlt auch noch ein Name. Oase, das ist eine schöne Bezeichnung, aber einer Stadt unwürdig.«

»Auch darüber macht sich Atlan keine Sorgen«, lächelte Usha. »Was bedeutet ein Name ohne Inhalt?«

»Kluges Mädchen«, brummte Arconrik. Schlagfertig gab sie zurück: »Ich habe einen klugen Lehrer.«

Ich wandte mich abschließend an Arconrik.

»Ich werde mich zurückziehen. Bereite meinen Schlafplatz vor, Arconrik. Wenn ihr allein seid, könntet ihr versuchen, eure bizarren gegenseitigen Beziehungen zu klären. Ohne meine angeblich weisen Ratschläge.«

Usha nickte mir dankbar zu. Ich konnte mir nur schwer vorstellen, wie Arconrik dieses Problem zu lösen gedachte. Aber inzwischen mußte er eine unvorstellbar große Menge »menschlicher« Verhaltensweisen kennengelernt und also gespeichert haben, und auch durch die Konfrontation mit Ushas Wünschen würde er nur noch lernen.

Nicht dein Problem. Er wird's schaffen, sagte der Logiksektor. *Ziehe dich in den Tiefschlaf zurück.*

Ich unterzog mich dem längst bekannten Ritual des Einschlafens. Nach vielen Stunden lag ich ruhig da und fühlte den »Stillstand der Sonnenuhren«, dachte schweigend und mit geschlossenen Augen über meine Lage nach und fühlte mich nicht besonders gut.

Für mich gab es keinen Zweifel: ES sah zu. ES sah und bemerkte alles. ES zog seine Schlüsse. Für ES war der Versuch, den zweiten Planeten zu erreichen, sicher nichts anderes als ein soziologisches Experiment. ES würde also auch zusehen, wenn ich voller Angst durch den Weltraum flog und versuchte, durch die gräßlichen Turbulenzen der Gashülle des anderen Planeten zu landen. Und dann?

Ich verdarb das Konzept dieses rätselhaften Wesens, wenn ich den Sender einschaltete und Hilfe von Arkon für die unwissenden Barbaren dieser Welt herbeirief. Lange genug hatte ich, diesen verzweifelten Gedanken im Kopf, gezögert. Ich fühlte, wie mich dieser gewalttätige Planet festhielt und förmlich aufzusaugen schien; ich war mit den tausend Banden meiner gestörten Erinnerungen an die Welt der Barbaren gefesselt. In einer gewaltig langen Zeit war ich Freund oder Feind einzelner Barbaren gewesen, für Monde oder Jahre, erfolgreich oder gänzlich erfolglos.

Zuerst handelte ich. Dann würde ES sich einschalten. Das volle Ausmaß seiner Macht kannte ich längst. Es war fast grenzenlos und entbehrte nicht überraschender Einfälle, Wendungen und Vorgänge, die von den Barbaren »Wunder« genannt wurden.

Je schläfriger ich wurde, desto klarer kristallisierten sich einige Gedanken heraus.

Was immer ich unternahm, es war vermutlich das Falsche. Die Müdigkeit nahm von mir Besitz, die Fähigkeit, klare Überlegungen treffen zu können, nahm ab. Aus der Wirklichkeit glitt ich wieder einmal in den langen, tiefen Schlaf hinein, in den Traum der Wirklichkeit.

Wieder drangen von allen Seiten Geräusche, Töne, Farben, Formen und Bewegungen auf mich ein. Schritt um Schritt erfaßte ich die Umgebung und die Tatsache, daß ich lebte und wach war.

Staub wallte auf; ich bildete mir ein, daß es stank. Der Marschtritt von müden, verdreckten Legionären erschütterte die Luft. Eine Straße, eine Brücke, eine Schneise in einem Wald mit dunklen Bäumen. Es war irgendwo innerhalb oder an den Grenzen des gewaltigen Römischen Reiches, an jenen Grenzwällen, die unter dem ständigen Ansturm der Barbaren erzitterten, wankten und manchmal brachen.

An den Rändern des Weges lagen verkrümmte, aufgedunsene Körper. Sie stanken nach Verwesung und Tod.

Der Geruch schwebte zwischen den moosbedeckten Baumstämmen wie ein erstickendes Gas. Er war so intensiv. daß es sogar dem Caesar Vitellius den Atem verschlagen hätte. Die Legion marschierte weiter.

Der ehemalige Gouverneur der römischen Kolonialstadt Colonia Claudia Ara Agrippinensis, einer der größten und gierigsten Fresser vor Jupiter, war von der Armee zum Caesar des Imperiums Romanum ausgerufen worden. Nun war er zusammen mit Angehörigen seiner Legion auf dem Weg nach Rom.

Die Sohlen der Sandalen knirschten auf Sand, Kies und Steinen. Die Soldaten wirkten in ihrer Gesamtheit wie eine Schlange, die sich mit dem Klirren von Waffen, den gemurmelten Unterhaltungen, dem Knarren des Leders und zahllosen anderen Geräuschen durch die Landschaft wand, hinter den Reitern her und vor den Wagen des Trosses, die von Ochsen gezogen wurden und bei zwei Schritten um einen Schritt weiter zurückblieben.

Eine deiner Erinnerungen, Arkonide, meldete sich der Logiksektor. Ich erkannte sie nicht wieder in meinem geschwächten Zustand.

Ich ließ stunden- und tagelang solche und andere Bildfolgen über mich ergehen. Die Bilder, die von den Sonden übermittelt wurden, kamen aus allen Gebieten, die sich an die Küsten des Mare Internum anschlossen, bis weit ins Land hinein, in alle Richtungen der Windrose, kamen aus dem Land der Barbaren nördlich der *alpes,* wo unser Magazinspeicher versteckt war, und von vielen Inseln des Meeres.

»Wie lange haben wir geschlafen?« fragte ich.

»Du hast knapp dreizehn Jahre geschlafen«, antwortete Arconrik.

»Ich sehe, daß es wenig Neues unter der Sonne gibt.«

»Die Macht des Heeres nimmt zu, weil die Grenzen ständig bedroht sind.«

»Verständlich, denn sie sind groß genug. Viel zu groß, zu lang und zu brüchig.«

»Für kurze Zeit waren die Caesaren Pertinax und Didius Julianus auf dem Thron. Nun finden wir dort einen Soldaten Septimus Severus, dessen vorläufig größter Vorteil sein Militärarzt ist, ein Grieche, zugleich Leibarzt; ein Medicus von beträchtlichem Können. Ich meine dies nicht ironisch.«

»In den vergangenen Jahren scheinst du noch mehr dazugelernt zu haben.«

»Dazu bin ich konstruiert worden. Um mit Usha zu sprechen: Ich hatte einen guten Lehrer.«

»Ich verstehe – nein. Nur die Hälfte, bestenfalls. Darüber sprechen wir später. Wie weit sind die tausend verschiedenen Teile für das Sternenschiff aus Bronze gediehen?«

Arconrik hatte sein Äußeres wiederhergestellt. Er sah makellos und gebräunt, stark und auf beneidenswerte Weise männlich aus. Eine Fassade, die bis auf mich und Narnia alle und jeden täuschte, und wahrscheinlich auch Usha getäuscht hatte.

»Schau auf die Bildschirme«, antwortete Arconrik.

Eine Stimme, an die ich mich erinnerte – an den Klang, nicht aber an den Besitzer dieses herrischen Organs –, rief auffordernd und jeden Widerspruch im Keim erstickend: »Ich will das Meer nicht erobern! Ich will seine Geheimnisse kennenlernen!«

An der Küste eines Golfs, wir hörten den Namen *Guadar,* wurde ein Faß aus Eichenholz, mit Erdpech abgedichtet und mit breiten Bändern aus Bronze, an Seilen aufgehängt und hochgezogen. Es war eine einfache Konstruktion. In einigen Planken steckten fingerdicke Glasscheiben. Zwei lange Schläuche führten in den Faßboden hinein und hinaus. Zwei wuchtige Blasebälge aus Leder und Holz wimmerten und fauchten.

»Unter dem Meer«, sagte der Makedonier zu mir, »geschehen Dinge, die meine Augen sehen werden.«

Langsam ließ man das Faß ins Wasser. Am unteren Teil war es mit kantigen Steinen beschwert. Es versank langsam in der weit rollenden Dünung.

»Du wirst naß werden«, warnte ich.

Es war keineswegs befremdend, mich selbst zu sehen. Arconrik spielte alte »Erinnerungen« ab, von ES augenscheinlich nicht zensiert. Nearchos und Alexander entkleideten sich, wateten ins Wasser und schwammen langsam auf den bereits nicht mehr sichtbaren Boden des Fasses zu. Sie tauchten, und während sie sich an ledernen Handgriffen festhielten und mit kühnem Schwung ins Innere des sinkenden Fasses hineinhangelten, sank die Taucherglocke tiefer und tiefer, an der höhlenartigen, überhängenden Felsküste abwärts, auf dessen vorspringendem Felsen der Ausleger aus Holz stand und die Untersetzungen der Seilzüge baumelten.

Etwa fünfzehn Mannslängen tief sank die hölzerne Glocke. Aus den

Löchern perlten riesige Mengen von Luftblasen hoch. Die beiden Griechen an den Blasebälgen pumpten und schwitzten und beförderten unentwegt frische Luft durch die zusammengenähten Schläuche aus Leder in die Glocke.

Schließlich tauchten, nachdem einer der beiden Taucher am Signalseil geruckt hatte, Tauchboje und die beiden Makedonen auf. Alexander strahlte und schrie, kaum daß er auf festem Grund stand, eines seiner geschichtsträchtigen Worte.

»Die Dinge, die meine Augen gesehen haben, hat mein Geist nicht erfaßt. Nicht ihren Sinn, nicht ihre Bedeutung.«

»Du hättest länger dort unten bleiben und staunen sollen«, antwortete ich. »Mit mehr Zeit und mehr Aufwand hätte ich dir eine Glocke gebaut, in der du noch mehr Wunder und Schönheiten hättest sehen können.«

Nearchos, karg, runzlig und wetterhart, schickte einen makedonischen Fluch zum Himmel. Ich hatte nicht gewußt, daß er derartig phantasievoll war.

Meine Blicke verweilten auf der einfachen, fast rohen Bauweise des Tauchgeräts, als Arconrik, während er diese Bilderfolge ausblendete, zu mir sagte:

»So ähnlich sind die Geräte. Du kannst sie alle auf den Werkbänken und in den Regalen der Magazine besichtigen. Aber sie werden funktionieren. Du wirst jedes von ihnen mit einem Brecheisen, Hammer und Schraubenzieher reparieren können.«

»Genau das habe ich mir immer gewünscht«, antwortete ich und schlief wieder ein.

Wieder einmal schleusten vier Personen mit dem Gleiter aus, schwebten zunächst in schwarzer Finsternis aufwärts, erreichten die gischtenden Wellen der Meeresoberfläche und nahmen Kurs auf die weit entfernte Oase. Arconrik hatte einen großen, völlig gefüllten Container einige Tage zuvor ausgeschleust und im sicheren Versteck verborgen.

»Ich weiß noch immer nicht«, meinte Usha Tizia und ließ ihre großen, dunklen Augen über die Wellen, die Landschaft der Ufer und die Bäume gleiten, »ob mir die silberne Ruhe der Kuppel besser gefällt oder das Land und die Oase.«

Arconrik hielt ihre Hand und versetzte in nachdenklichem Tonfall: »Ich glaube, es geht uns allen so. Seid lieb zu Atlan oder Demetrion. Er hat eine schwere, lebensgefährliche Zeit vor sich.«

»Zuerst einmal gibt es unendlich viel Arbeit!« sagte meine Geliebte und legte beide Arme um meine Schultern.

Wenn diese Arbeiten beendet waren, würde ich zum zweiten Planeten starten. Das war sicher. Alles, was nach dem Start lag und folgte, war höchst unsicher. Aber ... ich hatte rund acht Jahrtausende lang überlebt, ich würde wohl auch diesen verrückten Flug überleben. *Dreizehn Jahre! Ihr werdet die meisten, die ihr kennt, in der Oase wieder treffen – lebend!*

wisperte eindringlich der Logiksektor. Wir lenkten den Gleiter in das Wasser des hoch aufgestauten Flusses, steuerten ihn bis an den breiten Landungssteg der Fischerboote heran und hielten nach Bekannten und Gewohntem Ausschau.

Auch Xandar, noch immer schwarz mit goldfarbenem Fellmuster, war bei uns und stand auf dem Bug des Gleiters.

Es war wie immer. Man wartete auf uns, erkannte uns, feierte ein gewaltiges Fest und sagte sich, daß die alten, halbgöttlichen Freunde endlich den Vogel aus Bronze dazu verwenden würden, ein Wunder herbeizuzaubern. Was wir sahen, freute uns. Sie waren alle um mehr als ein Jahrzehnt selbständiger geworden.

Als uns am dritten Abend der Falkner Khach't besuchte, erschraken wir alle. Wir waren unfähig, unseren Schock zu verbergen. Er war zum Greis geworden; er ging gebückt, hatte schlohweißes Haar und fingertiefe Falten im Gesicht und am Hals. Auch seine Stimme klang wie die des inzwischen gestorbenen Patroklos, des Geschichtenerzählers.

»ES plant etwas«, röchelte er keuchend. »Ich bin am Ende, meine Freunde! Alt, grau, zerzaust, wie das Gefieder meiner schnarrenden Falken. Die Töchter des Landes? Vergeßt sie. Noch kenne ich das Wollen, aber das Vermögen ist mir abhanden gekommen.«

Er goß einen mächtigen Schluck Wein in seine dürre Kehle und fuhr, etwas keuchend und nach Luft schnappend, fort:

»Wenn ihr das nächstemal die Oase besucht, werdet ihr von mir nur Gebeine oder, bestenfalls, ein Grab finden. Immerhin habe ich dreizehn Jahre lang den Halbblinden hier geholfen, an eurer Stelle.«

»Ich bin sicher«, bemerkte Narnia mit einiger Distanz, »daß die Freunde in der Oase es dir zu danken wissen werden.«

»Zweifellos!«

In den zurückliegenden Jahren war nicht viel geschehen. Es gab natürlich keine Sklaven in Fesseln oder Ketten mehr. Aus den Angreifern von gestern waren Familienväter voller Bequemlichkeit und mit dickeren Bäuchen geworden. Die schlanken Sklavinnen aus Berenike wurden zu ausufernden Matronen, Müttern zahlreicher fröhlicher Kinder mit einer helleren Haut, als ihre Eltern sie gehabt hatten. Jeder in der Oase war, in Maßen, gesund, konnte mehr oder weniger gut lesen und schreiben, und alle waren enorm tüchtig und dementsprechend reich. Auch aus Tilnemu und Begaspoint und deren Altersgenossen waren würdige Männer geworden, die nur noch von ihren Jugendabenteuern sprachen, aber nicht mehr fähig waren, sie ein nächstes Mal zu wiederholen. Aber im entscheidenden Augenblick konnte wohl jeder von ihnen weit über sich hinauswachsen.

Wieder einmal wurde der Sand vor den Bronzetoren weggeschaufelt und die Bohlen mit den Metallgleisen neu verlegt. Wir rollten und schoben das seltsame Raumschiff ins Freie. Arconrik holte den Container, und es waren insgesamt sechs Männer, die jene neu entwickelten Geräte einbauten. Es dauerte sehr lange. Die Schwierigkeiten wuchsen von Tag zu Tag.

Zuerst verlegten wir die Elemente der Lagesteuerung. Im Innern befanden sich zwei unterschiedliche Treibstoffkomponenten. Sie wurden gemischt, durch die gebogenen Rohre gedrückt und entzündeten sich an Glühfäden in den trichterförmigen Düsen, die an eineinhalb Dutzend Stellen überall aus dem Schiff herausragten. Der Pilot konnte damit jede Lageänderung im schwerelosen Raum durchführen und sogar im Bereich der Gashüllen eingeschränkte Steuermanöver wagen.

Über dem Platz des Piloten wurde ein bewegliches Rohr-Endstück eingebaut, nachdem wir ein großes, exakt rundes Loch gebohrt hatten. Die Linsen dieses Objektivs ließen sich drehen und schwenken und auf einen Stern oder einen Planeten ausrichten. Ein geschliffenes Stück Qualitätsglas-Prisma erzeugte ein Brechungsspektrum, das unverwechselbar war.

Nur die Charakteristika des zweiten und dritten Planeten wurden gespeichert. Arconrik hatte sie ohne Schwierigkeiten gefunden und genau definiert; der innere Planet hob sich über den Horizont und konnte sofort definiert werden. Die spektrografischen Elemente und Linien des dritten Planeten ... wer kannte sie besser als wir und unsere Computer? Sauerstoffversorgung, Filter und Vorräte – ihnen galt unser besonderes Interesse. Ich hatte, wenn alle Systeme versagten, eine Reserve für den Raumanzug von mehr als neunzig Stunden. Fächer, Stauflächen und Tanks für Essen und Flüssigkeit – wir bauten ein System nach dem anderen ein.

Der Fallschirm wurde ausgepackt und wieder methodisch zusammengelegt. Arconrik und ich stiegen mit dem Gleiter auf. Über menschenleerer Wüste hakte ich die Reißleine an einen Handgriff und sprang in tausend Mannsgrößen Höhe aus der Kabine.

Mit einem weichen Ruck entfaltete sich der Schirm. Ich schwebte langsam zurück zum Boden und versuchte, innerhalb enger Grenzen den Flug zu beeinflussen, indem ich an den Schnüren zog und die Windöffnung drehte und vergrößerte. Ich landete am Hang einer Düne, überschlug mich in einer Sandwolke und stand, den Schirm heranziehend, schon auf den Beinen, als der Gleiter neben mir landete.

»Es ist beängstigend«, sagte ich halblaut. »Wir haben gut geplant, gezeichnet und gearbeitet. Alles scheint zu funktionieren.«

Auf den Bildschirmen hatten wir gesehen, daß auch die kleinen gelben Menschen im Reich Ch'in das gemischte schwarze Pulver als Treibmittel für Raketen benutzten. Ihre Geschosse aber verwendeten sie nur, um in den Nächten farbige Feuerwerke zu erzeugen und feindliche Heerlager in Brand zu setzen. Ein Vordringen in den Weltraum mit dieser Technik lag ihren Gedanken fern.

»Freu dich nicht zu früh«, sagte er und half mir, den Schirm wieder zusammenzulegen und zu verstauen. »Es stehen noch Dutzende einzelner Versuche auf dem Programm.«

»Ich weiß es.«

Weiter ging es mit der Arbeit. Das Innere der langen, röhrenförmigen Kabine füllte sich mit Leitungen, Rohren und Geräten, die einander im rätselhaften, seltsamen Aussehen überboten. Ich kannte dank meines fotografischen Gedächtnisses fast jede einzelne Schraube und vermochte mühelos, mit wenigem Werkzeug jedes Gerät auseinanderzunehmen und wieder zusammenzusetzen.

Auf den Tischen des Hauses lagen große weiße Kunststoffbögen. Darauf waren Kreise gezogen. Runde Scheiben symbolisierten die beiden Planeten und die Sonne. Arconrik hatte die Standorte auf den Umlaufbahnen errechnen können, und Tag für Tag rückten die blaue und gelbe Scheibe um eine kleine Strecke vor. Ein Umlauf von Larsaf III dauerte rund dreihundertfünfundsechzig Tage, Larsaf II brauchte knapp zweihundertfünfundzwanzig. Wir mußten errechnen, an welchem Tag ich zu starten hatte, denn mein geschwungener Kurs führte mich an eine Stelle, an der Larsaf II und das Schiff aufeinandertreffen würden – nach der kürzestmöglichen Flugzeit. Dasselbe galt für den Rückflug.

Je näher einer der möglichen Starttage kam, desto mehr wuchsen meine Unruhe und Unsicherheit. Echte Furcht mischte sich in meine Gedanken. Die Anspannung nahm zu.

Jedes einzelne Gerät wurde ständig eingeschaltet, mit Höchstlast betrieben und ausgeschaltet. Reichte der Luftvorrat in den langen, schlanken Druckflaschen? Waren die Isolierung des Rumpfes und die Schutzschichten des Raumanzugs ausreichend gegen die kosmische Strahlung?

Alle Werte waren ständig durchgerechnet worden. Aber es handelte sich um theoretische Berechnungen, nicht um den harten Zweck des wirklichen Fluges.

Der gesamte Flug würde weniger als einen Mond lang, dreißig Tage also, dauern dürfen.

Ich erkenne es. Wenn ES dich zurückrufen würde, wärest du froh! sagte zutreffend der Logiksektor.

Schließlich schien alles fertig zu sein. Ich wagte den ersten Versuch. Ich zog den Raumanzug an, kletterte in die LARSAF DREI und schloß die beiden Schleusentüren.

Nacheinander aktivierte ich die einzelnen Geräte. Ich schloß die dünnen Metalljalousien der Bullaugen. Ich richtete mich für einen Aufenthalt ein, der mindestens fünfundzwanzig Tage lang dauern sollte. Schon die Vorstellung dieser Einsamkeit erschreckte mich. Mit Arconrik stand ich in Funkverbindung, und wir hatten sämtliche Vorräte so errechnet, als wäre es der wirkliche Flug.

Statt der Stiefel des Raumanzugs trug ich dicke Wollstrümpfe mit dreifachen Sohlen. Die Umluftanlage begann zu arbeiten, entließ frische Luft in den Hohlkörper, bewegte sie und saugte sie an anderer Stelle wieder ein. Fünf verschiedene Filter wirkten zusammen, um die Atemluft rein zu halten. Die Feuchtigkeit dieser Luft wurde kontrolliert. Ich entdeckte am frühen Morgen eines der folgenden Tage den zweiten Planeten über dem Horizont und verglich das undeutliche Spektrum mit meiner Farbtafel. Es stimmte. Ich schlief auf dem weichen Leder des auseinandergeklappten Sessels und spielte Bänder ab, die wir mit Musik gefüllt hatten – Instrumente, Chöre und Musiker aus allen Teilen der Welt und vielen unterschiedlichen Zeiten. Wieder suchten mich undeutliche, wirre Fetzen der Erinnerung heim:

... braunhäutige Wilde, jenseits des Meeres, denen ich zeigte, wie mit steinernen Äxten und klug kontrolliertem Feuer aus einem wuchtigen Baumstamm ein Boot wurde, mit Auslegern, Sitzbrettern und einem Segel aus geflochtenen Gräsern und Rispen ...

...Ureinwohner, die gerade erst die Sprache entwickelten und mir den seltsamen Namen »Donar« gaben, aus welchen undeutlichen Gründen auch immer ...

... Kämpfe, in die ich verwickelt wurde: schreiende Menschen, die ihre Körper mit Farbstreifen bemalt und ihre Gesichter hinter schreckerregenden Kugelmasken aus gehärtetem Lehm verborgen hatten. Steinbeile flogen durch die regennassen Zweige eines unbekannten Dschungelwalds ...

Ich erwachte wieder, sprach mit Arconrik und erfuhr Neuigkeiten über Septimus Severus und die hohe Kunst seines Leibarztes. Ich hörte von meinem unbestechlichen Helfer, daß die Oasenleute immer wieder hierher kamen und ins Innere zu spähen versuchten. Sie stellten Fragen über Fragen und bekamen Antworten, die, obwohl sie richtig waren, die Menschen nicht zufriedenstellten.

Ich betäubte mich für achtundvierzig Stunden, indem ich mit einem einfachen Griff die Blutzufuhr zum Gehirn unterbrach. Tatsächlich schlief ich ein, verbrauchte einen winzigen Bruchteil der Energie und erwachte wieder, als mich mein Unterbewußtsein und der Extrasinn weckten.

Ich trank Wasser, kalten Tee, der metallisch zu schmecken begann, hin und wieder einen Schluck Wein. Ich erleichterte mich, indem ich einen wachsgetränkten Leinensack benutzte. Später würde ihn der Überdruck aus der Klappe der äußeren Schleuse hinausschleudern; während dieses Versuchs öffnete Arconrik die dichte Platte und räumte das Zeug weg.

Es war unmöglich, zu merken, ob es im Innern stank oder nicht. Das Atmen fiel mir nicht schwerer als sonst; die Indikatoren zeigten eine gleichmäßige Atemluft-Qualität an. Die Tage und Nächte wurden zur Folter der Einsamkeit; ich verlor schließlich das Zeitgefühl.

Natürlich gab es Chronometer an Bord. Aber die Zeiger und Ziffern sagten mir nicht viel. Ich sehnte das Ende des Versuchs herbei und sagte mir, daß während des wirklichen Fluges mich die Arbeit an den Bordsystemen beschäftigen würde. Ich übte, den Raumanzug in der Enge anzulegen und auszuziehen, immer schneller, mit einer Besessenheit, die an Manie grenzte.

Der Tee war verdorben. Ich hatte sämtliche Früchte aufgegessen und besaß nur noch Dörrobst und Nüsse.

Arconrik berichtete mir die neueste Entwicklung aus dem Herzen des Römischen Reiches.

»Septimus Severus, ein Aristokrat von afrikanischer Abstammung, hat sich in Rom durchgesetzt. Er scheint ein tüchtiger Mann zu sein. Seine Muttersprache ist Punisch. Er hat verkündet, daß er aus der Siedlung Leptis magna eine glanzvolle Stadt machen will. Die Soldaten lieben ihn und haben ihn gewählt.«

»Dann kann ich ja«, knurrte ich, obwohl ich froh war, wieder eine Stimme von außerhalb meiner metallenen Gefängniszelle zu hören, »wieder einmal als Städtebauer auftreten und ihm meine Dienste anbieten.«

»Sicher. Nach deinem Planetenflug!« bestätigte Arconrik lachend. Ich riß mich mit aller Macht zusammen und erwachte aus meiner Erstarrung. Zuerst machte ich Muskelübungen, bis der Schweiß über meinen Körper rann und zu stinken anfing. Dann kontrollierte ich die Chronometer. Noch drei Tage!

Ich verbrachte von den siebzig Stunden mehr als vierzig damit, alle Geräte zu untersuchen. Filter zu wechseln und mich vom Funktionieren unserer handgemachten Systeme zu überzeugen. Ich schlief plötzlich viel besser und ohne schlimme Träume.

Als sich ein Summer schnarrend meldete, war die Scheinreise endlich vorbei. Ich zog den Raumanzug in Rekordgeschwindigkeit an, dachte nur noch an Köstlichkeiten wie heiße Bäder, kaltes Bier und frisches Essen und drehte die Riegel der Schleusentüren auf.

Narnia, Usha und Arconrik erwarteten mich.

Die frische Luft wirkte wie ein Faustschlag ins Gesicht. Ich taumelte mit verkniffenem Grinsen auf die Gruppe meiner Freunde zu. Mir war übel; langsam gewöhnte ich mich auch an die abkühlende Luft des beginnenden Abends. Die Geräusche, die auf meine Ohren eindrangen, waren alle ungewohnt, neu und für kurze Zeit auch erschreckend. Ich erkannte selbst meine eigene Stimme nicht mehr, als ich mich dann sagen hörte:

»Die Langeweile ... das Eingeschlossensein ohne rechte Arbeit, das war hart. Ich hab's überstanden.«

»Fünfundzwanzigeinhalb Tage!« rief Usha. »Erkennst du uns noch?«

Sie halfen mir, aus dem Raumanzug zu klettern. Ich fühlte mich klebrig vor Schmutz und eingetrocknetem Schweiß.

»Damit habe ich keine Schwierigkeiten«, murmelte ich. »Ein Bad! Schlaf! Und ein Bier, groß, schäumend und kalt.«

Sie führten mich in die Halle. Dort stand ein Krug, von nassem Tuch bedeckt. Einige Atemzüge später hielt ich einen großen Becher in der Hand und trank das Gebräu, als hinge mein Leben davon ab. Im Haus erwarteten mich ein Bad, die weißen Laken des Bettes und die Gegenwart Narnias. Ich benötigte drei Tage, um mich wieder zu erholen.

In dieser Zeit hatte Arconrik mit seinen Helfern das Innere des Schiffes wieder gesäubert und, mit einigen Einschränkungen, halbwegs startfertig gemacht.

In Arconriks Werkstatt präparierten wir den kleinen Satelliten, der unseren Funkkontakt ermöglichen und sichern sollte. Er verfügte über ein kleines Feststoff-Triebwerk, eine Energiezelle und die Empfänger und Sender, deren Empfindlichkeit und Leistung verstärkt werden mußten. Wenn ich ihn einmal ausgeschleust haben würde, war er nach kurzer Lebensdauer verloren – es würde ein Unding sein, ihn wieder einfangen zu wollen. Der annähernd kugelförmig aussehende Block verfügte über Reflexionsflächen und einen starken Scheinwerfer, der auf Blinkleitung geschaltet werden würde. Wir trugen den Satelliten in das Schiff und verankerten ihn neben der Schleuse.

Inzwischen hatten sich die Symbole der Planeten auf ihren Bahnen deutlich weiterbewegt. Unser Planet näherte sich jener Position, die der zweite Planet bald erreichen würde. Dann lagen sie sich auf den Bahnkreisen sozusagen gegenüber. Dies würde die geringstmögliche Entfernung sein.

»Dein Flug wird neun Tage dauern«, sagte Arconrik und zog eine gekrümmte Bahnkurve.

»In dieser Zeit bewegt sich der zweite Planet von hier nach hier«, sagte ich und postierte das Symbol um. »Einen oder zwei Tage Aufenthalt?«

»Nicht mehr als drei. Du solltest dein Ziel also bald gefunden haben!« warnte mich der Robot.

»Nichts anderes habe ich vor.«

»Bis zum Start sind es noch dreizehn Tage. Zwölfeinhalb, um genau zu sein. Erst nach einem knappen dreiviertel Jahr bietet sich eine ähnlich günstige Gelegenheit.«

»Natürlich warte ich nicht so lange«, erklärte ich. »Dinge von dieser Größenordnung muß ich schnell hinter mich bringen.«

»Einen knappen Mond lang!« flüsterte Narnia. »Wir werden warten müssen, können nichts für dich tun und müssen hier zittern und schwitzen.«

Ich lachte sarkastisch und entgegnete: »Wenigstens zittert ihr auf festem Boden.«

An meinem Vorhaben war nichts Bewundernswertes. Der Versuch entsprang der Not und der Einsicht, daß ein einziger Mann nicht in der Lage war, die kulturelle und zivilisatorische Entwicklung einer Welt mit etlichen fünfzig Millionen Bewohnern positiv zu beeinflussen. Ich hatte es wirklich versucht. Ich würde auch verhindern können, daß Arkon den Planeten zu einer Kolonie herabwürdigte.

»Je mehr und länger wir über den Flug sprechen«, entschied Usha resolut, »desto schlimmer wird der Abschied. Los! Trinkt einen Becher Wein. Vergeßt die Angst!«

»Zwei Becher sind wirkungsvoller.«

»Mein Zustand«, sagte ich ihnen wahrheitsgemäß, »ist auch mit fünf vollen Weinkannen nicht zu ändern. In zwölf Tagen oder etwas später bin ich auf meinem längsten und schwierigsten Weg.«

Arconrik versuchte mich mit einer vernünftig klingenden Erklärung zu trösten.

»Jeder Weg, der unbekannt ist, scheint der schwerste zu sein. Und nachher stellt sich heraus, daß es halb so schlimm war. Wir haben alles getan, um den Flug zu einem Erfolg zu machen.«

»Sicher hast du recht.«

Nur scheinbar ungerührt und unbeeindruckt gingen wir die folgenden Tage unserer normalen Tätigkeit nach. Wir halfen den Leuten der Oase und beantworteten weitere Fragen, immer wieder kontrollierten wir die Geräte und die Ausstattung des Schiffes aus Bronze. Es stand da, blitzend und funkelnd im Sonnenlicht, im Schmuck aller Verzierungen. Mir drängte sich ein Vergleich mit Xandar auf, dem Robotgeparden. Das Sternenschiff sah aus, als spanne es seine Muskeln, fertig und bereit für den großen Sprung.

Ich versuchte, die Unruhe loszuwerden, mich zu beherrschen, ruhiger zu werden. Bis zu einem bestimmten Punkt halfen mir die Fähigkeiten, die ich während der schweren und intensiven Ausbildung zur ARK SUMMIA erworben hatte. Aber es blieb, trotz aller Ruhe und scheinbaren Gelassenheit, ein Rest übrig, den ich nicht unter Kontrolle bringen konnte.

Ich hatte Angst. Nichts anderes, nichts, mehr und nicht weniger.

Ein Tag nach dem anderen verging, und der darauffolgende schien noch langsamer abzulaufen. Stunden wurden scheinbar zu kleinen Ewigkeiten. Alle meine Freunde versuchten mir zu helfen, indem sie mir Mut zusprachen und immer wieder sagten, daß wir bisher alles geschafft hatten. Weniger als ein halbes Dutzend Menschen begriffen wirklich, worum es ging. Die anderen dachten an dunkle Wunder oder an ferne Zeiten, die anders als das Heute sein würden.

Schließlich war das entscheidende Datum da. Es gab zwei Möglichkeiten für mich.

Ich konnte jetzt starten oder mich der Qual einer weiteren, noch längeren Wartezeit stellen. Ich entschloß mich: *Jetzt!*

Du hast richtig gewählt, rief der Logiksektor.

Mitten in der Nacht zog ich den Raumanzug wieder einmal über die dünne Körperkleidung, testete die Systeme und ging zum Schiff. Nur Narnia und Arconrik begleiteten mich. Der Abschied war kurz, aber in mir blieb ein scharfer Schmerz zurück, der mich betäubte. Arconrik schloß die Schleusentüren, ich klinkte die Riegel ein.

Ich setzte mich in den Sessel, befestigte eine Hälfte der Gurte und schaltete das Abspielgerät ein. Obwohl ich die Handgriffe hundertmal geübt hatte, gehorchte ich diesen gesprochenen Befehlen. Die Schalter klickten, Ziffern bewegten sich, Nadeln schlugen aus. In den Lautsprechern der Funkgeräte fing die Statik zu rauschen an. Hinter den Bullaugen sah ich im ersten grauen Schimmer des Tages die Gesichter Narnias und Arconriks. Ich hob die Hand und winkte.

»Ich schalte die Triebwerke ein«, sagte ich ruhig. »Vorsicht dort draußen.«

»Verstanden.«

Wieder stieg das Schiff waagrecht und langsam in die Höhe. Ebenso langsam kam das Licht des Tages. Nacheinander fingen die Geräte der Versorgung zu arbeiten an. Ich leitete einen langsamen Schrägaufstieg ein und gewann in der gewohnten Schnelligkeit Höhe und Geschwindigkeit. Der Kompaß zeigte mir die Richtung an, die ich zunächst einschlagen mußte. Ich flog nach Westen, und das Sonnenlicht überholte mich. Als das Licht von den Instrumenten in unerträglicher Helle reflektiert wurde, schloß ich zwei der waagrechten Bündel aus Metallstreifen.

An Arconrik gab ich die nächste Meldung ab, und er antwortete mir mit beneidenswerter Ruhe.

Ohne Hast ließ ich den bronzenen Vogel steigen, bis die Leistung der Triebwerke nicht mehr ausreichte. Ich schaltete andere Systeme zu und merkte, daß das Raumschiff schneller zu werden begann. Ich richtete die Spitze auf den einzigen Stern aus, den ich voraus klar erkennen konnte. Es war jener Wandelstern, den die Menschen Abendstern oder Morgenstern nannten. Also der zweite Planet.

Eine halbe Stunde etwa brauchte das metallene Geschoß, bis es, ständig in einem flachen Winkel steigend, die höchste Geschwindigkeit erreicht hatte. Ich schloß die Klammern der anderen Gurte und klappte die Schutzpolster hoch. Der erste große Schritt. Jetzt konnte ich noch zurück. Ich schloß die Augen, dachte an mein Ziel und begann lautlos zu fluchen. *Das nächstemal wird es noch schlimmer sein, Atlan!* sagte beschwörend der Logiksektor. Ich sprach ins Mikrofon:

»Ich zünde das erste Triebwerk.«

»Eine endgültige Entscheidung also?«

»Ja. Ich will es hinter mich bringen.«

»Ich habe verstanden. Sprich weiter, wenn du Zeit dazu hast.«

Ich zog den Hebel. Wieder traf mich die volle Wucht der Beschleunigung und verdoppelte binnen weniger Atemzüge die Geschwindigkeit des metallenen Geschosses. Noch hörte und fühlte ich die Flamme, den Rauch und die starken Erschütterungen. Hinter dem Glas des Bullauges begann der zweite Planet einen zitternden Tanz inmitten anderer Sterne.

Mit wenigen Feuerstößen aus den kleinen Düsen richtete ich immer wieder die Flugbahn aus. Ein langer, prüfender Blick über alle Zeiger, Ziffern und Anzeigen. Die LARSAF DREI war auf ihrem Weg zum anderen Planeten. Das Triebwerk loderte und dröhnte und vergrößerte mit jedem Herzschlag die Geschwindigkeit.

Als nach einer unerwartet langen Zeit die Hülse ausgebrannt war, schnallte ich mich los, ging zum Heck und löste eine Sperre. Eine Spiralfeder schlug hart auseinander und katapultierte sich selbst und das überflüssige Gewicht nach hinten weg. Ich berichtete Arconrik von dieser Schaltung, kletterte nach vorn und schnallte mich wieder fest.

»Zweite Zündung.«

»Bist du gut auf Kurs?«

»Ja. Das Ziel ist genau vor mir, in der Verlängerung der Flugbahn.«

»In Ordnung. Zünde die Rakete.«

Das Geräusch der dünner werdenden Lufthülle an den Flügelkanten und den vielen Verzierungen wurde leiser und klang nicht mehr gefährlich. Die Anspannung aller Nerven und Muskeln, die mich zuerst nahezu gelähmt und meine Gedanken in ihren Griff gezwungen hatte, schien sich aufzulösen. Eine trügerische Heiterkeit zeichnete sich irgendwo in meinen durcheinanderwirbelnden Überlegungen ab; sie schob sich hinter einem Horizont der Phantasie hoch wie die aufgehende Sonne.

Zum zweitenmal packte eine unwiderstehliche Kraft die LARSAF und trieb sie vorwärts. Die Geräusche hörten schließlich auf. Nur die Vibrationen und ein undeutliches Brummen blieben. Ich hatte die letzten Grenzen der Lufthülle verlassen.

Ich zog das Rohr an mich heran und fühlte, daß es heiß geworden war. Vorsichtig blickte ich hindurch und sah den Stern, der in Wirklichkeit eine Planetenkugel war, umhüllt von dichten Wolken und das Sonnenlicht vergrößernd. Das Sonnenlicht!

Ich war mit der Sonne im Rücken gestartet und hatte sie jetzt rechts vor mir. Ich schilderte, obwohl ich mich an unsere Berechnungen erinnerte, diese Beobachtung dem Roboter.

Er bestätigte, daß ich auf dem richtigen Kurs war. Das Gestirn mußte rechts von mir bleiben.

Die zweite Ladung brannte aus, wurde abgesprengt, die dritte wurde gezündet.

Als ich mich mühsam herumdrehte und die Oberfläche meines Heimatplaneten suchte, sah ich ihn zwar nicht als Kugel, aber als sphärisch nach allen Seiten gekrümmten Gegenstand. Eine Hemisphäre, riesengroß, zur Gänze sichtbar, mit dem dünnen, mehrfarbigen Saum der Lufthülle.

Die dritte Ladung wurde nach hinten weggeschleudert, und der vierte Treibsatz tobte fast geräuschlos. Ich lag in dem Sessel, entspannte mich und wartete darauf, daß dieser entscheidende Moment vorüberging. Weiter und weiter, mit einer Geschwindigkeit, die genügen *mußte,* raste der seltsame Vogel auf den fernen Wandelstern zu.

Ich hörte die Anweisungen ab, spielte den Text zurück, hörte sie ein zweites Mal und versetzte ganz vorsichtig und mit kurzen Stößen aus den Richtungsdüsen die LARSAF in eine langsame Drehung entlang der Längsachse. Immer wieder kontrollierte ich mit dem Prisma-Fernrohr, ob ich das richtige Ziel gewählt hatte und im Blickfeld behielt. *Hör auf!*

schrie endlich der Extrasinn. *Es ist richtig! Du machst dich selbst verrückt!*

Abstrahlung der Wärme in den Weltraum und Hitzeaufnahme durch die ungehinderte Strahlung des zentralen Gestirns hielten – hoffentlich – einander die Waage.

Ich sprengte die vierte Antriebseinheit weg und schaltete das erste Funkgerät aus. Die Reichweite genügte nicht mehr. Noch verfügten wir über zwei andere Systeme. Sie würden unbrauchbar werden, wenn es mir nicht gelang, den Satelliten auszusetzen und einzuschalten, oder wenn das verwünschte Ding nicht richtig arbeitete.

»Arconrik?«

»Ich höre?« Seine Stimme durchdrang das Zischen und Rauschen, wurde aber dünner und wesenloser.

»Ich glaube, ich bin auf dem Weg. Das letzte Triebwerk ist ausgebrannt. Ich stelle fest, daß alle Versorgungseinrichtungen so gut funktionieren wie am Boden.«

»Und du bist schwerelos.«

»Richtig.«

»Nimm den Wein und trinke einen großen Schluck. Wir denken an dich. Während du trinkst, wird Narnia mit dir sprechen.«

Vermutlich würde mir auf diesem einzigartigen Flug noch mehr klar werden. Ich erkannte mich selbst; auch hier war der erste Schritt, daß ich spürte: Ich liebte Narnia. Wir sprachen fast schreiend miteinander, und ich versuchte, Zuversicht und Freude zu zeigen. Ich wußte nicht, ob sie mir jedes Wort glaubte. Wenn sie skeptisch blieb, so merkte ich es nicht. Sie war zu klug dazu.

Stille und Schweigen würden mich jetzt begleiten bis zur Annäherung an die rasenden Turbulenzen der Atmosphäre des ersehnten Zieles.

Ich zog die Stiefel aus, betrachtete die kleiner werdende Fläche des gekrümmten Bildes, verfolgte die Veränderungen der spiraligen Wolken und öffnete und schloß die Innenjalousien. Ich erfrischte mich mit einem feuchten Tuch, das nach Sandelholz roch.

Der Wein schmeckte. Ich schwebte in der engen Kammer hin und her und kontrollierte mit pedantischer Genauigkeit selbst die unwichtig erscheinenden Schrauben und Leitungen. Alles war in Ordnung. Ich versuchte, Parallelen zu dem ersten Aufenthalt zu entdecken, aber nun war alles ganz anders. Dies war der wirkliche Raumflug!

Der Sessel wurde in eine Liege verwandelt. Ich musterte die Sterne und vermied, in die Richtung der Sonne zu blicken. Die LARSAF schwang in einem weiten Bogen auf einen Punkt zu, an dem ich mich mit dem zweiten Planeten auf dessen kreisförmiger Bahn um die Sonne treffen wollte.

Nach einigen Stunden kehrte unbestimmte Ruhe ein. Ich hatte alles getan, um zu überleben und das Schiff auf Kurs zu halten. Es gab für den Augenblick nichts mehr. Wie eine Schraube in einem unendlich langen Rohr mit innenliegendem Gewinde drehte sich die LARSAF durch den leeren Kosmos. Jedes einzelne Gerät, das ich hatte und ablesen konnte, zeigte die Werte, die wir errechnet hatten. Mein Leben war nicht gefährdet. Noch nicht. Ich konnte mir ein paar Stunden Ruhe gönnen.

Ein zweiter Schluck Wein aus dem Saugrohr des Ledersacks. Eine Scheibe Braten und frisches Brot mit Salz, dann öffnete ich den Raumanzug und legte mich, vorsichtig die Schnallen der Gurte schließend, auf die Fläche des Liegesessels.

Ich sagte Arconrik, daß ich einige Stunden ruhen wollte. Er versprach, mich zu wecken – oder es zu versuchen.

Noch war der Augenblick weit entfernt, an dem ich unsere Funk-Relaisstation auswerfen mußte. Ich bildete mir ein, daß aus dem Schein-Stern inzwischen eine winzige Scheibe geworden war.

Der Flug durch den Weltraum hatte angefangen. Als ich erwachte, sah ich den Planeten bereits als Kugel vor der Kulisse aus Schwärze und Sternen. Es war eine wunderschöne, leuchtende Welt.

Ich fühlte mich, als würde ich den Barbarenplaneten verraten, wenn ich tatsächlich den Sender einschalten und den Notruf abgeben konnte. War es so? Ich wußte es nicht. Niemand wußte es. Nicht einmal ES, der andere Hüter des Planeten.

Das unübersehbare Zeichen, daß Atlan in seiner Erzählung eine Pause eintreten ließ – unbewußt oder bewußt? –, war die Aufwärtsbewegung der modifizierten SERT-Haube. Cyr, Scarron und der Anthropologe Djosan Ahar warteten, bis die Haube eingerastet war und Atlan sich mit eigener Kraft zur Seite gedreht hatte. Das Licht der Solarlampen brandete auf. Cyr Aescunnar stand auf, dehnte seine Muskeln und massierte seine Augen. Schweigend schlug er das schwere, alte Buch an jener Stelle auf, an der er ein farbiges Lesezeichen eingeschoben hatte: W.M.Starco/R. Riv-Lenk: AUFSTIEG UND NIEDERGANG DES ARKONIDISCHEN IMPERIUMS. Er blätterte in der Übersetzung aus dem Arkonidischen, zuckte mit den Achseln und sortierte einige Folien voller handschriftlicher Notizen und kleine Computerausdrucke.

»Aus etlichen Publikationen des USO-Historischen Korps wissen wir ein wenig mehr, als uns Atlan jetzt schon würde sagen können: die ungefähren Standorte der insgesamt sieben Flottensilos auf Terra. Sechs große Silos – den Inhalt kennen wir nicht. Ein Silo befand sich nahe Byzanz oder Konstantinopel, das zweite im ›Berg der Dämonen‹, wie der afrikanische Kilimandscharo auf Suaheli heißt, unter dem späteren Hügeldörfchen Arcanjuiz in Spanien, unweit des Vulkans Krakatao, in der Thar-Wüste Indiens und an einer unbekannten Position der peruanischen Anden. In den Alpen, dem deutschen Teil Europas, verbarg sich der kleinere, vermutlich anders ausgestattete Magazinspeicher. Die Silos waren vom Überlebenszylinder aus durch Transmitter zu betreten. Die Inhalte werden wir, da wir Ricos Inventarlisten nicht kennen, wohl niemals vollständig erfassen können.«

Über die Bildfunkverbindung winkte Dr. Ghoum-Ardebil der Gruppe um Aescunnar zu. Er schien nicht im mindesten beunruhigt zu sein. »Atlan schläft. Die Erinnerung an den Venusflug hat ihn erschöpft.«

»Verständlich«, sagte Scarron. Sie nahm die Blicke nicht von den Monitoren, die Atlan in seinem transparenten Überlebenssarg zeigten. Die Sauerstoffzufuhr war abgeschaltet worden. »Atlan als Primitivraumfahrer! In dem seltsamsten Raumboot der Geschichte. Das kann nicht gutgehen!«

»Gut gegangen sein«, korrigierte Djosan. »Ich sehe es inzwischen so: Während seines unfreiwilligen Aufenthaltes auf der Erde hat Atlan weitaus mehr erlebt, als seine Erzählungen aussagen. Zudem sind sie an vielen Stellen verstreut, weil er seit dem ersten Händedruck mit Perry Rhodan kleine Teile seiner Erinnerungen preisgegeben hat. Von welcher Zeit spricht er jetzt?«

Cyr Aescunnar, der Bänder, Niederschriften und Zufallsfunde der terranischen Geschichte aus der Sicht Atlans kontrollierte und in das übergeordnete Schema der ANNALEN einzufügen versuchte, gab das Jahr 180 nach der Zeitwende als einigermaßen zuverlässigen Bezugspunkt an; in diesem Jahr war Caesar Marcus Antonius gestorben. Zwar waren Arconriks Berechnungen auf das legendäre Datum der Stadtgründung Roms bezogen. Auch die Computer der unterseeischen Zuflucht konnten keine präziseren Zeitangaben machen, als daß Rom angeblich 753 vor Christi Geburt gegründet worden war. Djosan Ahar sah auf die Uhr.

»Entschuldigt mich«, sagte er. »Ich lasse euch allein; Drigene erwartet mich. Ihr werdet mir erzählen, wie diese seltsame Raumfahrt ausgegangen ist.«

Scarron brachte Djosan Ahar zur Tür; es war wieder Abend über diesem Teil Gäas.

»Du wirst es ebenso erfahren wie wir.« Scarron lächelte. »Eines ist sicher: Er hat den Flug überlebt.«

Djosan nickte, die Tür schloß sich; Scarron ging zurück in den Hauptraum und setzte sich zu Cyr. Sie blickte die holografische Computersimulation an, sah die Bahnen des zweiten und dritten Planeten von Larsafs Stern, starrte lange auf die Wiedergabe des raketenartigen »Vogels aus Bronze« – in Wirklichkeit war es bronzierter Arkonstahl gewesen – und schloß die Augen, als sie erkannte, an welchem Punkt des Fluges sich Atlan zum Zeitpunkt der gegenwärtigen Erzählung befand.

»Wann, glaubst du, wird mein regungsloser Geliebter wieder zu erzählen beginnen?« fragte sie schließlich.

Cyr schwenkte das Pult zur Seite, auf dem das uralte Buch aufgeschlagen lag und zog die Schultern hoch.

»Ich weiß es nicht. Ein paar Stunden, einen halben Tag? Wenn Oemchèn kommt, werden wir etwas essen und ein Glas Wein trinken. Willst du warten?«

Sie nickte still.

Jene Oase, das ging klar aus Atlans Erzählungen hervor, war der dritte Versuch des Arkoniden und seines erstaunlichen Roboters gewesen, Schulen für Zivilisation, Technik und Kultur zu gründen: das *Tal der Sternenvögel,* die *Inseluniversität* zu Füßen des erloschenen Vulkans und schließlich die *Oase.* Diese Gründungen standen im Gegensatz zu den Überlegungen der kosmischen Intelligenz ES; es/er hatte andere Vorstellungen vom mühsamen Weg der barbarischen Planetarier zu den Höhen geistiger Selbständigkeit und der Fähigkeit, mehr bauen zu können als dieses rudimentäre Raumboot, nämlich ein Schiff oder einen Sender, mit dem Atlan seine Heimat Arkon erreichen konnte. Das Sternvogeltal bestand nur noch aus überwucherten Ruinen und Höhlen, mächtigen Bäumen voller Früchte; willkommener Schlupfwinkel der wenigen Nomaden. Die Inseluniversität war leer und öde und diente Arconrik als Hangar, Magazin und Werkstatt außerhalb der untermeerischen Anlage.

Die Entwicklung der Oase, die in Wirklichkeit nur dem Schutz besonders bedrängter Individuen diente und darüber hinaus Atlan und Narnia gestattete, den Bezug zur Wirklichkeit in unregelmäßigen Abständen wiederherzustellen, schien ES kein Dorn im Auge zu sein; falls ES über Sehorgane im herkömmlichen Sinn verfügte. Scarron schwang den Sessel herum und sah in Cyrs Gesicht.

»Deine Augen, Cyr ... bist du in Ordnung? Keine drohende Blindheit? Keine Ophthalmoslides mehr? Keine partielle Blindheit?«

»Keine Panik mehr, Scarron.« Er seufzte. »Mitunter glaube ich, durch Holografien und Monitorenoberflächen hindurch Teile der Verdrahtung und die Ströme in Chips sehen zu können – zu müssen. Aber das ist ebenfalls Einbildung.«

»Hoffentlich. Kannst du damit leben?«

»Verglichen mit früher – bestens.«

Oemchèn Orb kam herein, Essen und Flaschen in zwei großen Einkaufskörben. Cyr und Scarron halfen ihr; kurz darauf saßen sie am Tisch der Eßnische. Atlans Genesungsschlaf schien abgrundtief zu sein und dauerte an: Erst am frühen Morgen wurde Cyr Aescunnar von seinen Geräten geweckt und lief im Morgenmantel zu seinem Arbeitsplatz.

Binnen weniger Sätze war Atlans Stimme klar und schilderte präzise und eindringlich, was er auf der Flugbahn zwischen Terra und Venus dachte und empfand. Cyr Aescunnars Aufmerksamkeit schärfte sich nach drei Tassen Mocca und einem Dutzend von Atlans Sätzen.

Als die Einheiten des Kerlon-Geschwaders daran gingen, die neun Planeten des Larsaf-Sonnensystems zu untersuchen, fanden sie den zweiten Planeten unter einer undurchdringlichen Wolkendecke; einen Planeten, von Kratern und vulkanischen Verwerfungen zerklüftet, mit einer nicht atembaren Atmosphäre, 400 arkonidische Plusgrade heiß, ein ideales Versteck für bestimmte Einrichtungen, die hier niemand vermuten würde. Im Lauf der Erschließung baute die großtechnische Anlage einen flachen

Energieschirm auf und pumpte die Atmosphäre aus diesem Bereich ab, nachdem zwei Eisasteroiden nicht verlustfrei in diesen Bereich bugsiert worden waren. Aus den Resten alter Wälder, die von den Eiszeiten auf Larsaf Drei verschont geblieben waren, wurden Schößlinge, Samen und einige Kubikardons Erdreich abgeworfen und verteilt; es sollte eine vage Art von Planetoformung begonnen werden – im Schutz der Schirmfelder, die nur für massive Objekte zu durchdringen waren.

Nach rund acht Jahrtausenden, sagte ich mir, sollte es in diesem gebirgigen Bereich zumindest ganz anders aussehen als auf den anderen achtundneunzig Prozent des wolkenverhüllten, stürmeübertosten Planeten – exakt dieser Bereich war mein Ziel. Von diesem Ziel war ich indes weit entfernt.

Nur stundenlanges Versinken in die bewunderungswürdige Dagor-Trance, Ablenkungsphasen, die ich während der Ausbildung zur ARK SUMMIA gelernt hatte, bewahrten mich davor, daß mein Verstand geschädigt wurde. Es waren weder die Einsamkeit noch die Ungewißheit, ob dieses eisenzeitliche Fluggerät den Landeanflug überstehen und, möglicherweise, hoffentlich aber, auch Start und Rückflug schaff-te – es war die Furcht davor, daß mich dieser Versuch trotz des Zellschwingungsaktivators umbringen würde.

Dein Überlebenspotential ist größer als das eines jeden anderen Lebenden, sagte beruhigend der Extrasinn. *Du hast dieses Raumboot so oft getestet, daß du sicher sein kannst. Wenn du auf arkonidische Großtechnik vertraust, kannst du fast uneingeschränkt sicher sein, daß du das vorfindest, was damals aufgebaut und eingerichtet worden ist. Vertraue dir selbst, Arkonide!*

»In diesem Zustand, hier und jetzt«, ich grinste und fühlte mich wie halbtot, »bleibt mir nichts anderes übrig.«

Atlan schwieg sekundenlang, schien erzählerischen Atem zu holen, seine Finger zuckten; er krampfte sich in Embryonalhaltung zusammen und streckte sich gewaltsam wieder aus. Mühsam unterdrückte Erregung sprach aus seiner Stimme:

Immer wieder richtete ich meine Augen auf das Ziel: Die Wolken, die niemals aufrissen und in der obersten Schicht mit der dreifachen Geschwindigkeit der wildesten Stürme um den Planeten rasten, waren durchsetzt mit Partikeln ätzender schwefliger Säure. Dreifache Geschwindigkeit, damit meinte ich die Stürme, die ich auf dem Planeten erlebt hatte, der hinter mir im Gewimmel der Sterne zu versinken drohte.

Das Ziel lag im gnadenlosen Licht der Sonne Larsafs Stern. Der Planet, der aus dem Hintergrund unmerklich langsam hervorzuwachsen begann, rotierte in zweihundertzwanzig Tagen einmal um seine Achse. Neunundfünfzig Tage lang würde ich, wenn ich die Landung überlebte, die trübe Helligkeit des Tages haben.

Mehr als fünfzig Stunden lang jagte das Sternenschiff aus Bronze, wie ein exotischer Vogel geformt, verziert wie eine Kostbarkeit, auf die namenlose Welt zu.

Namenlos? Nicht wirklich. Der Stern der Liebe und der Fruchtbarkeit war im Land der Flüsse Tigris und Euphrat der Göttin Ischtar geweiht gewesen. Damals wußten die Sterndeuter bereits, daß der Abendstern und der Morgenstern ein und dasselbe Objekt waren. Dilbat wurde der Wandelstern von Assurbanipal genannt. Die Kapitäne der phönizischen Schiffe navigierten nach dem Stern der Astarte. Über den Sanddünen des ägyptischen Nillands erhob sich am Morgen Tiounoutiri, in den Nächten sagten die Fellachen und die Tänzerinnen der Pharaonen Qua-iti zu dem hellsten aller Sterne, dessen Licht nur noch vom Mond übertroffen wurde.

Die Griechen in der Zeit des blinden Sängers Homer dachten noch, es wären zwei verschiedene Gestirne: eosphoros am Morgen und hesperos des Nachts. Aber schon die hellenistische Kultur wußte, daß es der Stern der Aphrodite war, der Göttin der Liebe und der Schönheit, aus dem Schaum des Meeres geboren. Der Glänzende, sukra, hieß der Planet im Land des Indus. Von seinen Weisen hörte Shih-Huang-ti, daß sie ihn t'ai-peh nannten, das bedeutete: der strahlende Tempel des Lichtes. Heute hießen ihn die Römer Venus, nach ihrer Liebesgöttin.

Untrennbar war in allen Kulturen des dritten Planeten der Name des Wandelsterns mit dem Namen einer weiblichen Gottheit verbunden gewesen. Nur im Indus-Land hielten die Menschen das Leuchten und Strahlen für das Zeichen des Mannes. Ich wußte, wie die Wirklichkeit dort aussah. Wahrscheinlich würde sie mich töten.

Auf der Flanke des bronzenen Schiffes stand in den kantigen Lettern der römischen Schrift: LARSAF DREI:ZWEI.

Sechsundzwanzig und sieben Zehntel römische Meilen, multipliziert mit tausend mal tausend, trennten Ischtar-Aphrodite-Hesperos-Venus von »meinem« Planeten.

26 700 000 Meilen! Zweihundertzwanzig Stunden etwa, also rund neun Tage, sollte der Flug insgesamt dauern. Die Geräte, die wir verwenden konnten, waren keineswegs so genau, wie ich es wünschte. Das lag daran, daß die gesamte Technik an Bord zwar dauerhaft und robust, aber nur in Teilen vom Standard arkonidischer Großraumschiffe war. Es bedeutete mir nichts. Ich hatte Zeit im Übermaß. Ein Rundblick über die vielfältigen Anzeigeninstrumente: An Bord funktionierte alles zuverlässig.

Meine nächste Aufgabe würde sein, einen Satelliten auszusetzen. Er sollte als Funkrelais dienen, um die Verbindung zwischen Rico-Arconrik in der Oase und mir sicherzustellen.

Die heiße, dichte Atmosphäre des zweiten Planeten – ich verwendete immer häufiger den römischen Namen *Venus* – machte herkömmlichen Funkverkehr unmöglich. Radiowellen wurden reflektiert und absorbiert.

Ich zwang meine Gedanken wieder zurück in eine Folge logischer Abläufe. Nur so war es möglich, meine Angst einzudämmen. Je deutlicher der Planet sich aus dem Gewimmel der Sterne hervorhob, desto unausweichlicher näherten sich die Stunden, in denen sich alles entschied – Absturz, Landung, Überleben, das Robotgehirn des arkonidischen Stützpunkts, der Start und der Rückflug ... ich fürchtete mich vor jedem der vielen einzelnen Schritte. Jeder dieser Einzelschritte war hundertfach durchgesprochen worden. Wieder fiel das gefilterte Sonnenlicht langsam kreisend über das Steuerpult und einen Teil der Liege, funkelte auf dem Helm des Raumanzugs und erlosch wieder, als das bronzene Raumschiff seine Drehung um die Längsachse fortsetzte.

In diesen langen Stunden der Einsamkeit und der absoluten Untätigkeit war ich plötzlich sicherer geworden. Meine Lage bedeutete ein schwereloses Schweben zwischen Träumen und Wirklichkeit. Die Wirklichkeit konnte mich mühelos töten.

Leben und Schlafen, Ehrgeiz und Lieben, Kampf oder Aufregung – nichts war im geringsten wesentlich. Die Wirklichkeit vermischte sich untrennbar mit meinen Träumen. Nun besaß ich sie endlich, diese berauschende Freiheit und Leichtigkeit. Ich trieb im Weltraum. Mit einer Geschwindigkeit von einhundertzwanzigtausend *milae* in der Stunde.

Ohne wirklich zu begreifen, was ich sah, blickte ich aus einem seitlichen Bullauge hinaus. Die Milchstraße, von den Griechen *galaxis,* Milchstraße oder Spiralnebel, genannt, das »silberne Rückgrat der Nacht«, wie Narnia sie oft nannte, durchflutete den endlosen Weltraum. Die Planeten, die Sonne und noch viel mehr das winzige Raumschiff mit dem arkonidischen Hüter des Planeten – verglichen mit dieser grandiosen Zurschaustellung unendlicher Entfernungen waren diese Objekte winzig und bedeutungslos wie Atome. Ich wußte, was mich erwartete. Schließlich suchte ich mit unzulänglichen Mitteln nach der einzigen Möglichkeit, den Barbaren zu helfen.

Der Logiksektor meldete sich. *Du übertreibst wie immer maßlos. ES würde deine trüben Überlegungen mit seinem dröhnenden Gelächter kommentieren.*

Eigentlich müßte ich mit Stille, Leere und Untergangsgedanken weitaus besser fertig werden als jeder andere Bewohner dieses Sonnensystems. Ich sah die Zeiger des Chronometers an und überlegte laut: »Noch eine Stunde, knapp, bis zu Ricos Anruf.«

Rico hatte mühelos ausgerechnet, daß vor achttausendzweihundertzwei irdischen Jahren vom zweiten Planeten aus die arkonidische Kolonisierung des dritten Planeten vorbereitet und in die Wege geleitet worden war. Dann geschah die Katastrophe, und Atlantis versank – jenes Atlantis, das man nach mir benannt hatte. Ich erinnerte mich an jede Einzelheit. Vermutlich hatte mein Volk jede weiteren Kolonisationsversuche abgebrochen und war nach Arkon zurückgeflogen. Die Festungsanlagen einschließlich einer robotischen Überwachung und den schwer zu demontierenden Hypersendern blieben zurück. Ich wußte nicht, in welchem Zustand, aber ich nahm an, daß arkonidische Großtechnik selbst unter den widrigen Bedingungen im Dschungel der Venus ihre Funktionstüchtigkeit behalten hatte. Immerhin waren mehr als acht Jahrtausende vergangen.

Dies war der größte Unsicherheitsfaktor. Natürlich erinnerte ich mich an die Kodesignale aus der Zeit des Kerlon-Explorergeschwaders und an die persönlichen Signale von Raumkapitän Larsaf.

Hoffentlich stimmten die Systeme der verwendeten Funkanlagen noch überein. Das würde sich zeigen, wenn ich mich mit dem Produkt aus den vereinigten Schmieden der Tiefseekuppel und der Oase dem Planeten auf eine bestimmte Distanz genähert hatte.

Ich löste den locker gespannten Gurt, der mich auf dem Lederpolster des Liegesessels festhielt, schwebte nach einem winzigen Stoß in den hinteren Teil der Röhre und kontrollierte die Filter der Luftumwälzanlage. Auch diese einfache Konstruktion funktionierte zufriedenstellend.

Genauso, wie du handeln und »funktionieren« wirst, sagte der Extrasinn scharf betont.

»Vermutlich.«

Im Netz einer Wandhalterung steckte das Buch, das Arconrik auf unzerstörbarem Kunststoff zusammengestellt hatte. Bis jetzt war ich nicht in der Laune gewesen, darin zu lesen. Das zweite Kapitel, die Taten des wandernden Mannes, schien wirklich von mir zu handeln.

Vor mir, ebenfalls mit Gurten festgehalten, lag die Funkrelaisboje. Sie mußte etwa auf halber Strecke ausgesetzt werden. Mein Raumanzug war so weit geöffnet und desaktiviert wie möglich. Statt der schweren Stiefel trug ich mehrere dicke Socken mit weichen Sohlen übereinander. Ich langte vorsichtig, um meine Lage nicht zu verändern, zum Weinschlauch und sog, durch Druck unterstützend, einen Schluck durch das Mundstück. Leise Musik kam aus den Lautsprechern.

Der lange, zylindrische Raum, von mir hochtrabend Kabine geheißen, war ruhig und warm. Nicht heiß, nicht kalt; die Isolierung speicherte Luft, die ein schlechter Wärmeleiter war. Hitzeabstrahlung in den Weltraum und die aufheizende Strahlung der Sonne hielten einander, da sich die LARSAF langsam drehte, die Waage. Die Atemluft war sauber, wurde ständig gefiltert und genügend befeuchtet, und ich hatte noch keine der Preßluftflaschen öffnen müssen.

Nicht ein einziger Gegenstand schwebte unkontrolliert durch die Kabine. Ich hatte insgesamt elf Stunden geschlafen und war einigermaßen entspannt.

Das Funkgerät, eines von mehreren, summte durchdringend. Ich zuckte zusammen, preßte meine Sohlen gegen eine Verstrebung und stieß mich ab. Ich segelte langsam dem Hohlraum der spitzkonischen

Schnauze des seltsamsten aller Raumflugkörper entgegen und meldete mich, nachdem ich mich an den Gurten abgefangen hatte.

»Rico spricht«, tönte es nach einigen Sekunden Pause aus den fast voll aufgedrehten Lautsprechern. Die Pausen zwischen den Dialogteilen wurden mit zunehmender Entfernung immer größer. »Du bist wohlauf?«

»Keine Zwischenfälle. Venus wird größer. Ich bin in der dreiundfünfzigsten Stunde Flug.«

»Hast du genug Schlaf gehabt, Atlan?«

»Nicht viel, aber genügend. Hast du die Wahrscheinlichkeit für einen Meteoreinschlag nachgerechnet?«

Die Computer der Tiefseekuppel hatten natürlich ihre Berechnungen für jeden Aspekt der Reise durchgearbeitet und die Ergebnisse ausgedruckt. Ich konnte nicht genug aufmunternde Ergebnisse bekommen, auch wenn ich sie bereits kannte.

»Mehrmals nachgerechnet. Daß dein Schiff ein Meteor trifft, groß genug, um gefährlich zu werden, ist fast unendlich klein. Wahrscheinlich eins zu mehreren zehntausend Flugstunden. Bist du dir klargeworden, wie du das Stützpunktgehirn programmierst?«

»Noch nicht. Wie geht es Narnia, Arconrik?«

Eine Handvoll Menschen – es waren nicht mehr als neun – in der Oase hatte wirklich begriffen, wohin der Flug führte. Natürlich waren sie außer Arconrik nicht in der Lage, etwas mit Hitzegraden, abnehmenden Turbulenzen einer optisch undurchsichtigen Atmosphäre, mit hohen Drücken und äquatornahen Pol-Jetströmen anzufangen. Narnia und Usha gehörten zur Gruppe der Wissenden.

»Mir geht es so wie dir, Liebster«, meldete sie sich nach der Pause. »Es ist, als säße ich bei dir und würde alles miterleben. Die Sterne, sie müssen wunderbar klar und groß sein.«

»Sie erdrücken mich. Es sind so viele, Narnia. Es gibt keinen festen Punkt, an den ich mich halten kann. Ich stelle mir dein Gesicht in jedem Sternbild vor.«

»Wir wissen alle, daß du in weniger als einem Mond wieder bei uns sein wirst. Eine Liebeserklärung aus so weiter Ferne!«

»Arconrik. Ich lese die Werte ab«, sagte ich.

»Verstanden. Halte dich an die Liste.«

Ich kannte alle Punkte auswendig und kontrollierte, das Mikrofon an den Lippen, jedes einzelne Instrument bis hinunter zum simplen Hygrometer, das den Feuchtigkeitsgehalt der Atemluft anzeigte. Ob sie in Wirklichkeit nach Schweiß, Öl und Leder stank, vermochte aber kein Instrument festzustellen, auch meine Nase nicht mehr.

»In fünfzig Stunden werde ich dich anfunken und erinnern, den Funksatelliten auszuwerfen.«

»Verstanden, Arconrik. Ich lasse die Lautsprecher eingeschaltet. Ich will tiefschlafen. Ruf in fünfundvierzig Stunden das Kodewort.«

»Nichts vergessen. Wiederhole das Wort.«

Ich wiederholte es.

»Bis jetzt keine Reaktion von ES!« schaltete sich Narnia in unseren Informationsabtausch ein. Arconrik fügte hinzu: »Alle Betriebswerte in beruhigenden Grenzen. Du kannst gänzlich unbesorgt bleiben.«

»Verstanden. Ich leite etwa eine halbe Stunde nach jetzt den Tiefschlaf ein. Kontrolliere die akustischen Anzeigen, Arconrik. Ende.«

»Alles klar. Ende!«

Die Energien für das Gerät reichten länger, als die Raumfahrt dauern würde. Ich schnallte mich vorsichtig fest und wandte zusätzlich jene Techniken an, die ich von dem alten griechischen Militärarzt gelernt hatte. Binnen weniger Atemzüge versank ich in eine Starre, die tiefer war als Bewußtlosigkeit. Alle Körperfunktionen reduzierten sich auf einen Wert, der nur wenig über dem Existenzminimum lag. Auf eine komplizierte Weise war mit diesem medizinisch verständlichen Trick eine hypnotische Komponente verbunden: Ein laut ausgesprochenes und nötigenfalls wiederholtes Kodewort weckte mich auf.

Überdies würde der unbestechliche Logiksektor dafür sorgen, daß ich die Annäherung an den Wandelstern nicht ganz verschlief.

In der achtundneunzigsten Stunde des Fluges weckten mich der Logiksektor, Arconriks Stimme und mein eigenes Unbehagen. Ich war durstig, hungrig und fühlte mich wie erstarrt. Der Extrasinn dröhnte unüberhörbar aufdringlich: *Schritt um Schritt. Zuerst die Gurte, dann die Instrumentenkontrolle, dann Trinken und Essen.*

Ich beruhigte Narnia und Arconrik, rasselte die Zahlen und Werte mit heiserer Stimme herunter und schaltete dann die Geräte ab. In den ersten Tagen des Fluges mußte ich all jene Getränke und Nahrungsmittel aufbrauchen, die leicht verdarben. Noch schmeckten Fruchtsaft und Wasser frisch, und die Bratenstücke und Früchte, die ich in dünne Folie eingewickelt hatte, waren genießbar. Langsam begann ich mich, aus der fünfundvierzigstündigen Tiefenruhe erwacht, aus der Starre zu lösen.

Planes, umherirrend, nannten die Griechen die Wandelsterne. Die Aphrodite oder Venus lag noch immer seitlich auf der Ebene meines Kurses, näherte sich dem Treffpunkt und wurde größer.

»Je mehr Stunden ich überlebe, desto größer ist die Wahrscheinlichkeit«, murmelte ich, während ich die Socken auszog und mich in die Raumanzugsstiefel zwängte, »die Wahrscheinlichkeit nämlich, daß ich die Oase wiedersehe.«

Zeit hatte ich genug. Sie spielte noch keine Rolle. Ich kontrollierte mit äußerster Sorgfalt jede Naht und jeden Verschluß des alten, aber wohlbehaltenen Raumanzugs. Ich schaltete die Innenversorgung an und wartete, bis ich die Gewißheit hatte, daß alles richtig arbeitete. Jedes noch so unwichtig scheinende Gerät war ein fester Bestandteil meiner Lebensversicherung.

Unverändert langsam drehte sich die LARSAF weiter. Ich öffnete den festgezurrten Korb aus Weidengeflecht, in dem der Satellit verpackt war. Ich löste die Befestigung des Korbes und band ihn neben der Schleuse wieder an. Es war selbst für mich erstaunlich, wie schnell ich mich an den Zustand der Schwerelosigkeit gewöhnt hatte.

Zuerst klappte ich die einzelnen Elemente des Satelliten auseinander, prüfte ihre Funktionen, klappte sie wieder zusammen. Die Lebensdauer des Aggregats brauchte dreißig Tage nicht zu übersteigen – und wenn mir der Start nicht wieder gelang, war alles ohnehin gleichgültig. Nach den Kontrollen setzte ich den Helm auf und testete die Luftversorgungsanlage. Ich hakte die Seilenden mit den Klapphaken ein, zog die Handschuhe an und wartete wieder.

Arkonidische Wertarbeit. Überdauert Jahrtausende, bemerkte der Logiksektor zufrieden. Schließlich, als ich mir alle folgenden Griffe und Aktionen vorgestellt und eingeprägt hatte, öffnete sich das primitive Ventil der Schleusen-Innentür. Luft pfiff und heulte einige Atemzüge lang in die vermutlich fast luftleere Schleuse. So dicht waren also unsere Dichtungen nicht gewesen. Schlagartig sank die Temperatur in der Kabine, aber ich sah es nur am Thermometer. Als ich das Ventil schloß, gab es ebensowenig Widerstand wie beim Öffnen der Riegel. Die Schleusentür öffnete sich weit. Ich verankerte meine Stiefel in irgendwelchen Schlaufen und schob zuerst den Korb, dann den Funkreflektor in die Schleuse, zwängte mich hinterher und schloß die Schleuse wieder.

Der erste Haken klinkte ein, der zweite auf der gegenüberliegenden Seite. Die Metallverbindungen klirrten; also arbeiteten auch die Außenmikrofone des Anzugs.

Ich beförderte mit einem kräftigen Schwung das Geflecht zur Seite, schlug mit den Schultern gegen die Schleusenwand und fluchte. Dann packte ich die Speichen des Öffnungsmechanismus und bewegte sie langsam. Auch dieses Stück Metall, mit dicken Mehrfachschläuchen abgedichtet, öffnete sich ohne Probleme. Ich blickte ohne den fragwürdigen Schutz der bronzenen Wände direkt ins Weltall hinaus. Die Sterne drehten sich langsam um mich, ich senkte das Visier und stieß den Korb und den Sack mit meinen Exkrementen hinaus in die Leere. Dann klappte ich das Sonnenzielgerät aus, schaltete die Batterien und die Energiezelle an; der gitterförmige Reflektor entfaltete sich an langen Verstrebungen, und während der Arbeit schwebten ich und das Gerät langsam aus der Schleuse hinaus. Die kurzen Seile strafften sich. Die Blinklampe fing zu leuchten an, und als wir in das volle Licht der Sonne und aus dem Schatten heraus schwangen, blendeten mich die hochpolierten Teile des Gerätes. Ich öffnete das Hauptventil der Preßluftflasche, von der die winzigen Düsenlöcher versorgt wurden.

Ein Schalterdruck, ein zweiter, dann mußte die Funkanlage des Raumanzugs den Empfänger, Verstärker und Sender der Sonde aktivieren, der Sender sollte die erwartungsgemäß schwachen Impulse bis zum zweiten Planeten hinüberjagen.

»Probe«, sagte ich. »Rico! Arconrik! Ich habe soeben den Reflektor eingeschaltet.«

Noch hielt ich ihn in den Händen. Mittlerweile hatte ich mich so verankern können, daß ich auf dem seitlichen Rand der Schleuse saß, die Sohlen gegen die aufgeklappte Tür gestemmt. Rico brauchte einige Herzschläge länger, als ich erwartete. Dann mußte ich die Lautstärke meiner Helmlautsprecher drosseln, so scharf und deutlich kamen die Worte der Antwort.

»Gegenprobe. Ich habe dich klar empfangen, Atlan. Die Teile, die wir von den Maschinen der Unterseekuppel herstellen ließen, und die Energiezellen ... es könnte nicht besser sein.«

»Du meinst, ich kann dem Ding einen Stoß in die voraussichtliche Richtung geben?«

Ich mußte sicherstellen, daß der Satellit etwa dreißig Tage lang eine Bahn zwischen den beiden Planeten einschlug und beibehielt. Die Entfernungen waren weitaus weniger wichtig als die Geschwindigkeit.

»Du kennst die Zielsterne im Augenblick des Abwurfs. Mehr ist nicht zu tun.«

Wieder tauchte die Sonne hinter der Rundung des Schiffes auf. Der Reflektor begann sich in meinen Händen zu drehen, ohne daß ich mehr als Spuren der Luft aus den Düsen sah. Schließlich deutete der Sensor direkt in die lodernde Glut des Gestirns.

»Verstanden. Ich beende die Arbeiten. Ab sofort haben wir eine solide Funkstation im Weltraum. Ende.«

Ich wartete zwei Umdrehungen ab, visierte die Sternbilder an und brachte meinen Körper in eine sichere Position. Dann richtete ich die Sonde aus und öffnete das Ventil der zweiten Druckflasche. Im rechten Winkel zur Flugbahn schwebte der Reflektor davon, wurde schneller und nahm einen Teil des kinetischen Impulses der LARSAF DREI:ZWEI mit.

Eine gelbe Blinkleuchte gab ihre Blitze zurück, bis ich das Objekt nicht mehr von den Sternen unterscheiden konnte. Ebenso sorgfältig, wie ich das Schiff verlassen hatte, schwebte ich zurück und verschloß alle Klappen hinter mir.

Bis zum Ende des Fluges, der hoffentlich mit einer sicheren Landung abschloß, würde ich die LARSAF nicht mehr verlassen müssen. Es sei denn, es geschahen außergewöhnliche – also gefährliche – Dinge.

Nicht ganz hundert von zweihundertzwanzig Stunden waren vorüber.

Das Netz meiner Erinnerungen war brüchig, und in den Maschen hatten sich große Lücken gezeigt. ES, der die makabre Dreistigkeit in wilde Höhen trieb und mich ebenso wie sich selbst als Hüter des Planeten bezeichnete, ließ nicht zu, daß ich mich an alle meine Abenteuer im Lauf von mehr als acht Jahrtausenden erinnerte. Publius Multiverba Maximus junior würde mir auch nicht helfen können, mit seinen *Gesta hominis ambulantis,* dem zweiten Kapitel, den »Taten des wandernden Mannes«. In der hundertelften Stunde saß ich entspannt, den Weinschlauch in bequemer Nähe, angeschnallt im hochgeklappten Sessel und las in der CONFLICTATIO.

Publius Maximus beschreibt hiermit seine Erlebnisse, auf daß die Berichte über diesen seltsamen Bewohner der Welt bei der Nachwelt nicht in Vergessenheit geraten und damit große und wunderbare Taten des Mannes mit den vielen Namen und vielen erstaunlichen Fähigkeiten nicht ohne Gedenken bleiben.

Die Priester des Aigyptioi, die da behaupten, sie hätten Aufzeichnungen bis zum Anfang der Welt, sagten mir, daß es im Zweistromland einen riesigen Wolf gegeben habe, einen klugen Wolf mit goldenem Fell. In der Zeit, in der Kupfer der härteste aller bekannten Stoffe war, als Isin, Lagash, Larsa, Nippur und Uruk die wichtigsten Städte waren, brachte der Wolf seinen Gebieter zu den Stadtköniginnen. Dieser Fremde, hochgewachsen und von kluger Art, auch versehen mit den Waffen der Götter, nannte sich Lu-Atlan-Gal, was in der Sprache der löwenjagenden Barbaren heißt: Großer Mann Atlan.

»Verblüffend«, sagte ich nachdenklich, als ich den Text übersetzt und verstanden hatte. »Und fast unglaublich!«

Natürlich erinnerte ich mich an diese Zeit, an Gul-la-Nidaba-an, den Herrscher, an meine Geliebte Ni-kagina und an meinen Kampf gegen die Raumschiffsbesatzung. Und daran, daß mich damals das Schiff hätte vom Barbarenplaneten wegbringen können, mich, Atlan, Admiral, Chef des Nebelsektor-Kreuzerverbandes, Kristallprinz aus dem Geschlecht der Gonozal. Und ich entsann mich genau, wie ich mich aus der Reihe der ersten zivilisatorisch wichtigen Handelskarawane dieses Planeten hinweggestohlen hatte. Mit wachsendem Interesse las ich weiter. Auf nicht mehr nachvollziehbare Weise war die Kenntnis dieses »Bruders des Gilgamesch« an die Ohren der frühen ägyptischen Priester gekommen, und diese hatten es weitergegeben. Ich las weiter, bis ich den Satz verstand:

Die Priester wissen auch, daß der Mann Atlan-Anhetes den ersten Pharao heilte, obwohl er den Göttern geweiht schien. Im Tempel des Anubis öffnete er den Körper des Menes, des göttlichen Königs ...

Re-Atlan und Nefer-meryt. Die dritte Frau dieses Planeten, die ich liebte. Geliebt hatte, verbesserte ich mich. Dann schloß ich das Buch, dessen Dicke noch viele schmerzliche Erinnerungen versprach. Ich war, von der Flut der Erinnerungen überwältigt, nicht mehr in der Lage, weiterzulesen. Oder fürchtete ich, Dinge zu lesen, die mich auch an den Schmerz zahlloser Verluste erinnerten?

Vorsichtig verstaute ich das Buch wieder, nahm einen langen Schluck und blickte aus dem Bullauge. Der Planet war größer geworden. Ich konnte mit dem Fernrohr bereits einzelne Strukturen der wirbelnden Wolkendecke erkennen.

Einige Stunden später warf ich die stinkenden Reste des Essens, eingewickelt in Folie, sowie einen Satz Filter der Luftsäuberungsanlage aus der Schleuse.

Meine Gedanken zielten während der nächsten Stunden auf die Oase und deren Bewohner. Diese Insel der Ruhe, der Zivilisation und Kultur war bis zum heutigen Tag niemals ernsthaft in Gefahr gewesen. Reiche und Herrscher kamen und gingen auf diesem Barbarenplaneten wie der Tag und die Nacht, nicht ganz so schnell, aber mit derselben Gesetzmäßigkeit. Noch schützte die Lage weitab aller Wege, Straßen und schiffbaren Flüsse diese winzige, in sich stabile Gemeinschaft.

Zwei Gefahren drohten ihr. Zerbrechen von innen heraus, oder Eingriffe von außen. Beides entsprach der unseligen Neigung der Barbaren, um jeden Preis Macht auszuüben und andere Menschen zu unterjochen. Wenn die Gefahr wirklich groß war, würden wir sie nicht bekämpfen können, es sei denn, wir entschlossen uns zum Massenmord.

Für die nächsten Jahre und Jahrzehnte sah ich für Störungen aus dem Inneren heraus keinen Anlaß. Zusammen mit uns wachte auch Khach't, der wahnwitzige Falkner, ebenfalls eine Kreatur von ES, über die Oase. Wie lange noch? Er fühlte sich alt und verbraucht. Ich glaubte es ihm nicht ganz. *Denk an ES. Bereite dich auf die schlimmsten Reaktionen vor!* warnte mich plötzlich das Extrahirn.

»Das ist das größte Problem einer geglückten Expedition!« sagte ich im Selbstgespräch. »Was wird ES fordern?«

Das Schweigen dieses unbegreiflichen Wesens war verdächtig. Arconrik und ich waren gewohnt, daß ES den Planeten genau beobachtete; uns natürlich ganz besonders intensiv. Ich war der festen Überzeugung, daß eine Flotte von Arkon binnen eines Jahrzehnts den Status der Barbaren drastisch verändern konnte, ihnen die Begriffe normalen Verhaltens beibrachte und die Kulturen dennoch nicht zerstörte. Aber die überall vorhandene Grausamkeit, die kalte Gleichgültigkeit anderen Menschen gegenüber, die hemmungslosen Machtproben kleiner Barbarenfürsten, die lediglich über mehr und bessere Krieger und Waffen als der Nachbar verfügten, die Unfähigkeit, Vernunft statt Gewalttätigkeit, Hinterlist und Zerstörung und Versklavung anzuwenden – das wäre innerhalb von sechs Monden für alle Zeiten vorbei.

ES war ganz anderer Auffassung und scheute sich nicht im mindesten, seine Überzeugung durchzusetzen. Er war unser Herr über Leben und Tod; wir hatten zu gehorchen und durften uns bei den Abenteuern seiner Unterstützung erfreuen, die für die Barbaren in schiere Wunder ausartete.

Vielleicht sah ES mich nicht. Undenkbar, denn ES hatte den Bau des Raumschiffs mit Sicherheit beobachtet.

Ließ ES zu, daß der Riesencomputer des zweiten Planeten, den ich zum Teil selbst programmiert und mit Kodierungen versehen hatte, mit dem Hypersender Arkon rief? Die Enttäuschung, daß ES mir diese Schaltung verbot, nachdem ich lebendig mit unzerstörtem Schiff gelandet war, würde mich zerbrechen. *Ein Kristallprinz zerbricht nicht,* wisperte das Extrahirn. *Er wird durch solche Enttäuschungen reifer. Versuche, ES zu verstehen. ES würde einen Hüter der Welt, der jeden ihrer Winkel kennt, verlieren.*

»Das weiß ich, seit ich in dieser Bronzeblechkonstruktion sitze«, sagte ich laut. Die Worte verhallten ohne Antwort. Nur der Planet kam drohend näher.

Ich riskierte es noch einmal, mich in die Besinnungslosigkeit eines Tiefschlafs zu versenken und mich wecken zu lassen. Noch hatte ich eine echte Chance zur gefahrlosen Rückkehr: Wenn ich beschleunigte, schlug ich eine Bahn um den Planeten ein und raste wieder hinaus ins All, zurück zum dritten Planeten. Ich ließ es sein und stellte mich der Gefahr.

Zweihundertachtzehnte Stunde: Ich konnte nicht mehr zurück. Vor mir, unter mir oder über mir füllte der Planet das Weltall aus. Ich hatte mich entschlossen, diese Welt endgültig Venus zu nennen. Auch Arconrik hatte den Namen akzeptiert.

»Dein größtes Problem wird sein, das Bergmassiv zu finden«, kam die Stimme des Roboters. »Hast du die Karten vor dir?«

Wir hatten die Daten der Venus-Oberfläche aus den Speichern unserer Computer heraussuchen und ausdrucken lassen. Teile der Großspeicher besaßen identische Inhalte; auch das wußte ich aus guten Gründen genau.

»Ich habe die Karten. Ich bin festgeschnallt. Der Sauerstoffanteil der Kabinenluft ist heraufgesetzt. Ich habe gegessen und bin ausgeschlafen«, wiederholte ich. »Noch sind alle Instrumente in den Sollwerten.«

»Du schaffst es, Atlan!« sagte der Roboter. »Ich kann in meinen Speichern nicht finden, daß sich die Computer oder ich in Berechnungen dieser Art geirrt hätten. Vertraue der Konstruktion!«

Zunächst erwarteten mich in fünfzigmal einer *milia* Höhe planetare Orkane, die schneller waren als viermal der wütende Sturm, der Schiffe pfeilschußweit aufs Land warf und mächtige Bäume zerbrach und entwurzelte.

»Ich habe dieses Vertrauen gerade bewiesen!« sagte ich. In meine Worte mischte sich das Dröhnen der Vibrationen, von denen die LARSAF erschüttert wurde. Die erste Bremsladung hatte gezündet. Ich wurde nach vorn in die breiten, gepolsterten Ledergurte gedrückt. Noch hatte ich den Helm des Raumanzugs nicht geschlossen.

»Zündung eingeleitet?«

Die Ladungen waren berechnet worden. Eines derjenigen Instrumente, die hoher arkonidischer Technik entstammten, zeigte den Abstand zur obersten Wolkenschicht. Die Geschwindigkeit des Schiffes nahm ab.

»Ladung ausgebrannt!« bestätigte ich. »Zweite Zündung. Gezündet!«

In die Worte und die Pausen drangen erste, knisternde Störungen ein;

das Zeichen, daß die Impulse der Entladungen bis hier herauf reichten. Jetzt hörte ich Narnias Stimme.

»Atlan, Liebster. Du mußt zurückkommen, schon deshalb, weil ich warte. Versprich es, ja?«

Ich war sicher, aus dem Klang ihrer Stimme herauszuhören, daß sie weinte. Arconriks klare Stimme löste sie ab.

»Viel Glück, Gebieter. Denk daran, daß du dich weniger verkrampfst, wenn du während des langen Abstiegs Musik hörst.«

Die zweite Treibladung erzeugte abermals negative Beschleunigung und bremste die LARSAF stark ab. Ich kippte die Schalter, von denen die Gleitertriebwerke aktiviert wurden. Eine Kontrollampe nach der anderen leuchtete auf. In den Magazinen der Kuppel hatten wir Maschinen gefunden, die, verglichen mit den Gleitermaschinen, weitaus mehr Leistung abgaben. Sie waren nicht registriert gewesen; wir vermuteten, daß sie Ersatzteile für kleine Raumschiffe gewesen waren. Unwichtig. Ich schaltete den Recorder ein und pegelte die Lautstärke der rhythmischen Musik so ein, daß sie mich nicht störte. Meine Gliedmaßen wurden schwerer, das Blut begann, an den Nerven zu zerren, die Nerven fingen zu stechen und zu prickeln an. Die Anziehungskraft der Venus griff nach mir.

»Ein guter Rat. Ich bin ganz ohne Furcht«, sagte ich. Durch stärkere Funkstörungen hörte ich die Stimme aus stellarer Entfernung.

»Wir wissen das, Atlan. Weiter so. Noch Fragen?«

»Keine.«

»Ende?«

»Für ein paar Tage«, bestätigte ich und schaltete das nutzlos gewordene Gerät aus. Mir schien, als ob die diffuse, bräunlichgelbe Oberfläche der kochenden Wolkendecke unverhältnismäßig schnell sich der Nadelspitze des Schiffes näherte. Probeweise bewegte ich die Hebel und Griffe der Steuerung. Sie waren ebenso leichtgängig wie während der letzten Tests unterwegs. Die Musik entspannte mich wirklich ein wenig. Blendend lag das Sonnenlicht auf dem Gebrodel. Es war, als flöge ich direkt über einem tätigen Vulkan.

Eine letzte Prüfung: Ich hatte alles so verstaut, wie es sinnreich schien. Alle Gegenstände waren in den verschlossenen Fächern, mit Gurten befestigt, mit Klebeband gesichert und verstaut. Der Sitz bewegte sich nicht. Ich prüfte noch einmal die Halteschrauben und die Verriegelungen. Mein Zellaktivator sandte beruhigende Wärmewellen durch den Körper. Das Prickeln und Jucken hörte auf, oder ich hatte mich daran gewöhnt.

Abstand von der Oberfläche: sechsundvierzig römische Meilen. Binnen zehn Atemzügen nahm die strahlende Helligkeit des Gestirns ab. Der erste Nebel verschluckte die Strahlen. Es wurde dunkler.

Ich klappte die Blenden der Bullaugen in die Höhe und wartete. Die Wolken griffen nach der LARSAF. Noch war die Atmosphäre nicht dicht genug. Nach einiger Zeit federten die Spitzen der Tragflächen, die ersten Vibrationen erschütterten das Schiff.

Trommelschläge, grelle Flötenklänge und kreischende Fanfaren begleiteten meinen Versuch, die Herrschaft über das winzige Boot nicht zu verlieren. Ich sank tiefer und tiefer und spürte in der Steuerung den ersten Widerstand. Ich durfte mich nicht gegen den Sturm stemmen, sondern mußte mich von den Strömungen mitschleppen lassen.

Eine bestimmte hellgraue Helligkeit wurde nicht unterschritten. Die Dichte der Wolken nahm zu und wieder ab. Es war wie im dichten Nebel auf dem dritten Planeten. Die Enden der Schwingen konnte ich ebenso deutlich erkennen wie den Strömungsmesser an der äußersten Nadelspitze vor dem Steuerpult. Ich lenkte die LARSAF in eine leichte Linkskurve, weil ich in dem rasenden, lautlosen Brodeln und Kochen eine gewisse Richtung zu erkennen glaubte. Sofort fing das Schiff zu schlingern, zu bocken und zu vibrieren an. Ich korrigierte, von der rauhen, krachenden Musik begleitet, den Kurs. Die Klappen des Höhenruders und das Seitenruder begannen zu fassen, aber noch lange war ich nicht in den dichten Luftschichten.

Vielleicht hat dich der »Kommandant« bereits geortet, sagte der Logiksektor.

»Durchaus möglich«, brummte ich und gab dem Vehikel eine neue Richtung. Eine Zone geringerer Konzentration in den jagenden Wolken ließ mich durchsacken, und dann ritt ich auf meinem ächzenden Sitz den fünften Teil einer Stunde lang mit verkrampften Muskeln durch das beginnende Chaos.

An den wechselnden Belastungen meines Körpers merkte ich, daß ich einerseits langsamer wurde, andererseits in Kurven, Spiralen und Kreisen durch die Atmosphäre gewirbelt wurde. Inzwischen kam von draußen ein dumpfes Brodeln durch das Metall, das von einem auf- und abschwellenden Pfeifen durchsetzt war. Die Geräusche bildeten zusammen mit der Barbarenmusik eine unvergleichliche Folter für meine Ohren. Aber sie lenkte ab!

Die Zone, in der die dünne Atmosphäre die Venus wie eine fast kompakte Schale umkreiste, lag über mir. Ich flog, halb von dem Sturm in diese Stellung gerissen, halb freiwillig, rechte und linke Kurven, bei denen sich das Gerät so stark zur Seite neigte und auf die Flügelspitzen stellte, daß ich befürchtete, mich seitlich zu überschlagen. Jetzt schob ich die Leistungshebel der Triebwerke nach vorn und merkte zu meiner Erleichterung, daß die Maschinen zu wirken begannen.

Der Abstand betrug noch vierzig Meilen. Ich wagte es, die Geschwindigkeit weiter zu reduzieren. Ich fürchtete, daß die Flügelenden zu schmelzen oder durch die Vibrationen abzubrechen begannen.

Wieder gehorchte die LARSAF. Ich sagte mir für einen flüchtigen Augenblick, daß ich auf diese unbeholfene Schöpfung stolz sein mußte. Dann geriet ich wieder in eine Turbulenz, die uns packte, hin und her warf, das Schiff in wilde Schwingungen versetzte und in eine noch wütendere Rotation hineinschleuderte. Das Schiff wurde auf den Rücken geworfen und bewegte sich dann mit beachtlicher Geschwindigkeit, als ob es über eine Reihe von Bodenwellen schleifen würde.

Für einige Zeit wurde es so dunkel, daß ich glaubte, wir wären in die Nachtzone geschleudert worden. Ich riß den Hebel herum, verstärkte die Energie und sah, wie der Zeiger des Distanzmessers von Unendlich wieder in glaubhafte Werte herunterschwang.

Abstand: zweiunddreißig Meilen. Schwefelsäuretropfen erschienen auf dem Glas, waren in den nächsten Momenten wieder verschwunden, bildeten sich wieder. Dann spülte der rasende Guß eines nahezu kompakten Regens das Kondensat wieder herunter. Gleichzeitig drückte der Regen die LARSAF schräg abwärts. Es war wie in einem Antischwerkraftschacht. Ich verringerte die Leistung der Triebwerke und sank tiefer und tiefer, raste mitten in ein Gewitter hinein.

Der Nebel wurde zu einer schwarzen Masse. Aber in Abständen von zwei Herzschlägen zuckten gigantische Blitze auf. Sie umgaben mich, rissen nicht ab, spalteten riesige Kanäle in die Wolkenmasse, die gespenstisch aufleuchtete. Der Widerschein blendete mich von vorn, rechts und links.

Der Takt, in dem die Wolkenmassen zusammenprallten, war ein anderer als derjenige, den die irdischen Trommler erzeugten. Es hörte sich an, als ob riesige Fäuste ebenso monströse Platten aus zerberstendem Stein mit unbeschreiblicher Wucht gegeneinander schlugen. Mit einem Griff drosselte ich die Musik – ich hatte aus den Lautsprechern der Funkanlage etwas gehört. Oder täuschte ich mich?

Der Flug durch Regen, Dampf, Blitzchaos und Donner schien stundenlang zu dauern. Ich sah nicht ein einziges Mal auf die Ziffern des Chronometers. Die Stöße, die von den Verwindungsklappen und den Rudern kamen, schmerzten bis ins Rückgrat hinein. Wieder sackte die LARSAF schwer durch und wurde mit einem Sturzbach von Wassermassen bis in die Höhe von siebzehn Meilen hinuntergedrückt. Als ich das Gerät länger beobachtete, sah ich, wie der Zeiger immer wieder Sprünge von fünf oder sechs Meilen ausführte.

Du bist über einer Bergregion! schrie der Logiksektor.

»Hoffentlich über der richtigen!« schrie ich zurück. Ich verstand in dem rasenden Lärmen meine eigene Stimme nicht mehr. Wieder geriet das Schiff in eine Zone der Turbulenzen und führte Manöver aus, die aus Drehungen, Verkantungen und Kurven in sämtlichen Dimensionen bestanden. Aber ich glitt, ohne es viel beeinflussen zu können, immer tiefer hinunter.

Die Leuchtfläche des großen Funkgeräts zeigte durch hellere und weniger helle Schwankungen an, daß mich jemand anzufunken begann. Ich bewegte den Regler, aber es waren nur unterschiedliche Störungsgeräusche zu hören. Wann erreichte ich die Energiekuppel?

Wir wurden geortet! sagte der Extrasinn. Ich wußte, daß die Unterschicht der turbulenten Wolken in schwankenden Höhen anzutreffen war.

Zwischen sieben und vierzehn Meilen hob oder senkte sie sich, je nach Tag, Nacht, Polgegend oder Äquatorialzone, und auch die Wärmeströme, die vom Äquator zu den Polen drifteten, veränderten die Höhe. Sie waren mehr als achtzehn Meilen schnell und in ihren Wegen völlig unberechenbar.

Die Kontinente, die ich vielleicht bald sehen konnte, waren ebensowenig echt wie die Meere und die Flüsse. Der Kreislauf des Wassers in seinen beiden Aggregatzuständen veränderte die Landschaft ständig. Meine Karten würden bestenfalls Annäherungswerte darstellen, und nur die wuchtigen Bergmassive blieben Orientierungspunkte. Allerdings – der Planet war jung, und in acht Jahrtausenden konnte sich seine Oberfläche völlig verändert haben.

»Ich finde den Berg!« versicherte ich mir. Plötzlich ging ein Ruck durch die LARSAF. Wir wurden nach vorn und schräg nach unten geschleudert. Das Hämmern, Rütteln und Schlagen von den Steuerklappen hörte unvermittelt auf. Auch die Geräusche veränderten sich. Es begann ein sanftes, ruhiges Dahinschweben, verbunden mit einem summenden Pfeifen. Sofort stabilisierte ich die Fluglage mit den Gleitertriebwerken und ging in eine kontrollierbare Kreisbahn, die ständig im Sinkflug weiter zur Oberfläche führte. Der Zeiger des Distanzmessers bewegte sich ganz langsam und ohne Schwankungen.

Langsam und überaus deutlich drang eine maschinenhaft unbetonte Stimme aus den Lautsprechern. Die Frequenzanzeige leuchtete auf. Die Stimme verwendete ein Idiom, das ich als klassisches oder Hoch-Interkosmo erkannte. Es war die interstellare Verkehrssprache, die wir Arkoniden vor acht Jahrtausenden verwendet hatten.

»Dies ... ist ... kein ... arkonidischer Raumflugkörper ... zu klein, um eine Gefährdung ...« Der Rest wurde von Störungen unverständlich gemacht.

Ich grinste erleichtert trotz meiner tiefen Erschöpfung. Die Nervenanspannung schüttelte mich, ich hatte ein taubes Gefühl in den Knien. Ich packte das Mikrofon und schob es vor mein Kinn, dann drehte ich am Regler. Die LARSAF schlingerte durch eine relativ ruhige Zone in rund neun Meilen Höhe. Noch immer konnte ich nichts erkennen. Ich bewegte mich in einem dünnen, lichterfüllten Nebel.

»Hier spricht Kristallprinz Atlan vom Geschlecht Gonozal. Verstehst du mich, Kommandant?«

Damals hatten wir aus irgendeiner verrückten Laune heraus diese riesige Computeranlage so genannt.

»Dein Name ist gespeichert. Es ist unwahrscheinlich, daß du noch lebst. Erklärung?«

»Ich verbrachte Jahrtausende im Kälte-Tiefschlaf. Leben etwa noch Arkoniden hier?«

»Alle anderen, die du nicht evakuiert hattest, sind tot.«

»Ich habe es nicht anders erwartet. Du mußt mich einweisen oder lotsen. Ist das Zugfeld noch intakt?«

Es gab nur noch unbedeutende Störungen der Funkverbindung. Offensichtlich arbeitete der Computer bereits mit einem gerichteten Funkstrahl.

»Wenig ist ausgefallen. Alles konnte repariert werden. Der Flugkörper ist klar geortet.«

Völlig verwirrt und fassungslos vor Freude darüber, daß meine vielen Befürchtungen bis zu diesem Moment gegenstandslos geblieben waren, antwortete ich:

»Das Kodesignal des Kerlon-Geschwaders und der persönliche Vokalschlüssel Larsafs werden deine Befürchtungen und Zweifel beseitigen. Ich bin tatsächlich Atlan.«

Ich nannte ihm beide Begriffe und dankte wieder einmal dafür, daß ich ein fotografisch genaues Gedächtnis hatte – und daß ES diese Erinnerung nicht blockiert oder gelöscht hatte.

»Beide Begriffe ergeben hundertprozentige Übereinstimmung. Auf Anforderung werde ich dich lotsen.«

»Du kannst es ohne Schwierigkeiten? Geh behutsam vor! Das Raumschiff ist winzig und nicht sehr belastbar.«

»Verstanden. Minimalenergie.«

Ich holte tief Luft und blinzelte, denn in diesem Augenblick schoß die LARSAF aus dem Nebel der Wolkenunterdecke hervor. Ich beugte mich vor und sah die seltsame Landschaft der Venus jenseits der Energiebarriere.

Genau vor mir waren am Horizont, das Riesenpanorama abgrenzend, zwei tätige Vulkane zu sehen. Die riesigen Tromben der Rauchwolken, in denen es blitzte und wetterleuchtete, verschmolzen in der Bildmitte. Dort raste wirbelnd ein Sturm mit schwarzen Wolken. Alle drei Rauchwolken verbanden sich mit der undurchsichtigen Atmosphäre, die ebenfalls in dahinjagender Bewegung war. Aus diesen Wolken stürzten breite, dunkle Regenmassen schräg herunter.

Sie mündeten in eine schäumende, bräunliche Wasserfläche. Dieses scheinbare Meer war riesig, aber flach. Die LARSAF zog in eine sanfte Rechtskurve. Ich befand mich also zweifelsfrei über der Tageshälfte des Planeten. Der Sog des Gravitationsfeldes wurde spürbar.

»Ich merke, daß das Feld eingeschaltet ist«, sagte ich. »Wo ungefähr befinde ich mich?«

»Nördlich des Planetenäquators. Ich schleuse dich in einen Jetstrom ein, wenn du nichts dagegen hast.«

»Einverstanden.«

Die LARSAF drehte sich nach rechts, und als der Zug des »Kommandanten« auf die Längsachse des Raumschiffs wirkte, stabilisierte ich die Fluglage in sieben Meilen Bodenabstand. Unter mir schäumte das Wasser eines breiten Wasserlaufes, der von dem Regen an Berghängen gespeist wurde und in den flachen Ozean mündete.

Ich blickte nach oben. In der Wolkendecke zeichnete sich ein breites

Band ab. Es bestand aus wasserdampfgesättigten Gasen, die in der Äquatorgegend aufstiegen und mit fast zwanzig Meilen in der Stunde zu den Polen fauchten, breit wie mehrere Flüsse, kochend heiß und geformt wie ein riesiger Schlauch. Das Raumschiff befand sich innerhalb dieses Jetstroms. Rechts von mir stieg das Gelände an.

Die Ufer bestanden aus vielfarbigem Gestein, das von den ständig strömenden Wassermassen zerrissen und zermahlen wurde. Wassermassen kamen, breit wie Flüsse des dritten Planeten, über die Flanken heruntergeströmt und brachten winzige Sandkörner, Schlamm, losgerissene Steine und riesige Felsen mit sich, die sich in ständiger Bewegung befanden. Ein Bergmassiv war so groß wie ein kleiner Kontinent des anderen Planeten. In größerer Höhe erkannte ich undeutlich hinter und zwischen den Regenschleiern Teile des grünen Bewuchses. Vergleichsweise träge zog das Raumschiff dahin, auf den nördlichen Pol zu.

»Erkennst du den ersten Stützpunktplaneten noch wieder?« fragte das Kommandogehirn unbetont.

»Nur zum Teil.«

»Die Täler sind tiefer geworden, einige neue Berge übertreffen in der Höhe das mittlere Maß.«

Ich erinnerte mich: Viele Täler waren bis zu zwei Meilen tief und lagen somit weit unter der durchschnittlichen Planetenoberfläche. Die höchsten Berge erhoben sich acht Meilen über Niveau Null.

Ich schwebte über dem nördlichen Hochland des Planeten. Unter mir zogen die unregelmäßig geformten Seen vorbei. Es gab auf der Venus keine Meere; Wasseransammlungen hielten sich nur kurze Zeit in Vertiefungen der Planetenkruste. Kontinentale Schollen existierten – nach den Messungen, die damals angestellt und überaus gründlich durchgeführt worden waren – nicht, noch nicht. Die Oberflächenschwerkraft betrug nur fünfundachtzig Prozent derer von Larsaf Drei.

»Ich bereite die Schleuse vor.«

»In Ordnung. Muß ich etwas wissen, bevor ich die Station betrete?«

»Nein. Ich bereite auch einen Aufenthaltsraum vor.«

Die Venus war zwischen dem schlammigen Boden der Pseudomeere und den letzten Gasspuren ihrer hohen Atmosphäre ein nicht abreißendes Chaos aus Hitze und Dampf, aus Gewittern und vulkanischen Ausbrüchen, aus Stürmen, langen Tagen und ebensolchen Zeiten der absoluten Finsternis, aus Myriaden energiereicher Blitze und Flächenentladungen, aus einem Kreislauf von Mineralien, die aus dem offenen Boden der Kruste stammten, und aus der rasend vorangetragenen Erosion. In einem Viertagerhythmus drangen riesige Mengen von Gasen, erhitztem Wasserdampf und Staubpartikeln, fünfmal so heiß wie kochendes Wasser, vom Planetenboden bis hoch in die Gashülle hinauf und bildeten dort pilzförmige Erscheinungen. Und nicht ein einziges Mal in Jahrhunderten fiel ein lebendiger Lichtstrahl der nahen Sonne auf den Venusboden. Das Muttergestirn war nur zweiundsiebzig Prozent der

Strecke entfernt, gegenüber hundert vom Planeten Drei, von dem ich herkam.

Und dennoch gab es pflanzliches und tierisches Leben.

Auf dem langen Flug hatte ich genügend Zeit zum Nachdenken gehabt. Wir Arkoniden hatten damals Sporen, Mikroorganismen und sogar Samen von anderen Welten ausgesetzt, auch solche vom dritten Planeten. Ein Teil konnte mutiert sein, ein anderer Teil hatte sich vielleicht angepaßt. Niemals würde es darüber Gewißheit geben.

Die Geschwindigkeit der LARSAF betrug im Augenblick etwa zweihundert Stundenmeilen. In acht Meilen Höhe raste ich mitten im Jetstrom nach Norden. Den gigantischen Vulkan an der Ostseite des Nördlichen Hochlands sah ich nicht; vielleicht war er in sich zusammengebrochen und bildete einen kreisrunden Caldera-See. Rechts und links gab es Gewitter, links und rechts schwemmten die Wolken schmutzigen Regen aus, wabernde Dampfschichten zogen hoch und vereinigten sich mit dem heißen Polstrom.

Unbehelligt fegte das Raumschiff durch den Korridor, der sich zwischen den dramatischen Turbulenzen hindurchwand, mit starkem Rükkenwind und noch nicht von den hohen Drücken in Bodennähe angegriffen. Die Flügelenden bebten hin und wieder, ebenso wurde der gesamte Körper gehoben oder in größere Tiefen gedrückt. Ich blickte aus den Bullaugen und sah die Landschaft vorbeirasen, von der ich geträumt hatte.

Hochplateaus, auf denen kriechende Pflanzen Halt in jeder Bodenspalte suchten und fanden. Riesige Wasserfälle, die von Berggipfeln fünftausend Ellen tief hinunterstürzten und den wuchernden Dschungel in Wassernebel tauchten, fast stille Oberflächen von rostroten Seen, die in erloschenen Vulkankratern entstanden waren.

Dann gab es große Flächen, in denen Lava glühte und aus mehrfarbigem Schlamm hausgroße Blasen aufstiegen und platzten. In einem schlammigen Tümpel, nur für einige schnelle Augenblicke, erkannte ich ein riesengroßes Tier mit schwarzer, glänzender Haut. Der Hals, auf dem ein kleiner, runder Kopf saß, war länger als der Schwanz. Aus dem breiten Maul hingen triefende Ranken und Moorpflanzen. Die säulendicken Beine standen tief in dem Morast, in den auch der Bauch hineinhing. Vögel oder Flugechsen mit unnatürlich langen Schnäbeln spazierten auf dem Rücken umher und pickten in den Hautfalten. Es war, als würde mich das Riesentier mit seinen winzigen Augen anstarren. Ein Regenguß verhüllte das Bild. Endlich blickte ich auf die Uhren.

»Schon drei, nein, vier Stunden!« überlegte ich laut. »Oder länger seit dem ersten Eintauchen?«

Digcson, so hatte der Arkonide geheißen, der damals die meisten Tiere, deren biologische Grundsubstanzen wir in den Kreislauf von Larsaf zwei eingefügt hatten, aus den Kältekammern geholt und auf ihre Tauglichkeit geprüft hatte. Von ihm stammten die Namen. Der gigantische Pflanzenfresser war ein Mos-zaddah gewesen. Sie lebten also, jene spekulativen 186 Bewohner der frühen Venus.

»Annäherung fast beendet«, erklärte plötzlich der Riesenspeicher. Ich begann mir inzwischen die Systematik der riesigen Anlage des untervenusischen Kavernensystems ins Gedächtnis zurückzurufen. Ich wagte nicht daran zu denken, daß sich dort ein fernflugtüchtiges Raumschiff befand. Soviel Glück kann ein lebendes Wesen nicht haben.

»Verstanden. Bereite alles für einen Luxusaufenthalt eines Arkon-Admirals vor!«

»Die Roboter haben längst eindeutige Anweisungen erhalten.«

»Eigentlich habe ich es nicht anders erwartet«, gab ich zu.

Die Lichtverhältnisse änderten sich in der nächsten halben Stunde nicht mehr. Ich riskierte mehrere herzhafte Schlucke aus dem Weinschlauch. Der Wein hatte die Tortur des Landeanflugs besser überstanden als ich. Noch war die Reaktion auf die vergangenen Stunden und die gewaltige Anspannung nicht eingetreten, und überdies konnte ich sie noch nicht brauchen. Nach einiger Zeit, in der ich die wilde Landschaft in mich aufnahm, mehr Wein trank und die wildeste Barbarenmusik abspielte, die ich gespeichert hatte, fragte ich den Kommandanten:

»Holst du mich ohne irgendwelche Flugmanöver in einen Hangar?«

Natürlich erinnerte ich mich nicht mehr an jede Einzelheit des Geländes, das sich zudem sicher auch stark verändert hatte. Beispielsweise gab es damals im Umkreis des Stützpunkts nur in versteckten Tälern, einigermaßen sturmgeschützt und weit genug entfernt von dem hohen atmosphärischen Druck in unmittelbarer Bodennähe, weitaus weniger Dschungelaussaaten.

»Dazu mußt du sämtliche Antriebseinheiten abstellen.«

»Geht klar. Ich brauche eine genaue Zeitangabe mit kurzem Vorlauf.«

Ohne jede Mühe schlüpfte ich wieder in die uralte Sprache und in den lässigen Befehlston eines Admirals.

»Wird ausgeführt.«

Einige Dutzend Atemzüge später erhob sich aus den obersten Wipfeln der riesigen Dschungelgewächse ein ungeheurer Vogelschwarm. Es waren einige tausend Tiere. Schnarrfledderer waren es, mit Gefieder, das den Säuretropfen widerstand; keine echten Vögel, sondern flugfähige Echsen von hellgrüner Farbe mit weithin hellrot leuchtenden Bäuchen.

Ich flog mitten auf den Kern des Schwarms zu. Jetzt erst bemerkte ich den Grund dieser massenhaften Flucht aus dem Dschungel. Vor mir erhob sich, in den Jetstrom einmündend und von dessen Kraft aus einem sattelförmig vertieften Tal hochgerissen, eine Art Wirbelsturm. Er führte Dinge mit sich, die wie welke Blätter oder Schmetterlinge aussahen. Die Vogelechsen stürzten sich auf diese wehrlos umhertaumelnde Nahrung, die in vielen kleinen Windhosen und Wirbeln herauftanzte und sich in dem ruhigeren Heißluftstrom in zehntausend einzelne Teilchen auflöste.

Dann raste die LARSAF in den Schwarm hinein. Es war, als bräche ein

Sturm großer Hagelgeschosse über das Raumschiff herein. Unaufhörlich krachte es. Körper wurden zerrissen. Gliedmaßen schlugen wild um sich, blaßrote Flüssigkeit verschmierte binnen weniger Herzschläge die vorderen Bullaugen. Das Schiff schwankte und bockte, und ich versuchte, mit Steuerung und Triebwerken so schnell wie möglich Höhe zu gewinnen und dem Schwarm zu entkommen.

Der Regen rettete mich. Er stürzte unverschens aus unsichtbaren Teilen der Wolkendecke, wurde fast im rechten Winkel zur Seite gerissen und badete das schlingernde Schiff von allen Seiten. Die Wucht der Tropfen riß die Reptilienvögel und ihre Nahrung aus der bisherigen Höhe herunter, drückte sie dem Dschungel und dem riesigen, wasserdurchströmten Geröllfeld entgegen. Das Robotgehirn meldete sich.

»In zwanzig Zeiteinheiten mußt du die Triebwerke desaktivieren.«

Ich zählte langsam rückwärts, bewegte die Hebel und fühlte, daß die LARSAF in einen Gleitflug überging, der wie durch Wasser führte.

»Ausgeführt. Übernahme!«

»Erfolgt.«

Ich bewegte, als ich den verstärkten Zug und die anderen Veränderungen von Fluglage und Sinkgeschwindigkeit bemerkte, die verschiedenen Schalter und ließ die Steuerung los. Diesem technischen Verstand konnte ich voll vertrauen! Das Raumschiff sank schräg abwärts, auf eine Öffnung in einem fast senkrechten Berghang zu, deren Umgebung aus prächtig glänzendem Material bestand; es mußte Venusgestein sein, das die Thermostrahler der Robots zu dicken, glasartigen Schichten verschmolzen hatten. Die LARSAF wurde um hundert Grad gedreht und schwebte genau auf die Öffnung zu.

Einen Moment lang fürchtete ich, daß die Schleuse zu schmal für die weit ausladenden Vogelschwingen mit all ihren Verzierungen war. Natürlich hatte der Kommandant die richtige Luke herausgesucht, nachdem er die Größe des Schiffes exakt angemessen hatte. Geblendet nach dem diffusen Tageslicht des Planeten, schwebte ich in einen Hangar hinein, der von gleißender Helligkeit erfüllt war.

Eine Art Landegestell stand mitten unter den riesigen Tiefstrahlern. Vermutlich auf einen Fingerbreit genau setzte mich die Anlage darauf ab. Etwa ein Dutzend unterschiedlich geformter Roboter mit heller Organ-Plastikhaut kam aus verschiedenen Portalen aus glänzendem Arkonstahl. Ich hörte das dumpfe Geräusch, mit dem das Hangartor geschlossen wurde. Als Frischluft in die riesige Halle gepumpt wurde – auch sie war aufbereitet und gereinigt worden, präzise auf den Metabolismus eines Arkoniden abgestimmt –, entstand ein bläulichgelber Nebel, der binnen kurzer Zeit dünner wurde und sich auflöste.

Ich öffnete die Schnallen der Gurte, klappte die Seitenlehne des Pilotensessels herunter, schaltete sämtliche Geräte ab und kroch gebückt, mit zitternden Knien und schmerzenden Muskeln, taumelnd vor Erleichterung, zum Schott der Schleuse. Vor Aufregung verwechselte ich die Reihenfolge der Griffe. Schließlich schaffte ich es, die äußere Schleusentür zu öffnen. Ich sah, daß sie verbeult war und sich leicht nach innen wölbte, an einer Stelle, an der sie eben sein sollte.

Der Außendruck! Ihr habt gut gerechnet, sagte hämisch der Logiksektor. Ich setzte mich, sprachlos und nicht mehr ganz bei mir selbst, auf die Unterkante. Müde und erschöpft schaute ich zu, wie einige Maschinen mit einer Schwebeplattform herankamen. Das Gerät stieg unmittelbar vor dem offenen Schott senkrecht in die Höhe, und aus unsichtbaren Lautsprechern sagte der Computer:

»Willkommen nach langer Zeit! Du bist mit siebenundneunzigprozentiger Sicherheit Atlan, Kristallprinz und Admiral.«

»Die fehlenden drei Prozent«, antwortete ich leise, weil ich wußte, daß Richtmikrofone eingesetzt wurden, »sind der barbarische Anteil vom dritten Planeten.«

Als ich wieder Atem holte, tief und begeistert, traf es mich wie ein Faustschlag in den Magen. Aus dem Schiff stank es bemerkenswert übel. Die Luft in der Halle war kühl, sauerstoffreich und roch schwach nach *Schmelzzeit!* Es war der Geruch vieler arkonidischer Körperpflegemittel. Ich stieg auf die Schwebeplattform und befahl:

»Helft mir beim Ausziehen. Und bringt, wenn vorhanden, frische Kleidung.«

Einer der Roboter, die durch angedeutete Schmuckbänder als Gruppensteuerungsroboter ausgewiesen waren, erwiderte mit arkonidisch programmierter Computerstimme:

»In der zentralen Halle ist alles vorbereitet. Folge uns zur Schienenstrecke.«

Die geringfügig schwächere Schwerkraft half mir. Die Plattform bewegte sich, eskortiert von sieben Maschinen, durch ein Schott und in einen Korridor hinein. Der Wagen jener Bahn, die über einer drahtdünnen Hochmagnetenergieschiene hing, federte leicht, als mich die Roboter halb hineinhoben. Dann raste das Gefährt los, und während ich versuchte, die Stiefel auszuziehen, glitten die langen Korridore an mir vorbei, von mächtigen Schotten unterbrochen, hell beleuchtet, voller funkelnder Lichter, blinkender Kontrollen und maschinenhafter Geräusche.

Je länger ich dahinschwebte und mein schweißnasses Gesicht vom Fahrtwind kühlen ließ, desto intensiver und genauer kamen die Erinnerungen zurück. Zweihunderttausend Arkoniden waren damals aufgebrochen. Das kreisförmige Zentrum der Bergfestung näherte sich, der Wagen hielt, und eine wartende Plattform brachte mich in den Saal mit den effektvoll bearbeiteten Felswänden in Sichtstein-Stil. Hier wartete eine Schaltwand auf mich, fünfzehn große Schritte hoch und dreißig breit.

Rechts davon waren orangefarbene, dunkelbraune und gelblichweiße Wände zu einer Wohnung ohne Dach zusammengestellt worden. Wie im

Traum ging ich über einen weichen braunen Bodenbelag ins Innere. Alles war vorhanden: die luxuriöse Kopie einer Kapitänskabine, wie sie in arkonidischen Großschiffen zu finden war. In diesen Momenten war ich auf die Programmierer der verschwundenen Flotte mehr als nur stolz.

»Wenn ich nicht wüßte«, sagte ich in die Richtung der voll aktivierten Schalttafel, »daß selbst solch riesige und leistungsfähige Großrechner wie du, Kommandant, kein Lob brauchen, würde ich dir das höchste Lob aussprechen. Deine Perfektion ist nicht mehr zu steigern.«

Recht so. Das Selbstwertgefühl trägt bei Computern zu höherer Leistungsbereitschaft bei, klärte mich mein Logiksektor ironisch auf.

Etwa eine halbe Stunde nach meiner Ankunft war ich entkleidet, der übelriechende Raumanzug weggebracht, ich hatte heiß und kalt geduscht, zwischendurch vom Wein getrunken, den die Maschinen aus der LARSAF DREI geholt hatten, war auf verschiedene Weise von vibrierenden Geräten massiert, mit duftenden Cremes – *Schmelzzeit!* – eingerieben, in weiche Hosen, eine ebensolche Jacke und noch weichere Stiefel gekleidet, hatte noch einen Becher Wein getrunken, mich an dem Programm klassischer altarkonidischer Musik erfreut (mehr als neun Jahrtausende alt!) und war endlich überzeugt, daß ich jeden einzelnen Teil dieses einmaligen Fluges überlebt und das Ziel auf beste Weise erreicht hatte.

Der Alptraum war vorbei. Ich hatte noch nicht ganz realisiert, daß meine Rückkehr nach Arkon nichts mehr als ein logischer Schritt war. Leichte Trunkenheit mischte sich in diesen Triumph. Ich war der Mann, von dem das Schicksal aller Barbaren dieses Sonnensystems abhing. Noch nie hatte ein einzelner so viel Macht besessen. Mir schwindelte. Ich eröffnete, solange ich noch klar denken konnte, den Dialog.

»Gibt es hier ein Raumschiff, das mich schnell und ohne Schwierigkeiten zum dritten Planeten zurückbringt?«

»Ja. Sieben Stück.«

Die Lautstärke der Musik wurde zurückgenommen. Der Kommandant sprach mit leiser, eindringlich-schmeichelnder Computerstimme zu mir.

»Gibt es ein Raumschiff, mit dem ich Arkon erreichen kann?«

»Nein.«

»Wie das? Ich habe fest damit gerechnet!«

»Der Großteil der Kolonisten, die den Untergang von Atlantis überlebten, flog mit den übriggebliebenen Schiffen fort. Rund zweitausend Kolonisten blieben hier. Vor weniger als hundertfünfzig Umläufen starb der letzte dieser Gruppe. Sie versuchten niemals wirklich, von hier wegzukommen.«

Ich überlegte nicht lange; das kam später.

»Du verfügst über einen Hypersender?«

»Selbstverständlich.«

»Er ist unbeschädigt und kann schnell aktiviert werden?«

»Wenn du es wünschst.«
»Ich wünsche es.«
»Wann?«
»In den nächsten Tagen – in einer Anzahl von Stunden, die kleiner ist als fünfzig – werde ich entscheiden.«
»Der gesamte Stützpunkt steht unter deinem Befehl. Jede Anordnung kann das gesamte Potential aktivieren.«
Ich lehnte mich in einem wunderbar weißen und weichen Kontursessel zurück, hob den Becher und trank. Der Becher stammte aus dem Geschirr der Kapitänsmesse, der Krug, in den die Robots meinen Weinvorrat geleert hatten, ebenso, und langsam begann sich die Welt mit all ihren alten und neuen Bestandteilen um mich zu drehen. Nicht des Weines wegen, sondern weil die ungeheuer starke innere Bewegtheit einen Ausweg suchte. Ich wünschte, Narnia wäre hier. Dann sagte ich langsam und nachdenklich:
»Ich brauche nur Bruchteile des Potentials. Ein Robot soll mir ein mildes Schlafmittel injizieren. Und bis ich tief schlafe und hoffentlich so gut wie nie zuvor, spielst du beruhigende Musik wie bisher. Ausführung sofort. Noch etwas – weniger Licht.«
Schon während ich in den angrenzenden Raum hinüberging, dabei den Wein austrank, drosselte der Kommandant die Lichtstärke der Schaltzentrale. Ein Robot kam herein, ich streifte die Jacke von den Schultern. Eine Preßluftinjektion zischte auf. Ich zog die weiche Decke bis zum Hals und drehte mich, bis ich die beste Lage gefunden hatte. Die Klänge der Musik, die ich so unendlich lange nur in meinen Träumen gehört hatte, begleiteten mich in einen achtzehnstündigen Schlaf. Nicht einmal der Logiksektor weckte mich. Ich war angekommen. Aber ich war nicht zu Hause. Noch nicht. Inzwischen ...

Mit einem markerschütternden Kreischen schwang sich der Flugskern von seinem Wohnast. Er machte einen weiten Satz, breitete Schwanz und Vorderglieder aus und packte die kleine Ankerpeitschenschlange. Schräg unter den Tieren ertönte ein tiefes, dröhnendes Rumpeln. Die Schlange wehrte sich, wickelte sich um die pelzigen Pfoten des fleischfressenden Venusaffen, biß in die dicken Hornschichten der Finger. Mit einem einzigen Biß der hellblauen Zähne trennte der Skern den Kopf vom Leib der Beute. Er spuckte ihn im weiten Bogen aus, während er seinen Schwanz um den federnden Ast wickelte. Das Dröhnen wurde lauter. Große Steine und ein Teil der Büsche, die in nassem Sand wuchsen – dort gab es Schneckenwürmer, die ihrerseits von Pilzen lebten –, kippten und rutschten abwärts.
Der silberpelzige Skern richtete seine riesigen Augen auf das Beben schräg unter seinem Wohnbaum. Langsam hob sich der Boden. Eine riesige Tafel stellte sich summend senkrecht und begrub, als sie völlig umklappte, die zermalmten Gewächse unter sich.

Schwebende Maschinen kamen aus dem großen, viereckigen Loch in der Bergflanke. Sie waren tonnenförmig und trugen an langen Armen verschiedene Werkzeuge. Summend, klickend und fauchend säuberten sie die Ränder des Schachtes. Wieder ertönte ein anderes Geräusch.

Aus dem Dunkel hob sich eine weiße, große Kugel. Der Regenschauer, der darauf fiel, perlte rasch ab und lief um die Wandung herum ins Innere. Auf einem hydraulischen Gestell schob sich die kugelförmige Schutzhülle einer technischen Apparatur so weit in die Höhe, daß sie nach einigen Augenblicken den höchsten Punkt darstellte.

Im Innern der Kugel befand sich die konkav gewölbte Gitterschale mit Projektoren und einer Vielzahl von Kabeln und Reflektorflächen. Jede Einzelheit wirkte wie neu; Ergebnis der perfekten Wartung. Der Hypersender der Venusstation war sendebereit.

6.

Ich erwachte entspannt, ausgeschlafen, beruhigt und in bester Stimmung. Es schien einer der glücklichsten Augenblicke meines langen Lebens zu sein. Der Riesencomputer konzentrierte seine Fürsorge mit absoluter Professionalität auf mich. Noch vor einiger Zeit – Jahre oder Jahrhunderte bedeuteten einer Maschine nichts – hatte sich der Kommandant um eine ständig kleiner werdende Anzahl meiner Kameraden gekümmert. Ich rief einen Roboter herbei, einen der zweibeinigen, zweiarmigen Apparate mit den Zierbändern, in die Serien- und Kontrollnummern und robotisch lesbare Chiffren eingearbeitet waren.

»Gebieter Atlan?«

Sämtliche Maschinen standen mit dem zentralen Rechner in dauernder Verbindung. Ich beschäftigte wirklich nur einen winzigen Bruchteil der Kapazität.

»Ich stelle euch und dem Kommandanten eine Aufgabe. Bringt eines der sieben kleinen Einmann-Raumschiffe aus dem Hangar in eine Werkstatt. Das Schiff, mit dem ich hierher kam, ist das Muster. Ohne die Eigenschaften des arkonidischen Schiffes zu verändern, sollt ihr es identisch verzieren. Natürlich nur an den Außenseiten.«

»Verstanden. Was geschieht mit dem Inhalt?«

»Vorsichtig demontieren. Bruchsicher einpacken, in den Laderaum. Das Raumschiff muß so ähnlich wie möglich aussehen. Ich will es startfertig dort haben, wo die LARSAF steht.«

»Wird ausgeführt.«

»Der Laderaum wird auch für andere Einzelteile gebraucht. Stapelt raumsparend.«

»Wann soll der Start erfolgen?«

Die Musik in der Halle war leise und beruhigend. Ich hatte teils von meinem zum anderen Teil von den Vorräten gegessen, die der Kommandant in den Magazinen lagerte. Ich konnte mich darauf verlassen, daß sie nicht verdorben waren.

»In weniger als hundert Stunden.«

»Was soll mit deinem Raumschiff geschehen?«

»Baut die Triebwerke aus, überprüft oder ersetzt sie, packt sie in den Laderaum. Den Rest könnt ihr wiederverwerten.«

»Ausführung beginnt«, lautete die knappe Antwort.

Ich hatte mir während der ersten bewußt erlebten Stunden nach dem Schlaf die Spezifikationen und die Form dieser Kleinraumschiffe zeigen und erklären lassen. Innerhalb des Sonnensystems konnte sich ein einzelner Pilot, unter Einbeziehung des kleinen Laderaums möglicherweise auch ein zweiter, souverän von Planet zu Planet bewegen, in beträchtlicher Geschwindigkeit und risikolos. Mein Rückflug war gesichert und würde nur Stunden dauern.

»Weitere Anordnungen, Gebieter?« wollte die Maschine wissen.

»Vorläufig nicht. Entferne dich.«

Der Roboter bewegte sich geräuschlos hinaus. Ich wußte, daß ich die Zeitspanne zwischen Landung und Start bewußt verlängerte. Ich zögerte die Entscheidung hinaus. Ohne zu erkennen, daß ich unter diesem schier unlösbaren Problem litt, erklärte der Kommandant nach einer angemessenen Pause:

»Der Hypersender ist bereit, Atlan.«

»Auf welche Weise benutze ich ihn?«

Der gesamte Berg und sein Sockel war von uns in ein schwer zu durchschauendes System von Hallen, Magazinen, Energiestationen und Verbindungsgängen verwandelt worden. Ich würde mondelang im Laufschritt brauchen, um jeden Raum wenigstens einmal betreten zu können. Entsprechend groß und verwirrend waren die Kommunikationsnetze und Steuerleitungen. Und es gab immer noch einen geheimen Gang, einen unentdeckbaren Hohlraum oder eine andere technische Überraschung mehr.

»Sprich den Text. Korrigiere ihn oder lasse ihn löschen. Einfache Befehle reichen. Wenn du befiehlst: ›Sende‹!, dann fahre ich die Aufzeichnung ab.«

»Alles klar«, sagte ich und fügte leiser hinzu: »Wenigstens in technischer Hinsicht. Gibt es noch Fragen?«

»Nichts Dringendes, Atlan.«

Und wieder versuchte ich auszuweichen. Von Arconrik hatte ich eine lange Liste, einen Computerausdruck der Kuppelmaschinen. Sie enthielt die wichtigsten Einzelteile, Ersatzteile, Formeln und Reagenzien, einige ganz spezielle Dinge wie Linsen, Kondensatoren und anderen hochtechnischen Kram, von dem Arconrik mehr verstand als ich. Ich übergab dem

Robot diese Aufzählung und ordnete an, rückzufragen, wenn etwas nicht lesbar oder unverständlich sei.

Auch zwei »neue« Raumanzüge mit entsprechender Sonderausrüstung waren auf der Liste, samt Ersatzteilen. Mehr fiel mir nicht ein.

Ich ließ mir Folie und einen Schreibstift bringen und fing damit an, den Ruf oder Notruf zu formulieren. Einsamer Arkonide auf Barbarenwelt schreit nach Einsatz einer Raumflotte. Koordinaten bekannt. Sucht im Archiv nach Larsafs Sonnensystem, Kerlon-Geschwader und Kristallprinz Atlan. Unsinn. Admiral Atlan aus dem Geschlecht Gonozal, psychomathelogischer Expansionsplaner und Kosmo-Stratege bettelte nicht! Er forderte. Ich strich das Geschreibsel durch und fing neu an.

Ich bewundere deine Unentschlossenheit! sagte in klirrender Schärfe der Extrasinn.

»Einen dummen Rat kann ich mir auch selbst geben«, murmelte ich. Meine Antwort war für den Kommandanten nicht relevant, also ging er nicht darauf ein. Ich hob ratlos die Schultern und versuchte, mich selbst zu analysieren. Ich stand auf, hielt den Becher unter den Krug und goß roten Wein in das Überbleibsel einer gescheiterten Expedition. Wieder setzte ich mich, nahm einen Schluck und schloß die Augen.

Natürlich hast du mich erwartet. Ich bin da!

»ES«, sagte ich.

Die lautlose Stimme »hörte« ich ebenso deutlich und überzeugend wie immer. Dieses Mal hatte ES, der mich als Paladin der Menschheit bezeichnete, sein dröhnendes, im Schädel nachhallendes Gelächter nicht vorausgeschickt. *Es ist kein Anlaß dazu. Die Lage ist ernst.*

»Du sagst es«, antwortete ich. »Du hast also alle unsere verzweifelten Anstrengungen mit angesehen, dieses Raumflugvehikel zu bauen.«

Natürlich. Eure Findigkeit habe ich niemals unterschätzt.

»Wir haben es geschafft. Bis zuletzt«, sagte ich nachdenklich, »habe ich es selbst nicht geglaubt.«

Die Barbaren verlieren also ihren Paladin. Der Hüter der Menschheit hat Furcht vor der Zukunft?

Sinnlos, anzunehmen, daß ES nicht über jede Einzelheit und sämtliche Konsequenzen unterrichtet war und sämtliche Einzelheiten meisterhaft extrapolierte.

»Ich sehe ein, daß meine Kräfte und alle meine Anstrengungen zu gering sind. Ich könnte dir sagen, wievielmal ich es versucht habe und an welchen Orten, wenn du nicht Herrscher über meine Erinnerungen wärst.«

Nicht über alle. Ich erwartete, daß du dem Dialog nicht ausweichst.

»Ich stehe hier. Um den Barbaren entscheidend zu helfen, bin ich hierher gekommen. Ich bin noch niemals ausgewichen, wie du weißt!«

Jetzt bist du im Begriff, es zu tun.

»Ich betrachte den Versuch, einen Planeten zu befreien und den Bewohnern zu zeigen, daß eine zivilisatorische und kulturelle Evolution auch ohne Ströme von vergossenem Blut, Sklaverei und Unterdrückung möglich ist ... diesen Versuch kann ich nicht als Flucht oder Ausweichen sehen, Herrscher der Unmündigen!«

Insgeheim hatte ich dieses Zusammentreffen erwartet und befürchtet. Möglicherweise erkannte ES sogar meine innersten Selbstzweifel. ES schien zu überlegen und erklärte dann:

Sei ehrlich. Glaubst du, durch dein Wirken und deine tausendfachen Ratschläge insgesamt den Barbaren geholfen zu haben? Außerhalb der Oase, wo dein Wirken außer jedem Zweifel steht? Befindet sich das Gros der Barbaren noch in dem Status der Höhlenbärenjagd? Gibt es keinen Unterschied zwischen, sagen wir: Nefer-meryt und Katya, oder zwischen Ni-kagina und Narnia?

»Solche Unterschiede sehe ich selbst«, bemerkte ich bitter. ES wühlte in meinen Erinnerungen.

Also war dein Wirken erfolgreich.

Ich nickte unbewußt. Einen Augenblick lang blitzten Bilder vor mir auf: eine Reihe von Schauplätzen, deren Aussehen immer schöner und ordentlicher wurde, heller und organisierter, Siedlungen, Städte, Schiffe und Anlagen. ES hatte recht. Eine Entwicklung zum Besseren hatte stattgefunden.

»Mein Wirken war hier und dort erfolgreich«, sagte ich. »Es wäre Selbstbetrug, wenn ich auch nur träumen würde, daß Atlans Arbeit die Welt nur um einen Deut besser gemacht hat.«

Und doch ist es so. Du vergißt, daß ein ständiger Austausch stattfindet. Wenn du die Griechen lehrst, wie Landkarten zu zeichnen sind, sagen sie's den Römern. Eines von Tausenden Beispielen.

»Wenn ich ihnen beibringe, daß Menschen keine Sklaven sind, versklaven sie sich gegenseitig trotzdem.«

Diesmal lachte ES, kurz, aber mit dröhnender Herzhaftigkeit. Die Erwiderung: *Du kannst nicht immer und überall erfolgreich sein. Zurück zum Thema. Ich behaupte, daß in vielen kleinen Schritten Entscheidendes erreicht worden ist.*

»Meinetwegen. Du hast recht. Ich habe technische Ausrüstung und hervorragende Helfer.«

Zugegeben. Das macht die Aufgabe leichter.

»Und ...?«

Nun kommt die Arkonflotte. Eine Viertelmillion Frauen und Männer, die über das gesamte virtuose Register der Arroganz des Arkon-Systems verfügen. Eine halbe Million Roboter, die alles besser können als der tüchtigste Planetengeborene. Die Barbaren werden tun, was sie immer getan haben: Sie kämpfen, werden verwundet, gefangengenommen, getötet – eure Art der Versklavung, nicht wahr?

War ich acht Jahrtausende lang wilden Hirngespinsten nachgerannt? Meine Selbstsicherheit schmolz dahin wie Wachs im Feuer. Unter all den tiefen, langen, umherschweifenden und grüblerischen Gedanken all der Jahre war diese Wahrscheinlichkeit nicht zu finden gewesen.

»Eine unbequeme Einsicht, ES. Aber ich glaube, so unrecht hast du nicht einmal. Von dieser Seite habe ich es nicht betrachtet.«

Verständlich. Versuche eine andere Betrachtungsweise, einen anderen Gesichtspunkt: Die Barbaren kämpfen nicht, sondern erkennen die Segnungen der philanthropischen Arkoniden. Sie machen willig mit. Jeder Dorfschulze, jeder Consul ein Raumschiff-Kommandant, jeder Centurio der Anführer von hundert Robotern. Eine denkbare Alternative, wenn auch unter Schwierigkeiten, denn von hundert Barbaren kann gerade einer lesen und schreiben, bestenfalls. Was wird die Folge sein?

Sanft, gütig und durchdringend waren die Sturmwogen seiner Beredsamkeit. Ausnahmsweise schien er nicht innerlich belustigt zu sein – aber wie sah das »Innere« von ES aus? Widerwillig formulierte ich die Antwort, von der ich wußte, daß sie mein gesamtes Denken über diese Entwicklung verändern würde.

»Die Folge ist, daß die Barbaren schlechte, unfähige Arkoniden werden. Und sie verlieren die Chance, zu vollwertigen, selbständigen Barbaren zu werden, zu Menschen des Planeten Terra. So nennen die Römer die Welt, das Land, die Erde.«

Ich weiß. Du hast recht. Alle jene Kulturen, deren Saat du ausgestreut hast ... mit einem Hieb abgeschnitten. Und da ist noch etwas, Atlan. Du weißt, daß ich nicht scherze: Die Arkoniden. Ich kenne die Speicher des Venus-Stützpunkt-Kommandanten-Computers. Atlantis war nicht als Segen und Entwicklungshilfe für Terra gedacht, sondern als Kolonisationsflug. Wörtliche Zitate: Kolonisationsflüge waren nie demokratische Unternehmungen. Eine Kolonie braucht in der ersten Zeit straffe Leitung. Das Kolonistenreich, beachte die Wortwahl im widerspruchsfrei deutbaren Alt-Arkonidisch, galt als erstrebenswerter Hafen. Glaubst du, daß sich gegenüber einer Viertelmillion heutiger Arkoniden deine kluge, zurückhaltende Art durchsetzt?

Denk an den Atlan, der vor acht Jahrtausenden Befehle gab. Vergleiche ihn mit jenem Hüter der Menschheit, der heute hier sitzt und trotz Zellschwingungsaktivator sein Leben dieser makabren Bronze-Arkonstahl-Konstruktion anvertraute, nur um den Barbaren zu helfen. Erkennst du den Unterschied?

ES schwieg. Totenstille breitete sich aus. Ich hatte vergessen, wo ich mich befand. Der halb lautlose oder gemurmelte Dialog wurde vom Computer vielleicht mitgehört, aber das Gerät würde meine »Selbstgespräche« nicht speichern. Mir war, als sprächen zwei der unendlich vielen Götter der Barbaren auf irgendeinem wolkenverhüllten Olymp über das Schicksal von Millionen unbedeutender Menschlein. Für mich bedeuteten diese Sterblichen mehr; ES hatte richtig erkannt, daß ich dies durch das Wagnis des Fluges bewiesen hatte, ohne es mir wirklich beweisen zu wollen. Daran hatte ich nicht gedacht. Nicht einen Herzschlag lang. Ich prüfte jedes Wort von ES.

»Ein Schiff oder eine Flotte, das kommt aufs gleiche hinaus«, sagte ich.

Richtig.

»Die andere Möglichkeit erschreckt mich ebenso wie deine Version der Kolonie.«

Also doch. Furcht vor dem Bleiben. Angst vor unzähligen neuen Schlafperioden?

»Ja. Angst davor, immer wieder das eigene Scheitern eingestehen zu müssen.«

Jedes Scheitern Atlans ist ein neuer Schritt der Höher-Entwicklung. Ich weiß es besser. Ich sehe mehr von dieser Welt als du. Und ich kenne das Werden und Vergehen von Planetenvölkern, sogar von Sternenreichen, besser als du, glaub mir.

Ich schluckte und knurrte: »Dir glaube ich es. Ich soll also allein bleiben, weitermachen, immer wieder dich und den Planeten verfluchen und dessen uneinsichtige Bewohner?«

Machten sie es dir leichter, würdest du sie verachten!

ES las in meiner Seele, wie ich in jenem kuriosen Buch, das Arconrik gefunden hatte. Wußte er alles?

»Und die Mädchen, die Frauen? Narnia! Sie altert an meiner Seite, während ich noch in Jahrtausenden aussehe wie ein fünfunddreißigjähriger Mensch! Glaubst du, daß ich es nicht sehe und erlebe?«

Du verrätst dein Denken. Du bist Arkonide, nicht Mensch!

Wieder drohte sein lautes Lachen meine Schädeldecke zu zersplittern. Ich griff halbblind nach dem Wein und verschüttete Tropfen auf meine Knie. Ich merkte erst jetzt, daß ich schwitzte und gleichzeitig fröstelte.

»Nun? Antworte! Was soll ich tun?«

Mit den Töchtern des Landes? Diese Frage kann ich dir nicht beantworten. Nichts ist dagegen zu sagen, Narnia und Usha Tizia die nächsten zweitausend Terra-Jahre mitzunehmen. Wenn du noch zwanzigmal in aller Welt Zahnräder, Astronomie und Metallverarbeitung neu erfindest und staatslehrende Vorträge und Beispiele gibst, sind sie rund sechzig Jahre alt. Älter, als sie je hätten werden können – du weißt, warum.

»Ich weiß.«

Ich leerte den Becher und machte einen neuen gedanklichen Vorstoß, aus Panik und Verzweiflung geboren.

»Ich werde also die Flotte rufen. Eine kleine Flotte für eine erste Handelsniederlassung. Wie die Karthager auf Sardinia. Einverstanden?«

Warum nicht? Ich lasse dir die Wahl.

Unterstellte ich, daß ES im Ernst antwortete, so war dies ein Wunder. Ich hatte ein Verbot erwartet und nichts anderes.

»Du läßt mir die Wahl?«

Ich hasse es, mich zu wiederholen. Tu, was du für richtig hältst.

»Und ... wenn genau das geschieht, was wir ahnen, wer ist dann schuld?« fragte ich beklommen.

Eine Schuldfrage wird nicht diskutiert. Es geschieht, was geschehen muß.

»Keine Strafe für mich?«

Wie könnte ich den Hüter der Menschheit strafen, wenn er aus Furcht und falsch verstandenem Verantwortungsgefühl handelt. Ich könnte es schlimmstenfalls bedauern.

»ES zeigt eine nie erlebte Großzügigkeit!« sagte ich herausfordernd.

»ES beweist seine Großzügigkeit unter anderem dadurch, daß ES dir in jeder Hinsicht hilft. Seine Interessen sind deine und umgekehrt.

»ES ist nicht allmächtig.«

Nein. Fordere aber in Zukunft, was du brauchst, und ich helfe dir. Ohne Bedingungen.

»Was sage ich meinen Freunden, wenn sie mich fragen, was ich aus ›meinem fernen Land‹ mitgebracht habe?«

Die Wahrheit. Sag ihnen, daß dem geholfen wird, der sich selbst hilft, denn das ist das unumstößliche Gesetz einer jeden Entwicklung. Du kannst deine verständliche Enttäuschung in verdoppelte Anstrengungen umsetzen. Aber am Ende hast du eine Menschheit, an deren Spitze du nach Arkon zurückfliegen kannst. Dann kannst du mit Recht sagen: Ich war dafür verantwortlich, daß letzten Endes meine Barbaren eine beispiellose Evolution selbst vorangetragen haben.

Ich dachte über die Zahlen nach, die er genannt hatte.

»Willigst du in einen Kompromiß ein?« fragte ich nach langer Pause. ES wurde ungeduldig, das spürte ich.

Nur Kompromisse machen das Leben möglich.

»Ich verzichte jetzt darauf, einen Hyerfunkspruch nach Arkon abzustrahlen.«

Einverstanden. Weiter ...?

»Mit dem kleinen Raumschiff bin ich in ein paar Stunden wieder hier. Ich habe also jederzeit die Möglichkeit, zurückzukehren und zu funken.«

Nicht, wenn widrige Umstände den Apparat zerstören. In die Kuppel kannst du ihn nicht mitnehmen; zu groß.

»Normale Funkwellen durchdringen die Venuswolken nicht. Ich nehme ein Hyperfunkgerät mit. Damit erreiche ich den Kommandanten. Er strahlt einen vorher festgelegten Spruch ab.«

Was könnte ich dagegen tun?

»Vieles. Zerstören, blockieren – so wie meine Erinnerungen. Ich habe keine Sicherheiten.«

Ein Risiko, das dir geläufig ist. Du warst schon ein dutzendmal dem Tode nahe.

»Auch wahr. Eines aber gebe ich zu bedenken: Sterbe ich, dann verliert Terra seinen Beschützer. Wobei ich ausdrücklich eingestehe, daß dieser Schutz fragwürdig ist.«

Ich werde mehr als ein Auge auf dich haben.

»Das weiß ich zu schätzen. Mein Flug und meine Todesangst – ich übertreibe nicht – waren umsonst. Ich werde jetzt keinen Ruf absenden.«

Umsonst? Vergeblich? Nutzlos? Du denkst nicht scharf genug. Nur hier konntest du wirklich erkennen, wie die Wahrheit aussieht. Nicht in der Tiefseekuppel, nicht in der Oase, nicht in den Armen der Barbarin. Nur hier, heute und jetzt.

»Und mit deiner gütigen Unterstützung!«

Nein. Auch ohne. Ich war nur didaktisch tätig. Selbst deine Gedanken brauchen die Sicherheit eines begangenen Pfades.

»Du kennst mich gut, ES!«

Wäre dies nicht so, würde ich dir nicht einen Planeten als Spielfeld für eine Auseinandersetzung von entscheidender Wichtigkeit überlassen. Die Barbaren werden eines fernen Tages von großer Wichtigkeit sein. Nicht alle! Nur bestimmte Menschen, die berufen sind. So wie du berufen bist. Sie wissen es nicht. Auch dann, wenn es soweit ist, werden sie es nur schwer begreifen. Du, Arkonide Atlan, Mann der tausend Masken, weißt es. Richte dich danach. Du hast den besten Freund, den diese Welt kennt – mich.

Eine tiefe Pause aus lastendem Schweigen entstand. Dann meldete sich ES noch einmal. ES klang ärgerlich, als gräme ES sich darüber, sich mir gegenüber so weit vorgewagt zu haben. Aber in Wirklichkeit hatte ES kaum etwas preisgegeben.

Du verstehst sicher, daß ich meine Aufmerksamkeit wieder anderen wichtigen Dingen zuwende!

Das Gigantengelächter und der Widerhall in meinem Kopf machten mich beinahe bewußtlos. Ich sank in den Kontursessel zurück und wußte, daß die entscheidende Unterhaltung für alle Zeiten vorüber war.

»Jawohl«, murmelte ich. »Ich werde mich danach richten.«

Ich blieb ziemlich lange allein und hörte die Musik wie durch einen Filter. Die Frage des Überlebens war keineswegs geklärt; wie könnte sie es auch sein. Weder meine noch die der Planetarier. Wie lange die Zeit auch dauern mochte, bis sie dieses nur von mir erträumte Raumschiff erbauen konnten, um damit ihre wahre Bestimmung antreten zu können: Ich war dabei. Ich würde weiter leiden, kämpfen, lehren und lernen – und leben. Ebenso hellsichtig oder blind wie bisher, dem Zufall ausgeliefert. Aber das würde ebenso sein, selbst wenn die Arkoniden auf Terra landeten. Nur ein gradueller Unterschied. Ich hatte mich entschlossen. Es war, als ob ein elektrischer Schlag durch meinen Körper führe. Ich stand auf; alle Unsicherheit war plötzlich von mir abgefallen.

»Kommandant! Fahre den Sender wieder ein. Der Funkspruch geht nicht ab. Ich werde später genauere und andere Befehle geben.«

»Ausgeführt. Hast du bereits andere Wünsche?«

»Noch nicht. In deinen Magazinen sind kleine, tragbare Hypersender, die ich vom dritten Planeten aus benutzen kann, um mit dir in Verbindung zu treten?«

»Mehrere Stücke verschiedener Leistungsgruppen.«

»Suche das beste für diesen Zweck heraus und lasse es in die Nutzlast der neuen LARSAF ZWEI:DREI packen. So nenne ich das kleine Raumschiff.«

»Verstanden. Ausführung beginnt.«

Alles war entschieden. Ich wandte mich anderen Dingen zu. Mit wechselnden Transportmitteln fuhr ich durch die Gänge und ließ mir Magazine und die einmalig gut ausgerüsteten Reparatur- und Montagehallen zeigen, rief Listen der Vorräte ab und suchte dies und jenes zusätzlich zu Ricos Bedarf heraus. Arkonidische Musik, gespeicherte Holografien von Kunstwerken und Landschaftsansichten der Arkon-Planeten beispielsweise.

Ich erfuhr, was ich angenommen hatte: Die Venusstation konnte kein Interstellar-Raumschiff bauen, nicht einmal ein vergleichsweise so primitives, wie es meine erste LARSAF gewesen war. Fast einen Tag lang verbrachte ich in dem Labyrinth, das nur für mich wieder zu trügerischem Leben erweckt wurde.

Dann stand ich vor der LARSAF ZWEI:DREI. Ein Heer von Spezialmaschinen arbeitete daran. Die Ähnlichkeit mit dem alten Schiff, das bereits halb abgewrackt war, wuchs zusehends. Einige Unterschiede gab es natürlich: Die Form war anders und viel eleganter. Die neue LARSAF unterschied sich von der anderen wie ein Floß von einem phönizischen Schnellsegler.

Die Roboter waren so exzellent programmiert, daß sie sogar die asymmetrischen, also nicht genau spiegelbildlich gleichen Verzierungen originalgetreu kopierten. Der Laderaum war weit offen, und unzählige Pakete wurden nach dem optimalen Schema der Raumausnutzung hineingestapelt und festgezurrt. Eben brachte eine Schwebeplattform die Dinge heran, die ich ausgesucht hatte – auch sie bruchsicher verpackt.

»Ihr seid ganz vorzüglich!« sagte ich gutgelaunt. »Am liebsten würde ich euch alle mitnehmen.«

Ich erhielt keine Antwort, und die Maschinen arbeiteten summend und klickend wie riesige, unendlich betriebsame Insekten weiter. Prüfend ging mein Blick über die Inneneinrichtung der Pilotenkabine. Ich konnte die Mechanik des Sitzes erkennen, die Instrumente und Schaltungen des Impulstriebwerkes erschienen mir bereits etwas weniger gut bekannt.

»Kommandant!« rief ich, als ich wieder auf der hydraulischen Plattform stand. »Hörst du mich?«

»Selbstverständlich. Neue Anordnungen?«

»Ich brauche einen schnellen Schulungskurs für das Schiff. Ich kann mich nicht erinnern, jemals diesen Typ geflogen zu haben. Zur Sicherheit.«

»Intensive Hypno-Schnellschulung, Gebieter Atlan?«

»Einverstanden.«

»Dann folge dem Gruppenroboter.«

Ich wurde in einen weit entfernten Raum geführt. Dort legte ich mich in den ausgeklappten Sitz, wurde mit metallenen Klammern festgehalten und mußte die Finger in bequeme Hülsen stecken.

In der Atemluft waren entspannende medikamentöse Gase enthalten. Der Sitz hob sich in die richtige Position, von allen Seiten glitten die Teile heran, die zusammengesetzt die komplette Pilotenkabine ergaben. Der Helm des sensopsychologischen Schulungsgeräts senkte sich über meinen Kopf. Eine Art gesteuerter, außerordentlich intensiver Traum fing an. Ich erlebte mehrere Starts, Flüge und Landungen mit, betätigte die entsprechenden Schaltungen und erfuhr die Reparaturmöglichkeiten im Fall des Versagens einzelner Bordsysteme.

Ich wußte, daß ein positronisches Testprotokoll geführt wurde. Überall dort, wo ich nicht hundertprozentig richtig reagierte, zwang mich der »Traum« in eine Wiederholung. Einige Stunden später hatte ich, ohne mich eine Handbreit von der Stelle gerührt zu haben, die Bedienung der blitzend neuen LARSAF ZWEI:DREI perfekt gelernt. Die vielfältige Mechanik klappte und fuhr summend auseinander, der Helm hob sich, und die metallenen Führungselemente für meine Glieder gaben mich wieder frei. Regungslos stand der Gruppenrobot da und sagte schließlich:

»Sicher wünschst du dich zur Erholung in die Zentrale zurückzuziehen?«

»Ich habe nichts dagegen. Wie weit ist der Umbau?«

»In drei Stunden ist die LARSAF startklar.«

»Verstanden. Bring mich zurück.«

Eine Schwebeplattform mit zwei Sitzen wartete bereits. Ich betrat wieder das vollkommen-provisorische Heim, das der Kommandant nur für mich errichtet hatte.

Meine Stimmung war völlig umgeschlagen. Die Unsicherheit gab es nicht mehr. In dem Augenblick, in dem ich mich selbst mit den Überlegungen meines Unterbewußtseins ertappte, hatte ich alle Einschränkungen vergessen und widmete mich jetzt, da ich mit der Zukunft leidlich versöhnt war, wieder mit aller Kraft der Gegenwart. Die Ladung, die ich zurückflog, war wichtig, aber fürs Überleben nicht unbedingt nötig. Sie würde Arconrik und mir das Erkennen der Vorgänge auf dem Planeten und das Handeln erleichtern. Nötigenfalls konnte ich mit der neuen LARSAF andere Planeten anfliegen. Daß dieses unendlich wertvolle Schiff nur in der Oase versteckt werden konnte, wußte ich schon jetzt mit unumstößlicher Gewißheit.

Ich schloß die Augen und lehnte mich zurück, schlief einige Stunden und ordnete an, für den Flug ein Programm zusammenzustellen und in den Autopiloten zu programmieren. Nach einigen Rückfragen hatte der Kommandant die Position von Terra beim Abflug und konnte aus anderen Angaben den ungefähren Standort mühelos errechnen.

»Ich habe den Start einbeziehen müssen. Er erfolgt in zwei Stunden. Bist du einverstanden?« meldete sich der Computer.

»Ja. Gibt es für dich bis zu meiner nächsten Ankunft Probleme?«

Sofort antwortete der Kommandant:

»Für meine gespeicherten Informationen besteht folgende Unsicherheit: Es wurde dokumentiert, daß du nach mehreren Jahrtausenden in den gegenwärtigen Tagen hier die Befehlsgewalt übernommen hast. Sollen diese Informationen gesperrt werden? Darf ich sie offen klarlegen?«

»Schwierige Frage«, überlegte ich laut. »Sollten hier einzelne Arkoniden landen und gezielt nach mir fragen, darfst du ihnen meinen Aufenthaltsort verraten.«

»Du bedenkst, daß mehr als achttausend Umläufe vergangen sind?«

»Eben darum. Es ist vorstellbar«, entgegnete ich nach langem Überlegen, »daß ein Arkonide gezielt in den Aufzeichnungen Arkons sucht. Alle anderen sind mit allergrößter Skepsis zu betrachten.«

»Wie verhält es sich mit nichtarkonidischen Eindringlingen?«

»Wahrscheinlich ist jeder als potentieller Feind anzusehen. Die Unterscheidung überlasse ich dir.«

»Akzeptiert. Die von dir so genannte Venus-Station wird also in ständiger Funktionsbereitschaft gehalten.«

»Mit gedrosseltem Aufwand, versteht sich.«

Schon jetzt begann ich mich auf die Landung zu freuen, genauer gesagt, auf Narnia, Arconrik, Khach't, Usha und den Geparden Xandar mit schwarzgoldenem Fell. Gleichzeitig erkannte ich, daß meine selbstgestellte Aufgabe wieder einmal abrupt beendet worden war. Uns blieb nur übrig, die neue LARSAF zukunftssicher zu verstecken.

»In einer vorstellbaren Notlage benutze ich den Hypersender. Du erhältst dann klare Befehle. Es kann Jahrhunderte oder tausend Jahre dauern«, meinte ich.

»Zeit ist für mich ein irrelevanter Faktor«, bestätigte der Kommandant.

»Für mich leider nicht«, knurrte ich. »Ich werde also in zwei Stunden deine Gastfreundschaft nicht mehr länger beanspruchen.«

Ich fing an, meine wenigen Habseligkeiten so zu verstauen, daß sie einen Raumflug im engen Cockpit überstanden. Die Roboter brachten mir einige Kleidungsstücke aus den Magazinen, halfen mir in den Raumanzug und testeten die Versorgungssysteme. Ich befahl, die Funkgeräte des Schiffes mit den Frequenzen abzustimmen, die ich auf dem ersten Teil des Fluges verwendet hatte.

»Das Raumfahrzeug ist einem halbstündigen Testlauf unterzogen worden. Alle Systeme funktionieren einwandfrei.«

»Ich erwartete nichts anderes«, sagte ich. »Bringt mich in den Hangar.«

Als ich mich vom Sitz der schwebenden Plattform in den des Schienengleitwagens bringen ließ, sah ich bereits, wie ein kleines Heer von Robotern die Spuren meiner Anwesenheit zu beseitigen begann. Roboter halfen mir auch in das Cockpit des Raumjägers, befestigten die Gurte und warteten, bis ich die Kanzel geschlossen und verriegelt hatte. Ich regelte die Luftversorgung ein, testete die Abblendautomatik, befestigte den Helm neben mir und legte die Anzughandschuhe ab.

Farbige Scheinwerfer und markerschütternde Dröhner-Signale bereiten mich vor. Die Roboter verschwanden. Lichtreflexe funkelten auf den verzierten Tragflächen und dem spitzen Bug. Die mächtigen Flügel der Hangartore öffneten sich für mich geräuschlos. Ich aktivierte die Antriebseinheiten, klappte die Landestützen aus und wieder ein, nachdem die Antigravplatten die LARSAF hatten aufsteigen lassen. Dann schwebte das Gefährt vorwärts, hinaus aus dem starken Licht der Flutstrahler und in das Zwielicht der Venus hinein.

Ohne Schwierigkeiten stieg ich höher, vergrößerte die Geschwindigkeit und fühlte den Druck des Auftriebs auf dem Steuerruder.

Schwarze Wolken wurden vom Sturm auf die Berghänge zugetrieben. Gewaltige Wassermassen mischten sich mit aufsteigendem Dampf. Das spindelförmige Gefährt wurde schneller und raste mitten in die Flut aus farbigem Regen hinein. Nach einigen Augenblicken schaltete ich die Antigravhilfen aus und gab zwei Drittel des Schubes auf das Triebwerk. Wie ein Geschoß orgelte das Raumschiffchen schräg, dann immer steiler, mit mehr als einer Einheit Beschleunigung, durch die tobenden Wolkenmassen. Die Hydraulik verhinderte, daß die harten Schläge von Verwindungsklappen, Querruder und Höhenruder bis auf die Griffe der Halbrad-Steuerung durchkamen.

Ein letzter Funkspruch erreichte mich. Aus den Kabinenlautsprechern drang die Mitteilung, daß ich mich auf dem vorprogrammierten Startkurs befand und die Abweichung tolerierbar gering war.

»Ich danke«, antwortete ich und schob die Geschwindigkeitshebel bis zum Anschlag vor. Der Regen hörte auf, die Wolkenmassen wurden dünner, der Außendruck sank rapide ab. Ich hatte nicht einmal die automatischen Andruck-Ausgleicher oder die Feldenergie-Schutzfelder der LARSAF eingeschaltet. Die wirbelnden, wilden Wolken wurden dünner als Nebel, und das Sonnenlicht verwandelte den Dunst in ein Medium von unvergleichlicher, strahlender Schönheit. Ich schloß die Augen, und der Partikelstrahl der Triebwerke, in die zusätzliche Stützmasse eingeblasen wurde, schob das Raumschiff in gerader Linie aus der Gashülle und der Anziehungskraft des zweiten Planeten hinaus.

Ich verließ den Bereich der obersten Atmosphäre. Die transparenten Flächen der Kuppel verdunkelten sich in dem Maß, in dem die Grelle des Sonnenlichts zunahm. Ich entspannte mich, raste eine Zeitlang direkt auf die Sonne zu und kippte dann den auffälligen Schalter, der den Autopiloten aktivierte. Das Raumboot machte eine Ausweichbewegung und richtete die nadelfeine Spitze auf den noch unsichtbaren Planeten Terra.

Wieder ein Schalterdruck. Ein Bildschirm zeigte mir zuerst einen Ausschnitt, dann eine sich ständig verkleinernde Kugeloberfläche, die sich schließlich, nach der beendeten Kurskorrektur, in einen knapp halb ausgeleuchteten Ball verwandelte. Nach langer Zeit meldete sich wieder der Logiksektor: *Die sogenannte Venus liegt hinter dir. Nicht nur in physika-*

lischem Sinn, sondern auch tief in deinen Gedanken. Du bist zum halben Terra-Barbaren geworden.

»So wird es wohl sein!«

Der Kleincomputer, der den Kurs kontrollierte, setzte die Geschwindigkeit herunter, schaltete das Funkgerät ein – wir brauchten den Satelliten nicht mehr! –, regelte die Wärme- und Luftversorgung, steuerte präzise den dritten Planeten auf der rechnerisch ermittelten Position seiner kreisförmigen Bahn an, richtete die Ortungsantennen auf diesen Punkt und zeigte mir auf einem zweiten Display die stufenlosen Vergrößerungen des Planeten, dem wir uns in mittlerweile drittellichtschnellem Flug näherten.

Ich bereitete die Kamera vor. Sie schaffte ein halbes Tausend Aufnahmen pro arkonidischer Kleinst-Zeiteinheit, arbeitete auch im Randgebiet des Spektrums, jenseits von Rot und Violett und lieferte Bilder und Detailvergrößerungen auf fertig versiegelter Folie. Noch brauchte ich sie nicht, aber die Gelegenheit, den Wunderapparat auszuprobieren, war in wenigen Augenblicken da. Endlich entschloß ich mich, Narnia zu erschrecken. Ich nahm das Mikrofon, bog es herum und rief Rico.

»Gebie ... Atlan! Wo befindest du dich? Ich empfange dich in ungewöhnlicher Klarheit!«

»Ich bin mit einem arkonidischen Raumjäger auf dem Rückflug. Ich werde mindestens zweimal um unseren Planeten kreisen und jede Menge Höhenbilder anfertigen. Ich bin in bester Stimmung. Die Landung war sensationell leicht. Von dir brauche ich nichts anderes als einen stärkstmöglichen Peilimpuls.«

»Ich begreife. Das Venus-Rechengehirn gehorchte den Befehlen des Arkoniden.«

»Es hatte alle Möglichkeiten, das Optimale herzustellen oder zu liefern. Ich melde mich wieder. Bleib auf Empfang.«

»Ich verständige Narnia noch nicht. Sie schläft. Ich erwarte dich.«

»Verstanden. Ende.«

Vor mir, größer werdend und von herrlicher Farbenpracht, stand Terra im Weltraum. Der gelbweiße Stern befand sich in meinem Rücken. Einsam und verloren schwang sich der Mond hinter der Krümmung des Planeten hervor. Die Milchstraße teilte den Himmel, und wieder überwältigte mich der Anblick der unzähligen Sterne. Der Flug dauerte nur einen Bruchteil der Zeit, die ich in dem bronzenen Zylinder verbracht hatte. Trotzdem oder gerade deswegen hatte ich den Hinflug genossen. Der Rückflug war nur noch der technische Vollzug einer einmalig kühnen Idee.

Zweimal umkreiste ich auf unterschiedlichen Bahnen Larsaf-3. Unaufhörlich klickte und summte die Höchstleistungskamera. Das Magazin füllte sich mit ineinandergreifenden Bildern in jeweils drei Variationen.

Meere, treibende Eisberge, endlose Küsten, Sturmwolken, Sonnenaufgänge und schattenarmes Licht am Mittag, endlose Kontinente voller

Wüsten, Wälder und Weiden, winzige Siedlungen der Menschen, die ameisenhaft kleinen Linien vergleichsweise gigantischer Karawanen und einzelne Schiffe mit weißem Kielwasser – unaufhörlich wechselten die Bilder. Welch ein herrlicher Planet!

Es lohnt sich, sagte der Extrasinn, *für diese Barbarenwelt Jahrhunderte lang zu leiden und zu schlafen.*

Wie schon so oft in meinem Leben hatte ich die Wahl, jedes gegenwärtige und voraussichtlich zukünftige Problem mit den Mitteln von Erinnerung, Erfahrung und rationaler Überlegenheit zu analysieren und einer Lösung zuzuführen. Ich erinnerte mich daran, wie ich als arkonidischer Admiral gewohnt war, zu befehlen und die Dinge schnellstmöglich zu lösen. Während die LARSAF in einen triebwerkunterstützten Segelflug überging und einen riesigen Kreis über die Mitte des östlichen Africa zog, während die Kamera in langsamerer Frequenz arbeitete, schwor ich mir, in Zukunft mehr die großen Schritte der möglichen Entwicklung zu betreiben und zu versuchen, unter mehreren Millionen Individuen mich nicht um jeden einzelnen Barbaren gleich intensiv zu kümmern. Zusammen mit Arconrik und meinen leistungsfähigen Helfern, ob es Menschen waren oder Maschinen, war ich stark. Stärker als jeder andere. Die Fesseln indessen, mit denen die Starken festgehalten wurden, waren kaum zu zerbrechen. Aber damit konnte ich leben.

Die Barchane, Sicheldünen, die geschwungenen Grate, die Riffelung und die Schatten der Sandberge gingen in das erste spärliche Grün über. Blau schimmerte das Wasser des Flusses. Die Oase lag mit ihrem saftigen Grün, den Kanälen und Seen unter mir, und ich kippte das Raumboot in die letzte Kurve. Die Luft heulte um die Tragflächen. Ich schaltete die Antigravelemente ein und landete in langsamem Flug genau auf der sandigen Fläche vor den Hallentoren; tief drückten sich die eckigen Flächen der Landeteller ein.

Die Leiter schob sich summend schräg nach unten, als ich die Kabinenverkleidung nach oben klappte. Mir schien, als kämen jetzt alle eineinhalbtausend Bewohner der Oase auf das Raumboot zugerannt, als ich im schweren Schutzanzug herunterkletterte und Narnia in die Arme schloß, noch ehe die Klappen über dem Laderaum voll ausgefahren waren.

»Kommt die Flotte von Arkon? Hast du den Notruf abgestrahlt?« fragte der Robot. Die Freunde aus der Oase betasteten scheu und aufgeregt die funkelnden Teile der metallenen Außenhülle.

»Warum fragst du?«

Ich streichelte Narnias Haar und ihre Schultern. Neben Rico stand Usha und strahlte mich mit schneeweißen Zähnen an. Dieses Gefühl, heimgekehrt zu sein, hatte ich im Bereich der Venusanlage nicht einen

Atemzug lang gehabt. Ich zog, auf einer Holzbank sitzend, die schweren Stiefel aus.

»Freunde!« rief ich laut und breitete die Arme aus. »Holt Wein! Andere Zeiten fangen für uns an!«

»Ich entnehme deiner übertriebenen Fröhlichkeit«, sagte Arconrik, während ich den Raumanzug an den Nähten öffnete und herausschlüpfte, »daß du die mächtige Arkon-Hilfsflotte *nicht* gerufen hast.«

Ich versuchte, meine Verblüffung zu unterdrücken.

»Woher willst du das wissen?«

»Ich habe es ausgerechnet. Du weißt, daß meine Berechnungen bisher stimmig waren. Warum sollte es in diesem Fall anders sein?«

»Du mußt klüger sein als ich«, brummte ich versöhnlich. »Kümmere dich lieber um die Ladung und um zehntausend Fotos. Es geht weiter wie bisher, Arconrik, aber ganz anders!«

Als ich den Kopf hob, sah ich die halbmechanischen Falken Khach'ts über der Szene ihre engen Kreise fliegen. Der Falkner schob sich, ein breites Grinsen in seinen faltigen Gesichtszügen, durch die aufgeregte Menge.

»Willkommen, Gehilfe von ES!« sagte er unterdrückt und schüttelte meine Hand. »Ich bin von ES verständigt worden. Ihr seid, augenscheinlich, miteinander klargekommen.«

»So kann man es auch sehen«, brummte ich und schlüpfte in meine gewohnte Kleidung. »Aber das alles ist sehr viel später zu besprechen. Ja, Freunde, ich habe das ferne Land erreicht. Ich werde euch berichten, was ich erlebt habe. Laßt mich zuerst in mein Haus zurückgehen und mit Arconrik und Narnia und Usha alles bereden.«

Jemand hatte aus dem Haus meinen Pokal geholt und voll rotem Wein zurückgebracht. Ich nahm einen tiefen Schluck und blickte in begeisterte Gesichter. Schon jetzt war es mir, als hätte ich für diese Barbarenwelt ein neues Kapitel aufgeschlagen. Die Taten des wandernden Mannes – sie würden anders aussehen. Wie? Ich wußte es nicht. Noch nicht.

Viele Bewohner begleiteten uns zurück zu unserem Haus aus Basaltquadern. Ich fühlte mich, obwohl der Flug fast ein Kinderspiel gewesen war, erschöpft und überfordert. Kinder und einige Erwachsene trugen meine Ausrüstung hinterher.

»Wie war es? Schlimm? Hast du gelitten?« fragte Narnia, ihren Arm um meine Hüfte. Ich schüttelte den Kopf.

»Die meisten Gefahren waren eingebildet. Der Flug durch die schwarzen Wolken war nicht ungefährlich. Aber Ricos großer Bruder auf der anderen Welt erkannte mich und half mir.«

»Es ist ein anderes Sternenschiff, nicht wahr?« fragte Usha. Wir erreichten den Schatten der ersten Bäume.

»Ja. Ein viel besseres. Jetzt ist es zu einer Kostbarkeit geworden. Wir müssen es verstecken wie einen Goldschatz.«

Die verantwortlichen Frauen und Männer der Oase begriffen schnell, daß wir fünf allein sein wollten. Sie drängten die anderen ab und vertrösteten sie auf später.

Ich dachte nicht mehr an ES und die Venusstation, sondern gab mich den irrationalen und gefährlichen Gefühlen eines Heimkehrers hin.

»Wie lange war ich unterwegs?« fragte ich schließlich, als wir auf dem Dach des Hauses unter dem schattenspendenden Sonnensegel saßen. Arconrik entgegnete:

»Drei Stunden weniger als fünfzehn volle Tage, Demetrion. Und, wenn ich sorgfältig meine logischen Nachdenklichkeiten kontrolliere und die Resultate analysiere, dann bin ich mit deiner Entscheidung einverstanden. Die Alternative würde in Hannibal-, Alexander- oder Rom-Aktionen enden. Und dies ist, wie jedermann weiß, nicht in unserem Sinn.«

Ich starrte ihn an. Logische Nachdenklichkciten! Welch eine Wortwahl für eine Maschine. Wir waren wirklich alle schon zu Barbaren geworden, selbst der Roboter.

Wundert dich das – ernstlich? erkundigte sich hämisch der Logiksektor. In den folgenden Stunden schilderte ich Khach't, Arconrik, Narnia und Usha, was ich erlebt hatte und wie mein Herrscher und ich uns entschieden hatten. Es wurde dunkel, und Fledermäuse jagten im wirren Zickzack über dem Leinwandviereck, unter dem Kerzen mit ruhigen Flammen abbrannten. Ich hatte das gegossene Wachs-Talg-Gemisch mit den aus Wollfäden gedrehten Dochten bei dem Volk entdeckt, das vor den Römern in deren Land gelebt hatte und »Etrusci« genannt worden war. Schließlich kam ich zum Schluß und sagte:

»Das bedeutet nichts anderes, als daß Narnia und Usha mit uns noch oft und lange schlafen und wieder diese Welt betreten werden. Das heißt, daß wir zielgerecht vorgehen. Arconrik wird die Zeitpunkte bestimmen. Über die Gründe, deretwegen er uns weckt, wird noch zu reden sein. Und jedesmal, wenn wir in Maske und als seltsame Fremde auftreten, werden wir weniger rücksichtsvoll sein. Der schwächste Punkt bleibt die Oase.«

»Warum?« Khach't streckte seine Hand nach dem Bierbecher aus.

»Weil das Schiff unersetzlich ist. Es muß über die Jahrhunderte oder über Jahrtausende hinweg unangetastet in seinem Versteck ruhen und für uns jederzeit zugänglich sein. Sagt mir nichts über die Neugierde der Barbaren! Suchen die aus der Oase nicht danach, dann werden es andere sein. Von Vernunft verstehen sie nichts, aber wenn es gilt, einen Schatz zu heben, entwickeln sie erstaunliche Kräfte.«

»Das ist zutreffend«, murmelte der Falkner und stand auf. »Gute Nächte. Bevor ihr verschwindet, sprechen wir uns noch.«

»Nimm deine milbenstarrenden Vögel mit!« fauchte ihn Usha an. Ich lachte lauthals; meine Stimmung war kaum mehr zu verbessern. Dies war die Folge eines endgültigen Entschlusses und der – gedanklichen – Wahrscheinlichkeit, die Vorhaben auch auszuführen. Aber im Hintergrund lauerte, wie der wachsame Xandar, auch der Hypersender, die indirekte Verbindung zum arkonidischen Imperium. Ich verdrängte diesen Gedanken rasch und wandte mich, schon halb schläfrig, der Frage Arconriks zu.

»Wir müssen die Oase für mehr als ein Jahrhundert zu einer stabilen Gemeinschaft machen. Wie das im einzelnen zu geschehen hat, ahne ich im Augenblick auch nicht.«

Narnia tröstete mich. »Wir werden es bald herausfinden.«

Vielleicht war es wirklich so, daß die heutigen Menschen die Erben von Siegern im Kampf ums Dasein waren. Daß ich sie bei diesem Kampf unterstützt hatte, blieb nebensächlich. Zum Erbe gehörten aber nicht nur Können, Wissen und Selbstbewußtsein, sondern auch die kollektive Erinnerung an Grausamkeiten und Verhaltensweisen, die sich einst als erfolgreich erwiesen hatten. Es waren Riten und Mythen einzuführen, die einen bestimmten Weg vorzeichneten. Aufgeregt wisperte das Extrahirn: *Das könnte der Weg aus deinen verzweifelten Gedanken sein! Erschaffe mehr und bessere Legenden! Die Taten des wandernden Mannes!*

Möglicherweise hatte der Extrasinn recht. Ich lehnte mich in den kühlen Fellsessel zurück und verkündete mit großartiger Geste: »Ich bin müde. Im Schlaf habe ich oft gute Einfälle. Über diese Zwangsvorstellungen sprechen wir morgen.«

Der beste und nächstliegende Einfall dieser Nacht war, Narnia leidenschaftlich zu umarmen.

Das riesige Loch im Basaltfelsen, der weit in den Fluß hineinragte, wurde tiefer und erreichte langsam die geplanten Ausmaße. Wir versuchten bewußt, Mythen zu schaffen. Arconrik arbeitete nur nachts, zu unterschiedlichen Zeiten und in mondlosen Nächten. Plötzlich, auch für mich meist unerwartet, erscholl der dröhnende Lärm der Desintegratoren. Die Bewohner der Oase wurden erschreckt und sahen nichts und niemanden. Eines Abends besuchten uns Nicetra und Begaspoint; sie war eine würdige, breitleibige Matrone geworden, von deren sieben Kindern fünf überlebt hatten und heranwuchsen. Er war schlanker geworden, mit weißem Haar und kurzem Bart.

»Sie werden unruhig. Angst greift um sich. Euer Tun ist geheimnisvoll, Demetrion«, sagte er und drehte verlegen den Weinbecher. »Was wird sein, wenn es fertig ist?«

»Ein geheimnisvoller Tempel. Ein Grabmal«, grinste ich, »in das niemand eindringen soll, es sei denn, er fürchtet keine Flüche und qualvollen Tod. Euch brauche ich nicht zu sagen, wie wertvoll das neue Schiff aus Bronze ist, das Sternenschiff.«

»Und warum laßt ihr niemanden von uns helfen?«

»Das kommt noch«, versprach Arconrik. »Wir sind erst am Anfang. Du begreifst, worum es geht?«

In zahllosen Gesprächen war von mir geschildert worden, was mein Herrscher auf der fernen Welt entschieden hatte. Sechshundert Frauen und Männer begriffen mehr oder weniger, daß wir langsam unseren nächsten Abschied vorbereiteten. An uns war es, ihnen zu sagen, daß jeder Abschied ein erneutes Erscheinen bedeutete.

»Niemand darf das Sternenschiff antasten. Das wollt ihr doch, nicht wahr?« brummte Begaspoint.

»Niemand und niemals. Nicht unseretwegen«, entgegnete Narnia. »Sondern wegen euch allen. Denke daran, daß unsere Standbilder zwischen den Bäumen an der Straße über euch wachen. Das ist ein Zeichen, das ihr gesetzt habt. Für uns heißt das ...«

»Ein gutes Zeichen«, unterbrach Usha strahlend. »Solch ein Zeichen hinterlassen wir auch mit dem Tempel der Schwarzen Pest.«

»Pest? Schwarz? Ich verstehe nichts.«

»Wartet es ab«, versprach ich mit ernstem Gesicht. »Ihr werdet alles erfahren. So, wie der erste Brunnen aus der Zeit von Beilarx stammt, wird der Tempel auch die Ewigkeiten überdauern.«

»Wer wird dafür sorgen, wenn wir Alten bei den Göttern sind?«

»Oder in der Unterwelt.« Arconrik lachte. »Eure Kinder! Erzieht sie in der Erwartung, daß wir zurückkommen, und dann werden großartige, gewaltige Dinge geschehen.«

»Ihr verlangt nicht gerade wenig«, grollte Begaspoint, einer der fünf Ältesten der Gemeinschaft.

»Wir haben nicht wenig für die Oase unternommen, und wir müssen sicher sein, daß wir wieder als Freunde empfangen werden.«

»Wann?«

»Niemand weiß es«, sagte Narnia. Zwei Handelskarawanen waren unterwegs und wurden zurückerwartet. Die Oase lebte ruhig und wurde von Jahr zu Jahr reicher. Zu ruhig, wußten wir, und zu reich. Ein Schiff war nach Berenike ausgelaufen.

»Wie lange bleibt ihr noch bei uns?«

»Auch das weiß niemand, am allerwenigsten wir selbst«, antwortete ich. »In drei Tagen werdet ihr unsere Gäste sein: Gutnacan, Tilnemu, Oncusind, du und Yatnadl und ein paar andere. Kein großes Fest, sondern ein paar gute Worte zwischen guten Freunden.«

Wir saßen auf der Terrasse, die zum Fluß hinaus gebaut war. Über uns reckten sich schwere Balken, bis zur Unkenntlichkeit mit dicken Ranken, Blumen und Blüten umwuchert. Völlig übergangslos zuckte hinter dem dreieckigen Felsmassiv ein Blitz auf, drei krachende Donnerschläge erschütterten die Ruhe der frühen Nacht, und dann loderte eine gewaltige Lichtflut zungenförmig in die Höhe. Ich warf Arconrik einen schnellen Blick zu, den er völlig ungerührt zurückgab. Die kalten Flammen wechselten langsam die Farben, zwischen ihnen, direkt vorm regungslosen Spiegel des gestauten Wassers, brodelte leuchtender Rauch nach allen Seiten. Wieder verbreiteten gewaltige Blitze ihr kalkiges Licht. Nicetra sprang auf und wich schrittweise zurück. Sie war entsetzt; andere Bewohner stürzten aus den Häusern und rannten, als sie uns im Licht der Öllampen ruhig sitzen sahen, zum Fluß hinunter.

Ich deutete auf den Felsen, der sich gegen Rauch, Blitze und Feuer in drohender Schwärze abhob.

»Selbst ohne uns ist der Felsen von Geheimnissen umgeben«, sagte ich. »Seltsame Dinge gehen dort vor.«

»Diese göttlichen Erscheinungen gibt es nur, wenn ihr, Freunde, in der Oase wohnt.«

»Es mag sein, daß bestimmte Mächte, größer als wir, uns helfen«, erläuterte Usha. »Keiner von uns kennt alle Sagen, Legenden und Mythen dieser Welt.«

»Nicht einmal ich«, murmelte ich. Selbst den Fischern in ihren Nachen war es kaum möglich, das wahre Ausmaß des Raumschiff-Hangars zu erkennen. Der Eingang lag zu hoch über der Wasserlinie. Langsam erloschen die Flammen, der Nachtwind trieb den Rauch fort. Die erste Aufregung legte sich. Uns überschüttete man mit Fragen, die wir einschlägig zu beantworten versuchten.

Als wieder Ruhe herrschte und wir allein waren, meinte Narnia: »Das ist erst der Anfang. Ich glaube, daß wir noch viel drastischer werden müssen.«

»Einverstanden. Wir haben genügend Zeit.«

Die Höhle wurde erweitert. Zunächst bauten wir kastenförmige Elemente über jeden Teil der Steuerung und versiegelten Instrumente, Schalter und Hebel. Ich startete die LARSAF und flog sie von ihrem Platz vor der Halle bis zum neuen Versteck. Hier bereiteten wir das Objekt für eine lange Zeit des Wartens vor. Dicke Binden voller Fett umgaben die mechanischen Gelenke. Die Steuerung und alles, was sich leicht demontieren ließ, wurde aus den Verbindungen gelöst, die Schrauben und Verschlüsse landeten im Fettbad einer Bronzekiste, die wir zuschweißten. Arconrik stapelte die würfelförmigen Basaltquader auf, während ich mich um die LARSAF kümmerte. Als ich fertig war, verschlossen wir die Halle mit einer Basaltmauer, die zehn Schritt von der Kante des Eingangs entfernt war. Der Roboter bestrich die Fugen und die Oberflächen der Würfel mit dem Thermostrahler und schuf, indem er den Stein schmolz und verglaste, eine scheinbar massive, zumindest schwer zerstörbare Wand.

»Wissen wir, ob hundert Jahre vergehen, zweihundert oder mehr?« fragte ich, als wir nebeneinander auf das Innere der Oase zugingen. »Wir wissen es nicht.«

»Sei beruhigt. Bleibe zuversichtlich, Atlan. Niemand wird mit Bronze- oder gar Eisenwerkzeugen das Schiff zerstören können. Den Antrieb vermag niemand einzuschalten.«

Natürlich hatten wir die Kamera und alle Geräte, die wir brauchen und verwenden konnten, ausgebaut. Ich brachte meine Befürchtungen vor, die in langen Nächten des Nachdenkens geboren worden waren.

»Ich denke weniger an die Leute der Oase, als an andere: Überfälle, Eindringlinge, Räuber und Plünderer.«

»Ein Restrisiko bleibt immer. Aber während ihr schlaft, bewache ich die Oase. Keine Panik, Arkonide.«

»Ich weiß, daß ich mich auf dich verlassen kann.«

Unser Treiben ging so geheimnisvoll wie möglich vor sich. Natürlich lugten Halbwüchsige hinter den Büschen hervor, Erwachsene sahen den einen oder anderen Vorgang, und alle bemerkten das Fehlen des bronzenen Sternenschiffs. Genaues wußte niemand, unsere Absicht war kaum zu erkennen oder zu enträtseln. Die Schmiede und Holzhandwerker arbeiteten an dem großen Schiff, diesem Mittelding zwischen seetüchtigem Boot und Gleiter. Viel war zu reparieren – denn auch das Schiff würde im Versteck bleiben. Fand man es, war der Verlust zu verschmerzen, ein Neubau nur eine Frage der Zeit.

»Wann willst du wieder zurück?« fragte Arconrik unvermittelt.

»In der Regenzeit oder danach«, antwortete ich. »ES läßt uns in Zukunft freie Hand.«

»Aber ES wird weiterhin über deine Erinnerungen wachen und meine Speicher manipulieren.«

»Damit müssen wir rechnen.«

Alle Kinder der Oase lernten schreiben und lesen, kannten Landkarten der näheren Umgebung und gingen bei den Handwerkern in die Lehre. Die Kanäle hatten eine maximale Länge erreicht, die kleinen Seen überbrückten mit ihren Reserven die Monde der Trockenheit. Noch immer schützte eine riesige Wüste die Oase. Die Ernten waren reich, die Schädlinge ruinierten nur wenig. Steinmetze, Schmiede, die Frauen und Männer an den Ton-Drehscheiben und die Holzschnitzer kannten fast alle Geheimnisse ihrer handwerklichen Künste. Noch war die Zufriedenheit nicht in Übersättigung, Langeweile und Aggression umgeschlagen. Die Handelsfahrten bildeten ein Ventil und sorgten für neue Gesichter in der Oase. Geburten und Begräbnisse hielten einander die Waage. Uns war daran gelegen, die Oase endlos lange in diesem Zustand zu halten. Das war, nach allen unseren Erfahrungen, unmöglich – nichts war ewig auf dem Barbarenplaneten. Unser Haus bildete nach wie vor ein Zentrum des Lebens, der Begegnung und der Gastlichkeit. Uns alle aber plagte eine unerklärliche Unruhe, eine gewisse Nervosität, die nach einem Ausbruch suchte.

»Auch Khach't macht mir Sorgen«, sagte ich zu Narnia. Wir waren damit fertig geworden, einen seewasser- und druckfesten Container mit meinen Mitbringseln von der Venus, den demontierten Geräten der LARSAF und etlichen Andenken zu füllen. »Vor meinem Abflug sah er aus, als stürbe er binnen Tagen. Jetzt wirkt er, als habe er ein Lebenselixier erhalten.«

»Vielleicht braucht ihn ES noch«, gab sie zu bedenken. »Geistert auch durch deine Überlegungen die Frage, wie es in der Welt weit von der Oase entfernt zugeht?«

»Diese Erörterung hatte ich mir für die kommenden Tage vorgenommen«, erwiderte ich. »Zuerst das Fest mit unseren Freunden.«

Alte karthagische Götzen, eine Handvoll griechischer Olympier und etliche Römer-Gottheiten sowie ein wirrer Wust von Irrglauben und pandämonischer Vorschriften prägten die Götterwelt der Oasenbewohner. Ich ahnte, daß wir auf diesem Umweg etwas zur Sicherung des vergrabenen Schatzes tun konnten. Usha Tizia, selbstbewußt wie nie zuvor, denn sie hatte den Erfolg der Anstrengungen kennengelernt, hob beide Hände mit den helleren Handflächen.

»Mit Wein, Bier und Braten schafft man sich Freunde und erhält sie«, sagte sie halb lachend, halb tiefernst. »Aber Mythen entstehen nicht auf diese Weise.«

»Warte es ab, meine dunkle Taube«, sagte Arconrik und deutete mit langem Zeigefinger auf sie. »Demetrion und ich werden nicht umsonst die Meister der Überraschungen genannt.«

Ich hatte keine Ahnung, was er plante. In den folgenden Tagen wuchteten wir mit Hilfe von Antigravgreifern die Blöcke aus dem Wasser, die bei den ersten Trennschnitten aus der Felswand gefallen waren. Wir stapelten sie unmittelbar vor der Schnittkante nebeneinander und übereinander. Ich zermarterte mir den Verstand, ob wir diese kleine Kammer füllen sollten: mit Gold, gebleichten Knochen, Fischgräten oder irgendwelchen Giften. Ich blieb bis zuletzt unschlüssig.

»Nein« sagte ich, als Arconrik begann, den Fels schmelzend zu verglasen. »Halt! Ich weiß, was wir tun.«

Eine Zeichnung entstand. Gleichzeitig fertigte Arconrik nachts in einer Schmiede drei Dutzend verschieden großer konkaver Spiegel aus Arkonstahl an. Übergangslos entstand aus der natürlichen und der »gemauerten« Felswand eine riesige, drohende, schauerliche Fratze, sieben Männer hoch und vier breit. Ihre Augen, die Nasenlöcher und das Innere eines grimmig aufgerissenen, zahnbewehrten Mundes wurden mit den Spiegeln ausgefüllt. Sonnenstrahlen fingen sich und wurden gebündelt. Zu jeder Tageszeit nach dem frühen Mittag bis zum frühen Abend sandte das scharfgebündelte Sonnenlicht fast tödliche, zerstörerische Strahlen ins Wasser, auf die Felsen des gegenüberliegenden Ufers und hoch hinauf ins Land – Arconrik hatte eine meisterliche Berechnung vorgenommen, die keinen Schaden anrichtete und jeden, der den Felsen erklettern wollte, erschreckte und verbrannte.

»Mehr Sicherheit werden wir nie haben«, sagten übereinstimmend Usha und Narnia. »Hört endlich auf, weitere Fallen und Wunder zu ersinnen.«

Ich war inzwischen selbst davon überzeugt, daß die LARSAF ZWEI:DREI sicher versteckt war.

An diesem Abend waren sie alle zu unserem Fest eingeladen. Es wurde die übliche Verschwendung betrieben.

Der Dorfplatz wurde durch die Glühfadenlampen beleuchtet. Fässer,

Krüge, Tische und Sessel, Hocker und Stühle, sämtliche Köstlichkeiten aus den Schlächtereien, den Küchen und den Räucherkammern, die Musik der dunkelhäutigen Kinder schwarzer Sklaven, die weißgescheuerten Tische, an denen unsere engsten Freunde und wir saßen, die milde Nacht voller Zikaden, Glühwürmchen und Sterne – das Fest begann zögernd, steigerte sich mit zunehmender Trunkenheit in den erwarteten Taumel; schließlich erschien Khach't, seine Finger um die Hüfte einer unbekannten Schönheit mit langem schwarzem Haar gekrallt. Er sah um Jahre, wenn nicht Jahrzehnte jünger aus.

»Lustgreis«, sagte ich leise zu ihm und reichte ihm einen Becher. »Mit deinem schlohweißen Haar solltest du besser die Hirten erschrecken.«

Der wahnwitzige Falkner, Geschöpf von ES, Wächter der Oase, lachte laut und sarkastisch.

»Mehr Ehrfurcht, Junge!« sagte er schließlich. »Ich weiß alles. Wir alle sind Werkzeuge. Es wird schrecklicher enden, als wir ahnen. Nützt die Nächte wie ich. Dann flüchtet. Die Endzeit ist nahe.«

Er hatte sich auf eine schwer zu beschreibende Weise wirklich verjüngt. Mir schien es wie das letzte Aufbäumen vor dem unausweichlichen Ende. Er schien zu wissen, was wir ahnten. Ich erhaschte einen wachsamen Blick Ushas. Dann packte ich ihn an der Schulter und flüsterte:

»Hast du Grund, an dein Ende zu denken? Du bewachst die Oase seit undenkbarer Zeit.«

»Frag mich nicht, woher ich es weiß. Meine klingenden Steine verrieten es mir. Noch hundert Jahre. Dann werde ich elendiglich sterben.«

Rings um uns tranken, aßen und schwitzten die Menschen. Im Gelächter, in den vielen Reden und im Klirren der Becher ging die stark rhythmische Musik fast unter. Arconrik war in eine wichtige Unterhaltung mit unseren alten Freunden am Tisch vertieft. Plötzlich wankte und vibrierte alles. Der Boden bebte. Tief aus der Erde kam ein dunkles, brutales Grollen.

Du hast dein außergewöhnliches Ereignis. Beben. Weg von Dächern und Mauern! schrie der Logiksektor. Alles klirrte, krachte, schrie und taumelte. Aber das Beben dauerte nur wenige Atemzüge lang. Dann erstrahlte senkrecht über der Oase ein einzelner Stern, wurde größer und heller und schien aus dem Firmament zu fallen. Eine Stimme, kaum weniger laut als Gewitterdonner, formulierte Worte, während ich meinen Pokal wegwarf und auf den Tisch zustürzte. Es regnete Blüten und welke Blätter, aber keine Steine oder Quader.

Arconrik hatte seine Arme um Narnia und Usha gelegt und zog sie unter den Balken hinweg ins Freie. Die Bäume schüttelten sich und rauschten mächtig. Jedermann war nach dem ersten Schrecken, als sich der Boden wieder beruhigte, erstarrt. In den Ställen schrie angstvoll das Vieh; Hunde heulten schauerlich.

»Eure Götter«, dröhnte donnernd die Stimme. »Sie sehen euch. Jeden Tag, jede Nacht. Sie sagen euch: Ihr seid auserwählt. Rings um euch sterben die Menschen in Sklaverei. Ihr seid frei. Seuchen schlagen jeden dritten. Ihr seid gesund.«

Ich blieb neben Narnia stehen und flüsterte in ihr Ohr:

»Der Roboter ist kreativer als wir alle. Das ist Arconriks Werk. Neu ist nur, daß er auch für Erdbeben verantwortlich ist.«

»Warum geht es euch besser als allen anderen Sklaven der Welt? Gebt euch selbst die Antwort. Fremde lehren euch, wachen über euch. Sprechen mit euren Göttern. Sie kommen, die klugen Fremden aus fernen Ländern, wenn sie gebraucht werden, weil eure Dummheit das Leben unerträglich gemacht hat. Sie gehen, wenn sie wissen, daß es euch gutgeht und ebenso euren plärrenden, schlecht erzogenen Kindern. Bei Baal und Ischtar, bei Zeus und Ares, tut, was sie sagen. Hängt an ihren Lippen. Und wenn sie gegangen sind, wartet auf sie. Handelt in dieser Zeit nicht anders, als ob sie mitten unter euch wären. Das sagen eure Götter, deren Zorn furchtbar ist.«

Wieder dröhnte es, als die Erde sich kurz schüttelte. Die Menschen rannten kreischend auseinander. Viele Blicke richteten sich auf uns und sahen, daß auch wir ratlos waren. Der flammende Stern erlosch. Die Götterstimme schwieg. Ich versuchte, die Beklemmung zu brechen, und hob einen neuen, wohlgefüllten Pokal.

»Ihr alle!« schrie ich. »Freunde! Keine Angst. Nichts ändert sich. Geht nicht zurück in die Häuser. Das Fest ist noch nicht zu Ende. Trinkt. Wir bleiben bei euch, noch lange. Eure Götter und wir – wir sind Freunde.«

Zögernd kamen sie zurück. Wein und Bier flossen in Strömen, weil die tiefe Furcht zu besiegen war, und dies ging am besten mit einem mehr oder weniger tiefen Rausch einher. *Du kannst sicher sein, daß sie zitternd auf eure Rückkehr warten,* erklärte der Logiksektor.

»Hoffentlich haben wir die Zeit der unerklärlichen Vorfälle hinter uns«, sagte ich zu Narnia, die schweigend ihren Kopf schüttelte und versuchte, sich nichts anmerken zu lassen und sich des Spruches der unsichtbaren Götter würdig zu erweisen.

Erst im Morgengrauen gingen die Teilnehmer des Festes auseinander. Die Frauen und Männer an unserem Tisch blieben bis zum Sonnenaufgang. Wir sprachen über die Zukunft. An diesem Abend war die Saat für die nächsten Jahrhunderte tief in die Herzen der Oasenbewohner gesenkt worden. An ihnen lag es jetzt, zu entscheiden, ob sie die Sicherheit dieses abgelegenen Paradieses preisgeben wollten oder nicht.

Wir begannen an den Abschied zu denken.

Die Blätter hatten sich gelb und golden gefärbt. Bald begann die Regenzeit. Pfadlos trieb das Boot dahin. Nur wir vier saßen darin; im dunklen Gezweig regten sich zwitschernd die Vögel. Ushas lange Wimpern senkten sich in der smaragdenen Dämmerung.

»Bald nehmen wir Abschied«, flüsterte sie. Narnia lag in meinen Armen. Das Boot driftete an der riesigen, drohenden Fratze vorbei, deren

Augen jetzt erloschen waren. Nur das Geflimmer der Gestirne spiegelte sich wie ein Hauch in den Schalen.

»Bald«, sagte Arconrik. »Wenn wir gehen, bedeutet das, daß wir bald wiederkommen. Abschiedsschmerz ist die falscheste aller Regungen. Während sie alle altern, bleiben wir jung. Auch du, Usha Tizia.«

Der Nachen bewegte sich der gesunkenen Sonne nach. Mondlos war die Nacht. Wir waren allein; schicksalhaft funkelten die Sterne. Im Auge des Abends fühlten wir uns alle mit dieser Welt verbunden, als wären wir mit ihr verwurzelt.

»Es ist die Stimmung«, flüsterte die junge Numidierin, »die uns sagt, es ist Zeit. Nicht die Ereignisse.«

»Das Ufer unserer Blicke«, würdigte Narnia den unvergeßlichen Augenblick, »steht im Herbst. Alles ist getan. Nichts hält uns mehr. Bald werden alle unsere letzten Freunde gestorben sein.«

»Wir finden schnell neue«, sagte ich. »Eine Eigenschaft dieser Welt, die wir so lieben.«

Das war der eigentliche Abschied. Wir ließen Arconriks Museum zurück, packten alles ein, was wir zu brauchen glaubten, und verließen die Oase in einer regnerischen, stürmischen Nacht. Die tiefe, kühle Ruhe der Tiefseekuppel nahm uns wieder auf.

Aus: *Meeca Netreok: »Zahlen, Zenturien, Ziele und Zeugnisse – aus der Arbeit des USO-Historischen Korps«.*
Sonderdruck, Pounder City, Mars; (c) 2491

» ... gewisse Unsicherheit, was die exakte Chronologie betraf. In der Rechnung des Römischen Reiches (also von der Gründung der Stadt Rom an), fand der Flug zur Venus im Jahr 947 oder 946 statt. Perry Rhodan und Thora, die mit dem ersten arkonidischen Schiff seit Atlans Landung den Venus- (oder Larsaf-II-)-Kommandanten besuchten, fanden im Inneren der Station sechs kleine Raumschiffe. Entweder war die LARSAF ZWEI:DREI ein anderer Typ, oder es standen ursprünglich sieben Schiffe im Hangar. Darüber findet sich weder in der ENZEKLYPAEDIA noch in den ersten Memoiren Atlans ein Hinweis. Wie uns Lordadmiral Atlan seinerzeit erklärte, entschied er sich dafür, daß wir terranischen Barbaren uns mit dem Recht auf vernichtende Irrtümer weiter entwickeln sollten – was wir auch taten. Daß wir ausgerechnet auf dem Erdmond Crests Schiff finden würden, hat sich Atlan nicht einmal im Alptraum vorstellen können. Es ist dies nicht die Ironie der Geschichte; es ist ihr blanker Zynismus.«

Cyr Aescunnar sah gähnend auf den Chronometer; in einer Stunde endete die Dunkelheit. Er ließ alten Single Malt in die große Mokkatasse tropfen und murmelte:

»Schon Atlan hat gesagt, daß die Realität nur eine Illusion ist, die durch Alkoholmangel hervorgerufen wird. Hundertvierundneunzig nach Christi war allerdings dieses Destillat noch nicht erfunden.«

Bisher kannte er weder die genaue Position der Oase noch jene des ausgestorbenen Sternvogeltales. Er prüfte die Temperatur des duftenden, pechschwarzen Getränks, dessen Duft das leere Arbeitszimmer füllte. Noch viel zu heiß. Aescunnar lauschte Atlans Worten und las weiter in Netreoks altem Text:

»Rom regierte praktisch jene Zone, die heute als *Europa* zum festen Begriff geworden ist, dazu große Teile des Ostens und Africas. Der Sohn des Caesars Marc Aurel, Commodus, herrschte von 180 bis 192. Pertinax löste ihn ab, jenem folgte Didius Julianus; beide waren nur ein Jahr lang erfolgreich. Septimus Severus, Vater des Caracalla und des Geta, hielt sich bis plus 211. In Britannien, dem späteren England, der Insel im Nordmeer, machte ihm Albinus als Gegenkaiser die Macht streitig, in Syrien ein gewisser Pescennius Niger. Caracalla beendete rasch diesen illustren Reigen. Atlan selbst wiederum war es, der uns berichtete, daß viele seiner Erfindungen, manchmal auf abenteuerlichen Wegen und Umwegen, sich verbreiteten; mitunter waren bestimmte Techniken mangels richtiger Werkzeuge oder Materialien bis zur Unkenntlichkeit verzerrt. Transporteure der Ideen waren die römischen Legionen.

Selbst die Pest grassierte im Römischen Reich: Mittelmeerische Karawanenhändler drangen bis nach Tongking vor, zum heutigen China. Bis zum Mittelalter blieb dies der äußerste bekannte Punkt im Osten. Ein Teil des Zweiströmelandes – Mesopotamien – wurde zur römischen Provinz. Das Land am Schnittpunkt zwischen Nord- und Südamerika (Olmeken, Maya-Vorfahren) wird von einem Volk seltsamer Riten und Verhaltensweisen bewohnt; für Atlan brach die Zeit nach der freiwilligen Entscheidung für den Barbarenplaneten an.«

Atlan hörte zu sprechen auf. Aescunnar setzte die Tasse ab und sah auf den Großmonitor; es schien nur eine Atempause zu sein. Eine Minute später hörte Cyr einen tiefen Atemzug, dann tropften Atlans Worte in die Stille wie Wachs einer schräg gehaltenen Kerze. Er berichtete weiter.

7.

Aus den schwarzen Wolken zuckten mächtige Blitze und wütende Regengüsse. Die Wolken entluden sich im zuckenden Licht, die Landschaft wurde in Abständen von zwei Atemzügen in kalkweiße Grelle getaucht. Trommeln, Brausen und Heulen erfüllte die Luft. In das wütende Kläffen der Hunde, das Kreischen der Vögel und die lang dahinrollenden Donnerschläge mischten sich andere, fremde Geräusche; wütende Schreie, metallisches Waffenklirren, dumpfe Schläge. Die Entladung eines Lähmdolches knatterte. Ein Mann schrie gellend:

»Horm! Schnell hierher!«

Über dem Chaos, geschickt den Baumwipfeln und den wild schlagenden Ästen ausweichend, schwebte ein riesiger Vogel. Sein Gefieder war weiß wie die Mitte von Sommerwolken. Sein Hals war weit vorgestreckt, aus übergroßen Augen beobachtete er die Szenen.

Regenzeit, Kampfzeit. Begas Horm rannte durch die Pfützen abseits der Arcadiane. Er sah die Standbilder der fremden Freunde nicht, von denen das Regenwasser in breiten Strömen rann. Ein Pfeil heulte, unhörbar im Toben der Elemente, aus einem Haus und drang krachend in einen Baumstamm, nur zwei Handbreit von Horms Kopf entfernt. Das lange, doppelt bogenförmig gekrümmte Schwert in der Hand des Rasenden beschrieb einen Halbkreis, als vor ihm ein Bewaffneter auftauchte.

»Nein! Ich bin's!« schrie Nadl Eos. »Sie sind am See.«

»Schnell dorthin.«

Die Rebellen hatten den Kampf nicht gesucht, aber sie stellten sich den anderen. Sechzehnmal hundert ehemalige Freunde waren gegen sie. Selbst die Kinder warfen mit Kieseln nach den Rebellen. Ein Wort hatte das andere gegeben, aus Schimpfwörtern und bösen Namen wurden Faustschläge.

»Habt ihr die Pferde?«

»Nein!«

»Warum nicht?«

»In den Ställen. Versteckt und bewacht.«

Nebeneinander rannten sie, wild nach rechts und links spähend, aus der Richtung des Flusses zum See, in dessen Mitte der Tempelpavillon stand. Vom geschwungenen Dach rann Regenwasser wie ein Perlvorhang herunter. Die Oberfläche des Sees wurde zerrissen durch die Regenmassen, den Anprall des harten Windes und durch Aststücke, die hereingewirbelt wurden. Die Rebellen, knapp drei Dutzend waren es, sahen keinen Ausweg.

Beide Männer rannten über den hölzernen Steg. Sie waren nur unzulänglich bewaffnet. Ein Schleuderstein fegte durch den Regen heran, zugleich mit dem Donnerschlag nach einem blendenden Blitz zerbarst neben Horms Ellenbogen ein Teil des Geländers. Holzsplitter prasselten in sein Gesicht. Er duckte sich und rannte weiter.

Tasm Nacan und Till Yule warteten, geduckt zwischen den Tischen und hochkant gestellten Bänken. Till trug einen zerbeulten, uralten Helm mit neuem, breitem Kinnband.

»Was sollen wir tun?«

»Wir brauchen Pferde. Und dann – hinaus auf den Handelsweg.«

»Sie werden uns keine Pferde geben, Tasm.«

»Dann holen wir sie uns mit Gewalt.«

Niemand schlief; Mädchen und Kinder verbargen sich in den Häusern, Werkstätten und Scheunen. Eine Gruppe der jungen Rebellen hatte Arconriks Museum geplündert und alle Waffen an sich gerissen. Niemand wußte so recht, warum der tödliche Streit ausgebrochen war. Jetzt lag Vilina Lill vor der Fischerschänke, und der Regen wusch das Blut aus seinen tödlichen Wunden. Begas Horm hob die Hand. Er fühlte sich allein durch die Entfernung in halber Sicherheit.

Es gab mehr als fünfhundert Männer, die stark und alt genug waren, um sich wehren zu können. Waren sie einzeln oder in kleinen Gruppen, konnten sie überwältigt werden. Zusammen waren sie nicht zu schlagen.

»Parsimon mit seiner Gruppe geht durch die Weingärten«, sagte Till nach einer Weile und wischte sich das Wasser aus dem Gesicht. »Er will die Pferde.«

»Dann gehen wir dort herum und holen die Sättel«, entschloß sich Oncu.

»Wir sind zu wenige.«

»Bei den Schmieden treffen wir Cyprian und Getum.«

Vier Mann. Der Erfolg war fraglich. Sie mußten an mindestens einem Dutzend Häuser vorbei. Dort hockten die fetten, satten Bürger auf ihren trockenen Loggien und feuerten Pfeile ab. Nicht einer war bereit gewesen, sich zu bewaffnen und gegen die Nomaden zu kämpfen.

Nadl Eos blickte nacheinander in die triefenden, dunkelhäutigen Gesichter seiner Freunde. Einige Schilde, Beile, zwei Schwerter, etliche Dolche – ohne gute Bewaffnung war schlecht kämpfen. Und Kampf gab es bis zum Tod. Die Gegensätze, bis gestern unausgesprochen, waren heute unüberwindlich geworden.

Die Fremden, durchfuhr es Tasm, sie würden schnell Ordnung schaffen und jedem Mann sein Recht zusprechen. Aber sie waren schon drei Generationen lang nicht mehr in der Oase gewesen. Die Erinnerung an die Mächtigen war verblichen. Wieder jagte der weiße Geier durch den Regen. Im Licht der Blitze leuchteten seine mächtigen Schwingen, die er kaum bewegte. Das Ende eines Flügels ritzte eine lange Furche in das aufschäumende Wasser. Dann war das Riesentier, das seit undenklich langer Zeit in der Oase zu sehen war, im nächsten Regenschauer verschwunden. Der Geier stieß einen lauten, zornigen Krächzlaut aus.

»Weiter«, sagte Horm drängend. »Zu den Schmieden.«

Sie rissen die Schilde und die Waffen hoch und rannten los. Die Männer, die sich mit den Schilden schützen konnten, bildeten die Spitze. Ihre Wut gegen die anderen wuchs mit jedem Schritt, den sie durch den peitschenden Regen machten. Blitze, Donner und Regen, vermischt mit den Stößen des heulenden Windes, begleiteten ihren Weg.

Mehrere Pfeile und eine Handvoll Schleudersteine vermochten sie nicht aufzuhalten. Die Geschosse prallten von den krachenden Schilden ab oder fuhren ins Wasser. Die Rebellen erreichten am Ende des Steges die Straße, deren Basaltquader schwarz in der Nässe glänzten. Aus den sieben umliegenden Häusern schlugen ihnen Flüche und Verwünschungen entgegen. Ein kurzer Wurfspeer riß eine tiefe Wunde in Nadl Eos' Schulter. Geduckt rannten sie unter den Ästen der alten Bäume nach links.

Ein Hagel verschiedener Geschosse überschüttete sie, als sie die Straße entlanghetzten. Irgendwo vor ihnen wieherten Pferde. Ein Zeichen für Erfolg? Ein Schrei ertönte.

»Till! Tasm! Hier sind wir.«

Er kam aus der Richtung der Ställe. Düster glomm das Feuer unter den Essen und Feuerstellen der Schmiede, als die Rebellen an den offenen Toren vorbeihasteten und versuchten, ihre Gegner zu erkennen. Andere kleine Gruppen kamen von allen Seiten und versuchten dasselbe wie Till und Oncu. Sie wollten Pferde, Sättel, Waffen und Ausrüstung, um aus der Oase zu entfliehen und ihren Kampf gegen die Nomaden zu beginnen.

Speere pfiffen durch die aufgewühlte Luft. Ihre Spitzen ratterten über den Stein und schlugen lange Funken, die im Regen erstickt wurden.

Faustgroße Kiesel zersplitterten knallend auf dem Basalt und rissen Schnitte in die Schenkel der Männer. Aus jeder Tür und jedem Fenster warfen und schossen die Bürger auf die rennenden Männer. Ein Kind lief aus einem Haus, versuchte kreischend und lachend die Regentropfen zu fangen. Durch den Regen heulten Pfeile heran, prallten von der Statue des Arconrik ab und trafen das Kind in den Hals und in den Magen. Der Schrei des sterbenden Kindes ging im Geräusch des Regens und Donners unter.

Till und seine Freunde erreichten die Stallungen. Wie die Rasenden sprangen junge Männer zwischen den aufgeregten Tieren hin und her und legten ihnen die Sättel auf. Rasche Blicke flogen hin und her. Neun Männer trafen sich an dieser Stelle.

»Hört auf!« schrie jemand aus dem Halbdunkel des hinteren Stalles. »Die anderen sind in der Überzahl.«

»Sie verstecken sich in den Häusern. Macht weiter!«

Sie konnten sich denken, daß sich an allen Stellen der Oase die Bürger zusammenrotteten. Jede der Rebellengruppen, die keineswegs unter einem gemeinsamen Befehl standen, würde bekämpft werden. Es gab kein Zurück mehr. Der Streit hatte Tote gefordert; sie waren nicht mehr lebendig zu machen. Sieben Sättel wurden hier gefunden. Einige Rebellen schwangen sich auf die Rücken der Tiere.

»Wartet, bis der Regen aufhört!«

Sie hatten nichts; nicht einmal richtig bewaffnet waren sie. Während die Männer aufgeregt miteinander sprachen, kamen nacheinander acht Rebellen in den Stall und schüttelten das Wasser aus dem Haar und der Kleidung. Sie waren noch schlechter bewaffnet als alle anderen.

»Wo sind die anderen?«

»Wir wissen es nicht. Irgendwo. Vielleicht schon in den Dünen.«

»Ich habe einige in den Booten gesehen.«

Der Nachhall des Donners wurde leiser. Der Regen strömte gleichmäßig und mild, die heftigen Böen hatten nachgelassen. Nur noch wenige Blitze zuckten auf und erschreckten Mensch und Tier. Ratlos sprachen die jungen Männer miteinander.

»Wir brauchen mehr Sättel.«

»Und Essen, Wasser, Waffen.«

»Jeder weiß, wo sie zu finden sind.«

»Dann holt sie endlich, bei Jupiter.«

Schnell tauschten sie die Waffen aus. Fünf Reiter hatten jetzt Helme, Schilde und Hiebwaffen. Es war die zweite Stunde nach Mittag; in kurzer Zeit war das tägliche Gewitter der Regenzeit vorbei. Wut, Enttäuschung, Trotz und erste Spuren der Einsicht stritten in den Gedanken der Männer miteinander. Nadl Eos hob den Arm und deutete auf das Haus des Waffenschmieds, schräg gegenüber.

»Ihr reitet dort hinein. Sunke Tet hat die ganze Schmiede voller Schwerter und Beile. Überwältigt ihn! Holt die Waffen. Kommt hierher zurück. Sofort.«

»Das bringt uns weiter.«

Vielleicht hatte der eine oder andere sein Tuch beim Kampf verloren. Es mochte sein, daß einer der Männer das weiße Tuch, das er um die Stirn oder um den Hals trug, abgerissen hatte. Oder ihr gemeinsames Zeichen war ihm heruntergerissen worden. Aber im Verlauf der nächsten Stunde trafen sich fünfunddreißig Männer vor dem Haus Demetrions und Arconriks; ein Zufall. Jeder von ihnen trug Wunden, Abschürfungen, blaue Flecken und Schrammen. Die Bewaffnung war ziemlich jämmerlich. Nur elf Männer saßen im Sattel, und die Pferde waren nicht einmal die besten.

Zwischen den Häusern erscholl die klagende Stimme einer Frau, die ihren getöteten Sohn gefunden hatte und nun laut beklagte. Unbemerkt umkreiste der riesige weiße Geier die Szenerie.

»Wir haben einen Fehler gemacht«, ächzte Oncu Nay. »Es war der falsche Zeitpunkt.«

Cyprian schrie aufgeregt zurück: »Sie haben uns gezwungen. Wer erschlug unseren Kameraden?«

»Gibt es ein Zurück?« meldete sich Begas Horm. Sie hielten die Schwerter, Schilde und Beile in den Händen. Vor dem Regen schützten sie die Schindeln, die Äste und das weit ausschwingende Dach des Hauses, das Arconrik, Narnia und Demetrion-Atlan gehörte.

»Nein. Wir sind ausgestoßen. Holen wir uns«, schrie Tasm Nacan wütend, »was wir brauchen!«

Lautlos sammelten sich an mindestens zwanzig Stellen die Bürger. Sie waren dagegen, eine Rotte Nomaden nur deswegen zu überfallen, weil sie sich nichtsahnend der Oase genähert hatten. Die mageren Kühe und die dürren Weiber stellten keinerlei Gefahr dar, ebensowenig die schwarzbärtigen Männer mit den hölzernen Waffen. Aber den jungen

Leuten, die getötet hatten und am Tod schuld hatten, mußte eine Lehre erteilt werden. Helme wurden aus den Wandfächern herausgekramt, Harnischplatten angelegt, Schilde hochgereckt und Schwerter, Speere, Lanzen und Beile, Pfeile und Bögen hervorgekramt. Mehr und mehr Männer aller Altersstufen bewaffneten sich und warteten in den Hauseingängen und unter den Vordächern.

Von fern erscholl Hufschlag. Kreischend flatterten Vögel durch die Baumkronen. Lautlos zog der weiße Geier seine Kreise und Schlangenlinien. Kaum jemand sah ihn.

Und dann, ganz plötzlich, wurde die Stille und Ruhe in Dutzende Trümmer zerfetzt. Die Reiter gruben die Hacken in die Weichen der Pferde, rissen an den Zügeln und begannen wild zu schreien. Die Pferde stiegen hoch und galoppierten davon. Die Bürger kamen gleichzeitig aus acht Dutzend Winkeln gerannt und gestürmt und stürzten sich auf die jungen Rebellen. Steine, Pfeile und Schleuderkiesel summten und heulten hin und her. Geschrei erscholl von links und rechts, von hinten und vorn. Die Rebellen waren verwirrt und stürmten die Arkadiane entlang, im Sattel und zu Fuß. Sie wehrten sich wie die Verzweifelten.

Auf der südlichen Straße kam ein einzelner Reiter daher. Er trug einen bronzefarbenen Helm, der im ersten Sonnenstrahl nach dem Gewitter aufblitzte, einen riesigen Langschild und ein leichtes, zweischneidiges Kampfbeil. Weit nach vorn gebeugt stand er in den Steigbügeln. Sein Pferd war ein mächtiger Rappe mit einer Stirnblesse. Um das Gebiß des Reittiers flockte viel gelbweißer Schaum.

Von allen Seiten drangen bewaffnete Oasenbürger auf die Rebellen ein. Die Männer wehrten sich. Knüppel und Klingen schlugen dröhnend auf die Schilde. Wildes Geschrei brach aus, wechselseitige Verwünschungen und Drohungen wurden herausgeschrien.

Der weiße Geier schwebte über dem einzelnen Reiter. Die Spitze der Rebellengruppe, die aus einzelnen Gassen plötzlich Verstärkung erhielt, bildeten Oncu Nay und Nadl Eos auf ihren triefenden Pferden. Hinter Nadl spannte ein Mann seinen Bogen. Der Schnabel des Geiers öffnete sich, und ein weißglühender Strahl zuckte knatternd herunter. Er endete in Oncus Brustkorb. Der Reiter warf beide Arme in die Höhe, verlor seine Waffen und stürzte nach einigen Sätzen seines Pferdes aus dem Sattel.

»Hört auf!« donnerte eine verzweifelte Stimme. »Ihr alle! Runter mit den Waffen!«

Es war die Stimme des Falkners. Heiße Wut zeichnete sich in seinem Gesicht ab. Er rammte einen Rebellen, der ihn ansprang und aus dem Sattel zerren wollte, mit einem harten Hieb des Schildes zur Seite.

Ein Pfeil heulte durch die Luft, schnitt am Hals des Pferdes vorbei und traf Khach't in die Schulter. Er achtete nicht darauf und sprengte mitten in das Getümmel des Kampfes hinein. Sein Pferd drehte sich mehrmals auskeilend im Kreis. Der schwebende Geier fällte Till Yule, der mit einem Schwert ausholte, mitten in der Bewegung. Der Mann sank zu Boden und verschwand zwischen den Füßen der aufgebrachten Menge.

»Auseinander! Bringt andere um, aber nicht euch selbst!«

Khach't schlug wahllos mit der flachen Klinge des Beiles auf Schultern und Köpfe der Raufenden. Splitter von Holzknüppeln flogen durch die Luft. Die Körper der Streitenden, die von Pferdehufen getroffen wurden, kippten nach hinten. Ein dritter Kampfstrahl, der zwischen den Ästen herunterknatterte, betäubte Tasm Nacan. Aus der Menge kam ein Speer geflogen, prallte von einem Schild ab und grub sich zwischen die Schulterblätter des Falkners. Zwei seiner Vögel hatten sich in den Kampf eingemischt und attackierten die Kämpfenden mit Schnäbeln, Schwingenhieben und Krallen.

Khach't hielt mitten in der Bewegung an. Das Kampfbeil fiel aus seiner Hand. Ein ungläubiger Ausdruck überzog sein zerknittertes Gesicht. Er ächzte auf und kippte langsam nach vorn auf den Hals des Pferdes.

In diesem Moment betäubte der weiße Geier den nächsten Rebellen, der mit dem Wurfspeer ausholte.

Der Speer in Khach'ts Rücken steckte tief neben der Wirbelsäule. Sein Schaft richtete sich langsam auf, als der Falkner vom Pferdehals herunterglitt, den Schild fallen ließ und sich mit letzter Kraft an der Mähne festzuhalten versuchte.

»Der Falkner!« kreischte jemand. Wieder schlug der lautlose Riesenvogel zu. Zwei Rebellen und ein Bogenschütze, der auf einen jungen Mann mit blutüberströmtem Gesicht zielte, sackten aufschreiend zusammen. Jeder, der zusah, wie Khach't starb, schwieg. Das Schweigen und die Erstarrung breiteten sich nur langsam aus.

Der Vogel strich mit tropfensprühenden Schwingen dicht über die Köpfe der Menschen hinweg und feuerte seine lähmenden Strahlenblitze nach rechts und links. Der Kämpfer, der einen Knüppel hob, der andere, der den Bogen spannte, ein dritter, der die Schleuder über seinem Kopf wirbelte, sie alle wurden zu Boden geschmettert. In erster Panik rannten einige Männer auseinander und warfen die Waffen weg.

»Khach't ist tot. Ihr habt ihn umgebracht!«

Um das regungslos dastehende Pferd und den Körper, der eben mit dem Klirren von Metallteilen auf dem Basaltpflaster aufgeschlagen war, bildete sich ein schweigender Kreis. Das Geschrei nahm ab, nur die kämpfenden Falken und die Männer, die sich gegen die Vögel zu wehren versuchten und sie mit schweren Knüppeln und Äxten bekämpften, machten Lärm und Bewegung.

»Ihr verdammten Rebellen!«

Der Anführer der Fischer, der Kunstschmied mit den meisten Helfern und die Heilerin kamen aus dem Mittelpunkt der Siedlung gerannt. Sie schienen geahnt zu haben, was geschehen würde. Jetzt sahen sie es genau. Unter dem Körper Khach'ts breitete sich eine Blutlache aus. Sie wurde größer, und die Regentropfen spülten das Blut in die Rillen zwischen den schwarzen Platten. Schnell bildete sich eine Gasse, durch die jene drei Verantwortlichen herbeiliefen.

»Wer hat ihn umgebracht?« fragte der Kunstschmied drohend. Er musterte die Gesichter der Umstehenden. Sie alle, Rebellen oder Bürger, waren sehr betroffen und erschrocken. Sie waren ganz plötzlich zur Besinnung gekommen. Ratlos hoben die Umstehenden die Schultern.

»Ich ... habe keinen Speer in der Hand gehabt.«

»Das bedeutet Unheil«, sagte die Heilerin. »Getötet. Ihn, den Freund der Wächter. Wer ihn auch getötet hat, wer den Speer schleuderte – schlimm. Es wird Folgen haben. Das Glück, es ist herausgefordert worden.«

»Es wird von der Oase weggehen!« rief jemand aus der Menge. Der Geier war nicht zu sehen, aber er zog engere Kreise über den Bäumen. Die ersten Sonnenstrahlen stahlen sich unter den Rändern der Gewitterwolken hervor. Erste Helligkeit traf das Land der Oase.

»Und warum? Weil die Jungen nicht auf den Rat von uns Alten hören wollen!« rief der Fischer. »Werft eure verfluchten Waffen weg und geht zurück in eure Häuser! Ich will die Rebellen sprechen.«

Die meisten, die bewußtlos waren und von den anderen an den Rand der Straße geschleppt wurden, gehörten zu den jungen Männern, die den Streit angefangen hatten. Die Nachricht vom Tod des Falkners setzte sich in rasender Schnelligkeit durch die Zeilen der Wohnhäuser fort und erreichte auf seltsamen Wegen sogar die einzeln stehenden Gehöfte.

»Sprich mit mir«, sagte Parsimon und hob sich aus der Menge hervor. »Warum habt ihr nicht getan, was wir wollten? Nichts wäre geschehen.«

»Es wäre nichts passiert, wenn ihr nicht getan hättet, was wir nicht erlaubt haben. Wer hat recht?«

Der Fischer winkte ab, als Parsimon zu diskutieren anfangen wollte. Dann sagte die Heilerin mit plötzlicher Autorität:

»Wir werden entscheiden. Sammelt euch irgendwo. Es wird keinen Tod mehr geben, keinen Tod durch Waffen, sage ich. Nehmt die Männer mit, die der Geier geschlagen hat.«

Stumm und fassungslos standen die Oasenbewohner da. Sonnenlicht des späten Tages durchflutete mit langen Schatten die Plätze, Straßen und Winkel. Der plötzliche Tod von mindestens zwei Menschen hatte sie schlagartig alle zur Besinnung gebracht. Zorn und Wut waren verflogen, es blieben Furcht und Enttäuschung. Und eine reichlich unbestimmte Angst davor, was jene Fremden tun würden, deren Standbilder in Ehren gehalten wurden.

Die Heilerin sagte zum Fischer: »Sie sind unzufrieden. Sie wollen Abenteuer, die Weite der Welt sehen. Wir hätten sie gehen lassen sollen.«

»Aber nicht, um unbewaffnete Nomaden mit dürren Kühen und meckernden Ziegen zu töten.«

»Morgen reden wir. Sag den Leuten, sie sollen sich auf dem Platz versammeln. Mittags.«

»Ja, gut. Alle werden kommen.«

Einige Männer hoben Khach'ts regungslosen, schlaffen Körper auf seinen alten Schild. Sie trugen ihn nach kurzer Beratung zur großen Terrasse, die hinter Arconriks Räumen zum Fluß hinausging. Dann zogen sie den Speer aus der Wunde, die nicht mehr blutete. Das Schweigen, das sich in der Oase ausbreitete, begann lastend und wie ein kalter Wind zu wirken. Die Bewohner fröstelten.

Keiner verlor auch nur ein einziges Wort über das entsetzliche Geschehen. Aber tief im Innern von mehr als tausend erwachsenen Frauen und Männern lauerte der Gedanke, daß der gewalttätige Tod gerächt werden würde.

Die langsame, qualvolle und erschöpfende Prozedur des Aufwachens und Bewußtwerdens war von einer Hektik durchdrungen, die selbst in unserem geschwächten Zustand deutlich zu erkennen war. Arconrik und die Batterien seiner Geräte waren rastlos tätig, und unsere Umgebung war von Bildschirmen in das flackernde Licht von Geschehnissen getaucht, die wir in winzigen Schritten erkennen, deuten und noch schwieriger verstehen konnten. Strahlenduschen, sanfte Massagen, Speziallampen und die Zufuhr flüssiger Nahrung stärkten unsere Körper. Zuerst erkannte ich, daß wir noch immer zu dritt waren. Dann entsann ich mich der Namen. Schließlich konnte ich mühsam lallend fragen:

»Wie lange schliefen wir?«

»Genau einhundert Jahre. Ein Zufall.«

»Warum sind wir geweckt worden?«

»Es war nötig. Aus mindestens zwei Gründen.«

Als ich den Sinn der dreidimensionalen Bilder voll verstehen konnte, wußte ich, warum: Zwietracht, offener Streit und schließlich vier Tote in der Oase. Khach't, ein junger Mann und ein anderer, der sich vergiftet hatte, und ein unschuldiges Kind.

Usha Tizia, in einen bodenlangen dicken Mantel gehüllt, fröstelnd im warmen Licht der Reanimationsstrahler, schob ihre schlanken Hände in die weiten Ärmel zurück, dann kreuzte sie die Arme vor der Brust.

»Ich kann verstehen, wie es dazu gekommen ist«, sagte sie leise mit ihrer rauchigen Stimme. »Die Jungen drängten hinaus. Die Alten wußten nicht, was sie tun sollten. Sie hatten wohl Angst, daß die Oase verraten würde.«

Noch lange nicht im vollen Besitz unserer körperlichen Kräfte, beobachteten wir die Zeremonie, in der die vier Toten begraben wurden; draußen in den Dünen vor den letzten trockenen Grasbüscheln. Die zerschmetterten und ausgebrannten Falken legte man Khach't auf den Körper.

»Unter anderem. Es fehlte die Sicherheit einwandfreier moralischer

Vorstellungen«, murmelte ich. »Arconrik hat beobachtet und eine Spur zu spät eingegriffen.«

Der Roboter, der seine Gesichtszüge im Rahmen einer Erneuerung verändert und seinen auffallenden Bart entfernt hatte, widersprach uns.

»Ich habe gewußt, daß der Falkner mit dem Tod rechnete. Hier. Seht euch die Studien an.«

Wir erlebten mit, wie Khach't zuerst die langsam ansteigende Spannung in der Oase beobachtete, sein Pferd sattelte und die letzten Falken programmierte, daraufhin ein Fläschchen in einen Weinbecher leerte und das Behältnis mit einer Geste von jener Art wegwarf, die uns sagte, daß dies sein letzter Schluck gewesen war.

Auf diesen Bildern wirkte er tatsächlich greisenhaft. Er war uralt; ein Kunstgeschöpf von ES. Weißhaarig, mit tiefen Altersfalten im Gesicht und am Hals, überdies von starkem Haarausfall gezeichnet. Noch während er mit fast rituellen Bewegungen seine Rüstung anlegte, konnten wir sehen, wie sich seine Gestalt straffte und der Ausdruck des Gesichts veränderte. Er ritt in seinen letzten Kampf, das wurde klar und deutlich.

»Ein sterbender Paladin«, sagte Narnia trauernd. »Er gehörte einfach zur Oase wie der Teich oder das Tempelchen.«

»Er gehörte zu uns.«

Nach einer Weile meinte ich: »Offensichtlich erinnern sich einige an die Versprechen, die wir den Ahnen gegeben haben. Sie fürchten sich vor dem Tag, an dem wir zurückkommen.«

Drei Generationen waren vergangen. Das riesige Steingesicht mit den blendenden Augen war nicht angetastet worden. Die Oase hatte sich nicht bemerkenswert verändert; vielleicht gab es eine Handvoll mehr Menschen. Wir entdeckten keine Spuren von Kämpfen oder Bränden. Arconrik bestätigte, daß es eine vorwiegend friedliche Zeit gewesen sei. Hundert Jahre lang.

»Was sagen die Bilderfolgen auf dem seitlichen Schirm?« wollte Narnia wissen.

»Eine Kultur, mit der wir uns beschäftigen sollten. Sie haben einen ungewöhnlichen Weg beschritten.«

»Später.«

Arconrik zeigte uns fünfunddreißig junge Männer, alle etwa zwanzig Sommer alt. Er nannte die einzelnen Namen. Die Urenkel hatten nur teilweise die Namen ihrer Ahnen übernommen: Oncu, Bega, Till oder Nadl waren deutliche Hinweise auf die Familie von Oncusind und anderen.

»Vage beginnt sich ein Plan abzuzeichnen«, sagte ich. »Aber vorher muß ich mehr erfahren.«

Diesmal kam aus den Lautsprechern der Tiefseekuppel leise arkonidische Musik. Das Bier war verdorben, nur der Wein war durch die seltsamen chemischen Manipulationen des Roboters genießbar. Allmählich konnten wir feste Nahrung aus den Vorräten zu uns nehmen. Unsere Schritte wurden fest, und wir nahmen mehr und mehr Informationen auf.

Vieles von dem, was wir sahen, freute uns nicht. Eines war sicher: Mit der Ausbreitung des Römischen Reiches, mit vielen Grenzkämpfen und großen Wanderungen vermischten sich Zivilisationen, und sowohl Wissen, Kenntnisse als auch philosophische Ideen wurden verbreitet und in die Welt hinausgetragen. Dennoch gab es auf den Karten noch große weiße Flächen. Eine davon, isoliert von allen mittelmeerischen »Erfindungen«, war weit im Westen zu finden – eben jene auf dem Land zwischen den beiden Großkontinenten. Ich erkannte Spuren meines einstigen Wirkens; aber ich wollte Narnia und Usha damit nicht unsicher machen.

Drei Tage lang, während ich wieder meinen Körper zu beherrschen lernte, studierte ich die Einspielungen der letzten hundert Jahre barbarischen Lebens. Dann hatte ich mich entschlossen.

»Das Schiff im Gewölbe der Oase«, fragte ich Arconrik, »ist es noch zu gebrauchen?«

»Unversehrt. Aber es wird etliche Arbeit brauchen, um es wieder sturm- und segelfest zu machen.«

»Bereite alles für eine lange Seereise vor«, ordnete ich an. »Segel, Riemen, Tauwerk und das übliche. Alles gespeichert und aufgelistet.«

»Ich ahne, was du vorhast«, sagte Narnia mit beeindrucktem Kopfschütteln.

»Sprich es aus, Liebste.«

»Von der Oase, mit den Meuterern, dorthin? Bis zu den kleinen Menschen mit den deformierten Köpfen!«

»Du würdest keinen besseren Landeplatz finden. Du hast gesehen, was sich abspielt. Die Römer können auf mich leichten Herzens verzichten.«

»So wie wir auf die Römer«, bekräftigte Usha, die ihr Haar von Rico wieder glätten und silberweiß verändern ließ.

Binnen kurzem hatten wir ein Konzept der weiten Reise und der Aufgabe. Spionsonden machten sich auf den lautlosen Weg zu den steinernen Städten und den weißen Stränden menschenleerer Inselgruppen. Waffen, Werkzeuge und die üblichen Materialien und Geräte, die ich zu benutzen gedachte, wurden aus den Magazinen hervorgesucht oder hergestellt. Eine Prozedur, die schon oft erfolgreich abgelaufen war, wiederholte sich. Mit der relativen Unfehlbarkeit von Computern wurden darin die Kleidungsstücke für eine fremde Kultur ebenso perfekt berücksichtigt wie andere Übereinstimmungen: Xandar erhielt ein geringfügig anderes Aussehen, eine andere Färbung des Felles, und wurde dadurch zu einem gepardenähnlichen Raubtier unseres neuen Zieles.

Wie stets war die Bräunung unserer Haut ein deutliches Zeichen, daß wir unser freiwilliges Gefängnis verlassen konnten.

»Noch eine Frage, Atlan. Nein, zwei. Entscheide über neue Namen. Wohin soll der Behälter mit der Ausrüstung?«

Nach einigem Nachdenken und dem Studium der vielen neuen Höhenfotos entschieden wir uns.

Einen Tag danach schleuste der Gleiter in der riesigen Blase des Schutzfelds aus. Wir glitten aus der Finsternis des Meeresbodens aufwärts wie eine Luftblase, vorbei an Tiefseelebewesen mit leuchtenden Flecken in ihrer Haut, schließlich durch Fischschwärme und treibenden Tang, und dann schwebten wir nach Südsüdost.

Ein riesiger Vollmond beherrschte den Himmel, als der schwerbeladene Gleiter drei Handbreit über dem gestauten Wasser des Flusses heranschwebte. Nirgendwo gab es mehr Licht. Es war die Stunde nach Mitternacht, und weder Arconrik noch Xandar, der auf dem Bug der Maschine stand und sicherte, konnten einen Wächter entdecken.

Ich steuerte den Gleiter über den Hang hinauf, drehte ihn genau im Bereich der Terrasse und landete ihn, mit den Scheinwerfern in Richtung auf die Fischerhäuser und Räucherschuppen. Dann schaltete ich die Fernstrahler ein. Sie überschütteten die Szenerie mit weit gefächerten, grellen Lichtbahnen.

»Wir sind da!«, sagte ich und kletterte aus dem hochlehnigen Sitz. Xandar sprang auf die Fliesen. Aus unmittelbarer Nähe sahen wir, daß die Anlage gepflegt war. Selbst die Ranken über den Balken und die Holzkonstruktion zeigten deutliche Spuren der Behandlung. Als Arconrik die breiten Türen aufschob, knirschten sie nicht einmal.

»Und keine jubelnden Menschenmassen zur Begrüßung«, meinte Usha und ließ sich von mir aus dem Gleiter helfen.

»Sie liegen alle im Schlaf und träumen von den Untaten und unserer furchtbaren Strafe ... oder etwas Ähnlichem«, antwortete Narnia und lächelte.

Wir betraten das leere Haus, als wir über uns das Rauschen der Geierflügel hörten. Binnen kurzer Zeit waren alle Öllampen angezündet. Eine Beobachtung, die uns mehr sagte als alle mitgehörten Unterhaltungen. Sämtliche Öllampen waren voll frischem Öl, und auch die Wolldochte brannten sofort, weil sie frisch waren. Wir gingen von einem Raum zum anderen, öffneten Türen, zogen Vorhänge zur Seite und sahen, daß nur einige alte Waffen, von uns als Dekoration gebraucht, entfernt worden waren.

»Sie rechneten also, zumindest jetzt in der letzten Zeit, täglich mit unserer Rückkehr.«

»Ihr schlechtes Gewissen«, fügte Usha hinzu. »Der Übeltäter sehnt die Strafe förmlich herbei.«

»Daran ist etwas Wahres.«

Wir fuhren fort, den Gleiter zu entladen. Sehr lange brauchten wir nicht, um uns wieder heimisch zu fühlen. Die Regenzeit war seit einigen Tagen vorbei. Vor einem Mond war Khach't gespeert worden.

Plötzlich stieß Xandar ein fauchendes, langgezogenes Grollen aus. *Sie kommen! Überleg deine Worte!* meinte der Logiksektor warnend.

»Die Nachkommen derjenigen Familien«, sagte ich so laut, daß die

Menschen draußen im schützenden Dunkel es hören mußten, »die unsere Freunde waren, kommen, um uns zu begrüßen.«

Xandar, Arconrik und meine Finger, die um den Handgriff des Lähmdolches lagen, genügten als Schutz. Wir gingen die Treppe hinunter und zur offenen überdachten Terrasse. Ganz langsam kamen einige ältere Männer und Frauen heran. Einer trug eine blackende, knisternde Fakkel.

»Wir sind zurückgekommen«, sagte ich, »wie wir es versprachen. Aber verwechselt uns nicht mit euren zornigen Göttern. Wir trauern um den Falkner. Was habt ihr uns zu sagen?«

Sie wirkten unsicher und verlegen. Aber sie kamen mutig in den Lichtkreis hinein.

»Ich bin die Heilerin Wyn«, sagte die Frau. Ihr Haar war schwarz mit silbernen Strähnen. »Ihr wißt alles? Du mußt Demetrion-Atlan sein, nicht wahr?«

»Ja. Was habt ihr getan, um die jungen Rebellen mit dem unruhigen Blut zu bestrafen? Obwohl Strafe nichts an ihren Gedanken ändern wird.«

»Sie arbeiten am neuen Kanal. Sie werden bewacht. Sie dürfen nicht sprechen und müssen nachdenken.«

Den Kanal zwischen dem oberen Ende des Stausees und der Außenzone hatten wir natürlich gesehen.

»Nachdenken hilft immer«, meinte Arconrik. »Von uns werdet ihr gute Ratschläge bekommen, nicht mehr. Das nächstemal, wenn es Streit zwischen euch gibt, werden wir nicht mehr zur Stelle sein. Wir können nicht mehr gerufen werden, um Gericht zu halten.«

»Auch das habe ich ihnen gesagt. Wir freuen uns dennoch. Seid willkommen. Ich heiße Lilmar und bin der Kunstschmied.«

»Dank für den Willkomm«, entgegnete Narnia und trat vor. Ihre reife Schönheit und ihr warmes Lächeln übersprangen augenblicklich den Abstand zwischen den Oasenbewohnern und uns. »Wir sind stets mit einem Becher Wein begrüßt worden. Oder habt ihr diese Kunst verlernt in hundert Regenzeiten?«

Carnial und Yudron sagten, sie seien die besten Küfer, und liefen, um Wein zu holen. Usha nahm die Heilerin an der Hand und zog sie ins Haus.

»Aber wir werden euch lehren, wie der nächste Streit beigelegt werden kann. Kümmert euch nicht um Demetrions grimmiges Gesicht. Er ist ganz anders, wenn er euch einmal kennt.«

Wyn schluckte und meinte bekümmert, dann aber freier und selbstbewußter: »Vielleicht wußten unsere Ahnen mehr. Oder wir haben viel vergessen. Wir sind entsetzt und beschämt, daß wir nicht mit Worten, sondern am Ende mit Waffen gekämpft haben.«

»Erwachsensein ist nicht immer eine Frage der Jahre, liebste Freundin«, erklärte Usha ein wenig von oben herab. »Morgen werden wir mit den Rebellen sprechen. Und mit euch allen. Jede Frage kann beantwortet, jede Unsicherheit gelöst werden.«

»Ich habe gehofft und gebangt, daß ihr bald wiederkommt. Euer Haus ist in Ehren gehalten worden.«

»Das hat uns besonders gefreut. Es spricht für eure Klugheit. Wir kennen euch nicht, ihr kennt uns nur von den Bildern der Arkadiane.«

»Das ist wahr.«

Zusammen mit dem Wein und einigen hastig gefüllten Körben mit Essen kamen andere Oasenbewohner zusammen. Es handelte sich um ältere Leute; die jungen hielten sich unbegreiflicherweise zurück. Bald saßen wir um den mächtigen Tisch und sprachen ruhig und lange miteinander. Zögernd begann sich die alte Vertrautheit einzustellen.

Unsere Schritte knirschten im tiefen, heißen Sand. Als wir die Kante der langgestreckten Düne erreichten, blickten wir nach unten. Mehr als dreißig halbnackte Männer, bewacht von rund zwei Dutzend mürrisch dreinblickenden Oasenbewohnern, schufteten schweigend. Sie schaufelten Sand, zerschlugen Steine zu Platten und betteten sie in Lehm und Erdpech. Der Kanal, zehn Schritt breit und mit schrägen Böschungen, rund sieben Schritt an der tiefsten Stelle, war so perfekt angelegt, samt Abzweigungen und Gefälle, als hätten wir ihn gezeichnet und entworfen. Als wir, hinter uns fünfzig oder sechzig Oasen-Älteste, langsam den Dünenhang wieder hinunterstolperten, richteten sich alle Augen auf uns.

»Hört auf zu arbeiten!« sagte Arconrik weithin hörbar und klar verständlich. »Kommt hierher! Wie ihr alle seht, haben wir eure stummen Bitten gehört und eure Probleme erkannt. Es wird noch viel geredet werden. Ihr, die fünfunddreißig Rebellen«, er zählte sie schnell und hatte ihre Namen allesamt gespeichert, »wollt also die aufregenden Abenteuer in fernen Ländern unter fremder Sonne erleben? Dazu werdet ihr bald Gelegenheit haben. Wenn ihr wollt. Ihr habt Zeit zur Entscheidung.««

Er machte eine wirkungsvolle Pause und zeigte dann in die Richtung der hohen Bäume, die über der Halle wuchsen.

»Zuerst werdet ihr die Portale der Basalthalle freigraben. Dann werden wir die HERRIN DES SANDES ins Freie schaffen und reparieren. Wenn ihr dann immer noch bereit seid, die Oase zu verlassen, und von heißblütigen Gespielinnen und tödlichen Kämpfen träumt, könnt ihr mit uns segeln.«

Wyn trat an meine Seite und winkte.

»Ihr habt es den Fremden zu verdanken. Sie wollen nicht strafen. Wir wurden überzeugt. Wir sitzen, sinngemäß, alle in einem Boot. Während wir rudern, wollt ihr nur angeln. Nicht innerhalb der Grenzen der Oase. Bringt sie zum Sandberg.«

Wir wandten uns zum Gehen. Die Wächter brachten die Rebellen mitsamt dem Werkzeug in den Schatten vor den längst zugewehten und überwucherten Bronzeportalen. Leise miteinander murmelnd, begannen die jungen Männer mit der Arbeit.

Fünfundneunzig Stunden nach dem ersten Hieb mit dem Pickel zogen wir das Schiff ans Tageslicht hinaus. Die Räder kreischten jämmerlich auf den Metallschienen. Mit fast jedem Rebellen hatten wir mittlerweile lange gesprochen; dreißig von ihnen waren fest entschlossen. Sie wußten nicht genau, was sie erwartete.

»Wie lange werden wir segeln?« redete mich Parsimon an. Ich grinste und ließ Sand durch meine Finger rieseln.

»Zuerst werden wir eine unermeßliche Strecke über den Sand zurücklegen.«

»Unter Segeln?«

Fünf der Rebellen waren auf einer Handelsfahrt nach Berenice dabeigewesen. Sonst hatte keiner die geringste Erfahrung mit den Gewalten des Meeres. Aber das Schiff – der Name war nicht endgültig – kannten sie. Jedes Tau, jedes Stück Holz, jede Fuge. Zusammen mit den geschickten Handwerkern hatten sie das Schiff jede Handbreit durchgesehen, instandgesetzt, geputzt und verschönert. Selbst die Segel waren an den Rahen befestigt; noch war der Mast, nachdem wir ihn aufgerichtet und einen Reservemast hergestellt hatten, gelegt. Von den geheimnisvollen Einbauten wußten sie noch nicht viel.

Nicht einmal Parsimon, Nadl Eos und Cyprian, die intelligentesten, konnten die Entfernungen abschätzen.

»Nein. Wartet ab. Keiner von euch wird überfordert werden. Aber eines sage ich euch allen schon heute: Ich glaube nicht, daß ihr jemals in die Oase zurückkehren werdet.«

»Bei der Unfähigkeit unserer älteren Freunde, ihren Geist frei schweifen zu lassen, mag dies auch wenig wünschenswert sein.«

Diese Antwort Nadls hatte ich erwartet. Der Logiksektor faßte meine langen Überlegungen zusammen und wisperte: *Jetzt tritt ein, was du immer befürchtet hast. Erstarrung innerhalb selbstgewählter Mauern. Rebellion ist eine errechenbare Folge, Stagnation und verstandesmäßiger Inzest die andere. Berücksichtige dies bei der Planung.*

»Ich will's versuchen«, knurrte ich.

Arconrik kümmerte sich um die technische Ausrüstung der Oase. An drei Dutzend Stellen waren Reparaturen auszuführen. Zusammen mit den Kunsthandwerkern, denen er die Prinzipien der verschiedenen Geräte und Apparate zu vermitteln versuchte, entwickelte er Techniken und Verfahren, um sie zu lehren, die Maschinen in Betrieb zu halten.

Narnia sprach mit den klugen Frauen der Oase. Auch meine Freundin versuchte, die Wurzeln der Entwicklung für die nächsten hundert Jahre zu pflanzen. Sie meinte, daß kollektive Erinnerungen über diese lange Zeitspanne hinweg wirksam bleiben würden. Die Wahrscheinlichkeit war schwer abzuschätzen. Diese Erinnerung blieb, eine andere ging aber verloren.

Usha Tizia versuchte mit ihrer liebenswerten, einzigartigen Weise, den Oasenbewohnern die Probleme der nahen Zukunft vor Augen zu führen. Sie war ständig unterwegs, betrat jedes Haus und versuchte herauszufinden, wie der drohende Niedergang der kleinen, abgeschlossenen Gemeinschaft aufzuhalten war. Einigermaßen ratlos kam sie zurück und sprach nächtelang mit Arconrik über dieses Problem.

Irgendwann, viele Tage nach unserer Ankunft, war das Schiff fertig gerüstet.

Wir vier hatten geplant, diese ferne Kultur zu besuchen, jenen kleinwüchsigen Menschen zu helfen und schließlich wieder hierher zurückzukehren, wobei es gleichgültig war, wie lange wir uns dort, weit im Westen, aufhalten würden. Allzu lange würde es wohl nicht dauern, meinte ich. Mittlerweile rüsteten sich die jungen Männer aus. Da sie von den Stiefeln bis zur Bewaffnung alles von den Leuten der Oase brauchten, wurden sie gezwungen, mit ihren einstigen Freunden und späteren Gegnern wieder vernünftig zu sprechen. Es entspannte die herrschende Beklommenheit ein wenig, aber die Gegensätze wurden nicht geringer.

»Ihr werdet zwar genügend Freiheit haben«, versprach ich wenige Tage vor dem geplanten Start Oncu Nay, »aber glaubt nicht, daß es ein leichtes Leben sein wird.«

»Du wirst miterleben, daß wir keine Arbeit scheuen«, versicherte er. »Du hast gesehen, daß wir fleißig und nicht ungeschickt sind.«

»Stimmt. Warum haben fünf von euch aufgegeben?«

»Sie erkannten, daß sie besser in die Oase passen.«

»Wahrscheinlich ist es so. Ist das kleine Boot fertig?«

Der Gleiter war äußerlich umgestaltet worden, so daß er wie ein Beiboot des Schnellseglers aussah. Seit Tagen arbeiteten wir daran.

»So gut wie fertig. Dürfen wir die Bilder sehen, die uns die Welt zeigen wie aus dem Auge des Vogels?«

»Später. Kümmert euch um den Proviant. Arconrik ist bei euch?«

»Unten, am Wasser.«

Ich ging zurück ins Haus. Rund zehntausend römische Meilen würden wir zurücklegen. Auf dem Weg zu der Halbinsel im Osten der riesigen Bucht konnten wir beliebig oft anhalten; ich hatte sämtliche Karten vorbereitet und die Entfernungen gemessen und die Haltepunkte nach bestimmten Regeln ausgesucht. Die schwierigste und gefahrvollste Strecke war natürlich die Überquerung des westlichen Ozeans.

»Sie werden wirklich viel Zeit haben, sich an das Schiff zu gewöhnen«, meinte Narnia. In ihrer flachen Truhe lagen die nautischen Geräte und die vielen Ausschnittkarten.

»Schwieriger wird es sein, ihnen all die Fähigkeiten zu vermitteln, die sie an Ort und Stelle brauchen.«

»Sie waren immerhin, sagte man uns, gute Schüler. Jeder lernte ein Handwerk.«

»Aber ich habe noch keinen Plan«, gestand ich. »Auch in diesem Fall wird uns bis zur Landung etwas Überraschendes einfallen.«

»Dir oder Arconrik – zweifellos.«

Seit der Ankunft arbeiteten wir daran, die Gedanken der Oasenbewohner darauf zu richten, daß sie sich eine Zukunft ohne uns vorstellen mußten. Unsere Vorarbeit war ausreichend gewesen: Die Schulen waren gut, und durch den Handel wurden alle Handwerker gezwungen, ihr Bestes zu geben. Die lange Kette unserer arbeitserleichternden, qualitätsverbessernden Erfindungen war also nicht vergessen worden. Der Reichtum wurde zur Gefahr, denn irgendwann würde der Neid eine große Gruppe Plünderer oder die Truppen eines machtgierigen Herrschers hierher treiben. Unsere Reden bewirkten bei vielen der Ältesten tatsächlich tiefe Nachdenklichkeit. Einen schnellen, nachhaltigen Ausweg wußten wir auch nicht.

Die Schlingen, in denen man sich fängt, hat man selbst ausgelegt, sagte mürrisch der Logiksektor. *Nach deiner Aufgabe solltest du hierher zurückkehren.* Ich hob den Kopf und schaute hinaus zum Steg. Dort lag das Schiff fest vertäut. Das Boot – der getarnte Gleiter – stand auf Böcken und wurde von eineinhalb Dutzend Handwerkern überholt. Zwischen der Terrasse und dem Hang stapelte sich die Ausrüstung. Aufbruchsstimmung lag in der Luft. Natürlich kontrollierte Arconrik jede noch so geringfügige Kleinigkeit. Der weiße Geier, mittlerweile reichlich zerrupft, schwebte in einer ständig größer werdenden Spirale rund um die Oase und versuchte, mögliche Überraschungen zu erkennen oder einen Gegner zu sehen. Wyn kam, zusammen mit Usha, in meinen Arbeitsraum. Usha teilte Becher und kaltes, schäumendes Bier aus.

»Wie lange müssen wir warten, bis ihr zurückkommt? Ohne die Enkel eurer Freunde von damals?«

»Es werden einige Jahre sein, Heilerin«, erwiderte Narnia. »Warum fragst du gerade jetzt?«

»Weil ich sehe, daß ihr in kurzer Zeit das schöne, große Haus leer zurücklaßt.«

»Unsere Angst ist, daß wir eines Tages die ganze Oase leer finden. Oder besetzt von fremden Soldaten.«

»Deswegen fragen wir auch. Die Ältesten schicken mich. Auf wen sollen wir uns stützen?«

»Ihr habt ausgebildete Wächter. Lernt, wie ihr die Oase gegen eine größere Macht verteidigen könnt.«

»Das haben wir vor.«

»Ein erster, guter Schritt. Es sollte jeder kräftige Mann im Notfall die Waffen gebrauchen können. Wir sind in ein paar Tagen weg. Verlaßt euch auf euch und sonst niemanden.«

»Eigentlich«, sagte sie nachdenklich und nickte, »haben wir alles, was wir brauchen. Sogar die Medizin, um Wunden zu heilen. Ich werde den Ältesten sagen, was zu tun ist.«

»Solange die Frauen den Männern solche Ratschläge geben, ist nichts verloren«, stimmte Narnia zu. »Aus der Rebellion habt ihr gelernt. Eure jungen Männer sollen hinaus. Rüstet sie aus, schickt sie auf gefahrvolle Reisen. Wenn ihr sie braucht, werden sie kommen und für ihre Heimat kämpfen.«

»Wir haben gelernt. Aber jetzt ... es sind zu tiefe Wunden gerissen«, meinte Wyn traurig.

»Aus diesem Grund reisen sie mit uns und kommen höchstwahrscheinlich nie mehr zurück.«

Wir hatten uns entschieden. ES würde uns helfen, auch wenn wir nicht mit ihm gesprochen hatten. Als wir an einem frühen Morgen über den ruhigen Stausee ruderten, standen unzählige am Ufer und winkten uns. Außer Sichtweite schwebte das Schiff aus dem Wasser und nahm Kurs nach Nordwest. Lähmender Schrecken befiel die Mannschaft. Zwischen Heck und Mastschuh war der Gleiter mit breiten Bändern festgezurrt. Wir folgten dem Fluß, schwebten schneller und in möglichst geringer Höhe über Sand, Geröll, durch Täler und über sonnenglühende Berghänge. Weit im Innern des Landes kamen wir lautlos am Hafen Berenice vorbei, und am frühen Abend knirschte der Kiel auf der kleinen Sandbucht südlich von Aelana, an der Stelle, an der sich das Meer in zwei tiefe Buchten gabelte.

Die jungen Männer hatten vierzehn Stunden Zeit gehabt, die wunderbare Fortbewegung zu erleben und zu bestaunen. Jetzt, als sie uns alle mit Fragen bestürmen wollten, ließen wir sie arbeiten. Holz suchen, eine Quelle finden, Frischwasser holen, ein Feuer anfachen, für das Schiff und das Essen sorgen, Wache gehen, einen Aussichtspunkt erklettern, das Nachtlager vorbereiten, kochen und braten. Schließlich saßen wir alle um das Feuer und aßen.

»Das war die erste Erfahrung«, sagte Arconrik und roch genüßlich an dem starken Wein in seinem Becher. »Ihr habt euch schnell an das Schiff gewöhnt.«

»Es war ein Tag der Wunder«, sagte Oncu. Wie wir alle trug auch er die dauerhafte, wertvolle Kleidung, die wir für die Tage nach der letzten Landung hatten schneidern lassen. »Gibt es etwas, das Arconrik nicht besser als jeder andere kann?«

»Nichts«, sagte Usha kurz. »Ihr werdet alles lernen. Wenn ihr wollt.«

»Wir müssen«, sagte Begas entschlossen. »So mächtig und klug, wie es in der Oase heißt, seid ihr wirklich.«

»Glaub, was du siehst, nicht irgendwelche Legenden.«

»Aber ihr seid Legende!«

»Abwarten«, sagte ich. »Heute war ein erster Tag. Bis wir in dem fernen Land der Priester und Rechner sind, vergehen weitere neunundneunzig Tage.«

Vierunddreißig Menschen, ein weißer Geier, der sich von Tag zu Tag unter Arconriks geschickten Fingern und Werkzeugen veränderte, und ein Jaguar mit silbergrauem, bräunlichem Fell – wir verbrachten diese Nacht und viele folgende Nächte an einsamen Stränden entlang der Nordküste Africas, die viele Namen trug: Nabataei, Aegyptus, Cyrene, Arae Philaenorum, Leptis magna oder Hadrumetum. Über Hippo Regius kamen wir nach Numidia und Mauretania. Im Delta des Tagus ankerten wir ebenso wie an der Westküste Lusitanias. Wir segelten und schwebten. Wir lehrten die Männer die Namen der Gestirne und der Stürme, sie gebrauchten die magnetische Nordnadel bald so sicher wie das große Ruder, sie segelten und hielten Kurs, spien nicht mehr über Bord und gewannen, als wir uns in die gischtende Brandung des Ozeans stürzten, noch mehr an Sicherheit. Bald legten wir an der kleinen Felseninsel an, unter der die Tiefseekuppel lag. Aus den vorbereiteten Behältern ergänzten wir die Ausrüstung und segelten weiter.

Schiff und Mannschaft überstanden die riesigen Wellen, die Kreuzseen und ein Seegewitter, Delphine, Wale und fliegende Fische und meist Wind aus dem östlichen Quadranten.

Wir hoben das Schiff aus den salzigen Wogen und steuerten es durch die Luft, einige Tage lang. Arconrik steuerte und wachte über unseren Schlaf. Der Mond hatte mehrmals seine Form verändert und zeigte jetzt, als die erste der vielen Inseln auftauchte, wieder die zunehmende Sichel.

»Drei, vier Tage noch. Es gibt keine Eile«, sagte Narnia zu Tasm Nacan. »Bevor wir mit den Menschen sprechen, müssen wir noch die Sprache der Maya erlernen.«

»Die Sprache? Das dauert unendlich lange!« rief Tasm. »Was sollen wir dort?«

Wir hatten bisher unsere Erklärungen in den notwendigen Bruchstükken abgegeben. Niemand wurde überfordert. Bisher hatte auch jeder Tag eine andere Überraschung gebracht, die verarbeitet werden mußte. Jetzt sagte ich, im Bug stehend, zur Mannschaft:

»Wir werden ihnen das Schreiben und Rechnen beibringen. So wie vor Jahrhunderten die Oase aus winzigen Anfängen entstand, werden dort Städte entstehen, den Menschen wird es bald besser ergehen, und ihr werdet auftreten wie hilfreiche Feldherrn der Vernunft und der Wissenschaft.«

»Wie Fürsten aus einer fremden, nachahmenswerten Welt«, rief Usha.

Härteste körperliche Arbeit, ruhige Erholung, Salzwasser, Wind und die unbarmherzige Sonne hatten jeden der dreißig verändert. Charakterzüge waren ebenso deutlich hervorgetreten wie Muskeln und Bartwuchs. Aus jungen Männern waren einzelne Persönlichkeiten geworden, die weder Sturm noch Schlaflosigkeit fürchteten.

Aber jetzt erschraken sie. Narnia hob beide Arme und deutete auf den Horizont. Dort tauchte die weiße Linie einer Brandung auf, dahinter der Sand, über ihm die dunkelgrünen exotischen Gewächse.

»Heute nacht werden wir das Schiff taufen. Wir werden Wein trinken. Und wir zeigen euch erstaunliche Bilder.«

Das genügte nicht, um die Beklommenheit aufzulösen. Wir setzten den Rumpf hoch auf den Strand, luden das Gleiterboot aus und warfen zwei eiserne Anker. Mit einem weiten Satz sprang der Jaguar von Bord. Der Sand trug unzählige Spuren, aber nicht einen Abdruck menschlicher Füße. Der Vogel schwebte heran; aus ihm war ein riesiger Kondor geworden, der einen mißtönenden Schrei ausstieß und dann die Insel zu umrunden begann. Wir hatten den ersten Vorposten des riesigen Doppelkontinents betreten, und genau westlich vor uns lag jene Halbinsel in der fast grenzenlos großen Bucht zwischen den Erdteilen. Jener Landstrich, auf dem die Pflanze ihre Kolben wachsen ließ, die *gnädiger Gott* genannt wurde.

Der Boden war fruchtbar und wohlvorbereitet. Viele Fürsten hatten die Macht, für die Verteilung von Handwerkserzeugnissen, Nahrungsmitteln und Äckern zu sorgen. Eine Rangordnung herrschte längst; der Handel mit den Nachbarn blühte. Arbeitskraft wurde zur Ware, Arbeitsteilung zeichnete sich ab. Die Priester besorgten die wissenschaftlichen Arbeiten und hatten für jeden Tag einen anderen Gottgötzen, der gnädig gestimmt werden mußte. Alle Voraussetzungen, um eine Hochkultur zu schaffen, schienen gegeben zu sein. Die arbeitenden Menschen waren fleißig und genügsam. Es fehlte nur der Funke, und neue Ideen breiteten sich aus wie das Wasser in den Pflanzkanälen.

8.

»Demetrion!« sagte Cyprian aufgeregt. »Sie bauen riesige Hügel und Mauern aus großen Steinen. Aber sie haben keine Zugtiere und nicht einmal Wagen mit Rädern.«

Arconriks Sehzellen glühten grün in der Dunkelheit. Wir hatten uns um den Bildschirm versammelt und studierten die aufgezeichneten Berichte. Atemlos sahen die jungen Seefahrer die dschungelüberwachsenen Berghänge, die riesigen Lichtungen in den Tälern und die Massen der arbeitenden Bauern. Sie trugen die meisten Lasten auf dem Rücken und hielten sie mit breiten Stirnbändern. Parsimon schüttelte den Kopf.

»Ein seltsames Volk.«

»Wir kennen nur die Oase und Berenice«, wandte Horm ein. »Sieh hin, hellhaariger Narr.«

»Ruhe!« rief ich und fuhr fort, die Bilder zu erklären.

Mais, Bohnen und Kürbisse wurden angebaut. Die Priester ließen Stelen und Mauern mit »Zieleinrichtungen« herstellen, um die Sterne beobachten zu können. Die Namen der Mayas waren nicht weniger absonderlich als die Einzelheiten ihrer Kleidung. Schilf wurde geschnitten und zu Matten, Körben und zahllosen anderen Haushaltsdingen geflochten; mit bemerkenswertem Geschick. Überall waren Zeichen zu erkennen, daß die Fürsten und Wissenschaftler-Priester deutliche Planungen besaßen.

»Du hast gesagt, Atlan, daß wir auf großartige Weise dort auftauchen müssen?«

»Damit sie uns glauben«, meinte ich. »Sie glauben sonst nur Götzen oder übernatürlichen Erscheinungen. Alles andere meinen sie selbst zu wissen.«

»Ich verstehe«, murmelte Oncu Nay. »Die Sonne. Mit der Sonne als Zeichen sind wir erfolgreich.«

»Das wiederum ist *dir* eingefallen«, lobte ich ihn.

Vier große Zentren hatten wir unterscheiden können. Wir glaubten, daß sie *polenke, Schwarzsteine, tical* und *waxactun* genannt wurden – oder so ähnlich, und *tical* lag dem östlichen Ufer am nächsten. Dort würden wir den Kontakt aufnehmen.

Wurzeln wurden ausgegraben und zubereitet, Knollen, die Feigen von Kakteen, verschiedenes Obst. Enten und Wassergeflügel gehörten ebenso zur Nahrung wie Flußfische, Schildkröten, Schweine und Hirsche. Aus vulkanischem Gestein machten sie Werkzeuge und Waffen. Jaguare sahen wir, Heulwölfe – die *koyote* hießen – sowie Pardelkatzen und Schlangen in allen Größen. Vor uns breitete sich eine reiche, aber eigentümliche Kultur aus. Ich hatte bisher geglaubt, daß die Entwicklung auch an dieser Stelle des Planeten längst viel weiter sein müsse.

»Sie haben nur Stein. Nicht einmal Kupfer oder Bronze«, sagte Till endlich.

»Aber sie verstehen den Stein meisterlich zu bearbeiten«, brummte Nadl, der Sohn eines Steinmetzen. »Auch haben sie keine Drehscheibe für die Tonwaren.«

»Wir werden es ihnen zeigen«, versprach Usha. »Und vieles andere mehr.«

Je mehr ich selbst von der steinzeitlichen Entwicklung sah, desto mehr kam sie mir vor wie eine kaltblütig vorangetriebene Spitzenleistung einer in die Ecke getriebenen Phantasie. In diesem Fall der allgegenwärtige Götterglaube der Priester und ihrer ahnungslosen, braven Untertanen.

»Ich fürchte mich vor keiner Anstrengung«, meinte Arsa bekümmert. »Aber warum sollen wir ihnen Dinge zeigen, die sie nicht kennen?«

»Damit es ihnen allen eines Tages so gutgeht wie euch in der Oase. Es soll sein, daß deren Rebellen eines fernen Tages übers Meer segeln und an anderen Orten genau das tun, was wir hier und heute versuchen. Klar?«

»Ich habe verstanden«, antwortete Arsa.

Der Gleiter flog voraus. Wir suchten die beste Gelegenheit, um uns gebührend in Szene zu setzen. Zwar schätzte ich solche Selbstvergöttlichung keineswegs, aber nach langen Nächten der Beratung hatten wir uns dazu entschlossen. Wie überzeugte man sonst ein Volk, das herrliche Straßen und Wege mit einem gigantischen Arbeitsaufwand herstellte; Straßen, auf denen nur Boten und Fußwanderer unterwegs waren, nicht einmal Reiter?

Das Schiff, noch mit gelegtem Mast, folgte den endlosen Windungen eines Flusses. Nahe der Wasserscheide gab es einen See, in dessen Mitte wir in der Nacht ankerten. Unsere Aufregung wuchs. Xandar und der Kondor wurden in das Gebiet von *tical* geschafft. Arconrik steuerte den Gleiter in tiefer Nacht in ein Dschungelversteck hoch über dem Ort. Der Kondor begann in geringer Höhe zu kreisen, und Xandar suchte sich den sorgfältig programmierten Weg.

Eine grandiose Ebene mit geringen Höhenunterschieden lag weithin im Nebel. Die Sterne begannen nacheinander zu verschwinden. Das Schiff näherte sich, lautlos, dicht über dem Boden schwebend, dem Ort und den weithin ausufernden Feldern. Die Kulisse der Berge verschwand hinter uns. Alle unsere Waffen und sämtliche Schiffsteile waren auf Hochglanz geputzt. Wir fröstelten trotz der dicken Mäntel in der frühmorgendlichen Kühle. Der Chor der Heulwölfe drang aus allen Richtungen an unsere Ohren. Nebel schlug sich auf den Metallflächen nieder. Undeutlich schimmerten einige Feuer als Lichtinseln durch den Dunst. Unmerklich wurde es heller.

»Glaubt mir«, sagte ich laut vom Ruder des Schiffes, »es wird alles so sein, wie wir es besprachen.«

»Mittags sind wir klüger«, brummte Begas. »Oder tot.«

»Ganz gewiß nicht tot. Nicht einmal in einen Kampf verwickelt. Atlan hat vorgesorgt.«

Ich winkte hinüber zu Usha. Noch schien es in weitem Umkreis nicht einen Eingeborenen zu geben, der aufgewacht war und uns gesehen hatte. Wir erkannten die ersten künstlichen Hügel und irgendwelche Reihen von Hütten. Aus wenigen Kaminen oder Löchern in den Dächern stieg Rauch auf und bildete fast senkrechte Säulen. Der Himmel färbte sich grau. Als sich der oberste Rand der Sonnenscheibe hinter den Bergen aus dem Meer hob und seine waagrechten Strahlen durch den Nebel warf, begann Xandar mit seiner überlauten Stimme zu heulen.

Gleichzeitig sandte er ein Ultraschallsignal aus, das eine unübersehbare Vielzahl von Tieren halbwegs zur Raserei brachte. Im tropischen Wald brach ein schauerliches Spektakel los, ebenso unter den wenigen domestizierten Tieren in den Ställen und Umzäunungen. Mit pfeifenden Schwungfedern raste der Kondor durch die Nebelschwaden.

Die Sonne wurde größer, runder und heller. Vor der riesigen halben Scheibe zeichnete sich das Schiff ab, mit vollem Segel und blitzenden Metallstücken. In kurzen Abständen ertönten rings um die Siedlung krachende Donnerschläge. Die Sonne wurde größer. Mehr und mehr Nebel löste sich in der Strahlung auf. Die Fremden in den goldfunkelnden Rüstungen und mit den großen Schilden standen und saßen schweigend zwischen den Bordwänden. Die ersten Schreie der Überraschung ertönten zwischen den Hütten und Häusern. Das Schiff schwebte, als die Morgensonne als runde Scheibe durch den Dunst strahlte, zur Seite und drehte sich nach kurzem Flug in die lodernden Strahlen hinein.

Der Widerschein des Gestirns an den funkelnden Metallteilen und im weißen Segel blendete, als ein riesiger Halbkreis beendet war und das Schiff von West nach Ost schwebte, noch immer gespenstisch lautlos wie ein Traum, alle Augen. Noch immer schrien und heulten die Tiere. Auf einer Plattform stand der Jaguar, hob seinen kantigen Schädel und stieß ein unirdisch lautes Grollen aus.

Hunderte und Tausende braunhäutiger Menschen rannten aus den Häusern, rotteten sich zusammen und starrten die funkelnde und strahlende Erscheinung an. Das Schiff wurde langsamer und steuerte auf eine Wasserfläche zu, die an zwei Seiten von eckigen Steinböschungen eingefaßt war. Fremde Wörter drangen an unsere Ohren. Wir blickten schweigend auf den Wirrwarr. Die Mayas warfen sich zu Boden und verbargen die Gesichter im Staub oder in den Händen.

»Sie sind nicht angriffslustig«, murmelte Oncu.

»Jeder hält uns für Geister oder Ähnliches«, pflichtete Begas ihm bei.

»Und wir kennen die Sprache noch nicht«, stöhnte Tasm.

Das würde sich bald ändern. Wasser schäumte auf, als sich das Schiff schwer in die aufgestaute Fläche senkte. Hohe Wellen breiteten sich ringförmig aus und schlugen an die Uferbefestigungen. Usha, Narnia und ich hatten die Sprache schon über Arconriks Gerätschaften kennengelernt. Wir waren noch nicht ganz sicher. Ich stand im Heck und rief:

»Nehmt die Segel herunter! Wir sind in unserer neuen Heimat!«

Die jungen Freunde verstanden nicht, aber sie wußten, was zu tun war. Zögernd getrauten sich einige auffällig gekleidete Mayas, aufzustehen und näher zu kommen.

»Laßt fallen Anker! Bringt die Planken aus.«

Während Narnia und ich das Schiff verließen, Usha uns folgte, kreiste der Kondor dicht über uns. Das Segel fiel, die Rahen wurden belegt. Eine Gruppe prächtig aufgeputzter Priester oder Herrscher kam über das kurze Stück der auffallend breiten Straße heran. Die Mayas standen auf und näherten sich langsam. Sie waren bartlos, breitschultrig, schwarzhaarig und hatten große, aufmerksame Augen.

»Ihr seid weißhaarig«, sagte einer, deutete auf Usha und mich. »Und ihr seid weißhäutig.«

»So ist es. Wir kommen aus einem prächtigen Land, das hinter dem Ozean liegt.«

»Zu uns? Bleibt ihr hier, hohe Herren?«

»Wenn wir nicht vertrieben werden.«

Einen langen Augenblick genoß ich selbst unser Auftreten. Die Sonne ließ das Schiff und uns erstrahlen. Daß der Jaguar von dem unfertigen Tempelberg heruntersprang und auf uns zurannte, erschreckte und verwunderte die Mayas ebenso wie der Kondor mit den rauschenden Schwingen. Xandar kam auf einen Wink heran und legte sich zwischen Narnia und mich auf den Steinboden.

»Mit wem sprechen wir? Wer ist der Herrscher?«

»Dort. Die Priester.«

Nacheinander kamen die jungen Seeleute von Bord. Sie trugen, wie ich, die prächtigsten Rüstungsteile. Sie stellten sich in einem offenen Halbkreis hinter uns auf. Inzwischen war eine große Menschenmenge zusammengekommen und bildete eine Gasse für die Priester. Der Nebel hatte sich aufgelöst, und wir sahen zum erstenmal richtig den Reichtum an Vögeln und Schmetterlingen. An zahlreichen Stellen standen unbehauene Stelen und Fundamente aus riesigen Steinen.

Aus ehemals einfachen Anfängen erhob sich hier sozusagen der Grundstein einer neuen, höchst eigenartigen Welt. Die Priester, die zuerst gerannt waren, mäßigten ihre Schritte und gaben sich würdevoll. Leder, Flechtwerk mit Federn, unzählige goldene Reifen, prächtige Sandalen mit kniehohen Stulpen und reichverzierte Felle vom Ozelot und Jaguar raschelten und klirrten mit dem Schmuck langer, zeremonieller Lanzen. Die fünf Männer trugen einen phantastischen Kopfschmuck.

»Ihr kommt über das Wasser?« fragten sie. Ich entdeckte über uns eine von Ricos Spionsonden. Usha trat vor und antwortete an meiner Stelle. Damit wollten wir von Anfang an deutlich machen, daß es bei uns keine Rangunterschiede gab. Ushas fremdartige Erscheinung und ihre Größe erschreckten die Mayas sichtlich.

»Mein Name ist Atlan«, sagte ich, nachdem Usha erklärt hatte, woher wir kamen und daß wir hier siedeln wollten. »Wir kommen dorther, wo die Sonne aufgeht.«

Ich zeigte nach Osten, und im Gesicht des Mannes, der sich *Kazikeh* nannte, erschien ein Ausdruck größter Verwunderung.

»Aus alten Sagen wissen wir, daß es einst am Anfang einer langen Wanderung einen Ort Aztlan gab. Unsere Ahnen stammen aus den Sieben Höhlen. War es dein Vatergott, Aztlan?«

»Kein Gott«, sagte ich entschieden. »Aber es kam immer wieder einmal ein kluger Mann aus dem Sonnenaufgangsland.«

Dein Name – abermals zur Legende geworden! erklärte der Logiksektor.

»Hier sollen wir, den Göttern zum Gefallen, eine Stadt der Tempel bauen. Wir warten hier auf das Wirken der Götter. Helft uns. Es ist genug Platz für viele. Siedelt, wo ihr wollt, aber nicht innerhalb der Hügel.«

Er deutete in vier Himmelsrichtungen. Das Gelände zwischen den roh aufgeschütteten Hügeln war völlig eben und stellenweise von dürrem Gras bedeckt.

»Ich danke«, sagte ich. »Viele Dinge werden wir von euch lernen können. Und ebenso vieles wissen wir, das ihr noch nicht wißt. So ist es immer. Wer befiehlt in Tical?«

»Die Götter, von uns befragt, geben ihre Ratschläge und Befehle.«

»Sie haben nichts gegen uns?« wollte Narnia wissen.

Die Priester hoben die Arme zum strahlend blauen Himmel und riefen durcheinander. »Die Zeichen! Der Donner ohne Wolke und Blitz! Der wilde Jaguar, der zu euch kam. Und der Kondor. Dieses goldene Schiff. Und ihr, weißhaarig und weißhäutig, Nachfahren des Gründers von Aztlan! Die Götter werden euch lieben.«

»Und sie würden uns strafen, wenn wir nicht alles tun, um euch zu helfen.«

»Sagt euren Göttern, daß wir ihnen danken. Meine Männer hier, ihr seht, daß sie jung und stark sind. Sie werden eure schönen Töchter zu Frauen nehmen. Auch dagegen haben eure Götter nichts?«

»Wie könnten sie!«

Wir gingen auf die Priester zu, legten die Hände auf ihre Schultern und bedankten uns. Ich sagte, daß mein Freund Arconrik nachkommen und uns helfen würde. Am Waldrand, wo der Fluß zwischen den Hügeln hervorkam, würden wir unsere Häuser und Werkstätten bauen. Die Priester waren einverstanden. Als die vielen Umstehenden begriffen, daß wir hierbleiben wollten, begannen sie fröhliche Rufe auszustoßen und liefen uns nach, bis wir die bewußte Stelle erreicht hatten. Der Kondor – abermals ein Zeichen! – segelte heran und landete auf dem abgestorbenen Ast eines mächtigen Baumes. Ich wandte mich an die Mannschaft und sagte:

»Wir fangen an. Breitet die Sonnenschutzsegel aus, und dann zeichnen wir feierlich die Grundrisse in den Boden.«

»Und wann bekommt das Schiff den Namen?«

»Erst, wenn die Eingeborenen schreiben können. Zuerst lernen es wohl nur die Priester.«

Neugierig sahen die Mayas zu, wie wir eine lange Kette bildeten und einen großen Teil der Ausrüstung aus dem Bauch des Schiffes holten. Wir legten die Waffen ab, nahmen ein reichhaltiges Essen zu uns und sprachen darüber, daß wir nirgendwo Trauben gesehen hatten. Also: kein Wein in den nächsten Jahren. Wir entwickelten ein Schema, um ein kleines Dorf zu bauen. Dreißig Häuser in mehreren Reihen, ein Haus für uns und die verschiedenen Werkstätten, auf kleinen Hügeln gegen die Überschwemmungen, und die Anfänge des Bewässerungsnetzes. Es gab genügend Bäume, und der übernächste Hügel voller Felstrümmer sah danach aus, als gäbe er einen hervorragenden Steinbruch ab. Langsam verliefen sich die Neugierigen; schließlich erschienen die Priester und trieben die Jäger in den Wald, die Bauern auf die Felder und die Handwerker zu ihrem Arbeitsgerät.

Wieder fing für uns eine Arbeit an, die schon oft getan worden war. In der nächsten Nacht »landete« Arconrik mit dem Boot. Wie die Steine gebrochen wurden, zeigten wir den Arbeitern; die Technik, mit trockenen Holzkeilen zu arbeiten, die mit Wasser zum Quellen gebracht wurden, kannten sie bereits. Eisen war unbekannt; hier wurde nichts gefunden. Zum Schein wendeten wir, wenn sie zusahen, die eisernen Meißel und Hämmer an, den Rest besorgte Rico mit den Hochenergiestrahlern. Unmengen unregelmäßiger Quader wurden für die Sockel verwendet, die Hänge schütteten wir an, und bald wuchs Gras auf der frischen Erde.

Gleichzeitig wurden die »Fremden aus Sonnenaufgang« paarweise der Hypnoschulung unterzogen. Sie beherrschten schnell die Sprache, und der erste wichtige Kontakt mit den Mayas bestand darin, daß wir zusammen mit den Priestern, deren Schülern und den Steinmetzen einzelne Buchstaben schufen. Wir verwandten beträchtliche Arbeit darauf, einzelne Wörter in Buchstaben oder Silben zu gliedern und diese zunächst zu zeichnen; in diesem Teil des Planeten hatte ich bereits die Grundlagen eines Kalenders entwickelt.

Jeden Tag verblüfften sie uns mit einer neuen Überraschung. Wir fanden die Lettern verändert, gerade noch erkennbar. Buchstaben und Silben verwandelten sich in Gesichter und phantastische Fratzen. Ein Mond etwa verging, und die Priester waren in der Lage, zu »schreiben« – keineswegs flüssig. Die Steinmetzen arbeiteten nach Zeichnungen auf gestärkter Leinwand aus Pflanzenwolle und hämmerten mit steinernen Meißeln die Glyphen in die steinernen Stelen. Jedes einzelne Wort, mühsam geschrieben, verschwand in den Ranken, Gesichtern und Schmucklinien von Rechtecken mit gerundeten Kanten. Ein mühsames Geschäft!

Wir machten Ausflüge ins Umland. Vom »schwebenden Boot« aus sahen wir in den Dschungeln das reiche, laute Leben. Wir schossen mit unseren Bögen Hirsche und Wildschweine für unsere Siedlung, die von Tag zu Tag wuchs. Als Baumaterial fällten wir Bäume zwischen den hochwachsenden Häusern aus Stein, und dahinter pflanzten wir große Schößlinge, die wir im Wald ausgruben.

Riesige Felder von Mais, größer als ein Mann, wuchsen auf rechteckigen Feldern. Das System von Wasserkanälen war erstaunlich lang und vielverzweigt und wurde von Tag zu Tag dank des emsigen Fleißes der Bauern ausgedehnter. Es waren Tausende, und immer wieder kamen wandernde Grüppchen hierher. Eigentlich war es ein friedliches Leben.

Die Priester verhielten sich seltsam und ergingen sich in Ritualen, von denen uns die meisten unbegreiflich blieben.

Zuerst hatten sie sich mit wahrem Feuereifer auf die Schrift gestürzt. Sie wendeten sie an, wo es nur ging; an den wachsenden Mauern und Wänden der seltsam kantigen Bauwerke, die auf den Spitzen der schrägen Hügelflanken wuchsen, dort, wo breite Treppen hinaufführten. Es gab kaum einen größeren Stein in dieser ausufernden Anlage, der nicht bearbeitet worden war – es wurde immer deutlicher, daß sie sakralen Zwecken dienen sollte.

Dieser Ruf sprach sich herum; ständig kamen Arbeitswillige hierher.

Inzwischen hatten wir einen Wagen konstruiert, mit einfachen Rädern, Achsen und Naben, mit dem wir uns die Lastenarbeit erleichterten.

Die Priester erschienen, betrachteten die menschlichen Zugtiere und schüttelten die Köpfe. Dann opferten sie drei Enten und sprachen mit ihren Göttern, mit Chac oder Itzamna, und schließlich erklärten sie, daß Räder etwas für Spielzeuge wären.

Für die Zahlen aber, die wir benutzten, entwickelten sie indessen eine wahre Leidenschaft. Allerdings schafften sie es auch in diesem Fall, hoffnungslose Verwirrung zu stiften.

Zunächst einmal verbreiteten sie die Version, daß die Götter auf ihrem Weg durch die Zeit als Lastträger die Zeichen absetzten, die *katuns* und *baktuns,* die einzelnen Punkte, deren Wert durch unterschiedliche Linien versinnbildlicht wurden, die Glyphen, die wie Köpfe aussahen. Die Priester konnten hervorragend rechnen; nur Arconrik konnte das System wieder rückentwickeln. *Immerhin,* sagte der Extrasinn, *sind exakte Berechnungen ein wichtiger Schritt auf dem Weg zur exakten Astronomie!*

Parsimon besuchte uns, Hornhäute an den Fingern, in der Werkstatt. Arconrik und ich legten gerade wichtige Beoachtungspunkte für Sterne und Planeten fest.

»Ich dachte schon«, begrüßte ich ihn, »du würdest dich nicht mehr von deiner neuen Geliebten trennen können.«

Er grinste verlegen, dann schüttelte er den Kopf, schließlich setzte er sich auf den Unterteil einer roh bearbeiteten Stele aus dem Kalkstein, den es hier im Überfluß gab.

»Du hättest, Atlan, ein Volk mit weniger starrem Weltbild aussuchen sollen. Ihre Köpfe sind so hart wie dieser Stein hier.«

»Das macht die Aufgabe reizvoller. Du bist schon zur Hälfte einer von ihnen.«

»Nach sechs Monden? Nein, fünf sind's nur.«

Sie brauchten die Erfindung des Rades nicht, verzerrten jeden Hinweis ins Abstruse, verwendeten aber genau das, was sie für sich zu benötigen gedachten.

Sie schleppten lieber tonnenweise Steine über weite Entfernungen, als sie auf Rädern zu ziehen oder an Flaschenzügen hochzuhieven. Und trotzdem lebten sie gut und zufrieden.

»Du hast recht«, sagte er schließlich. »Aber ich vergleiche Tical immer wieder mit der Oase.«

»Das wird sich mit der Zeit geben.«

Wir hatten drei Häuser zuerst fertiggestellt. Parsimon, Oncu und Till waren – nachdem die Priester die Einwilligung der Götter mitgeteilt hatten – in den braunen Armen rundgesichtiger Jungfrauen vor Anker gegangen. Sie richteten ihre Häuser ein, lagen in den Hängematten, die als Heiratsgut mitgebracht wurden, und die meiste Zeit arbeiteten sie in ihren Werkstätten. Ständig wurden sie von Eingeborenen und Wissenschaftlern besucht, die sorgfältig prüften, ehe sie die eine oder andere

Technik übernahmen. Natürlich erst, wenn die Tagesgötter zustimmten, und dann in möglichst komplizierter Form.

»Hast du ein besonderes Anliegen?« fragte Arconrik, nachdem Parsimon lange genug geschwiegen und unser Werkzeug betrachtet hatte.

»Du weißt, daß die Bauern, von denen die Handwerker und die Priester unterhalten werden, Rodungen in den Urwald schlagen und brennen und dort ihren heiligen Mais anbauen?«

»Der Boden ist karg«, sagte ich. »Aber wir haben schon mit den Priestern gesprochen. Unserer neuen Erfindung stehen die Götter geneigt gegenüber.«

»Wie in der Oase? Dünger? Tierkot und faulende Pflanzenabfälle?«

»Das ist es. Seitdem die Wissenschaftler rechnen können, wachsen die Tempelberge immer höher.«

»Und die Tempel auf den Plattformen werden prächtiger und größer.«

Wir hatten versucht, ihnen zu zeigen, wie man Bogen mauert oder aus zugerichteten Steinen zusammensetzte. Sie lehnten diese Erfindung ab und blieben dabei, konisch zulaufende Öffnungen herzustellen, indem sie flache Steine übereinanderschichteten und oben durch eine einzige Traverse abstützten.

»Sie sind noch lange nicht prächtig genug«, sagte ich. Schließlich, als wie zufällig auch Cyprian hereinkam und von unserem letzten Weinvorrat zu trinken bekam, sagten sie, was sie dachten.

»Es gibt nur dumme, unwissende, zufriedene Bauern und Handwerker ...«, stöhnte Parsimon, und Cyprian setzte im selben Tonfall fort: » ... die nicht darunter leiden, daß die Wissenschaftler und Priester mehr wissen, tiefer denken und so hoch wie die ewigen Sterne über ihnen stehen.«

»Zwei Kasten«, sagte ich zustimmend. »Ganz anders, als wir es aus der Oase gewöhnt sind. Herrscher und Beherrschte. Aber die Herrscher tun nur, was ihre Götter wollen.«

Wir hatten verstanden. Die Jungen vermißten das Reiten auf dem Rükken von schnellen Pferden, dachten an die Sanddünen, an Bier und Wein und den sonnendurchflirrten Schatten der Bäume, deren Arten es hier nicht gab.

»Und nicht einmal wir, als Pseudogötter, können viel verändern!« bestätigte Parsimon.

Es war wirklich schwierig und in vielen Fällen unmöglich, ihnen etwas beizubringen. Sämtliche Abfälle unserer kleinen Siedlung liefen durch gebrannte Tonröhren in ein Sammelbecken. Dort wurden sie mit allen Pflanzenresten und mit den Ausscheidungen unserer Tierzucht vermischt. Wir deckten das große Becken ab, und das entstehende Gas betrieb tagsüber unsere Kochstellen, die Schmiedefeuer und die Öfen, nachts brannten die Lichter vor den Häusern. Den Rest, der in der Grube zurückblieb und nicht mehr stank, pflügten wir unter die Erde unserer drei großen, prächtigen Maisfelder. Nichts davon gefiel den Göttern; die Eingeborenen arbeiteten also weiter mit Hacke und Grabstock und brannten das Unterholz der Rodungen nieder.

»Alles braucht seine Zeit«, vertröstete ihn Arconrik. »Immerhin hast du deinem Weib schon den Nasenring und die riesigen Ohrenpflöcke ausgeredet. Ein echter Erfolg!«

»Allerdings.«

Die jungen Mädchen waren auch hier hübsch wie überall auf dem Barbarenplaneten. Wurden sie älter, sorgten harte Arbeit, einseitige Ernährung und viele Geburten dafür, daß sie breithüftig, faltig und dickleibig wurden. Jetzt, als die Regenzeit begann, änderte sich das Leben in Tical. Alles unter der Sonne wurde grün, Dschungel und Unkraut wucherten, und die Steine glänzten. Die Wissenschaftler bauten Dächer über die Säulen, die ihnen zur Beobachtung von Sonne, Sternen, Venus und Mond dienten. Sie hockten ständig zusammen und rechneten. Für einen bestimmten Tag hatten sie ein Fest errechnet, für den Großen Alten Gott und die vier *bacabs,* die das Gewölbe des Himmels trugen.

Ich versetzte dem Modell der Sonne und der inneren Planeten einen leichten Stoß und legte den Männern die Arme um die Schultern.

»Wir sind erst am Anfang. Über Erfolg oder Mißerfolg entscheiden Jahrzehnte. Habt Geduld. Ihr lebt noch lange.«

In dieser Nacht pflügten wir unsere Maisfelder mit dem Gleiter als Zugmaschine. Am Morgen staunten die Eingeborenen über die Furchen, die wie mit dem Kamm gezogen aussahen. Im Regen saßen Usha, Narnia und ich unter dem vorspringenden Dach aus Steinsäulen, Balken, Rohrgeflecht und dünnen Schuppenziegeln. Der Regen fiel dünn und geräuschlos. Aus Tical erklangen Rasseln, Flöten und Pfeifen.

»Ich habe dein Gesicht, Aztlan, auch schon viel fröhlicher gesehen«, murmelte Usha. »Du bist von den Menschen, die wir verlassen haben, förmlich verwöhnt worden.«

Sie hatte meine – unsere – Probleme richtig erkannt. Aber wir waren nicht hierher gekommen, um von schnellem Erfolg verwöhnt zu werden. Ich sagte:

»Was die Klügsten rund ums Mare internum nicht schafften, hier wurde es errechnet. Ein Beispiel nur: Das Jahr maßen sie, und jetzt konnten sie es teilen. Dreihundertfünfundsechzig Tage und einen Vierteltag. Sie rechnen weiter. Arconrik kennt den absoluten Wert. Sie sind Künstler in ihren bizarren Tiefreliefs. Daß sie kein Eisen haben, kann man ihnen schwerlich anlasten.«

»Und außerdem«, Narnia legte ihre Hand auf Ushas Arm, »zwingt uns niemand, bis ins hohe Alter hierzubleiben.«

»Wir warten, bis auch der letzte von uns eine Frau genommen hat!« lachte Usha. Es war uns gelungen, aus Mais einen goldgelben Alkohol zu destillieren. Arconrik und ich hatten einen Mond lang dazu gebraucht, Mais keimen und darren zu lassen und die Maische zu vergären. Zusammen mit dem Saft frisch gepreßter Kürbisse ließ sich das Zeug trinken.

Wein ist dir lieber, bemerkte grämlich der Logiksektor. *Gib dem Kazikeh etwas davon und nimm ihn auf einen Rundflug mit!*

ES mit seinem makabren Humor hätte seine helle Freude! Unsere neuen Freunde verwendeten alle »Erfindungen« dazu, eine prächtige, nutzlose Masse aus riesigen Plätzen auf verschieden hohen Ebenen zu erschaffen, glattes Pflaster zu verlegen und steile Schräghügel aufzuschütten, prächtige Treppen zu deren Plattformen zu bauen und dort Tempelbauten auszuführen. Rampen, Mauern und Wege halfen, ein Panorama zu schaffen, das mit den Tempelbauten des Nillands mühelos wetteiferte.

»Das ist nicht der schlechteste Tag für den Abschied«, brummte ich. »Ich versuche es jedenfalls noch einige Zeit. Mich entschädigt das grenzenlose Vertrauen der einfachen Leute. Die Priester, bis auf zwei oder drei, sind hinreichend abschaffenswert.«

»Du bist in unserem Kreis *nicht* der Berufsrevolutionär!« Arconrik brachte einen weiteren Krug des Destillats. »Nimm ihnen die Götter, deren Zahl ich auch nicht genau kenne ...«

» ... Unzählige! Dann nimmst du ihnen den Sinn des Lebens!« rief Usha.

»Ohne Zweifel. Die Götter sind das Werkzeug der Priester und des Fürsten. Sie regieren mit ihnen. Aber sie glauben selbst daran. Sie richten alle ihr Leben nach dem unerforschlichen Willen von unzähligen Göttern aus. Daran ist nichts zu ändern.«

Die Hängematten, wahre kleine Kunstwerke des Flechtwerks, schaukelten. Der Regen tränkte die Erde und ließ das Wasser des Flusses ansteigen. Das Becken, in dem wir badeten und schwammen, füllte sich wieder. Tote Ratten und Unmengen von Laub, dürren Ästen und Erdreich wurden von den Anhöhen und aus dem Dschungel heruntergeschwemmt. Schlangen brachten sich vor den Fluten in Sicherheit. Unsere Häuser standen sicher auf den Hügeln. Jeder Tropfen Wasser bedeutete für diesen Stadtstaat die Möglichkeit, größer zu werden und länger zu überleben. Frösche sprangen in weiten Sätzen am Rand des gurgelnden Wassers, an vielen Stellen der Siedlung kamen die Mayas aus ihren Hütten und jagten die Tiere. So etwas wie fröhliches Leben erfüllte die riesenhafte Anlage. Ich begegnete den grünen Augen Arconriks. Ich bildete mir ein, er sähe mich besonders prüfend an.

Ein Volk, das Heuschrecken und Frösche fraß und Maden ausgrub. Waren wir hier an der richtigen Stelle, um die Barbaren an einen Standard heranzuführen, der arkonidische Höhe erreichen konnte? Ohne die Möglichkeit, Eisen zu finden und zu bearbeiten, Stahl zu erzeugen? Würden ihre Rechenkünste zur Zivilisation der Welt etwas beitragen? Jene gewaltige Begabung, die sie dazu verwendeten, unter anderem ein historisches Datum weit in der Vergangenheit anzurechnen, von dem sie mir nicht sagen konnten, was es wirklich bedeutete, jene *baktun,* die 144 000 Tage bedeuteten. Sie lehnten sogar den großen Webstuhl ab und die

Maismühle aus Steinen, die wir für sie ›erfunden‹ hatten – sie zogen es vor, jede Handvoll der gelben Körner einzeln zu mahlen.

»Ich bin unsicher«, begann ich, meine Gedanken zögernd in Worte zu kleiden. »Ich bin dafür, noch zu warten.«

»Viel wird sich nicht ändern, Atlan, selbst wenn wir warten«, rechnete Arconrik uns vor.

»Glücklicherweise gibt es keine Schlachten!« bemerkte Narnia. »Keine Sklaven. Ein friedliches Völkchen.«

»Wir können sie nur lehren, aus allem das Beste zu machen!« sagte Arconrik. »Nichts anderes. Mehr nicht. Fahren wir fort, Überzeugungsarbeit zu leisten.«

»ES wird's gern sehen.« Usha lächelte.

Uns selbst ging es natürlich gut. Wir züchteten Enten und anderes wohlschmeckendes Wassergeflügel, hielten Schweine und Rotwild in Gattern, buken gutes Maisbrot und hatten genügend frische Früchte.

Ich nahm einen großen Schluck des Maisschnapses und deutete auf die unfertige, nichtsdestotrotz grotesk große Anlage.

»Es wird uns leichtfallen«, sagte ich schließlich, »weiterzumachen. Wir sind ungefährdet, und über unsere Erfolge werden wir bald alles erfahren. Wir können uns natürlich blitzschnell zurückziehen.«

»Einverstanden!« unterstützte mich Narnia.

Meztlli, der Mond, schob sich über die Szene. Wir waren ein wenig mutlos geworden. Aber die Zeit arbeitete für uns. Aus den Lichtungen weit weg im Urwald, aus den zusammengeballten Hütten, aus mindestens einem Dutzend bäuerlicher Plätze, erklangen Kürbistrommeln, Knochenflöten und schrille Pfeifen; die Stimmen der Eingeborenen sagten uns, daß für die Menschen die unsichtbaren, unberechenbaren Götter ebenso wichtig waren wie die Ernte des nächsten Jahres.

Der Kazikeh verbarg das Zittern seiner kurzen, kräftigen Finger nur mit Mühe. Nochtli saß rechts von mir im Boot, das hoch am Strand lag. Die beiden Priester-Wissenschaftler bemühten sich, unbeteiligt und kühl dreinzuschauen.

Itzan und Capan hatten lange gezögert, meinem Wunsch zu folgen. Sie hatten die Götter befragt, und offensichtlich waren sämtliche Omina für diesen Ausflug günstig ausgefallen – zu ihrem Mißfallen, zweifelsohne. Ich ließ den Gleiter ein wenig aufsteigen, ins Wasser rutschen und lenkte ihn gegen die Strömung. Mit schäumender Bugwelle rauschte das Boot flußaufwärts, vorbei an der Flut des Schwemmguts. Für die nächsten Stunden erwarteten wir weder Sturm noch Gewitter oder Regen. Die Sonne durchflutete das nasse Land, und an jedem Zweig funkelten die Tropfen wie Edelsteine.

»Die Welt«, sagte ich, ließ das Gerät schneller werden und hob es dicht vor der ersten Flußkrümmung aus dem Wasser, »ist allemal größer, als ihr und eure Götter denkt!«

»Die Götter, Aztlan, wissen das. Sie raten uns, hier, in unserem Teil der Welt. Es mag so sein, wie du sagst.«

Der Fahrtwind zerrte an ihrem Haar und an den breiten Stirnbändern. Wir schwebten über die ersten, noch schütter stehenden Baumgruppen hinweg. Irgendwo in der Ferne lag das Meer.

»Die Götter sind nicht überall dieselben«, wich ich aus. »Wir brauchten keinen göttlichen Rat, um euch zu finden und euch so viele, schöne und brauchbare Dinge zu zeigen.«

Mittlerweile wünschte ich, wir hätten Zugtiere, Samen und Schößlinge mitgebracht. Zu spät!

»Ihr habt uns viel gebracht, das ist richtig«, meinte Capan. Er hielt sich krampfhaft fest und warf immer wieder kurze Blicke nach unten, vorn und hinten.

»Und ihr weigert euch, wirklich wichtige Dinge zu benutzen. Euer Leben würde leichter. Die Arbeiter hätten mehr Zeit, eure Tempelterrassen aufzuschütten.«

»Nicht wir weigern uns. Die Götter befehlen es so und nicht anders«, behauptete Itzan überzeugt, trotz seiner Angst. Ich erhöhte die Geschwindigkeit und raste in östliche Richtung. »Die Götter wissen es besser als wir. Sie sind ewig. Unser Leben dauert nur eine Handvoll Jahre.«

»Jahre, in denen ununterbrochen härteste Arbeit geleistet werden muß. Vom Kazikeh nicht, und auch nicht von den Priestern«, widersprach ich laut.

»Leben ist Arbeit. Wir haben alles, was wir brauchen.«

Sie begreifen es nicht! sagte der Logiksektor. *Gib es auf!*

»Ich hätte gute Lust, euch mit diesem Götterboot dorthin zu bringen, wo die Welt ganz anders ist. Auch voller Götter. Aber lebenswert und liebenswert.«

»Warum?« fragte diesmal Nochtli.

Der Kondor folgte uns und schwebte schräg hinter dem Gleiter wachsam auf den noch unsichtbaren Strand zu.

»Weil ihr sehen würdet, daß mit einer anderen Art Arbeit und ohne den störenden Einfluß von namenlosen Götzen, hinter denen ihr euch versteckt, die Menschen besser leben würden.«

Mittlerweile jagte der Gleiter in großer Höhe dahin. Ich hatte die Schutzfeldprojektoren aktiviert. Sie hielten das heulende Geräusch und den Druck des Fahrtwinds von uns fern. Ich merkte, daß ich deprimiert zu werden begann. Selbst Provokationen prallten wirkungslos an ihnen ab.

»Du sprichst falsch. Du bist sehr enttäuscht. Wir wissen, daß die Götter jede Stunde unseres Lebens bestimmen.«

Sollte ich alle Priester zwingen, das zu tun, was wir wollten? Sollte ich mich zum einzigen »Gott« der Mayas machen und die Richtlinien des Lebens bestimmen? Mir fielen die Einzelheiten meines langen Dialoges mit ES in den Kavernen der Venus ein.

»Es gibt, und das weiß ich von meinen Ahnen, zwei Möglichkeiten«, erwiderte ich hart. »Meine Ahnen haben, wie ihr unumstößlich wißt, euren Vorfahren den Mais gebracht und gezeigt, wie man Gold findet.«

Weit voraus tauchten die Strände und das Delta des Flusses auf. Ich steuerte darauf zu. Von der Landschaft, die sich größer und zerklüfteter als je zuvor den Blicken der drei zeigte, schienen sie auf unbegreifliche Weise wenig beeindruckt zu sein. Mich schauderte über so viel Ignoranz.

»Das finden wir in den ungeschriebenen Legenden, die wir alsbald niederschreiben werden«, bestätigte der Kazikeh.

»Eine oder zwei Möglichkeiten?« fragte Capan.

»Zwei. Entweder benutzt ihr die Natur, um euch zu helfen. Auch ein Mahlstein für die ganze Siedlung ist Teil der Natur.«

Ich wies sie auf einzelne Geländemerkmale hin. Sie waren nicht zu beeindrucken. Für sie war alles, was außerhalb ihrer Welt lag, undeutlich und nichts, das man zu erobern versuchen sollte.

»Oder ihr verliert den Kampf gegen die Natur. Das heißt, daß euer Volk schwach und dumm bleibt. Jeder Angreifer, der bessere Waffen hat, besiegt euch und macht euch zu Sklaven.«

»Niemand greift uns an!« rief Nochtli. Die gesamte Siedlung war, da es nicht einmal deutliche Abgrenzungen und schon gar nicht eine Wehrmauer oder kriegserfahrene Männer gab, getreu dieser Überzeugung angelegt. Ein Manipel römischer Truppen würde vermutlich einfach hindurchmarschieren können, ohne auf mehr als lächerlichen Widerstand zu treffen.

»Das ist heute so. In ein paar Jahren kann es anders sein«, sagte ich grimmig. »Dort! Schaut hinunter! Überall dort lauern Menschen darauf, in ein Land einzumarschieren, das ihnen eine leichte Beute ist.«

Und ich ahnte die Antwort!

»Die Götter werden das verhindern.«

Unter uns lag ein Panorama, aus Wäldern, Bergen und Ebenen zusammengesetzt, aus Meer ohne Ende und Stränden aller Art. Der Blick ging ungehindert nach allen Richtungen. Es gab nicht einmal Schiffe in dieser Zivilisation der Selbsteinschränkung! Wie sollten sie jemals anderen Menschen die unzweifelhaften Segnungen ihrer rechnerischen Sonderbegabung übermitteln können.

»Eure Götter haben beschlossen, euch zu vernichten. Oder zumindest in der Finsternis schlechter Erkenntnisse zu halten«, grollte ich. »Wenn ihr mir einen einzigen Grund nennen könnt, warum das so ist, glaube ich euch vielleicht.«

Nochtli, der Kazikeh, setzte zu einer längeren Rede an. Er sagte langsam und vergleichsweise wohlüberlegt:

»Herr Aztlan! Vor vielen *kins, uinals* und *katuns* – (dies waren Tage, Gruppen von je zwanzig Tagen und solche, die zweitausendsiebenhundert Tage umfaßten) – sind deine Vorväter in dieses Land gekommen. Sie brachten uns viele Klugheiten und Weisheiten. Sie lehrten uns, aus dem

Land zu leben. Es war eine gute Zeit, denn die unerfahrenen Menschen erkannten dies und jenes. Und aus den Frauen und Männern wurden, mit Hilfe der Wolken, des Mondes und der Sonne, unsere Götter.«

Ich schnappte zurück, bestürzt über diese Erklärung und unfähig, ihnen zu erklären, daß ich damals den Planeten vor einer Invasion von Sklavenhaltern gerettet hatte: »Ihr und euresgleichen habt daraus Götter gemacht. Glaubt mir, nicht jeder, der die Macht hat, nützt sie auch aus. Warum hätten dies meine Vorväter tun sollen?«

Unbeeindruckt ließ er seine Blicke über das ungeheure Panorama aus Land und Meer schweifen, dann sprach er weiter:

»Das verliert sich in den *katuns* der Vergangenheit. Die Schirmherrschaft der Götter war gut. Die Menschen lebten gut und vermehrten sich. Aber niemals haben die Götter uns gesagt, daß wir ausschwärmen und andere belehren sollen. Wir leben unser Leben. Es ist verboten, Dinge zu betreiben, die dem unerforschlichen Ratschlag der guten Götter entgegenstehen. So wie wir die Fische im Fluß essen und die Frösche, so gut gehorchen wir unserer Geschichte. Sie erschließt sich uns mit jeder neuen Rechnung, denn die Ziffern und Zahlen haben wir von euch bekommen. Viele Priester scheuen die langen, an Entbehrungen reichen Wege nicht, um von uns zu lernen. Nur wenn wir unsere Vergangenheit kennen, vermögen wir die Zukunft zu berechnen. Daran habt ihr keinen Anteil, denn ihr seid ebenso dem Willen der Götter unterworfen wie jeder einzelne von uns.«

Ich hatte mit steigender Verwunderung zugehört. Meine Möglichkeiten waren offensichtlich erschöpft, die Eingeborenen und besonders ihre Priester zu belehren. Ignoranz war ein Umstand, der allerdings nicht auf die Mayas beschränkt war – man fand ihn allerorten, aus unterschiedlichen Gründen. Ich bewegte die Hebel der Steuerung und lenkte den Gleiter in eine weite Kurve.

»Vielleicht«, sagte ich und bezähmte meine Wut, »kommt der Tag, an dem euch die Götter im Stich lassen. Dann werdet ihr zu mir kommen und um Rat betteln. Mein Gelächter wird man von Tical bis hierher hören.«

»Dies wird niemals geschehen!« versicherte der Priester Itzan.

»Wer lange genug wartet«, erwiderte ich mit großer Sicherheit, »wird alles erleben.« Nach einiger Zeit, in der es mir gelang, meinen Zorn zu unterdrücken, fragte ich: »Ihr schwebt in meiner Götterbarke hoch über dem Land. Was lehrt euch dieser Tag, dieser Anblick?«

»Daß wir das Land sehen wie ein Vogel.«

»Nicht mehr?«

»So sehen es unsere Götter. Alles ist winzig und unbedeutend. Der einzelne zählt nichts. Nur ein großes Land hat Bedeutung«, sagte Capan trocken. Er glaubte, was er sagte. Ich senkte den Kopf; jede Mühe war vergeblich. Vor meinem inneren Auge tauchte ein riesiger Baum auf, mit einem mächtigen und verzweigten Wurzelwerk, einem dicken, aber federnden Stamm und einer Unmenge kräftiger und weniger kräftiger Äste. Und mit einer Myriade grüner Blätter. Aus dieser Baumkrone, die sich mächtig nach allen Seiten erstreckte, ragte ein einzelner Ast hervor. Er war weiß und rindenlos. An seinem äußersten Ende hingen an einem dürren Zweiglein drei vergilbte Blätter. Sie zitterten im leichtesten Wind: die Mayas.

Trotzdem ist dieser Baum gesund. Nur dieser Ast ist abgestorben, sagte der Logiksektor. Ich hob die Schultern. Den Weisen zeichnete es aus, wenn er sein eigenes Scheitern klar erkannte und sich nach dieser Einsicht richtete. War ich ein Weiser? Schwerlich. Aber ich war – mit meinen Freunden und allen Anstrengungen! – an der schlechtestmöglichen Stelle gelandet. Aufgeben? Noch nicht.

»Deine Weisheit ist grenzenlos«, sagte ich und wandte dem Überraschten ein fröhliches Gesicht zu. Er war verblüfft und unsicher.

»Die Götter sind weise!« antwortete er zögerlich. Ich lachte.

»Ihr kennt die Zahlen. Versucht zu errechnen, wann sich die Götter irren werden. Sagt mir den Tag! Und ich werde euch dann sagen, daß es einer Handvoll entschlossener Krieger gelingen wird, viele Tausende von euch zu versklaven, zu töten, eure Schätze zu rauben und eure Jungfrauen zu schänden. Es mag noch das eine oder andere Jahr dauern. Aber dann geschieht es sicher. Dann werden sich eure Götter schlagartig verabschieden. Von uns, die wir euch helfen könnten, wird aber keiner mehr da sein. Es ist euch, kluge Priester, sicherlich ein leichtes, das Jahr zu errechnen, wann das geschieht.«

»Wir werden es versuchen«, sagte Capan bekümmert. »Ändern kannst du es nicht. Wir auch nicht. Fragen wir die Götter.«

»Sie werden euch den schlechtesten aller möglichen Ratschläge geben«, knurrte ich und steuerte den Gleiter wütend zurück nach Tical.

Elf Monde vergingen, und die stechende Hitze nahm immer noch zu. Die Sonne, unser Zeichen aus dem Osten des beginnenden Tages, war ein grausamer Tyrann. Die Regenzeit war vergangen. Zuerst war das Gras verdorrt, dann der Mais, schließlich griff die Trockenheit auf den Wald über. Der Fluß führte weniger Wasser, und manchmal lagen tote Fische auf dem Gitterwerk des zusammengebackenen Schlammes.

»Glücklicherweise ist der Mais gerade noch reif geworden«, sagte Oncu und raschelte mit den langen Halmen des Feldes. »Es kann zu einer Katastrophe werden.«

»Wir zumindest halten ein halbes Jahr lang durch«, meinte Begas. »Wir haben Vorräte.«

»Sie werden schnell abnehmen, wenn unsere Freunde kommen und hungrig betteln!« rief Tasm. »Wir können ihre Kinder nicht verhungern lassen.«

»Hat auch keiner vor. Abwarten.«

Die »Stadt der blonden Weißhäutigen«, wie die Siedlung hieß, war aufgeblüht. Zwar waren die meisten jungen Männer weder weißhäutig noch blond; die Sonne hatte ihr Haar zwar heller gemacht und die Haut dunkler, aber die Bezeichnung blieb. Sieben Kinder waren geboren worden. Die schönsten Mädchen waren den Fremden zugelaufen. Es war mühsam, den eingeborenen Frauen zu erklären, daß sie eine Welt betraten, die verschieden war von der ihrer Eltern. Vieles änderte sich, vieles nicht, es war ein andauernder Prozeß. Die kleinen Gärten blühten, weil sie regelmäßig bewässert wurden, die Tiere vermehrten sich, und ein Händler aus dem Westen hatte Kupfer gebracht, das gehämmert werden konnte. Unruhe breitete sich hauptsächlich deshalb aus, weil die Priester das Sterben des *meztlli* vorhergesagt, also eine Mondfinsternis errechnet hatten. Das Volk fürchtete sich, und allabendlich waren die Fremden von Fragenden umlagert.

»Es wird Regen geben!« sagte Nadl und zeigte auf die Wolken. Yule schüttelte den Kopf und murmelte:

»Wolken kommen und gehen. Sie leeren den Regen über dem Meer aus.«

Das Wasser aus den Zisternen begann schal zu riechen. Die Eingeborenen, die es trotz der Ratschläge nicht abkochten, wurden krank. Viele starben unter Qualen, ohne daß wir es verhindern konnten. Die Nächte brachten keine Linderung. Selbst der Wind, der aus dem dürren Wald kam, blieb warm. Die Jagdtiere zogen sich zurück in weiter entfernte Gegenden, und die Jäger hatten Tage länger zu marschieren.

»Was sagt Demetrion zu dieser Trockenheit?« wurde Getum von einigen gefragt. Er winkte den anderen und antwortete: »Er holt frisches Wasser mit dem Wunderboot. Fragen wir ihn. Oder Arconrik, der alles weiß.«

Noch gaben die Bäume Schatten, waren die doppelt mannshohen Schößlinge nicht verdorrt. Aber von Tag zu Tag wurde die Lage der Menschen schwieriger.

Ich schaute aus der Tür der Werkstatt hinaus. Arconrik und ich versuchten an diesem Tag, das richtige Werkzeug zum Bearbeiten von Obsidian, einem vulkanischen Gestein, herauszufinden. Ich winkte.

»Ihr wollt sicher unseren Maisschnapskrug leertrinken!« rief Arconrik und holte Becher. Parsimon schüttelte den Kopf und machte ein bedenkliches Gesicht.

»Mondfinsternis droht«, sagte er leise. »Natürlich will ich einen Schluck. Wißt ihr, was ein Hunraken ist?«

»Ich weiß es«, sagte ich. »Ein Wirbelsturm von besonders großer Wucht. Der ›Riese Einbein‹, wie die Priester es ausdrücken.«

»Sie haben einen Hunraken errechnet«, sagte Dagens. »Wann er kommt, sagten sie nicht.«

»Früher oder später gibt es immer ein solches Naturereignis«, erklärte Arconrik. »Zum Berechnen von Wahrscheinlichkeiten ist göttlicher Ratschlag nicht nötig.«

»Die Mayas glauben jedenfalls daran.«

Arconrik reichte die Becher herum. Es gab nicht mehr viele Früchte zum Auspressen. Auch unsere Vorräte gingen zur Neige.

»Es liegt eine gewisse Drohung in der Luft«, sagte Narnia. »Ich war gestern und heute bei den Steinmetzen. Abgesehen davon, daß sie noch mehr als sonst schwitzen – sie fürchten sich.«

»Wovor?«

»Sie wissen's nicht. Sie fühlen den Zorn der Götter.«

Wir schauten uns an und zuckten mit den Schultern. Wir spürten nur die lastende Hitze und erwarteten möglichst bald einen Regen. Fast ein Jahr lang waren wir schon hier, und dies würde unsere dritte Maisernte werden. Yaxha schlenderte herein, zwei große Fische schleppend, deren Kiemen mit einem Seil durchstoßen waren.

»Ich kann euch zum Abendessen einladen«, sagte er und nahm einen Becher. »Im Wald müssen die Quellen schon versiegt sein. Der Fluß ist nur noch ein Rinnsal. Ich hätte einen Hirsch mit der Hand fangen können. War zu dürr, das Tier.«

»Eine Zeit für Schlangen und Salamander«, brummte ich. »Dieses Mal sind auch wir mit unseren Möglichkeiten am Ende.«

»Ich gehe nicht weg!« sagte Oncu unvermittelt.

»Niemand vertreibt dich«, meinte ich. »Warum dieser Aufschrei in unserer Gegenwart?«

»Weil wir die einzigen sind, die wirklich fliehen können, wenn es zu schlimm wird.«

Ich schlug ihm auf die Schulter und versicherte: »Mit dem Schiff und dem Gleiter ist eine Menge Wasser herbeizuschaffen. Irgendwo gibt's immer eine Quelle.«

»Entschuldige«, sagte er. »Ich habe wie ein Maya gedacht, nicht wie einer aus der Oase.«

»So ist es richtig!« bemerkte Arconrik zufrieden. »Habt keine Angst. Von uns werden die Eingeborenen nicht allein gelassen. Höchstens von ihren eigenen Allesbesserwissern und Berechnern.«

Ich trank den Becher leer, nahm Narnia an der Hand und ging hinüber zu dem seltsamen Heiligtum. Das Gras raschelte bei jedem Schritt. Die Windwirbel rissen Sand und staubtrockenes Erdreich in die Höhe und drehten die Staubfahnen zu engen Spiralen. Unter den Schilfdächern hockten einige Priester, schauten uns aus der Höhe der Plattform träge an und rechneten weiter. Selbst wir bewegten uns langsam in der trockenen Hitze. Niemand arbeitete, wie sonst, mit Freude oder Fleiß. Alles lag matt und gelähmt unter den heißen Strahlen. Nur die zahllosen Fliegen summten mit nervtötendem Geräusch hin und her und peinigten jeden.

Die Steine, über die wir gingen, sandten glühende Hitze aus. Unsere Sohlen wurden heiß, die Haut brannte.

»Wir können nichts tun?« fragte Narnia leise.

»Nein. Warten wie alle anderen.«

»Aber wir gehen auch nicht weg, nicht wahr?«

»Nein. Nur, wenn wir wirklich in Lebensgefahr geraten. Aber bis dahin ist es noch ein sehr weiter Weg.«

Nicht einmal Kinder spielten zwischen den Hütten. Sie lagen dösend in den Hängematten. Es stank nach Schweiß und faulendem Fleisch. Wohin wir blickten, sahen wir dieselben Bilder der Dürre, Hitze und Trockenheit. Die Riesenbäume, noch vor einem Mond grün und wuchernd, ließen ihre Blätter hängen. Die Lianen hatten die Farbe trockenen Holzes angenommen. Zwischen den Stämmen konnten wir mühelos hindurchschauen. Doch die Wolken, die wir so sehnsüchtig erwarteten, hatten sich aufgelöst. Ein hellblauer Himmel spannte sich erbarmungslos über der Halbinsel. Grillen oder Zikaden vollführten einen höllischen Lärm. Der Kazikeh kam schwankend aus seinem Haus und winkte uns heran. Wir gingen neben den glühenden Steinen des Weges durch aufstaubendes Gras in den Schatten der Hütte.

»Die Götter wollen uns strafen«, begann der Fürst. Ich blinzelte befremdet. Schon wieder das Werk der Götter!

»Wofür?« fragte Narnia und lächelte ihn an. Er gab das Lächeln nicht zurück und blickte zwischen uns hindurch auf die Plattformen und Tempel der symmetrischen Hügel.

»Die Priester werden es uns sagen. Bald. Eine solche Dürre gab es noch niemals.«

»Da diese Dürre noch nicht vorbei ist ... woher weißt du das?« fragte ich. Mir kam ein furchtbarer Verdacht. Ich wartete schweigend.

»Mein Volk vermag sich nicht zu erinnern. Die Legenden wüßten es. Die Götter sind gegen uns.«

Ich blickte starr in seine angsterfüllten Augen und sagte leise, fast drohend:

»Ich hoffe nicht, daß deine Götter euch deshalb strafen wollen, weil wir hier sind. Ohne unsere Vorväter gäbe es keine Götter ... und keine Priester, die glauben, selbst die Zahl der Fliegen errechnen zu können.«

Er stotterte voller Entrüstung. Aber auf uns wirkte er, als hätten wir ihn bei seinen geheimsten Gedanken ertappt.

»Das habe ich nicht gemeint. Warum sollen euch die Götter hassen?«

»Das fragen wir uns auch«, antwortete ich grimmig. »Sie lieben uns. Ihr liebt uns. Und wir lieben euch. Wann soll dieser Hunraken zu toben anfangen?«

»Niemand weiß es. Morgen oder in einem Mond. Die Götter schweigen.«

»Eine kluge Entscheidung.«

Es war so heiß, daß keiner rechte Lust verspürte, viele Worte zu gebrauchen. Wir ließen den Fürsten stehen und gingen weiter, aus dem Schatten in die Sonnenglut, wieder in den Schatten und durch die verschiedenen Gruppen von kleineren und größeren Hütten. Es war beängstigend ruhig. Nicht einmal die Lärmorgie, die tagein, tagaus aus dem Wald erscholl, war zu hören. Nur ab und zu schrie ein Vogel.

»Es ist wirklich gespenstisch«, flüsterte Narnia.

»Die berüchtigte Stille vor dem Sturm«, brummte ich und legte meinen schweißnassen Arm um ihre Schultern. Wir fühlten uns unbehaglich, und dies war nicht nur die Reaktion auf die sengende Sonne. Als wir um die vorletzte der vielen doppelt mannshohen Stelen bogen, an denen heute niemand meißelte und gravierte, hörten wir undeutliches Geschrei.

»Das kommt von unseren Leuten«, sagte ich beunruhigt. »Schnell. Da ist etwas.«

Die Schreie wurden lauter, rissen dann ab. Ich erkannte Usha Tizia, die uns aufgeregt winkte. Wir begannen, Hand in Hand, zu rennen und schon nach einigen Schritten zu keuchen. Der Schweiß rann über unsere Haut. Wir erreichten das erste Haus und sahen, daß alles auf die Werkstatt zulief. Die Säuglinge in den Armen ihrer Mütter schrien laut.

»Arsa! Viper!« verstand ich, schob zwei junge Frauen zur Seite, rannte in unser Haus hinein und riß die schwere lederne Tasche an mich. Dann lief ich in die Werkstatt. Dort hob Arconrik gerade Arsa vom Boden hoch und legte den schlaffen Körper auf die Werkbank. Ich blickte zu Boden und sah eine halbzertretene schwarze Schlange. Arsa war tot. Ich hätte ihm nicht einmal mit dem Zellaktivator helfen können, noch viel weniger mit einem Medikament.

Seine Maya-Frau kam herein. Sie ahnte, daß es um Arsa ging. Sie blickte ihn starr an, dann uns, schließlich ging sie mit steinernem Gesicht auf den ausgestreckten Körper zu. Sie sagte kein Wort, legte Arsa beide Hände auf das leichenblasse Gesicht und weinte still. Neben mir sagte Parsimon leise:

»Niemand hat die Viper gesehen. Sie war irgendwo zusammengerollt. Plötzlich schrie Arsa auf, dann kam Schaum auf seine Lippen. Es dauerte nur einige Atemzüge.«

»Arconrik hat die Schlange getötet.«

Ich senkte den Kopf. Der schlimmste Tag von vielen unguten Tagen seit Ende der Regenzeit. Arsa war einer der jüngsten Freunde, wenn nicht der jüngste. Nadl legte seinen Arm um die junge Frau und führte sie hinaus. Wir standen schweigend da und waren voller Trauer.

»Cocle kann bei uns bleiben. Ich kümmere mich um sie«, brummte Cyprian.

»Ich werde sie fragen.«

Usha glitt mit leichten Schritten aus dem Raum. Für den nächsten Tag, sagte ich mir voller Bitterkeit, brauchten wir nichts zu planen. Wir würden Arsa begraben müssen. Ich lehnte mich gegen das Tor und sah die Ratlosigkeit in den Gesichtern. Das Sonnenlicht änderte langsam seine Farbe. Die Scheibe über den Wipfeln der reglosen Baumriesen wurde stechend gelb und hüllte sich in einen Hof aus dunstigem Schleierwerk.

Es brauchte wirklich viel, um mich zu erschüttern und mutlos zu machen. Noch war es nicht ganz soweit. Aber ich fühlte, daß sich dieser entscheidende Punkt näherte.

Dieser Tod, ein Geschehen von höchster Trivialität, denn durch Schlangenbisse hätte jeder von uns mehrmals verletzt werden können, machte mich zutiefst nachdenklich. Genaugenommen hatten wir hier so gut wie nichts erreicht von dem, was wir uns vorgenommen hatten. Abgesehen von der mathematischen Sinnlosigkeit der Mayas, ihren mythischen Nullpunkt zu errechnen.

»Fangen wir an«, sagte ich im Selbstgespräch. »Ein Grab mehr auf diesem Planeten.«

Wir nahmen die Werkzeuge, durchquerten die Siedlung und fingen an, abseits der anderen Gräber ein großes Loch in dem staubtrockenen Boden auszuheben.

In einer schweigenden Prozession trugen wir Arsa, in seine Kleidung fest eingewickelt und mit einem Teil seiner Waffen ausgestattet, auf den Schultern durch die Siedlung. Nach und nach kamen die Mayas aus ihren Hütten und schlossen sich uns an. Trommeln wurden geschlagen, Flöten und Pfeifen geblasen. Die Hitze war noch gräßlicher als am Tag zuvor. Die Priester erwarteten uns. Sie standen in einem großen Halbkreis um das offene Grab, hatten ihre Zeremonienkleidung angelegt und schwitzten stärker als wir. Mit spitzen Dornen vom Agavenstrauch ritzten sie ihre Haut, durchbohrten die Zungen und ließen große Blutstropfen zu Boden fallen.

Dabei stimmten sie einen auf- und abschwellenden Summgesang an. Zusammen mit den schrillen Blasinstrumenten und den hart pochenden Trommeln ergab das Summen eine grauenhafte Begleitmusik zu unserer traurigen Beschäftigung.

»Senkt ihn in die Tiefe!« sagte ich. Vielleicht teilten sich auf diese Weise unsere Ideen und Vorstellungen dem Land und den Menschen besser mit.

Wir ließen den Körper in die Erde hinunter, bedeckten ihn mit dem Schild und warfen Sand, Steine und Erde ins Loch. Dann schaufelten wir das Grab mit der staubigen Erde zu und legten eine wuchtige Kalksteinplatte darauf.

Der schauerliche Gesang der Priester hörte auf. Eine verzweifelte Fröhlichkeit bemächtigte sich der vielen Umstehenden. Sie brachten uns zu ihren Hütten und gaben uns Maisbier zu trinken; ein Gebräu, das zum Anlaß unserer tristen Stimmung trefflich paßte.

Die Priester legten gekaute Kräuter auf ihre Rißwunden und verschwanden in ihren steinernen Langhäusern.

Inzwischen hatte die Sonne, zwei Handbreit über dem Horizont, eine Farbe angenommen, die wir alle noch niemals gesehen hatten. Das Gestirn, oval und wie flachgedrückt, sah graurot aus. Die Hitze war unerträglich. Der Fluß hatte nur noch eine Handbreit tiefes und eine Elle breites Wasser – und es war brackig und ungenießbar. Wir machten tiefe Löcher mit unseren Werkzeugen und verwendeten die trübe Brühe für die Pflanzen.

Wenn der Hunraken Regen bringt, ist er sogar willkommen, sagte der Logiksektor. Nachts lagen wir unbeweglich auf den Laken und bemühten uns, ruhig zu atmen. Der Schlaf war schwer zu finden. Nur in den Morgenstunden, wenn es vor Sonnenaufgang etwas kühler wurde, schliefen wir. So erging es mehr als zweieinhalbtausend Menschen in jedem Alter.

Die Sterne, riesengroß und drohend, funkelten und flackerten die ganze Nacht. Es war totenstill. Weder die Kinder noch die Dschungeltiere wagten es, laut zu werden. Mir war, als sei die Welt um uns herum in Stasis gefallen.

Die Scheibe des Mondes nahm ab und wurde allmählich zur haarscharfen Sichel. Uns verging jeder Gedanke an nächtlichen Zauber. Die Nächte waren noch schlimmer, weil wir ohne Betätigung und allein mit unseren Gedanken waren.

Auf diese Weise vergingen noch eine Handvoll Tage. Es wurde unerträglich. Irgendwann schlief ich auch in dieser Nacht ein. Die Mondsichel war fett geworden und hing wie ein schielendes Auge zwischen den flackernden Sternen. Die Stimme des Logiksektors hatte mich aufgeschreckt. Ich blickte Narnia lange an. Ihr Haar, die Hälfte des Gesichts und die Linien der Schulter und des Halses lagen im weißen Licht des Trabanten.

»Ich komme gleich wieder«, flüsterte ich. Ich wußte nicht, ob sie mich hörte, aber sie bewegte sich leise seufzend. Ich schloß den Gürtel, schlüpfte in die Stiefel und ging hinaus. Xandar stand auf, kam näher und blickte mich an.

»Zum Schiff«, murmelte ich. »Erhöhte Bereitschaft.«

Im Mondlicht tappte der Jaguar neben mir her. Trotz seiner weichen Pfoten machten wir Geräusche, als gingen wir durch zermahlenes Glas. Das Licht des Mondes schien dieses fremdartige Land zu durchdringen. Das schien keine ehrliche Landschaft zu sein, sondern die Einöde der Unvernunft und der beginnenden Auflösung. Das Schiff, gestützt durch ein Bohlengerüst, stand aufrecht im mosaikartig verkrusteten Schlick. Der Kiel hatte sich tief eingegraben. In dieser Nacht unter dem Mond des Leoparden – eine andere Bezeichnung fiel mir nicht ein – spürte ich wieder tiefe Resignation.

Ich blieb stehen. Es gab ein Geräusch, das mich erschreckte. Mir war, als hörte ich die Brandung. Das war unmöglich. Ich drehte mich langsam herum und fühlte nach einer langen Zeitspanne einen Windstoß. Er war kochend heiß.

Hunraken!

»Zu den anderen, Xandar! Weck Narnia und Usha.«

Das Robottier fauchte, warf sich herum und schnellte sich in die Dunkelheit. Ich hörte einige Atemzüge lang das helle Geräusch der Pranken und lief dann auf das Schiff zu. *Das Schiff ist eure Lebensversicherung!* ermahnte mich überflüssigerweise das Extrahirn.

Wenn der Sturm losbrach, mußte ich für die absolute Sicherheit dieser Maschine sorgen. Ich rannte entlang der Steine, die das trockene Becken säumten. Sie bildeten einen hellen Strich in dem Muster aus Mondlicht und Schatten, der auf den hochgeschwungenen Bug zielte. Meine Schritte wurden schneller. Als ich den Kopf wandte, sah ich, daß ein Teil der Sterne hinter einer schwarzen Wand verschwunden war. Ein zweiter, stärkerer Windstoß traf mich und wirbelte eine ungeheure Menge Staub und pulverisierte Erde hoch.

Ich erreichte das Schiff, schwang mich auf die durchfedernde Planke und hetzte mit langen Sätzen hinauf. Ich erreichte die Planken im Heck, meine Finger tasteten nach dem versenkten Riegel, dann bekam ich ihn zu fassen und klappte ihn hoch. Die Falltür öffnete sich, wohlgeölt, fast geräuschlos. Ich sprang hinunter, schaltete die Lichter ein und dann die Maschinen. Das tiefe Summen fing an und steigerte sich mehr und mehr in größere Höhen. Ein Schalter rastete ein. Aus den riesigen Augen unterhalb des Bugs brachen mächtige Lichtstrahlen. Sie zeigten in die Richtung unserer kleinen Siedlung. Ich schaltete sie mehrmals ein und aus und stellte dann die Strahlen auf breiteste Fächerung ein. Dann gab ich fünfundsiebzig Prozent der Maximalenergie auf vier Traktorstrahlprojektoren und verankerte den langgeschwungenen Körper mit dem Boden.

Ich atmete auf und beschäftigte mich mit dem Projektor des halbkugeligen Schutzfelds. Der nächste Windstoß ließ das Schiff erzittern und bewegte Mast, Rah und Segel. Die Scheinwerfer versuchten, ihr Licht durch die gewaltige braune Staubmasse zu bohren.

Brummend und vibrierend bauten die Projektoren das Feld auf. Es erschien als kleine, leicht grün schillernde Blase, erweiterte sich, vergrößerte den Durchmesser und kletterte über die Konturen des Schiffes aus Holz, Bronze und Arkonstahl. Erst als ich sah, daß es außerhalb von Bugspriet und Heckruder den Boden berührte, Luft und Staub ausschloß, war ich zufrieden.

Mein Armband hatte ich neben unserem Bett liegengelassen. Der Wind kam und ging winselnd. Ich konnte den Robot nicht erreichen. Meine Ahnung trog selten. Jetzt sagte sie mir, daß dieser Sturm kein gewöhnlicher starker Wind war, sondern wirklich ein tropischer Hurrikan von wütender Stärke. In solchen Stürmen waren schon Kulturen ausgelöscht worden.

»So«, sagte ich und kontrollierte mit äußerster Sorgfalt sämtliche Instrumente und Anzeigen. Es waren nicht viele, aber sie waren wichtig. »Der erste Schritt ist getan. Zu den Häusern! Zum Gleiter!«

Ich entschloß mich, noch mehr Energie auf die Zugstrahlen zu geben. Die Sicherheit konnte nicht groß genug sein. Durch den Schutzschirm hörte ich jetzt die erste Stufe des akustischen Chaos.

Menschen schrien und flüchten. Götter wurden angerufen. Kinder wimmerten. Irgend jemand schrie mit überkippender Stimme Befehle. Der Sturm heulte und pfiff, aber zwischen den einzelnen Stößen gab es lange Pausen. Mond und Sterne und alle Lichter bis auf die großen Fernstrahler waren hinter der brodelnden Staubmasse verschwunden. Ein Dach, das sich im Flug halb zerlegt hatte, prallte gegen den Schirm und wurde in tausend Spreißeln und Fetzen davongewirbelt.

Hunraken. Ich begriff, warum die Eingeborenen in jedem Ding der Natur einen Gott sahen. Dieser Orkan war außerhalb ihrer Vorstellungswelt und weit entfernt von ihren Erfahrungen und Erinnerungen.

Nach einem letzten Blick auf die Daten der Energieversorgung kletterte ich aus dem Steuerschacht, turnte über das Deck und hielt mich, als der Schiffskörper abermals vibrierte, am Tauwerk fest. Dann bahnte ich mir den Weg durch den Schirm, der sich hinter mir lautlos wieder schloß. Der zweite Schritt ins Chaos. Hier hatte ich ihn. Es riß mich fast von der Planke; ich sprang hinunter und begann noch im Windschatten des Rumpfes zu rennen.

Ich nutzte die Pause zwischen den turbulenten Stößen aus. In meinen Augen, in der Nase und auf den Schleimhäuten des Mundes biß und ätzte das umhergewirbelte Erdreich.

Ich war halbblind, aber die hellen Steine der Abgrenzungen und das schwarze Band der Prozessionsstraße erkannte ich undeutlich. Ich stemmte mich mit aller Kraft gegen den Sturm und tappte weiter. Immer wieder wurde ich zu Boden geschleudert; schließlich kroch ich auf allen vieren auf unsere Siedlung zu.

Die Häuser sind massiv, sagte ich mir. Vermutlich flogen die Schattendächer davon und der eine oder andere Balken. Stolpernd, keuchend, hustend und voller Sorge kam ich Schritt um Schritt weiter. Links nahm ich undeutlich die weißen Kiesel des leeren Flußbettes wahr, rechts die dunkle Masse der Hügel und der ersten Häuser. Die Flammen der Beleuchtung flackerten; sämtliche Tore und Türen standen weit offen. Ich ließ mich von einem Windstoß die erste Treppe hinauftragen, sprang ins Innere und schrie:

»Oncu! Wo seid ihr?«

Dann entdeckte ich die Öffnung in den Bodenbrettern. Ich tappte dorthin und sah, daß sich Oncu mit seiner jungen Familie im Keller in Sicherheit gebracht hatte. Ich schrie hinunter:

»Oncu! Her zu mir. Schnell!«

Er kletterte die klobige Leiter herauf. Ich packte seinen Unterarm und zog ihn hoch. Wir nickten einander zu, ich deutete auf den Tisch und schrie gegen das Heulen des Sturms, das Knarren der Dachkonstruktion und das Prasseln der berstenden Schilfkonstruktionen:

»Der Sturm wird viel Regen mit sich bringen. Den Tisch über das Loch hier. Wenn die Decke herunterstürzt ... seid bereit, aus dem Keller zu flüchten. Ihr werdet sonst ersäuft.«

Wir zerrten den schweren Holztisch zum Bodenloch. Ich hörte, wie der Sturm vorübergehend nachließ.

»Hilf mir«, sagte ich. »Die anderen warnen. Der Fluß wird anschwellen.«

»Das Schiff, die HERRIN ...?«

»In Sicherheit. Ich komme von dort. Los!«

Wir verließen das Haus. Für einen langen Augenblick war der Sturmstoß erschöpft. Der Staub wirbelte davon. Wir konnten einen Teil des Schadens erkennen. Der Boden war übersät mit Trümmern aller Art. Im Flußbett brodelte eine dunkle, undeutliche Masse. Schlamm? Eine Morastwelle, vermischt mit Teilen abgestoßener Bäume? Ich wußte es nicht und rannte weiter. Das nächste Haus.

Cyprian hatte sich richtig verhalten. Er hatte seine Frau und den Säugling im Keller versteckt. Tisch und Balken über den Einstieg gezerrt und war bei den anderen.

»Weiter.«

Wir hielten uns aneinander fest. Die Schreie der Mayas wurden für einige Zeit lauter und durchdringender, dann rissen sie jäh ab. Wieder kreischte und heulte der Wind.

»Es wird heller!« schrie Oncu. »Der Morgen.«

Das konnte nur ein Vorteil sein in unserer Lage. Vor uns bemerkten wir schattenhafte Bewegungen. Männer sprangen hin und her, schlugen die Riegel in die Fensterbefestigungen, schlossen Türen und machten die Flammen aus. Arconrik saß im Gleiter, der jetzt zwischen zwei Hügeln hervorkam und auf uns zusteuerte. Sämtliche Scheinwerfer waren eingeschaltet und auf äußerste Streuung gestellt. Die Lichtflut zeigte uns abermals einen großen Ausschnitt des kleinen Platzes und des Flusses.

Dort wälzte sich eine phantastische Masse heran. Schildkröten! Hunderte und Tausende kamen aus der Richtung des Waldes, schoben sich strampelnd mit gegeneinanderkrachenden Panzern durch das Flußbett. Zwischen ihnen sprangen Ozelots hin und her und kümmerten sich nicht um die quiekenden Nabelschweinfamilien, die ebenso ziellos umherrannten. Vogelleiber zuckten mit gebrochenen Flügeln. Die braune Welle der Schildkröten kam näher, wurde breiter, wo es das Flußbett zuließ, und staute sich an den engen Stellen. Dann schwang das Licht herum und erfaßte uns.

»In die Werkstatt. Das beste Dach!« erscholl Arconriks verstärkte Stimme. Ich riß einen Arm hoch. Aus dem Nachbarhaus kam eine junge Frau, das Kind im Brusttuch schleppend. Sie rutschte auf den Stufen aus. Wir rannten auf sie zu und halfen ihr hoch.

»Wir werden ... alle sterben!« wimmerte sie.

»Niemand stirbt!« schrie ich. » Zu uns. Dort hinein. In der Werkstatt sind wir sicher.«

Der Gleiter schwang wieder herum, hob sich und steuerte schwankend durch die Staubmassen und die umherschwirrenden Reste rückwärts durch die breiten Portale in die Werkstatt. Dort hatten sich etwa ein Dutzend Menschen getroffen und wichen jetzt zur Seite aus.

»Gut! Das Schiff ist sicher!« brüllte ich. Oncu stemmte sich gegen einen Torflügel, der sich wie ein prall gefülltes Segel knarrend und unendlich langsam bewegte. Wir sprangen hinzu. Ich stemmte mich mit dem Rücken dagegen. Dagens, Nadl und Narnia halfen uns. Wir wuchteten den Torflügel zu, und der unerträgliche Staubwirbel in dem großen, von Steinquadern geschützten Raum wurde kleiner.

»Das ist erst der Anfang«, sagte ich, während der Robot bis auf zwei Seitenstrahler die Scheinwerfer ausschaltete und das Schutzfeld des Gleiterboots aktivierte. Usha klammerte sich angsterfüllt an Narnias Schultern. Oncu verschwand im Nebenhaus und kam mit dem wohlbekannten Krug zurück. Wir alle konnten einen Schluck brauchen; ich fühlte, wie ich mich entspannte und wie meine Knie schwach wurden.

»Kommt es noch schlimmer, Atlan?« fragte Usha. Ich nickte; woher ich dieses Wissen bezog, wußte ich nicht. Aber kaum hatte ich den Krug angesetzt und einen Schluck genommen, begann der Sturm wieder zu wüten. Draußen flackerte geräuschlos der erste Blitz auf. Dann, Atemzüge später, tobte der Donner. *Die Nacht des Jaguarmonds,* wisperte mein Logiksektor. *Ihr habt schwere Stunden vor euch, Arkonide.*

Das Inferno begann erst jetzt. Der Sturm gellte, heulte und jaulte. Die Blitze schlugen ringsum ein, sie kamen ebenso bedrohlich näher wie der Donner. Im fahlen ersten Licht einer vom Staub zugedeckten Morgendämmerung begannen einzelne Teile der umliegenden Wälder zu brennen. Flammen wurden vom Wind hochgepeitscht. Flächenbrände breiteten sich aus, da die Flammen in dem zunderdürren Gras und allen anderen Pflanzen reiche Nahrung fanden. Es war entsetzlich: Die Ackerkrume wurde ebenso davongetragen wie die riesigen Funken, die abgebrochenen, brennenden Äste und der allgegenwärtige Staub. Ein riesiger Wirbel, mehrere Tagesreisen im Durchmesser, drehte sich in rasender Wut.

Dann, als das Flußbett von der Tierflut bis zum ehemaligen Becken vor den pyramidenschrägen Hängen ausgefüllt war, fielen die ersten Tropfen. Sie waren riesengroß, und ihr Aufprall wirkte mit der Wucht von geschleuderten Kieseln. Ein erster Schauer prasselte krachend gegen die Tore und auf die Dächer. Das Geräusch verschluckte jedes Wort. Ich hielt Narnia fest, Arconrik ließ seine grünleuchtenden Augen überall hinblikken und schien auf Usha Tizia einzureden.

Die unsichtbaren Wolken schleppten Regen mit sich. Sie entleerten sich mit schlagartiger Plötzlichkeit. Ein Maya rannte draußen vorbei in die Richtung des Flußufers. Sein nackter Körper zuckte unter dem Einschlag der Tropfen. Dann rauschte die Flut herunter. Binnen weniger Herzschläge überzog Nässe den Boden und löschte kleinere Brände.

Die Tiere gerieten in Raserei. Die jaguarähnlichen, kleinen Raubtiere, aus deren Fellen sich die Priester Überhänge machten, sprangen nach allen Seiten auseinander und suchten Schutz. Die Schildkröten zogen Gliedmaßen und Köpfe in die Panzer zurück und blieben still liegen; eine unübersehbar große Masse. Einzelne Rinnsale bildeten sich, aber der Sturm tat sein brutales Werk mit derselben Wucht. Ein Geruch nach kaltem Rauch und Tod breitete sich aus.

»Wie lange dauert er, der ... Hunraken?« schrie Narnia in mein Ohr.

»Es kann viele Stunden dauern!« schrie ich zurück. »Hier sind wir sicher. Keine Angst.«

»Ich habe ... das noch nie erlebt. Ich habe Angst!«

Ich hielt ihr den Krug an die Lippen. Sie nahm einen großen Schluck, setzte ab und begann zu husten.

Wie ein riesiger Wasserfall rauschte der Regen. Die Sturzbäche – sie waren nicht geringer als die in der Venus-Atmosphäre – wurden nach links gekrümmt. Einzelne Tropfenschleier bewegten sich sogar wieder aufwärts. An unzähligen Stellen sammelten sich winzige Rinnsale, flossen zu handbreiten Wasseradern zusammen, diese zu flachen Bächlein, und jene vereinigten sich zu breiten, schnell dahinströmenden Bächen. Sie rannten von allen Seiten den tiefsten Punkten der Landschaft entgegen und sammelten sich dort.

Die Fläche des Wassers bedeckte sich schnell mit abgerissenen Gräsern und mit den Mustern der Tropfen und Wasserströme von oben. Die Brände waren erloschen; der Wald saugte, sich schüttelnd und halb entlaubt, gewaltige Mengen an Wasser auf. Zwischen den Tieren im Flußbett erschien trübes, gurgelndes Wasser und stieg über die Panzer der kleinen Schildkröten.

»Uns wird der Wirbelsturm nicht viel anhaben können«, sagte Arconrik nach einiger Zeit. »Aber ...«

»Aber den anderen. Sie sind in höchstem Maß ungeschützt. Es wird eine gewaltige Menge Verletzte und Tote geben.«

Wir saßen und standen entlang der Wände, Werkbänke und Tische in der Werkstatt. Der Regen schlug gegen die geschlossene Tür und peitschte durch die Öffnung ins Innere. Er sammelte sich, schwemmte den Staub und unsere Holzabfälle fort und ergoß sich in den Abfluß.

»Und wir werden helfen müssen«, erwiderte ich Oncu. »Möglicherweise ist ihr verdammter Götterglaube ins Wanken geraten.«

»Das ist kaum denkbar«, sagte der Roboter. Unverändert heulte der Sturm, Blitze zuckten, der Donner erschütterte den Boden, und das Gurgeln und Zischen des Wassers wurde lauter. Immer wieder wurden die Regenmassen nach unterschiedlichen Richtungen geschleudert. Es wurde kaum heller: Die Wolken verbargen die Sonne. Es schienen mindestens zwei Stunden zu vergehen, in denen wir kaum etwas sahen und nur auf die verschiedenen Geräusche des entsetzlichen Tobens und Wütens lauschten. Ab und zu warf ich einen Blick nach draußen – kaum stand ich in der offenen Tür, wurde ich naß, mein Haar wurde ins Gesicht gepeitscht, und die Tropfen brannten auf der Haut.

Ich sah, wie im Fluß das angesammelte Wasser langsam stieg. Die Schildkröten bewegten sich nach allen Richtungen aus dem schlammigen Wasser hinaus. Die Schweine wühlten sich den gegenüberliegenden Hang hinauf. Einigen war die Flucht aus der Todesfalle geglückt. Sie rasten im Zickzack davon, hinter ihnen andere Tiere. Ich sprang zurück in den Schutz des Daches und schüttelte mich. Wir konnten nichts tun; dort draußen würden wir binnen zehn Schritten im Schlamm und Wasser versinken.

»Abwarten«, sagte Arconrik plötzlich in ungewohnter Lautstärke. Wir zuckten zusammen. Der höllische Lärm war vorbei, hatte unvermittelt aufgehört, deshalb erschien seine Stimme so laut. Ich ließ Narnias Schultern los und sagte:

»Wir sind im Auge des Hurrikans. Es wird völlig windstill werden. Dann wird der Sturm aus der entgegengesetzten Richtung kommen und ebenfalls so stark sein wie eben.«

»Wieviel Zeit bleibt?« fragte Parsimon.

»Vielleicht eine Stunde. Eher weniger«, antwortete Arconrik. »Ich kann am schnellstens rennen. Ich sehe nach, wie es den Mayas geht.«

»Einverstanden. Nimm dich in acht«, bat ich. Arconrik nickte und lief hinaus. Unter seinen Schritten wackelten und kippten die hölzernen und steinernen Schwellen.

Der Regen hatte die Erde getränkt, gelockert und stellenweise fortgespült. Die Blitze waren nur noch zuckende Lichterscheinungen irgendwo weit hinter uns, der Donner bildete eine rumpelnde Kulisse. In der windstillen Zone hörten wir wieder die Geräusche, die wir erwarten mußten.

Überall gluckerte, tropfte und rauschte Wasser. Knirschend schoben sich Geröll und Schwemmgut zusammen. Ein rauschender Laut, drohend und undeutlich, schlug aus großer Ferne an unser Ohr. Dazwischen war das Krachen von Holz zu hören, das irgendwo zerbrach. Aus den einzelnen Siedlungsbereichen der Mayas drangen Wimmern, Schreie und laute Rufe an unsere Ohren. Nur undeutlich hörten wir die rasend schnellen Schritte Arconriks.

Ich hob die Schultern. Wachsam, aber ebensowenig hilfreich wie andere Teile der Ausrüstung, lag Xandar triefend naß vor dem Eingang unseres Wohnhauses.

»Habt keine Sorge«, sagte ich schließlich und ließ mich auf einen Schemel fallen. »Wir haben die erste Hälfte gut überstanden. Alle Häuser stehen noch. Niemand ist verletzt. Von unseren Vorräten, die ohnehin nicht mehr reichlich sind, wird nur wenig verdorben sein.«

»Und die Matten sind schnell geflochten!« rief die junge Frau. Sie überwand ihre Furcht schnell. Aber sie würde ebenso schnell wiederkommen, wenn der Hurrikan wieder einsetzte. Ich ging hinaus, Narnia und Usha folgten mir. Auf der untersten Stufe, die Stiefel im Wasser, blieb ich stehen. Von hier aus erkannte ich das Schiff. Es schwamm wieder, aufrecht, und um die Planken bewegte sich der Unrat. Der Boden und das Bassin waren voller Schwemmgut.

»Unversehrt«, sagte ich und deutete darauf. »Aber die Ernte ist ruiniert. Restlos. Kein Mais dieses Jahr.«

»Das ist das wenigste. Es wird sich andere Nahrung finden lassen«, schwächte Narnia ab. »Du meinst auch, daß es viele getroffen hat?«

»Ich bin sicher«, knurrte ich. »Und besonders Kinder. Arsas Grab war nicht das letzte.«

Aus allen Türen schauten jetzt Bewohner heraus. Die plötzliche Stille hatte sie getäuscht. Sie meinten, die Wut des Hunrakens sei schon vorbei. Ich watete einige Mannslängen weit ins Wasser hinein und legte die Hände trichterartig an den Mund.

»Das ist nur eine Pause! Geht in die Keller zurück, wenn der Wind wiederkommt. Er weht dorther.«

»Bei euch alles unverletzt?«

Getum winkte mir. Ich antwortete ihm, daß uns die dicken Mauern der Werkstatt schützten. Noch während ich laut sprach, hörte ich die Schritte Arconriks und ein zweites Geräusch, das immer lauter wurde. Der Extrasinn zischte:

Eine Flutwelle! Der Fluß! Ins Haus!

Ich watete bereits in die Richtung der überfluteten Stufen. Arconrik kam heran und winkte mit beiden Armen. Das Brausen und Zischen unsichtbarer Wassermassen wurde lauter. Ich verdoppelte meine Anstrengungen. Das Wasser wurde niedriger, und schließlich erreichte ich die unterste Steinplatte. Ich schrie Narnia zu:

»Zurück ins Haus. Hinter das Tor. Schnell. Flutwelle!«

Wie eine Maschine stampfte Arconrik heran. Das Geräusch verschluckte jeden anderen Laut. In den Ohren begann es zu klingeln und zu wimmern. Dies war die Druckwelle des heranziehenden Wassers.

Ich kämpfte mich die Stufen hoch. Drei oder vier Mannslängen hinter mir näherte sich Arconrik dem Haus. Die Flutwelle rauschte heran. Bis vor einem Herzschlag war sie zu hören, aber unsichtbar gewesen. Jetzt kam sie um die Biegung des Flusses und war deutlich für uns alle zu sehen. Ich erreichte den Eingang des Hauses und zog mich ins Innere.

»Vorsicht!« stieß ich hervor. »Das Wasser.«

Die Wand der Welle, die durch das ausgetrocknete Flußbett heranfegte, war zwanzig Mannslängen breit und drei hoch. Sie sah aus wie eine schmutzigweiße Walze. Wasser, Schaum, Gischt und Schlamm, vermengt mit toten Tieren, Knochen und tausenderlei Trümmern und Fetzen des Waldes und der Abfälle im Flußbett, kam wie eine Mauer heran, von tausend Tonnen Wasserdruck vorwärtsgeschoben.

Arconrik sprang in die Werkstatt, packte den zweiten Torflügel und schob ihn nach vorn. Gleichzeitig mit dem zischenden Brausen näherte sich das Geräusch des Sturmes von der anderen Seite. Es heulte, jaulte und wimmerte – wie zuvor. Die letzte und furchtbarste Stufe des Desasters brach über Tical herein.

Das heranstürmende Wasser erschütterte den Boden. Wir fühlten uns, als sei weit unter unseren Füßen ein Vulkan ausgebrochen. Die Erde bebte. Die Flutwelle war da, wurde an den Seiten des Flußbetts gestaut, baute sich weiter auf und schwemmte dann in die Mitte unserer Siedlung herein. Balken, Steinplatten und riesige Stücke der Hügelflanken wurden hinweggerissen.

Wir preßten uns gegen die zitternden Quaderwände. Der Wind, der wieder mit voller Macht eingesetzt hatte, zerrte an den Toren der Werkstatt. Ich deutete auf Usha und Arconrik, packte Narnia an den Oberarmen und zog sie in unseren Wohnraum. Hier konnten wir aus dem langen Mauerspalt hinausschauen, der uns als Fenster und Lüftungsöffnung diente.

Wir blickten schweigend hinaus und sahen eine lokale Version des Weltuntergangs. Zwar hatte die Erde zu beben aufgehört, zwar war kein Vulkan ausgebrochen, und es gab weder giftige Gase noch Berge, die uns unter sich begruben. Aber das, was hier geschah, war fast ebenso tödlich. Das rasend schäumende Wasser zerrte an den Befestigungen aus Erde, Gras und kleinen und großen Wurzeln. Teilweise wurden die Quader der Fundamentmauern freigespült. Tiere, Baumstämme, Äste und ertrunkene Mayas wurden von der Flut herangerollt; zerfetzt und zerbrochen.

Dazu kamen wieder Blitze, Donner, Sturm und Regen. Da der Orkan nun aus der anderen Richtung heranwütete, zerstörte er all das, was er beim ersten Ansturm vergessen hatte. Wieder strömten Wassermassen aus den Wolken, von denen die Tageshelligkeit ausgelöscht wurde. Tropfen wirbelten in wirren Schauern waagrecht durch die Luft. Wasser wurde in die Höhe gerissen. Das Haar stand uns zu Berge, als in unmittelbarer Nähe die elektrischen Entladungen einschlugen.

Zwischen den Bohlen des Daches rann das Wasser in die Wohnräume. Links von uns gab es ein markerschütterndes Knirschen. Ich lehnte Narnia an die Mauer, rannte die Treppe hinüber zum Verbindungsgang und sprang in die Werkstatt hinein. Arconrik und beide Männer wuchteten gerade einen Torflügel auf. Sie hatten das Geräusch einer zusammenbrechenden Mauer auch gehört und versuchten, die Bewohner zu retten.

Als wir, halbwegs verrückt vor Angst, daß unseren Freunden etwas geschehen konnte, in den peitschenden Regen hinausliefen, per Zufall zu viert nebeneinander, sahen wir drei gleichermaßen schauerliche Geschehnisse fast gleichzeitig. Es war, als hielte für wenige qualvolle Atemzüge die Zeit an. Abermals herrschte kalte Stasis.

Ein gischtender Strudel bildete sich und riß binnen weniger Atemzüge die Grasnarbe und den aufgeschütteten Hügel mitsamt der Steine weg. Das benachbarte Haus wurde von der vollen Wucht des Wassers getroffen. Zwischen den Quadern zeichneten sich breite, zackige Linien ab, die immer breiter und größer wurden. Till und seine junge Frau – sie war hochschwanger – taumelten, sich aneinander festklammernd, aus dem Eingang.

Ein Windstoß von ungeheurer Stärke wirbelte das Dach davon. Balken um Balken kippte krachend hoch, löste sich auch am festgemauerten Ende aus den Löchern der Quader und wurde fast senkrecht in die Höhe gewirbelt. Rechts von uns bemerkten wir einen dahinrasenden Schatten, nicht mehr als eine flüchtige Bewegung. Als der Sturm die beiden Menschen packte und in die dreckigen Fluten hineinwirbelte, rannte mit weiten Schritten Narnia quer durch unser Blickfeld und sprang mit weit ausgestreckten Armen in die tobende Flut.

»Hinterher!«

Ich weiß nicht mehr, wer diesen gellenden Schrei ausgestoßen hatte. Ich holte Atem, nahm einen Anlauf, schrie und sprang – alles gleichzeitig. Ich sah, während ich durch die tropfenwirbelnde Luft sprang, wie Narnia versuchte, den Arm der jungen Frau zu packen. Alle wurden hinweggewirbelt, untergetaucht, wieder an die Oberfläche gerissen, in wilden Kreisen und Spiralen gedreht und nach rechts davongerissen.

Ich packte einen Baumstamm, schwang mich hoch und glaubte, Narnias langes Haar im Wasser ausgebreitet zu sehen. Ich schwamm, stieß mich ab, kletterte über Schwemmgut und kam den beiden näher. Auch ich wurde von der unwiderstehlichen Strömung gepackt und mitgerissen. Hinter mir schlug wie ein Geschoß ein riesiges Holzstück ins Wasser. Ich war nahe daran, erreichte Narnia, packte ihren Arm und versuchte, mit der Linken den Gürtel oder das Haar der Frau zu ergreifen. In diesem Moment wurden wir alle herumgewirbelt, nach unten gerissen und wieder aufgetaucht.

Etwas schlug mit schmerzender Wucht gegen meinen Kopf. Ich lokkerte meinen Griff und versuchte, gegen die schlagartig einsetzende Bewußtlosigkeit anzukämpfen. Vergeblich. Dunkelheit schlug über mir zusammen.

Till Yule, seine Frau und ich wurden von der nächsten Welle mit ungeheurer Wucht in das eine Handbreit hohe Wasser vor dem Hang der Hauptpyramide geschwemmt. Narnia wurde von der nächsten Woge drei Mannslängen hoch umhergewirbelt und gegen die schwankende Stele des Alten Gottes geschmettert. Das alles erzählten sie mir, nachdem sie uns aus dem Schlamm herausgezerrt hatten. Sie mußte schnell gestorben sein, denn ihr nasses Gesicht trug den Ausdruck einer zufriedenen Ruhe, fast ein feines, leises Lächeln. Ich stand da, nur in Stiefeln, denn das Wasser hatte mir jedes andere Kleidungsstück vom Körper gerissen. Ich blickte hinunter auf Rico und die anderen, von denen die drei Körper aus dem Wirrwarr des Schwemmguts herausgezogen und weggebracht wurden.

Es herrschte atemberaubende Ruhe. Die Stille des Todes. Überall waren sie gestorben. Ich drehte mich herum und ging hinter Arconrik her, der in seinen mächtigen Armen meine tote Geliebte trug. Geliebte? Viel mehr als das. Freund, Freundin, Vertraute, Drehpunkt meiner Jahre und Erlebnisse und, noch tiefer, meiner Gedanken. Ich war betäubt und begriff nicht einmal, daß ich am Leben war und daß der Hunraken aufgehört hatte.

Atlan! Arkonide! Komm zu dir. Sinnlos, in der Trauer zu versinken. Sie starb, damit andere leben. Behalte sie so in Erinnerung! schrie der Logiksektor, der genau merkte, daß ich die brüchige Grenze der Selbstbeherrschung betrat und bald überschreiten würde.

Sturm, Wasserfluten und Chaos gingen vorüber. Die Abendsonne übergoß die Szenerie der Vernichtung mit ihrem rotgoldenen Glanz. Arconrik hielt mich fest, obwohl ich mich nicht wehrte. Undeutlich fühlte ich, wie der Robot mir eine starke Ladung Schlafmittel in den Oberarmmuskel jagte. Ich schlief ein. Ich lag da wie tot. Ich träumte nicht einmal. Nicht einmal die Träume gestatteten mir die Trauer um Narnia.

Neunzehn Stunden später war ich in der Lage, zu erfahren, was nachher alles geschehen war: Dreihundert Mayas waren gestorben. Ungefähr die gleiche Anzahl hatte mehr oder weniger schwere Verletzungen erlitten. In den Nächten, wenn niemand zusah, bohrte Arconrik mit dem Desintegrator eine niedrige Kaverne in den größten und am wenigsten zerstörten Schräghang. Die Leichen wurden beerdigt; es waren zwei Dutzend Priester darunter. Der Kazikeh lebte und beteiligte sich schweigend an den Aufräumungsarbeiten.

Bis auf einen kleinen Rest Salz und eine Handvoll Proviant verteilten wir alle unsere guten Vorräte an die Mayas. Der Gleiter wurde an Bord des Schiffes gebracht. Wir ließen alle Werkzeuge zurück, die wir nicht brauchten. Tical sah aus, als habe sich ein besonders bösartiger Dämon zwischen den Bergen ausgetobt. Zwei unserer Häuser waren zerstört, der Rest bewies unsere Vorsicht und Baukunst. Irgendwann während der Arbeiten, denen ich mich mit wahrer Raserei widmete, hielt mich Usha Tizia auf und zwang mich, einen Becher konzentrierten Alkohol zu trinken.

»Dein Gesicht ist wie deine Trauer: kalt, fahl und kaum zu erkennen für deine Freunde«, sagte sie. »Warum gehst du nicht in den Wald und versuchst zu weinen? Sie war auch meine Freundin, Atlan.«

Ich starrte Usha an, als sähe ich sie das erstemal. Dann rang ich mir eine Antwort ab.

»Meine Trauer zeigt sich in trockenen Tränen, Usha. Ich muß mir angewöhnen, mit ungerührtem Gesichtsausdruck durch die Zeiten zu gehen. Wir haben große und feurige Träume gehabt. Träume! Vergeßt die Träume! Begrabt sie.«

Freundlich strahlte die Sonne auf die Tiefebene. Die Pflanzen erholten sich in beängstigender Schnelligkeit. Wir verbrauchten den letzten Vorrat an Binden, Salben und Arznei, um den Mayas zu helfen. Selbst die Priester arbeiteten, und vergaßen ihre blödsinnige Rechnerei. Vielleicht ahnten sie, daß sie sich lächerlich gemacht hatten: Weder die Mondfinsternis noch den Hunraken hatten sie errechnen können.

»Ich begrabe meine Träume nicht«, flüsterte Usha und ergriff meine

Schultern. Sie lehnte ihre Stirn gegen meine Stirn und fuhr fort: »Du hast zwei Freunde. Arconrik und mich. Wann gehen wir?«

»Übermorgen«, sagte ich. »Es ändert nichts. Ich habe mehr verloren, Usha, als einen Freund und eine Geliebte. Vielleicht werde ich dir in der Kuppel sagen können, was ich empfinde.«

Der Gleiter und das Schiff enthielten nur das Notwendigste. Arconrik zerrte mich in einer der folgenden Nächte förmlich ins Schiff. Dann verließen wir, grußlos und unbemerkt, die Ebene, in der mehr als eineinhalbtausend Mayas zu überleben versuchten. Arconrik, Usha Tizia und ich. Wir waren nichts, weil der vierte Pfeiler, die vierte Säule fehlte. Ich hatte versagt – in jeder Hinsicht.

Ich gab, mit kaltem Zorn und in tiefer Verzweiflung den Befehl, ohne Umwege in die Tiefseekuppel zurückzukehren. Mir war alles gleichgültig: das Venus-Raumschiff, das Schicksal der Oase, die folgenden Jahre, Jahrzehnte oder Jahrhunderte. Diesmal wünschte ich mir, daß ES meine Erinnerungen auslöschte.

Schließlich lag ich ausgestreckt auf meinem kühlen, harten Lager in der Kuppel. Schweigen und Wärme umgaben mich; die besten Verbündeten des Vergessens. Usha küßte mich auf die Stirn und flüsterte etwas, das ich nicht mehr verstand. Ich schlief ein, für unendlich lange Zeit. Die letzte Gedankensequenz war: meine erste Begegnung mit einer zitternden Sklavin im Haus des Beilarx. Dort war der Anfang gewesen. Hier begann ich das Ende zu träumen. Ich war im Begriff, meine Träume zu begraben. Irgendwann würde ich wieder aufwachen. Dann begann das Ritual, das bessere Männer als mich umbringen konnte, wieder von vorn.

9.

Wie der Schlagschatten einer Sonnenfinsternis legte sich die graue Dunkelheit des beginnenden Untergangs über Dörfer, Städte und Häfen. Landauf, landab galoppierten mit verhängten Zügeln und dröhnendem Hufschlag die Fürsten des Chaos durch Teile des Landes.

Allen voran ritt Lambrano Burni mit seinen apokalyptischen Reiterscharen. »Pferdezahn« Burni war keiner der Großen, aber er und seine Reiter gehorchten demselben Drang, der auch Männer wie Alarich aus dem kalten, regnerisch-trüben Norden in die Sonne an den Ufern des Pontus Euxinus und des Mare internum trieb.

Knapp hundert starkknochige, dunkle Pferde liefen in einem erschrekkend unaufhaltsamen Trab. Schwere Lasten, aus denen die blitzenden Spitzen schwarzgeschärfter Speere hervorragten wie Stacheln mythologischer Ungeheuer, schaukelten auf den Rücken und Flanken der Tiere.

In knarrenden Sätteln aus abgewetztem Leder saßen Männer mit bleichhäutigen Gesichtern und wuchernden Bartstoppeln, mit kantigen Kinnbärten und ausladenden Schnurrbärten, mit verfilztem, dunklem Haar.

Ihre Rüstungen bestanden aus schwarzem Eisen und grünspaniger Bronze. Die Teile rieben sich unablässig aneinander. Die Ringe der Kettenhemden klirrten, Trensen, Schwerter und Schilde schlugen hart.

Burnis ostgotische Reiter trugen schwarze, geschmiedete Helme mit kantigen Verzierungen. Die Schilde ließen die Spuren schwerer Kämpfe erkennen; Schrammen und tiefe, glänzende Rillen im Metall, im Leder und quer durch die kargen, düsteren Farben der Bilder.

Burnis Männer ritten klirrend und rasselnd auf einem kaum erkennbaren Pfad nach Südwest. Als die Kriegerkarawane eine Gruppe von Bäumen mit zitternden dunkelgrünen Blättern passierte, flüchteten Schafe aus dem mittäglichen Schatten. Blökend hüpften sie von dem halb verfallenen Brunnen weg in alle Richtungen.

Lambrano hob den rechten Arm. »Halt!«

Am Unterarm zeigte sich, als der braungrüne, grobe Stoff des Ärmels zurückfiel, ein Eisenband. Es rostete an den Rändern, eine zwei Hände breite Tülle voller Beulen und Kerben. Im Sonnenlicht blinkten die abgeschliffenen Teile des gepanzerten Handschuhs.

»Pferde tränken. Wassersäcke füllen. Die Zeit drängt!«

»Einauge« Burni besaß eine schneidend helle Stimme, die in Phasen der häufigen Erregung zum Umkippen neigte. Im Gegensatz zu vielen anderen beherrschte er das Idiom der Ostgoten sogar lesend und schreibend. Die ungewohnte Sprache des zu erobernden Landes hingegen sprach er unvollkommen.

Es klang, als würfe man viel Metall nacheinander auf einen Haufen, als der Zug der Krieger anhielt. Irgendwo weit hinter ihnen drangen die Frauen und Kinder der Goten ins Land; für Burni nur unwichtiges Beiwerk seines Vorhabens. Lambrano und seine apokalyptischen Reiter – sie waren alle vom selben Ehrgeiz. Sie hatten die Kraft und die Macht, diese Aufgabe zu bewältigen. Ihr Ziel war, das Römische Reich an einer wichtigen Stelle in die Knie zu zwingen. Die Zeit war reif: die Goten mit Lambrano Burni gegen den Rest der zivilisierten Welt.

Als erster ritt er an den Brunnen heran. Sein Pferd zog den Zügel straff, tauchte die Nüstern und das Maul tief ins Wasser. Für Burni war es eine Geste voller Symbolträchtigkeit. So würde er die Güter und Schätze des neuen Landes in sich hineinsaugen.

Er drängte das Pferd rückwärts durch die Reihen der nachdrängenden Tiere und Reiter. Während sich die anderen um das Wasser kümmerten, suchte er mit dem Auge das Ziel des schnellen Vorstoßes.

Ein kantiger Fels erhob sich dicht über dem Ufer des Pontus. Er bestand aus Konglomeratgestein und zeigte dunkle Lava mit riesigen Steinbrockeneinschlüssen.

Schroff und dunkel erhob sich die schräge, wuchtige Steinmasse inmitten bewaldeter Hügel und Hänge über den Strand. An der dem Wasser abgewandten Seite senkte sich der Grat in weichen Stufen. Die Oberfläche war bis auf die Teile des untersten Hanges mit Wald bewachsen. Auf der Seite erkannte das scharfe Auge Lambranos – er besaß nur noch das rechte – einige Höhlen, breite Leitern und winzige, geschäftig arbeitende Menschen.

Rauchsäulen stiegen in den strahlend blauen Himmel. Eine Siedlung lag im Tal, verborgen durch Wald und Klippen. In dem Bergwerk wurde, wie konnte es anders sein, Metall gebrochen.

»Schneller«, schrie er seinen Männern zu. »Jede Pause kostet Münzen!«

»Schon gut, Pferdezahn«, gab der Anführer Bolach zurück. »Wir sterben früh genug«

Seine Männer bewunderten sein kriegerisches Geschick. Über seinen Charakter machten sie sich wenig Gedanken. Er galt keineswegs als beliebt. Er sang nicht und trank kaum. Ein braunhaariger Mann, meist wortkarg. Gesprächig, ja geradezu ausschweifend und hochfahrend wurde er nur, wenn er seinen langen, einander oft widersprechenden Sätzen ein »Ich« voransetzen konnte. Er und seine kühnen Vorhaben waren sein Lieblingsthema. Aus gutem Grund hatte er für seine rüden Reiter jenen seltsamen Begriff gewählt. Nur wenige kannten und verstanden ihn: die Reiter der Apokalypse waren Boten der Endzeit.

Sie galoppierten aus der Offenbarung des Johannes, eines christlichen Sehers, der auf der griechischen Insel Patmos eine Weltuntergangsvision erlitten hatte. Dort stand zu lesen, unter vielen anderen, niederdrückenden Bildern: *» ... und ich sah, und siehe, ein fahles Pferd, und der darauf saß, des Name war Tod. Und die Hölle folgte ihm nach. Und den Reitern ward Macht gegeben über den vierten Teil der Welt, zu töten mit dem Schwert und Hunger und Tod, und ...«*

Genau das war die erklärte Absicht Lambranos. Er dachte wie viele gotische Anführer. Er war nicht belesen; diesen Spruch zitierte er indessen häufig. Es mußte nicht tödlicher Kampf sein. Aber stellte sich ihm und seinen Männern jemand entgegen, mußte er ihn dazu bekehren, daß eine neue Zeit angebrochen war. Tote Männer widersprachen selten. Dies galt für die Schwarzen Hunnen, für Römer und Goten gleichermaßen.

Es galt für unzählige Menschen aus mehr als einem Dutzend namentlich bekannter Stämme und Gruppen, die gegen jeden Teil der Grenzen des Reiches anrannten. Der *limes* wankte, Provinzen mußten aufgegeben werden, das Heer focht an zu vielen Fronten. Alles war auf Wanderschaft. An einem fernen Tag würde das helle, reiche Land den Goten gehören. Sie waren ebenso vertrieben worden, wie sie ihrerseits vertrieben, niederschlugen und versklavten.

Immer wieder hatte Lambrano Burni am Horizont ein solches neues, aufregendes Ziel gesehen. Und jedesmal war es durch ein anderes Ziel abgelöst worden. Wieder hob er den Arm und hämmerte mit dem Eisenband gegen einen Schild.

»Los. Weiter. Schneller!« trieb er seine Männer an. Für sie kannte er keine Entspannung.

»Wohin?« rief Pisco zurück.

»Zum Berg. Zur Siedlung. Ich glaube, sie holen Metalle aus dem Berg.«

Er sprengte an der Spitze der Kolonne, die sich schnell formierte. Zwei Männer fingen noch schnell ein fettes Schaf. Sie banden die Hinterläufe zusammen und schnürten das Tier auf ein Packpferd. Die schreckerregende Karawane bewegte sich rasselnd wieder vorwärts. Längst waren die Eindringlinge gesehen worden. Spätestens am Rand der Siedlung rechnete Lambrano mit starker Gegenwehr – er rechnete immer und überall damit, daß man sein selbstgewähltes Recht in Frage stellte. Die Gotenkrieger näherten sich dem Ort Mesembria, der nordöstlich von Constantinopel lag. Zum erstenmal sah Burni das strahlend blaue Wasser des Pontus unter dem leuchtenden Himmel und herrlichen weißen Wolken.

Im Bergwerk fanden die Sklaven Gold und andere unsagbar teure Metalle.

Der gedeckte Tisch stand scheinbar in der Leere. Geschirr und Pokale funkelten, die Kerzenflammen brannten unbeweglich. Dann erschien unter ihm das Muster eines prächtigen, kreisrunden Teppichs. Das erste Hologramm baute sich auf: ein strahlendblauer Himmel, über den schneeweiße Wolken zogen. Usha Tizia betrat den Raum, sah sich um und lächelte, als rechts das Meer und die Küste erschienen. Ushas silberweißes Haar lag dicht an ihrem rassigen Schädel, an den Ohren schaukelten unbezahlbar schöne Perlengehänge. Sie blieb vor dem Tisch stehen und goß etwas Wein in den silbernen Pokal.

Jetzt bauten sich Uferfelsen, Sandflächen und hoch geschwungene Dünen auf; das Bild und das Innere des Raumes wurden heller. Usha trug ein weißes, ausgeschnittenes Kleid; der glänzende Stoff und wenig Silberschmuck unterstrichen ihre – für mich – exotische Schönheit.

Sie setzte sich, nippte am Wein und wartete schweigend. Rico kam herein, mit einigen Leckerbissen auf einem Tablett. Usha wartete, bis er saß, dann antwortete er auf eine Frage, die sie außerhalb des Raumes gestellt hatte.

»Atlan spricht – wenigstens mit mir und dir – kaum darüber, Usha. Aber er ist Sohn mächtiger Eltern; Kristallprinz Atlan, einst Mascaren genannt, Sohn Gonozals, aus dem Herrschergeschlecht, Neffe und Nachfolger des Erhabenen Imperators Gonozal des Siebenten, Admiral der Imperiumsflotte, Häuptling des achtzehnten Einsatzgeschwaders unter der Herrschaft Sakàls, Sieger von siebenundzwanzig Sternenschlachten.«

»Halt«, sagte Usha leise. »Wovon sprichst du, Arconrik? Du meinst den Atlan, den wir kennen?«

»Denselben. Das alles war er, bevor wir diese Welt betraten, auf ihr landeten.« Rico und Usha Tizia saßen in einer der holografischen Illusionswelten tief im Überlebenszylinder. Ich sah und hörte ihnen zu, aber die Worte glitten fast lautlos an mir vorbei wie Papiervögel. »Nach der Landung, als wir anfingen, in großem Rahmen das gleiche zu tun wie wir in der Oase, gab es eine furchtbare Katastrophe; nur Atlan, ich und dieser riesige Metallzylinder blieben übrig und versanken tief im Meer.«

Usha war augenscheinlich sehr viel früher aufgewacht als ich; die schöne junge Numidierin blinzelte in die Flammen der künstlichen Kerzen, nippte an Ricos Wein und betrachtete die Dünen der Wüste und die Felsen vor der Küste des Binnenmeeres.

»Erzähl mir mehr, Freund«, bat sie leise. Rico nickte. »Sein Verstand wurde schärfer, um einen zusätzlichen Sinn erweitert, nach der ARK SUMMIA-Schule. Das Licht braucht 34000 Jahre von hier zu unserer Heimat Arkon. Seit seinem achtzehnten Jahr ist sein Leben ein Kampf; jetzt ist er wie fünfunddreißig oder vierzig, und der Stern der Astarte, zu dem er flog, war der Ort der wohl folgenschwersten Entscheidung seines langen Lebens.«

Die Kolonisten auf dem zweiten Planeten hatten einen Hilferuf abgesetzt. Ich erinnerte mich nur schwach unter dem Einfluß der belebenden Drogen in meinem Kreislauf. Damals, vor rund acht Jahrtausenden! Larsa hatten wir den Planeten getauft. Ich ließ die Kolonisten ausfliegen, damals, als sich die zwei Universen zu überlappen begannen. Der Larsa-Venus-Kommandant blieb ohne Besatzung zurück, nach kurzer Zeit war auch ich allein: Kosmo-Stratege, Kosmopsychologe, Hochenergieingenieur, Kolonisations-Infrastrukturplaner. Lauter Berufe, die ich so dringend brauchte wie eine tiefe Brustwunde. Manchmal spielte ich mit der Überlegung, ob es nicht besser wäre, den Aktivator abzulegen und zweiundsechzig Stunden danach zu sterben ... mir fiel ein, daß er tief unter das Bindegewebe einoperiert worden war, ausgerechnet von einem Römer!

»So lange ich ihn kenne – er scheint nicht älter zu werden«, sagte Usha. »Oder täusche ich mich?«

»Der tiefe, lange Schlaf und ein kleines Wunderding in seinem Körper erhalten seine relative Jugend.« Während Rico antwortete, blies ein scheinbarer Wind in der Holoprojektion die Sandkörner von einem versunkenen Gerippe fort. Ich glaubte nach einer Weile, in der die Müdigkeit wieder zunahm, das Skelett eines Zentauren erkennen zu können; halb Mensch, halb Pferdekörper. Das Bild verschwamm vor meinen Augen. Ich verstand nur noch: »Wenn er aufgewacht und zu sich gekommen sein wird, mußt du besonders behutsam mit ihm umgehen. Er zeigt seine Trauer nicht, aber ich weiß: Sie ist abgrundtief.«

»Ich verspreche es.« Usha seufzte und blickte das Gerippe an. »Was ist eigentlich FünfVierSiebzig A Raicastor? Ich hörte dich mit irgend jemandem sprechen.«

»Ich zeige es dir morgen. Ein großes Vorratslager von Atlan und mir.«

Atlantis war, wie der Grieche Plato schrieb, in einem Tag und einer Nacht voller Schrecken in der Tiefe verschwunden. Narnia war tot, und ich sank wieder zurück in die grauenvolle Stille meiner Träume.

Schwache Impulse geisterten durch endlos lange Leitungen. Wieder meldeten sie vereinzelte Erschütterungen in der Umgebung.

Der erstpostierte Kleincomputer der Siloanlage 5470 A verglich die neuen Informationen mit dem Inhalt der Programmspeicher. Seit fast 8400 Umläufen dieses Planeten um seine Sonne stand das Analyse- und Warnprogramm und wurde ständig durch neue Erfahrungswerte ergänzt. Die mehrfach kontrollierte und durchgerechnete Analyse lautete schließlich:

Art der seismischen Erschütterungen ist untypisch für tektonische Aktivitäten. Keine (See-) Beben. Keine vulkanische Tätigkeit. Erkenntnis: Oberflächenstörungen nähern sich einer Kontrollstelle.

Lautlos suchte der Computer nach der betreffenden präzisen Anweisung. Er fand sie. Sie war ausgerüstet und vorläufig blockiert durch einen Befehlskomplex. Warten! Neue Informationen einholen! Nachrechnen!

Die Speicherenergien der Batterien wurden knapp. Ein Subprogramm schaltete einen atomaren Meiler ein. Und das System wartete ... Langsam lief der Meiler an und lieferte schließlich Versorgungsenergien. Während dies geschah, fuhr der Kontrollrechner sein Programm immer wieder mit derselben Sorgfalt und ständig neu zufließenden Informationen. 8396 Umläufe oder rund drei Millionen Tage umfaßte der Erfahrungsbereich dieser Anlage. Als die letzte Analyse – Zeit bedeutete keinen wirklichen Faktor – vorlag, erkannte der Rechner, daß mit mechanischen Einfachverfahren Höhlen oder Stollen hergestellt und erweitert wurden, löste die Anlage schließlich ALARM aus.

Es wurde an ausgesuchten Stellen (1) die Beleuchtung aktiviert. Gleichzeitig lief eine Pumpe (2) an. Sie komprimierte Hydrauliköl. Ein Hebelwerk sprengte zwei Hälften eines Zylinders auseinander. Bildschirme schalteten sich (3) ein. Sie wurden von verschiedenen extern angebrachten, getarnten Linsen gespeist. Die Hälfte der Monitoren zeigte nur Störungen, war also defekt geworden. In dem Zylinder aus Arkonstahl befand sich eine Säule (4) aus Kunststoffschaum, der mit einem Spezialöl getränkt war. Eine Säurekapsel brach auf. Eine Sprühanlage (5) entleerte deren Inhalt auf den Schaum. Rückstandsfrei löste er sich auf.

In der Versiegelung hatte eine Maschine (6) gesteckt. Ein Roboter mit vier Gliedmaßen, breit und wuchtig gebaut, eine Servomaschine, die ausgestattet war mit allen Werkzeugen und Geräten für jeden Zweck, der innerhalb des Silos 5470 A bestimmte Arbeiten und deren reibungslose Erledigung diktierte. Das Ersatzteillager wurde für den Roboter zugänglich gemacht.

Aus dem Lautsprecherschlitz im Kopfteil des Roboters drangen summende, tickende und schnarrende Geräusche. Es war, als ob eine riesige Kunstuhr (7) langsam zu technischer Betriebsbereitschaft erwachen würde. Von einem Bandgerät oder einem Vokoder kam eine Frage. Die stählernen Kammern produzierten (8) einen klirrenden Nachhall.

»Test. Roboter RAICASTOR. Bist du handlungsbereit?«

Zunächst noch langsam und leise knirschend, daraufhin schneller und summend, schließlich, nach einer Stunde, bewegte sich (9) Raicastor autonom. In einem positronischen Hochleistungsgehirn befand sich logischerweise ebenfalls ein Programm. Zuerst ging die Maschine daran, die nächste Umgebung (10) zu kontrollieren.

Beleuchtungskörper wurden ausgewechselt. Die Raumbelüftung sprang an. Die Heizung begann zu knacken. Staub wirbelte hoch, wurde abgesaugt und abgefiltert. Das Innere der Silostation füllte sich mit Geräuschen und ließ Bewegungen erkennen.

Anlage 5470 A begann zu arbeiten. Mit der ruhelosen Rastlosigkeit eines souveränen Programms (11) arbeitete der Roboter. Mit den Ersatzteilen wurden die Monitoren repariert. Danach verarbeitete Raicastor die optischen Informationen. Er war durchaus in der Lage, die Folgerungen daraus zu erkennen.

Der Zustand der Umwelt (12) hatte sich entscheidend geändert. Die Konsequenzen waren weitreichend: ERNSTHAFTE STÖRUNG. Die Zentralstelle mußte höchstwahrscheinlich verständigt werden.

Definition Planetenumlauf 0003 (= 0001 NUvA): Riesige Gebiete des Planeten waren noch immer von dicken Eisschichten bedeckt. An vielen Stellen war das Wasser, in Form von riesigen Gletschern und landschaftsgroßen, dicken Schichten gebunden, weit zurückgewichen von ehemaligen Uferlinien. Vor der Bauplanung hatte es noch flache Meeresteile hier gegeben und unzählige Seen; danach begannen sie auszutrocknen. Seit zwei Planetenumläufen war die Silo-Nebenstation fertig. Nur der Roboter kontrollierte noch programmgemäß das Innere auf Schwachstellen und den Zustand der Umgebung.

5470 A bestand aus einem wuchtigen Stahlzylinder mit gerundeten Übergängen. Der Turm war hundertzwanzig Meter hoch, sein Durchmesser betrug fünfzig Meter. Vierundfünfzig Decks befanden sich im Innern, unterschiedlich hoch. Sie waren in verschiedene Bezirke aufgegliedert. Jede Winzigkeit besaß eine eigene Speichernummer und, im Karteiprogramm des Robots, eine exakte Beschreibung. Viele Lagerräume enthielten Notvorräte aller wichtigen Materialien. Nahrungsmittel waren selbstverständlich dehydriert und stabilisiert. Die Erbauer wußten von den Geräten und Maschinen, daß sie Dutzende von Jahrtausenden überdauerten, vorausgesetzt, sie waren fachmännisch konserviert. Eine Erfahrungstatsache, eigentlich nicht der Erwähnung wert.

Am unteren Ende des zylindrischen Turmes führte waagrecht ein Stollen in Form einer Metallröhre, rostfrei, in einen Metallkubus. Die Röhre besaß gegeneinander verschiebbare Elemente, konnte sogar gekrümmt und gestreckt werden; es existierten Ausgleichgelenke. In dem stählernen Würfel waren sämtliche Kontrollgeräte untergebracht. Auch Raicastor war dort stationiert. Die Erbauer der Siloanlage – sie war nicht die einzige – hatten sogar dafür gesorgt, daß sich dort Empfangsräume, ein Reanimationszentrum und eine halbautomatische Küche befanden.

Zustand Planetenumlauf 0000: Das Expeditionskorps hatte an mehreren Stellen des Planeten kleinere oder größere Ausweichstationen angelegt. Es entsprach ihrer Mentalität, für größtmögliche Sicherheit zu sorgen. Ihre Maschinen stellten fest, daß der Boden unter der geplanten Station bis in größte Tiefe hinein solide und fest war, der Teil einer massiven Planetenscholle. Eine Bettung wurde ausgehöhlt. Als Stoßsicherung wurden Sand und Kies eingefüllt.

Darauf errichtete man den Riesenzylinder, den Verbindungsstollen und den Eingangskubus. Drei unterschiedlich verlaufende Leitungen und Röhren für Abgase und Kühlluft wurden vorgesehen.

Die stählernen Elemente wurden mit grobem Kies, vermischt mit dem Aushub und anderem Gestein, umgeben und umhäuft. Es war leicht, die benötigten Massen herbeizuschaffen. Zwischen einer Reihe älterer, gerundeter Berge entstand ein neuer. Sand prasselte in Mengen von Millionen Tonnen herunter und wurde mit Wasser eingespült und mit Schall festgerüttelt.

Über der Anlage erhob sich schließlich ein spitzkegeliger Berg. Etliche riesige Gesteinsbrocken machten ihn unregelmäßig. Ein kurzer Einsatz beschäftigte die Männer an den Raumschiffsgeschützen. Die Energie und detonierende Hitzebomben schmolzen und buken mit ihrer Energie das gesamte Füllmaterial zu einem nahezu massiven Fels zusammen. Die Metallverbindungen innerhalb der wahllos durcheinandergeworfenen Gesteine änderten sich. Aus den mehr oder weniger schwach konzentrierten Anteilen wurden winzige Rinnsale, die sich, chemisch mehrfach verändert, vereinigten und dickere Adern bildeten. Bald erstarrten sie und wurden zu einem unsichtbaren Innengerüst der Felsmasse.

Definition Planetenumlauf 0010: Raicastor zog sich in den Kokon seines Schutzsystems zurück. Eine atomar angetriebene und kontrollierte Uhr lief. Sie schaltete in genau berechneten Intervallen Energieerzeuger ein, von denen Speicherbatterien wieder gefüllt wurden. Fiel das eine oder andere Gerät aus, wechselte die Anlage auf das redundante Nachbarsystem über. Zeit verstrich ... unendlich viel Zeit. Aber Stunden, Tage und Jahre bedeuteten dem technischen Mechanismus nichts. Es war still und dunkel, und der Silo schien sich selbst vergessen zu können.

Definition Planetenumlauf 8396: Alles war verändert: Wo sich bei Zählerstand 0002 noch trockene Ebenen befunden hatten, dehnten sich jetzt Seen und Wälder aus. Nahe dem Felsen, der seine absolute Lage nicht geändert hatte, dessen Oberfläche aber stark verwittert und zur dikken Humusschicht geworden war, erstreckte sich ein großes Binnenmeer. Bis auf wenige Reste hatten sich die Eispanzer zurückgezogen. Das einst gebundene Wasser war wieder im freien Kreislauf des Planeten. Unzählige Landbrücken waren verschwunden.

An nachprüfbaren Stellen hatte sich der Wasserspiegel bis zu zehn arkonidische Meter gehoben. Das Gesicht des Planeten war drastisch verändert. Natürlich kannte Raicastor nur ein Dutzend ausgesuchter Meßpunkte in seiner Nähe. Er speicherte diese Analysen, sobald er in der Lage war, durch die neu gereinigten Linsen die Umgebung des Silos genau zu studieren.

Er verglich die neue Topographie der Landschaft mit den gespeicherten Aufzeichnungen und Karten. Das Bemerkenswerte an allen Beobachtungen war, daß sich das leere und öde Land bevölkert hatte. Fauna und Flora waren in die ökologische Riesennische eingedrungen und hatten sie besetzt. Spuren von Eingeborenen gab es an vielen Stellen. Überaus deutliche Bauwerke: Brunnen, Häuser und eine seltsame Anordnung von Brennholzstapeln, Feuergruben und Quartieren.

Eine Analyse der Geofon-Anlage ergab Aufzeichnungen. Sie ließen erkennen, daß die Eingeborenen mit Meißeln, wasserübergossenen und aufquellenden Holzkeilen, Hämmern und Transportkörben einen ersten, schräg abwärts führenden Stollen ins Verbundgestein vorangetrieben hatten; bei einem extrapolierten Fortschreiten der Arbeiten würden die emsig schuftenden Eingeborenen zwischen sechzig und achtzig Tage brauchen, um die kritische Distanz zur Außenwand des würfelförmigen Stahlbauwerks zu unterschreiten.

Der Robot überprüfte die Richtlinien, die sein Handeln bestimmten. Er war verpflichtet, nicht zuletzt aus Selbstschutz, die zentrale Befehlsstelle von dem Ausmaß der geänderten Umstände zu verständigen. Raicastor gab ALARM.

Ich lag regungslos mit geschlossenen Augen da und versuchte, den Text nicht nur zu hören, sondern auch seinen Inhalt zu verstehen. Auf meiner Haut spürte ich das warme Pulsieren der Solarlampen. Ich erkannte die Stimme! Sie war wohlmoduliert und wie von Rauch überschattet. Was die Besitzerin dieser Stimme von ihrem einzigartigen Lehrmeister gelernt hatte, gab sie jetzt an mich weiter. Meine Erinnerungen! Sie waren lückenhaft. Ich rechnete mit seltsamen Überraschungen. Immerhin hörte und verstand ich: » ... ist es schwierig, Geschichte so zu schildern, daß sie objektiv zu sein scheint. Es ist nur aus der Gegenwart möglich, die Vergangenheit zu analysieren, und das auch nur, wenn genügend Informationen ganz besonderer Art vorliegen. Es ist nicht falsch, anzunehmen, daß das Römische Imperium auf dem Weg zum Untergang ist. Erste Schritte lassen sich erkennen; urteile selbst, Arkonide.«

Ich öffnete die Augen, konnte aber nichts Besseres erkennen als wirbelnde Farbmuster. Vermutlich ein Bildschirm. Die bekannte Stimme sprach weiter. Ohne jeden Zweifel stammte der Text von meinem treuen Rico oder Arconrik. Müde und unfähig, den Sinn der optischen Eindrücke zu begreifen, schloß ich die Augen und versuchte mich zu entspannen.

»Offensichtlich brechen schlimme Jahrhunderte an. Caesaren kommen und gehen. Das Reichsgebiet schrumpft; fast alle Grenzen werden berannt. Seit deinem letzten Einschlafen, Atlan, sind fast genau hundert Jahre vergangen. Theodosius der Erste regiert noch das Reich. Seit etwa dreihundert Jahren breitet sich jene Religion aus, die als Symbol den Namen eines jungen Mannes aus Nazareth trägt. Das Christentum ist mittlerweile so etwas wie eine Staatsreligion geworden. Mittlerweile streiten sich die Gläubigen über Einzelheiten, die du schwerlich verstehen würdest. Auch die monotheistische Religion spaltet sich. Später wirst du entsprechende Namen kennenlernen ...«

Rico hatte mich geweckt; er würde mich nicht aus dem langen Schlaf holen, wenn es nicht wichtig war. Ein Auftrag von ES?

»Die Welt ums Mittelmeer herum beginnt sich stark zu verwandeln, Atlan. Meine Analyse besagt, daß dunkle Jahrhunderte hereinbrechen. Der Auslöser des Drucks auf die Grenzen liegt an anderer Stelle. Die Hunnen drängen von Osten nach Westen. Dabei treiben sie die Goten vor sich her. Diese weichen nach Süden aus. Zusammen mit etwa fünfzehn anderen, kleineren und größeren Völkergruppen ergibt dies ein bemerkenswertes Chaos. Versuche also nicht in planetaren Begriffen zu denken, sondern in weitaus kleineren Abläufen. Es ist weniger eine Völkerwanderung als ein undurchschaubares System von zwei Dutzend Spiralbewegungen, die ineinander greifen. In Wirklichkeit dauert die Entwicklung schon lange und wird noch länger anhalten. Es gibt keinen zweiten Staat, der so verwundbar ist. Später wirst du grafische Darstellungen sehen.«

Jedesmal war es anders, dieses Erwachen, und jedesmal war es doch gleich. Ich versuchte, meine Erinnerungen zu fassen. Tief in meinen Gedanken spürte ich einen dumpfen, lastenden Schmerz. Ich hatte einen Kampf verloren? Oder galt das Gefühl des unwiderruflichen Verlusts einem Menschen? Welchem? Ich suchte nach Namen, fand sie, wußte aber in derselben Sekunde, daß sie nichts wirklich zu sagen hatten.

Diese Stimme!

Sie gehörte zu der jungen Dunkelhäutigen. Usha Tizia. Meine Ganglienzellen funktionierten wieder zufriedenstellend. Ich sah sie vor mir: groß, schlank, fraulich anzusehen, mit veredeltem Haar und ungewöhnlich langen Wimpern; so groß wie Rico. Andere Begriffe tauchten in immer schnellerer Folge auf und stürzten auf mich zu. Atlan mit seinem fotografisch exakten Gedächtnis! Ich ahnte, daß ich wahnsinnig werden mußte, wenn ES nicht bestimmte Komplexe der Erinnerungen auslöschte.

An mehr als den Flug zur Venus, an die Oase und Arconrik und Usha vermochte ich mich nicht zu erinnern. Vermutlich würde ich eines Tages herausfinden, daß es so am besten war. *Mit Sicherheit! Es wirkt immer,* sagte das Extrahirn. Es war ein positives Zeichen, wenn sich meine

ARK-SUMMIA-Stimme meldete. Ich schlief, einigermaßen ruhig geworden, wieder ein. Die nächste Phase des Erwachens zeigte mir eine Reihe von Seltsamkeiten. Zuerst erkannte ich den Roboter, jene planetare Achse meiner zerbrechlichen Existenz.

»Du siehst seltsam aus, Rico!« lallte ich. Die Herrschaft über meine Stimme hatte ich noch nicht. Aber ich vermochte mich mit Hilfe des hochklappenden Spezialbetts halb aufzurichten, ohne daß mir schlecht wurde.

»Es ist nötig, Gebieter ... Atlan-Demetrion. Es muß sein.«

Arconrik war halb stählerner Robot, halb steckte er in seiner perfekten Verkleidung. Der rechte Arm vom Schultergelenk bis zu den Fingern war die gewohnte Mechanik der Maschine. Vom Gürtel bis zu den Knöcheln schien die Maschine »menschlich« zu sein. Die Gehwerkzeuge ließen Stahl und Kunststoff erkennen. Eines der grünen Augen war normal, das andere zeigte sich als Linse und glühte pulsierend. In der Mitte der Brust war eine große, transparente Klappe eingesetzt, durch die man bestimmte Innenteile sehen konnte.

»Wozu bin ich geweckt worden?« fragte ich schließlich und schaute mich um. »Wo ist Usha?«

Usha, die sich vor undenklich weit zurückliegender Zeit oder, in unserem Schläfer-Maßstab, vor wenigen Jahren, in Arconrik, ihren Käufer und Lehrmeister, verliebt hatte! Ich begann – so hoffte ich – den Grund seiner Maskerade oder besser Demaskierung zu verstehen.

»Ich habe dich geweckt, weil Silo Fünfviersiebzig A an der *peninsula verbarum dulcarum* gefährdet ist. Möglich, daß sich ein Zwischenfall anbahnt, der nicht in unserem Sinn ist.«

»Silo am Kap der einschmeichelnden Worte?« fragte ich überrascht.

»Kannst du schon einfache Vorgänge verstehen?«

»Ich probier's«, sagte ich. Ein Bildschirm schaltete sich ein und zeigte schematische Zeichnungen, dann einige Standbilder aus der Zeit vor mehr als acht Jahrtausenden, als wir die Silos eingerichtet hatten. Die Erinnerung aus jener Zeit setzte in kräftigen Schüben ein. Die Sequenz endete mit den aktuellen Bildern der Spionsonden. Sie zeigten eine wachsene Stadt, die Seeuferlandschaft eines noch unbekannten Gewässers, dann den schützenden Berg, der den Silo verbarg.

»Das Bergwerk liegt nicht weit von Mesembria entfernt. Dieser Ort ist eine Nachbarsiedlung von Constantinopolis. Diese wiederum ist die Hauptstadt des Oströmischen Reichsteils und von ungeheuer strategischer Wichtigkeit. Falls sich der Robot Raicastor bedroht fühlt, beschwört er eine mittlere Katastrophe herauf. Das ist der unmittelbare Grund. Dieser Zwischenfall kann das Gefüge der Welt um das Mare nostrum erschüttern, weil dazu in den Jahren des Chaos nur eine Winzigkeit nötig ist.«

»Ich äußere mich später dazu.« Ich formulierte mühevoll. »Wenn ich alle Informationen habe.«

»Das ist durchaus verständlich.«

Mittlerweile befand ich mich in den kurzen Phasen der zu Recht *Luzide Träume* genannten Zustände. Ich war nicht mehr länger Statist und willenlos meinen Vorstellungen gegenüber; ich verkehrte mit den Kräften des Unbewußten bewußter. Je mehr ich mich erholte, desto mehr übernahm ich die Regie über die Bilder-Eindruck-Geschichten. Die Aufregung der ersten Tage schwand; ich erwachte mit einem Gefühl der wunderbaren Ruhe. Die Macht über meine Träume – die nichts anderes waren als Aufarbeitung des Erlebten –, schadete mir nicht.

Beim nächsten Erwachen beschäftigte mich die Fortsetzung der geschichtlichen Analyseversuche des Robots.

»So logisch es auch erscheint, daß Rom dem langsamen Untergang geweiht ist, denn es hat sich tatsächlich überfressen«, lautete die eigenwillige Zusammenstellung der Computer, von Usha vorgetragen, »so bemerkenswert sind die Versuche, den Untergang hinauszuzögern. Das Reich wurde in einen westlichen und einen östlichen Teil auseinandergeschnitten. Constantinopel, als zweites Rom begründet, liegt in und über dem alten Byzantion. Dreihundertdreißig Jahre nach dem Geburtsjahr des Semiten Jesus weihte Caesar Constantin diese Stadt ein. Die östliche Reichshälfte glänzte wenigstens durch wirtschaftliche Überlegenheit. Durch ihre einmalig günstige Lage und die teilweise bemerkenswert guten Verteidigungsanlagen, zusammen mit der Bedeutung zwischen Asien und der gesamten Landschaft um das Mare internum könnte die Stadt die reichste Handelsniederlassung werden.«

Es folgten Karten, Höhenaufnahmen, Bilder; eine logische Abfolge einzelner Illustrationen zu diesem Thema. Ich ahnte, daß Constantinopel auf Kosten Roms wachsen würde. Ewige Stadt oder nicht, die Christen bauten bereits in Constantinopel ihre Kirchen.

Fühlte sich der Wachrobot des Silos bedroht, konnte er die Stadt zerstören, und dieser Eingriff in die Geschichte der Barbaren war zu schwerwiegend, als daß ich hätte untätig zusehen können.

»Du hast Usha vor mir geweckt?« fragte ich nach einer Weile, als ich die Eindrücke der vielen Monitoren nicht mehr richtig verarbeiten konnte.

»Aus gutem Grund. Ihre Stimme sollte dein Erwachen weniger unangenehm machen.«

»Was euch geglückt ist. Wo ist sie?«

»Hier«, sagte Usha schräg hinter mir. Ächzend bewegte ich meinen Oberkörper. Sie glitt, einen unserer kostbaren Pokale in den Händen, lächelnd auf mich zu. Abermals empfand ich einen mehrdeutigen Eindruck von seltsamer Tiefe; ich erkannte sie, trotzdem war sie mir fremd. Darüber hinaus erkannte ich, daß uns ein dunkles Geheimnis zu verbinden schien. Ich war der Einsame der Zeit. Welche Bedeutung hatte sie?

»Wein?« fragte ich und hob nicht ohne Anstrengung den rechten Arm.

Usha setzte sich auf meine Liege. Sie sah hinreißend aus, jung und begehrenswert. Sie wußte es, das bewies ihr Lächeln. Sie setzte den Becher an meine Lippen und gönnte mir einen tiefen Schluck.

»Wein, nur für uns«, sagte sie. »Dein seltsamer Wächter ist der beste Gastgeber, den man sich denken kann.«

Abermals suchte mich Verwirrung heim. Meine Erinnerungen waren von ES gezielt und meisterhaft manipuliert worden. Wo waren die sehnsüchtigen Blicke, die Usha Arconrik zugeworfen hatte? Waren die Geständnisse ihrer Qual vergessen? Nun begriff ich, daß ich mich nicht geirrt hatte. Rico hatte mit seinem Aussehen zugleich seinen Status bewußt verändert. Vom problematischen Liebhaber zum Lehrer und, wie eben, »Gastgeber«. Der Logiksektor wisperte: *Für dich ein Problem weniger, ein anderes Problem mehr. Bedenke alles sehr genau, ehe du durch eine unbedachte Äußerung alles verdirbst.*

Dies war wohl der beste Rat für die folgenden Tage. Ich nahm noch einen Schluck, ehe ich die Wirkung des Alkohols zu spüren begann. Als ob wir uns nach langer Zeit endlich wiedersehen würden, starrten wir uns schweigend an. Aber es war ja tatsächlich so.

»Wie du weißt, ist Arconrik weit mehr«, meinte ich. »Und aus dir ist eine ungewöhnliche junge Frau geworden. Jeder Blick in den Spiegel zeigt es dir.«

Sie trug, während ich noch unter dem weißen Mantel zitterte, die Kleider der Barbaren, einen breiten Gürtel mit dem Sphinxkopf als Schließe, fröhliche Farben und den schweren Schmuck, von Oasen-Künstlern hergestellt.

»Ich habe mir gedacht, daß dir angesichts dieses Durcheinanders«, sie deutete auf die Bildschirme und die medizinischen Geräte, die mein Lager umgaben, »ein hübscher Anblick nicht schadet.«

»Das ist dir gelungen.« Ich versuchte ein ehrliches Lächeln. Jeder Muskel meines Körpers schmerzte. Sie strich mit langen Fingern, deren Nägel silbern schimmerten, mein schweißnasses Haar aus meiner Stirn.

»Ruh dich aus«, sagte sie. »Ich habe alles schon hinter mir. Um die Dinge an der Oberfläche kümmern wir uns, ich und Rico.«

Ich und Rico – sie war wohl in vielerlei Hinsicht erwachsen. Wieder überfiel mich die Erschöpfung. Als ich aufgewacht war und zum erstenmal feste Nahrung vertrug, spielten mir die Computer ausgesuchte Szenen, Informationen und Schlußfolgerungen daraus vor.

Ich begriff, in welch brodelnden Kessel aus Kampf, Gewalt und Wunderglauben wir uns hinaufwagten. Aber noch immer fehlte mir das zentrale Thema dieser Mission.

»Fränkische Krieger haben römische Provinzen am Rhenus fluvius erobert. Rom trat die Provinz an Euphrat und Tigris an die Perser ab. Schließlich anerkannten die westlichen Goten die Danubia als Grenze an. Picten und Scoten in Britannien wurden vor zwei Jahrzehnten oder etwas mehr nach erbitterten Kämpfen zurückgeschlagen. Dann erfolgte der erste Einbruch der Reitervölker aus dem Osten. Das ist der eigentliche Anstoß der zu beobachtenden Völkerwanderung.«

Wieder erschienen die zutreffenden grafischen Erläuterungen. Der Zeitraum umfaßte vier Jahrzehnte. Die Unsicherheit des Reiches hatte das gesamte Leben militarisiert. Die Steuern stiegen, die ständig neu geprägten Münzen wurden immer schäbiger. Seit der Niederlage des Valens, der gegen die christlichen Westgoten verloren hatte, versuchte Theodosius der Erste, das Reich zu retten. Bettlerunwesen und Massenelend bestimmten das Leben in den Siedlungen. Tatsächlich breitete sich überall das Chaos aus, mehr oder weniger deutlich zu Tage tretend.

»Hundertfünfunddreißig Legionen, mehr als hundert Hilfstruppen, insgesamt vierundvierzigtausend Mann Reiterei und hundertachtzigtausend Fußsoldaten. An allen Grenzen kamen noch einmal eine Viertelmillion dazu. Mehr als eine halbe Million, die mit Pferden, Nahrung, Waffen und Sold zu versorgen war, Tag um Tag. Damit schaffte Theodosius bis vor kurzem relative Ruhe im Reich. Scheinruhe, denn nach seinem Tod beginnt sich die Welt rund um das Binnenmeer zu verwandeln. Im Westen beginnt der Zerfall, im Osten ist die Lage, insgesamt gesehen, einigermaßen stabil.«

»Ich glaube nicht, daß mich freut, was ich sehe«, sagte ich schließlich. »Gefällt dir die Aussicht, Usha, durch pars orientis zu reiten?«

»Ich weiß es nicht. Ich kenne unseren Auftrag noch nicht genau.«

»Ebensowenig wie ich«, sagte ich. »Aber, wie so oft üblich, kann sich in kurzer Zeit überraschend viel ändern.«

Bisher hatten wir noch keine Bilder der Oase gesehen. Mir war von Arconrik nichts gezeigt worden. Ich fragte ruhig:

»Hast du Verbindung mit diesem Wächterrobot?«

»Ja. Er gehorcht mir, bis zu einem bestimmten Punkt der echten oder vermeintlichen Bedrohung. Ich habe ihn vorläufig beruhigen können. Ich verfüge über alle seine Informationen.«

»Ich habe verstanden. Gibt es einen Grund, warum ich unseren Rückzugspunkt, unsere einzige Heimat, noch nicht gesehen habe? Die Oase am Fluß?«

»Erhole dich weiter«, gab der Robot zurück. »Ich habe die Oase sorgfältig beobachtet.«

Stunden der Ruhe und solche des Revitalisierungsprogramms wechselten miteinander ab. Ich wurde kräftiger, vermochte zu gehen und fing an, meine Muskeln zu trainieren, nahm mehr und mehr Informationen aus dem vergangenen Jahrhundert und aus vielen Teilen der Planetenoberfläche auf. Die Barbaren enttäuschten mich nicht: Sie verhielten sich so, wie ich es aus langer Erfahrung erwarten mußte. Die Anzahl kleiner und großer Herrscher war Legion. Überall und fast ununterbrochen wurden Grenzen verletzt und Verträge gebrochen. Landgewinn, Machtstreben, unsinniger Ehrgeiz, Caesarenwahn und Glaubensfragen, Sucht nach Gold, Salz oder der Zolleinnahme an Brücken, Straßen und Mautstellen ... dies waren die Gründe. Ursache und Wirkung waren kaum noch auseinanderzuhalten. Hervorragende Einzelleistungen, kühne Erfindungen und großartige Ideen sahen wir ebenso wie erbärmliches Schurkentum.

»Nichts hat sich geändert.« Ich zuckte mit den Schultern. »Es scheint, trotz allen Totschlagens und Mordens, ständig mehr Menschen zu geben.«

Noch immer kein Grund, erklärte kategorisch der Extrasinn, *die Arkonflotte herbeizurufen. Überlasse den Barbaren ihr eigenes Unglück. Nur auf diese Weise lernen sie, weiter zu reifen.*

»Sprechen wir in einem Jahrtausend wieder darüber«, brummte ich voll Skepsis.

Endlich konnte ich mich in den Aufenthaltsräumen, Magazinen und Herstellungsabteilungen der Kuppel sicher bewegen. Mein Körper kräftigte sich von Tag zu Tag. Jedesmal, wenn es an der Zeit war, Aufbaunahrung einzunehmen, verwandelte Arconrik den Speiseraum in den Mittelpunkt einer charakteristischen Szenerie irgendwo an einem der zukünftigen Schauplätze.

Jetzt saßen wir auf der gemauerten Terrasse einer Hafenschenke. Unter uns schlugen kleine Wellen an den Stein. Öllampen flackerten unter einem altersgrauen Leinwandsegel. Tauwerk wand sich um alte, abgesägte Mastbäume. Zwischen uns stand ein Steintisch, über den weißes Tuch gebreitet war.

»Moderne« Speisen befanden sich in originalen Gefäßen oder Kopien, die so echt waren, daß bestenfalls Arconrik es hätte erkennen können. Mit einer speckigen Schürze und einer griechischen Fischerkappe kostümierte er sich als Wirt. Er wirkte befremdlich, obwohl er seine Finger durch Kunststoffteile ergänzt hatte. Nur die Nägel waren noch nicht eingepaßt.

Usha schien es darauf anzulegen, mich zu verführen; unbegreiflicherweise zögerte ich. Jedesmal, wenn mein Blick auf die verzierten Köpfe aus Obsidian und Jade fiel, die in einer Nische des Museumsraumes standen, meinte ich, ich müsse mich an einen bestimmten Vorgang erinnern oder an jenen Menschen, der dargestellt worden war. Ein wenig entspannte uns der Wein und die Illusion, mitten in einem Handelshafen des Pontus Euxinos zu sitzen.

»Trink, Atlan!« sagte sie mit ihrer rauchigen Stimme. »Dann verschwindet der nachdenkliche Ausdruck. Es gibt nichts, was dich beunruhigen sollte.«

»Wahrscheinlich hast du recht.« Ich hob den Becher. »Du bewegst dich hier im Versteck, als ob du nichts anderes kennen würdest. Ich bewundere dich.«

»Du weißt, daß ich vieles gesehen habe. Nicht soviel wie du«, sagte sie. Ihre Augen wurden für einen langen Moment dunkel. »Weil es so ist, bin ich gern hier. Und deinetwegen. Weil ich gern hier bin, kann ich ohne Scheu umhergehen.«

»Der lange Schlaf hat dich verdammt klug gemacht.« Ich lächelte sie an. Sie schüttelte den schmalen Kopf.

»Ich hatte die beiden besten Lehrmeister, die es auf der Welt gibt. Sie haben mich alles gelehrt, was zu lernen wert ist«, widersprach sie in erstklassigem Latein. Erstaunlich! Aber wenn ich die Erinnerungen kontrollierte, in denen sie vorkam (wenn ich dazurechnete, was ES vor uns versteckte), dann hatte sie abermals recht.

Wir aßen eine Weile schweigend und ließen die Scheinumgebung auf uns wirken. Usha trug ausgesucht kostbare Kleidung. Es bereitete ihr eine Riesenfreude, mich mit neuen Farben und Mustern zu überraschen.

»Hat Rico gesagt, wann wir an die Oberfläche gehen?« fragte sie nach einiger Zeit.

»Nein. Es dauert noch seine Zeit.«

»Aber die Ausrüstung liegt fast vollständig bereit.« Usha bewegte ihren Körper auf eine Weise, die gleichzeitig naiv und herausfordernd war.

»Wir sind noch nicht bereit.«

»Das ist möglicherweise ein Irrtum«, flüsterte sie. Ich stieß ein fröhliches Gelächter aus, zog ihre Hände über den Tisch und küßte ihre Fingerspitzen.

»Du hast recht«, meinte ich und füllte Wein aus dem Krug nach. »Wir sollten zusammen schweigen, und nicht die wertvolle Zeit mit Geschwätz vernichten.«

Wir lächelten uns wie Verschwörer an, als Arconrik fragte, ob wir eine andere Umgebung wünschten. Ich erklärte ihm, welche Illusion ich in meinem Schlafraum für diese Nacht haben wollte. Schweigend zog sich die Maschine zurück. Usha deutete mit ihrem Zeigefinger auf das farbige Schott. Ich nickte. Sie nahm einen vollen Krug vom Tisch, ich hob den halb geleerten Krug hoch. Mir war, als entdeckte ich mich selbst wieder einmal neu, als ich neben Usha in eine andere, ebenso unwirkliche Welt trat. Wir befanden uns auf einer Fläche aus welligem, fast weißem Sand. Eine dünne Lichtlinie bildete einen Rundumhorizont. Am Kuppelhimmel standen riesige, weich leuchtende Sterne, zwischen ihnen schwebte eine Mondsichel, die fast goldenes Licht verstrahlte. Die Falten eines riesigen Lakens warfen Schatten. Es war kitschig, aber wunderschön. Ein schwacher Wind ließ die Sandkörper rascheln. Achtlos ließ Usha, nachdem sie den Krug auf eine winzige Antigravplatte in Form eines Marmortisches gestellt hatte, die schweren Schmuckstücke in den Sand fallen.

»Darauf habe ich warten müssen«, flüsterte sie und legte ihre Arme um meinen Nacken, »seit ich dich das erstemal sah.«

Ich zog sie an mich. Ihre Haut roch nach unbekannten Duftstoffen. Unsere Finger tasteten nach den Säumen der Kleidung. Leise antwortete ich:

»Nur Dumme sind ganz sicher. Ob es eine leidenschaftliche Nacht wird – wer weiß?«

»Auch eine Nacht der Zärtlichkeit genügt uns«, hauchte sie in mein Ohr und küßte mich. »Wenn Könige längst gestorben sind, werden wir uns noch immer lieben.«

Empfindungen, an die ich kaum mehr gedacht hatte, nahmen mich gefangen. Die Küsse wurden länger und intensiver. Unsere Körper schienen vom Willen losgelöst und agierten selbständig. Wir lagen plötzlich unter diesem fabelhaften Computerhimmel und berührten einander. Die Nacht begann überaus zärtlich und wurde, fast ohne daß wir es zunächst merkten, höchst leidenschaftlich. Etwa zwanzig Sommer jung war Usha, dennoch erschien sie mir als erfahrene Geliebte. Sie hatte wirklich seit langem diese Nacht erwartet. Wieder tranken wir aus demselben Pokal, dessen große Edelsteine im Bühnenlicht in tiefen Farben funkelten und ihre Reflexe auf Ushas Seidenhaut warfen. Wir versuchten einander zu erklären, daß wir uns in Wirklichkeit schon immer so gut gekannt hätten; wir fingen wie Kinder zu lachen an. Es würde tragisch enden, sagte ich mir in meiner pessimistischen Gewißheit. Glück und Zufriedenheit zweier Wesen forderten das Schicksal geradezu heraus. Ich behielt diese Gedanken für mich.

10.

Palladius Docian drehte sich langsam herum. Seine grauen Augen, in einem faltigen Gesicht mit hartem, kaum bewegtem Ausdruck, musterten den Anführer der schwergepanzerten Reiterei.

»Goten, Christen, Gepiden oder Dacier, das ist mir eines. Sie haben die Grenze verletzt, und dafür büßen sie. Morgen mittag lebt von ihnen keiner mehr.«

»Vielleicht«, meinte Jerash listig, »sollten wir die Überlebenden *ad metallum* verkaufen. Entlastet die Kriegskasse.«

»Meinetwegen. Und ihre verwanzte Brut nicht minder, beim blöden Arcadius!«

Docian hatte sein Gesicht mit Olivenöl, Wasser und grauer Seife aus Germanien eingerieben. Dünner Schaum bedeckte die Stellen, an denen die haarfein geschliffene Schneide des Bronzedolchs noch nicht die Bartstoppeln entfernt hatte. Docian, *magister militum,* ging in jedem Fall nur gebadet, massiert und rasiert in den Kampf. Daß er Arcadius, den Sohn von Theodosius Magnus, derart treffend beschimpfte, kümmerte seinen Flügelanführer nicht. Die Schelte traf in vollem Umfang zu.

»Du läßt dir Zeit, Freund!« mahnte Jerash und rasselte mit den Waffen. Die kleine Garnison war in Bauten aus Holz, Lehm und Steinen untergebracht. Ein wuchtiger Palisadenzaun umgab das Lager.

»Wir haben Zeit. Es sind fünfundsiebzig lumpige Goten. Was sind sie, daß die glorreiche Armee Roms sie nicht besiegen konnte? Mit dreihundert rasenden Pferden und zweihunderteinundachtzig kraftstrotzenden, kampferfahrenen Reitern? Du scherzest!«

Sie brachen in dröhnendes Gelächter aus. Diesen Gegner hatten sie nicht zu fürchten. Weil er sich nicht ruhig hielt, schnitt sich Palladius Docian in die Wange und stieß römisch-griechische Flüche aus, die ihresgleichen suchten.

»Adhelma!« schrie er. »Heiße Tücher! Wein! Einen Becher für den Centurio, aber schnell!«

Die Garnison war durch ihre Späher unterrichtet. In der Morgendämmerung hatte der alte Grieche einen Hund geschlachtet und die Lage der Leber und des Darmes betrachtet. Die Zeichen deuteten auf Sieg. Lange würden die verfluchten Goten nicht mehr reiten und fette Hammel stehlen.

Die junge Sklavin Docians stolperte herein. Sie brachte die Tücher und einen Krug. Sie wirkte verstört, der dünne Stoff des Kittels zeigte mehr, als er verbarg. Palladius reinigte sorgfältig sein Gesicht, während das Mädchen mit zitternden Fingern Wein für Jerash in einen Tonbecher goß. Der Söldner nickte und betrachtete sie eingehend. Unter seinen schonungslosen Blicken wurde Adhelma noch unsicherer.

»Wenn sie jung sind«, sagte Palladius und warf die Tücher achtlos auf den Tisch, »lassen sie sich gut anfassen.«

Adhelma schrie leise auf, als er sie an sich riß. Mit harten, schwieligen Pranken tastete er ihren Körper ab, als ob er das Fleisch einer jungen Kuh prüfen würde. Sie wand sich in seinen Griffen. Schließlich drehte er sie herum, schob sie zum Vorhang und hinaus. Wieder hörte Jerash einen leisen Schrei, das Gelächter des Mannes und ein klatschendes Geräusch.

»Nachdem wir deine Leute gefangen haben, sehen wir weiter!« rief Docian.

Er kam zurück, schloß den Umhang unter dem Kinn und deutete über die Schultern.

»Ein paar Sklavinnen, mit denen wir uns vergnügen können, finden wir bald«, brummte er. »Zuerst der Kampf. Wir reiten nach Osten, vor dem Kap vorbei.«

»Und packen sie von den Seiten?«

»Richtig. Sie sehen uns nicht kommen.«

Die kleine Garnison war Teil der Siedlung. Die Palisaden verschmolzen mit der wachsenden Mauer. An einer Seite fingen Soldaten, Sklaven und Baumeister an, feste Häuser zu mauern und zu zimmern. Es gab nichts Besseres als gotische Sklaven. Ein paar Peitschenhiebe, gutes Essen, und schon schufteten sie. Als Krieger waren die Männer gefürchtet, aber die Übermacht der Römer bedeutete für sie das Ende.

Docian und Jerash hatten das schreckliche Handwerk des Krieges gelernt. Beide zählten sie knapp fünfunddreißig Sommer. Sie waren so alt, weil sie jeden Kampf überlebt hatten. Sie gehörten der Östlichen Feldarmee an, die zum Einsatz kam, wenn sich feindliche Eindringlinge schon weit innerhalb der Grenzen befanden. Den Goten war es geglückt, das unvollständige System der *limites* zu überwinden. Die Grenzwälle waren im Osten nicht immer von starken Kräften bewacht. Palladius legte sorgfältig seine Waffen an, nahm einen Schluck des gemischten Weines und fragte knurrend:

»Deine Leute? Alle bereit?«

»Sie warten vor dem Wall.«

»Fangen wir an.«

Sie stapften aus dem Raum. Palladius verschwendete keinen Blick an das Sklavenmädchen, das ihm mit aufgerissenen Augen und verschlossenem Gesicht nachstarrte. Die Männer schwangen sich auf die Pferderükken, prüften die Anzahl der Speere und den Proviant in den Satteltaschen. Dann rissen sie die Tiere in die Höhe, warfen sie auf der Hinterhand herum und galoppierten durch die breite Lagergasse. Es war eine Stunde vor Sonnenaufgang. Zwischen den Zelten und Lehmwänden roch es nach kaltem Rauch und erloschenen Fackeln.

Das kleine Heer teilte sich, als die Anführer mit erhobenen Armen heranritten. Eine Gasse bildete sich. Die Feldzeichen wurden in die Höhe gereckt. Die Krieger murmelten und schlugen mit den Schwertern gegen die Schilde.

»Folgt mir!« donnerte Palladius. »Heute oder morgen gibt's einen guten Kampf. Dann holen wir uns den Troß.«

Diesmal war das Geschrei lauter. Rücksichtslos preschte Palladius auf der neu angelegten Straße geradeaus. Hinter ihm formierte sich der Reiterhaufen mit der Übung langer Jahre zu Viererreihen. Neben dem Feldzeichen, dem Adler und der Schrift SPQR, ritt Jerash. Als sich der Anführer schließlich hochreckte und rückwärts schaute, sah er, daß sich die Reihen stabilisiert hatten. Sein Pferd fiel aus dem Galopp in einen kräfteschonenden Trab. Fast jeder Reiter kannte in weitem Umkreis jeden Pfad und jedes Versteck.

Bettler, Bauern, Sklaven und Hirten hatten es der Garnison gemeldet. Der Weg des Gegners war bekannt, ebenso die Zahl der schwer gepanzerten Reiter und die Länge des Trosses. Die Fremden suchten Wohnland; selbst von der Übermacht feindlicher Krieger verdrängt, durchbrachen sie immer wieder die Grenzen. Es war nicht Sache der römischen Truppen, Verständnis aufzubringen. Sie mußten den Lebensraum des eigenen Volkes schützen; Sklaven konnte zudem jedermann brauchen. Die Vorsteher des Bergwerks würden sich über kräftige Goten freuen.

In der kühlen Luft des Morgens ging es schnell vorwärts. Der Atem der Pferde bildete kleine Wölkchen in der nebligen Schicht über dem Boden. Die Straße wand sich entlang dem Meeresufer, führte über eine hochgemauerte Brücke, verlor sich zwischen bewaldeten Hügeln und beschrieb einen Knick. Neben der Wegesäule ritt Palladius von der Straße herunter und schlug den Weg nach Norden ein. Die Sonne ging zur rechten Hand auf, aber hohe Bäume und Hügel bildeten einen schwarzen, scharf gezackten Schirm gegen das Licht. Leise sprachen die Reiter miteinander, durch das gleichmäßige Rumpeln der unzähligen Hufe drang ab und zu das grelle Wiehern eines Pferdes.

Es stand nicht gut um das Reich, wußte Palladius. Das riesige Heer sog alle Kraft aus dem Volk. Der Herrscher war unfähig. Seine Ratgeber, die aufeinander eifersüchtig waren, regierten das Land mit einem Chaos aus Verordnungen und Strafen, die so sinnlos waren wie jene Eifersucht. Das alles drang nur abgeschwächt bis nach Mesembria.

Palladius, der nicht nur ein guter Soldat, sondern ein in Maßen anständiger Bürger des Reiches war, schwor sich, die Beute gerecht zu verteilen. Was dem Staat gehörte, sollte er bekommen: Gold, wertvolle Dinge und Sklaven. Felder, Weiden und einzelne Bauerngehöfte tauchten auf, das Großgut des Arcadius, und eine Stunde später entdeckte der Anführer zur Linken eine Schafherde. Die Hirtenhunde bekamen den stechenden Geruch der Pferde in die Nasen und begannen zu kläffen. Palladius hob die Hand und deutete auf den Hirten, der ihnen winkte.

»Fragt ihn!« rief er. Hinter der Standarte lösten sich zwei Reiter aus der Gruppe, stoben den Hang hinauf und zügelten ihre Pferde bei dem einzelnen Mann. Sie deuteten hierhin und dorthin, der Schäfer zeigte mit dem Stab nach Norden. Die Reiterei trabte langsamer vorbei. Die Boten holten in schnellerem Galopp auf und erstatteten, rechts und links vom Anführer die Pferde herumreißend, ihre Meldung.

»Gestern brachte ein Späher die Nachricht, daß die Goten sich geteilt haben.«

»Wo?« wollte Palladius wissen. Vor seinem inneren Auge wechselte die Landschaft ihr Aussehen. Felsen, Wasser, Buchten, Möglichkeiten, sich zu verstecken, das Bergwerk ...

»Ein Tagesritt. In der Schlucht und beim verlassenen Tempelbauern.«

»Sehr gut!« Palladius lachte auf. »Wir rasten heute abend beim Einsiedler.«

»Beim Griechen? Der mit dem langen Zopf?«

»Genau dort. Sie müssen uns entgegenreiten, und ohne Mühe packen wir sie bei Sonnenaufgang von beiden Seiten. Nach hinten, Männer – sagt es den anderen.«

Ohne Aufenthalt ging es weiter. Die Bilder fleißiger Arbeiter bestimmten die Stunden des Tages: eine Kolonne, die Bäume fällte und sie auf Ochsenfuhrwerke mit Scheibenrädern verlud, Hirten, pflügende Gruppen, Sklaven auf dem Feld, die dünnen Rauchsäulen der Herdfeuer, ein Bauwerk über den Bach, das langsam wuchs unter dem Geräusch der Sägen und der klirrenden Hämmer und Meißel. Die Reiter überquerten die Handelsstraße nach Constantinopolis und hielten nur einmal an, um abzusitzen, eine hastige Mahlzeit herunterzuschlingen, während die Pferde zur

Tränke geführt wurden. Am frühen Abend erreichten sie die Gegend, in die sich der griechische Einsiedler zurückgezogen hatte: Büsche, dreifach mannshohe Felstrümmer, Höhlen und Karstquellen bildeten eine ungastliche Zunge zwischen Wäldern und einer öden Strandgegend.

»Absitzen, Pferde versorgen!« rief Jerash. »Lager vorbereiten! Rauchlose Feuer, Männer, damit wir uns nicht verraten. Verteilt euch und laßt den Eremiten in Ruhe.«

Er lenkte sein müdes Pferd zu Palladius herüber, der seine Männer wachsam und schweigend beaufsichtigte. Wieder blickte er zu der Höhle des alten Mannes hinauf.

»Ich habe gedacht, daß die Fremden schneller reiten würden. Die Gegend ist gut für uns, wie?«

»Ich denke gerade nach, ob wir Späher ausschicken sollen. In der Nacht.«

Palladius schüttelte den Kopf und knurrte: »Nein. Unsere Überzahl bringt den Sieg. Begrüßen wir den alten Mann?«

»Ich komme mit«, antwortete Jerash. Ächzend, mit schmerzenden Schenkeln, kletterten sie von den Satteldecken. Ein junger Soldat führte die Pferde weg, während die Anführer den schmalen Weg über Steine und Geröll nahmen. Der Geruch der Buschpflanzen wurde stärker, Eidechsen huschten hin und her, und unzählige Insekten summten und zirpten. Kleine Vögel flogen durch die dornigen, harten Zweige. Über dem Meer ballten sich die ersten Abendwolken im Licht der untergehenden Sonne.

»He, Grieche!« rief Palladius unterdrückt. »Dürfen wir näher kommen? Wir sind's, deine römischen Reiterfreunde.«

Das erstemal, als sie ihn entdeckt hatten, hatte er sie mit einem Steinhagel und wütendem Geschrei empfangen. Jetzt tauchte der Alte aus dem verrußten Höhleneingang auf, erkannte die Näherkommenden und winkte mit dürren Armen.

»Kommt!« rief er. »Habt ihr Wein mitgebracht?«

Jerash nahm den großen Schlauch von der Schulter, stieg die letzten unregelmäßigen Stufen hinauf und stöhnte wohlig, als er sich auf einen Stein setzte.

»Hier ist Wein, Alter«, sagte er. Palladius umarmte den Einsiedler kurz und herzlich. Der Greis huschte in die Höhle, aus der stechender Geruch herauswehte wie aus einem Ziegenstall. Er brachte drei Schalen aus poliertem Holz. Wein gluckerte in die Gefäße. Der zahnlose Mann kicherte und streichelte seinen langen, grauen Zopf.

»Fremde!« Er zeigte genau in die Richtung, in der die Römer die gotischen Reiter wußten. »Vielleicht fünf Dutzend. Überall stehlen sie Vieh und braten's am Feuer.«

»Wir haben es ihnen morgen ausgetrieben, verlaß dich drauf«, versicherte der Anführer und schlürfte den warmen, sauren Wein. »Was weißt du noch?«

»Dieses und jenes. Die Weiber und Kinder sind in die Felder eingebrochen und haben arg gewütet. Hunger, ihr versteht?«

Palladius hob unter dem Panzer seine breiten Schultern.

»Sie sollen bleiben, wo sie herkommen. Bei uns erwartet sie, im glücklichsten Fall, die Sklaverei.«

»Sklaven unter der Sonne«, bemerkte der Grieche philosophisch, »das sind wir alle.«

Er berichtete, bis es endlich Nacht wurde, alles, was ihm die Besucher zugetragen hatten, und was er selbst gesehen hatte. Er war ein wenig wirr im Kopf, aber die Anführer erhielten einen Überblick über unzählige Vorkommnisse der letzten Monde; über Durchziehende, Ernteaussichten, wild durcheinander, über Tod und Neugeborene, selbst über das Wetter. Ihrerseits berichteten sie, was im Ort vorgefallen war. Der Grieche hatte sich vor fünfzehn Jahren hierher zurückgezogen, lebte von Beeren und Früchten und versuchte, wie er sagte, der Welt die Bedürfnislosigkeit vorzuleben, mit deren Hilfe jedermann glücklich werden könne.

»Ein wenig Schlaf brauchen wir noch«, verabschiedete sich Jerash und gähnte laut. »Bleib uns gewogen, Grieche.«

»Ohne Zweifel. Kommt wieder und bringt besseren Wein mit.«

Palladius steckte mehrere Finger in den Mund und stieß einen Pfiff aus. Vom Lager, dessen Feuer winzig klein und stechend durch die Dunkelheit leuchteten, kamen Soldaten mit Fackeln. Leise fluchend stolperten die Anführer den halsbrecherischen Weg zurück in die Tiefe, zwischen die schützenden Felsen. Der Stein atmete die Hitze des Tages aus, und als die Soldaten zwischen ihren Decken lagen und auf die leisen Schritte der Posten lauschten, begannen die Grillen mit ihrem Lärmen die Männer einzuschläfern.

Lambrano Burni ahnte, daß seine Unruhe mit den Römern zu tun hatte. Zweimal waren seine Männer in schnellem Angriff siegreich gewesen. Hier aber, nahe dem endgültigen Ziel der langen, entbehrungsreichen Landsuche, zwischen halb ausgestorbenen Bauerngehöften und dem Bergwerk, mußten sie sich zeigen! In jeder Siedlung gab es ein Militärlager. Burni lehnte schweigend am Stamm einer harztriefenden Pinie und dachte daran, daß in erreichbarer Nähe die Erfüllung seines Lebens lag. Römer hatten ihm bestätigt, daß im Bergwerk viel Metall geschürft wurde, vor allem aber Gold. Dafür konnte er sich alles kaufen: gesundes Leben in Pracht und ohne Sorgen, gute Freunde, Frauen und Macht, die Zufriedenheit nach viereinhalb Jahrzehnten des Kampfes.

Zwei, drei Stunden vor Sonnenaufgang war es inzwischen. Vor einiger Zeit war Burni schweißgebadet aus seltsam wirklichen Träumen aufgewacht und erinnerte sich in perfider Genauigkeit an das einzige Bild, das er verstanden hatte: Für einen jeden ist irgendwo ein Loch gegraben. Sein eigenes und letztes Loch. Und auf dieses Loch ritt jeder zu, auf geradem Weg oder in schlangenartigen Umwegen. Das bedeutete, daß die Zeit zwischen dem Ende des Traumes und dem Ende des Lebens lang sein konnte oder kurz.

Die Pferde waren ausgeruht, satt und schläfrig. Seine Krieger schliefen, Posten standen unsichtbar um das weit auseinandergezogene Lager und spähten in die Dunkelheit, lauschten, warteten ...

»Dann«, murmelte Burni, »gibt es Ruhe. Endlich. Keinen Kampf mehr. Kein Schweiß, kein Dreck. Frauen mit weicher Haut, langem Haar und großen ...«

Er war mutig, voller Selbstvertrauen und ahnungslos. Er wartete auf den ersten Lichtstrahl, stieß sich mit dem Rücken von dem schorfigen Stamm ab. Unter seinen Stiefelsohlen knirschten Pinienzapfen. Ohne zu denken, tastete er sich zwischen den Körpern der Männer und der schwachglühenden Kreise zu seinem Platz, hob die Teile der Rüstung hoch und legte sie an, bemüht, so wenig Lärm wie möglich zu machen.

Es würde keinen Mißerfolg geben. Er verschwendete keinen Gedanken an seine beiden Töchter und deren Mutter. Er dachte an römische Kurtisanen mit flachsfarbenem Haar und ausladenden Hüften. Seine Unruhe nahm zu. Er legte beide Hände an den Mund und stieß den Ruf des Steppenwolfs aus. Sofort kam aus fünf Richtungen die Antwort, ein Ruf nach dem anderen. Die Wachen sahen also nichts. Keine römischen Soldaten.

Lambrano setzte sich neben seinem Pferd auf einen modernden Baumstumpf und wartete. Er mußte eingeschlafen sein, denn plötzlich rüttelte ihn jemand. Er schreckte hoch, seine Finger fanden zielsicher den Griff des Schwertes, und in seinen Ohren zischte, dröhnte und hallte eine Stimme.

»Sie kommen. Viele. Von dort!«

Burni handelte schweigend und in den einfachen, zweckbestimmten Schritten des geübten Kriegers. Er schrie die richtigen Befehle. Seine Männer gehorchten schnell und taten, was sie sogar halb im Schlaf konnten. Sie waren mit wenigen Griffen angezogen, mit einigen Schritten waren sie bei den Pferden und zerrten die Sattelgurte fest. Die ersten Sonnenstrahlen zuckten über die Wipfel der Bäume hinweg, und zwischen deren Stämmen kam zugleich mit einem fernen, drohenden Lärm ein dünner Nebel.

»Angriff! Die Waffen heraus! In Linie! Schnell!«

Burni schwang sich in den Sattel. Er war bereit. Ein dröhnendes Geräusch kam näher, wurde deutlicher. Krieger rannten schreiend hin und her. Pferde keilten aus und wieherten. Waffen wurden rasselnd aus den Scheiden gezogen, die Männer rissen Wurfspeere aus den Köchern. Einige Reiter lenkten ihre aufgeregten Tiere aus der Mitte des Wirrwarrs heraus und zogen sich zwischen die Bäume zurück. Das Hufgetrappel wurde drohender.

»Halnar! Dorthin!« schrie Lambrano. Er ritt zugleich mit vier anderen Männern nach rechts. Funken und glühende Holzkohlen wirbelten durch die Luft. An zwei Stellen züngelten kleine Flammen hoch.

»Die Römer!« schrie es von rechts. Drei Reiter galoppierten vorbei, tief über die Hälse der Pferde gebeugt. Es brannte und rauchte. Aus einer anderen Richtung ertönte das schauerliche Dröhnen der tyrrhenischen Kriegstrompeten.

»Folgt mir! Wir brechen durch. Zuerst die Speere!« brüllte Burni. »Wir haben immer die Römer niedergemacht. Heute auch.«

Sonnenstrahlen durchbrachen Nebel und Morgendämmerung. Flammen schlugen aus den Büschen. Die roten Flammen beleuchteten die Schilde, Helme und Gesichter der Goten, die sich jetzt gesammelt hatten. Ein vergessener Helm lag im Mittelpunkt der Feuer.

Jetzt dröhnte als Antwort von der anderen Seite der Lichtung der Ton der *buccina.* Noch einmal heulte die Trompete auf. Der Gote schob das Schwert, das er halb aus der Scheide gezogen hatte, wieder zurück und griff nach den vier Wurfspeeren des Lasttiers schräg hinter sich. Er nahm drei davon in die Linke, die den Zügel hielt, einen faßte er wurfbereit. Dann grub er dem erschreckt aufwiehernden und vorwärtsspringenden Pferd die Sporen tief in die Weichen und ritt auf die Quelle des lautesten Geräusches zu. Von der Lichtung führte ein leichter Hang aufwärts. Hinter ihm setzten sich seine Männer in schnelle Bewegung.

Als er zwei Drittel der Strecke zurückgelegt hatte, tauchten über ihm mindestens hundert römische Kavalleriesoldaten auf, in dichtgefügter Reihe. Sie sahen ihn im selben Moment, in dem er sie wahrnahm. Er schrie wütend in der Absicht auf, dem Gegner seinen Haß entgegenzuschleudern und ihn zu erschrecken. Dann spannten sich seine Muskeln, der Arm wurde nach vorn gerissen, der Speer pfiff durch die Luft und traf den ersten Reiter in den Magen. Aufwimmernd ließ der Römer die Zügel los und fiel über die Kruppe des durchgehenden Pferdes nach hinten.

In demselben Augenblick hatte Burni den nächsten Speer geschleudert. Er tötete einen zweiten Reiter. Hinter ihm donnerten seine Leute heran, und ein Hagel von Speeren heulte rechts und links auf die Römer los. Krachend bohrten sich die Spitzen in die Schilde. Metall klirrte und kreischte auf Metall. Pferde schrien gellend, Männer fluchten und brüllten. Mit drei, vier Galoppsprüngen hatte Burni die erste Reihe der Römer durchbrochen, schleuderte seinen letzten Speer und griff zum Schwert. Zwei Römer drangen auf ihn ein. Er schlug nach beiden Seiten, handhabte die Waffe, den Schild und den Körper des Pferdes gleichzeitig. Ein Römer starb mit einer schrecklichen Halswunde, der andere wurde vom eigenen Pferd aus dem Sattel geschleudert. Der Brustkorb des Reiters unter dem knirschenden Panzer machte ein schreckliches Geräusch, als Burnis Pferd sich mit beiden Vorderfüßen auf den Sterbenden senkte.

Dann schmetterte das Schwert gegen den Helm eines anderen Reiters. Die Schneide riß eine tiefe Scharte in den schmalen Goldrand. Burni riß das Pferd nach rechts, setzte wieder die Sporen ein und sah zwischen den Stämmen noch eine unglaublich große Menge Soldaten herangaloppieren. Hinter ihm schrie ein sterbender Gote seinen Namen.

Pfeile heulten durch das Getümmel, Schilde krachten dumpf gegeneinander. Ein Chaos aus Schreien und Waffenklirren erfüllte den lichten Wald. Verwundete wimmerten. Blut floß auf den Waldboden und spritzte auf Kleidung, Waffen, Rüstungen und Pferdeleiber. Die Tiere, aus deren Bäuchen und Flanken die Speere ragten, gaben Laute von sich, wie sie nur Krieger je gehört hatten. Burni sah sich und die Gruppe von etwa einem Dutzend Goten von fünfzig Römern oder mehr umzingelt.

Neben sich sah er Jerash, aus mehreren Wunden blutend, einen Dolch zwischen den Zähnen und mit dem abgebrochenen Schwert in der Hand vorbeispringen. Augen und Rachen des Pferdes waren weit aufgerissen, das Tier gehorchte dem Zügel, dem Schenkeldruck und den Sporen nicht mehr.

»Wir schaffen es!« schrie Lambrano. Seine Stimme überschlug sich. Er schmeckte das Blut nicht, das von seinen zerbissenen Lippen troff. Ein harter Schlag traf seinen Nacken. Er schwankte im Sattel wild hin und her, streckte instinktiv den Schwertarm aus und durchbohrte den Oberschenkel eines Angreifers.

Glücklicherweise sah er nicht, was in seinem Rücken geschah. Hundert römische Reiter trennten die Goten voneinander, stießen sie mit Speerschäften aus dem Sattel und entwaffneten sie. Pferde, deren Läufe gebrochen waren, wälzten sich, die Sättel auf den Rücken, in den splitternden Pinienästen. Dann drehte sich das Pferd des gotischen Anführers immer schneller, und er kämpfte zugleich gegen sieben Römer. Schwärze wallte vor seinen Augen hoch.

Etwas schlug wie ein Felsbrocken zwischen Hinterkopf und Rücken gegen den Eisenpanzer. Das Krachen setzte sich bis zu den Zehen und unter die Schädeldecke fort. Es war, als senkte sich blutrote Nacht über ihn. Sein Pferd versuchte, weiter geradeaus zu galoppieren. Er kippte nach vorn und nach hinten. Der Schild flog aus seinen kraftlos gewordenen Fingern, wirbelte durch die Luft und traf einen Römer über dem Ohr. Lautlos kippte der Mann aus dem Sattel. Dann entglitt das Schwert der rechten Hand. Der nächste Sprung warf Burni rücklings aus dem Sattel. Drei Römer warfen sich auf ihn, drehten ihn auf den Bauch und fesselten ihn binnen weniger Augenblicke mit dünnen Lederschnüren. Sie wußten nicht, ob er noch lebte oder tot war.

Der Ring schloß sich. Das Röhren, Schrillen und Keuchen der *Cornuu,* Trompeten und der Tube machte die Pferde der Goten scheu und pflanzte kalte Furcht in die Herzen der Reiter. Die wenigen, die noch nicht verletzt oder überwältigt waren, versuchten in selbstmörderischer Tapferkeit einen Durchbruch. Die Hälfte kam dabei um, die andere Hälfte wurde gefangengenommen. Die Blasinstrumente schwiegen. Man hörte eine rauhe, trockene Stimme.

»Bringt die Gefangenen hierher. Die Pferde zur anderen Seite. Nehmt ihnen alles, sage ich.«

Palladius zog hart am Zügel. Er stand mitten in der Lichtung. Sein

Schwert und der Unterarm waren voller gerinnenden Blutes. Seine Blicke zuckten hin und her und versuchten, den vollen Umfang der gegnerischen Niederlage zu erkennen. Überall fingen die Reiter die Pferde der Fremden ein – für Kavalleriesoldaten waren sie wichtiger als die Männer. *Ein gutes Zeichen,* dachte der Römer.

»Draußen ist der Boden weicher – für die Gräber«, rief er und zeigte zum Kamm des Hanges. Soldaten schleppten langsam tote Goten und die eigenen Toten an ihm vorbei. Tote und Verwundete hingen auch über den Rücken der Pferde. Jemand schnitt, schnell über den zerwühlten, blutigen und von Waffen übersäten Boden der Waldschlucht rennend, den verwundeten Pferden die Kehlen durch.

Die toten Eindringlinge wurden ihrer Waffen und Habseligkeiten beraubt. Die Pferde band man außerhalb der Kampfstätte an Bäume. Die getöteten Römer kamen in tiefe Gräber; später würden die Soldaten hier eine Säule eingraben. Überlebende Goten fesselte man aneinander. Ihre Nacken wurden in gegabelte Äste gezwängt. Dünne Äste wurden von Bäumen abgehackt.

Etwas geschah, was die Soldaten kannten, was jedem anderen aber seltsam vorkommen mußte: Zwischen Siegern und Besiegten bestand Einverständnis. Die Goten begriffen, daß sie verloren hatten. Nach dem rasenden Kampf brauchten die Römer keine Grausamkeiten mehr. Die unverletzten Gefangenen wurden mit Ketten und Seilen aneinander gefesselt und weggetrieben. In weniger als zwei Stunden, noch ehe die Sonne heiß in die Lichtung brannte, hatten die Römer ihre Toten begraben, die Verwundeten versorgt, auch die der Goten, und Jerash, selbst am Arm und Oberschenkel verwundet und verbunden, schickte vier ältere, zuverlässige Männer mit allen überflüssigen Pferden zurück in die Garnison.

»Alle Männer, die mit mir reiten, alle, die kämpfen können, zu mir«, rief der Centurio. »Hierher!«

Die Waffen der Goten wurden zu großen Bündeln zusammengeschnürt. Münzen und Gold fand man nur beim Anführer, der von vieren seiner Männer – ihre Hände waren an die hastig gezimmerte Trage gefesselt – geschleppt wurde. Die letzten Steine polterten aufeinander. Die Toten waren begraben. Vierzig Gräber; fünfzehn allein für römische Soldaten. Leichtverletzte halfen denen mit den schweren Wunden, an denen einige noch würden sterben müssen. Palladius ließ sich Wein bringen und trank, während er letzte Befehle gab. Schließlich winkte ihn ein Reiter an die Trage des gegnerischen Anführers.

»Ich sehe, du lebst wieder«, sagte Palladius ohne Wut oder Haß. »Du hättest in deinem Land ein besseres Schicksal gehabt.«

»Dort jagten uns andere fort, Römer. Ihr wart zu viele.«

»Niemals hättet ihr euch halten können. Ihr seid Fremde im Reich.«

»Hinter uns werden andere kommen. Mehr. Und ich werd's immer wieder versuchen.«

»Es gibt kein zweites Mal. Du gehst mit deinen Männern ins Bergwerk. Daß aus deinen Kindern Sklaven gemacht werden, hast du gewußt.«

Burni stöhnte auf. »Sie haben nicht gekämpft. Schont sie!«

»Das werden sie den neuen Besitzern sagen müssen. Sie werden in Mesembria versteigert. Los, schafft ihn weg.«

Die Goten stierten ihn an, hoben die Bahre und trugen ihren Anführer aus dem Schatten. Burni hatte die Augen geschlossen. Er versuchte, mit der Enttäuschung fertig zu werden und wußte, daß es ihm nicht gelang. Alle Träume waren zerstoben, das Königreich seiner Träume brach zusammen. Ins Bergwerk! Jetzt würde er Silber und Gold reichlich haben. Mit eigenen Händen gegraben, ohne gefährliche Kämpfe; Gold, das den Römern gehörte.

»Nimm dein Manipel, und bringe sie hin, ohne daß einer fliehen kann«, befahl Palladius und hob die Schultern. Die Umgebung des Kampfplatzes leerte sich zusehends. Seine Soldaten hatten ein Feuer gemacht und kochten Pflanzensud, die Satteltaschen leerten sich. Jerash kam herangeritten. Er nahm den Helm ab, wischte sich den Schweiß von der Stirn und vom Hals und sagte:

»Die Gefangenen – zum Bergwerk. Erledigt. Die Toten begraben. Glaukos reitet mit den Beutepferden und den Schwerverwundeten ins Lager. Boten unterwegs. Zufrieden, Sieger? Hast du Wein?«

Noch immer hoffte Palladius, daß er nichts übersehen habe. Er winkte dem Soldaten und berührte mit dem Rand des Bechers denjenigen in Jerashs Fingern.

»Zufrieden? Es ist unsere Arbeit. Ich denke darüber nach, was der Anführer sagte. Andere nach ihm werden folgen. Viele Tropfen, Freund, ergeben eine Überschwemmung. Davor fürchte ich mich; das ist die Einsicht nach dem Kampf.«

Sie tranken. Ihre Augen trafen sich. Natürlich kannten sie den Zustand der eigenen Siedlungen, des Landes und des Staates. Und daher wußten sie, daß die unzähligen wandernden und landsuchenden Völkerscharen eine Gefahr für den Staat waren, die nicht groß genug eingeschätzt werden konnte. Jerash sah nach dem Stand der Sonne.

»Vierhundert Köpfe haben die Häuser und Scheunen des Tempelbauers besetzt.«

»Keine Gefahr. Wir fangen alle. Obwohl, aber das sind ketzerische Gedanken, sie den Hof sicher gut bewirtschaften können.«

»Wenn man sie ließe. Sie kommen als Ackersklaven dorthin zurück.«

Jerash lachte; er wirkte nicht fröhlich. Die Barbaren mußten zurückgedrängt werden, damit sie nicht eines Tages die Übermacht im Reich hatten, besonders nach der Zweiteilung des Staatsgebildes.

»Beim Jupiter«, brummte der Anführer und leerte den Becher. »In der Haut der Barbaren möchte ich nicht stecken. Wirklich nicht. Lange leben sie nicht, die Sklaven im Bergwerk.«

»Und auch nicht sonderlich gut. Bringen wir's hinter uns!«

Ohne Hast stiegen sie auf die Rücken der Pferde. Und ohne sonderliche Eile machten sich die Soldaten auf den Weg zu dem kleinen Tempelchen, das unweit des Gutshofes abseits der Straße nach Nordost stand.

Am heißen Mittag, als Licht und gnadenlose Hitze auf das Gebiet der verwilderten Felder und Weiden herunterstrahlten, tauchten etwa zweihundert Römer auf. Zuerst sahen die Barbaren nur die Helme, dann die Schilde, die Köpfe und die Pferdeschädel, schließlich Reiter und Pferde. Fast lautlos hatten die Reiter um das Gebiet des Gehöfts einen gewaltigen Kreis gebildet. Tubaröhren, das Schmettern der tyrrhenischen Trompeten, die *buccina;* seit dem Morgengrauen waren Klänge und Echos aus allen Richtungen zu hören gewesen. Die Barbaren, Kinder wie Alte, schreckten hoch und rieten, was es zu bedeuten habe. Ihre Unruhe und Angst nahmen zu, je lauter die unbekannten Töne wurden.

Junge und alte Männer, in Lumpen gekleidet, halbnackt, arbeiteten auf den Feldern, molken die wenigen Kühe, versuchten, Korn zu dreschen und etwas gegen den Hunger ihrer Leute zu tun. Immer wieder hoben sie die Köpfe. Sie wußten, daß sich eine schreckliche Gefahr näherte – zum erstenmal so groß, daß sie nicht wie immer ausweichen und fliehen konnten.

Dort: ein römischer Soldat. Schreiend flüchtete ein Kind zu seiner Mutter. Hinter dem Baum: ein zweiter. Schweigend, aber um so drohender in der Ruhe der Reiter und der Pferde, kamen sie näher. Ein dritter, ein vierter. Die Männer, die vom Ort ihrer Geburt bis zum heutigen Tag jahrelang gewandert waren, verstanden als erste, daß sie in der Falle waren. Sie blickten sich gehetzt um. Überall schoben sich Reiter durch die Flut der Halme, durchs Gebüsch, über die halb abgegrasten Weiden, kamen zwischen Hütten und Pferchen hervor, und die Abstände zwischen den Reitern verringerten sich.

»Es sind so viele«, stöhnte ein Grauhaariger. »Zu viele. Wir sind verloren.«

Es waren, in den Augen der Flüchtlinge, nicht nur zu viele, sondern auch eine schweigende Drohung. Der Kreis zog sich zusammen, die Falle schlug zu. Das Röhren der Blasinstrumente hatte aufgehört. Die Goten flüchteten, instinktiv an einen Punkt, an dem sie sich zusammendrängten, weil sie in der vertrauten Menge ihrer Gruppe falsche Sicherheit suchten. Die Männer stellten sich außen auf, bildeten einen sinnlosen Verteidigergürtel, dann kamen die Frauen, und im innersten Bezirk drängten sich schreiende Kinder an ihre Mütter.

Ein halb verfallenes römisches Haus, Gärten und einige schiefe Scheunen, ein Brunnen, Zäune und Mauern bildeten einen Raster. Dazwischen war viel leerer Platz. Er füllte sich mit jammernden und schweigenden Goten. Die Reiter in ihren Rüstungen, auf denen das Sonnenlicht blinkte und funkelte, bildeten jetzt einen geschlossenen Kreis. Pferdebeine bildeten die Zäune. Ein Entkommen war sinnlos; überdies wagte niemand, fortzurennen. Schwerter und Speere drohten lautlos. Ein Pferd wieherte. Der Kreis öffnete sich an einer Stelle, und drei Römer ritten bis dicht an die größte Gruppe von alten Männern und Jungen heran.

»Im Namen von Volk und Senat Roms!« rief ein hagerer Mann mit hellen Augen und einem scharfgezeichneten Gesicht. »Ich bin Palladius. Ich und meine Soldaten haben gotische Männer getötet. Wir haben Lambrano Burni in die Sklaverei geführt, obwohl er tapfer gefochten hat. Ihr Goten gehört zu ihm; wir bringen euch in unsere Siedlung. Auch ihr werdet versklavt.«

Er konnte nicht weitersprechen, die gotischen Gefangenen begannen zu jammern und zu schreien. Die Kinder schrien am lautesten, weil sie von der Furcht der Erwachsenen angesteckt wurden. Als sich das Lärmen abschwächte, schrie der Römer:

»Wir bringen euch nach Mesembria. Ihr habt die Wahl. Schwert, Peitsche, Fesseln. Es wird zu essen geben und Wasser. In Mesembria werdet ihr einzeln an eure Herren versteigert. Meine Männer werden keine Grausamkeiten begehen, aber die jungen Frauen gehören uns. Los! Auf! Dorthin ...«

Widerstand, sich Einfügen in das erwartete Schicksal, Trauer, Wut, Enttäuschung und dumpfes Stieren, Weinen und Geschrei bildeten einen einzigen Wirrwarr. Die alten Männer standen auf, zogen die Frauen an sich und bewegten sich zögernd und mit gesenkten Köpfen durch die schmale Gasse, die von den Reitern gebildet wurde. Gesenkte Speere verhinderten die letzte Fluchtchance.

Die Römer wollten die Fragen gar nicht verstehen, die von den Barbaren gestellt wurden. Meist sprachen sie polternd und schlecht die Sprache Roms. Die Schwerter und die Lanzenschäfte, die auf die Schultern niederkrachten, waren eine deutlichere Sprache. Ein langer Zug formierte sich. Mütter trugen die Kinder, junge Barbaren stützten die alten. Die Fremden hatten nur winzige Bündel Habseligkeiten, die sie mit sich zerrten. Ungepflegt und mit zerrissenen Kleidern, würden sie jetzt das Land kennenlernen, das sie hatten besetzen wollen. Mit gierigen Augen verschlangen die Soldaten die Mädchen und jungen Frauen. Sie stießen einander an und murmelten. Schon jetzt suchten sie die Beute aus und verteilten sie.

Zwei Stunden nach dem letzten *cornuu*-Ruf verließen die letzten Reiter die gewundene Straße und den Schatten der Pappeln. Sie schwenkten am Ende des langen Elendszuges zurück nach Süden ab. Jerash und Palladius galoppierten von der Spitze nach hinten, an den Seiten des langgezogenen Zuges entlang. Jedem Soldaten riefen sie aufmunternde Worte zu.

»Wann kriegen wir die Weiber?«

»Gold haben sie nicht, die Barbaren.«

»Arme Hunde!«

»Der Steuereinnehmer wird auch nicht froh werden!«

»Nicht unsere Sorge!« rief der Anführer. »Ihr werdet euch die Frauen teilen müssen.«

»Nicht mit mir«, lachte ein älterer Centurio. »Mir reicht, was ich im Lager habe.«

Wenn die Barbaren es verstanden, so hörten sie's mit Grauen. Die vielen nackten Füße und die Pferdehufe wirbelten eine träge Staubwolke auf. Gnadenlos brannte die Sonne auf die Köpfe herunter. Als sie sich im gelben Staub am Ende der Sklavenkarawane trafen, sagte Jerash:

»Wir sollten sie nicht zu sehr treiben. Sonst sind sie halb tot, wenn wir ankommen.«

»Gemach! Wir halten an, wo Wasser ist. Hast du's eilig?«

»Das nicht. Nur ist da eine Barbarin, die sehe ich mir genauer an.«

Palladius schob die Lederbänder, die seine schweißfeuchten Handgelenke schützten, zum Ellenbogen hinauf. Er deutete nach vorn.

»Worauf wartest du? Nimm sie nicht vor dir aufs Pferd – wir geben den Soldaten kein schlechtes Beispiel.«

»Schon daran gedacht, Freund.«

Einen letzten Blick warf Palladius auf das ausgestorbene Gut. Die Formen der Gebäude verschwammen in der aufsteigenden Hitze. Es hätte ein blühender Bauernhof sein können, wenn nicht Arcadius und die unzähligen Regeln des Besteuerns, der Arbeiten für die Gemeinschaft, die konfiszierten Sklaven – die an den Mauern Constantinopolis' arbeiteten – dazu geführt hätten, daß sich der letzte Hoferbe die Pulsadern geöffnet hatte. Palladius spielte mit dem Gedanken, sich mit alten Söldnern und gekauften Sklaven auf das Gut zurückzuziehen. Es war sein Anliegen, dort einen kleinen Reiterposten einzurichten. Er wußte, was er tun würde.

Er würde die hübscheste Barbarin heraussuchen, zwischen dem Alter des Kindes und der Jungfrau. Gewaschen, in ein schönes Kleid gesteckt, kaum sichtbar gebrandmarkt, würde sie dem Verwalter der Stadt, Pausonius, gefallen. Während er darüber nachdachte und mehr Gefallen an diesen Gedanken fand, erreichten die Barbarenkrieger die ärmlichen Sklavenquartiere neben dem Bergwerk.

Usha Tizia und ich hatten abschnittweise die Aufzeichnungen Ricos angesehen; sie zeigten das Land in der Nähe des arkonidischen Silos. Wir schwiegen betroffen, denn nichts an der Schilderung war geeignet, uns zu erfreuen. Es schien, als gäbe es zu wenig Land und viel zu viele hungrige Menschen. Wer auf diesem Planeten die Macht besaß, übte sie hemmungslos aus. Aus den Lautsprechern kamen Schreie und das ächzende Stöhnen der »Barbaren«, denen man mit weißglühenden Eisenstempeln das Sklavenmal in die Schultern brannte. Weißer Rauch stieg auf; ich erinnerte mich an den grausigen Geruch des verbrannten Fleisches.

»Ob du dir das hast vorstellen können, Lambrano Burni«, murmelte ich, »wage ich stark anzuzweifeln.«

ad metallum, auf die Galeeren, als Ziegelschläger: Der römische Staat verschlang seine Gefangenen. Sklaven. Einer wie der andere. Überall im Land. Entlang der längsten und schwerstbewachten Grenze auf Larsaf Drei.

Unsere Ausrüstung war fertig und auf die Zeit und ihre Unwägbarkeiten abgestimmt. Bisher hatte ich tun und lassen können, was ich wollte. Es gab Zeit genug. Von denen, die ich gekannt haben mochte, lebte niemand mehr – außer Usha Tizia. Rico hatte sich langsam verwandelt. Er glich einem dunkelblonden Römer mit glattrasiertem Gesicht, grünen Augen und sonnengebräunter Haut. Trotz der mit Goldstickerei und Purpur verzierten Tunika wirkte er alles andere als dekadent. Mein Haar war weiß geblieben, aber ich trug es nach römischer Mode halblang. *Ratlos, Atlan? Am Kap der einschmeichelnden Worte würdest du einen einflußreichen Großbauern spielen können,* bemerkte sarkastisch der Logiksektor.

Um mich abzulenken, was mir dank Usha nicht oft gelang, las ich in der CONFLICTATIO FABRICATORIS PAUPERIS VERBARUM BONARUM CONTRA MERCATOREM POTENTUM PAPYRORUM SCRIPTORUM. LIBER TERTIUS: GESTA HOMINIS AMBULANTIS. Im dritten Buch, den »Taten des wandernden Mannes«, war beschrieben, was ägyptische Priester berichtet hatten. Lügen, Sagen und entstellte Wahrheit ergaben ein bizarres Bild eines Fremden, der im Dienst des Pharaos im Nilland Ungeheuer gejagt hatte ...

»Mit unserer Ausrüstung hätte der Gote gewonnen«, sagte Usha, setzte sich auf meine Knie und spielte mit dem Zellaktivator, der – wieder einmal? Ich wußte es nicht ... – als unauffälliger Brustschmuck getarnt war.

»Auch mit unserer Ausrüstung hätte er sich nicht länger als ein, zwei Monde verteidigen können.«

»Auch wahr. Ein böses Ende für Burni.«

»Er nahm sich zuviel vor«, sagte ich nachdenklich. »Und seine erste Enttäuschung scheint seine letzte gewesen zu sein.«

»Hast du mit Arconrik gesprochen?«

»Es wird ihm technisch unmöglich gemacht, uns Bilder der Oase zu zeigen«, entgegnete Usha. »Dies hat seine Gründe: Der unbekannte Herrscher, der uns einschlafen läßt und weckt, will es nicht.«

»Das ist ES«, sagte ich. »Wir werden seine Befehle wohl bald hören.«

In mehr als einem Jahrhundert hatte sich die Welt kaum verändert. Es gab kleinere und größere Naturkatastrophen, Erdbeben, seltsame Erscheinungen, zwei Beobachtungen vorbeirasender Raumschiffe – wenn Ricos Beobachtungen zutrafen –, und Machtkämpfe an fast jedem Punkt des Planeten. Die alten Grausamkeiten und Kriege hatten verhindert, daß sich Wissenschaft und technische Kenntnisse mehr als in winzigen Schritten entfaltet hatten. Unsere neue Welt war die alte, gewohnte

Welt. Das Christentum, das angetreten war, viele Gottheiten durch einen einzigen Gott zu ersetzen, trug zur Verwirrung innerhalb des Römischen Reiches bei, milde gesagt.

Usha zeigte in die Richtung der Bildschirme. Spionkugeln streiften über Gebiete, von denen ich annehmen konnte, daß sie für uns Bedeutung hatten.

»Tausende kleiner Fürsten des Chaos«, meinte sie fröhlich. Ich musterte sie verblüfft.

»Was ist daran so lustig?«

»Die Dummheit. Es gibt Platz für alle. Was Seuchen und Dürre nicht schaffen, das vernichten sie. Ich fühle mich, bei aller Vorsicht, klüger als sie.«

»Du hast mehr lernen können. Und du hast die Macht«, sagte ich ernst, »dich gegen sie zu wehren.«

»Eines geht nicht ohne das andere.«

Ich empfand fast ebenso wie sie. Noch immer dachte ich daran, die Venusstation anzufunken, das Kodewort zu sprechen und die Arkonflotte zu Hilfe zu holen. Ein halbes Planetenjahr, dann wäre der Spuk vorbei. Ich erinnerte mich gleichzeitig an das Versprechen, das ich mir selbst gegeben hatte. Sollten die Barbaren sich selbst nach Tausenden umbringen! Solange sie den herrlichen Planeten nicht in Trümmer legten, verbrannten sie sich die eigene Haut. Innerlich schloß ich dieses Kapitel; Usha zog mich aus dem Sessel.

»Deine Augen sind rechteckig geworden, mein Geliebter«, flüsterte sie. »Vom langen Ansehen der Bilder.«

Ich drückte eine breite Taste und gab den Computern die Anordnung, alle wichtigen Informationen zu speichern. Rico beschäftigte sich mit der lebenswichtigen Logistik der Vorräte; im Moment, sah ich, ordnete er den Inhalt meiner medizinischen Ausrüstung.

»Ich danke dir«, murmelte ich und legte meinen Arm um Ushas wohlgeschwungene Hüften, »daß du dir um meine Ruhe Sorgen machst.«

Sie lachte bewußt aufreizend.

»Wenn schon, dann sorge ich mich darum, daß wir nicht genügend Zeit haben, jene törichten Dinge zu tun, die nichts kosten und trotzdem wertvoller als Burnis Gold sind.«

Nach so langer Zeit, Arkonide, solltest du gelernt haben, dich nicht über die Frauen der Barbaren zu wundern, riet der Extrasinn.

»Du liebst die einfachen Dinge im Leben«, sagte ich und legte das seltsame Buch ab. Usha nickte und antwortete.

»Ja. Dich.«

Sie versöhnte mich mit den zahlreichen Narrheiten der tödlichen Unfähigkeit der Barbaren, miteinander auszukommen. Wieder fanden wir uns unter dem prachtvoll-unechten Himmel, tranken aus dem wuchtigen Pokal und küßten uns, bis ihre Lippen nicht mehr nach dem roten Wein schmeckten. Nach Stunden schliefen wir inmitten der Wüstenprojektion ein, und genau in dem Moment, da ich hochschreckte, wußte ich, daß ES mit seinem geistigen Finger genau auf uns deutete.

Selbständigkeit, eine deiner Haupttugenden, Arkonide Atlan, zeigst du in großem Maß. Du und deine bezaubernde Gefährtin. Ganz recht. Ich habe dich wecken lassen.

Usha saß da, hielt sich mit beiden Händen an meiner linken Schulter fest und starrte in den Sternenhimmel hinauf, als ob sich dort ES als Komet manifestieren würde. Sie hörte dieselben Worte, also konnte sie auch meine Antworten hören.

Es gibt einige unterschiedliche Aufgaben. Auf diesem barbarischen Planeten hängt tatsächlich alles miteinander zusammen. Ihr mit dem höchsten Überlebenspotential des Planeten sollt ausgesuchten Gruppen von Eingeborenen helfen. Wie so oft. Und du wirst antworten: wie so oft vergeblich!

»So ist es. Wir helfen ihnen nur, sich gegenseitig zu töten und zu versklaven«, sagte ich.

Nicht alle! Erst jetzt ertönte lautlos, aber mit der Energie mehrerer Gewitter, der Ausdruck des makabren, unbegreiflichen Humors dieses Wesens. ES lachte. Der Donner des Gelächters ließ uns zittern. Wir klammerten uns aneinander. Der Wein im Pokal, vor uns auf der Steinplatte, schien Wellen zu schlagen wie ein Tümpel.

Keineswegs alle, Atlan und Usha. Du selbst hast dafür gesorgt, daß es intakte Gruppen gibt.

»Die Oase!«

Das Gelächter hallte noch einmal auf, dann wurde es leiser, weniger schmerzend, schien sich in kosmische Weiten zurückzuziehen.

Richtig. Die Oase. Seht selbst!

Uns war, als habe uns eine dunkle Stimme taub gemacht. Im gleichen Moment änderte sich alles. Sterne, Mond und Sandillusion verschwanden. Wir befanden uns, nackt und überwältigt wie wir waren, im Mittelpunkt rasender Bilder und lebensechter Vorgänge.

Die Oase. Ihr könnt sehen, daß eure Schützlinge ernsthafte Probleme haben.

Wir sahen: Die Felder waren verdorrt. Im Fluß gab es nur noch ein winziges Rinnsal, zwischen dem sich eine lange Reihe von Menschen hin und herschleppte, die Wasser in Urnen, Eimern und Krügen trugen. Schafe, Ziegen und Rinder sahen wir nur wenige; diese Tiere schienen halb verhungert zu sein. Nirgendwo ein Wasservogel. Es roch nach Tod und Krankheit. Die Räder und Schaufeln der beiden Wasserräder standen still. Pulverig vertrockneter Tang hing von den Speichen der riesigen *ssagia* herunter. Die Menschen waren ebenso dürr und trugen den Ausdruck tiefster Hoffnungslosigkeit in den spitzen Gesichtern. Ich sah niemanden an den Brunnen, die wir einst niedergebracht hatten. Die Bäume ließen ihre vertrockneten Blätter hängen. Kanäle und Teiche waren ausgetrocknet; der erhärtete Schlamm ihrer Böden zeigte die Rißmuster, stets und überall ein Symbol für absolute, langanhaltende Trokkenheit.

So sieht es aus, ließ sich ES vernehmen. *Viele sind krank, viele gestorben. Die Lage der Oase ist zu ihrem Schicksal geworden: Hier habt ihr den Grund.*

Sofort änderte sich das Bild. Eben noch waren wir in Sattelhöhe durch die breiten Gassen der Oase gerast, jetzt schwebten wir über einer unbekannten Landschaft.

Der Fluß: Wir schienen über dem trockenen Flußbett der Mündung entgegen zu fliegen. Zuerst gab es den breiten Flußlauf aus Kieseln, zu Tage getretenem Tiefengestein und Sand. Das Flußbett verlief im Zickzack, wurde schmaler und breiter, senkte sich zwischen Schluchtwänden, und nur hin und wieder sahen wir unter uns übriggebliebene Tümpel, in denen Fische und Kröten nach Luft schnappten und Wasservögel reiche Beute hatten. Wir tauchten aus der schmalsten Stelle des Flusses auf und sahen den Bruch des Hanges. Ein Erdbeben hatte einen Wall aufgetürmt, länger als zweihundert Schritte, höher als dreißig, vierzig. Riesige Felsbrocken, Lehm und nachstürzendes Geröll hatten unserem Fluß das Bett abgeschnitten und ihn aufgestaut. Jetzt hatte die riesige Wassermenge ein großes Gebiet überschwemmt und in einen Sumpf verwandelt. Ein Paradies für Moor- und Sumpfpflanzen und die entsprechenden Tiere. Die Struktur des Geländes ließ erkennen, daß hier ein Hochmoor entstand.

»Ich habe genug sehen können ... müssen!« rief ich. »Eine technische Frage. Eine einzige Bombe, und die Oase ist gerettet.«

»Zumal der Fluß bald wieder Hochwasser führen wird«, sagte Usha mutig in mein Ohr.

Ich sehe, daß ihr augenblicklich problemorientiert zu planen anfangt, ließ sich ES wieder vernehmen. *Sogar die zukünftige Königin an deiner Seite, Atlan, Hüter des Planeten.*

Entsetzt flüsterte Usha: »Ich? Eine Königin?«

Wieder marterte uns das schauerliche Gelächter dieses Überwesens vom Planeten Wanderer. Eine neue Folter, die uns zu Halbgöttern dieser Welt machte, die jede schöne Stunde mit Monaten der Verzweiflung bezahlten und dennoch nichts anderes blieben als Werkzeuge, die nach Ende der Mission in tiefen Schlaf versanken?

Du siehst das zu wenig begeistert. Es wird sich ändern, wenn ihr erst wieder die herrliche Luft von Larsaf Drei atmen werdet. Und um euch wieder an den Umgang mit Barbaren zu gewöhnen, mag die dritte Aufgabe richtig sein. Hier ist sie, ein schöner Anfang ist schon gemacht.

Ein drittes Bild: Unter uns drehten sich Wasser, Strandlinie, Land und eine große Stadt. Sofort erkannte ich sie wieder.

»Constantinopolis, Stadt des Constantin, gegründet dreihundertdreißig Jahre nach Christi Geburt!« keuchte ich auf.

Du hast deine Lektionen gut gelernt, Vasall der barbarischen Welt.

Knapp siebzig Jahre nach der Gründung wurde hier gebaut, wie es nur

Rom mit seinen Sklavenheeren schaffte. Häuser, Paläste, Hafenanlagen, Mauern und eine Wasserleitung von grandiosen Ausmaßen. Fieberhafte Geschäftigkeit erfüllte die Stadt.

Es entstand eine Maueranlage, die ihresgleichen suchte. Überdies war sie durch die Verwendung unterschiedlichen Ziegelmaterials auch schön anzusehen. Aber sie war erst im Bau. An manchen Teilen gab es nicht einmal den erkannten Verlauf. Wir schwebten über der Stadt, durch die Rauchsäulen aus Kaminen und den Stätten, an denen Ziegel gebrannt und Bindemittel verrührt wurde. Überall Kanäle im Boden, überall Gerüste aus Holz. Tausende und aber Tausende Arbeiter und Sklaven! ES sagte in einem Tonfall, den wir nur als nüchtern-versöhnlich begreifen konnten:

Ich helfe euch bei dieser Aufgabe. Ihr werdet euch nicht mit Problemen der gesellschaftlichen Anerkennung plagen müssen. Zugleich könnt ihr euch in der unmittelbaren Nähe des Silos bewegen und die Lage entschärfen, die der wütend um sich schießende Robot aufbaut. Alternativen werden zur rechten Zeit auftauchen, wie unter uns, Atlan, üblich und oft praktiziert.

Nun zur letzten, ehrenvollsten Aufgabe.

Plötzlich: Das letzte Bild verwirrte uns am meisten. Dschungel, Savanne und ein träge fließender Fluß, der Breite nach fast ein Strom. Unter uns breiteten sich kleine Siedlungen aus. Sie wirkten gesund und lebendig. In ihnen lebten schwarzhäutige Menschen, die offensichtlich über eine reiche Kultur verfügten.

Kush, Meroe und Axum. Informationen findet ihr in den Speichern! Caesar Constantin kannte das Land. Es wurde überfallen. Die neuen Herren soll Usha Tizia ablösen.

Wir schwiegen und starrten die Bilder an. Ein Hafen, der Adulis genannt wurde oder so ähnlich. Woher kam das plötzliche Wissen in unsere Hirne? ES zeigte uns Wege, Straßen, Siedlungen und das unerhört reiche Hinterland dieses blühenden Teiles von Africa. Übergangslos verschwand das Bild.

Wir waren wieder in der gewohnten Umgebung. Ich tastete mit unruhigen Fingern nach dem Pokal und flüsterte: »Königin Usha, eingesetzt von ES.«

Die Antwort kam augenblicklich:

Sie hat eine erstaunliche Karriere hinter sich; irgendwo gefangen, auf dem Markt von Alexandria von Arconrik gekauft, seine und deine begabteste Schülerin, deine Geliebte und Gefährtin – warum soll sie mit all diesem Wissen und ihrer natürlichen Kraft, sich durchzusetzen, nichts anderes können als mit dir zu schlafen, Atlan? Ich mache sie schon jetzt mit der Aufgabe vertraut, denn es ist mehr, als sie in dieser Stunde begreifen kann. Die Barbaren brauchen Zeit für derlei Zukunftsaussichten. Es wird ein königlicher Abschied werden, Arkonide, wenn du ihren Palast hinter dir läßt und allein mit dem Robot auf dem Fluß in deine geliebte Oase zurückruderst.

Ich trank und reichte Usha den Pokal. ES schwieg einige Augenblicke lang und pflanzte seinen abschließenden Text in unseren Verstand.

Ihr habt alle Zeit, die ihr braucht. Letzten Endes lohnt es sich, wie ich errechnen konnte. Nicht alle Barbaren sind es wert, daß ihnen geholfen wird – zutreffend! Hier liegen die Dinge anders.

Es liegt wieder einmal an euch, ihnen begreiflich zu machen, daß es sich lohnt, anders als jene Männer und Frauen zu sein, die du treffend als Fürsten des Chaos bezeichnest. Andererseits sagen die Philosophen der Griechen, daß Chaos das Einzige, Wahre und Natürliche im Kosmos ist. Wäre nicht ein bißchen Chaos, gäbe es keine Normalität, und alles wäre, zwar als Gegensatz zum Chaos, behutsam, wohlgefällig und sanft dahinplätschernd, aber hoffnungslos langweilig. Du und Langeweile, Atlan? Du würdest es nicht aushalten, und darin sehen wir die größte Gefahr. Habe ich recht, Einsamer der Zeit?

»Ja, natürlich!« murmelte ich und nahm Usha den Pokal aus den Fingern. Ein tiefer Schluck.

Ein vergleichsweise diskretes Gelächter; wir spürten die Anwesenheit von ES schwächer werden. ES entfernte sich und ließ uns ratlos zurück. Ich fand keine Worte. Nach einer unbestimmbar langen Zeit flüsterte Usha, sich über mich beugend und in meine Augen starrend: »Ich glaube es nicht; Königin Usha.«

»Aber nicht König Atlan«, murmelte ich. »Und bis zum weichen Leopardenkissen deine Thrones ist es ein langer Weg, der seinesgleichen an Schwierigkeiten sucht.«

Sie war mehr als unsicher, trotzdem sagte sie tapfer und mit richtiger Begeisterung:

»Die beiden Fürsten an meiner Seite müssen mir helfen. Du und Rico. Solange wir uns lieben und Freunde sind, kann uns niemand besiegen.«

»Das ist wahr.« Ich versuchte, all das, was wir erlebt hatten, richtig zusammenzusetzen. »Erst wenn wir allein sind, sind wir gefährdet. Du wirst es erkennen müssen, am Ende der langen Reise.«

Um sie zu trösten und ihre Selbstsicherheit nicht zu verletzen, küßte ich sie und sagte: »Die Königin meines Herzens bist du schon lange, Usha.«

11.

Aber als wir zum erstenmal wieder die Luft des Planeten atmeten, die Sterne sahen und den Mond, hatten wir unsere Vorbehalte vergessen. Der schwere Gleiter, vollgepackt mit unserer Ausrüstung, wurde von Arconrik gesteuert. Alles war dunkel, nirgendwo gab es ein Licht, als wir dem Peilsignal folgten.

»Ich habe natürlich für jeden größeren Schritt unserer Vorhaben genaueste Karten und Höhenbilder«, sagte ich. Wir steuerten aus gutem Grund einen menschenleeren Punkt mitten in der großen africanischen Wüste an.

»In meinen Speichern«, fügte Arconrik hinzu, »habe ich das gesamte Verzeichnis aller Magazine des Silos nahe dem Kap der herrlichen Worte.«

»Kurzum«, meinte Usha, die sich auf dem breiten Rücksitz räkelte. »Wir sind auf alle Abenteuer vorbereitet.«

Abgesehen davon, daß wir den Menschen in der Oase möglichst rasch helfen mußten und dies auch wollten, gab es keine übertriebene Eile. ES hatte unseren Aufenthalt mit der gewohnten oder zumindest vorausgesetzten Perfektion planend begleitet, ohne daß wir seine Anwesenheit gespürt hätten. Wie immer waren die richtigen Münzen geprägt, die Kleidung entsprach der herrschenden Mode, die Tarnung war vollkommen. Jetzt und hier brauchten wir sie nicht. Der Gleiter summte in einer *milia* Höhe nach Südost. Plötzlich entschied sich Usha. Natürlich hatte sie diesen Einwurf lange überlegt, aber sie überraschte uns – bewußt.

»Setzt mich mit allem, was die Menschen in der Oase brauchen, in der Nähe dieses Punktes ab. Dann kümmert ihr euch um den Fluß. Einverstanden? Mit den Fragen dort werde ich leicht fertig. In diesem Fall habe ich lückenlose Erinnerungen.«

»Das wäre zu überlegen«, meinte ich. Entdeckerfreude, Spannung und Erleichterung erfüllten uns. Die Unsicherheiten waren vergessen. Die Aufgaben waren klar definiert; mit den auftauchenden Schwierigkeiten wurden wir fertig, indem wir improvisierten. Nach einer Weile sagte Arconrik:

»Die Leute in der Oase brauchen viel Wasser. Du kannst ihnen Mut zusprechen und unser Erscheinen vorbereiten. Helfen wirst du kaum können.«

»Immerhin habt ihr in diesem Fall ein sauberes Wohnhaus«, widersprach Usha.

»Überredet!« murmelte ich und beugte mich vor, um den Glanz der Muster auf den Wellen des Meeres zu studieren. Bald würden wir die Meerenge überfliegen und Kurs auf die Nilmündungen nehmen. Wir sahen nicht ein einziges Zeichen menschlichen Lebens; kein Licht, kein Feuer. Wir hatten uns schnell entschlossen, als erste Arbeit den Fluß wieder in sein altes Bett zurückzuleiten. Und da zumindest ich mit Arconrik nach den Strapazen einer vermutlich langen Zeit unter Barbaren mich von den Barbaren würde erholen müssen, war es in unserem eigenen Interesse, daß die Oase von blühendem Leben erfüllt war.

Stunde um Stunde verging, während der Mond seinen Weg zwischen den Sternen beschrieb und verschwand. Wir waren längst über dem Mare internum und steuerten in schnellem Flug die Küstenlinie Africas an. Mitten in der menschenleeren Wüste wartete der ausgeschleuste Container mit dem inaktiven Transmitter auf uns.

»Ich lande nach Sonnenaufgang dort. Oder soll ich zuerst Usha absetzen, Atlan?« erkundigte sich Arconrik. Ich hatte mir diese Frage schon gestellt und entgegnete:

»Nein. Es wird sonst viel zu langweilig.«

Die letzten Beobachtungen hatten uns gezeigt, daß die Lage in der namenlosen Oase auf sehr niedrigem Niveau stabil war. Ein, zwei Tage mehr oder weniger änderten nichts.

»Wir landen beim Container!« entschied ich. Die Nacht verging, wir rasten weiter, und am späten Vormittag landete der Gleiter dort, wo der Peilimpuls sich abschaltete. Wir stiegen aus. Unsere Sohlen berührten den heißen Sand der Wüste. Der Container enthielt, unter anderem, das letzte Meisterstück, das nach meinen Entwürfen und Ricos technischer Steuerung die Maschinen der Kuppel aus den besten Komponenten hergestellt hatten. Binnen kurzer Zeit hatten wir ein Zelt aufgeschlagen, einige Ausrüstung ausgepackt und die Seitenwände des Behälters heruntergeklappt.

Zuerst tranken Usha und ich ein großes Glas hellroten, fast eiskalten Weines. Dann gingen Arconrik und ich daran, das »Schiff« zusammenzubauen. Es bestand aus Arkonstahl und Kohlefasergewebe. Fünfundzwanzig Schritt lang, ebenso stabil wie superleicht, mit allem ausgestattet, was wir brauchten. Es glich einem römischen Schnellsegler, einem schlanken Schiff mit dreißig Riemen. Ich half dem Roboter, der mit seinen gewaltigen Kräften, mit verblüffender Schnelligkeit und schwerem Werkzeug die vorfabrizierten Teile zusammenschraubte.

Als wir nach genau zwei Tagen damit fertig waren, schichteten wir den Rest des Zubehörs – Segel, Ersatztauwerk und vieles andere – in den Bauch der Konstruktion. Ein Schutzfeld schaltete sich ein. Wir ruhten ein paar Stunden lang im Zelt aus, besprachen letzte Einzelheiten und starteten dann zum zweitenmal. Der Gleiter war nicht nennenswert leichter geworden.

Südkurs. Die Bilder, Ausschnitte dieses herrlichen, wilden, überreichen und bizarr-kargen Planeten, begeisterten uns. Wüsten, Flußtäler, Wälder und jene zerstreuten Mischformen der buckeligen Oberfläche – unsere Blicke ertranken förmlich in Formen und Farben. Ich sagte mir, daß schon allein dieser Bilder wegen sich jede Anstrengung und Enttäuschung lohnte. Irgendwo an Backbord hatten wir soeben die Oase passiert; schließlich, gegen Abend, stießen wir wieder auf den Fluß, auf unseren Flußarm.

»Ehe du etwas übersiehst«, schaltete sich Arconrik in unsere Überlegungen und Gespräche ein, »gehe ich tiefer, drossle die Geschwindigkeit und fliege über dem Flußbett.«

»Einverstanden«, sagte ich. »Suche, bevor es ganz Nacht wird, einen guten Landeplatz.«

Er nickte. Etwa eine halbe Stunde später schwebten wir über dem trokkenen Flußbett. Usha und ich erblickten dieselben Bilder, mit denen ES uns überwältigt hatte. Als es wieder Abend wurde, sahen wir im dunkelroten Sonnenlicht das riesige Moorgebiet, das der Fluß an dieser Stelle erzeugte. Langsamer schwebten wir auf die Trennlinie zu, auf den wuchtigen Wall. An vielen Stellen hatten Pflanzen die sichtbaren Zerstörungen des schweren Bebens überwuchert, aber im Licht aus dem Westen erkannten wir dennoch die Grenzen – es war, als ob eine Steinplatte zerbrochen und die eine Hälfte fast gleichmäßig abgesunken wäre. Arconrik landete den Gleiter einige hundert Schritte vom nördlichen Anfang des neu entstandenen Dammes entfernt.

»Wann war das Beben?« fragte Usha.

»Vor fünfeinhalb Jahren«, antwortete Arconrik. »Ich kenne nur dieses eine Gebiet, das in solch schlimmer Form betroffen wurde. Unsere Oase.«

Ich vermochte es mir vorzustellen: Von Viertelmond zu Viertelmond sank der Wasserspiegel, und nach einer qualvoll langen Zeit des Wartens versiegten auch die Tiefenbrunnen. Die Oase, umgeben von der Wüste, bezahlte ihre Sicherheit mit der Abhängigkeit vom Fluß. Mehr als fünf Jahre: eine lange, über Leben und Tod entscheidende Zeit.

Morgen früh würden wir anfangen. Ich war zu aufgeregt, um auszurechnen, wann das Wasser wieder die Oase erreicht haben würde. Im letzten Tageslicht betrachteten wir die riesige Moorlandschaft, in der bereits stattliche Bäume wuchsen. Vogelschwärme umkreisten das Gebiet.

»Schlagen wir das Zelt auf«, sagte ich. »Und zuerst schaltet die Insektenabwehr ein.«

»Rund eineinhalbtausend Nachkommen von Frauen und Männern«, sagte ich, während wir über das Geröll des knochentrockenen Flußbettes kletterten, »die wir kannten. Unsere Freunde. Menschen, zu denen wir eine enge Beziehung hatten, die uns verehren, weil unsere Statuen entlang der Arkadiane aufgestellt sind. Um diese Leute geht's, Arconrik.«

Von hier aus sahen wir Usha winken, einen Teil des Gleiters und den riesigen Wall, der von dem schräg gegenüberliegenden Berghang stammte. Ich blieb etwa in der Mitte des Dammes stehen, dicht über der untersten Sohle, und ächzend wälzte ich einen großen Stein hinweg. Arconrik deutete geradeaus und erklärte:

»Bald können sie baden, deine Barbaren. Ich werde mit dem Detonator einen Stollen aushöhlen.«

»Und dann die Bombe!«

»Das Wasser wird die Öffnungen augenblicklich vergrößern.«

Vor uns, etwa sieben bis neun Mannsgrößen hoch, staute sich das Wasser und floß ins Flachland ab. Ich setzte mich auf einen Riesenkiesel und wartete, bis Arconrik mit dem lanzenähnlichen Projektor zurückkam. Er stellte den Energieerzeuger ab, kuppelte die Leitungen ein, testete das Gerät und bedeutete mir, zur Seite zu gehen. Ich gehorchte und kletterte zwischen wild wuchernden Pflanzen schräg aufwärts. Dann dröhnte, fauchte und röhrte der Strahl aus dem Projektor und verwandelte Stein, trockenen Schlamm, Sand und Felsen in schwarzes, rauchendes Gas. Eine Höhlung von mehr als einer Elle Durchmesser begann sich in die Basis des Walles zu fressen. Das gewaltige Geräusch hallte über den Sumpf. Vogelschwärme flatterten auf. Die Insekten begannen rasend zu werden. Eine schwarze Wolke hing über dem Damm und kroch an der Bergflanke hinauf. Zweimal setzte Arconrik das Energiewerkzeug ab. Schließlich schrie er zu mir hinauf:

»Fertig! Ich komme und hole die Bombe!«

Ich kletterte weiter und erreichte den Gleiter. Die Bombe war ein unscheinbarer Zylinder mit einer gerundeten Spitze und befand sich auf einer simplen Schwebeplattform, die sich fernsteuern ließ. Sie lag neben dem Gleiter auf der zerklüfteten Dammkrone. Arconrik kam herangeschwebt, stellte die Geräte ab und hob die Fernsteuerung auf.

»Zieht euch mit dem Gleiter bis zu diesem Baum dort zurück«, ordnete er an.

»Wir gehorchen«, antwortete Usha. Wir steuerten den Gleiter bis hinter den bezeichneten Punkt. Arconrik hob die Bombe hoch, schwebte wieder hinunter und schob das stumpfnasige Projektil in die schwach rauchende Höhlung. Langsam, vorsichtig und mit robotischer Perfektion steuerte er den Explosivkörper bis zum Ende des geraden Tunnels in der Wallsohle. Dann hob er den Arm und kam zu uns heraufgeschwebt.

»Die Kröten, die Sumpftiere und die herrlichen Vögel«, bemerkte er knapp, »werden sich bald eine neue Heimat suchen müssen. Bereit, Atlan?«

»Ja.«

Wir konnten nur die Längsachse des Dammes sehen. Ich hielt Usha an der Schulter fest. Arconrik funkte die Sprengformel. Zwei Augenblicke später bebte kurz und hart der Boden, dann schoß aus dem Tunnel eine lange Stichflamme. Eine zweite fuhr senkrecht nach oben und wirbelte Tonnen von Gesteinstrümmern mit sich. Mein Blick ging hinüber zum Wasserspiegel des aufgestauten Flusses. Mitten in dem Erdbebendamm erschien ein dreieckiger Spalt, aus dem es wetterleuchtete, zuckte und dröhnte. Die Erschütterungen rissen ab. Dann sackte ein Teil der Sperre abwärts, und das Wasser begann sich durch den Riß den Weg zu bahnen. Zuerst nur ein Rinnsal, dann eine Gischtwolke, schließlich eine Riesenwoge. Es schien zu zischen, als das Wasser die sonnendurchglühten Kiesel und Sandflächen erreichte. Dreck, Steine, Sand und undefinierbare Trümmer wurden mitgerissen, als sich der dreieckige Riß erweiterte und die ungeheure Wassermasse den alten Weg nahm. Eine weißgischtende Riesenwoge füllte nach wenigen Atemzügen die gesamte Breite des Flußtals aus und raste nach Süden.

Je mehr Wasser strömte, desto mehr Geröll wurde mitgerissen, und desto unbedeutender wurden die Reste des Dammes. Eine Viertelstunde später war die Sperre kaum mehr zu sehen. Der Fluß strömte mit heftigen kleinen Wellen dorthin, wo sein Weg seit einigen Jahrtausenden gewesen war. Es rauschte, Wasserdampf wallte auf, im Sonnenlicht bildete sich ein Regenbogen. Ich lachte Usha ins Gesicht und rief:

»Achte auf diesen Fluß, Geliebte! Dort, wo er entspringt, er oder seine Nebenflüsse, dort liegt dein Königreich.«

Sie hängte sich an meine Schultern.

»Daran denk' ich jetzt noch nicht. Was ich sehe, gefällt mir. Sind wir früher in der Oase, oder ist der Fluß schneller?«

»Das hängt von uns ab.«

Der Fluß hatte sein altes Bett wieder ausgefüllt. Jetzt war der breite Strom des schäumenden Wassers noch vom Erdreich und den Resten des Schwemmguts gefärbt. Das würde sich verlieren. Dort, wo er sich zuerst ein Loch gegraben und dann auf das flache Land hinausgetreten war, bildeten sich Strudel. Das Wasser kam langsam zurück. Wir stiegen in den Gleiter, die Maschine hob sich und folgte dem Wasserlauf.

»Es ist zweckmäßig, Arconrik«, schrie ich über das Rauschen der Wassermassen hinweg, »wenn wir eher dort sind! Ein kleines Wunder, das wir ankündigen, kann uns nicht unbeliebt machen.«

»Verstanden.«

Es bereitete uns nicht die geringsten Schwierigkeiten, die Oase zu finden. Sorgfältig achteten wir darauf, ob wir neue Straßen sähen, Brücken oder andere Eingriffe in die Landschaft. Bisher schien dieses Zentrum ruhigen Lebens sich noch immer erfolgreich abgeschirmt zu haben. Aber die letzten Bilder der Spionsonden ließen erkennen, daß die Bevölkerungszahl kleiner geworden war. Bald wußten wir es ganz genau. Schon jetzt schien es, als ob sich die vertrockneten Bäume am Flußbett und die weißen, verdorrten Binsen und Papyrusstauden wieder zu färben anfingen. Langsam erreichten wir die Walze aus Wasser, Geröll und einer unglaublichen Masse ineinander verklammerter Holztrümmer. Ab und zu verhakte sich ein Teil davon, das Wasser stieg, und das Schwemmgut blieb zurück. Wir überholten schließlich das dahinrasende Wasser und bogen, als wir die ersten Felder am Horizont sahen, nach links in die Wüste hinaus.

»Soeben haben wir die zerfallene Hütte des wahnwitzigen Falkners überflogen«, äußerte sich Arconrik. »Es hat sich also kein Nachfolger gefunden.«

»Deshalb merkte auch niemand, aus welchem Grund das Wasser versiegt ist«, überlegte ich. Wir flogen, nachdem wir die straßenlosen Dünen hinter uns hatten, wieder zurück nach Westen. Die Sonne, kurz vor Mittag, blendete uns ein wenig. Schließlich ließ der Robot den Gleiter auf die kaum erkennbare Sandstraße hinunterschweben und schlug den direkten Weg zur Oase ein. Jeder weitere Blick zeigte uns mehr Zerfall, Armut, unbestellte Felder, leere Kanäle, die Gerippe einiger Pferde oder Rinder. Die Bäume erhoben sich über die Dünenkämme. Alles war grün gewesen, übersät von allen Farben der Blüten, gesprenkelt mit prallen Früchten – jetzt herrschten gelbweiße Farben vor. Das Laub raschelte hölzern, wo es früher vertraulich gerauscht hatte. Nicht einmal um die Tiefbrunnen, die vom Grundwasser gespeist wurden, sahen wir sattes Grün. Die Sonne loderte dörrend über den mageren Kronen der Bäume. Sand lag überall. Der Gleiter schob sich an den ersten Häusern vorbei. Leer starrten uns Fensterhöhlen und Türen an.

»So ernst konnte ich es mir nicht vorstellen, als ich die Bilder sah«, gestand Usha. »Hoffentlich sind nicht zu viele gestorben.«

»Wir werden hören, daß eine ganze Menge fortgezogen sind«, meinte ich und schwang mich, als wir die ersten Statuen auf der breiten, gepflasterten Prachtstraße erreicht hatten, aus dem Gleiter. Eine dicke Schicht angewehten Sandes knirschte unter den Stiefelsohlen. Ich ging von einer jener herrlichen, sphinxartigen Gestalten zur anderen. Ich erkannte sie wieder: mich, dann Usha Tizia, Arconrik in zwei verschiedenen Bedeutungen, eine andere Frauengestalt mit einer schwungvollen Hochfrisur. Ich las die Schrift darunter und runzelte die Stirn. NARNIA, und darunter in unauslöschlicher Bedeutung, DEREN LAECHELN ALLEN GILT.

Der Logiksektor meldete sich und meinte undeutlich, schwer verständlich: *Du warst sicher hier mit einer anderen Begleiterin als Usha Tizia. Wer es auch war, sie ist tot.* Ich entschied mich, in einer stillen Nacht darüber nachzudenken und im Geröll meiner unbewußten Erinnerungen zu forschen. Hinter mir gab es Geräusche. Arconrik zog den Gleiter an mir vorbei und setzte ihn im Mittelpunkt des Platzes zwischen den Häusern ab. Ich erkannte mehr vertraute Einzelheiten.

Langsam drehte ich mich um, die Hand am Dolch, dem getarnten Lähmstrahler. Aus den Häusern kamen die Bewohner der Oase. Sie hatten viel verloren, ihre ruhige Würde nicht. Abermals ein Zeichen, daß von uns gelehrte Traditionen und Überzeugungen eine lange Lebensdauer haben konnten. Sie waren ärmlich, aber sauber gekleidet. Ihre Gesichter waren von Entbehrungen gezeichnet, nicht aber von jener Form des Hungerns, der bereits Entschlußkraft, Hoffnung und persönliche Eigenschaften ausgelöscht hatte. Auf den ersten Blick sah ich kaum kleine Kinder. Die ältesten waren rund sieben, zehn Jahre alt. Die Erwachsenen kamen näher, einige Männer trugen Waffen. Ich breitete die Arme aus und sagte, nachdem ich mir die Kehle freigeräuspert hatte, eindringlich und laut:

»Wir sind zurückgekommen. Erkennt uns wieder! Und wir bringen den Fluß mit uns, das Wasser, im Überfluß. Sagt uns, wieviel ihr noch seid?«

Ein Kind brach den Bann. Es riß sich los und rannte auf mich zu. Ein Mädchen mit großen, dunklen Augen und einer Zahnlücke. Ich nahm ihre Hand und hob das Kind schließlich auf meinen linken Arm.

»Wir sind viele! Aber wir haben kein Wasser«, plapperte sie. Ich ging mit ihr in den Schatten des nächsten Vordaches. Sofort drängten sich einige Männer um mich und redeten aufgeregt auf mich ein.

»Langsam!« rief ich. »Wir wissen, daß der Fluß versiegte. Wie viele Menschen sind in der Oase?«

»Zehnmal zehn. Und das sechs-, siebenmal.«

»Siebenhundert also. Wann versiegte das letzte Wasser?«

»Vor vier Jahren. Zuletzt die Brunnen.«

»Hört zu«, sagte ich drängend. »Das Wasser, das jetzt kommt, wird nicht gesund sein. Holt alle Erwachsenen aus den Häusern. Wir brauchen dreißig große Kessel über dem Feuer. Wir kochen das Wasser ab, und zuerst gibt's für jeden einen Trunk, der euch mit großer Fröhlichkeit erfüllen wird.«

Eine magere Frau mit straff an den Schädel gespanntem Haar kam auf mich zu und zupfte mich scheu am Ärmel.

»Ihr seid jene dort, nicht wahr? Ihr werdet in eurem Haus wohnen. Unsere Eltern haben uns erzählt, daß wir auf euch oder eure Kinder warten sollen.«

»Genauso ist es, Frau, deren Namen ich nicht kenne. Ich bin Atlan-Demetrion, zusammen mit meiner Freundin Usha Tizia und dem besten Freund, den ihr habt, mit Arconrik, dem Starken, Listenreichen. Also! Ich weiß, was nottut: Die stärksten Männer bilden eine Kette zum Uferwall. Das Wasser kommt, gleich werdet ihr es rauschen hören. Denkt an die Feuer! Saubere Kessel. Um alles andere kümmern wir uns später. In einem Mond ist die Oase wieder grün und voller Schatten. Los! Helft uns.«

Ich gab der Frau das Kind, und als ich mich umdrehte, kamen sie in kleinen Gruppen aus den Häusern. Arconrik packte die vorbereiteten Nahrungsmittel aus, Usha schickte die Frauen und Männer an ihre Arbeit. Tatsächlich kamen etwa hundert Männer mit allen möglichen Gefäßen aus den Häusern. Einer bot uns – eine Geste, die ich nie vergessen kann – in einem herrlichen Pokal den letzten Wein an, den sie in einem handgroßen Krüglein aufgehoben hatten.

»Das ist ein Zeichen der Freundschaft«, sagte ich und winkte Usha herbei, »das nicht größer sein kann. Danke!«

Wir tranken je einen Schluck. Der Wein war uralt, dick und roch betäubend gut. Die Männer bildeten, von Arconrik angefeuert, eine Reihe bis hinunter zum Fluß. Arconrik schwenkte den leeren Pokal und rief mit Donnerstimme:

»Das Wasser kommt! Erwartet es hier an den Kanälen!«

Wir rannten zum Fluß. Mit jedem Schritt nahm das ferne Rauschen und Zischen an Lautstärke zu. Ein kühlender, feuchter Hauch kam von Süden. Dann schoß die erste Welle um die Biegung des Flusses und verlief sich in der Leere des Stausees. Arconrik und ich rannten zu den Schiebern und wuchteten sie in die sandigen Führungsrillen. Das Wasserrad brauchte sich nicht zu drehen, bis der See gefüllt war; als ausgetrocknete Konstruktion war die ssagia besser zu reparieren. Hinter uns schrien die Männer auf, als sich donnernd und knirschend das gelbe Wasser heranschob, das Schwemmgut auf den Damm hinaufschleuderte, wieder zurückschwemmte, an den Ufern hochschlug und dann stieg und stieg ... Rico packte den ersten Mann, der zwei Eimer trug, an der Schulter und rief drängend:

»Sage es den anderen! Das Wasser zuerst durch ein Stück Stoff schütten! Nicht trinken! Ihr werdet sonst alle todkrank. Die Kinder sterben davon!«

Der Angesprochene nickte, füllte den ersten Eimer und gab ihn weiter. Überraschend schnell füllte sich der langgezogene See, aber wir warteten nicht, bis das Wasser über die steinernen Überläufe sprudelte. Gurgelnd erreichte der Wasserspiegel den ersten Auslaß, kippte die Bündel der angeschwemmten Pflanzen darüber und lief in eines der Kanalsysteme. Auch hier war das Wasser nach einigen Schritten hellbraun und voller Sand.

Die gefüllten Gefäße begannen schnell zu wandern. Die ersten Feuer wurden unter den Kesseln angezündet. Usha stellte nahe dem Gleiter einen Dreifuß auf und entzündete einen gasgespeisten Kocher. Sie versammelte ein Dutzend Frauen um sich, denen sie genügend Erfahrung zutraute.

Sorgfältig schüttete sie das Wasser durch ein weißes Filtertuch. Der Stoff färbte sich augenblicklich. Sie wies auf den Schmutz hin. Überall wurde Wasser verschüttet. Die Kinder erwachten aus ihrer Starre und begannen zu kreischen und zu lachen. Als der Kessel zu drei Vierteln gefüllt war, begann Usha den Trank zu brauen. Dicker Honig floß hinein, dann verteilte sie die gefüllten Krüge und schilderte, was zu tun sei. Ein Paket, das Vitamine, Spurenstoffe und einen getrockneten Sudextrakt enthielt, kam hinein. Die Frauen packten das Zeug in ihre Schürzen. Krüge voller würzigem Alkohol, der sofort ins Blut gehen würde, kamen dazu. Getrocknete Früchte, Aufbaustoffe aus unseren Magazinen, ein kristallisiertes Eiweißpräparat und geschmacklose Fettwürfel. Schließlich, als das Wasser in Ushas Kessel zu summen begann und sie mit einem geliehenen Holzlöffel rührte und rührte, war eine seltsame Gesundheitsbrühe entstanden, die durch Wirkung ersetzte, was ihr an Wohlgeschmack fehlte.

»Und genau das müßt ihr tun ...« erklärte sie. »Viele Becher! Nicht vorher ausspülen. Es muß kochen, versteht ihr?«

An zwei Dutzend Stellen entstanden ähnliche Kochstellen. Die Menschen würden schnellstens mit allen wichtigen Stoffen versorgt werden. Ihre Mägen wurden von der kräftigenden Brühe nicht übermäßig belastet. Der erste Schritt war getan.

Das Wasser gurgelte in den ausgetrockneten See. Zunächst schluckte der staubige, rissige Boden Unmengen von Wasser, dann stieg die Flut ganz langsam. Überall stob Sand auf, an vielen Stellen verwandelte sich Wasser in Dampf. Die Wasservögel fehlten, nur wenige Tiere kamen, um zu saufen. Ein Bild der Armut, aber keines der Verzweiflung. Immer mehr Menschen liefen herum, einige hielten bereits Becher und Schalen in den Händen und verbrannten sich die Lippen an dem kochenden Zeug aus Ushas Kessel.

Arconrik, gefolgt von einem Kinderschwarm, vier Kleine auf den Armen, ließ sie vor dem Gleiter in den Sand gleiten.

»Ich nehme das Haus in Besitz. Offiziell.«

Er steuerte den Gleiter zur Terrasse des leeren Hauses, wendete ihn und schaltete die Maschinen ab. Dann schleppte er unser umfangreiches Gepäck in die verschiedenen Räume. Wir fuhren fort, den heißen Trunk zu verteilen und sahen in den Küchen der Häuser nach, daß niemand davon trank, ehe nicht das Wasser abgekocht und die Keime vernichtet waren. Es würde lange dauern, bis die Brunnen wieder reines Wasser gaben.

Wir erfuhren, daß auch die Regenzeiten der letzten Jahre unzuverlässig gekommen und wenig Wasser gebracht hatten. Aber ihnen war es zu verdanken, daß die Siedlung überlebt hatte. Mit dem Versprechen, wiederzukommen und Vieh mitzubringen, das sie gegen Waren eintauschten, waren viele junge Männer weggeritten – sie waren niemals zurückgekommen. Man wußte nichts von ihnen.

»Alle Männer, die Handwerker oder Bauern sind, die arbeiten können – kommt heute zum Haus. Es ist wichtig. Sagt es den anderen«, beschwor ich jeden, den ich traf. Mittlerweile ergoß sich das Wasser in das zweite Kanalsystem und begann die kleinen Stichkanäle zu füllen. Die Frauen bereiteten mittlerweile den zweiten Kessel vor, von Usha mit Zutaten und guten Ratschlägen versorgt. Ich begriff, daß wir den ersten Kampf um die Oase gewonnen hatten, als ein paar junge Burschen mit Eimern und Besen kamen und den »Marktplatz« zu säubern anfingen, ohne daß wir sie darum gebeten hatten. Ich zog Usha an mich und deutete auf das Gebäude aus Basalt und gebrannten Ziegeln.

»Wir werden länger hierbleiben müssen, als wir es planten. Darüber hinaus wird auch unser Schiff gebraucht.«

»Wir müssen wieder fast von vorn anfangen«, pflichtete sie mir bei. »All die Tiere, die wir hier hatten ...«

Es gab nicht ein einziges Pferd in der Oase. Selbst die Weiden und Äcker mußten mit riesigem Aufwand wieder bestellt werden. Saatgut? Sicher war keines mehr vorhanden. Wir gingen daran, einige Räume des Hauses besser bewohnbar zu machen. Alle Fenster und Türen standen weit offen, ein warmer Wind trug den feinen Flugsand in gewaltigen Wolken hinaus. Das Wasser tropfte an einigen Stellen bereits wieder über die Dammkrone. Usha nickte und meinte:

»Arconrik muß das Schiff nehmen und einen Markt leerkaufen. Selbst Enten brauchen wir.«

»Ich werde dich als oberste Meisterin der Tiere mitschicken«, sagte ich und wußte, daß sie aussprach, was wir dachten. Schnelle Hilfe war nur mit unseren Mitteln möglich, die wir vorrätig hatten. Alles andere brauchte seine Zeit. Es war ein großer Unterschied, ob man das Geschehen durch die Optik von Spionsonden betrachtete oder mitten darin lebte. Schließlich waren drei Räume einigermaßen wohnlich eingerichtet, und der erste Abend in der Oase senkte sich. Wir aßen eine Kleinigkeit der mitgebrachten Vorräte und gingen hinaus. An vielen Stellen hatten sie angefangen, Wasser zu verschwenden. Die Bewohner dieses hinfälligen Idylls badeten in den Kanälen, räumten Schwemmgut und Abfall daraus hervor, waren von einer ziellosen Aufgeregtheit. Wir machten einen langen Spaziergang durch alle Teile der Oase, und unablässig notierte sich Arconrik, was zu tun und zu »kaufen« war. Eine lange Liste setzte sich in seinen Speichern zusammen.

»Bis ich mit dem Benötigten zurückkomme, müssen wir es schaffen«, sagte er schließlich, als wir auf der Arkadiane zurückgingen, »sie alle zielbewußt zu beschäftigen. Es hilft ihnen, aus ihrem Zustand aufzuwachen.«

Wir einigten uns auf einen Katalog wichtiger Arbeiten, die auch die Kräfte der Menschen nicht überforderten. Viele Männer hielten uns an und stellten Fragen. Schließlich, als Arconrik und Usha auf der Terrasse eineinhalb Dutzend Öllampen angezündet hatten, befanden sich rund zweihundert Männer, eher mehr, auf dem gesäuberten Platz. Wir hatten den schweren Tisch auf die Terrasse gerückt und setzten uns darauf.

»Arconrik, der euch nachher berichtet, wie wir das Wasser wiederbrachten, wird weggehen. Er kommt bald und bringt Tiere mit. Er wird auch Fleisch bringen, das gebraten werden kann. Aber zuerst müssen wir neue Herden züchten und die Wasservögel erst einmal ihre Eier ausbrüten lassen. Dazu ist es nötig, daß die Äcker und Weiden vorbereitet werden. Also ...«

»Das dürre Zeug abbrennen!« schrie jemand aus dem Halbkreis. Ich ordnete an:

»Vorher die Umgebung mit Wasser tränken. Das gute Stroh mit Sicheln abschneiden.«

»Sind Fische im Wasser?«

»Ich weiß es nicht«, antwortete ich. »Einige von euch können es morgen herausfinden.«

Noch mehr wichtige Einzelheiten: Brunnen mußten gesäubert werden. Die Wasserräder reparieren! Sämtliche Rohre, die wir mühsam verlegt hatten, waren durchzupumpen. Die Kloaken freimachen. Dem Gras die Möglichkeit geben, zwischen den geschnittenen Halmen hervorzuwachsen. Viel Wasser auf alle Felder. Die Ackerwerkzeuge vorbereiten. Und vieles andere. Bevor die ersten Männer müde wurden und die Versammlung verließen, rief ich noch:

»Jeder, der krank ist, soll morgen, drei Stunden nach Sonnenaufgang, hierher kommen!«

»Atlan und ich haben kaum Nahrung zu verteilen, aber wir werden uns um Wunden und Geschwüre kümmern«, fügte Usha hinzu. In der Siedlung war es ruhig geworden, und etwa um Mitternacht waren wir schließlich allein, nachdem wir, so gut wir es vermochten, Hunderte von Fragen beantwortet hatten.

»Ich werde dich morgen allein lassen«, entschied sich Usha. »Am Abend landen wir das Schiff im Stausee.«

»Einverstanden«, sagte ich und bereitete mich auf einen arbeitsreichen und langen Tag vor.

Einen Mond lang, achtundzwanzig Tage und meist bis spät in die Nacht hinein, wirbelten wir alles und jedermann in der Oase umher. Vorsichtig wurden die Felder abgebrannt. Die Asche wurde naß untergehackt. Hunderte arbeiteten mit Hacken und Rechen. Kinder schöpften das Wasser. Das Ochsengespann, das Arconrik gebracht hatte, arbeitete vor dem Pflug. Mehr als zwölf Dutzend Enten suchten in den Kanälen geschäftig nach Fressen und lärmten in den Nächten. Tatsächlich wurden Fische gefangen. Zwischen den gesichelten Halmen schossen die jungen Gräser hoch. Das Rudel Schafe mußte sich, von wenigen Stellen abgesehen, mit dürren Halmen begnügen. Die fette Milch, die noch nicht genügte, ernährte die Kinder. Als wir alle wichtigen Felder geackert, geeggt und angesät hatten, schlachteten wir einen Ochsen und brieten ihn am Spieß. Hühner rannten und flatterten umher, von den Hähnen verfolgt.

Arconrik und Usha verschwanden noch dreimal und kamen mit dem Schiff zurück, dessen Inneres wie ein Stall stank und auch so aussah. Einige Pferde, ein Eselpärchen, Milchkühe, Saatgut, einige zwanzig Säcke frisches Brot und mächtige Käselaibe, noch mehr Geflügel – alles was die Märkte anboten, schleppten wir aus dem Norden und Westen herbei. Die römischen Münzen waren relativ wertlos; wir zahlten mit schweren Goldmünzen, die vor hundert Jahren geprägt worden waren. Jedermann sah, wie schnell die Umstände sich besserten, und eine Welle von Arbeitslust erfaßte die Bewohner der Oase.

Fast alle Bäume und großen Büsche erholten sich von der Dürre. Klares Wasser kam aus den Brunnen und den mehrmals durchgespülten Leitungen. Der vergorene Dünger aus den Abfallbecken wurde auf den Feldern, verdünnt mit Wasser, ausgegossen. *Wasser;* es offenbarte sich, daß diese Grundlage allen Lebens wahre Wunderdinge wahrmachte. Sonne, Sporen, Samen und Feuchtigkeit ließen überall neue Triebe spriesen, verwandelten schnell die Umwelt. Die ersten Handwerker gingen wieder in ihre Werkstätten. Kinder scheuchten die Vögel von der neuen Saat fort.

Usha brachte es fertig, das heilkundliche Wissen einiger älterer Frauen mühsam zum Vorschein zu bringen. Es gab noch zu wenige Heilkräuter. Beim nächsten Flug brachten sie Blätter, getrocknete Kräuter und Samen mit. Die knorrigen Olivenbäume knackten, als der frische Saft in die Zweige schoß. Ein halbes Jahr würde es dauern, bis die ersten Körnerernte zusammengetragen werden konnte.

Mit fünf Männern, die der Holzbearbeitung kundig waren, setzte ich das große Wasserrad wieder instand. Arconrik sah den ächzenden Generator durch und koppelte ihn an. Noch gab es genügend Leuchtkörper, die nicht zerstört oder ausgefallen waren.

Wir halfen den Männern, die wenigen Boote zu reparieren, damit sie im Stausee fischen konnten. Meine so lange ungenutzten Muskeln wurden wieder hart und geschmeidig, die Haut bräunte sich mehr von Tag zu Tag. Als wir schließlich unsere kleinen Herden so vergrößert hatten, daß sie ohne weitere Käufe größer werden konnten, halfen uns die jungen Frauen, das Innere vieler Häuser und Ställe nachhaltig zu reinigen. In den Werkstätten entstanden zwei große Augen und Buchstaben, die wir an Backbord und Steuerbord des Bugs festbolzten. Das Schiff wurde getauft. Ich nannte es KÖNIGIN DES SÜDENS – wie erwartet zerfloß Usha vor Stolz und Freude.

Auf dem Stausee machten wir das Schiff fertig. Stehendes Gut, Segel und Steuerruder wurden geprüft, die dreißig Riemen und Ersatzriemen ausprobiert. Etliche Holzarbeiten an Deck und in den geschlossenen Räumen unter Deck beschäftigten die Handwerker, denen wir neue Techniken und den richtigen Gebrauch neuer Werkzeuge zeigen konnten.

Wir blieben neunzig Tage lang in der Oase. Das Haus war eingerichtet; viele Vorräte und die Ausrüstung, die wir mitgebracht hatten, würden hier bleiben. Drei zuverlässige Frauen versprachen, die Räume sauber und bewohnbar zu halten. Nach der Regenzeit, so versprachen wir, kämen wir zurück, einzeln oder zusammen.

Siebenhundertneunundzwanzig Einwohner gab es. Für die Kinder, Frauen und Männer war ein Frühling mitten im Jahr ausgebrochen. Felder und Weiden grünten, an den Bäumen wuchsen die Blätter nach. Insekten summten in den dichten, blühenden Büschen. Drei Viertel der Rebstöcke würden noch in diesem Jahr Trauben tragen. Es gab genügend Essen; nicht zuviel, nicht sehr abwechslungsreich, aber durchaus ausreichend. Viele Tiere waren trächtig, und ohne Zweifel würde ihre Zahl gleichmäßig größer werden, ebenso wie die Weideflächen und die Halme, auf denen das Korn wuchs. Wir dachten daran, den nächsten großen Schritt zu tun. Er sollte uns nach Constantinopolis bringen. Die KÖNIGIN wurde mit Waffen, Werkzeugen und jenem Gerät gefüllt, das ich als »Baumeister« brauchte.

Der Gleiter, der äußerlich einem zugegebenermaßen ungewöhnlich aussehenden Fischerboot ähnlich sah, wurde mit einer dicken Trosse am Heck des Schiffes befestigt. Wir bereiteten unseren Abschied vor, indem wir versuchten, einzelne Frauen und Männer, die tüchtig, kenntnisreich und bei den anderen beliebt waren, zu Anführern oder Ältesten zu machen. Jeder suchte sich ein Gebiet, über das er mit Verständnis sprechen konnte. Mit diesen einzelnen »Verantwortlichen« sprachen wir ab, was im Lauf der nächsten sechs Monde geschehen mußte. Es waren einfache, logisch einsehbare Forderungen. Niemand mehr konnte schreiben oder lesen; dies hatte Zeit, bis wir die Stadt wieder verlassen hatten. Die Bewohner der Oase versprachen glaubhaft, die eingeschlagene Entwicklung weiterzuführen.

Wir hatten versprochen, uns mit einem Fest zu verabschieden. An einem bestimmten Tag war alles bereit: viel Wein in Krügen, Holzkohlenfeuer mit Spießen und Rosten, Schalen voller Früchte, Säfte und Wasser, und da die Muttersauen überaus fruchtbar gewesen waren, gab es zartes Schweinefleisch ebenso wie den Braten vom Rotwild, das Arconrik mit Hilfe des Gleiters fernab am unteren Flußlauf erlegt hatte. Der Platz, die vielen Terrassen und die Einmündungen der Gassen waren erfüllt mit durchdringendem Rauch und Geruch gebratener Fische.

Je später es wurde, desto heftiger war das Durcheinander. Arconrik spielte über kleine Lautsprecher die Bänder der barbarischen Musik ab, die ich vor einem Jahrhundert während des Fluges zum zweiten Planeten an Bord gehabt hatte; für die Nachkommen unserer längst begrabenen Freunde ein wunderbares Erlebnis. Mitten in einer großen Menge, die sich um den Tisch voller Becher und Weinkrüge drängte, stand ich mit Usha und Arconrik.

»Sie kannten unsere Namen noch«, meinte ich und trank einen winzigen Schluck. Der Wein hatte sich in einem kühlen Keller beruhigt und schmeckte besser als vor einem Mond. »Sie wußten, daß wir ihren Ahnen das Bauen und die Kunst des Kanalbaus beigebracht haben.«

»Für die Nachkommen sind wir nicht viel mehr als eine Sage«, bestätigte Usha. »Sie haben zwar Tafeln, Inschriften, Pergamente und Papyrus, aber sie können nicht lesen. Also vergaßen sie jedes Jahr ein bißchen.«

»Dieses Bißchen kam schnell zurück. Es war da, und wir mußten es nur aus ihnen herausholen. Inzwischen sind wir für ein halbes Jahrhundert in ihren Herzen eingeschlossen«, meinte ich, »weil wir ihr Leben gerettet und ihre Krankheiten geheilt haben.«

»Nachher werden sie uns verfluchen, weil wir Lehrer mitbringen und ihnen die fragwürdigen Segnungen der Pädagogik aufdrängen«, lachte Arconrik.

Das Fleisch war richtig gewürzt und krustig gebraten. Die Salate, fein mit Olivenöl der ersten Pressung und saurem Wein angemacht, mit Salz und allerlei grünen Kräutern, kleingehackt, schmeckten überraschend frisch. Es gab Brot aus unserer Bäckerei, mit Kümmel und Salz bestreut und Eigelb mit Milch bestrichen. Wir sprachen dem Wein nur mäßig zu; aus gutem Grund. Arconrik roch an dem Becher und versicherte mir glaubwürdig, davon pures Vergnügen in seinen Sinneseinrichtungen zu verspüren.

Die Kinder wurden müde und wurden von den Eltern in die Betten getragen. Grillen oder Zikaden vollführten lauten, anheimelnden Lärm. Kichernd stritten sich einige junge Mädchen um die letzten Fleischreste. Es würde für lange Zeit nur Fisch geben. Ich schaute in die Runde, sah rotglühende Feuer und eine Unzahl Ölflammen aus dicken Wolldochten. Leise sinnierte ich vor mich hin.

»Trotz der Schwierigkeiten verlassen wir eine Zone der Ruhe, der Stabilität. Wir werden einen zweiten Ort dieser Art in beiden Teilen des Römischen Reiches kaum finden, Freunde.«

»Wir werden dafür etwas anderes haben, glaube ich«, murmelte Usha und hängte sich in meinen Arm. »Ein mächtiger Baumeister, der hunderttausend Arbeitern befiehlt – ist das nichts für dich, Atlan?«

»Man wird sehen«, brummte ich. »Zuerst die lange Reise. Eine große Lösung, die uns vorschwebt? Wir werden sie nicht finden. Wir haben sie auch nicht gesucht. Aber wir werden wieder versuchen, für diese Menschen, und für andere an anderen Orten, und natürlich auch für uns, ein menschenwürdiges Dasein zu schaffen. Vielleicht gelingt es uns so wie hier.«

Mit unerwarteter Festigkeit schloß Arconrik: »Das ist auf diesem Planeten das Äußerste dessen, was möglich ist. Das weiß ich ebensogut wie du.«

Er hat völlig recht, kommentierte der Logiksektor. Mitten in der Nacht packten wir unsere letzten Habseligkeiten, wanderten durch die Dunkelheit zum Schiff und nahmen einige Einstellungen vor. Der Mast war längst gekippt, die Rah längsgezurrt, das Boot (der Gleiter) schwebte ohne Vortrieb in die Höhe. Die KÖNIGIN DES SÜDENS hob sich aus dem Wasser, drehte sich und schwebte davon, den Gleiter hinter sich her ziehend. Arconrik stand am Ruder und am getarnten Instrumentenpult. Alexandria war das erste Ziel.

»Und nun, samthäutige Gazelle der Wüste, werden wir in guter Ruhe und gemessener Eile segeln. Weiche Decken unter uns, die echten Sterne über uns ...«

» ... Arconrik mit uns«, sagte er vom Heck. »Der Wein ist kühl, die Nacht warm.«

»Brauchst du nicht eine helfende Hand?« fragte ich, während wir uns in der halb offenen Kabine unter dem Heck einrichteten und die Bullaugen aus Bronze öffneten.

»Danke. Ich habe sie am unteren Ende meines rechten Armes schon gefunden«, antwortete er im Tonfall eines Stoikers. Wir tranken ein wenig, liebten uns, schliefen und träumten. Das seltsame Gespann schwebte auf nordwestlichem Kurs auf die Stadt zu, in der Arconrik angeblich die sichersten Voraussetzungen kannte, eine Mannschaft für die KÖNIGIN zu finden. Ich hingegen rechnete damit, daß ES seine Fäden schon längst meisterlich gesponnen hatte. Und so kam es, daß wir uns über Constantinopolis noch keine Gedanken machten.

Irgendwann tauchte am Horizont der *pharos* von Alexandria auf. Christen hatten dort vor mehr als sechs Jahren die zweihunderttausend Schriftrollen der Bibliothek des Serapeion verbrannt.

Am Kap Lochias segelten wir vorbei, durch den kantigen Wellenbrecher in den alten Hafen hinein. Langsam nahmen wir das Segel und die Rah herunter und schoben uns mit einer Backbordwende von achtzig Grad auf die Anlegeplätze des Hafenmarktes zu, der direkt unterhalb des Caesareums lag. Im ersten Morgenlicht hatten wir die KÖNIGIN in die lange Dünung des Meeres eintauchen lassen. Jetzt stand ich am Bug, die Schlingen des dünnen Wurftaus in den Händen.

»Du hast genug Münzen bei dir, für all die Einkäufe?« rief Arconrik. Seine Stimme hallte über das stille Hafenwasser. Noch war es ruhig; bald würde der Hafen vor Leben bersten. Hinter uns, zufällig, steuerten mindestens fünfzehn Schiffe die Hafeneinfahrt an. Von der Plattform des Pharos erhob sich eine schwarze, gekrümmte Rauchwolke. Einige Legionäre bewachten die festgemachten Schiffe. Sklaven reinigten den Kai, die ersten Müßiggänger erschienen. Arconrik steuerte die KÖNIGIN auf eine freie Stelle der Mole zu, und ich warf einem Halbwüchsigen den Tampen zu. Schnell war das Schiff belegt. Wichtigtuerisch kamen die Wachen näher, lasen den Schiffsnamen und warfen neugierige Blicke auf uns, besonders auf Usha.

»Ihr werdet erwartet, Demetrion«, sagte der Centurio schließlich. »Der Caesar im Osten hat wohl ein Auge auf euch geworfen.«

Ich schob die breite Planke außenbords und schlang Knoten in die Befestigungstaue.

»Er sorgt sich um seine Mauern und Tore gegen die Goten«, versetzte ich. »Wer erwartet uns?«

»Ein kleiner Manipel Männer. Sie haben einen gesiegelten Brief. In der Herberge dort. Sie sind ungeduldig.«

»Nun bin ich hier«, antwortete ich. »Ihr hütet das Schiff? Caesar Arcadius würde sich sonst ärgern.«

»Geht nur.«

Selbst in dieser Stadt, die vor Schönheit, Reichtum, Macht und Arroganz schier überfloß, erregten wir Aufsehen mit unseren kostbaren, römisch geschnittenen und dennoch fremdartigen Gewändern und dem reichen Schmuck. Wir brauchten uns nicht viel zu verstellen, um ebenso kalt und arrogant zu wirken. Während überall die Läden geöffnet wurden, die Händler ihre Waren anschleppten und der Markt die kühle Morgenluft mit einem wilden Durcheinander von Gerüchen überschwemmte, gingen wir auf die stattliche Herberge zu. Ein Dutzend Männer unterschiedlichen Alters saßen an einem langen Tisch und ließen sich bedienen. Ich hob die Hand und winkte dem Wirt.

»Sag deinen Gästen, daß die KÖNIGIN DES SÜDENS mit Demetrion, Usha und Arconrik wartet.«

Der Wirt wandte sich an die Wartenden, die überrascht aufsprangen und uns einluden. Wie wir schnell feststellten, hatten wir dasselbe Ziel: die Befestigung der Stadt Constantinopolis. Auch die anderen waren von ihrer letzten Baustelle abberufen worden, um unter meiner Führung über

Sidon und Delos nach der Hauptstadt des Ostens zu reisen. Die Männer hatten einen gewaltigen Obelisken von Heliopolis nach Constantinopolis transportiert gehabt, wo ihn Theodosios vor rund sechs Jahren aufgestellt hatte. Nun hatte sie der Ruf zu einer anderen Aufgabe erreicht.

»Du mußt wissen, daß wir alle Techniken kennen, mit denen gebaut und gegraben werden kann«, meinte Glaukos, der Grieche. »Und so reisen wir, unabhängig davon, wer regiert, von Land zu Land, Stadt zu Stadt.«

Wir beendeten das Frühstück, dann holten die Männer ihr Gepäck und ihre Ausrüstung, die aus Zeichenmaterial und einfachen Instrumenten der Vermessung bestand. Wir kauften an verschiedenen Marktständen genügend Nahrungsmittel und verstauten sie im Schiff, zusammen mit Krügen und Fässern, Speckseiten und anderen geräucherten Erzeugnissen der Fleischhauer.

Wir legten zwei Stunden nach Mittag ab und ruderten die KÖNIGIN aus dem Hafen. Erst jenseits des Wellenbrechers setzten wir das Segel. Während sich die neue Mannschaft mit dem Schiff vertraut machte, erhöhte Arconrik die Geschwindigkeit bis zu einem Punkt, der die Baumeister nicht mißtrauisch werden ließ. Noch waren wir nicht sicher, in welchem Maß die zwölf Männer von ES manipuliert wurden. Erst in der Dunkelheit, als das Schiff mit flatterndem Segel einige Handbreit über den Wellen auf Sidon zu schwebte, setzten wir die Schnelligkeit höher an.

Wir trafen uns auf dem Heck neben Arconrik. Scheinbar ohne jeden festen Punkt am Horizont dehnte sich das Meer, dessen Wellen im schwachen Sternenlicht ein wunderliches Aussehen annahmen.

»Der Roboter, der den Silo bewacht«, eröffnete mir Arconrik, »hat von mir einen klaren Befehl erhalten. Er aktivierte vor einem Tag einen Psychostrahler.«

»Um die Römer aus dem Bergwerk zu vertreiben?« fragte ich. Usha, die sich seit dem Landgang unter den bewundernden Blicken der Männer sonnte, lehnte im weichen Mantel neben mir an der hohen Reling. Der Robot bejahte.

»Die Impulse dürfen nicht zu stark sein«, klärte ich Arconrik auf. »Die Aufseher meinen sonst, daß sich die Sklaven weigern, und sie würden sie mit noch mehr Peitschenhieben in die Höhlen treiben.«

»Das Problem ist klar erkannt.«

»Bis jetzt hat uns ES noch nicht mit Informationen verwöhnt.« Usha richtete die Augen auf die haarfeine Mondsichel. »Sicherlich ist eine Anordnung des Caesars ergangen, oder seiner Berater, denn Arcadius ist nur fünfzehn Jahre alt.«

»Ich habe gelernt, daß wir uns auf das Wirken unseres lachenden Herrschers bis hinein in die letzten Einzelheiten verlassen können. Ich habe entsprechende Schriftsätze mit allen denkbaren Siegeln im Gepäck.«

Aus dem Niedergang kam eine Gestalt. Sandalen schlurften über das getarnte Material. Ein ägyptisch aussehender Baumeister hob kurz die Hand und stellte sich zu uns.

»Die eine oder andere Frage, Demetrion, sei erlaubt?«

»Fast jede Frage, Synesios. Ihr wundert euch über uns, das Schiff und andere Kleinigkeiten?«

»Und auch über unsere Träume. Wer seid ihr wirklich?«

Ich nahm Usha an den Schultern, schob mich hinter sie und antwortete: »Meine überaus kluge und schöne Freundin wird es dir sagen. Sind die anderen noch wach?«

»Ja. Sie reden und trinken.«

»Hol sie herauf.«

Kurze Zeit später hatte sich auf dem Heck eine gespannt wartende Runde zusammengefunden. Die Beleuchtungskörper, die indirekt unter einigen Vorsprüngen und der Heckkiste angebracht waren, strahlten mild die Planken und die Gesichter an. Ein Weinkrug kreiste, während Usha berichtete, was wir wußten. Sie versprach, daß wir, die in Wirklichkeit aus einem unbekannten Land jenseits der Wüste stammten, über viel Wissen und Kenntnisse verfügten und diese Fähigkeiten vorsichtig anwenden mußten. Schließlich endete sie damit, daß jeder, der nach einigen Jahren der Arbeit sich zurückziehen wolle, entweder einen ruhigen Schlupfwinkel aufsuchen oder mit ihr zusammen ein »Dunkles Königreich« aufbauen konnte.

»Ihr werdet vieles sehen, das euch unbekannt vorkommt«, ergänzte ich.

»Dieses Königreich – wir träumen davon ...« rief Glaukos unterdrückt.

»Darüber sehr viel später mehr«, schwächte ich ab. »Zuerst bauen wir die Mauern und Tore von Constantinopolis. Heute kommen andere zu uns an Bord, etwa zehn Männer, die in Sidon auf uns warten. Eine letzte Gruppe holen wir in Delos ab. Mit unserem Wissen werden wir unsere Arbeit leicht tun können, was für uns bedeutet, daß wir allseits einflußreich, geachtet und fröhlich sein werden. Alle Schätze des *pars orientalis* liegen zu unseren Füßen: Wein, Bier, Delikatessen, Sklaven und Frauen – vielleicht in anderer Reihenfolge. Das ist meine Absicht.«

Elfeinhalb Jahrhunderte nach der Gründung Roms versuchte ich also wieder einmal, technischen und naturwissenschaftlichen Fortschritt unter den Barbaren zu verbreiten. Und wozu würde er hauptsächlich dienen? Der Logiksektor erwiderte: *Dem Krieg. Festungsbau. Abwehr von Krieg, in deren Schutz Wissenschaft und Kultur wachsen. Das hat ES im Sinn, Arkonide.* Ich ließ mir den Krug geben und nahm einen gewaltigen Schluck. Mit unüberhörbarem Ernst sagte ich:

»Wir haben nur eine Möglichkeit, den Erfolg zu sichern. Die Gruppe ist alles, der einzelne der wichtigste Teil. Wenn sich einer von uns verrechnet, gehe er zu Arconrik. Er kann mehr als jeder von uns. Jede Frage beantworten wir. Was Usha Tizias Persönlichkeit für uns bedeutet, werdet ihr bald erkennen.«

»Wir haben noch eine Reihe von Tagen und Nächten auf See vor uns«, sagte Usha. »Bis wir in Constantinopolis' Hafen einrudern, wissen wir alles voneinander.«

»So mag es sein«, schloß Glaukos.

Ein unregelmäßiges Dreieck, an der engsten Stelle zwischen Pontus Euxinus und dem Mare internum gelegen, in der Provinz Thracia; so erstreckte sich die riesige Stadt zwischen den Meeresteilen Propontis im Süden und Chrysokeras, dessen Strand in Nordwest-Südost-Richtung verlief. Die Mauern und Befestigungen des Constantinus Magnus bildeten, als wir mit festgezurrtem Segel näher ruderten, einen Wall aus Stein zur See hin. Einst dehnten sich gegenüber Ilion-Troia fruchtbare Ländereien aus – die Stadt, deren Untergang Odysseus und ich miterlebt hatten, war verschwunden. Wir fuhren auf den Eleutherioshafen zu, der seine Befestigungen in der Mitte der südlichen Mauern ins Meer vorschob. Es herrschte überaus reger Verkehr von Handelsschiffen aller Art, aber jetzt schoß ein Schnellruderer mit dem Zeichen der römischen Seemacht auf uns zu, fünfzehn Riemen – wie die KÖNIGIN – an jeder Seite, mit dem charakteristischen kleinen Kastell hinter dem Mast. Soldaten und Offiziere standen an Deck und winkten.

»Atlan-Demetrion, auf Befehl des Caesars? Baumeister Arconrik, mit der Gruppe aus Alexandria?«

Ich grüßte zurück, während uns das andere Schiff umkreiste, und Arconrik rief laut und deutlich:

»Du hast recht, Schiffsmeister! Sollt ihr uns in den Hafen geleiten, zu den Ehrenjungfrauen und den vollen Bierkrügen?«

Es gab kurzes Gelächter an Bord des anderen Schiffes.

»Folgt uns bitte in Kiellinie. Der Berater des Caesars erwartet euch im Hafen.«

Hintereinander passierten wir eine Schlucht aus glatten Mauern, von Wasserlinien und Schmutzstreifen verziert, aus denen durch kopfgroße Löcher schwere Ketten ins Wasser hingen. Zwei breitbäuchige Getreideschiffe konnten einander gerade ausweichen. Auch der Hafen selbst war gegen die Stadt durch eine Mauer geschützt, die zwei Tore aufwies. Wir legten dort an, wo uns die Römer einwiesen; Gespanne und Entladesklaven warteten. Uns begrüßte ein fuchsgesichtiger Würdenträger, organisierte den Transport unserer Habe und sagte, daß uns Arcadius in zwei Tagen erwartete. Am Lykos-Bach, der Mokios-Zisterne zu, befand sich unser Quartier.

»Das ist Mariades«, sagte schließlich der Verantwortliche des Caesars. »Er hilft euch. Er kennt alles und jeden. Er ist verläßlich. Wendet euch mit allem an ihn; ich bin zu gut entlohnt, um mich um kleine Dinge kümmern zu können.«

»Ich wende mich an dich«, sagte ich und übergab die gesiegelten Dokumente, »wenn es um große Dinge gehen wird. Mein Freund Arconrik«, dieser verbeugte sich angemessen, »wird mit dem Beiboot hinausrudern und später zurückkommen. Wir sind sicher, daß der Caesar uns ein schönes Haus zur Verfügung gestellt hat.«

Der verschlagen wirkende Mann sah an mir vorbei, verschlang Usha mit den Augen und antwortete, etwas weniger selbstsicher: »Ihr werdet zufrieden sein. Salve!«

»Salve!«

Die KÖNIGIN blieb leer und gesichert zurück. Arconrik stieg in das Beiboot, winkte und packte die Riemen. Zügig ruderte er zur Hafenausfahrt, und erst dort wurde er schneller. Der Gleiter mußte unbedingt in unsere Nähe gebracht werden, ohne daß jemand sah, daß dieses »Boot« fliegen konnte. Wir schwangen uns in die Sättel, die Gespanne fuhren los und schlugen den Weg nach Norden ein, am Forum mit der Arcadiussäule vorbei, hinaus ins Vorfeld der größeren Bauwerke.

Ich sah mich um, fragte ständig den jungen Mariades und nahm den Eindruck dieser reichen, schönen und von ihrer Macht überzeugten Stadt auf. Ältere Gebäude aller Arten aus der Zeit, als die griechische Siedlung noch Byzantium hieß, wechselten mit den Bauten im typischen römischen Stil ab. Breite Straßen und enge, verwinkelte Gassen wechselten ab mit baumbestandenen Plätzen. Mariades ritt schweigend mit uns und beobachtete uns mit ungewöhnlicher Konzentration. Plötzlich ritt er neben mir und fragte leise: »Durchschaust du das Machtgefüge Ostroms?«

Ich schüttelte den Kopf.

»In Wirklichkeit herrscht der Beschnittene Eutropius. Gewissenlos und kunstfertig übt er mit Intrigen, Mord und Belohnung die Regierungsgewalt aus. Arcadius ist tatsächlich dumm. Er ist aber in der Lage, seinen Namen zu schreiben.«

»Unter die Verfügungen des Eunuchen. Also verdanken wir ihm, daß wir hier sind.«

»Und seiner Angst vor den Westgoten. Sprich nicht von Alarich. Ich bin sein Vertrauter, mehr oder weniger, denn er traut sich selbst nicht. Von Eutropius kommt auch das Verlangen, die Stadt größer zu machen und für ein Jahrtausend mit Doppelmauern zu schützen.«

»Ich sehe schon klarer. Du hast das Haus ausgesucht, in dem wir wohnen?«

»Die Häuser und Gärten. Das Feinste, Atlan-Demetrion, das wir haben. Es ist viel zu planen. Ich soll heute noch dem Eutropius berichten.«

»Was du von uns hältst? Ich hoffe, wir schneiden nicht allzu schlecht ab.«

Er lächelte schmerzlich und machte eine bezeichnende Geste. Dann zeigte er durch das offene Tor der Stadtmauer, deren Türme eingerüstet waren. Ich sah eine Handvoll typischer römischer Landhäuser, umgeben von weiträumigen Gärten. Mariades wartete mit seiner Antwort, bis wir allein waren und die Sklaven nach Ushas Anweisungen unser Gepäck in die umliegenden Räume brachten. Ich konnte mich darauf verlassen, daß sie das Richtige tat.

»Es wird für euch leicht sein, im seltsamen Gewebe der Stadt zu bestehen. Ihr habt eine Aufgabe, die euch klar gestellt werden wird. Behaltet sie im Auge, mischt euch nicht unter die Römer, Griechen und Goten des Hofes. Dort herrscht jeder, alle wollen Macht. Jeder, der aus der Unauffälligkeit auftaucht, ist tödlich gefährdet.«

Ich stemmte die Fäuste in die Seiten, durchdachte die Bedeutung seiner Antwort und meinte:

»Und damit sich am Hof nichts ändert, bauen wir die Mauer. Ich habe verstanden. Meinem Gespräch mit dem Beschnittenen sehe ich mit Vergnügen entgegen.«

»Ich merke nicht ohne Vergnügen«, murmelte Mariades mit undeutbarem Gesichtsausdruck, »daß du und deine Freunde der Aufgabe gewachsen seid.«

»Darauf kannst du dich verlassen. Einen Becher Wein?«

Er nickte, verbeugte sich und lächelte endlich. Es war richtig, seinen Rat zu befolgen, obwohl ich sicher war, daß er sich von uns irgend etwas erhoffte, gleichzeitig uns aber erfrischend neu und schlagkräftig fand. Wir taten ihm und uns gern diesen Gefallen. Als es völlig dunkel war, ich meinen Rundgang beendet und einige Warneinrichtungen angebracht hatte, landete nach einem kurzen Funkgespräch Arconrik den Gleiter auf dem Gelände und ließ ihn in die Scheune hineinschweben.

Vor zwanzig Jahren etwa war das Gotenreich unter Ermanerich von den Hunnen vernichtet worden. Klimawechsel, Bevölkerungszunahme und Landnot, verbunden mit Kriegslust, trieben die Goten ins Römische Ostreich. Ständig gab es Kämpfe um die Grenzen. Vor etwa siebzehn Jahren war bei Adrianopolis gegen die Römer eine Schlacht gewonnen worden, fünf Jahre später besiedelten sie Moesien und Thrakien. Von dort aus drangen sie nach Westen vor und bedrohten die langgezogene Halbinsel des Römischen Westreichs.

Wie lange das Symbol des geteilten Reiches, Constantinopolis, noch sicher vor Fremden und Barbaren war, hing von zwölf Baumeistern und uns beiden ab. Dies erklärte uns, anhand unserer eigenen Karten, Mariades. Die Mauern, aus der römischen Zeit und den Jahrzehnten davor, mußten verstärkt werden. Eineinhalb tausend große Schritte, oder genau eine römische Meile, sollte eine neue Befestigung parallel zu jener Mauer geschaffen werden, die unsere Stadt abschloß, eine Landmauer. Die genauen Pläne kannte auch Mariades nicht.

»Bevor ihr mit Eutropius sprecht, solltet ihr genaue Vorstellungen davon haben. Reitet die Strecke ab, Demetrion. Morgen abend im Palast treffen wir uns, ja?«

»Einverstanden. Pferde, Sättel und Diener?«

Diener kämen aus dem Palast, versicherte er uns. Seit einigen Stunden standen Pferde in den Ställen. Eine Abordnung der römischen Reiterei war zu unserem Schutz abkommandiert. Mariades zog eine leicht geschwungene Linie von Nordost bis in den Süden, eine Seite eines Dreiecks also, und dann sagte er:

»Eutropius würde es gern hören, wenn du ihm sagen kannst: Höre, Berater des jungen Caesars, wir bauen die Mauer hinter einem breiten Kanal, den die wasserscheuen Goten nicht durchwaten können. Du hast verstanden, Demetrion?«

Ich nickte, breit grinsend. Er verabschiedete sich, winkte heiter und schwang sich auf sein Pferd. Arconrik hatte in der Eingangshalle des mittleren Hauses riesige Tischplatten aufstellen lassen, Sitze und Wandbretter, und wir breiteten unsere Utensilien aus. Jeder von uns hatte sich in den Gebäuden seine Räume herausgesucht, und jetzt schickte ich die wenigen Diener aus, meine Gruppe zusammenzurufen.

»Mein erster Besuch wird dem Sklavenmarkt gelten«, sagte Glaukos. »Es gefällt mir hier draußen. Aber die Mägde sind häßlich.«

»Dafür sind sie, scheint's, tüchtig und erfahren. Haben wir schon erfahren, woher Steine kommen? Und wo wir Ziegel brennen?«

»Ich wollte jetzt in die Stadt gehen und die Vormeister fragen«, antwortete Karamansa. »Aber wir sollen ja das Gelände ansehen.«

»Wir reiten los, sobald wir vollzählig sind.«

Im ziemlich ebenen Gelände betrug die Entfernung zwischen den Ufern nicht mehr als eine Stunde scharfen Fußmarsches. Ich wandte mich an den Aufseher der Haussklaven.

»Frage die Herrin, wenn du etwas nicht weißt. Sie wird dir Geld zum Einkaufen geben. Heute abend brauchen wir ein gutes Essen. Im Haus des Hahns.«

»Ja, Herr.«

Nacheinander trafen die anderen ein. Ich erklärte, während wir zu den Ställen gingen, was ich in Erfahrung gebracht hatte. Die Männer, die stets die Ausführung der Befehle besorgt hatten, begriffen die Lage am Caesarenhof schnell. Wir nahmen die Karte und ritten zum südlichen Strand hinunter. Wir bildeten eine breite Reihe, und unsere Augen untersuchten das Gelände auf seine Brauchbarkeit. An einigen Stellen stießen wir verschieden gefärbte Stäbe in den Boden. Wir würden, wenn ein Graben ausgehoben wurde, einen Teil der Basissteine schon an Ort und Stelle vorfinden. Wenn ich daran dachte, wie viele Lehmziegel gebrannt und wie viele Bäume abgeholzt werden mußten, bekam ich einen weiteren Vorgeschmack von der Schwierigkeit des Vorhabens. In fast regelmäßigen Abständen führten sechs Straßen durch das Land, das aus Feldern, Äckern und bewaldeten Teilen bestand.

Zur rechten Hand war die Mauer mit den neunzehn Toren und Durchbrüchen – einem entschlossen geführten Angriff mit wenigen Mauerbrechern würde sie nicht lange standhalten. Wenn sich diese Stadt schon schützen wollte, dann mit hohen Doppelmauern, schwer zu erobernden – wenigen! – Toren und einem breiten Graben. Die beiden anderen Seiten schützte das Meer.

»Wassergraben!« rief Synesios plötzlich. »Ein Kanal zwischen beiden Meeren!«

»Eine treffliche Idee. Salzwasser schreckt die Goten noch mehr ab!« lachte Tustar. Wir ritten stundenlang hin und her und fanden den besten Verlauf der zukünftigen Befestigungsanlagen, fanden sogar eine alte Lehmgrube, die ausgebeutet werden konnte. Eine lange Reihe der Stäbe steckte im Boden und bildete eine leicht geschwungene Linie, die mehr als drei Meilen lang war. Dreißig Männer versuchten, ihre Erfahrungen und Kenntnisse dem Unternehmen unterzuordnen. Jeder wußte etwas anderes; zusammen würden wir mit Sicherheit unsere Aufgabe erfüllen. Arconrik bereitete inzwischen andere Überraschungen vor. Wir ritten zurück, versorgten die Pferde und setzten uns in der Halle zusammen. Zeichnungen und Modelle entstanden, und erste Pläne, wie sie zu verwirklichen waren. Binnen kurzer Zeit herrschte die typische Stimmung, die ich kannte und schätzte. Trotz aller Seltsamkeiten, fing die Aufgabe an, dreißig erwachsene Männer so zu faszinieren, als wären sie aufgeregte Jungen.

Der Raum, abseits der Hauptsäle des Palast war klein, aber seine Ausstattung ließ einen ungewöhnlich guten Geschmack erkennen. Einige hundert kostbare Öllampen leuchteten und flackerten, obwohl die Sonne erst in zwei Stunden untergehen würde. Es roch erstickend nach Weihrauch. Sessel und Tische standen vor bodenlangen Vorhängen. Teppiche lagen auf den Marmorfliesen und an den Wänden. Goldene Verzierungen sahen wir zuhauf, nachdem sich hinter unserer kleinen Gruppe die schweren Bronzetüren geschlossen hatten. Wir waren noch allein. Hinter einer Barriere aus funkelnden Säulen erklang eine zirpende, wenig melodiöse Klangfolge. Ratlos sahen sich die Männer an. Carus, der Älteste, murmelte:

»Pünktlichkeit ist also doch die Tugend der Caesaren.«

Die Tischplatten waren übersät mit nutzlosen, aber fein gearbeiteten Gegenständen aller Art. Wir stellten den Kasten auf einem Tischchen ab und legten die Papyrusrollen daneben. Ein Mann kam durch den Spalt im Vorhang, verbeugte sich und klapperte mit den Holztäfelchen, die mit dunklem Wachs beschichtet waren. Er flüsterte mit griechischem Akzent:

»Ich bin der Schnellschreiber. Kümmert euch nicht um mich.«

Er verschwand in einer Ecke hinter einem Pult mit Spinnenbeinen. Zwei Knaben, nicht älter als dreizehn, tänzelten herein. Sie waren auffallend geschminkt und so gut wie nackt. Die Haut ihrer Körper war von delikatem Weiß. Sie stellten sich an den Kopfseiten des größten Tisches auf und begannen, verlegen kichernd, die Näpfchen, Schälchen und Krüglein hin und herzuschieben wie die Figuren eines Spiels. Ich fing zu grinsen an. Der Punkt, an dem ich befremdet sein sollte, war überschritten. Nun glitten zwei nymphengleiche Mädchen herein, eher jünger als die Knaben. Asion und Ganna verzogen die Gesichter und murmelten Unverständliches.

Ich verschränkte die Arme hinter dem Rücken und lehnte mich mit der Schulter an eine vergoldete Statue. Die Musik wurde lauter. Es kamen noch mehr Mädchen und Knaben herein und verteilten Schalen mit Gebäck und Kelche mit unnatürlich langen Stielen im Raum. Die Kinder, deren Gesichter und Bewegungen das Kindhafte verloren hatten, rochen stark nach Schminke und exotischen Duftstoffen. Mit zwei, drei graziösen Sätzen sprangen Jungen, wie Palastwachen oder Legionäre verkleidet, in den Saal und zogen den dunkelblauen Vorhang zur Seite. Der Logiksektor flüsterte warnend: *Lach nicht! Spiel nicht deine Überlegenheit aus. Denk an deine Gruppe.*

Eutropius trat auf, kam mit kurzen Schritten herein und blieb hinter der Lehne des fellbehangenen Sessels stehen. Ein mittelgroßer Mann mit rundem Kopf und ebenso rundlichen Gliedmaßen. Er trug vergoldete Sandalen und nicht weniger als vierzehn Ringe, die ein farbiges Feuerwerk versprühten. Große, hellblaue Augen richteten sich auf uns. Er betrachtete schweigend die zwölf Männer und mich.

»Reizend«, sagte er mit leicht asthmatischer Stimme. »Was bedeutet A und D? Ares und Demeter etwa?«

»Atlan-Demetrion«, sagte ich. Arconrik hatte auf den Brustteil unserer Tuniken in Purpurfarbe zwei Majuskeln gedruckt. Die Lettern waren gut handgroß und sahen auf herausfordernde Art kunstvoll aus.

»Du bist Atlan-Demetrion? Sag mir, was du erfunden hast?«

»Ich habe Molensho-tharro gebaut, eine herrliche Stadt am Indusfluß, und in Alexandria habe ich die Urmaschine konstruiert, aber das war vor deiner Zeit. Haben wir das Vergnügen, dem Eutropius gegenüberzustehen?«

»Zweifelst du daran?«

Ich richtete schweigend meine Augen auf die Bestandteile dieses szenischen Aufbaues, schüttelte den Kopf und meinte gutgelaunt: »Nun zweifle ich nicht mehr daran, Ratgeber des Augustus.«

Augustus, *Erhabener,* so nannten die Römer mittlerweile ihre Caesaren. Eutropius fühlte sich geschmeichelt, vollführte mit den beringten Fingern schlangengleiche Figuren in der Luft, spreizte die Finger und deutete somit auf die Sitze und Schemel.

»Nehmt Platz, fühlt euch wohl. Bringt ihnen Mulsum, meine Schönen!«

Der süßliche Honigwein konnte nur kalt und in geringer Menge getrunken werden. Er war ein schlimmerer Schädelbrecher als schlechter germanischer Met. Die halbnackte Truppe goß winzige Mengen in die kleinen Kelche und reichte sie uns, als ob sie Weiheopfer wären. Der Eunuch nippte geziert und tauchte seine Finger in ein silbernes Becken, wedelte darin herum und spritzte einzelne Tropfen in unsere Richtung. Ich wünschte, Usha stünde bei mir; sie hätte ihn erheblich verwirrt. Ich stieß mich von der Säule ab und erklärte:

»Du hast uns hierher geholt, damit wir die Stadt befestigen. Wir brauchen nur ein paar tausend Arbeiter, dann können wir anfangen. Vorausgesetzt, du entschließt dich, dem Caesar zu sagen, daß er sich ernsthafte Gedanken über unseren Lohn macht.«

Hinter der Maske eines verweichlichten, mit seltsamen Manieren gestraften Ehrgeizlings lauerte eine kalte, berechnende Persönlichkeit, in deren Händen die Macht über Ostrom lag. Arcadius war seine Puppe. Stadtpräfekt und Senat wurden von ihm ebenfalls beeinflußt. Eines Tages würde ihn sein bester Freund vergiften, sagte ich mir und dachte an die Warnung von Mariades.

»Die verwegene Truppe des Atlan-Demetrion«, wiederholte Eutropius. »Bekannt in allen Teilen des Reiches. Ihr sollt zunächst zeigen, was ihr könnt – der Caesar will's sehen.«

Dalon und unser Jüngster, Faraxes, brachten den Kasten herbei, klappten ihn auf und hoben das Modell aus Holz und Lehm heraus, farbig bemalt und mit den winzigen, maßstabgerechten Figürchen von Kriegern. Ein Abschnitt einer Doppelmauer, aus Ziegeln und Steinquadern, ein Teil einer Straße, dazu eine perspektivische Zeichnung der Mauer quer über die Halbinsel waren zu sehen.

»Schön, schön«, meinte Eutropius, nachdem er alles genau studiert hatte. »Wie lange baut man an solchen Riesenmauern?«

»Da Ziegel, sind sie einmal geschlagen, zwei Jahre oder mehr trocknen müssen, da niemand weiß, wieviel Sklaven und Soldaten uns helfen, wird es wohl ein Dutzend Jahre dauern.«

»Was werden wohl die Goten sagen, wenn sie diese Mauern sehen?« schwärmte er. Ich antwortete überzeugt:

»Wenn wir, mit dem Können von dreißig Männern, diese Mauern bauen, dann wird es tausend Jahre lang niemanden geben, der sie bezwingt. Es sei denn, Verräter öffnen die Tore.«

»Noch etwas von dem köstlichen Wein?« fragte er. Noch immer marterte die Musik aus Flöten, Zupfinstrumenten und winzigen Trommeln unsere Ohren. Unbehaglich bewegten sich meine Kameraden. Der *stilus* des Schreibers kratzte über das Holz.

»Tausend Jahre! So alt ist das Reich, ein paar Jährlein hin und her«, antwortete er. »Wir lassen's langsam angehen. *Omne principium difficile.«*

Richtig: Aller Anfang war schwer. Ich erwiderte sofort: *»Si vis pacem, para bellum!«*

»Der Krieg, für den wir rüsten, rückt näher. Ich werde die Feierlichkeiten und die religiösen Handlungen in Auftrag geben und eine tiefe Furche ziehen. Die Vorsteher der Arbeit, die unsere constantinischen Mauern verbessern, werden zu euch kommen. Mariades regelt das Unwichtige, also alles, was Geld bedeutet. Er ist recht talentiert. Laßt das Spielzeug hier! Noch etwas von dem einmalig köstlichen Mulsum?«

»Mit diesem Mulsum können wir die Ziegel zusammenkleben«, meinte ich. »Ich spreche nicht für meine Kameraden.«

Er musterte mich, als sähe er mich jetzt erst. Ich schenkte ihm ein aufmunterndes Lächeln. Es sprach für ihn, daß er nicht auf jene Stadt und die Urmaschine eingegangen war.

»Über Geschmack«, sagte er schließlich und hob mehrmals die runden Schultern, »läßt sich nicht streiten. Ich mag das Süße. Nicht wahr, meine Honigbienen?«

Seine Dienerschaft brach in lautes, kicherndes Gelächter aus und beeilte sich, wieder ein paar Tröpfchen in die Pokale zu träufeln. Der Weihrauchduft nahm uns den Atem. Ich hob einige Rollen auf und sagte in gemessenem Tonfall:

»Unser Tag beginnt sehr früh. Auch warten die Freunde, um zu hören, was du im Namen des Caesars beschlossen hast. Dürfen wir gehen?«

»Nil admirari«, sagte er. *Laßt euch nicht aus der Fassung bringen.* Ich verneigte mich und versetzte:

»Humani nihil a me alienum puto, Eutropius. Und weil mir nichts Menschliches fremd ist, sehe ich vieles mit großer Gelassenheit. Will die Stadt gute Mauern für die Ewigkeit, so soll sie die Baumeister ehren und, wenn irgend möglich, weder vergiften noch schlecht bezahlen. Salve.«

Er bewegte seine Händchen, die Handflächen nach oben, auf und ab. Verwirrt standen die Kameraden auf. Mit rätselhafter Miene blickte uns Eutropius nach, und als er mit einem Finger gegen einen Gong klopfte, rissen die Palastwachen die Portale wieder auf. Verwirrt gingen wir hinaus in den Garten, der nach Seerosen und Pinien roch. Carus sagte leise zu mir:

»Nun, Rom hat einen Nero verdaut und einen Caligula gefressen, es wird auch einen solchen überstehen.«

»Einen davon – sicherlich. Aber es gibt sie an zu vielen Orten. Still! Hier haben die Büsche Ohren.«

Wir machten auf dem Heimweg einen Umweg, der uns zum Hafen führte. In einigen Schänken tranken wir Wein; an keinem Ort der Welt kann man mehr über die Stadt erfahren als in ihrem Hafen. Gegen Mitternacht waren wir viel klüger, weniger nüchtern, aber vor allem rochen wir nicht mehr nach Weihrauch.

Rechts und links der Straße nach Adrianopolis hoben wir zwei Gruben bis ins Grundwasser hinein aus. Breite Rampen führten hinunter. Gespanne karrten große Strandkiesel heran. Wir erstellten zuerst eine dicke Schüttung, die wir mit einem Brei aus zwei Dritteln Erde aus Puteoli und einem Drittel gewöhnlichen Mörtels mischten und verdichteten. Die Masse trocknete im Wasser und wurde härter als Stein. Die Baugruben waren von stampfenden Männern gefüllt. Lange Karawanen schwerer Ochsengespanne kamen und gingen. Bei den Vorstehern der Steinbrüche bestellten wir eine große, genau bezifferte Menge von Quadern. Den Ziegelschlägern nannten wir die genaue Zahl, einige Millionen, von Ziegeln. Natürlich hatte Arconrik zusammen mit Narcissus, dem besten Rechner der Gruppe, diese Zahlen ermittelt.

Mächtige Bäume wurden gefällt und zu kantigen Balken geschnitten. Wir entwickelten ein System aus Löchern und Zapfen, schliffen mannslange Bohrer und sagten den Schmieden, was sie zu tun hatten: Verbindungselemente, Drehzapfen und Widerlager, Platten, Riegel und Beschläge. Die Maße der Doppeltore standen fest; wir sahen auch eingefügte Aufhängungen für die Montage vor. Den gesamten Auftrag gaben wir den Handwerkern der Garnison. Andere Zimmerleute entwickelten nach unseren Zeichnungen und nach langen Gesprächen ein Baukastensystem für die Gerüste. Aus vielen Teilen der Stadt kamen Ladebäume, Krane, Ausleger und Gruppen, deren Arbeit nur aus der richtigen Handhabung der Flaschenzüge bestand. Mittlerweile erreichten uns die ersten Züge der Gefangenen, die im Bergwerk gearbeitet hatten. Selbst die Aufseher waren aus unerklärlicher Furcht erkrankt.

Abseits der riesigen Baustellen standen große Gerüste. Sie dienten uns als Bauhütten, von denen aus man das gesamte Teilstück der zukünftigen Befestigungen überblicken konnte. Die wichtigsten Pläne waren auf Tafeln und Platten befestigt. Unermüdlich brannten die Kalköfen, verwandelten Stein in brüchige Materie und buken gleichzeitig Ziegel im Feuer. Der Rauch wurde zu uns herübergeweht und ließ uns husten.

»Es wird Zeit«, sagte Arconrik leise zu mir, »daß wir etwas tun. Der Silo, Atlan. Einerseits finden wir dort wichtige Werkzeuge, andererseits müssen wir die Lage bereinigen.«

»Beim Wunderglauben der Römer sollte uns etwas einfallen. Sag deinem Wächterrobot, was wir brauchen – oder worüber sich die Handwerker freuen.«

»Er weiß es schon. Das lenkt ihn von seinen vorgeblichen Problemen ab.«

Ich nickte und betrachtete die Baustelle, die von Tag zu Tag sich weiter ausdehnte.

»Mit etwas Glück fällt mir etwas ein.«

Wir alle waren einer Meinung: Noch reichte die wirtschaftliche Kraft der Stadt und des Umlandes nicht für ein solch ehrgeiziges Vorhaben aus. Der Eunuch, die Ratgeber des jungen Herrschers und ebenso er selbst waren nicht die richtigen Männer, um dies durchzusetzen. Aber unser Demonstrationsobjekt konnte ausgeführt werden. Mariades hatte uns den offiziellen Auftrag und, zusammen mit einer Kassette Goldmünzen, auch eine Wagenladung voller Weinkrüge überbracht, als Anerkennung des Hofes.

»Deine Truppe hat sicher einen gewaltigen Eindruck gemacht«, kommentierte Usha. »Habe ich dich recht verstanden? Wir sollen etwa zwei Jahrzehnte lang hier bleiben und Ziegelsteine zählen?«

Ich lachte, küßte sie auf die Stirn und schüttelte den Kopf.

»Wie lange wir bleiben, weiß ich jetzt noch nicht. Aber so lange – nicht daran zu denken!«

»Ich bin beruhigt.«

Ohne daß sie es gemerkt hatten, arbeiteten die Männer in den Steinbrüchen zum Teil mit Meißeln aus Arkonstahl. Sie schlugen auf diese Meißel mit Hämmern aus demselben Metall. Sie wunderten sich, wie wenig schwer die Arbeit plötzlich geworden war, und daß die Werkzeuge sich so gut wie nicht abnutzten. Unsere hauptsächliche Arbeit bestand in den folgenden Tagen darin, daß wir praktisch jeder Gruppe der Zuarbeiter sagten, was zu tun und zu welchem Zeitpunkt zu liefern war. So entstand eine Art Diagramm, das einem Ast mit vielen Abzweigungen glich.

Unentwegt liefen und ritten wir von einem zum anderen, halfen, berieten und zeichneten, kontrollierten und brachten Mariades, den Verantwortlichen, schier zur Verzweiflung. Usha, Arconrik und ich gebrauchten unsere Funkgeräte und waren dadurch schneller und unabhängig. Raicastor, der Silo-Robot, erhielt eindeutige Befehle und stapelte – so versicherte Arconrik – die Werkstücke aus den Magazinen und jene, die nach unseren Bedürfnissen hergestellt worden waren, in der Eingangsschleuse des Silos.

»Solis dies, dies nundinum«, sagte ich eines Abends zu Mariades, als wir nebeneinander die Straße von Mesembria entlangritten, »lädt uns alle die unvergleichliche Usha Tizia zu einem Fest ein. Unsere Baumeister haben Freundinnen gefunden oder sich junge Sklavinnen gekauft. Aber ich warne dich – es wird kein römisches Fest.«

»Welch eine Erholung«, sagte er. »Gern komme ich. Kein Mulsum?«

»Nicht einen Tropfen. Was hört man vom Hof?«

Die Frage war berechtigt. Fußfällige Verehrung eines Achtzehnjährigen war nicht unsere Sache. Die Nachrichten, die wir von den Kapitänen aus allen Teilen des Reiches hörten, waren ernst. Überall Kämpfe. Mariades ritt um einen Wagen herum, der Geröll aus dem Goldbergwerk für uns brachte und von acht Ochsen gezogen wurde, schüttelte den Kopf und sagte:

»Eutropius, von dem man sagt, er sei am Tod des Praefecten Rufinus nicht unbeteiligt, zittert. Man will ihm ans Leben, meint er. Wir können froh sein, daß wir weit weg vom Palast sind.«

»Was nicht für dich gilt.«

»Seit ihr hier seid, bin ich jeden Tag länger bei euch!«

In dieser Woche, am siebenten Tag, für den Tag der Sonne, hatten wir das Fest vorbereitet. Dann waren wir zwei Monde lang in Constantinopolis. Überall arbeiteten Sklaven, Soldaten und Verurteilte für uns. Bei jedem Ritt in die weitere Umgebung sahen wir die krassen Gegensätze zwischen verarmten Bauern und den überaus Reichen. Der Staat sog in

Form von Steuern und Naturalien alles aus dem Land heraus. Aber was konnten wir tun? Wenn in einem solch großen Reich das Chaos herrschte, wenn sich Rom auf Söldnertruppen aus jenen Völkerstämmen verließ, gegen die Rom eigentlich kämpfte – dann war kühles Beobachten die einzig mögliche Art, zu überleben. Die Gerüste, die um die Basis des Tores und der beiden Mauerstücke hochwuchsen, waren in der Abenddämmerung leider nicht das Zeichen für eine neue Zeit.

»Aber heute habt ihr vielleicht doch einen Becher Wein für mich«, erkundigte sich der junge Mann lachend.

»Für dich, immer!«

Für einige Zeit lief die Arbeit, ohne daß wir die römischen Fachleute belehren mußten. Es war eigenartig: Unzählige Techniken, fast jede für sich entwicklungsfähig, waren an einem bestimmten Punkt nicht mehr weiter ausprobiert und verbessert worden. Dieser Umstand war am wenigsten der mangelnden Leistungsfähigkeit des Materials zuzuschreiben. Das Verständnis der Mechanik und der Naturwissenschaft riß plötzlich ab. Höchst verwunderlich, dachte ich mir oft ... aber so waren sie, meine Barbaren von Larsaf III.

Wir ritten in den großen, gepflegten Hof des Hauses des Hirschen ein, das wir bewohnten. Sklaven übernahmen die Zügel und brachten die Pferde weg. Auch diese Menschen hatten inzwischen begriffen, daß wir vieles am römischen Lebensstil mißbilligten. Jeder, der hier arbeitete und wohnte, wurde von allen so behandelt, daß seine Würde nicht litt.

»Hierher!« sagte ich, packte ihn am Arm und zog ihn in den Innenhof. Hier, zwischen dem Überdach und den Säulen, breiteten sich Rasen, Bäume, Brunnen und Sitzplätze aus; einige Statuen standen auf Säulen. Usha hörte uns kommen und setzte sich, Krug und Becher in den Händen, zu uns. Immer wieder freute ich mich, wie hingerissen Mariades meine Freundin anblickte.

»Ich hoffe nur«, sagte er schließlich, »daß es euch gutgeht. Denn dann bleibt ihr lange. Ihr seid ganz anders, nicht jeder, aber die meisten. Ich kann von euch und euren Gesprächen nur lernen. Niemand wird es mehr bedauern, wenn ihr weggeht.«

»Noch ist es nicht soweit«, meinte ich versöhnlich, und Usha fragte: »Vielleicht erwacht der Wunsch in dir, mit uns zu kommen? Niemand aber weiß, wann es soweit sein wird.«

Wir hoben die Becher. Zwischen uns herrschte tiefes, klares Einverständnis. Trotz seiner Unerfahrenheit spürte Mariades diese Übereinkunft, die sich deutlich, aber lautlos äußerte. Wir hatten uns anders kennengelernt als andere Menschen; Abenteuer, die wir Seite an Seite erlebt hatten, prägten uns mehr, als uns bewußt war. Trotz der unvollständigen Erinnerungen konnten wir dieses Gefühl anderen vermitteln.

»Wohin geht ihr, wenn das alles vorbei ist?« Er deutete vage in die Richtung dieses wachsenden Bauwerks aus Gerüsten und klugen Einfällen.

»Das ist eine andere Geschichte«, sagte ich, und Usha versicherte ihm: »Wir werden sie dir vielleicht sehr viel später erzählen.«

Wie fast an jedem Abend kamen, mit irgendwelchen Vorwänden, die Mitglieder unserer Truppe, tranken ein paar Schluck Wein, verwickelten einander in lange Gespräche und verteilten sich wieder im riesigen Gehöft aus sechs Häusern, Gärten und kleinen Äckern. In den Nischen und Fenstern wurden Öllampen angezündet. Es ging uns wirklich gut, denn selbst für die schlechten Münzen konnten wir in der Stadt, die mühelos den Handel zwischen zwei Meeren kontrollierte, nahezu alles kaufen lassen. Nur eines bekamen wir nicht:

Unsere persönliche Zufriedenheit.

Ein anderer Abend im *mensis* Augustus. Der Gleiter schwebte durch die Finsternis. Ich steuerte, Arconrik saß neben mir. Wir jagten auf das Bergwerk zu und hofften, daß uns in dieser Neumondnacht niemand sah, hofften, daß wir unser Vorhaben erledigen konnten; unsere Ausrüstung und die Waffen waren bereit. In unserem Rücken lag die große Stadt, kenntlich nur durch viele winzige Lichter, die einen verschwommenen Hintergrund bildeten. Ich sagte: »Für einige Jahre kann der Robot jeden weiteren Versuch, Gold zu graben, mit dem Psychostrahler vereiteln.«

»Wenn die Planetarier ihren Aberglauben und ihre Wundergläubigkeit verlieren, falls sie sich je zivilisieren«, antwortete Arconrik. »Ich schmelze die Höhlen und Gänge zusammen.«

»Zuerst übernehmen wir die Ladung«, murmelte ich und kniff die Augen wegen des Fahrtwinds zusammen.

»Steht bereit. Was hältst du, alles in allem, von unserem Mauerbau?«

»Und wenn ES rotiert«, sagte ich. »Nichts! Um das Chaos in eine stabile Lage zu überführen, brauchten wir die vielzitierte Arkonflotte.«

Dennoch lag ein tieferer Sinn in der Anordnung von ES. Wenn die Stadt, die ein Symbol darstellte, nicht erobert werden konnte, blieb auch das römische Reich symbolhaft stabil. *Wie lange noch?* fragte der Extrasinn. Ich zuckte mit den Schultern. Unsere Unsicherheit hatte reale Gründe. Macht, die bewußt ausgeübt wurde und starken Hintergrund besaß, beeindruckte die Menschen. Im Reich der Römer existierte keine solche Macht.

»Zuerst«, bestimmte der Roboter, »schaffen wir das Problem des Silos aus der römischen Welt.«

Der Umstand, daß wir seinerzeit, vor mehr als acht Jahrtausenden, die ausgelagerten Magazine mit der geballten Kraft der Expeditionsflotte errichtet und versteckt hatten, geriet deshalb in Vergessenheit, weil ich diese Silos, um genauer zu sein: ihren Inhalt, nicht brauchte. Die Magazine, Räume und Maschinen der Unterwasserkuppel hatten bisher gereicht. Es gab insgesamt sechs dieser Anlagen. Vielleicht hatten die Beben und Flutwellen einige Silos vernichtet oder unter Gebirgen von

Stein begraben. Aber diese Reserve Arkons existierte. Und wir flogen lautlos durch die Finsternis darauf zu.

»Richtig. Wenn möglich für alle Zeiten. Zumindest für etliche Jahrhunderte«, sagte ich.

Ich wußte: Aufseher und Gefangene hatten den Bereich verlassen. Am Tag sahen sie Dinge, Personen und Vorgänge, die es nicht gab. In den Nächten träumten sie schlecht und fuhren schweißgebadet und ächzend von ihren harten Lagern hoch. Die edlen Metalle, die sie aus dem Berg hervorscharrten, wogen nicht so viel, als daß sich ein nachdrücklicher Einsatz gelohnt hätte. Wir mußten diese Gefahrenquelle ausschalten. Dabei fiel der wichtigere Teil der Arbeit den beiden Robotern zu; sie standen in lautloser Verbindung. Ich war unruhig und sagte:

»Dieses Problem, Rico – wir müssen es schnell erledigen.«

»Verstanden, Gebieter.«

Leise summend schwebte der Gleiter auf den gekippten, stark erodierten Spitzkegel zu. Auch an dieser Stelle, wie überall, lag die Oberfläche dieser Barbarenwelt ohne jedes Licht unter uns. Ich ahnte die Umrisse der halb zerfallenen Sklavenunterkünfte und der Feuergruben. Arconrik sah mehr und gab mir mit leiser Stimme entscheidende Hinweise. Ich drosselte die Geschwindigkeit und steuerte die Maschine auf eine ebene Fläche vor dem Stolleneingang zu. Ich verließ mich auf die multiplen Wahrnehmungsmechanismen Arconriks und wendete den Gleiter.

»Niemand da. Schalt die Scheinwerfer an, Atlan!«

Eine kalkige Lichtflut überschüttete die Szene. Wir kannten von den Spionsonden die Bilder. Hütten, technische Einrichtungen, Zelte und ziegelgedeckte Häuser boten einen ausgeräumten Eindruck. Rico »sprach« mit dem anderen Robot. Was die Höchstleistungsmaschinen miteinander ausmachten, wußte ich nicht. Aber plötzlich erscholl vor uns ein dröhnendes, summendes Geräusch. Staub und Rauch wirbelten aus dem Stollen. Arconrik sagte:

»Geradeaus. Der Weg ist frei.«

Er gab mir einen Handscheinwerfer. Ich schwang mich über die Gleiterwand und folgte ihm. Ungefähr hundert große Schritte drangen wir in das System aus herausgemeißelten Stollen und den Verbindungen, die durch Detonatorstrahlen geschaffen worden waren, ohne Mühe ein. Der Gang im Fels hatte hier glatte glasierte Wände. Schnell tasteten wir uns geradeaus und blieben vor einer Metallfläche stehen. Wieder »sprach« Arconrik mit seinem Kollegen. Das schwere Schott schwenkte nach innen, ein großer, kubischer Raum erhellte sich langsam durch eine Menge indirekter Leuchtquellen. Vor uns standen etwa drei Dutzend großer Kisten.

»Die Lasten befinden sich auf Antigravscheiben.«

»Hinaus zum Gleiter mit ihnen«, sagte ich. Arconrik unterhielt sich lautlos mit dem Robot. Zwischen der Eingangsschleuse und dem Stollen der Römer hatten die Detonatoren einen freien Raum geschaffen. Die Maschine packte die Griffe der Plattformen und stapfte an mir vorbei.

»Die Angststrahlung«, sagte ich und studierte die Kontrolleinrichtungen der angrenzenden Räume, »muß noch eine Zeit lang wirksam bleiben.«

»Sie wird zusammen mit unserem nächtlichen Feuerwerk dafür sorgen, daß man den Silo in Ruhe läßt.«

Arconrik und der breit gebaute Arbeits- und Reparaturrobot mit seinen Multi-Werkzeugen beluden den Gleiter mit den schweren, länglichen Kisten. Wir behielten nur zwei Schwebeplattformen.

»Was sagt er?« Ich sah zu, wie die Maschinen einige bizarr geformte, tonnenartige Geräte in den Stollen verteilten. Überall blitzten kurze Lichtstrahlen auf.

»Wir tauschen einige Datenströme aus«, erklärte Arconrik. »Es ist nichts wirklich Bemerkenswertes vorgefallen seit seiner ersten Desaktivierung. Die Aufregung ist vorbei, weil wir ihm die Entscheidung abgenommen haben.«

»Er ist also nur ein Kontrollrobot? Nicht so hoch entwickelt wie du?«

»Ich bin einzigartig. Sein Modell hat weitaus schwächere Kapazität. Deswegen war ich in Sorge«, antwortete Arconrik. »Bevor wir die Magazine wieder versiegeln, Atlan – ist dir etwas eingefallen, was wir brauchen können?«

Wir hatten uns mehrere Male darüber unterhalten. Arconrik kannte die Liste.

»Hat er erledigt, was wir anforderten?«

»Alles, bis zum letzten Beil.«

»Ich denke, wir brauchen nichts mehr.«

»In einer Stunde haben wir es hinter uns gebracht und Ruhe, die nächsten Jahrhunderte.«

Wieder gab Arconrik der Maschine lautlose Befehle. Die Schleuse schloß sich, die Projektoren der gesteinsauflösenden Strahlen kippten hinter die dicken Drehblenden zurück. Mein Handscheinwerfer blitzte auf und beleuchtete den Boden des Stollens. Im Geröll und zwischen den kleinen Sandhäufchen glitzerten Goldstäubchen. Bevor wir ins Freie hinaustraten, sicherte Arconrik nach allen Seiten.

»Menschenleer«, sagte er. Während unseres Vordringens hatte Raicastor die Psychostrahler ausgeschaltet. Wir tasteten uns zwischen Trümmern und Resten der Sklavenquartiere zum Gleiter. Arconrik deutete ins Gelände und sagte:

»Ein Sicherheitsabstand ist nötig. Eigentlich schade, daß sich kein Römer hier befindet. Er würde berichten, was passiert!«

»Irgendwann wird hier jemand vorbeikommen und es den Leuten in der Stadt sagen.«

Der Gleiter schwebte auf die ferne Stadt zu. Wir sahen schließlich den

Berg nur noch als pyramidenähnliche Silhouette vor dem helleren Nachthimmel. Arconrik hielt das schwerbeladene Gefährt an und sagte:

»Jetzt. Gib acht, Atlan!«

Zuerst konnte ich nichts hören. Dann trafen mich fast unhörbare Schwingungen oberhalb der Hörgrenze. Ein Knarren ertönte, dann ein dumpfes, ansteigendes Geräusch. Die Erde begann zu zittern. Die Bäume schwankten; mit hohlem Krachen und Splittern brachen die Einrichtungen der Schmelzöfen und der anderen Bauwerke zusammen. Das Dröhnen wurde lauter. Einzelne harte Schläge mischten sich in die Bebengeräusche. Wie in einem gewaltigen Sturm schüttelten sich die Gewächse. Staubwolken verdunkelten die Sterne. Aus den Löchern und Stollen des Berges, die wir indirekt erkennen konnten, zuckten Feuerzungen. Noch stärker wurden die Detonationen, das Beben erreichte seinen Höhepunkt. An einigen Stellen brach der Berg auf. Weißglühende und hellrote Spalten durchliefen die felsigen Hänge.

»Recht beeindruckend, Arconrik«, sagte ich schließlich und nahm die Hände von den Ohren. »Ich hoffe, meine Arkoniden haben damals massiv gebaut.«

»Selbstverständlich.«

Die Löcher, Gänge und Stollen waren durch die Vibrationen in ihrem Gefüge gelockert worden und stürzten ein. Bevor sich alle Aussparungen in der Gesteinsmasse schlossen, entstand an verschiedenen Stellen Hitze, die das Gestein schmolz. Wenn sich die entfesselten Gewalten ausgetobt hatten, würde sich der Hang, in dem die Römer mit ihren Sklaven gegraben hatten, in eine massive, glasartig zusammengeschmolzene Masse verwandelt haben. Rico ließ den Gleiter höher steigen, drehte den Bug in die Richtung auf Constantinopolis und beschleunigte.

»In einem Tag wird der Robot die Psychostrahlung wieder aktivieren, diesmal auf einer stärkeren Stufe. Es wird wohl sehr lange dauern, bis sich wieder jemand in die Nähe der Goldadern wagt.«

Ein Problem, dessentwegen wir geweckt worden waren, konnten wir also endgültig vergessen.

Die Straße, die durch das entstehende Tor führte, wurde in voller Länge von uns verändert. Wir besserten sie aus und hoben einige Schritte abseits der Randsteine Gruben aus. Aus den Wäldern holten wir junge Bäume und pflanzten insgesamt vierhundert Schößlinge an beiden Seiten. Wir sicherten sie mit dicken Stangen und Seilen. Auf den Schichten aus schweren Steinquadern wuchsen die Ziegel in die Höhe, die vor drei Jahren gebrannt worden waren. *Cementum* füllte die Fugen der ineinander verzahnten Verbände aus. Mauern und Tortürme wurden von Tag zu Tag höher, und nun erkannte man bereits die Riesenhaftigkeit und die schwere Ausführung der Anlage.

Hunderte Menschen schleppten, mischten den Brei aus Kalk und Sand, betteten die tonnenschweren Quader ineinander und befestigten sie mit

Blei, das erhitzt und in Löcher und Fugen geschüttet wurde. Um den Handelsverkehr nicht unnötig zu behindern, verlegten wir das Gerüst im Torbereich ins Innere der eckigen Turmfundamente. Charakteristisch für »unsere« Mauer war, daß sich Ziegelschichten und Steinschichten abwechselten.

12.

Eutropius kam nicht ein einziges Mal an die Baustelle. Auch Arcadius ließ sich nicht blicken. Die Bewohner aber staunten über die schnelle, reibungslose Arbeit und die Mischung aus Wucht und Schönheit. Schon waren wieder Schiffe voller gestempelter, fünf Jahre lang getrockneter *uticenser* Ziegel unterwegs.

Der neunte *mensis* dieses Jahres brach an. Aufmerksam beobachteten Usha, ich und Arconrik den Bildschirm. Eine Sonde kreiste lautlos zwischen den Bäumen der Oase. Die Bäume zeigten frisches Grün. Reife Früchte hingen an den Zweigen.

»Die größte Not ist wohl vorbei«, meinte Usha, als wir die wenigen fetten Tiere auf den grünen Weiden sehen konnten. »Aber es zieht mich trotzdem dorthin zurück.«

Das Korn war geerntet und wurde gemahlen. Die Felder sahen gepflegt und gut bewässert aus. Fische hingen zum Trocknen aus, wurden gebraten und gekocht. Die Kinder sammelten Beeren, alle Kanäle waren voller Wasser; der Papyrus wuchs. Die Siedlung hatte sich von der Dürre und vom Hunger erholt. Aber der Zustand, den wir wollten, würde erst in langer Zeit und mit vielen Anstrengungen erreicht sein.

»Noch haben wir hier genug zu tun«, wehrte ich ab.

»Überdies braucht die Oase neue Menschen und ihre Ideen, Tiere und Werkzeuge. Es geht mir um jene, die wir mitbringen werden – noch kennen wir niemanden.«

»Es gibt viele Sklaven unter den Handwerkern«, wandte Arconrik ein. »Soll Usha mit ihnen sprechen?«

»Das sollte sie, wenn sie es für richtig hält«, meinte ich. »Es wird in einigen Fällen nicht leicht sein, aus einer lebensstrotzenden Stadt in die Einöde der Oase versetzt zu werden.«

Sie lächelte mich überzeugend an. »Ich werde es schon richtig machen, Liebster.«

»Das weiß ich.«

Unsere schnelle Rettungsaktion hatte den Menschen in der Oase den Lebensmut wiedergegeben. Für lange Zeit konnten sie sich selbst überlassen werden. Aber wenn wir unseren Fluchtpunkt nach unseren Wünschen und Bedürfnissen umgestalten wollten, brauchten wir Frauen und Männer, die unsere Ideen verstanden und in die Tat umsetzten, zusammen mit uns. Nach einem Rundblick von außerhalb der Oase schaltete Arconrik den Bildschirm im Oberteil der Truhe ab.

»Zurück zu den Mauern der Ewigkeit, oberster Handwerker.«

»Und ich kümmere mich um unser Fest«, sagte Usha Tizia. Der kleine Kanal, der vom Lykos-Bach zu unserem Bauwerk führte, füllte sich mit Wasser. Außerhalb der Mauer hatten wir einen breiten Wassergraben ausheben lassen, den der Damm mit der Straße in zwei Abschnitte gliederte. Bänder aus Ziegeln gliederten Mauerstücke, umgaben Nischen und Schießscharten. Zweieinhalb Mannsgrößen hoch erhoben sich die Teile der Konstruktion, glatt und fugenlos, in ihren hellen Flächen des Natursteins. Die Fundamente der ersten Entlastungsbögen aus Doppelreihen schmaler Ziegelplatten, waren klar zu erkennen.

Mariades ritt in der Mitte der Straße auf Arconrik und mich zu und hob grüßend die Hand.

»Übermorgen seid ihr fertig, Freunde?« Er sprang aus dem Sattel. »Grüße aus dem Palast. Der Ratgeber und der Caesar wollen sehen, was ihr baut.«

»Sie sind herzlich eingeladen«, sagte ich und breitete die Arme aus. »Was sie sehen, wird sie freuen, denke ich.«

»Nicht einmal Jupiter ahnt, was sie denken«, stöhnte Mariades. »Morgen ist euer Fest, nicht wahr?«

»Es fängt am frühen Abend an. In den Häusern und im Park. Usha hat alles in ihren Händen.«

»Diese Hände«, stöhnte er und verdrehte die Augen, »mit all ihren Fingern, schlank wie ...«

»Schon gut«, brummte ich. »Sag es besser ihr selbst. Sie weiß, daß sie schön ist.«

»Natürlich komme ich«, versprach er. »Was tut ihr, um eure Kunst richtig ins helle Licht zu setzen?«

Ich hob die Schultern und murmelte:

»Ich denke, wir räumen die Baustelle ein wenig auf und schütten Sand in die Löcher. Wann kommt Arcadius?«

»Er wird es einige Stunden vorher kundtun.«

»Sage ihm, daß wir keine Tücher aufhängen und keine Kränze. Wir zeigen ihm, wie reibungslos eine solche Arbeit vonstatten gehen kann.«

»Ich tu's.«

Wieder lud man einen Wagen ab. Die Ziegel wurden von Hand zu Hand weitergegeben und an Ort und Stelle vermauert. Die Kräne hoben und senkten ihre Arme. Steinblöcke fügten sich fast ohne sichtbare Spalten in die Baumasse ein. Seilrollen knirschten und kreischten, während unsere Schmiede die Widerlager der Tore einsetzten. Ich ging neben Mariades auf zwei Vorsteher zu und berichtete, daß der Erhabene geruhte, uns zuzuschauen. Sie nahmen es ohne große Begeisterung zur Kenntnis.

»Wann werdet ihr fertig sein?« fragte Mariades, als wir unter dem halbfertigen Torbogen zwischen den senkrechten Flächen der Tortürme standen und zusahen, wie eine Ziegellage nach der anderen geschichtet und gelegt wurde.

»Zwei Monde«, antwortete ich. Arconrik hatte errechnet, daß wir früher fertig sein konnten, wenn der Nachschub regelmäßig eintraf. »Etliche Tage früher oder später, vielleicht.«

»Und dann?«

»Darüber sprechen wir auf dem Fest. Willst du etwa deine hervorragende Stellung am Hof aufgeben?«

Er murmelte einen Fluch und ging. An beiden Seiten der Straße breitete sich das Wasser des Grabens aus. Er war eineinhalb Mannslängen oder neun römische Fuß tief und breiter als zweimal die Straße. Die Erdwälle, die von der Mauer ins Wasser führten, waren grob gepflastert und verpicht, zum freien Land hinaus fiel der Rand fast senkrecht ab. Holzabfälle schwammen im Wasser: mutige Sperlinge suchten nach Körnern und badeten ihre Flügel.

»Gut. Mich überzeugt es«, sagte er in ehrlicher Bewunderung. »Die Landmauer wird die Stadt lange Zeit schützen. Ob es eine Ewigkeit sein wird ...?«

»Häng dich nicht an wohlklingende Worte. Nicht einmal das Reich ist ewig.«

»Nein. Und viele sehen das Ende kommen. Bettler überall! Ein Riesenheer. Kampf allerorten! Es fehlt nur noch eine Seuche, dann sind wir verloren. Wirkliche Römer ... sind die wenigsten von uns.«

»Nur eines von vielen Leiden des Riesenreichs. Es ist zu groß«, war meine Antwort. Der Logiksektor flüsterte: *Und du hast es niemals wirklich gemocht. Deine Erfahrungen sind an den falschen Stellen gemacht worden. Und zur falschen Zeit.*

»Es gibt zuviel Streit zwischen den Mächtigen und Einflußreichen«, schloß Mariades niedergeschlagen.

In gleichbleibender Gelassenheit arbeiteten wir weiter. Aus dem Vorrat des Silos hatten wir an die besten Handwerker jene einzigartigen Werkzeuge verteilt, die sich praktisch niemals abnutzten: Hammerköpfe, Beile, Sägen für Holz und riesige Geräte, mit denen sie Stein schnitten, verschiedene Meißel und Hacken. Jeder, der ein solches Werkzeug benutzte, war begeistert und kannte den wahren Grund nicht.

Dreißig Baumeister und wir hatten seit den ersten Tagen unermüdlich versucht, die Techniken und die Anwendungen zu verbessern, einen höheren Wirkungsgrad zu erzeugen. Kleine und große Achsen, Schmiermittel, Räder und Zahnräder, Tauwerk und die vielen hölzernen Teile der Bau»maschinen« – ein reiches Anwendungsgebiet. Die Handwerker begriffen schnell, aber die große Masse derer, die uns zusahen, blieb ungerührt.

Dennoch wurden die Gerüste höher, die Flächen der Mauern leuchteten weit ins Vorland hinaus und, rückwärts gewandt, zur ungleich kleineren, dunklen Mauer der Stadt.

Die Zwischenräume der Ziegel und Natursteinbänder wurden mit einer erstarrenden Masse aus Kalkmörtel, Steinabfällen und Sand ausgefüllt. In dieser Zeit gab es kein Belagerungsgerät, das diese Mauern würde zerbrechen können. Arbeiter und Sklaven, die nicht mehr unmittelbar an unseren Riesenmodellen beschäftigt waren, arbeiteten am Graben oder Kanal. Sie hoben den Rasen ab, gruben Bäume aus und transportierten den Aushub davon. Zwischen der zukünftigen und der neuen Mauer gab es bald neue Felder und eine sorgfältig modellierte Landschaft.

Wenn der Graben tief genug ausgehoben, alle Vermessungen als richtig befunden worden waren, legten wir die Rasenstücke hinein und gossen viel Bachwasser darüber. Bald hatten sich die Arbeitsgruppen mitsamt den Gespannen weit von Mauern und Türmen entfernt und richteten sich nach den eingerammten, farbig gekennzeichneten Stäben.

»Ihr habt wirklich einen neuen Maßstab gesetzt, Arconrik«, sagte Mariades, als wir an einer Stelle die geplante Höhe erreichten und die ersten Zinnen und Verteidigungsrinnen mauerten. »Sowohl in der Höhe als auch in der Art. Wirklich! Ein Ewigkeitsbauwerk!«

»Wenn sich jemand findet, der weiterbaut«, schränkte ich ein. »Jetzt und heute nutzen wir alle Möglichkeiten aus.«

»Ich sehe es. Leider kann ich dir keine zufriedenstellende Antwort geben.«

Die Gespanne mit den zusammengesetzten Doppelportalen kamen mit krachenden Felgen und Speichen über die Straße. Je zwanzig Ochsen zogen die wuchtigen Karren. Hebebäume und die Flaschenzüge standen bereit; Hochziehen und Einrichten der Tore waren in mehreren Einzelheiten beim Rohbau vorausgeplant worden. Dicke Seile spannten sich, ein Netz aus Flaschenzügen wurde miteinander verknüpft. Schwere Haken senkten sich, die Kommandos der Vorsteher hallten durchdringend.

Das erste Gespann blieb unter dem Tor stehen. Die Ochsen wurden ausgeschirrt und weggeführt. Haken klinkten in die riesigen Ösen ein, die sich an der Oberseite des linken Tores befanden, verankert im Gefüge der Stämme. Die eiserne Verkleidung lag stumpfschwarz an der Außenseite des Tores.

Arconrik und ich zogen uns zurück und beobachteten die Aktion aus sicherem Abstand. Das Portal wurde am oberen Ende Handbreit um Handbreit angehoben. Es kippte vom letzten Gespannteil herunter und zertrümmerte ein Rad. Dann lag das untere Ende auf der Straße und schleifte die untergelegten Balken über die Straße. Das obere Ende hob sich langsam, bis schließlich das Tor frei in der Luft hing und schwankte.

»Abwärts! Du gibst die Maße an!« erscholl ein Schrei.

Mit langen Hebeln wurde die Platte aus Holz und Eisen in die richtige Position gewuchtet. Es galt, mit dem Lagerzapfen das Loch des Widerlagers zu treffen. In Abständen von einer Fingerbreite näherte sich der oberarmdicke Dorn der Stelle, schwebte darüber und senkte sich, nachdem die klirrenden Schleifringe eingeschoben waren. Ein kurzes Ächzen ging durch die Konstruktion, als man sie fünfzehn Fuß weiter oben in das Gegenlager kippte und die Aussparung im Lager schloß.

Zwei Tage später, als das zweite Tor und sämtliche Riegel, Zuhaltungen, Griffe und Abwehrstacheln eingebaut worden waren, vermochten zwei Männer ohne Mühe, die Tore zu öffnen und zu schließen. Für uns war dieser Erfolg das Zeichen, einige hundert Leute zu unserem Fest einzuladen. Jedermann freute sich; alle versprachen, zu kommen. Von den ersten Stellen der Mauern verschwanden die Gerüste. Usha, die neben mir vor der Bauhütte stand, freute sich mit mir.

»Die Taten des wandernden Mannes«, sagte sie. »Zufrieden?«

»Nein«, entgegnete ich. »Mit unserer Leistung können wir zufrieden sein, ebenso wie die Handwerker, die so viele Verbesserungen herausfanden. Wozu haben wir uns bemüht? Nicht ein einziger Fremder wollte die Stadt einnehmen. Der verehrungswürdige Caesar hat trotz der Versprechungen nicht einmal einen Blick darauf geworfen. Ich bin enttäuscht, schlecht motiviert und verärgert.«

Sie versuchte mich zu trösten und schmiegte sich in meine Arme. »Ich weiß, was es für uns bedeutet«, sagte sie leise. »Fort von hier?«

»Nichts anderes habe ich vor«, sagte ich. Aus unseren nächtlichen Gesprächen wußte ich, daß sich uns mehr als dreißig Menschen anschließen wollten; eine buntgemischte Gruppe, die sich allen Ernstes zu einem Leben und Arbeiten in der Oase, außerhalb des Reichsgebiets, entschlossen hatte. Einige unserer Baumeister waren dabei, aber Usha wollte lieber, daß sie mit ihr kommen sollten, in ihr schwarzes Königreich.

»Wann?«

»Bei der ersten günstigen Gelegenheit«, versprach ich. »Mit Schiff und Gleiter.«

»Zuerst zu den Freunden der Oase?«

»So habe ich es eigentlich geplant. Sie brauchen Vieh, Vögel, Pferde ... und vieles andere. Wie du weißt, lassen die Römer niemanden aus ihrem Reich hinaus. Schon gar nicht eine Gruppe mit Troß und Habe.«

»Arconrik und du, ihr beiden macht das Unmögliche zur Wirklichkeit.«

Ich lächelte trotz meiner schlechten Stimmung. »Du überschätzt mich.«

Der Herbst, der von Tag zu Tag nebliger wurde, kühler und dunkler, tat ein Übriges. Zwar hatten wir schon früh eingesehen, daß die Wichtigkeit von Constantinopolis zumindest in diesem Jahr nicht erkennbar war. Noch mehr störte und entmutigte uns, daß zwar der Eunuch vorübergehend stärkste Anteilnahme gezeigt, dann aber nichts mehr unternommen hatte. Aber was wollten wir von einem Erhabenen Caesar erwarten, der unmündig, halb Christ, halb Römer war, teilweise sich mit persischem

Prunk umgab und »unsäglich dumm« war. *Kurzum,* faßte der Logiksektor nicht zum erstenmal zusammen, *es ist Zeit, zu gehen. Wirf das gute Jahr nicht dem schlechten hinterher.*

Manchmal war der kleine, unsichtbare Bursche recht sarkastisch. Ich hatte das Römische Reich, diesen Riesenkraken mit tausend Fangarmen, niemals leiden können. Aber guten Wein herzustellen, das hatten sie gelernt. Vom Bier hingegen hielt ich nichts.

»Wir stehen dank unserer geheimnisvollen Geräte nicht unter dem Gesetz Roms«, meinte Usha. Ich stimmte zu und dachte an die Mengen Gepäck und Ausrüstung, die wieder einmal bewegt werden mußten.

»Nach dem Fest, das wohl auch die Fertigstellung feiert, haben wir uns endgültig entschlossen.«

»Dein Versprechen?«

»Natürlich. Sei nicht ungeduldig, Königin Usha Ohneland. Wir haben zwei unterschiedliche Aufgaben. Es wird nicht leicht sein, sie zu lösen; sonderlich schnell wird es auch nicht gehen.«

»Das weiß ich wohl, denn du hast es mir oft genug erklärt«, sagte sie schmeichelnd.

Was immer auch geschah, wir konnten in einem Punkt sicher sein. Die Menschen in den vier Häusern liebten uns. Ihnen war es noch nie so gut gegangen. Wir hatten sie gut bezahlt, ihre Wunden und Krankheiten geheilt, großzügig eingekleidet und bestens gespeist. Der Erfolg war deutlich zu sehen: Dieses Stück Land, ehemals Besitz einer reichen römischen Großfamilie, blühte und trug in jeder Hinsicht überreiche Früchte. Aber was nützte diese winzige Geste einem Planeten, der auf den Weg zu den Sternen gebracht werden sollte und im Chaos zu versinken drohte?

Das Laub raschelte herbstlich trocken. Der Tag war warm gewesen und versprach einen herrlichen Abend und eine Vollmondnacht. Zweihundert Öllämpchen warteten, noch unangezündet, in allen Winkeln des herrlichen Gartens, in den Fenstern und hinter den Säulen der Tempelchen. Auf Tischen und Holzplatten, steinernen Säulenstümpfen und Steinplatten standen unzählige Körbe voller *Mustea,* Gewürzbrötchen, die mit einem Lorbeerblatt dekoriert waren. In den Küchen, auf großen Platten, hatte man etliche hundert *Gustationes* angerichtet; in Öl, Coriander und Wein marinierte *Fungi farnei,* also Pilze, sowie *Ova elixa in Ovis hapalis,* das waren Eier in einer leckeren Soße aus Pinienkernen.

Nach und nach trafen wir uns, in unseren schönsten Gewändern, den unvermeidlichen Weinbecher in der Hand, vor dem Haus des Reihers. In einer leergeräumten Scheune saßen Musiker und spielten erste Takte. Carus, unser Fachmann für Ziegelverbindungen, kam auf mich zu, grüßte und stellte eine junge Frau vor. Er hatte sie, eine braunhaarige Gotin, auf dem Sklavenmarkt gekauft.

»Du brauchst Baumeister.« Er wandte sich an Usha, die den größten Anteil daran haben würde, wenn das Fest gelang. »In deinem fernen Königreich, oder ist das eines der vielen Gerüchte?«

»Sprich nicht allzu laut davon«, sagte ich. »Kein Gerücht. Du willst mitkommen?«

Er zeigte auf die junge Frau, die noch scheu um sich blickte und dankbar lächelte, als Usha sie am Arm nahm und mit sich zog. Dann zählte er an den Fingern auf.

»Synesios, Tustar, Ganna, Narcissus und Faraxes, unser Jüngster, wollen weiterhin mit euch zusammenarbeiten.«

»Unerreichbar für Rom?« wollte ich wissen. Er nickte mit Bestimmtheit.

»Sprich mit Arconrik«, sagte ich. »Irgendwo holen wir euch ab. Es ist noch nicht alles genau abgesprochen. Ich betone: Es sollen nur die davon erfahren, die alle Brücken zu Rom hinter sich abbrechen können.«

»Ich weiß, was du willst.«

Die Musik wurde lauter; die Männer spielten etwas anderes als das Klimpern, das in den Palästen ertönte. Jetzt drang eine große Gruppe römischer Handwerker und Vorarbeiter ein. Verblüfft sahen sie auf die Spieße, an denen sich Schweineviertel, junge Rinder, Hammel und Geflügel drehten, über dunkel glimmenden Holzkohlen, aufgeregt bewunderten sie die eisernen Roste voller Würste, Fleischbrocken und Brotscheiben, die wir rösteten.

»Willkommen!«

»Hierher! Hier ist Wein.«

Öl, Coriander und Lauch waren die Bestandteile einer Bohnensuppe, die sich *Fabaciae virides* nannte. In großen Kesseln schleppte man sie aus der Küche. Die Römer waren diese Art, ein Fest zu feiern, nicht gewöhnt. Aber nach einigen Schlucken Wein fanden sie Gefallen daran. Der Rasen füllte sich mit wohlrasierten Männern, älteren und jungen Frauen, mit selbstbewußt auftretenden Dienern, mit Stimmengewirr und Lachen. Die Sonne sank hinter unserem Doppelturm und färbte sich rot.

Ich schüttelte die Hände der anderen Baumeister und versuchte die Stimmung zu analysieren. Freude darüber, daß unsere Arbeit so gut wie fertig war und ohne schweren Unfall abgegangen war. Der Geruch von *Piscis Assus ius in pisce aurata* wehte aus einer anderen Küche heraus – ein herrlicher Fisch, grätenarm, in einer mit Pfeffer, Eidotter, Öl, Wein, Essig und Honig abgestimmten Soße, mit einer Handvoll feinster Gewürze angerichtet. Mulsum gab es nicht! Arconrik, der durch das Gewimmel stolzierte und am Weinpokal roch, steuerte auf den Eingang zu.

»Ich stelle nur Verwunderung, Freude und Hunger fest«, sagte er. »Es fehlen noch zwei Drittel der Eingeladenen.«

»Sei ganz ruhig«, empfahl ich ihm. »Es kommen mehr, als wir einluden. Du solltest beginnen, die Gruppen der Unzufriedenen zu sondieren.«

»Längst damit begonnen. Hast du gehört, was die Soldaten berichtet haben?«

»Der Berg der Angst?«

»Ja. Sie kamen voller Schrecken zurück und schilderten, daß ein Wunder geschehen sei. Niemand wagt sich mehr in die Nähe des Silos.«

»Bravo! Ist Mariades schon da?«

»Ich habe ihn nicht gesehen. Ich kümmere mich wieder um die verblüfften Oströmer.«

Einer der seltsamsten Roboter der Milchstraße winkte jungen Römerinnen zu und bewegte sich von Tisch zu Tisch, von der Küche zu den Spießen und zu den Weinkrügen. Inzwischen mußten die Musiker mit aller Kraft gegen die Kulisse aus Gespräch, Rufen und Lachen anspielen. Ich ließ mir Wein nachschenken und erkannte im beginnenden Zwielicht des Abends meine Freundin, die mit der Grazie einer weiblichen Raubkatze durch das Gewimmel pirschte. Ich nickte zufrieden.

Ein Gespann brachte Mariades mit seiner griechischen Freundin. Gleichzeitig quoll eine Gruppe Aufseher, Handwerker und berittene Anführer der Garnison durch den Eingang. Wieder wuchsen mir die Pflichten des Hausherrn schier über den Kopf. Zweihundert oder ein halbes Hundert mehr waren schon eingetroffen. Jetzt huschten unsere Diener hin und her und zündeten die Dochte der Öllämpchen an. Die Flämmchen, an ausgesuchten Stellen verteilt, begannen Häuserwinkel und die würdevolle Ausstrahlung des Parks mit ihren Lichtkreisen zu verzaubern; diese Stimmung setzte sich bis in die Augen der Frauen fort.

Der Raum zwischen den Gebäuden war erfüllt mit essenden und trinkenden Menschen. Jeder sprach mit jedem. Ich verließ meinen Posten und drang mutig in die Menschenmenge vor. Diener schleppten *Mensae Secundae* durch das Getümmel: Äpfel, mit gehackten Pinienkernen und Haselnüssen garniert und in Honig, Pfeffer und Wein gedünstet, *Aliter dulcia.* Schneller als gedacht leerten sich die Roste, schnitten die Messer das krustenreiche Fleisch von den Spießbraten. Wieder sah ich, was ich gehofft hatte: Gruppen völlig unterschiedlicher Menschen fanden sich zusammen und trennten sich. Die Anführer aus der Garnison lobten die Steinmetze, wegen der herrlichen Mauern und dem Wassergraben. Die Baumeister dankten für die schnelle, entschlossene Arbeit der Soldaten.

Mein Blick fiel auf einen kleinen, hageren Mann in weißer Tunika. Er trug einige Wachstäfelchen, hob in der ruckartigen Bewegung eines pikkenden Vogels immer wieder den Kopf und schrieb etwas in seine Wachsschicht. Er deutete zählend auf die Weinkrüge, die Braten und die schnell geleerten Platten. Ich ging stirnrunzelnd auf ihn zu und tippte ihn auf die Schulter.

»Habe ich dich eingeladen, Mann des Zeigefingers?« fragte ich.

»Ich komme auch uneingeladen, Herr«, antwortete er nicht ohne kritisches Selbstbewußtsein. »Ich schätze die Gäste und den Verzehr.«

»Ich bin höchst befremdet. Wer schickt dich?«

»Senat und Volk von Ostrom«, war die kühle Antwort. »S.P.Q.R. Steuereinschätzer werden tätig nach den Buchstaben des Gesetzes, nicht auf Antrag. Woher habt ihr soviel Wein?«

Ich schwieg und dachte nach. Dann kam mir ein Einfall, aus dem Zorn geboren. Ich nickte ihm freundlich zu, ging in mein Quartier und suchte dort zwei Medikamente. Ich mischte sie mit Wein, leerte diesen in einen Pokal und bat einen Diener, diesen Wein unserem seltsamen Gast und nur ihm, mit den besten Empfehlungen des Hausherrn zu überreichen.

»Etwa dem Steuerschätzer?« fragte der Diener völlig verblüfft.

»Genau diesem. Es wird seine einzige Freude heute abend sein. Wenn du deine fröhliche Laune behalten willst, dann beobachte ihn in der nächsten Stunde.«

»Dein Rat, Herr, in Ehren, aber er ist schwer verständlich.«

Ich schob ihn vor mir hinaus und befand mich nach zwei Dutzend Schritten im Kreis meiner Freunde und deren Begleiterinnen. Viel Wein und wenig Bier floß aus Krügen in die Becher und Pokale. Jetzt zog der Mond auf, die ersten Sterne blinkten. Die Flammen der Lampen erfüllten den Platz mit ihrem verzaubernden Licht. Es waren ein paar Musiker dazugekommen. Die Klänge gefielen nicht nur mir. Kessel mit warmem Wasser, mit Rosenöl und Zitronensaft veredelt, wurden aufgestellt, die Diener reichten Tücher für die fetten Finger. Die ersten angeheiterten Pärchen verschwanden in die dunklen Teile des Parks. Ich vergaß vorübergehend den Steuereinschätzer. Mariades, weitaus entspannter als beim Eintreffen, blieb vor mir stehen und hielt mich auf.

»Du solltest lachen, Mariades«, sagte ich nach einem Blick in sein Gesicht. »Oder gefällt es dir nicht?«

Er holte tief Luft und murmelte:

»Glücklicherweise wohne ich nicht im Palast. Aber ich gehöre zu den Vertrauten des Eunuchen Eutropius. Ich habe Angst.«

»Will ihn jemand umbringen?«

»Jemand? Einer? Eine große Gruppe, die ihn haßt.«

»Also warst du klug genug«, fragte ich, »den leicht zu tragenden Teil deines Besitzes mitzubringen, einschließlich deiner Geliebten.«

»Ja. Kannst du mich schützen?«

»Gegen die gesamte Garnison. Am Ende des Festes geht ihr in mein Haus, versteckt euch, wenn nötig, in meinem Zimmer. Sag Arconrik, was wir eben besprochen haben.«

Ich streichelte die Wange der jungen Frau neben ihm, nickte ihr aufmunternd zu und murmelte:

»Verderbt euch nicht das Fest! Hier seid ihr sicher, selbst wenn im Palast revoltiert wird.«

Die junge Frau nickte tapfer. Ich drückte ihr einen gefüllten Becher in die Hand und zeigte auf Arconrik. Natürlich trug ich das Funkarmband; meine beiden Dolche waren getarnte Waffen. Mariades zog seine Freundin mit sich. Kurz darauf sah ich ihn mit Arconrik sprechen. Die Römer in Constantinopolis waren wirklich bemüht, uns den Abschied zu erleichtern. Ich setzte mich auf eine Bank und streckte die Beine aus. Synesios und Karamansa setzten sich neben mich.

»Müde? Betrunken? Dein Gesicht ist sorgenvoll, Atlan.«

Ich berichtete ihnen, was Mariades befürchtete. Obwohl sie weitaus häufiger in die Stadt gingen und dort Neuigkeiten hörten, waren sie so überrascht wie ich. Sie wirkten ratlos, schließlich hob Synesios die Schultern und erklärte gefaßt:

»Das Böse oder das Gute, Atlan, wir erwarten es immer. Aber zuerst kommt das Böse.«

»Noch ist nichts gewiß«, antwortete ich. »Abwarten. Ihr sollt aber, wenn ihr mit uns kommen wollt, nicht länger als eine Stunde zu packen haben. Vielleicht muß es blitzschnell gehen.«

Sie nickten mir zu und verstanden, denn sie waren erfahrene Männer, die viele Teile der Welt kannten. Ich versuchte, meine Enttäuschung abzuschütteln, und das gelang mir am schnellsten mitten im Gedränge und an Ushas Seite. Noch war niemand gegangen. Es gab mehr als genug zu trinken und zu essen. Wie immer war Usha der Mittelpunkt eines dichten Kreises von Bewunderern. Ich nahm zahllose Danksagungen für die Einladung entgegen, fing Betrunkene auf, schäkerte mit den Frauen, die ihren wertvollsten Schmuck angelegt hatten, wurde von den Handwerkern kräftig auf die Schultern geklopft; diese Gesten taten mir unendlich wohl.

Das Fest verlor die heitere Ruhe der ersten Stunden, wurde lauter, bewegter und deftiger. Die Musiker, denen ich aufmunternde Worte zurief, zupften, trommelten und bliesen aus Leibeskräften. Zuerst taten sie mir leid, dann dachte ich an die Goldmünzen, die sie bekommen hatten, und ich vergaß diesen Impuls. Erst als Usha mich zu sich her winkte, öffnete sich der Kreis um sie.

»Ich weiß von Arconrik alles«, flüsterte sie mir rasch zu, ehe wir die farbigen Schilderungen zweier grauhaariger Centurionen weiter anhören mußten. Welche Intrigen, Vorbereitungen, Gespräche und Mordabsichten zwischen den Mauern des Palastes stattfanden, ahnte ich nicht einmal. Es gelang mir, mich mit Usha davonzustehlen. Arm in Arm gingen wir abseits des Trubels über leere Kiespfade, an Mauern vorbei, an denen die Schatten der Gäste tanzten, und der Lärm wurde von den dichten Hecken gedämpft.

Leise unterhielten wir uns. Meine Finger lagen am breiten Griff des Lähmstrahlerdolches; mich sollte niemand überraschen können. Irgendwo außerhalb der niedrigen, efeuüberwucherten Mauer wieherte grell ein Pferd. Harter Hufschlag ertönte und wurde in der Ferne wieder undeutlich.

»Eines verspreche ich dir«, sagte ich schließlich. »In ein paar Tagen brechen wir auf. Auf dem schnellsten Weg, selbst wenn sich um unseren Weggang Legenden ranken sollten.«

»Ich wußte, daß du das sagen würdest«, flüsterte sie. »Aber auch ich verspreche dir etwas.«

»Bitte nichts, das etwas mit Ewigkeit zu tun hat.« Ich schwächte voller Skepsis ab. Sie schüttelte den Kopf und lachte leise.

»Ich verspreche dir eine herrliche Zeit in meinem Königreich. Wenn du dort eine Aufgabe findest, wird die Königin selbst mitarbeiten. Und alle werden dastehen, in die Hände klatschen und dich von früh bis spät mit Lob überschütten.«

»Genau das brauche ich für mein wundes Selbstbewußtsein«, sagte ich. Wieder hörten wir, deutlicher als zuvor, Hufschlag, Keuchen und Wiehern. Ein Reiter galoppierte über den festgetretenen Weg auf unser Gehöft zu. Ich hob den Kopf und sagte hart:

»Das hat etwas zu bedeuten! Schnell.«

Ich zog den Dolch, drückte die Sicherung heraus und eilte mit langen Schritten zwischen den Stallungen und dem Haus des Hasen auf die Schar der Gäste zu. In diesem Moment kam ein Reiter auf einem Schimmel durch den Eingang gesprengt, hielt die Fackel hoch über den Kopf und ließ das Pferd hochsteigen. Arconrik kam von rechts, ich rannte von der anderen Seite auf den Reiter zu; einen schweißüberströmten Soldaten in weißer Kleidung, ein Angehöriger der Palastwache ausgesuchter Männer.

»Wenn du das Fest störst ...«, begann Arconrik, und ich fuhr fort: » ... mußt du einen guten Grund haben. Was gibt's?«

»Revolte!« keuchte er. »Der Eunuch ist tot. Sie metzeln die Anhänger, sie suchen den Mariades.«

»Mariades ist vor einer Stunde in sein Haus zurückgegangen«, sagte ich schnell. »Bedeutet sein Tod, daß wir verhaftet werden? Was geschieht jetzt?«

»Dasselbe, was passiert, als sein Vorgänger umgebracht wurde. Wir bleiben, das Volk. Die anderen werden getötet, verbannt, versklavt, was weiß ich. Ich wollte den Mariades warnen. Deswegen bin ich hier.«

Ich zog ihn vom Pferd, klopfte ihm gegen die Oberarme und sprach beschwörend auf ihn ein.

»Mariades ist sicher. Lösch deine Fackel, sage niemandem etwas, denn in zwei Stunden ist der Garten leer. Oder wartet man auf dich im Palast?«

»Der Palast – in der Nacht ist er eine tödliche Falle. Niemand ist sicher. Sie rennen herum, kämpfen und sterben. Überall Blut.«

»Hier stirbt niemand«, sagte ich. »Bring das Pferd in den Stall, Arconrik. Unser Freund findet noch ein Stück Braten. Wir sprechen mit der ersten Mannschaft der KÖNIGIN DES SÜDENS.«

Ich zog den Boten in den Mittelpunkt einer Gruppe von Essern und Trinkenden, füllte selbst seinen Becher und sah aus den Augenwinkeln den Steuereinschätzer, dem der Griffel aus den Fingern fiel. Der Mann schwankte und konnte sich kaum noch auf den Beinen halten. Er hob den Stilus auf, steckte ihn quer zwischen seine Zähne und rannte ins Dunkel der Büsche. Ich wußte, warum. Entschlüsse und Überlegungen, die bis jetzt noch nicht klar gedacht waren, erkannte ich als richtig.

Ich wußte genau, was wir zu tun hatten: Bis die Erschütterungen des Machtwechsels – ein Auswechseln derer, die den Caesar und über seine Person diese Hälfte des Reiches beherrschten – zu uns gedrungen sein würden, würde jeder Handgriff erledigt sein. Die ersten Gäste suchten uns, um sich zu bedanken. Es gab niemanden, der nicht voll des Lobes war, keinen, dem es nicht gefallen hatte. Waren erst einige gegangen, folgten die anderen bald nach.

Die ersten Öllampen waren leer, im selben Maß, wie der bleiche Mond über den Himmel wanderte, erloschen die gelblichen Lichtkreise. Ich ging von einem unserer Freunde zum anderen und sagte ihm, er solle zu packen anfangen. Vorsteher und Handwerker ermahnte ich, morgen pünktlich zu sein; vieles sei noch zu tun an unserem prächtigen Bauwerk.

Leicht trunken und ebenso verwundert gingen sie, im Bewußtsein, etwas ganz Besonderes erlebt zu haben. Ich zog mich mit Mariades, seiner Freundin, Usha und Arconrik in meine Räume zurück. Es gab nicht mehr viel zu besprechen.

Noch einmal, zwei schwere Tage lang, schufteten unzählige Männer an dem Bauwerk. Die abschließenden Ziegellagen wurden gemauert. Abfall aus den Gängen und den Mauerkronen weggeräumt. Gespann um Gespann zog davon, die Soldaten kehrten in die Garnison zurück. Polternd fielen die Balken der Gerüste zu Boden und wurden auf Wagen geschichtet. Die Tore standen weit offen, aber wir schienen die einzigen Arbeiter in weitem Umkreis zu sein. Aus der Stadt hörte man keinen Lärm; niemand wagte sich aus dem Palast hinaus.

Unsere Diener merkten, daß knapp die Hälfte der fremden Baumeister ihre Habseligkeiten packten und packen ließen. Truhen, Kisten und Ballen füllten sich und wurden verschnürt. Da jede Handelskarawane, deren Ziel die Stadt war, unser Tor passierte, konnten wir uns aussuchen, was wir einkauften. Es handelte sich um Saatgut und jene Artikel, die in der Oase nicht in größeren Mengen vorhanden waren.

»Sag unseren Verschwörern«, wandte ich mich an Carus, »daß sie in dieser Nacht, wenn der Mond verschwunden ist, am Tempelchen warten müssen.«

»Alle? Heute nacht?«

»So ist es. Mit ihrer Habe und, wenn sie sicher sind, auch mit ihren Freundinnen, Geliebten, Frauen oder Liebessklavinnen.«

Er nickte. Usha sprach inzwischen mit unseren Dienern, belohnte sie mit *As*-Münzen und schickte sie in dieser Nacht in die Stadt, wo sie ihr eigenes Fest feiern sollten. Noch vor Anbruch der Dunkelheit ging Arconrik zum Hafen, kletterte in die KÖNIGIN und steuerte das Schiff aufs freie Meer hinaus. Dort hob er es aus dem Wasser, ließ es aufsteigen und landete es, nachdem er von mir den Befehl bekommen hatte, mitten im Park. Dort befanden sich die Säcke mit Aussaat, das viele Gepäck der Gruppe, einige Dutzend Tiere in festgezimmerten Käfigen, und wir halfen alle zusammen, das Schiff zu beladen.

Ich zählte rund fünfzig Personen. Arconrik verstaute die umfangreiche Ladung im Kielraum und wies die Plätze an. Die Mädchen und Frauen waren starr vor Entsetzen, was sich als praktisch herausstellte, denn sie schrien nicht, gehorchten den Anordnungen und verhielten sich nicht störend. Und das angesichts eines Schiffes mit gelegtem Mast, das mitten im hohen Gras stand. Mariades wandte sich an mich und fragte, wohl um sich abzulenken:

»Was hast du eigentlich mit diesem Steuerschätzer gemacht? Erdrosselt?«

»Ich zog eine elegantere Methode vor«, erwiderte ich. »Nachdem er den Wein getrunken hatte, wurde ihm übel. Dann taumelte er solange herum, bis ihn Diener zu mir brachten. Wir warfen seine Schreibtafeln ins Feuer und ihn vor die Mauer.«

Carus und Synesios, die zugehört hatten, brachen in Gelächter aus. Dieses Lachen zerriß die gespenstische Aktion. Ich hob den Arm und sah mich um. Die Frauen und sämtliches Gepäck waren im Schiffsbauch. Laufplanken führten zum Heck und zum Bug.

»Freunde!« sagte ich laut, in beschwörendem Tonfall. »Arconrik wird euch jetzt auf eine schnelle Reise entführen. Unterwegs berichtet er, was die Oase ist. Dort werden wir uns alle treffen. Usha und ich kommen nach. Morgen um die gleiche Zeit seid ihr in einer Umgebung voller Frieden, auch dort spricht man unsere Sprache. Jetzt eilt's, und in einem Mond haben wir viel Zeit, um über alles zu sprechen. Vergeßt die Stadt, freut euch auf die Zukunft! Ich werde zu jeder Stunde wissen, wo ihr seid und wie es euch geht. Los, ins Schiff.«

Schweigend drückten wir uns die Hände, umarmten uns, und als letzter kletterte Arconrik die Planke hinauf. Er winkte Usha und mir, dann erhob sich schwach summend die KÖNIGIN und glitt durch die Nacht davon. Wir blieben zurück, denn erst in einigen Tagen würden die anderen Handwerker zu uns stoßen. Nur noch die tief eingegrabene Kielfurche im zertrampelten Gras war von diesem Teil der Flucht übriggeblieben.

»Jeder Tag bringt uns deinem Königreich näher«, sagte ich und zitierte Vergil: »Sorglos ist aber der Schlaf und herrlich das Leben, reich an verschiedenen Schätzen, und Friede herrscht auf dem Landgut.«

»Und bald, Liebster, auch in unseren Herzen«, reimte sie weiter. Ich zog sie an mich.

»Trotzdem bin ich stolz auf unsere Leistung«, sagte ich. Vor uns, im schattenreichen Licht eines gewittrigen Herbstnachmittags, stand unser riesiges Bauwerk und spiegelte sich zum Teil im Wasser des Grabens. Asion legte mir die Hand auf die Schulter und murmelte hingerissen, als sähe er Tor und Mauern zum erstenmal:

»Welch ein Bild!«

Er hatte recht. Frei von Gerüsten, mitten im flachen Land, umgeben von welkem Grün, erhob sich abweisend, von drohender Stärke und dennoch mit dem schönen Ausdruck bester Handarbeit, das Beispiel für eine Festungsanlage, für die zukünftige Landmauer.

Die Straße bildete eine Krümmung von unserem Standort bis zur wuchtigen Doppelreihe der Bäume und zur fernen Stadtmauer. Diese Befestigung schirmte uns noch immer gegen die Vorfälle am Hof ab; nur Gerüchte und wenige unappetitliche Einzelheiten drangen zu uns hinaus.

»Eines Tages wird jemand diese Mauer fertigbauen«, meinte Usha.

»Ich sicher nicht«, antwortete ich. In der Ferne rumpelte der erste Donner. »Nur dieser Anblick hindert mich daran, zu sagen, es war ein verlorenes Jahr.«

Die Barbaren haben von euch mehr gelernt, als sie in einem Jahrhundert selbst erfunden hätten, widersprach der Logiksektor vehement. Mehrfarbig, abgewogen geschichtet, mit Bögen über den Schießscharten und Öffnungen, aus denen man kochendes Öl auf die Belagerer schütten konnte, abweisend durch die beiden schwarzen Torflügel, gekrönt von wuchtigen Zinnen, ein Symbol von – schwindender – Macht, menschenleer, von einem Vogelschwarm umflattert, scharf abgehoben gegen den blauen Himmel mit wenigen weißen Wolken und der näher ziehenden schwarzen Gewitterwand ... Es war ein unvergeßliches Bild. Ich nahm es tief in mich auf, atmete befreit und sagte:

»Unsere letzte Nacht, Usha.«

»In Constantinopolis«, berichtigte sie. Wir gruben den Pferden die Hacken in die Seiten und galoppierten über das leere Land zu unserem Landsitz. Arconrik war wieder auf dem Weg hierher, und wir mußten die Boten losschicken.

Nach einem Flug von rund einem Tag tauchte die KÖNIGIN mit dem Gleiter im Schlepptau in das klare Wasser des aufgestauten Flusses ein. Für die zweite Gruppe waren von denen, die zuerst gekommen waren, unter Arconriks Leitung und mit der Hilfe der Eingeborenen die leeren Häuser vorbereitet worden. Abermals schleppten wir Unmengen von Käfigen auf den Damm, und die Tiere rannten, sprangen und flogen aufgeregt in der Oase hin und her, bis sie alle eingefangen waren oder im See gründelten, Körner pickten oder übermütig auf den Weiden umhersprangen. Schafe, Ziegen, Schweine, Fasane, Wachteln, was weiß ich – jedenfalls stank die KÖNIGIN nach ihrem Kot. Mehr als hundert meist jüngere Menschen waren mit uns gekommen. In der Oase herrschte plötzlich eine Aufgeregtheit, ein Chaos der guten Art. Unser Haus war so, wie wir es verlassen hatten. Wir packten nur einen Teil unserer Habe aus und ließen uns erschöpft fallen.

»Noch haben wir ein zweites Schiff«, sagte Arconrik. »Vermutlich wird sich außer uns niemand daran erinnern, aber es liegt dort unter dem Hügel mit den Sykomoren.«

»Aber grabe es nicht heute nacht aus!« rief ich verzweifelt. »Ich brauche Ruhe! Ich will meine Gedanken ordnen.«

»Schon gut. Ich wollte nur daran erinnern.«

Ich war froh, daß in der Oase mittlerweile die Herstellungsweise von Bier wiederentdeckt worden war. Nach dem Gebräu, das die Händler nach Constantinopolis gebracht hatten, schmeckte der erste Krug begeisternd frisch. Es dauerte lange, bis die Hundertschaft sich eingelebt und ihre Verstörtheit abgelegt hatte. Ich sah immer wieder Gruppen von ihnen auf dem Hügelkamm der Dünen stehen und hinausblicken in die grenzenlose Wüstenei aus Sand, die uns umgab. Viele würden freiwillig weiterziehen, denn dort, wo unser neues Ziel lag, gab es einen Hafen, den römische Handelsschiffe anliefen.

Arconrik begann zu dozieren:

»Ezana, der erste König von Axum, hatte ein großes Reich gegründet und sich zum Christentum bekehren lassen. Vor mehr als sechzig Jahren drangen seine Truppen in das Königreich Kush ein, dessen Namen ich schon im Land der Pharaonen gehört hatte. Die Hauptstadt Meroe wurde geplündert, weil die wirtschaftliche Konkurrenz beseitigt werden mußte. Abermals ein Fürst des Chaos! Vor weniger als sechshundertdreißig Jahren hatte Ptolemaios Euergetes, König von Ägypten, am Sinus arabicus den Hafen Adulis erbauen lassen. Er war ein Umschlagplatz für Schiffe des Fernhandels; das reiche africanische Hinterland tauschte kostbare Waren ebenso wie Sklaven. Es bestanden erstaunliche Handelsverbindungen. Axum stand auf einem Vorgebirge, nahe einem Nebenfluß namens Atbara. Er mündete bei Meroe in den Nil, der einst Hapi geheißen hatte. Die Könige von Axum verstanden die griechische Sprache; es wurde berichtet, daß sie mit Constantinus, dessen Mauer wir täglich vor Augen gehabt hatten, Briefe gewechselt hätten. Auf dem Land der zerstörten Königreiche von Meroe aber siedelten sich die Nobaten an, schwarzhäutige Nomaden, denen Rom Zins zahlte, damit der Friede in diesem Gebiet gesichert werde. Die Göttin Isis im Tempel zu Philae beteten diese Menschen an. Meroe brauchte eine Königin. Isis war eine frauliche Göttin, und mir schien, als ob niemand sich mit mehr Recht darauf berufen konnte, von ihr abzustammen, als die schöne Usha Tizia.«

All diese Informationen hatten wir vergleichsweise mühsam erarbeitet. Die Ausführung unseres Planes schien weitaus einfacher. Nach dem Ende unserer sorgfältigen Vorbereitungen nahm Arconrik den Gleiter und flog nach Norden.

BERICHT ARCONRIK: Vor einer Stunde war ein Regenguß über die grüne Savanne mit ihren Wäldern und Buschinseln hinweggezogen. Regenwolken bedeckten auch den Himmel. Immer wieder zeigte sich die Sonne als große, messingfarbene Scheibe. Der Gleiter schwebte summend über den langgezogenen Siedlungen. Der Älteste eines winzigen Stammes, eines Familienverbandes, den ich beim Zusammentreiben einer Herde zeckenbehafteter Rinder überrascht hatte, lag bewußtlos auf den Decken hinter mir. Jetzt suchte ich weitere Opfer unter der Nobaten-Bevölkerung. Ich veränderte die Brennweite der Linsen und erkannte am Ufer eine junge Frau, die einen Tonkrug auf dem Kopf balancierte. Sie sagte mir zu. Ich benötigte einen Querschnitt durch die Bevölkerung dieses Gebietes.

Die Maschine sank tiefer. Spannungspotentiale stiegen an. Ich sicherte nach allen Seiten und hielt den Gleiter im Sichtschutz der mächtigen Bäume, die das Ufer säumten. Dann sah ich den Pfad, der zur Wasserstelle hinunterführte. Ich bin unfähig, zu begreifen, warum die Barbaren es nicht einsahen, daß ein Röhrenkanal sinnvoller war als der tägliche Gang für jedes einzelne Hohlmaß.

Ich setzte den Gleiter im Wasser auf, steuerte ihn in den Raum zwischen herunterhängenden Ästen und dem Wasserspiegel und schlug das Haltetau an einer Hochwurzel an. Ich blickte an mir herunter: alles in Ordnung. Nachgeahmte Kreuzschnüre der Sandalen über dem stiefelartigen Kunststoffschutz, der meine Knöchelgelenke umgab. Über der hellbraunen Haut das kurze Gewand eines Ägypters, Oberarmreife, breite Reife an den Handgelenken, eine schwarze Perücke, Brustschmuck und Stirnband. Korrekt. Ich sprang ans Ufer und bahnte mir geräuschlos und schnell einen Weg in die Richtung des Sandpfades.

Ich wartete am strategisch besten Punkt. Ich kenne keine Ungeduld. Warten bedeutet Zeit, um weitere Informationen einzuholen und zu verarbeiten. Ich zählte die Lebewesen, die ich im Wasser erkannte, analysierte ihre Arten und schätzte ihren Ernährungswert in bezug zu den Zahlen der Bevölkerung.

Die junge Frau kam heran. Zuerst reinigte sie ihren Körper, dann ging sie zu einer Stelle schneller Strömung und tauchte den Krug hinein. Als sie ihn gefüllt auf einen flachen Felsen stellte, hob ich den rechten Arm, zielte und löste den konzentrierten Lähmschuß aus. Er traf sie in der Brustgegend. Noch während sie sich zusammensinkend bewegte, rannte ich los. Ich fing sie auf, als sie zwei Schritte in der Strömung fortgeschwemmt worden war. Durch das aufspritzende Wasser stob ich, in einen Tropfenhagel gehüllt, mit meiner menschlichen Beute zum Gleiter zurück und bettete das Mädchen neben den Alten auf die weichen Decken.

Noch neun Frauen oder Männer brauchte ich. Ich steuerte den Gleiter aus dem Versteck hinaus und näherte mich unter größter Ausnutzung aller Deckungsmöglichkeiten dem Flußdorf. Fluß! Es war nicht mehr als ein breiter, rasch strömender Bach.

Ich registrierte einen älteren, überraschend hageren Mann. Er trug einen seltsamen Kopfputz aus Federn und einem halbierten Leopardenschädel, dessen Rückenfell in breiten Bändern über die Schultern des Mannes fielen. Mit einem farbigen, sichelförmigen Messer schnitt er Pflanzenteile ab, die er aufmerksam suchte und vor dem Sicheln prüfte. Kräuterkundiger, Weiser, Ältester, Schamane, sagte ich mir. Ich näherte mich so weit, daß er mich nicht sehen konnte, feuerte einen Lähmschuß ab, der ihn mitsamt seiner Sichel in die hochaufragenden Pflanzen warf. Ein Hirtenvorsteher, eine junge Frau, ein Schamane. Die Rate des Erfolgs stieg. In einer weiten Schleife jagte der Gleiter vom Fluß weg und näherte sich einer Ansammlung von Hütten, die sich einen Hügelhang hinauf erstreckten.

»Du hast keine Schwierigkeiten, Arconrik-Horus?«

Atlan und *Kandake,* Königin, Usha Tizia standen mit mir in optischer und akustischer Realzeit-Verbindung. Leise sagte ich: »Keinerlei Probleme. Die Menschen sind halbnomadisch. Werkzeuggebrauch auf unterer Stufe. Mittelbraunhäutig, mit ägyptisch-kuschitischem Gesichtsschnitt und braunen Augen. Wolliges und fast glattes Haar. Statistisch gesehen ist das Gelände fruchtbar, aber menschenarm. Ich suche mein viertes Opfer.«

»Alles klar! Wir bleiben in Verbindung.«

Vom schwebenden Gleiter aus lähmte ich einen heranwachsenden Mann, der sich mit einem wenig vertrauenerweckenden Bogen auf Gazellenjagd wagte. Er lag wenige Zeit später neben den anderen. Mein Zeitunterelement warnte mich: Bald wurde es dunkel. Ich produzierte einen beruhigenden Impuls. Die Nacht konnte für die Menschenjagd noch besser sein. Obwohl ich die karthographischen Informationen über das Land am Fluß und auf beiden Seiten der Handelsstraße von Philae über Meroe bis zum Hafen Adulis lückenlos besaß, sammelte ich zusätzliche Bilder, Ansichten, Entfernungen, Zustände und Analysen. Zwei Männer, die mit Bronzebeilen und Steinbrocken ein Fischerkanu reparierten, brachen inmitten ihrer Hobelrückstände zusammen. Heute nacht würde in einigen Siedlungen Aufregung herrschen. Ich zog den Gleiter über den Hügel hinweg und überquerte den Atbara an einer waldigen Stelle.

Atlan, der erfindungsreiche Wanderer über die Barbarenwelt, hatte zusammen mit Usha, die ihre neue Würde mit der unlogischen, aber wirkungsvollen Rätselhaftigkeit der Planetarierfrauen vorbereitete, einen verwinkelten Plan ausgetüftelt. Er würde Erfolg haben, obwohl eine geballte Portion Götzen-, Wunder- und Naturglauben, Verkleidung, Lüge und reiner Pragmatismus die bemerkenswerten Zutaten waren.

Die halbnackte, mit Schmuck behangene Konkubine eines kleinen Herrschers wurde vom Lähmstrahl in ihren schlanken Rücken getroffen, als sie vom Ende einer Dorfstraße in die Richtung eines muskulösen Fischers lief und zwischen den Bäumen verschwand.

Dann hörte ich das Klingeln von Hämmern auf Eisen. Ein Schmied saß vor seinem Amboß und schmiedete Spitzen für Jagdspeere. Zuerst sondierte ich, ob er allein war. Als er aufstand, die Spitze in einen Krug voller Öl tauchte, lähmte ich den etwa zwanzigjährigen hünenhaften Mann im ledernen Lendenschurz.

Drei Stunden vor Mitternacht wendete ich die Maschine und jagte in mittlerer Höhe zurück nach Norden. Weit unter mir sah ich die Feuer der Händlerkarawanen. Die Barbaren der Wüstenzonen hatten in den letzten Jahrhunderten (insgesamt seit dreihundert Jahren) an verschiedenen Stellen ein typisches Wüstentier domestiziert; jenes seltsam dreinblickende, mit Höckern verunzierte und störrische Tier, das schwere Lasten schleppte und die harten Bedingungen der schattenlosen Sandwüste durchstand. Einige Karawanen von beträchtlicher Größe waren von uns mehr zufällig beobachtet worden.

Philae war eine spindelförmige Insel im Nil. Sandsteinmauern erhoben sich über dem Wasser. Ich flog in langsamer Geschwindigkeit eine Schleife und stellte fest, daß sich, wohl zufällig, niemand im Tempelbereich aufhielt. Seltsam: keine Wächter?

Ich schwebte vorsichtig zwischen den Säulen mit den Pflanzenkapitellen entlang, passierte das enge Tor zwischen den Eingangsbauwerken, durchquerte eine zweite Säulenanlage und setzte den Gleiter neben der Mauer ab. Unverständlich, welchen Aufwand die Barbaren trieben, wenn es um ihre nicht minder seltsamen Göttlichkeiten ging. Ich nahm den Eindruck unzähliger Verzierungen, Hieroglyphen, Zeichnungen und herrlich verzierter Säulenreihen in mich auf, als ich den ersten Pylon hinter mir gelassen hatte und von Nord aus das Geburtshaus betrat, einen anderen Teil des Isistempels.

Ich schleppte die Dunkelhäutigen in den Haupttempel und legte sie nebeneinander in einen Viertelkreis. Im Innern des Tempels war es absolut finster; nur meine Speziallinsen befähigten mich dazu, mich auf den glatten Bodenplatten zu bewegen. Die zeitlichen Abstimmungen waren innerhalb der Toleranzgrenze.

Ich öffnete die Vorratsfächer und holte die Schmuckstücke heraus. Sie sahen aus wie Horusfalken mit ausgebreiteten Flügeln. An den hochgekrümmten Flügelenden befanden sich dünne, vergoldete Ketten, die ich den Bewußtlosen um die Hälse legte. Vor jeden stellte ich einen Napf mit stark verdünntem Wein hin. Der Falke war ein Symbol der Isis, die ihrerseits als Mutter des Horus verehrt wurde.

»Schlaft ihr noch?« sendete ich mit verringerter Intensität. Sofort antwortete Usha:

»Nein. Aber wir sehen nicht gerade ausdrucksvolle Bilder.«

»Das kommt in einer Stunde«, sagte ich. »Du kennst deinen Text?«

»Wie könnte ich ihn vergessen, wenn so viel davon abhängt?«

Ich nahm an meinem Aussehen einige drastische Veränderungen vor und unternahm während dieser Zeit einen schnellen Rundgang durch die

Tempel und Anbauten. Die Anlage bedeckte fast die gesamte kleine Insel. Die Hütten und steinernen Häuser der Wächter waren leer, ließen aber erkennen, daß die Abwesenheit nur vorübergehend war. Ich warf ein Warngerät aus und kehrte zurück in den Raum, in dem sich die Bewußtlosen stöhnend zu regen begannen. Ich hatte die Ladungsstärke der Lähmschüsse auf den betroffenen Organismus abgestimmt.

Die Öffnungen unterhalb des Daches begannen sich abzuzeichnen. Der Morgen näherte sich. Ich wartete; jederzeit war die Situation unter Kontrolle zu bringen. Langsam erhellten sich an den Wänden die Szenen, die idealisierte Vorkommnisse aus den Kindertagen des Horus zeigten. Ich stand auf einem Steinblock, rührte mich nicht und war sicher, daß meine Maskerade die Frauen und Männer in der gewünschten Eindringlichkeit erschreckte und beeinflußte. Ihre Bewegungen waren aufgeregter geworden. Jemand murmelte etwas, einer stöhnte, ein anderer stellte eine Frage.

Erste Sonnenstrahlen schossen durch die schmalen Fensteröffnungen, trafen die gegenüberliegende Wand und wurden reflektiert. Zusehends wurde es heller. Die schmucküberladene Frau kam auf die Beine, schwankte und starrte mich an. Ich wartete, bis die Helligkeit zugenommen hatte, bis sich die Dunkelhäutigen gegenseitig geholfen, voller Verwirrung ihren Durst gestillt und dabei zwei Schalen zerbrochen hatten, bis sie sich zusammendrängten und leise, aber erschreckt aufeinander losredeten. Dann erst zertrat ich die Kapsel unter meiner Sohle. Langsam und lautlos breitete sich weißer Rauch nach allen Richtungen aus.

Usha begann zu sprechen. Ihre Worte in ihrer Stimme kamen aus meiner Mundöffnung.

»Ich bin Isis, die Mutter des Horus. Ich spreche mit euch. Ihr seid in meinem Tempel auf Philae, der Insel im heiligen Strom.«

Jetzt waren sie wie gelähmt. Sie sahen auf dem Stein einen geschlechtslosen, glatten Körper auf den Zehenspitzen stehen. Die schwarze Perücke mit dem fast schulterlangen, weichen Haar wurde von einem Stirnband gehalten, an dem eine kastenförmige Verzierung angebracht war, die meine Gestalt größer erscheinen ließ. Meine Augen leuchteten im staubflimmernden Morgenlicht. Die Linien der Augen waren mit dicken schwarzen Strichen mandelförmig bis zu den Schläfen verlängert.

»Ich spreche mit euch, denn ihr sollt meine Helfer sein. Ich, die auf dem Königsthron erhaben Wohnende, die Gattin des Osiris, sage euch: In euer Land wird eine Königin kommen, eine Tochter aus meinem Geschlecht. Kandake Usha Tizia, mit ihren Freunden, die weiß- und dunkelhäutig sind. Sie werden ein Königreich gründen, und ihr sollt gehorchen. Usha wird Recht sprechen und Krankheiten heilen, ihr werdet Handel treiben, reich und reicher werden.«

Der Rauch umgab mich und zog langsam zu den Dachöffnungen. Ich hob einen Arm und deutete mit dem Finger auf die einzelnen Personen, die jedes Wort mit einem ächzenden Ausruf in sich aufnahmen.

»Ihr tragt den Horus, mein Zeichen. Bald werdet ihr im Land der Savanne aufwachen. Sprecht mit allen, die euch zuhören. Zeigt ihnen den Horus. Bereitet sie auf die schönste, mächtigste und gerechteste Kandake vor.«

Ich hob den anderen Arm. In der Hand hielt ich das Ankh-Ringkreuz, das Lebenszeichen. Meine Augen glühten stärker. Atlan und Usha erkannten die zitternde Versammlung. Wieder sprach Usha, diesmal nicht mit herrischer Stimme, sondern schmeichelnd und voller fraulicher Wärme.

»Schmied, Wasserträgerin, Fischer, Jäger und Liebessklavin. Ihr könnt mit Usha zusammen herrschen, wenn ihr klug seid. Niemals je zuvor ist es den Königreichen jenseits der Nilkatarakte besser ergangen. Ich sage euch, Usha Tizia wird herrschen bis an ihren letzten Tag, und ihr Sohn wird es schwerer haben als jeder andere König, ihre Macht zu erhalten.«

Der riesige Schmied faßte sich zuerst und fragte heiser flüsternd: »Wann wird die Kandake kommen?«

»Mit ihrem weißhaarigen Freund und Baumeistern, Handwerkern und mächtigen Kriegern werden ihre beiden Schiffe erscheinen. Nach dem nächsten Neumond. Erwartet sie! Der Himmel wird sich spalten. Der Blitz zeigt euch, wo sie die neue Hauptstadt bauen werden, abseits der Straße.«

Usha schwieg eine genau berechnete Zeit, dann schloß sie: »Ihr werdet schlafen. Aber es war kein Traum. Das Königreich steht unter meinem Schutz, ihr Tapferen.«

Nacheinander lösten sich ein Dutzend schwache Entladungen. Die Eingeborenen sanken zusammen. Ich erledigte meinen Auftrag in schnellstmöglicher Zeit, nachdem ich meine Verkleidung beseitigt hatte. Eine Stunde später raste der Gleiter in großer Höhe zum Oberlauf des Nils zurück. Auf dem Rückweg kreiste ich über einer Herde Antilopen. Ich feuerte meinen Lähmstrahler mehrmals ab und brachte zwei Böcke und fünf Weibchen zurück in die Oase. (ENDE DES BERICHTS).

In einer der nächsten Nächte verließ uns Arconrik. Gewitter fuhren über das Land dahin. Unter Blitzen und Donnern ließ er, ausgestattet mit einem der schwersten Detonatoren, einen Felshang in Trümmern in den Fluß stürzen. Unterhalb der Senke, durch die jene wohlbekannte Furt der Handelsstraße führte, würde sich der kleine Fluß stauen. Entweder wir bauten eine Brücke und erhoben Maut, oder der Handelsverkehr wurde durch dieses Naturereignis empfindlich aufgehalten und gestört. Gleichzeitig stellte er einen Schacht her, versenkte dort eine Bombe und zündete sie, als das Gewitter aufgehört hatte.

Am Fuß eines strategisch gut gelegenen Hügels, überflutungssicher, für spätere Bauten, riß ein gewaltiger Krater in einer gespenstischen

Lichterscheinung auf und füllte sich langsam mit Regenwasser und dem nachdrückenden Grundwasser. Er lenkte den Gleiter noch in der Nacht weiter bis zu einer Karawanserei, kaufte dort Pferde und ließ sie kennzeichnen, und da er dem Händler eine reiche Belohnung versprach, konnten wir einigermaßen sicher sein, die ausgesuchten Tiere an einem bestimmten Zeitpunkt auch dort wiederzufinden, wo wir sie brauchten.

»Und abermals, Atlan, muß ich deine Voraussicht und Klugheit loben«, sagte Usha, lehnte sich gegen meine Brust und fuhr fort, nachdem sie mein Stirnrunzeln gesehen hatte: »Es ist so gekommen, wie du es vermutet hast.«

»Anscheinend bin ich lernfähig«, sagte ich leise. »Und so lerne ich auch eine andere Seite ihres barbarischen Wesens kennen.«

»Sie sind nicht verzweifelt. Nur nachdenklich. Sie fühlen sich eingeschlossen.«

»Mauern aus Wüstensand«, sagte ich. »Nicht die von Constantinopolis.«

»Ich habe mit ihnen gesprochen. Du kennst ihre Antworten.«

Ich nickte. Es gab unterschiedliche Gruppierungen unter den mehr als hundert Neuankömmlingen. Da waren welche, die blieben mitten in der Oase stehen, breiteten selig lächelnd die Arme aus und entschlossen sich zu bleiben. Andere brauchten dazu einen Mond lang, dann erst stand ihr Entschluß fest. Mariades und seine Freundin wollten mit Usha gehen, desgleichen Synesios und Narcissus. Außer ihnen trieb die Abenteuerlust noch rund dreißig Frauen und Männer aus der Oase. Ganna hingegen wollte reisen, außerhalb der Reichsgrenzen. Auch ihm schlossen sich mehr Männer als Frauen an. Wieder eine andere Gruppe hatte hier neue Gefährten gefunden und blieb deshalb.

Insgesamt kamen wir auf einundfünfzig Personen, uns eingerechnet. Sechsunddreißig Männer. Sie würden sowohl mit ihren Fähigkeiten als auch bewaffnet einen gewissen Machtfaktor darstellen.

»Wann verlassen wir diesen Ort der Stille?«

Arconrik hatte den unterirdischen Gang freigelegt. Die Bronzetore waren freigeschaufelt und das Schiff aus dem Versteck geholt worden. Jetzt schaukelte es im Stausee.

»In zweimal sieben Tagen«, sagte ich. »So ist es ausgerechnet. Ungeduldig, Kandake?«

»Ein wenig. Gleichzeitig fürchte ich mich vor der Aufgabe.«

»Alles beginnt mit kleinen Schritten«, half ich ihr. »Und abermals hast du die besten Helfer, die du dir wünschen kannst.«

»Das weiß ich.«

Auch die Blutauffrischung erzeugte in der Oase neue Aktivitäten. Die Handwerker entdeckten aufs neue ihre Maschinen und Geräte. Sogar die Schmelze konnten wir wieder in Betrieb nehmen. Unser Vorrat an Werkzeugen war groß genug, um sie verteilen zu können. Verschiedene technische Geräte, die wir im »Königreich« dringend brauchten, wurden hergestellt, ausprobiert und so auseinandergenommen, daß wir sie schnell wieder zusammenfügen konnten. Die verstaubten Modelle aus Arconriks Museum halfen den Baumeistern und Handwerkern, neuartige Zusammenhänge zu entdecken. Für die Erfordernisse des täglichen Lebens schmiedeten wir Helme und Rüstungen und ein mäßig aufwendiges Arsenal an Waffen. Teile dieser Ausrüstung befanden sich schon in den Kielräumen der Schiffe.

»Hast du neue Befehle, Atlan?« fragte Carus. Er wohnte in unserem Haus und war so etwas wie mein und Arconriks Stellvertreter. Ich machte eine indifferente Geste.

»Nichts Besonderes, Carus. Halte sie alle unaufhörlich in Bewegung. Die Krise ist noch nicht überwunden.«

Er war grauhaarig, klug und wortkarg. Mir schien er derjenige Mann zu sein, der über das Schicksal der kleinen, neu aufstrebenden Gemeinschaft gut bestimmen konnte.

»Wir brauchen mehr Rinder, zum Pflügen, Ziehen, Züchten und als Fleischtiere. Und ihr werdet Pferde zurückbringen«, sagte er. »Wie können wir dafür sorgen?«

»Die Rinder sind das eigentliche Problem. Überdies dringe darauf, daß unsere Lehrer alle Kinder zu Schülern machen. Die Erwachsenen werden nur zum geringen Teil dafür zu begeistern sein.«

»Das sehe ich nicht anders.«

»Du trägst die Verantwortung nicht lange«, sagte Arconrik. »Hin und wieder sehe ich nach dem Rechten. Überdies ...«, er blickte mich fragend an. Ich stimmte nickend zu. »Es gibt Mittel, daß wir miteinander sprechen.«

»Wie meinst du das?«

Arconrik reichte ihm ein verziertes Armband und unterwies ihn in der Bedienung. Carus verstand zuerst nicht. Dann entfernte sich Arconrik, schaltete sein Funkgerät ein und bewies dem römischen Baumeister, daß es kein Wunder war. Kopfschüttelnd betrachtete Carus das Band an seinem Handgelenk.

»Wenn ich daran denke, welche Macht diese seltsamen Fähigkeiten euch geben würden ...«, sagte er nachdenklich. »Noch seltsamer ist, daß ihr die Macht nicht haben wollt.«

»Du erkennst klar«, beschied ich ihn, »den Unterschied zwischen unserer Philosophie, die der stoischen des Seneca zuzurechnen ist, und derjenigen, die viele eurer Caesaren haben. Wir brauchen keine Macht. Wir haben die besseren Argumente.«

»In langen Jahren meines Lebens«, murmelte er, »die mich hierhin und dorthin geführt haben, sah und erlebte ich vieles. Eine derart freie, fröhliche Örtlichkeit wie eure Oase sah ich nirgendwo.«

Usha antwortete, fast eine Spur zu scharfzüngig: »Eine zweite Örtlichkeit werde ich gründen. Die Oase ist mein Vorbild, Atlan und Arconrik sind also meine Lehrmeister.«

Er grinste und knurrte: »Bessere kann sich niemand wünschen.«
Ich bedauerte, daß es den Falkner Khach't nicht mehr gab. Ich vermißte sein ansteckendes Gelächter und seine Trinkfestigkeit. Überdies wäre es, hätte er noch gelebt und gewirkt, niemals zu dem Debakel in der Oase gekommen.

Als die hauchdünne Sichel des Mondes wieder anzuschwellen begann, leiteten wir den vorläufig letzten Schritt ein. Die Frauen und die Männer in Rüstung und Waffen bestiegen die Schiffe. Ich stand am Steuer der KÖNIGIN, Arconrik lenkte die neu getaufte TOCHTER DER ISIS. Zuerst durchfurchten die Kielwasser den stillen See der Flußkrümmung, dann hoben sich die Schiffe und schwebten auf unser zu eroberndes Königreich zu. Zum erstenmal bemerkte ich, daß Usha unruhig zu werden drohte.

»Sie warten auf uns, auf dich. Am Fluß werden sie stehen, wenn der erste unsere Schiffe sieht«, beruhigte ich sie. Die Konstruktionen schwebten in mäßiger Schnelligkeit durch die Nacht. Wir folgten nicht den Windungen des Flusses, aber wir verloren die im Sternenlicht glänzende Oberfläche nicht aus den Augen. Wieder hörten wir die leise Stimme des Roboters, dessen Schiff den unersetzlichen Gleiter mitschleppte.

»Wir betreten Neuland«, sagte Usha. »In jeder Beziehung.«

»Für das technische Treiben sind wir ausgerüstet.« Ich wiederholte die endlosen Gespräche so vieler Nächte. »Und wir, du und ich, wir können die Menschen richtig behandeln.«

»Ich weiß alles«, sagte Usha. »Hier erkenne ich's.« Sie legte die Finger an die Stirn. »Aber hier fühle ich es ganz anders.«

Sie deutete auf ihre Brust. Ich verstand sie, aber meine Gedanken waren weitergeeilt. Die Menschen der Oase, damals, hatten wir ausgesucht, nach bestimmten Überlegungen. In Ushas dunklem Königreich fanden wir eine natürlich gewachsene Bevölkerung vor, die über unser Vorhaben durchaus anderer Auffassung sein würden. Ich rechnete mit einiger Sicherheit, daß unsere sogenannten Wunder sie zunächst lähmen, dann kooperativ machen würden. Arconrik hatte dasselbe Verhalten errechnet. Von unseren Baumeistern wußte ich, daß ihre römische Arroganz ihnen ein ähnliches Verhalten ebenso diktierte.

Leise glitten die Schiffe durch die Dunkelheit der warmen, windarmen Nacht. Ich folgte Arconrik, der den Landepunkt unmöglich verfehlen würde. Etwa drei Stunden vor dem ersten Licht des Morgens zogen wir einige Kreise über der Trümmerbarriere, über die das Wasser weiß schäumend ins Flußbett zurückstürzte. Im letzten Schwung glitten wir ins Wasser und trieben auf das Ufer zu. Schnell waren die Schiffe belegt: leise fingen wir an, die Laufplanken an Land zu schieben und einen Teil unseres Gepäcks auszuladen. Ich und Arconrik rammten die Stäbe eines Energiezauns ein, der im Halbkreis unseren Landeplatz schützte. *Wahrscheinlich beobachtet man euch,* flüsterte der Logiksektor warnend.

Es würde uns helfen, dachte ich. Teile der Schiffe erstrahlten im Licht einiger Scheinwerfer. Auf dem Hinterdeck ging Usha hin und her. Rüstungen und Schilde der Männer funkelten. Langsam gingen wir in einer Gruppe auf den Fleck zu, der von Arconrik markiert worden war. Ich verständigte mich mit ihm: Er signalisierte, daß nicht weniger als zwanzig Leute uns beobachteten; aber keiner beabsichtigte, uns anzugreifen. Im Lauf der nächsten Stunde erreichten wir den Punkt der zukünftigen Residenz, schlugen einige Büsche und verkümmerte Bäume um und machten ein riesiges Feuer. In seinem Licht errichteten wir ein kantiges Zelt aus weißem Stoff.

Wir rammten lange Stäbe in den Boden, die unseren Weg vom Schiff zum Zelt markierten. Dabei kreuzten wir die Handelsstraße und die Fahrspuren, die von der Furt in weitem Bogen wegführten. Arconrik und ich standen neben dem Zelt, und er sagte:

»Es werden immer mehr, die uns zusehen. Sie rennen hin und her und versammeln sich.«

»Genau das, was wir erwartet hatten. Wir können weitermachen.«

Arconrik entzündete eine Fackel. Nach wenigen Augenblicken brannte die Flamme, sandte eine gewaltige Lichtflut aus und warf weißglühende Funken in alle Richtungen. Arconriks verstärkte Stimme erscholl.

»Freunde! Holt Usha Tizia, die Kandake, von den Schiffen. Bringt sie zum Zelt!«

Gleichzeitig zündeten wir die Ladungen in den langen Fackeln. Es bildete sich eine Doppelreihe zuckender Flammenbündel, die roten Rauch ausstießen. Alle Männer versammelten sich und marschierten zurück zum Schiff. Usha verließ das Deck und blieb am oberen Ende der Laufplanke stehen. Arconrik und ich gingen hinauf, hoben die großen Schilde auf und begleiteten sie zum Ufer. Die Männer schlugen an ihre Schilde und stimmten laute Rufe an. Zu dritt setzten wir uns an die Spitze eines Zuges und marschierten ohne Eile, für jedermann deutlich sichtbar, zwischen den Reihen der leuchtenden, rauchenden Zeichen auf das Zelt zu. Gleichzeitig zogen wir die Stoffbahnen zur Seite; in königlicher Haltung ging Usha ins Innere.

»Immerhin«, meinte ich zu den anderen. »Der Auftritt ist gelungen. Es war wie eine Besitznahme.«

Aus der Dunkelheit und den langgezogenen Rauchwolken kamen die ersten Eingeborenen. Mit schnellen Blicken überzeugten wir uns, daß sie keine Waffen trugen.

»Fünfmal das Signal, das der Falkenschmuck aussendet«, sagte Arconrik leise.

»Ein gutes Zeichen.«

13.

Es wurden immer mehr, die auf das Licht und das Zelt zukamen. Um die Träger des Horuszeichens hatten sich Gruppen gebildet. Sie vergrößerten sich rasch. Wir konnten vage erkennen, daß andere Siedler sternförmig zu diesen Gruppen stießen. Sie hatten sich also miteinander verständigt. Wir umstanden das Zelt und warteten ruhig, bis sich einige Nomaden hervorwagten. Ich hoffte, daß sich die Horusschmuckträger zu Sprechern gemacht hatten, aber nur fünf der Mutigsten, die endlich vor dem Zelt stehenblieben, trugen dieses Zeichen. Keiner sagte ein lautes Wort. Die junge Frau, die heute weitaus weniger Schmuck trug, ging zu Arconrik und sagte unsicher:

»Wir haben gewartet. Ihr seid gekommen. Ist sie die Frau aus dem Geschlecht der Isis?«

»Sie ist es. Wir sind ihre Freunde und Helfer. Hier wollen wir die ersten Häuser bauen.«

Allmählich wurden sie mutiger. Der Rauch der Fackeln roch wie jener in den Tempeln.

»Ihr wollt über uns herrschen?« fragte ein Jäger.

In meinem Rücken ertönte Ushas Stimme. Sie sprach mit Überzeugung, ohne Scheu und sehr liebenswürdig.

»Wir wollen eine gute Brücke bauen, die der Fluß nicht wegreißen kann. Dazu unsere Häuser aus dem Lehm der Erde. Und abseits der Straße, auf der die Karawanen kommen und gehen, soll ein Hof entstehen, in dem man alles findet, was Karawanen brauchen. Dafür nehmen wir Geld, und alle werden reich. Auch ihr, wenn ihr uns helft.«

Der Speerspitzenschmied kam herbei, hinter sich einen Keil ebenso stark aussehender Männer.

»Sie kommen und gehen, nehmen unsere Frauen und verschwinden. Sie saufen unser Wasser, ihre Pferde fressen unser Gras. Was wollt ihr dagegen tun?«

»Für das Gras müssen sie zahlen. Oder Waren dalassen«, erklärte ich. »In ein paar Jahren machen sie hier freiwillig halt und lassen Gold da.«

»Viele von uns berieten sich, nachdem die Göttin mit uns gesprochen hat. Wir wollen helfen. Wir haben nichts, das wir ihnen verkaufen können. Laßt uns mittun.«

»Ihr seid willkommen«, sagte Usha. »Aber ich und meine Freunde arbeiten schnell und auf ungewohnte Art. Seid ihr stark und schnell genug?«

»Ihr werdet es sehen, Königin.«

»Wenn es hell wird, fangen wir an«, sagte sie. »In einem Jahr wimmelt es am Ende der Brücke von Goldmünzen und Kostbarkeiten. Eure Frauen und Töchter können die reichsten Handelsherren nehmen. Ich werde gerecht zu allen sein.«

Weitere Fragen, noch mehr Antworten. Eine Handvoll Nomaden nach der anderen tauchte auf; sie bildeten am Ende einen dichten Kreis um das Zelt. Arconrik brauchte nicht einzugreifen. Die Fackeln hörten auf zu brennen, als die Sonne erschien. Mir war, als ob die Nomaden unabhängig von der Komödie mit Isis im Tempel von Philae auf jemanden gewartet hätten, der eine Änderung des Zustands herbeiführen wollte. Wahrscheinlich erinnerten sie sich ihrer ausgestorbenen Königsfamilien. Als das Wichtigste besprochen zu sein schien, erhob Arconrik seine Stimme und verkündete:

»Wir fangen an! Wir zeigen euch, Handgriff nach Handgriff, wie ihr uns helfen könnt. Und wenn einige Jäger sich um das Essen Sorge machen, so hilft es allen.«

Langsam, aber nach einem lang entwickelten Plan, fingen wir an. Es begann mit einem Fundament aus Steinen für die Kernzelle des königlichen Palasts. Gras wurde geschnitten, mit Lehm vermischt, daraus preßte eine einfache Maschine in großer Geschwindigkeit einen Lehmziegel nach dem anderen. Tustar und Synesios hatten diese Technik entwickelt und ausprobiert.

Für diejenigen unter uns, die nicht in den Schiffen schliefen, schlugen wir Zelte auf. Mehr Fundamente aus Stein wurden gelegt, und die ersten Baumstämme schwammen auf dem Fluß herunter. Stets dann, wenn niemand zusah, fällte Arconrik sie mit haardünnen Hochenergiestrahlen. Usha Tizia bemühte sich, wenn die Nomaden in ihrer Nähe waren, würdevoll zwischen uns hindurchzuschreiten und uns Befehle zu geben, die wir vorher abgesprochen hatten.

Synesios und Narcissus bauten das erste Haus aus Lehmziegeln, verstärkt durch Äste trockenen, geschälten Holzes. Eine neue Art von Architektur entstand; gerundet, geschwungen, der Landschaft angepaßt. Wie einst im Land der Rômet. Im Bett des fast wasserlosen Flusses hoben wir Gruben aus, in die wir mit Steinen und Cementum nach römischer Art die Pfeiler und Wellenbrecher einmauerten. Der Lehm, mit einer besonderen Mischung aus Harz, Wasser und Kalk eingestrichen, geglättet und abgerundet, trocknete langsam. Im Sommer würde er die Räume kühlen, in den kühlen Monden speicherte er die Wärme des Innern. Nur vor starken Regenfluten mußten wir die Bauwerke mit dem Steinfundament sichern, das Ablaufkanäle besaß. Pflaster breitete sich in Form von Wegen und kleinen Plätzen zwischen den meist runden Häusern aus; wir pflanzten möglichst große Bäume zwischen den Mauern.

Sie brachten einen Jäger in mittleren Jahren, den eine Raubkatze übel zugerichtet hatte. Dies war meine Arbeit. Ich ließ ihn in mein Zelt bringen, nahm den Zellaktivator und legte ihn auf die Brust des stöhnenden, blutüberströmten Mannes.

Zuerst injizierte ich ihm ein schmerzstillendes, einschläferndes Medikament, dann versorgte ich seine Wunden. Zuerst waren es nur andere Jäger, dann kamen Fischer, Hirten und Kinder, alle sahen ohne Scheu zu, wie ich das Blut abtupfte, keimtötende Flüssigkeit aufpinselte, die Wundränder zusammennähte. Ihren Mienen entnahm ich, daß sie den Jäger schon als Toten sahen.

»Er wird leben«, sagte ich. »Mit Narben zwar, aber in ein, zwei Monden jagt er wieder.«

»Das glaube ich nicht«, sagte ein Nomade, dessen Brust feine Linien aus Schmucknarben zierten. Ich machte ruhig weiter und erkannte die Anzeichen, daß das Leben in ihn zurückkehrte.

»Warte es ab. Habt ihr schon die Händler gesehen?«

»Drei, vier Tagesreisen weit. Sie kommen von dort.«

Er zeigte in die Richtung des gegenüberliegenden Ufers. Dort stapelten sich die runden Balken, deren Enden in Zapfen und Aussparungen ausliefen. Die Brücke würde in zwanzig Tagen fertig sein; ein Teil der Straßen war umgelenkt und befestigt worden, auf einem langen Damm.

»Ihr werdet euch verstecken«, sagte ich. »Oder hier warten, mit euren Waffen und ohne eure schönen Töchter.«

Ein breites Pflaster hier, eine Binde dort, die Wirkung des Zellaktivators – ich warf die blutigen Tücher in die Wasserschüssel, säuberte mir die Hände und fragte leise:

»Seid ihr zufrieden mit der Kandake Usha Tizia?«

»Bisher sehen wir nur die Häuser. Sollen wir darin wohnen?«

»Später, wenn es mehr gibt.«

»Aber die, von denen ihr euch helfen laßt, die sind zufrieden. Reichlich Essen und starkes, schäumendes Bier. Und viele Versprechungen? Bisher hat sie alle gehalten.«

»Ihr werdet, wenn ihr Hilfe braucht, keine Versprechungen, sondern Hilfe bekommen«, antwortete ich. »So wie Dauco hier.«

Sie wollten ihn wegtragen, aber ich sagte ihnen, sie sollten eine Trage zimmern und in einigen Stunden wiederkommen. Wenn sie ihn jetzt mitnahmen, würden sie ihn umbringen. Leise murmelnd und kopfschüttelnd gingen sie davon, zutiefst nachdenklich. Jeder sah, daß sich etwas zu ändern begann an dieser Kreuzungslinie zwischen Handelsstraße, Fluß und Savannensiedlungen.

Während sich ein System weißer, ockerfarbiger und gelber Lehmbauten zwischen den sprießenden Bäumen und neben den Wegen und Treppen über den kleinen Hügel auszubreiten begann, zimmerten wir in einem offenen Viereck große Hallen aus Fachwerk. Wir bohrten einen Brunnen – genauer gesagt brannte Arconrik einen tiefen Schacht bis ins Grundwasser – und mauerten ihn mit gebrannten Ziegeln zu einem langen Trog mit hohen Rändern aus.

Die Anzahl der Helfer vergrößerte sich: Fischer brachten Fisch und erhielten Wild von den Jägern. Jeder, der arbeitete, wurde von uns mit Essen und kleinen Kupfermünzen bezahlt. Mehr und mehr setzte sich »unsere« Sprache durch. Flaschenzüge wurden verwendet, aufgehängt an unseren vorfabrizierten Baugerüsten, und das Gitterwerk der Brücke wuchs.

Während wir die ersten Gebäude zu bewohnen begannen, erklärte ich Ganna die Karten. Er wollte reisen und lernen, wie und mit welchen Waren zu handeln war; er würde die TOCHTER DER ISIS bekommen. Schon stapelten wir Stämme aus Ebenholz in den neu entstandenen Magazinen. Die Jäger brachten Straußenfedern und zahllose Felle. Wir zeigten ihnen, wie man sie veredeln konnte. Usha versprach jedem, der eine handelbare Ware brachte, einen Teil des Gewinns. Zuerst mußten wir Elfenbein, Gold und die seltenen Steine gegen andere Waren oder Münzen tauschen.

Die erste Handelskarawane erreichte die Brücke. Wir hatten sie erwartet, ebenso dringend wie unsere Pferde. Sie kam vom Hafen Adulis und hatte einen langen Weg hinter sich. Arconrik, Usha und ich kletterten über den provisorischen Brettersteg und gingen den Händlern entgegen. Auf einem staubbedeckten Rappen, von dessen Sattel und Zaumzeug lange Bänder mit Quasten herunterhingen, sprengte ein schwarzhaariger Mann mit goldenen Ohrringen auf uns zu.

»Arsam, der Roßtäuscher«, sagte Arconrik. »Er wird zweifellos versuchen, seinen Vorteil wahrzunehmen.«

»Was ihm niemand verdenken kann«, meinte Usha in guter Laune. »Aber er wird sich ernsthaften Schwierigkeiten gegenübersehen.«

Er hatte die Wahl, einen weiten Umweg zu machen oder sich mit uns auseinanderzusetzen. Kaum hielt er das Pferd in einer Staubwolke an, rief ihm Arconrik entgegen:

»Unsere Pferde! Gekauft, bezahlt und dennoch mit einem halben Mond Verspätung. Händler der Neumonde! Warum läßt du uns warten?«

Arsam ging auf die Vorwürfe nicht ein, stieg vom Pferd und begrüßte uns. Seine Blicke gingen argwöhnisch zum aufgestauten, rauschenden Fluß, zur Brücke, zum steil abfallenden Ufer, hinunter zu den seltsamen Häusern und den Nomaden, die am anderen Teil der Straße arbeiteten.

»Die Welt ist im steten Wandel«, sagte er philosophisch. »Als ich das letztemal hier war, sah alles ganz anders aus.«

»Und wenn du das nächstemal kommst, wirst du fürstlich bewirtet. Platz für Tiere gibt es, und Warenlager. Sieh hin – wir schaffen nur für dich einen Übergang.«

»Wer ist diese Frau?« wollte er wissen und zeigte auf Usha.

»Die Königin, Kandake Usha Tizia aus dem Geschlecht der Isis«, sagte ich. »Und allerlei bewaffnete Freunde, römische Baumeister, Zofen, Rechner und zukünftige Händler. Unsere Königin. Freiwillig arbeiten diese dunkelhäutigen Jäger für sie, und sie haben versprochen, sich von durchreisenden Händlern weder ihre Töchter stehlen noch betrügen zu lassen. Rom ist nunmehr auch hier, Arsam.«

»Und wir warten auf unsere Pferde«, schloß Arconrik.

»Sie sind im hinteren Teil des Zuges, fernab von den Kamelen«, sagte er. »Wohlbehalten und gut im Futter. Kaum eines lahmt.«

Auf die Balken wurde die erste, provisorische Lage aus Brettern gelegt. Der Händler hatte erkannt, daß er es sich mit uns nicht verderben durfte. Er sah ferner, daß uns eine kühle Entschlossenheit eigen war. Seine Erfahrung war groß; er versuchte kaum zu debattieren.

»Ihr verlangt Brückengeld?«

»Nicht für dich, nicht dieses Mal«, sagte Usha. »Du sollst aber überall sagen, daß ein Königreich von Atbara entstanden ist. Später siehst du mehr. Sei mein Gast heute abend, in meinem noch kleinen Palast.«

»Und die Karawane?«

»Im Hof, rund um den Brunnen, sind Platz und frisches Wasser«, lud ihn Usha ein. »Du kannst eine Halle mieten, kannst bestellen, was du das nächstemal willst, kannst über Preise und Bedingungen sprechen. Nach dem Übergang über die Brücke werden wir fröhlich beieinandersitzen.«

Er war überrumpelt, aber nicht überzeugt. Er senkte den Kopf, während seine dunklen Augen jede Einzelheit registrierten, bis hin zu den beiden Schiffen, von denen er wissen mußte, daß sie nicht durch das Wasser des Flusses hierher gesegelt worden waren. Vorsichtig, langsam, angestarrt von Hunderten staunender Eingeborener, wurden die schwer beladenen Tiere über die knarrenden Bretter geführt und im Hof zwischen den wachsenden Mauern abgeladen.

Schließlich kamen zwei Dutzend Pferde. Natürlich trugen sie, obwohl unser Eigentum, seine Lasten. Arconrik und ich kümmerten uns um die Tiere und brachten sie auf eine vorbereitete Weide. Später würden sie in den Ställen der Karawanserei stehen. Es dauerte Stunden, bis die Karawane versorgt war, und als Arsam sich zum Palast bringen ließ, brannten in den windgeschützten Nischen die Öllampen.

Aufmerksam alles in sich aufnehmend, sah er sich in der kleinen Halle um. Die aus Lehm geformten Sitze mit der Oberfläche aus glasierten Kacheln, auf denen Kissen und Felle lagen, sah er ebenso wie die Verzierungen, die ein Eingeborener mit künstlerischem Talent an den Wänden angebracht hatte. Die Vorhänge vor den Fenstern und die Gitter der Dachöffnungen, durch die zwar frische Luft hereinstrich, aber keine Insekten eindrangen, erweckten ebenso sein Interesse wie der Tisch; Lehmfüße und gescheuerte Holzplatten, belegt mit Leinen, voller Schüsseln und Schalen, Becher und Krüge. Es war für zwanzig Personen angerichtet. Wir hatten die Ältesten der Fischer, Hirten und Jäger eingeladen; natürlich waren alle Freunde an der Tafel.

»Ich halte nichts davon«, sagte Usha leichthin, »unseren Goldstaub, der im Flußsand gefunden wird, protzig zur Schau zu stellen. Dennoch wird es uns an nichts fehlen.«

»Selbst unser Bier wirst du, Arsam, über alle Straßen bekanntmachen«, ergänzte Ganna. »Hast du eigene Schiffe?«

»Nein. Aber ich kenne jeden Kapitän in Adulis.«

»Bald wird es einen mehr davon geben«, murmelte ich und winkte ab, als er fragend auf mich deutete. »Nein. Nicht mich. Kannst du uns Lampenöl verkaufen? Unsere Pressen sind noch nicht aufgebaut.«

»Kein Wort von Geschäften«, sagte Usha und winkte.

Die Eingeborenenmädchen, die uns mit Krügen und Bechern bedienten, waren von Mariades' Freundin ausgebildet und von Usha eingekleidet worden. Selbst der gerissene Händler starrte sie verblüfft an.

»Andere Zeiten, Arsam«, erklärte Usha. »Langsam beginnst du zu glauben, wie?«

Er nickte schweigend, und sein Erstaunen wuchs, als er erfuhr, woher die meisten von uns gekommen waren, was sie taten und planten. Das Essen und das Zusammensein verliefen in großer Harmonie und Fröhlichkeit. Arsam bewies, daß er ein guter Rechner und ebenso tiefer Kenner der menschlichen Natur war, als die Eingeborenen von ihrem Erlebnis im Isistempel erzählten.

»Ihr tut gut daran«, meinte er bedächtig, »diese Frau zu verehren. Wenn Isis sie geschickt hat, dann wird sich euer Leben auf das Beste ändern. Ich kenne euch: Ihr wollt zum größten Teil feste Siedlungen haben. Wenn es hier eine Karawanenstation gibt, ist es gut für alle. Bier, beispielsweise, so schmackhaft wie dieses, kann ich mit gutem Gewinn für euch verkaufen.«

»Überdies wird uns Rom Geld schicken«, versprach Mariades mit Überzeugung, »weil wir hier Ruhe halten. Zu Grenzwächtern lassen wir uns nicht machen, Kandake.«

»Nicht, solange ich befehle«, entgegnete Usha würdevoll. »Das Königreich am Atbara trägt meinen Namen.«

Der Händler, der unsere Schilde und Brustpanzer gesehen hatte, zeigte auf die Darstellung der Isis und des Horusfalken über dem geschnitzten Sessel Ushas am Kopfteil der Tafel. Auch die Schilde trugen den Isiskopf und darüber den Horus mit ausgebreiteten Schwingen.

»Und dein Zeichen, Kandake. Ich erwarte es lange zu sehen.«

»Es wird glänzend bleiben«, versicherte Arconrik.

Arsam und Ganna fingen bald miteinander zu verhandeln an. Ganna wollte ein Schiff in Adulis anlegen lassen und suchte einen erfahrenen Kapitän, der ihm die Häfen anzusteuern half. Er nannte Namen und entrollte die Karte, bei deren Anblick es Arsam die Sprache verschlug.

»Komm mit mir, wenn ich wieder hier über die Brücke gehe. Ich bringe dir den Kapitän.«

»Wir treffen uns dort, nachdem ich mit dir zusammen die Waren eingeladen habe«, entschied Ganna.

»Auch gut.«

Arconrik hob seinen Pokal und winkte dem Händler.

»Von dir brauchen wir Ratschläge, wie die Station ausgerüstet werden soll. Es muß der beste Handelsposten zwischen Adulis und Meroe am Nil werden!«

»Gern. Einiges habt ihr nicht ganz richtig gemacht ...«

Ebenso aufmerksam lauschten die Eingeborenen. Ich mißtraute ihnen nicht, aber meiner Ansicht nach waren sie noch viel zu tief in ihren naturreligiösen Vorstellungen verhaftet. Sie sahen auf exotische und rohe Art selbstbewußt aus mit ihrem riesigen Schmuck, mit den muffigen Fellen und den Schmucknarben. Wahrscheinlich begriffen die Kinder die neue Zeit schneller, wie an jedem Ort des Planeten. Die Blicke aber, die sie nach drei Monaten täglichen Zusammentreffens ihrer Kandake zuwarfen, bedeuteten tiefen Respekt und Bewunderung. Arconrik, die Baumeister und ich fingen sofort an, die Ratschläge des Händlers zu diskutieren.

»Mehr Räume für Sklaven, eine Taverne, viele Ringe in die Mauern für die Tiere, ein Magazin für Futter ... und schließlich bewaffnete Wächter am Tor.«

Sorgfältig besprachen wir eine Einzelheit nach der anderen. Arsam witterte das Geschäft, das für ihn als erstem Händler und »Vertrauten der Kandake«, wie er sagte, immer günstig sein würde. Ich lehnte mich zurück, zog mich langsam aus der Unterhaltung zurück und überdachte meine Lage. Aufregende Abenteuer hatte ich bis zu diesem Tag nicht zu bestehen gehabt. Aber es schien mir gelungen zu sein, wenigstens einmal die Dauer des Aufenthalts auf der Planetenoberfläche in Ruhe und Zufriedenheit, mit viel Arbeit und Nachdenken, aber ohne Blutvergießen, Kämpfe und existenzbedrohender Wagnisse hinter mich zu bringen. *Das wird nicht so bleiben, Arkonide,* meinte lakonisch der Logiksektor. *Die Herausforderung besteht weiter!*

Wie oft noch? fragte ich mich. Wann fand ich Zugang zu einem gelandeten Schiff? Wann wurde ich gegenüber mir selbst wortbrüchig? Würde ein Punkt erreicht werden, an dem ich die Flotte von Arkon zu Hilfe rufen mußte, weil Gefahr aus den Tiefen des Weltalls den Planeten bedrohte? *Warte es ab,* sagte der Extrasinn.

Wir wurden müde. Unzählige Gedanken erörterten die Frauen und Männer an der leergegessenen Tafel. Das Bier floß reichlich, ebenso reich waren die Ideen und Vorstellungen der nahen Zukunft. Die Jäger versprachen, die schönsten Felle zu liefern, ohne den Tierbestand zu dezimieren. Daß für Elfenbein hohe Preise gezahlt würden, wußten sie, aber als gute Jäger erkannten sie auch, daß es selbstmörderisch war, mehr Elefanten zu jagen, als nötig war, um die Felder zu schützen.

»Für beides zahle ich hohe Preise. Oder ich bringe euch jene Waren, die ihr bestellt«, versicherte Arsam mit schwerer Zunge. Er stand auf, verbeugte sich tief und gab eine Reihe von Schmeicheleien von sich, die Usha mit mildem Lächeln entgegennahm. Dann brachten ihn die Diener, in Leopardenfelle gekleidet, in sein Quartier.

Für uns alle brach am nächsten Morgen, Stunden später als sonst, die

Arbeit wieder an. Die Bögen aus Ziegeln und Steinquadern wurden zu Ende gemauert. Darüber erhob sich die sanft abfallende Rampe des diesseitigen Brückendamms. Wir legten den Boden mit Flußkieseln aus, und wenn es ein Hochwasser geben würde, konnte das Wasser des Atbara ungehindert abfließen.

Rund um den See, der einen Zufluß und Abfluß erhielt wie jener in der Oase, entstanden neue Häuser in Lehmbauweise. Mittlerweile konnten wir die Lasten mit Wagen transportieren, vor die wir Pferde spannten.

Jeden Tag kamen mehr Eingeborene, um zu helfen. Vielleicht ein Drittel der Anwohner blieb nomadisch und trieb die Herden in der Savanne umher. Von uns war kaum einer überzeugt, daß diese mageren Tiere genügend Milch und Fleisch liefern würden. Sollten wir diese gewachsene, seit Generationen eingeübte Verhaltensweise zu ändern versuchen? Die Zeit würde es schaffen, wenn es sinnvoll war. Dennoch kauften wir den Hirten einige Jungtiere ab und wollten mit ihnen züchten.

Fertige Hütten, halbfertige und Fundamente zogen sich um den Hügel herum, bedeckten ihn teilweise, bildeten einen Ring um den Explosionskrater und wuchsen entlang des Ufers auf die alten Hütten der Fischer zu. Schon gaben einige Eingeborene ihre Behausungen freiwillig auf und bauten mit uns zusammen an ihren eigenen Häusern. Das Angebot an Nahrungsmitteln wurde reicher; unsere Römerinnen fingen an, ihre gewohnten Gerichte zu kochen.

Die Karawane hatte längst Meroe erreicht und verbreitete dort die Nachricht von der Handelsstation.

Die Brücke wurde ein kleines Meisterwerk. Die tragenden Stämme, wuchtig und kantig, spannten sich von Pfeiler zu Pfeiler. Darüber lag eine sorgfältig verzapfte Lage von Querbohlen, auf denen sich ein ebenso wuchtiges Geländer erhob. Die Holzkonstruktion ging ohne Rillen und Querfugen in die Dämme über, auf deren Kamm die befestigte Straße verlief und nach einigen Bogenschußweiten in die bisherige, staubige Straße einmündete. Die Brücke war hochwasserfest, und die Wurzelgeflechte der Bäume, die wir entlang der Dämme pflanzten, würden Erdreich und Gestein festhalten, wenn das Wasser steigen sollte.

Überall war Mariades mit seinen Listen. Er wußte über alles Bescheid und wurde zur rechten Hand Arconriks. Auch in diesem Land, in dessen Nächten Trommeln ihre pochenden Signale nach allen Richtungen schickten, waren Gerüchte offensichtlich schneller als der Schall. Eines Mittags, in der größten Hitze, die jede Spur Feuchtigkeit aus dem Lehm sog, kamen etwa fünfzig hagere Männer. Sie trugen große Elefantenzähne, dreihundert verschiedene Felle, faustgroße Goldklumpen und einige Säcke. Schweigend legten sie die Waren vor sich hin und setzten sich in einem weiten Kreis ins Gras des Karawanserei-Innenhofs, in dem die dünnen Zweige der neu eingegrabenen Bäume schwachen Schatten warfen. Ich schickte Mariades und Usha zu ihnen, mit zweien unserer Jäger.

»Ihr könnt jetzt beweisen, was ihr gelernt habt«, sagte ich. »Ich sehe zu und gebe nicht einmal Ratschläge. Steh selbst auf deinen zierlichen Füßen, Usha.«
»Ich werd's versuchen.«

Das Gebiet änderte sich langsam, aber gründlich und in unserem Sinn. Die Lehmhäuser, das Wasser und die Pflanzen gingen eine Verbindung miteinander ein, die der Schönheit und der Systematik der Natur entsprangen. Auch die fremden Jäger, die mit vielen Krügen, Werkzeugen und eisernen Waffen abzogen, waren ein Teil dieser Wälder, Steppen und Savannen, und sie wollten wiederkommen. Sie hatten Naturalien getauscht und fühlten sich nicht betrogen oder übervorteilt.
Arconrik merkte es als erster. Er kam zu mir und flüsterte geheimnisvoll: »Es geht etwas vor unter den Eingeborenen.«
»Was meinst du? Rebellion? Mehr Ärger? Vermutlich wollen sie uns wegjagen?«
»Nein. Sie flüstern miteinander. Immer wieder taucht Ushas Name auf. Ich habe eine hohe Wahrscheinlichkeit dafür errechnet, daß sie ihr offiziell das Vertrauen aussprechen wollen.«
»Also eine Königinnenwahl?« fragte ich. Arconrik gab mir die Bestätigung für ein undeutliches Gefühl, das ich gehabt hatte. Er nickte.
»Sie werden in einer bestimmten Nacht zusammenkommen. Auf dem Sandplatz vor den Eingängen des Palasts. Sie bringen Trommeln mit und alles andere. Es soll ein großer Tanz getanzt werden. Mehr weiß ich auch nicht.«
»Es klingt nicht schlecht«, sagte ich. »Wann? Morgen oder in einem Mond?«
»In einer Handvoll Tagen. Du kennst ihr mangelndes Zeitgefühl. Aber ich denke, daß wir es ein paar Stunden vor Ausbruch der Feierlichkeiten wissen werden. Bereite Usha vor – es wird ein typisch barbarisches Fest, ohne jene Raffinesse, die wir gewöhnt sind.«
»Nichts anderes vermute ich«, brummte ich und beschloß, wachsam zu bleiben. Arsam und seine Karawane kamen zurück. Unsere Magazine, Brunnen und Stallungen bestanden die erste wirkliche Bewährungsprobe.
Ganna und ein Dutzend Römerinnen und Römer, dazu vier Eingeborene, beluden die ISIS nach den Ratschlägen des Händlers. Nachdem sie den ungefähren Tag des Treffens im Hafen Adulis am Sinus arabicus ausgemacht hatten, zog – nach allerlei langwierigem Feilschen – die Karawane weiter. Die Blicke und Gesten, mit denen der Händler Ganna, und seine Gruppe das Schiff im schäumenden Wasser des Flusses bedachte, drückten aus, was er dachte. *Irre Phantasten!* Dieses schwer beladene Schiff müßte fliegen können!
Ganna ließ ihm einen Vorsprung von einigen Tagen, nahm herzzerreißenden Abschied von uns, umarmte und küßte jeden und entschloß sich

in einem Anfall von Heldenmut, zu starten. Arconrik, den Gleiter im Schlepptau, steuerte die ISIS von uns fort.

Ein kleines Kapitel in dieser langen Geschichte endete. Nun gab es nichts mehr, was wir für jene mutige Besatzung tun konnten. Sie hatten alles von uns gelernt, was wir ihnen beibringen konnten – vielleicht sahen wir zufällig ihre Erlebnisse und unser Schiff auf den Bildern einer Spionsonde. Zwei Tage später kam Arconrik mit dem Gleiter zurück. Er brachte zwei Sklavinnen mit, die er aus Mitleid und mit einiger Berechnung gekauft hatte. Usha nahm sie unter ihre Fittiche; Sklavenfänger hatten sie aus einem Gebiet unweit der Brücke entführt.

Es nähert sich, Arkonide, die unwiderruflich letzte Nacht mit Usha Tizia, so formulierte das Extrahirn meine Gewißheit, die ich nicht zu denken wagte. Ich traf mit Rico alle Vorbereitungen.

An diesem Abend, als das Dach auf dem winzigen Tempel der Isis fertig wurde, verwandelte sich das ruhige Bild der Lichter, die ihre flackernden Flammen an die hellen Wände der Häuser warfen, geheimnisvoll hinter Blättern funkelten, Schatten erzeugten und die Myriaden Insekten anlockten. Leuchtpunkte näherten sich aus allen Richtungen. Trommeln begannen zuerst leise zu ertönen, wurden lauter und trafen sich in einem dröhnenden Rhythmus, der die gesamte Gegend erfüllte. Im Donnern der Baumtrommeln gingen die wenigen Detonationen unter, mit denen Arconrik die Felsbarriere des Flusses sprengte. Jetzt lief das Wasser schäumend zwischen den Pfeilern der Brücke hindurch. Hirten, Jäger, Fischer, alle unsere Arbeiter, Mädchen und Frauen näherten sich dem Platz. Viele von ihnen trugen Fackeln und bildeten einen Kreis. Während ich neben Usha am oberen Ende der Treppe stehenblieb, packte Arconrik den Rest unserer Ausrüstung zusammen und verlud ihn im Schiff.

»Das ist der Augenblick, Usha, an dem du endgültig zu ihrer Königin werden wirst. Ein freiwilliger Entschluß! Was kannst du mehr wollen?«

Die Träger der Horusschmuckstücke waren festlich gekleidet. Sie kamen würdevoll in die Mitte des Kreises. Rohrpfeifen ertönten, metallene Klänge waren zu hören, helle und dunkle Trommeln. Die Eingeborenen begannen mit einem summenden, schnarrenden Gesang. Ich verstand kein Wort.

»Wenn das meine Bestimmung ist«, antwortete sie tief nachdenklich. »Dann nehme ich sie gern an.«

Ein langsamer Schreittanz begann. Wir erkannten einzelne Elemente, die auf die gegenwärtige Lage hindeuteten. Der Tempel, der seltsame Schlaf, die Worte der Göttin und die Überreichung des Schmucks. Junge Mädchen, nur mit Schmuck und bunten Fellen bekleidet, sprangen in den Tanzkreis und wirbelten herum. Männer mit glänzenden Schmucknarben kamen hinzu. Sie bildeten um die Schmuckträger Kreise und Spiralen. Unverändert dröhnten von allen Seiten die wuchtigen Trommeln. Die Melodie der Pfeifen schnitt grell durch die Nacht. Schwärme von Mükken und Insekten tanzten im Licht. Aufgeregt flatterten Vogelschwärme über uns.

»Ein Tanz zu deinen Ehren«, sagte ich. »Hast du schon entschieden, wie du die Schmuckträger auszeichnen willst?«

»Längst. Jeder nach seinen Fähigkeiten.«

Der Tanz wurde lauter, schneller, hektischer. Die Tänzer waren bald schweißübergossen. Die Eingeborenen wollten ausdrücken, daß sie sich der Kandake unterstellten, daß aber Anführer ihres Vertrauens ihre Ratgeber bleiben sollten. Das war durchaus im Sinn Ushas. Stundenlang schien der Tanz zu dauern, und die jungen Frauen, die im Palast wohnten und dort vieles lernten, stellten die Bierkrüge bereit. Als die Trommeln leiser geschlagen wurden und in ein dumpfes Dauergeräusch überleiteten, ging Usha allein die Stufen hinunter, blieb in der Mitte der Tänzer stehen und hielt eine kurze Rede, in der sie genau das sagte und versprach, was die Eingeborenen wollten und was sie mit ihrem kleinen dunklen Königreich zu tun beabsichtigte.

Der Jubel eines halben Tausends Eingeborener war unbeschreiblich. Sie hoben die junge Frau auf ihre Schultern und begannen einen rasenden Lauf durch die Siedlung, über die Brücke, über einen Teil der eingezäunten Weiden und zwischen den Mauern der Häuser und Werkstätten hindurch bis zu den Säulen, die das Vordach der Treppe stützten. Dort wartete ich mit dem kleinen Rest unserer Gruppe aus Constantinopolis. Usha senkte den Kopf.

»Die Königin ist müde. Komm, Atlan! Die letzte Nacht soll die schönste sein. Wenigstens in unserer Erinnerung.«

Ich folgte ihr in ihr kühles Schlafzimmer. Schwer schloß sich der Vorhang. Die Nacht war nicht mehr lang, während in der Ortschaft das Lärmen und das trunkene Gelächter unmerklich leiser wurden. Zärtlichkeit, Melancholie und Leidenschaft kennzeichneten die wenigen Stunden. Noch vor dem Morgengrauen stand ich auf, betrachtete meine schöne Geliebte lange und schweigend und leerte einen letzten Pokal, der meiner Erinnerung an sie galt und ihrer Zukunft.

Durch die leeren Gänge des Palasts zog der Geruch der erkalteten Fackeln. Arconrik stand da, an eine Säule gelehnt.

»Zurück in die Oase, Gebieter?«

»Sag nicht Gebieter zu mir, Robot«, antwortete ich leise. Der Abschied zerriß mir fast das Herz. »Du hast, wie versprochen, eine Spionsonde hier postiert?«

»Selbstverständlich.«

Wir blieben kurz stehen, um in der kurzen Morgendämmerung die Straße, die Rampen und die Brücke ein letztes Mal anzuschauen. Ich lachte und sagte:

»Auf diese Brücke und die Lehmbauten bin ich weitaus stolzer als auf die Mauern der Ewigkeit. Nun, Usha Tizia, hast du viel Zeit, zu zeigen, was du von Arconrik und Atlan-Demetrion gelernt hast.«

Wir bestiegen das Schiff, hoben es zwischen den Morgennebeln aus dem Wasser und flogen zur Oase. Begeistert begrüßte uns Carus; als wir berichteten, daß uns Mariades mit einer Gruppe Reiter folgte, mit den eingerittenen Pferden und Traglasten verschiedener Waren, die wir hier brauchten, nahm seine Freude zu.

Der Schluß dieser Geschichte ist schnell erzählt: Ein halbes Jahr lang blieben wir in der Oase. Wir richteten Schulen ein und hinterließen, als wir mit dem Gleiter wegflogen, eine blühende Gemeinschaft. Den Einfluß des sterbenden Roms würde die Oase verarbeiten. Das Schiff wurde halbwegs zerlegt und konserviert und wieder in der unterirdischen Halle versteckt. Der Bildschirm zeigte uns, wie das dunkle Königreich größer wurde, einen Kampf abwehrte, der mehr ein Überfall war, wie Kandake Usha Tizia ihre wachsende Macht klug verwaltete und ihre Untertanen mit Können, Würde und zunehmendem Reichtum ausstattete.

Auch darauf war ich stolz, als ich mich endlich in der Tiefseekuppel zum Schlaf niederlegte. Wenn ich wieder aufwachte, konnte ich nicht mit einer solch langen Phase friedlichen Lebens rechnen, denn die unzähligen Fürsten des Chaos galoppierten noch immer mit verhängten Zügeln über den Planeten Larsaf III, eine Welt voller Barbaren, die wenig anderes in den Köpfen hatten als Machthunger und Selbstzerstörung.

Wieder war es tiefe Nacht, wieder war Cyr Aescunnar allein vor dem Halbrund arbeitender Geräte vor seinem Schreibtisch, wieder stockte Atlans Erzählfluß. Er machte eine Pause, die man gewöhnlich nicht oder nur in Gedanken wahrnahm; Cyr, der mit gespannten Sinnen auf jedes Wort lauerte, wartete auf den Abschluß der Erzählung.

Auf der Tischplatte türmten sich Unterlagen: Lesechips, holografische Karten, Stifte, der Kopfhörer, eine nutzlose Brille, Kaffeetassen und Stapel alter Bücher in unterschiedlichen Formaten. Atlan sprach weiter.

»Es war das melancholische, aber logische Ende dieser Mission. Wenn ich mich recht erinnere – denn ich muß leider sicher sein, daß mein Verstand von ES manipuliert wurde, zum Beispiel weiß ich noch immer nicht, warum der Zellaktivator wieder unter der Brustplatte herausoperiert worden wurde – , wurde Usha Tizia steinalt. Ihr kleines Atbara-Königreich überstand alle Angriffe. Sie trieb Handel unter anderem auch mit der Oase, deren genaue Lage weiterhin geheimgehalten werden konnte. Sie nahm sich verschiedene Männer und bekam einige Söhne, die nicht durch große Taten hervorgetreten sind. Irgendwann in den folgenden Jahrhunderten zerfiel das Dunkle Königreich, so wie auf Terra alles zerfiel und in stetigem Wechsel neu entstand. Die Mauern der Ewigkeit wurden vom Sohn dieses Dümmlings Arcadius, einem Theologen und Gelehrten namens Theodosius dem Zweiten, nach meinen Vorlagen weitergebaut; die massiven Doppelmauern von Constantinopolis waren in Europa ein Maßstab für Befestigungsanlagen und wurden erst 1453 nach der Zeitenwende endgültig gestürmt. Teile davon standen bis zu den Dolan-Angriffen in Istanbul.

Wer die Stadt eroberte? Ein türkischer Sultan, Mohammed der Zweite, vernichtete die letzten Spuren des ehemaligen Römischen Ostreichs. Ich habe es nie gemocht, dieses Römische Reich. Obwohl ... im Rückblick ist tatsächlich ein bestimmtes Muster zu erkennen, selbst für mich, den ausgewiesenen Skeptiker: In winzigen Schritten und ohne jedes erkennbare System nahmen die Barbaren meine zivilisatorischen und kulturellen Anstöße wahr. Wie auch immer: Ich traf immer wieder mit den Römern zusammen, selten gewollt, meist ungewollt.«

Cyr starrte, fast erschrocken, auf den Monitor. Atlan ballte langsam die Hände zu Fäusten, spannte die Muskeln beider Arme und kreuzte sie über der Brust. Er tastete nach dem Zellschwingungsaktivator, schien sich leicht zu schütteln und sprach weiter. Für Cyr bedeutete die Bewegung einen großen Schritt auf Atlans Weg zur Genesung.

»Einzelne Römer waren ungewöhnlich integre, kluge, wertvolle Menschen. Die Masse aber, nun, ich hab's längst vergessen. Rom wurde nun ebenfalls eine Stadt voller erhabener Ruinen, und das ehemalige Riesenreich war zur Jugend Perry Rhodans auf das Miniformat Italiens geschrumpft. Ich dachte lange an Usha Tizia und die Welt des Chaos, in der sie bleiben mußte, während ich mich in die kühle Stille meiner Überlebensanlage zurückziehen konnte, mit allen meinen unvollständigen Erinnerungen. Bevor ich einschlief, sprach ich lange mit Rico-Arconrik: Wenn ES nicht eingriff, würde er mich zu einer Zeit wecken, in der ich mich auf dem Barbarenplaneten von meinen eigenen Erlebnissen erholen würde können.«

Atlan schwieg. Die SERT-Haube hob sich, und Dr. Ghoum-Ardebil schwenkte, nachdem er durch die Schleuse der Intensivstation Atlans Überlebensraum betreten hatte, lächelnd grüßend den Arm. Er nickte Cyr Aescunnar zu, deutete auf die Anzeigen der Überwachungsinstrumente und dann auf Atlan, der unverkrampft schlief. Der uralte Ara streckte die Hand aus und hob den knochigen Daumen. Cyr nickte, gähnte und drehte langsam seinen Sessel herum; Atlans Bericht war zu Ende.

14.

Am nächsten Morgen betrachtete Oemchèn Orb schweigend und kopfschüttelnd das Chaos rund um Cyrs Arbeitsplatz. Ihr Freund schlief, als sei er besinnungslos. Zahlreiche Notizen lagen herum, blinkten von Monitoren, drehten sich, die Farbe ändernd, in Holoprojektionen. Cyr hatte geschrieben: *... zwischen 180 bzw. 200 bzw. 400 nach Christi Ge-*

burt ... was kommt dann? Genaue Daten für die Aufenthalte in der Oase und den Venusflug ermitteln! Atlan und die frühen Mayas? Zweimal in der gleichen Gegend?

Ein Buch lag aufgeschlagen in Cyrs Wirrwarr; der Text war eingerahmt, an einigen Stellen unterstrichen und mit breiten Farbstreifen markiert. Stirnrunzelnd las Oemchèn:

Aus: *M. Netreok / V.Barca: »Zahlen, Zenturien, Ziele und Zeugnisse – aus der Arbeit des USO-Historischen Korps«.* Sonderdruck, Pounder-City, Mars. (c) = 2416

»Gewisse Unsicherheiten bestehen selbst nach so vielen Jahren, was die Oberfläche des zweiten Sol-Planeten betrifft. Die Venus, deren gesamter Wasservorrat in einer rund 400 Grad heißen, stürmischen und im normaloptischen Bereich undurchsichtigen Atmosphäre gelöst ist, ist in ein krater- und narbenübersätes Flachland und einige hohe Faltengebirge aufgeteilt. Der Kontinent Ishtar Terra, eine ausgedehnte Hochebene in drei- bis viertausend Metern über der mittleren Planetenfläche ist von den Maxwell Montes im Osten, den Freya Montes in Nord und Nordwest, den Akna Montes im Westen und den Danu Montes im Süden eingerahmt; am Äquator erhebt sich Aphrodite Terra mehr als 10 000 Meter hoch, in dessen Massiven sich die arkonidischen Kavernen des sogenannten Venus-Kommandanten verbergen. Bei Atlans Besuch unter bemerkenswerten Umständen und später, als die Venusbasis von Terra entdeckt wurde, befanden sich große Teile der Oberfläche im geschilderten Dschungelzustand. Der riesige Energieschirm und darunter der frühzeitliche Dschungel sind dokumentiert worden; erst sehr viel später erfuhren wir von arkonidischer Seite, daß sowohl die Fauna als auch die Flora kurz nach dem Beginn der arkonidischen Kolonisation ausgesetzt worden sind ...«

Oemchèn zuckte mit den Achseln, hob den Kopf und betrachtete den Arkoniden. »Der Schock«, flüsterte sie, »der diesen fast vierzehn Jahrtausende alten Organismus getroffen hat, das Bewußtsein, an der allerletzten Schwelle des unwiderruflichen Endes zu stehen, hatte die Fesseln aller Gedächtnisblockaden zerrissen; Wissen, das selbst Atlan als verloren definiert hatte, wird wieder frei – armer Arkonide. Wie lange wird es noch dauern, bis er gesund ist? Richtig gesund?«

Das Land seiner Erinnerungen war zweifellos eine schwermütige Welt, und in den unzähligen Stunden seiner jahrhundertelangen Nächte, in der grauenvolle Stille der Träume, war er noch immer gefangen, dachte sie und begann Aescunnars Arbeitsbereich aufzuräumen; mit großer Behutsamkeit.

»Wer im Nebel fischt, angelt meist nur Dunst«, sagte Cyr Aescunnar. Er starrte das Zahlenwerk der Daten an, das er selbst als fragwürdig bezeichnete: Nach arkonidischer Jahresrechnung und nach dem Untergang von Atlantis, nach der Zeitenwende. Welches Jahr? Wie lange an welchen Plätzen? Cyr schüttelte sich und stöhnte: »O historia generale des Arkoniden! Hundert Jahre? Hundertneun? *Tolle, lege!* hätte der Römer gesagt; nimm und lies! Aber wo?«

Der Chronometer zeigte 9:15 Uhr am 23. November 3561; an der genauen Bestimmung der Daten arbeitete eine Gruppe seiner Studenten in einer Seminargruppe. Cyr blätterte in dem alten Buch, auf echter Folie gedruckt, auf nicht mehr nachvollziehbare Weise nach Gäa und dort in den Fundus der Chmorl-Universität geraten: Netreoks und Barcos Interpretationen aus Atlans Zeit als USO-Chef.

» ... dreht sich Dong-soni, der 19. Planet des Sterns Antares-alpha im Skorpion und einer der hellsten Sterne der 100 Milliarden Sonnen der Galaxis, in der Zeit von 29 Stunden, 25 Minuten und zwei Sekunden einmal um seine Achse und umrundet das mächtige, rotlodernde Zentrumsfeuer des Riesensystems in der siderischen Zeit von 741 Tagen Terranorm. Antares' Strahlen benötigen für die Strecke von 2,5 Astronomischen Einheiten, der Entfernung Antares – Dong-soni, 20 Minuten und 50 Sekunden. Zwei kleine Monde, Yin und Yang, rasen jede Nacht einigemal über den Himmel, in gegenläufiger Bewegung. Dong-soni, von Männern der Spencer-Cimarosa-Holding entdeckt, war Landeplatz des Raumschiffes der USO; unsere Gruppe des Historischen Korps war von Bord gegangen. Unsere Mission: den Planeten, eine fast unbekannte Welt, zu untersuchen.«

»Ich erinnere mich genau an den Auslöser meiner Erinnerungen«, begann Atlan. »Ich kam mit einem Arm voll Feuerholz aus dem dünnen, dornigen Gestrüpp. Eine große, zyklamfarbige Schlange kroch durch die breiten Gräser; die Bäume, zwischen denen fahler Dunst waberte, waren wie terranische Buchen. Die Schlange hob ihren flachen, tödlichen Kopf und züngelte, bevor sie unter einen modernden Stamm glitt. Ich blieb am Rand des Teiches stehen und sah, daß hier der Wald zu Ende ging. Jenseits des Wassers begann der Felsabsturz; von dort kamen das Rauschen und der Nebel. Die Stille des Herbstmorgens zerriß zu Fetzen aus Geschrei und Lärmen.«

Ich wickelte einen Lederriemen um das Holz, schwang mich in den Sattel und ritt durch breite Sonnenlichtbalken zwischen den Buchenstämmen zu Gundahar zurück. Laut schimpfend flüchteten Eichhörnchen in die Baumkronen. Die Schreie von vier Männern und das scharfe Keuchen der Pferde kamen näher. Zügel, Gurte und Sättel knarrten ledern. Eisen und Edelmetall klirrten gegeneinander. Hufe trommelten dumpfe Wirbel über den Waldboden. Die Jagd näherte sich dem ersten Höhepunkt. Von rechts ertönte der langgezogene Ruf eines Auerochsenhorns. Ebenso unsichtbar antwortete ein Treiber aus der anderen Richtung.

»Hierher, Freunde!« schrie der Reiter mit den Rabenfedern am schwarzen Lederhelm. »Heute bleibt der Wildeber in seinem Blut liegen.«

Gundahar lachte dröhnend auf. Sein scharfgeschnittenes Gesicht troff trotz der Morgenkälte vor Schweiß. Sein brauner Bart sträubte sich vorwitzig.

»Es wird Zeit, daß er angreift.«

Der dritte Reiter, dessen schulterlanges blondes Haar nur durch einen Goldreifen zusammengehalten wurde, senkte die lange Saufeder. Zwischen dem Halbdunkel des Waldrands und der Lichtung bildeten Nebel, flirrendes Sonnenlicht und rieselndes, goldfarbenes Laub einen augenverwirrenden Vorhang. Sein Pferd scheute; er zwang es zwischen Büschen und Ranken vorwärts. Der Blonde schien ebenso kraftvoll wie unbesiegbar zu sein – er war ein völlig anderer Mann als Hagano, jener Reiter mit dem langen schwarzen Haar und dem ausladenden Oberlippenbart.

»Noch greift er uns nicht an. Zuerst rennt er weg!« rief Siegfryd.

Aus den Nüstern und den schäumenden Mäulern der Pferde drangen stoßweise die Atemwolken. Unter den Hufen raschelte und flog trockenes Laub. Die Pferde, ausnahmslos breitbrüstige Hengste, waren kräftig und ausgeruht. Nebeneinander sprengten die vier Jäger auf die Lichtung hinaus. Vergessen waren das kalte Bier, der süße, schädelbrechende Met, die Klänge der sechssaitigen Leier, die Leidenschaft der Mädchen und jungen Frauen. Die Erregung der Jagd hatte sie alle gepackt, und sie würde nicht abreißen, ehe das Wild nicht zuckend mit den Läufen schlug.

So verschieden die vier Reiter auch waren, eines kennzeichnete sie als Herren, als Anführer und Befehlshaber. Es waren die Gürtelschnallen. Riesengroß, zwei oder drei Hände breit, aus Eisen und feiner Silberarbeit. Mythologische Löwenköpfe, behelmte Schädel, blitzende Augen aus wertvollen Steinen, archaisch und kunstvoll gefertigt. Aus den Schmuckstücken, die zugleich die Lederriemen zusammenhielten und halbwegs Teile einer Rüstung waren, strahlten magische Dämonie und die Erinnerung an Zauberkulte. Mitten auf der freien Fläche zügelten wir gleichzeitig unsere Pferde.

»Wartet!« rief Hagano von Tronec. »Euch dünstet noch der Met aus den Ohren.«

»Nicht mir, Schwarzbart«, sagte ich laut und setzte mich im weichen Sattel zurecht. Mein Hengst biß auf die Trense und schüttelte den Kopf. Ich brachte ihn zur Ruhe, indem ich ihn mit den Vorderbeinen hochsteigen ließ. Ich mochte Hagano; er war ein Mann von ungewöhnlichen Fähigkeiten.

»Du hast recht, Artalan. Du verträgst am meisten.«

Wir warteten und versuchten, die Geräusche und das Geschrei richtig zu deuten. Die Wälder an beiden Seiten des Flusses waren riesig und voller Wild. Die Bauern, froh darüber, daß die Wildschweine und das Rotwild ihre Felder nicht mehr verwüsteten, halfen uns gern. Vor uns breitete sich eine große Fläche aus den Büscheln verfilzten Grases, dürren Ranken und immergrünen geduckten Büschen aus. Unaufhörlich dröhnten die Hörner. Ihre Laute bildeten zusammen mit dem Geschrei und den krachenden Knüppelhieben der Treiber einen großen Halbkreis. Nichts bewegte sich im Niedergehölz der Lichtung, jedenfalls kein lohnendes, größeres Wild.

»Burgunder«, sagte ich und wischte mit dem Ärmel den Schweiß von der Stirn, »seht nach links!«

»Was sehen wir dort?« brummte Siegfryd und blinzelte in der Sonne.

»Gewisse Pflanzen, die mir sagen«, erklärte ich mit breitem Grinsen, »daß dort der Boden sumpfig ist.«

»Sauen suhlen sich im Sumpf!« gab Hagano zu.

»Jetzt nicht mehr«, meinte Gundahar. »Du hast recht, Artalan. Und schon schütteln sich die Büsche.«

Gleichzeitig senkten wir wieder die langen Stoßlanzen. Ihre Blätter waren aus Arkonstahl – was die burgundischen Freunde nicht wußten. Drei sternförmig auseinanderstrebende Stangen befanden sich hinter dem tödlichen Stichblatt. Sie sollten verhindern, daß sich das Wild losriß und die Pferde oder uns verletzte. In den Schäften unserer Stiefel steckten haarfein geschliffene Jagdmesser, frisch vom Schwertfeger abgezogen. Und die halbwilden Pferde scheuten nicht einmal, als sich an drei Stellen die schwarzgefleckten, haarigen Rücken dreier mächtiger Wildschweine zeigten. Das Tier in der Mitte war vermutlich der Eber mit seinen gefährlichen Hauern.

»Achtung, Freunde!« sagte ich. »Keine Scherze mehr. Sie nehmen uns an.«

»Heute drehen sie sich noch auf den Bratspießen«, knurrte Hagano mit seiner unüberhörbaren Baßstimme. Die Sporen kratzten die Flanken der Pferde. Die Spitzen der Saufedern schürften durch Gräser und zerschnittene Beerenranken. Ich ließ meine Freunde voranreiten und achtete auf jede einzelne Bewegung.

Recht so! Wenigstens bei der Jagd bist du nicht leichtsinnig! mäkelte der Logiksektor. Fröhlich zuckte ich mit den Schultern. Auf schier magische Weise fächerten sich die Bahnen der Wildsäue durch das Unterholz ebenso auf wie die aufgeregten Galoppsprünge der Pferde. Jedes Wildschwein nahm einen Reiter an – oder umgekehrt. Ich ritt einen Halbkreis und wartete, zitternd vor Aufregung, auf den Moment, an dem ich eingreifen mußte. Die Hengste stießen grelle Laute aus. Die Schweine schnoben und grunzten. Jetzt erst sah ich die gekrümmten Hauer zweier Eber zwischen den Gräsern aufblitzen. Hagano, Siegfryd und Gundahar zielten mit den Saufedern an den zuckenden Hälsen der Pferde vorbei. Die Wildschweine griffen an, was sie zuerst erkannten: den Stahl, der in der Sonne funkelte und blitzte.

»Vorsicht!« schrie ich. Mein warnender Ruf war überflüssig. Die burgundischen Fürsten waren mutige und geübte Jäger. Die langen Spitzen der Stichblätter bohrten sich knapp hinter den Schädeln der Beute in die schwarzhaarigen, lehmstarrenden Körper. Plötzlich war die große Lichtung erfüllt vom kreischenden Quieken der Wildschweine, von heiserwütendem Grunzen, vom Geräusch wirbelnder Hufe, brechender Äste, hochgeschleuderter feuchter Erde, dem Wiehern der Pferde und dem aufgeregten Rufen der Jäger. Die Wildschweine versuchten sich loszureißen, obwohl der Schock sie beutelte und schüttelte – die mehr als handbreiten Schneiden mit den Blutkanälen erzeugten Wunden, die das Wild schnell töten sollten.

Blut floß, als die Burgunder die Schneiden aus den Körpern rissen und wieder schräg nach unten stießen. Die Eber wurden tödlich ins Herz getroffen und verendeten mit wild schlagenden Läufen. Die Sau riß sich los, aber noch ehe sie das wiehernde und ausweichende Pferd erreicht hatte, drang Siegfryds Stahl in ihren Schädel.

Ich sah den angreifenden, riesigen Eber im letzten Augenblick. Er rammte schräg hinter mir einen Busch aus dem Boden, trabte rasend schnell auf die Hinterläufe von Haganos Pferd zu und war nur noch zehn Schritt entfernt. Der Angriff erfolgte fast lautlos; jedes Geräusch ging im Lärm der Jagd unter. Ich spornte meinen Hengst, der unwillig den Kopf schüttelte, aber geradeaus lossprang. Meine Stoßwaffe wirbelte herum und herunter, ich zielte instinktiv und spannte die Muskeln meiner Hand an, klemmte das Eisen unter meine Schulter und beugte mich in den Steigbügeln vor, lehnte mich über den Sattel und traf den Rieseneber dicht hinter dem obersten Gelenk der Vorderläufe. Er stieß einen Schrei aus, der Vogelschwärme aus den schütteren Baumkronen hochjagte. Er überschlug sich halb unter dem wuchtigen Anprall, schüttelte die Schneide aus einer tiefen Wunde ab, aber noch bevor sich das Tier herumwerfen und einen von uns angreifen konnte, hatte ich den Stahl zurückgerissen und wieder zugestoßen.

»Hinter dir, Hagano!« brachte ich heraus, dann riß mich die letzte Anstrengung des Ebers beinahe aus dem Sattel. Aber die Schneide hatte das tapfere Kämpferherz des Riesen getroffen; die kraftvolle Bewegung war zugleich seine letzte. Ich nagelte ihn halbwegs an den Boden aus raschelnden Blättern und lehnte mich schwer gegen den Lanzenschaft. Hagano wollte mir zu Hilfe kommen. In diesem Augenblick sah sein Pferd den Eber, dessen zuckende Läufe den Boden aufwühlten, und dessen Hauer sich im Todeskampf tief in die Bucheckernhaufen wühlten. Das Tier scheute kurz und beruhigte sich dann. Ich zog die Lanze an mich und wischte sie ab.

»Nun, von Tronec«, meinte ich laut, lockerte die Zügel und lachte ihn an, »mir dünkt, ich kann nicht nur besser saufen als du. Oder siehst du nicht diesen Großvater aller Wildsauen?«

Der prüfende Blick seiner dunklen Augen, die unter schwarzen, buschigen Brauen hervorblitzten, ging zwischen mir, der Saufederschneide und dem toten Keiler hin und her. Seine Gesichtshaut trug ebenso wie unsere die Spuren der Sonne, in der wir uns vor und nach dem Schwimmen von den Mücken hatten stechen lassen. Hagano kannte das Zwielicht des Lebens und schien an meiner Seite durch die Jahrhunderte geritten zu sein. Wild, treu und absolut unerschrocken – auf ganz andere Weise als Siegfryd! –, war er eine Ausnahmeerscheinung.

»Bei Odins Raben«, sagte er rauh und voller Bewunderung. »Ich danke, Weißhaar. Laßt uns heute nacht einen gemessenen Krug leeren, oder zwei. Das war gute Jagd.«

Ich lachte halb verlegen und fühlte mich ausgezeichnet durch Haganos offenes Lob.

»Ich sah den schwarzen Lindwurm im letzten Augenblick«, erklärte ich lachend. »Etwas warnte mich. Darum griff ich nicht mit euch an.«

Einige Treiber rannten und sprangen aufgeregt herbei. Siegfryd winkte sie zu uns heran.

»Vier Wildschweine!« rief er. Seine Stimme entsprach seinem Aussehen. Sie war hell, ohne schrill zu wirken. Eine Art silberner Mann, offen und klar, von eigenartig männlich-schönem Aussehen; ähnlich einem degenerierten Arkoniden.

»Wir kommen, Fürst!« schrien die Treiber und schwenkten ihre Knüppel und Stangen. Wir warteten, bis die Beute versorgt war und an den Tragebalken hing.

»Bringt sie zum Hof«, wies Gundahar sie an. »Wir versuchen, einen Hirsch zu schießen, oder den furchtbaren Lindwurm, von dem Artalan immer wieder erzählt.«

Unser Gelächter ließ erkennen, daß die Spannung langsam wich. Ich nahm den prallen Schlauch aus weißem Ziegenleder vom Sattel, trank von dem gemischten Wein und reichte ihn dann weiter.

»Auf dieser Lichtung wohnt der Drache nicht«, sagte ich scherzend. »Er ist das feuerspeiende Tier, das in euren schwarzen Herzen lebt und euch in den trunkenen Nächten heimsucht.«

Obwohl sich die bleiche Herbstsonne über den tiefblauen Himmel schob und kräftiger strahlte, dampften die Körper der Pferde, und, wenn wir genau hinsahen, verwandelte sich auch unser Schweiß in dünne Nebel. Hagano kam an meine Seite herangeritten und legte seinen Arm um meine Schulter. Ich spürte seine harten Muskeln.

»Nochmals, Dank, Artalan«, sagte er ernst. »Wenn deine Ratschläge so gut wären wie deine anderen Fähigkeiten ...«

»Vielleicht sind sie's eines schönen Tages«, murmelte ich und verstand. Er sprach von Gundahar, seinem König, zu dem er in unverbrüchlicher Treue hielt. Gundahar hatte die Absicht, das kleine Reich der Burgunder auszudehnen, und er ließ niemanden im Zweifel darüber. Das Staatsgebiet war von machtvollen und überlegenen Feinden umgeben. Hier, im östlichen Gallien, angrenzend an die erste Provinz *Belgica,* war die Lage bedrohlich und schwankend. Die Burgunder waren alles andere als stark genug, um gegen Römer und die hunnischen Reiter aus dem

Osten zu kämpfen. Und Rom duldete keine starke Macht an seinen Grenzen. Man kannte die Burgunder, und es gab viele Berichte, die jene »barbarische Gefahr« in unübersehbarer Klarheit schilderten. Darauf bezog sich Hagano, immerhin ein furchtloser Mann, der keinem Kampf je aus dem Weg gegangen war.

»Es ist nicht die Stunde«, sagte Gundahar ein wenig unwillig, »von derlei Geschäften zu sprechen.«

Ich gab die Zügel frei und winkte kurz den Knechten, die mit der Beute zwischen den Baumstämmen verschwanden.

»Es ist die Stunde der Jagd«, stimmte ich zu. Siegfryd pflichtete uns bei.

»Die Stunde von Gesang, Wein und Minne ist es auch nicht. Kommt! Es liegt noch der ganze Tag vor uns.«

»Wir kommen. Ich kenne den Platz, wo die Rehe und Hirsche einstehen«, dröhnte Hagano und ritt vor uns her.

Etwas langsamer, um die Pferde zu schonen, folgten wir ihm, und wieder drängten sich völlig unerwünschte und reichlich unbequeme Gedanken und unangenehme skeptische Überlegungen mitten in das Vergnügen der weiteren Jagd.

Wir hatten das Jahr 1187 nach der Gründung Roms errechnet. Sechs Jahrhunderte lang hatte die Wanderung dieses Stammes von Borghundarholm, einer nördlichen Insel, über das südlich gelegene »gallische« Festland bis zur Westseite des *Rhenus* gedauert. Die Römer unter dem noch geadelten Feldherrn Aëtius beäugten die Burgunder höchst mißtrauisch, seit sie vor fünfunddreißig Jahren den Rhenus-Limes überschritten und durch den Vertrag mit Constantinus dem Dritten hier angesiedelt worden waren. Es war selbstverständlich, daß ich Gundahar davor warnen mußte, sich mit Rom anzulegen. Nicht einmal Karthagos Hannibal hatte echte Siegeschancen gehabt.

Ich verdrängte die düsteren Gedanken und erinnerte mich, während wir hintereinander über die Lichtung trabten und einen feuchten Wildpfad suchten, viel lieber an die übermütigen Streiche, die wir miteinander ausheckten und trieben – vier erwachsene Männer, zwischen denen ich als Fremder schnellen und herzlichen Kontakt gehabt hatte.

Die Stunden vergingen viel zu rasch. Wir stöberten ein paar halbverhungert aussehende Rehe auf und beließen es dabei, sie zu erschrecken. Ein junger, prachtvoller Hirsch erschien uns als eine Beute, die unserer fürstlichen Jagd gemäßer war. Wir hetzten ihn, und Hagano von Tronec tötete ihn mit einem prachtvollen Pfeilschuß. Es war am frühen Nachmittag. Wir beendeten die Jagd. Siegfryd band sich die Beute über den Sattel, und voller Vorfreude auf den kommenden Abend ritten wir zurück.

Etwa neuntausend wehrfähige Männer umfaßte das »Königreich« von Gundahar, dem Abkömmling aus dem Geschlecht der Gibiche. Die Barbaren, die unter dem Einfluß Roms lebten und, wie Rico leicht ermittelt hatte, geduldet wurden, nahmen römische Kultur zögernd, aber nicht unwillig an. Sah ich davon ab, daß ich in meiner näheren Umgebung dafür sorgen mußte, daß nicht ständig jener abscheulich riechende Lauch aus bitteren Zwiebeln gegessen und gekocht wurde, daß meine zahlreichen Gespielinnen in warmem Wasser und mit meinen Reinigungspasten badeten, ließ es sich aushalten. Wie lange? Es hing von mir ab. Als Freund Gundahars und Haganos genoß ich alle Vorteile und sah kaum einen einzigen Nachteil.

Wir ritten ohne Eile zurück, überließen die Jagdbeute den Knechten, machten unzählige lose Scherze, sprachen über unsere leidenschaftlichen Eroberungen, ob sie nun Arnegunde, Caratene, Blandine oder Galswintha hießen, ob sie flachshaarig, rot oder schwarzhaarig waren, unterhielten uns über die Gefahr, die den Namen Attila oder *godegisel* trug, über die Sinnlosigkeit, für wenige Menschen viel zu viel Land erobern zu wollen, und über die Handwerker jenes Reiches, aus dem ich kam. Mit zwei Gürtelschnallen, drei Schwertern und etlichen Pokalen aus der Herstellung der Unterseekuppel hatte ich die erste Aufmerksamkeit dieser erfahrenen Krieger erregt. Dieses delikate Kapitel war noch nicht geschlossen; Hagano und ich würden noch viele gemeinsame Erlebnisse, Erfahrungen und ebenso tiefe Gespräche miteinander haben.

Ich bewohnte drei Räume aus Holz, auf steinernem Fundament, angelehnt an die Mauern und Palisaden von Gundahars Palastburg. Gallische und römische Stilelemente und Bautechnik ergänzten einander auf eine Weise, die für Können und Geschick der burgundischen Handwerker sprach.

Entspannt lag ich in dem großen steinernen Badebecken. Caratene, deren blauschwarzes Haar aufgelöst und deren dünnes Gewand feucht und durchsichtig vom Dampf war, massierte meinen Nacken und die Schultern und füllte, herausfordernd lächelnd, den Pokal mit Wein. Ich hatte einem römischen Händler dafür beachtlich viele Goldmünzen gezahlt, die meine Maschinen frisch geprägt hatten.

Die schweren, feuchten Felle des Eingangs bewegten sich. Drei Dutzend große Ölflammen zuckten und schwankten. Hagano trat mit klirrenden Sporen ein.

»Störe ich, Freund?« knurrte er. Sein Gesicht war im flackernden Vierteldunkel dämonisch und merkwürdig unsicher zugleich. Ich machte eine einladende Bewegung. Er schüttelte den Kopf. Sein schulterlanges Haar war feucht, strähnig und verfilzt.

»Einen Becher Wein?«

»Schadet nie«, sagte er. »Bringe mir einen, Caratene mit den prachtvollen Hüften. Ungemischt. Und dann ... ich störe wirklich nicht?«

»Und dann«, half ich ihm grinsend, »Fee meiner Sternennächte, geh zu Volker und berichte ihm, was ich dir eben erzählte. Wir wollen es heute beim Mahl hören.«

»Für dich, Bruder des Baldur«, sagte sie schnippisch und schlagfertig, »tue ich alles.«

Recht so, dachte ich. Noch nie in meinem langen Leben hatte ich Gefallen an maulfaulen Frauen gefunden. Nach einer Weile drehte Hagano seinen Pokal in den Händen, nahm einen tiefen Schluck und sagte mit brutaler Offenheit: »Ich hasse den Gedanken, daß mein Fürst erschlagen wird.«

»Und du dazu«, erklärte ich. »Ich weiß natürlich, wovon du redest.«

»Sonst würde ich nicht hier sein. Er will die Grenze verschieben, obwohl wir *foederati* dieser verdammten Römer sind.«

»Wie kann ich ihn daran hindern?« fragte ich und schob die gelbliche Flüssigkeit im unzerbrechlichen »Glaskrug« näher ans Becken heran, zog das kleine Vibratormesser aus der Scheide und deutete abermals auf das dampfende, nach teuren Kräutern aus meinem Gepäck riechende Wasser. »Soll ich ihn erschlagen?«

»Dann würde ich den Gauch wider dich ziehen«, sagte er. Er meinte es genauso. »Sprich mit ihm, Artalan! Zeig ihm die Welt, die dir dein Gerfalke zeigt, und aus der die Stimme berichtet, die aus deinem silbernen Bogen-und-Pfeil-Armband spricht.«

Er hat dich mehr als genau und ziemlich lange beobachtet, sagte alarmiert das Extrahirn. Ich brauchte einige Dutzend Atemzüge, bis ich die volle Tragweite dieser Worte verstanden hatte und, wie ich hoffte, richtig reagierte. Ich sagte mit belegter Stimme:

»Bevor wir weitersprechen, du verlauster Barbar, zieh dich aus und komm ins heiße Wasser. Ich werde ehrlich zu dir sein. Ich habe dir einige Male mein Wort gegeben und werde es auch diesmal halten. Frag nicht. Die Gelegenheit ist günstig. Wir werden sie nutzen.«

»Ich schätze dich, Fremder«, sagte er zwischen zusammengepreßten Zähnen. »Du bist ebenso irre wie mein anderer Freund, dieser Sproß der Gibiche. Ich tue, was du willst.«

Er zog sich aus, rutschte fluchend ins Wasser und lehnte sich neben mich an den Rand. Mein blockiertes, manipuliertes und geschundenes Gedächtnis funktionierte plötzlich ausschnittweise wieder und ließ mich erkennen, daß dies wohl eine der vielen unverbrüchlichen Männerfreundschaften war, die ich auf dem Barbarenplaneten genossen hatte. Ich und er hoben die Pokale und nahmen einen herzhaften Schluck. Dann sagte ich:

»Dein Gewissen und mein Gewissen, beide sind ebenso schwarz und ungepflegt wie dein Schopf. *Untertauchen!«*

Ich tunkte ihn unter Wasser. Prustend kam er hoch und holte wütend aus. Ich lachte und goß das seifige Zeug in sein Haar. Dann rieb, knetete und massierte ich sein Haar, wiederholte die Prozedur und kämmte, während er schrie und fluchte, die Reste grauer Tierchen, allerlei Schmutz und noch mehr unidentifizierbare Dinge aus den Strähnen. Schließlich schnitt ich das triefende Haar kürzer, befreite Ohren von der Haarflut und ebenso die Stirn. Als er den Kopf schüttelte, hielt ich ihn am rechten Ohr fest. Dann reichte ich ihm das trockene Tuch.

»Jetzt wirst du schöner sein als Siegfryd«, meinte ich heiter. »Im prachtvollen Schloß meines Gürtels ist ein Knopf. Drücke ich diesen, dann verschwinde ich aus den Augen der anderen Menschen. Ich werde dir diesen Gürtel schenken. Dann kannst du über das Leben unseres Freundes Gundahar wachen.«

Diesmal brauchte er lange, um mit seiner Überraschung fertig zu werden. Seit er mit meinem *Scramasax,* dem langen, doppelschneidigen Schwert, einen gebräuchlichen Schild halb durchgeschlagen hatte, glaubte er mir solche Offenbarungen.

»Das wirst du tun?«

»Morgen oder an einem der nächsten Tage tauschen wir. Ich zeige dir, wie du es anstellen mußt.«

»Thors Hammer!« keuchte er. »Die Tarnkappe der Schwarzelfen! Und du?«

»Ich schütze mich durch die Klugheit und die Kampfstärke meiner Freunde«, brummte ich leichthin. »Aber diese Tarnkappe löst nicht alle Fragen. Ich werde versuchen, Gundahar auszureden, was er plant. Aber meine Macht ist zu gering.«

»Langsam beginne ich, dich zu verstehen«, sagte er. »Die Alten und die Schmiede haben also recht, wenn sie von der Magie der Gürtelschnallen reden.«

»Nur in diesem Fall. Und auch mein Freund, der mit mir spricht, kann nicht die Römer und Attilas Hunnen besiegen, wenn sich dein Fürst gegen sie wagt. Ich habe Gundahar hundertmal gesagt, wie groß die Welt ist. Einen Versuch mache ich noch.«

»Ich weiß nicht, was du vorhast, aber ich danke dir, Freund.«

Ich nickte. »Dazu hast du auch allen Grund. Ich werde heute dem Sänger aus Alzeye das Instrument aus der Hand nehmen und dem versammelten Hof vorsingen, wie lustig ein Schlachtfeld voller verstümmelter Leichen ist. Einverstanden?«

Seine nassen, glitschigen Finger tasteten nach meiner Hand. Er umfaßte sie mit mörderisch hartem Griff. Ich knirschte vor Schmerz auf.

»Danke, Artalan. Mit dir gehe ich in jeden Kampf.«

»Aber ich nicht mit Gundahar oder dir, und ganz sicher nicht gegen die Römer. Ihr Burgunder entscheidet selbst, was ihr tut. Ich gehe zurück zu meinem Fürsten in das ferne Königreich, wo die Sterne zum Greifen nah sind.«

Schweigend leerte er den Pokal, verließ das Becken, trocknete sich mit meinem Tuch ab und fuhr in seine vielstrapazierte Kleidung. Nachdem er das Bad verlassen hatte, kam Caratene herein, füllte das Trinkgefäß wieder. Sie zog sich aus, stieg ins Wasser und küßte mich mit hungrigen Lippen, die nach römischem Wein schmeckten.

Vier Stunden brauchte ich, bis ich, nicht mehr nüchtern, die Leier packte und die wenigen Griffe und Akkorde herausfand. Atlan als Sänger – eine völlig neue Rolle. Ich rettete mich, den Text mehr oder weniger vorbereitet im Gedächtnis, in einen Sprechgesang, lauter und leiser, eindringlicher oder drohender. Nach zwei Zeilen, halbwegs stabreimend, herrschte in Gundahars Halle ein eisiges Schweigen. Ich schilderte ein Beispiel, an das ich mich aus der griechischen Geschichtenwelt erinnerte. Es war auf den Versuch des Burgunders zugeschnitten, mächtiger als die Nachbarn zu werden, und es gab nur wenige Gesichter am Ende dieser Nacht, die nicht in tiefer Nachdenklichkeit erstarrt waren. Ich legte die Leier zur Seite, nahm Caratene an der Hand und verließ die schweigende Versammlung. In dieser Nacht brauchte ich die herzlich-naive Leidenschaft des Mädchens besonders.

Zwei Tage später bekam Hagano von Tronec den Schock seines Lebens, als er mit Hilfe des Gürtel-Deflektorfeldes durch Gundahars Hof und die Plätze spazierte und herausfand, daß ihn tatsächlich niemand sah. Ich warnte ihn und blieb ehrlich; nach etlichen Dutzend Stunden würde die Energieeinheit sich erschöpft haben und in diesem Moment erschien er wieder zwischen Freund und Feind; die sicher davon überrascht waren. Lachend versprach mir Hagano darauf zu achten.

Aus den Nüstern der Pferde, die in gestrecktem Trab liefen, drangen weiße Wolken. Caratene lehnte schwer gegen meine Brust, ihre weichen Ledersohlen ruhten auf dem Spann meiner Stiefel in den Steigbügeln, als wir zwischen rauhbereiften Äckern und dem Waldrand entlangritten. Ich drehte unter der weiten Kapuze meines Reitermantels den Kopf und blickte Volker von Alzeye an, der schräg hinter mir ritt. Er schien die Kälte des Herbstmorgens nicht zu spüren; sein langes hellbraunes Haar flatterte im Wind. Die Stämme des Föhrenwaldes standen dort, wo die Felder in die sandige Ebene übergingen, in größeren Abständen auseinander, und die Strahlen der frühen Sonne begannen uns zu blenden. Das Meer schien nicht fern zu sein; wir glaubten die salzige Luft riechen zu können.

»Nun, Spielmann!« rief ich. »Das bläst die verräucherte Luft aus der Burg und den Kammern aus unseren Lungen!«

»Ich halte beides aus. Und bis ich friere, dauert es lang – da braucht's einen Schneesturm und bitteren Frost.«

»Nicht heute. Nach dem Nebel wird warmer Sonnenschein sein.«

Der Spielmann aus Alzeye schien ein zarter, junger Mann zu sein; in Wirklichkeit war er älter, als es schien, und zäher, sehniger. Beim Met, Wein oder Bier hielt er mit Hagano und mir ohne Mühe, wie es schien, lange mit. Die mittelgroße Harfe handhabte er meisterlich, sein Gesang war volltönend und füllte selbst die Große Halle in der Burg.

Wir wollten uns um Mittag herum mit Hagano und Gundahar treffen. Sie waren zu einem Gutshof vorausgeritten. Caratene hielt mit beiden Händen den Saum meines Mantels vor ihrer Brust zusammen; die Pferde waren ausgeruht und trabten ohne Zügelhilfen den fernen Rauchsäulen entgegen. Aus dem Nebel, der bald nur noch eine dünne Schicht über dem Boden bildete, hob sich blutrot die Sonne.

»Wirst du es schaffen, singender Freund«, fragte Volker nach einer Weile, »Gundahar von seinen vernichtenden Tagträumen abzubringen?«

»Ich versuche es seit zwei Zehntagen«, sagte ich. »Ich weiß es nicht. Die Hunnen und die römischen Legionen: Beide würden größere Heere vernichten.«

Wir ritten schweigend weiter. Caratene nahm meine Hand, schob sie durch die Säume und legte sie auf ihre Brust, drückte die Flechten des schwarzen Haares gegen meine Schulter. Die Hufe hinterließen im sandigen Boden tiefe Eindrücke, Rauhreif glitzerte an den verdorrten Halmen des Strandhafers. Ich gedachte halb schläfrig der letzten Abende, an denen Volker aus Alzeye zur Harfe gesungen hatte: Er schien das Dritte Auge oder das Zweite Gesicht zu haben, denn mitunter glitt sein Herbstlied in vage Prophezeiungen ab. Meist waren es stark stabreimende Strophen, die von »weinen und von klagen, von großem Herzeleid« sprachen – aber es brauchte kein Hellsehen, um die Zukunft als trübe, gewalttätig und leiderfüllt zu schildern; dies war, meist, die Wahrheit. Die hölzerne Harfe mit bronzenem Schallkasten steckte in der Ledertasche an Volkers Seite. Er blitzte uns aus goldfarbenen Augen an.

»Rasten wir am alten Wachturm?« fragte er. »Dort ist eine Quelle, von dort sieht man weit ins Land.« Ich nickte ihm zu. An den Rändern der Kapuzen taute der Reif; sie wurden feucht und schwer. Das Jahr endete bald, und es würde sich zeigen, ob Burgund zwischen zwei Angreifern bestehen konnte.

Die Gegend, im Kleinen, glich jener, in der sich der Fluß Rhodanus mit dem Mare Nostrum vermählte, wie die arroganten Römer das Binnenmeer zu bezeichnen pflegten; Unser Meer. Krüppelpinien wuchsen auf dem Kamm einer niedrigen, langgestreckten Düne, von der Regen und Sturm die Hälfte weggeweht hatten. Ich sah undeutlich weiße Knochen im gelben Sand, zupfte am Zügel und half dem Tier mit Schenkeldruck.

»Dort hinüber! Das will ich sehen, Volker!« rief ich.

Wir waren völlig allein in der einsamen, offenen Gegend. Nur Rabenvögel flogen bisweilen krächzend auf. Die Sonne hob sich und löste den Nebel auf, noch wärmten ihre Strahlen. Ich hielt den schwarzen Hengst neben den Knochen an und betrachtete sie: Es schien ein vielleicht dreißig Ellen langes Skelett zu sein, langgestreckt, die oberen beiden Drittel vom Sand freigewaschen – ich unterschied vier Gliedmaßen, einen langen, am Ende gegabelten Saurierschwanz, einen verblüffend kurzen Hals und im kantigen Knochenschädel große Nasenlöcher und zwei abgebrochene Stoßzähne, die durchaus einst armlang hätten gewesen sein können. Über der Stirn, bis zur Mitte des Rückens, wie Sägezähne, reckten sich dreieckige, zerbrochene Knochenfortsätze. Das Pferd scheute, als ich es zum Schädel lenkte.

Volker war abgestiegen und klopfte mit dem Knauf des Dolches gegen die Schädelknochen.

»Ein riesiges Tier. Das gab es nur in unseren Alpträumen. Fürwahr, ein harter Nagel!«
»Was meinst du damit?«
»Sagt man bei uns in Alzeye. Fast wie ein Wunder!«
Schwarzes Moos wuchs in den starrenden Augenhöhlen. Der Logiksektor sagte, ebenso verwundert wie ich: *In deinen Erinnerungen finden sich Bilder galoppierender Zentauren, Zentaurenskelette, ein Medusakopf und andere Ungeheuer aus der Sammlung des Weltenfragments. Jetzt hast du auch noch den Drachen, Lindwurm oder das gestrandete Meeresungeheuer gefunden. Werde daraus schlau, Arkonide!*
Ich hob die Schultern; alle jene Funde vermochte ich nicht zu deuten. Mit einem Gelächter, das deutlich sein Unbehagen zeigte, rief Volker, während er die Länge des Fundes abschritt und den Fuß in den Steigbügel stellte:
»Siehst du! Es gibt doch noch Lindwürmer! Der hier ist freilich keine Gefahr mehr!«
»Solche Tiere gab's vor unendlich langer Zeit«, sagte ich. Caratene schüttelte sich und schmiegte sich in meinen linken Arm. Ich murmelte: »Zu meiner frühen Jugend. Und auf anderen Welten.«
Wir ritten weiter. Die Pferde soffen an der Quelle und fraßen mitgebrachten Hafer, während wir eine geborstene Treppe zur leidlich erhaltenen Turmplattform hinaufkletterten. Wir versuchten, etwas zu sehen, das sich bewegte, aber wir erkannten nur den Rauch, zu dessen Feuer wir unterwegs waren.
Im Windschatten hockte sich Volker auf kalte Steinquader. Caratene teilte gefüllte Becher mit gemischtem Wein aus. Volker zupfte an der Harfe, stimmte flüchtig die Saiten und sah uns starr in die Augen, schien dann zwischen uns oder hinter unseren Schultern etwas zu sehen; er begann zu spielen und leise summend zu singen.
»Ein mächtiger Krieger wird plötzlich da sein, in vielen Jahren. Aus seiner Heimat, die er den Rosengarten nennt, kommen ein Zauberer und ein großer, ferner König. Man wird ihn Excalibur nennen.« Wieder sang er Unverständliches, die Saiten tönten schriller. »Niemand vermag dem Zwerg aus dem Berg und ihm in den Rosengarten zu folgen. Und unendlich viel Leid wird über Burgund kommen, denn ich sehe, daß schöne, stolze Frauen und mutige Helden sterben und zu Legenden werden. Uns ist in alten maeren wunders vil geseit ...«
»Von helden lobebaren, von grozer arebeit.« Ich beendete sein Lied. Volker sang in einer fremden Sprache, zuckte zusammen; eine Saite riß mit gellendem Unton.
»Die Stunden jagen dahin«, murmelte er düster und senkte den Kopf. »Reiten wir zu unseren Freunden, bevor meine Stimme so schaurig wird wie meine Stimmung.«
Er schob die Harfe in die Tasche, verschnürte sie und ging langsam, wie ein Greis, zu seinem Pferd. Caratene und ich wechselten einen lan-

gen Blick und folgten ihm schweigend. Ein niedriger Wald schob sich schwarz von rechts heran, als wir weiterritten. Hügel waren auf der linken Seite, und um Mittag erkannten wir Mauern, Bäume und eine Straße, die sich durch große Äcker mit tiefen Furchen zog. Wieder kreuzten Rabenvögel unseren Weg. Wir waren froh, als wir in der Wärme des Herdfeuers unter einer mächtigen, rauchgeschwärzten Balkendecke saßen und heiße Brühe löffelten.

In der Wandtäfelung steckte ein Strauß verdorrter Blumen, zwischen ihnen Herbstzeitlose. Ich entsann mich der Gespräche zwischen Seneca und mir; er hatte mit einem Blick auf eine Sklavin gesagt: *Die späte Liebe eines Mannes ist wie eine Herbstzeitlose: schön aber giftig.* Ich kannte nur »späte Lieben«. Ich lachte, trank warmen Würzwein und flüsterte in Caratenes Ohr:

»Wenn wir wieder zurück sind, werden wir nachts träumen: von warmen Wellen, salzigem Sand und leidenschaftlicher Liebe in himmlischer Hitze. Willst du mit mir träumen und am nächsten Morgen im Traumland aufwachen?«

»Mit dir, Weißhaar, im Traumland? Fort aus der Kälte?«

Ich nickte und grinste. Dann nickte auch sie.

»Und dann? Wie lange? Kenn ich diesen Wunderort? Oder machst du nur Scherze?«

»Ich bring' dich zurück zu Gundahar und Siegfryd. Wie lange? Zwei Monde, drei? Bis es uns langweilig wird, Muschelschalen zu sammeln.«

Caratene legte mir die Hände auf die Schultern und flüsterte: »Bis es uns langweilig wird, Weißhaar!«

Ich verständigte Rico-Arconrik. Eines Nachts, im Schutz *meines* Deflektors, schlichen wir zum Transmitterversteck, machten Zwischenstation und waren Stunden später, mit entsprechender Ausrüstung, auf einem Inselchen auf der südlichen Hälfte von Larsaf Drei; in der Hitze, am Sandstrand, unter knarrenden Palmen, nahe einer Quelle und völlig allein.

Was geschah? Wie ging es weiter? Wie endete es?

Es kam, wie es kommen mußte. Deswegen denke ich, wenn ich an den Schlächter Attila denke und ihn verfluche, gleichzeitig an Caratene und diesen Hagano von Tronec. Sie starben alle; zu früh und unter grausigen Umständen. Gundahar überschritt trotz meiner Warnungen die Grenzen. Ein römisches Heer unter Aëtius und hunnische Söldner griffen ihn an und töteten etwa achttausend Männer, und das war einige Jahre vor Attilas Tod. Hagano schützte mit dem Effekt meiner Gürtelschnalle das Leben seines Freundes.

Ein Jahr später wurden sie alle niedergemacht, bis auf den letzten Mann. Attila gab den Befehl dazu, aber der oberste Hunne kämpfte nicht mit. Später siedelten die Römer die Überlebenden in der Sapaudia und am Fluß Rhodanus an; und nun konnten sie das Meer sehen, darin baden, und mußten es nicht aus der Ferne riechen. Das Schicksal Caratenes kenne ich nicht, aber aus den Männern und Frauen wurden – wie Volker aus Alzeye sang – Sagengestalten. Übrigens denke ich noch heute, daß der kleine Sänger mit den goldenen Augen ein Geschöpf von ES war, von Wanderer also. Der Übergang zu Attila, der Gottesgeißel, ist einfach, logisch und verständlich; auf Dong-soni zwang mich mein Unbewußtes, mich zu erinnern.

Droysa, Phaedra, Veonard Barco und ich aßen heißen Braten und dazu geröstetes Brot, das herrlich würzig schmeckte, dazu tranken wir aus Thermobechern starken Kaffee, mit Alkohol versetzt.

»Zufrieden?« erkundigte sich Barco.

»Völlig«, sagte ich. Wieder ertönte das Heulen aus dem Urwald. Das riesige Raubtier streifte umher und suchte Beute, wie hungrige Wolfsrudel. Die Tiere an der Tränke, die Stimmung der Natur, Lagerfeuer und Sonnenuntergang: alles Teile eines Bildes, das niemand genauer kannte als ich. Es stellte eine enge Verbindung zwischen zwei Abenteuern her, die viel miteinander zu tun gehabt hatten. Ich lag ermüdet in meinem Feldsessel und merkte, wie die Bilder aus der Vergessenheit auftauchten. Droysa beugte sich zu mir hinüber und fragte:

»Woran denkst du, Atlan?«

»An Burgund und die Theißebene, an die Katalaunischen Felder und an das große Lager. An die Horden, die Leichen und die rauchenden Trümmer.«

Sie wußten, daß sich meine Worte auf Geschehen in der Vergangenheit der Erde bezogen. Veonard schnippte mit den Fingern und sagte:

»Theißebene ... Moment! Das können doch nur die Hunnen gewesen sein. Dort hatte einer ihrer Anführer sein Lager.« Er schlug sich an die Stirn und sagte etwas lauter: »Dieser Anführer ... war es nicht Dschinghis Khan?«

»Nein«, sagte ich. »Es war Godegisel.«

»Wer war es?« fragte Phaedra. Im Schein der Flammen sah ich wahrscheinlich wie ein Dämon aus. Meine Stirn und die Oberlippe waren mit feinen Schweißtropfen bedeckt; ich atmete schwer und murmelte:

»Es war ›Väterchen‹. Sein Name war Attila. Man nannte ihn Dei flagellum oder die Geißel Gottes. Er hat diesen Namen verdient. Ich habe ...« Ich brach ab. *Du bist gewarnt worden,* schrie mein Extrasinn. *Du hast es nicht verhindert!*

»Ich habe es nicht verhindert«, murmelte ich. Mein Kopf schmerzte, als ob man einen Nagel hineintreiben würde. Volkers harten Nagel. So schnell und mit solch erbarmungslosem Drängen hatte sich die Erinnerung meiner noch nie bemächtigt. Die Geräusche aus dem Urwald, dessen Ränder denen in Burgund und im Osten des Landes glichen, die flackernden Flammen und die drei schweigenden Menschen brachten mich dem damaligen Geschehen näher. Schweigend sah ich zu, wie durch einen Schleier, wie glühendes Holz zerfiel. Droysa nahm das halbleere Gefäß aus meiner Hand und sagte:

»Du siehst aus, als ob du leiden würdest.«

»Ich leide auch. Diese verdammte Erinnerung. Wie ein Überfall!«

Ich lehnte mich keuchend zurück. Bilder, die schon mehrmals aus meinem fotografisch exakten Gedächtnis aufgetaucht waren und sich wie eine zweite Wirklichkeit vor meine gegenwärtigen Empfindungen geschoben hatten, ließen sich nicht mehr zurückdrängen; die normale Wahrnehmung setzte aus. Es war, als gehe die Sonne auf und schüfe ein neues Bild aus einer vertrauten Umgebung. Das Licht fegte alles hinweg.

Ich verließ das Lagerfeuer, verließ Droysa, die Frau, die ich liebte, verließ auch diese Welt. Aus dem tobenden Nebel meines Unbehagens tauchte eine andere Periode aus der barbarischen Geschichte Terras auf. Wieder sah ich das riesige Skelett in der Düne, begann zu sprechen, und der schmerzhafte Druck in meinem Schädel ließ schlagartig nach. Ich berichtete.

Leise und konzentriert. Ich war im Bann meiner Erinnerungen gefangen und schilderte exakt wie ein farbiger, dreidimensionaler Film meine Erinnerungen an diese Zeit. Die Terraner begannen zu ahnen, daß dieser Bericht noch von keinem lebenden Wesen vor ihnen gehört worden war. Sie versanken, während die Flammen kleiner wurden und nur weiße Glut übrigblieb, zusammen mit mir in der Vergangenheit. Aus dem Nebel tauchten Begriffe und Gestalten auf:

Der Nebel war dicht; wir alle troffen vor Nässe. Nur der Falke, der über uns schwebte, schien hin und wieder wie ein blitzendes Juwel im Sonnenlicht, wenn die treibenden Schleier aufrissen. Hechelnd lief der Steppenwolf neben den beiden Pferden. Ich ritt nach Osten. Hinter mir waren die zerstörten Dörfer und Städte zurückgeblieben und vor mir lagen die Sümpfe zwischen Maros und Theiß. Ich fröstelte.

»Turk!« sagte ich halblaut.

Atemzüge später hörte ich aus dem lichterfüllten Nebel Flügelschläge über mir. Die Pferde bewegten unruhig die Ohren; der Geruch nach nasser Asche und der süßliche Geruch von brennenden Körpern mischten sich in den Nebel; Turk, der Jagdfalke, kam herunter und setzte sich auf meine Schulter.

»Was hast du gesehen?« fragte ich. Das künstliche Tier verstand eine große Menge Befehle und Kommandos, und das winzige Sprachzentrum formte immerhin eintausend Worte zu Sätzen, wenn es Antworten geben mußte.

»Viele Krieger«, flüsterte der Falke heiser; seine Stimme war in dieser Tonlage programmiert worden. »Viereckiges Gebäude. Tote und Brand. Drei Stunden reiten.«

Ich achtete sorgfältig auf den Weg, als ich antwortete: »Flieg los und sieh dich dort um, Turk! Los!«

Der Falke stieß sich ab, entfaltete seine Schwingen und schraubte sich in einigen Kreisen höher. Seine Flügel machten harte, klatschende Geräusche. Dann war er im Nebel um uns verschwunden. Shass, der langmähnige Steppenwolf, war unsichtbar; er untersuchte vor uns die Gegend. Wir ritten nach Osten, unentwegt. Ein Teil meines großen Planes erforderte es, daß ich mit ihm zusammentraf und zu einem seiner wichtigsten Männer wurde. Ich suchte Attila, und ich würde ihn finden.

»Dieser verdreckte, verlauste, wahnsinnige Barbar!« fluchte ich leise.

Seit fünf Tagen ritt ich in dieser Richtung. Ich war für diesen Teil meines Aufenthaltes ebenso überlegt ausgerüstet wie für die anderen Aufgaben. Die Maschinen in meiner Tiefseekuppel hatten kopiert, verbessert, miniaturisiert und hergestellt. Ich ritt eines der besten Pferde, die es südlich der Save gab, und der Rappe, der jetzt das Gepäck trug, war ebenso gut. Die Tiere waren schnell, ausdauernd, genügsam und hervorragend für den Reiterkampf trainiert. Jedes von ihnen hatte zehn Goldstücke gekostet. Die leichten Sättel hatte ich gekauft, alles andere war sozusagen arkonidische Wertarbeit. Mein Ziel war Attila, und für dieses Ziel mußte ich so hart kämpfen wie noch nie zuvor.

Shass, ein Robotwolf, hatte nicht seinesgleichen; er war praktisch unzerstörbar und gehorchte einer wesentlich größeren Menge von Kommandos als das letzte große Robottier, das ich gebraucht hatte. Turk, der Jagdfalke, war eine Mordmaschine ersten Grades. Dazu der beste Späher und nötigenfalls so schnell wie ein Pfeil. Ich hatte ihn in den vergangenen Wochen so lange trainiert, bis seine lernfähige Mechanik und Positronik alles gespeichert hatten, was für unsere Aufgabe nötig war. *Du kommst nicht als Helfer, sondern als Richter und Henker, denk immer daran!* unterbrach mein Extrasinn. *Dort vorn wirst du wieder die Spuren der Zerstörung sehen müssen.*

»Ich weiß!« sagte ich laut. Ich erschrak fast beim Klang meiner Stimme. Der Laut wurde, ebenso wie die Hufschläge, vom Nebel gedämpft. Wir ritten durch totes Gebiet. Ich trug eine umfangreiche ärztliche Ausrüstung bei mir. Sie war zusammen mit den Nahrungsmitteln und einigen ausgesuchten Chemikalien und unkenntlichen Waffen, in den schweren Satteltaschen auf dem Rücken des schwarzen, großen Hengstes untergebracht. Auf meinem Rücken hingen der mannshohe Kompositbogen und ein Köcher mit einhundert meisterlich gefertigten Pfeilen. Weitere zweihundert Geschosse mit unterschiedlichen Spitzen steckten im schweren Reserveköcher. Ein Schwert mit hohler Schneide aus Arkonstahl, in der sich Quecksilber bewegte, hing an der linken Seite meines Gürtels. Im rechten Sattelschuh steckte die Lanze mit dem vergoldeten, weißen Wimpel. Ein dreieckiger, geschwungener Schild hing am Sattel, und ich trug eine Rüstung, die für den Bodenkampf und den Kampf zu Pferd gleichermaßen geschaffen war. Sie bestand aus Metall, Kunstleder und Plastik, war kaum zu zerstören – vor allem konnte ein Hunnenpfeil, aus fünf Metern Entfernung abgeschossen, die Glieder des Schuppenpanzers nicht durchschlagen. Ein spitzer Helm mit einem breiten Rand aus künstlichem Pelz und andere wichtige Ausrüstungsgegenstände vervollständigten das Bild des Fremden aus dem fernen Westen.

»Verdammter Hunne!« sagte ich wieder. Ich haßte ihn. Obwohl ich neidlos anerkennen mußte, daß dieser Mann in meiner Arkonflotte schnell Karriere gemacht hätte. Aber ich hatte zu viele Leichen und viel zuviel Vernichtung gesehen. Sinnlose Vernichtung, wie im Rausch begonnen und durchgeführt. Deswegen haßte ich Attila.

»Die Sonne ... endlich!« murmelte ich. Wir ritten an den steil abfallenden Rand des Hügels heran, und der dichte Nebel war weggeblasen. Zwischen den letzten Schleiern brach die Sonne durch; eine mächtige goldgelbe Scheibe, drei Handbreit über dem Horizont. Das Tal in der Biegung des Flusses lag klar vor mir, und wenn ich die Hand über die Augen legte, konnte ich Turk erkennen, der dicht über den Ruinen des Dorfes entlangstrich wie ein Schatten des Todes. Die Hunnen waren schneller gewesen; erst vor kurzem mußten sie diesen Ort überfallen haben. Etwa eine Stunde lang hatte ich noch zu reiten, dann erreichte ich den Platz in der Mitte der kleinen Siedlung.

Ostwind kam auf, drückte den Dampf über dem Boden wieder zurück und brachte Wärme mit sich und Gerüche, deutlich und unverwechselbar. Gerüche nach brennendem Holz und heißen Steinen, nach schmorenden Leichen von Menschen und Kadavern von Tieren. Eine Horde der Nachzügler, die sich nach der verlorenen Schlacht auf den katalaunischen Feldern zur Residenz des Attila zurückzogen, hatte die Siedlung überfallen. Anders konnte es nicht sein. Ich hob die Hand und rief: »Vorwärts!«

Die Pferde galoppierten an. Ich setzte leicht die Sporen ein, und der Schimmel wurde schneller. Wir galoppierten den steilen Hang schräg hinunter, und der Wolf eskortierte uns. Dann entdeckte ich zwischen Bäumen und Äckern einen gewundenen, lehmigen Feldweg, der in die Siedlung führte. Ich rückte meinen Armschutz zurecht, hob im Galopp den Bogen vom Rücken und legte einen Pfeil ein. Ich hielt Pfeil und Bogen in der Linken, während ich mit der Rechten die Zügel führte. In Schlangenlinien ging es dem Dorf entgegen. Die Pferde keuchten, und ihre Hufe wirbelten schwere Lehmbrocken auf. Keine einzige Rauchsäule war zu sehen, kein Geschrei in hunnischer Sprache zu hören. Vor uns lag eine tote Siedlung. Ich zählte etwa zwanzig Häuser und ein ummauertes Viereck, entweder eine Karawanserei oder eine Handelsstation. Doch dann entdeckte ich zwischen den dichten Zweigen der Bäume ein zerstörtes, verbranntes Dach und einen Turm und wußte, daß dies ein Kloster war.

»Weiter!«

Ich ließ kurz die Zügel los und lockerte den Lähmstrahler im Gürtel. Er sah aus wie ein verzierter Dolch. Die Zeit verging, und ich schlug einen Bogenschuß vom ersten Haus entfernt einen Haken. Ich näherte mich der Siedlung von Süden; die nasse Kleidung und das Fell der Tiere trockneten in der warmen Luft und unter der Sonne, die immer höher kletterte.

Endlich ritt ich neben einem niedergetrampelten Zaun auf eine nicht verbrannte Scheune zu. Ich berührte mit dem rechten Zeigefinger eine der runden Nieten der linken Schulterklappe. Sekunden später kreiste Turk um unsere Köpfe.

»Sind Krieger in der Siedlung?« fragte ich und hielt den Bogen bereit.

»Keine Krieger. Ein Verwundeter, viele Tote, ein Lebender. Ich habe ihn nicht gesehen!« sagte der Vogel heiser.

Ich schnippte mit den Fingern und rief: »Shass! Zu mir!«

Ich stieg aus dem Sattel. Als meine Füße in den halbhohen, ledernen Stiefeln – ein Meisterwerk eines unbekannten Schuhmachers in Constantinopolis – den Boden berührten, sah ich die Leichen. Ein Schaf, von zwei Pfeilen gespickt, war auf eine Bohle des Zaunes gespießt worden; Fell und Holz waren rot von verkrustetem Blut. Ein Bauer mit weit aufgerissenen Augen und durchgeschnittenem Hals lag daneben, einen hunnischen Pfeil unterhalb des Schlüsselbeines. Dicht neben ihm, halb durch seinen Körper verdeckt, lag ein fünfjähriges Mädchen, dem ein Pferdehuf die Brust eingedrückt hatte. Von den Leichen stieg süßlicher Geruch auf, der mich in der Kehle würgte. Ameisen und Käfer krochen über die Körper. Hechelnd sprang der langmähnige Wolf mit den überlangen, schlanken Läufen aus dem Gebüsch.

»Hier lebt eine Person«, sagte ich. »Such sie. Schnell!«

Lautlos und schnell sprang der Wolf davon und verschwand zwischen den Mauern.

Ich führte beide Pferde am Zügel und ging langsam vorwärts. Ich war bereit, jederzeit zu schießen, aber nichts rührte sich. Ich trat in ein zerbrochenes Hühnerei, sah einen geborstenen Holzkübel und darum einen feuchten Fleck. Dann trat ich in den Schatten der Scheune. Es wurde etwas kühler. Mit einem abgebrochenen Speer war ein junger Mann an das Scheunentor gespießt worden. Sein Gesicht sah aus, als ob er lachte. Ich schauderte und ging weiter. Plötzlich fuhr ich zusammen; meine angespannten Sinne hatten mir einen Streich gespielt. Kreischend und flügelschlagend raste ein Huhn aus der Scheune hervor. Strohhalme wirbelten hinter ihm her. Ich widerstand dem Impuls, dem Tier einen Pfeil hinterher zu jagen. Ich ließ die Zügel los. Dann trat ich in die Scheune. Im Lehmboden steckte ein Pfeil, halb verbrannt, neben ihm lag ein Kübel. Der Lehm war in kreisförmiger Ausdehnung naß, die Asche im vorderen Teil des Pfeiles sagte mir deutlich, daß hier ein Brandpfeil durch einen Zufall nicht gezündet hatte.

Die Scheune war menschenleer. Vor einem Wagen, der mit Mist beladen war, lagen neben der abgebrochenen Deichsel zwei kleine, gedrungene Pferde. Man hatte ihnen Ohren, Mähnen und Schwänze abgeschnitten. Das Blut, das aus ihren Hälsen geströmt war, schien schon verkrustet zu sein. Auch hier liefen Ameisen in einer breiten Bahn zwischen einem Busch und der Scheune hin und her.

Tod, Vernichtung und Zerstörung. Und das alles so unbarmherzig und vollkommen unsinnig. Wenn ein Mann auf dem Schlachtfeld getötet wurde, dann hatte er, so abseitig das auch war, immerhin eine Chance gehabt. Er oder sein Gegner. Aber hier war ein ganzes Dorf ausgerottet und eingeäschert worden, ohne daß eine Notwendigkeit dazu bestanden hatte. Ich führte die Pferde an der trocknenden Blutlache vorbei ins Dunkel. Niemand griff mich an, als ich ihnen die Kandaren aus dem Maul nahm, ihnen die Hälse klopfte und sie vor den Futtertrog stellte. Ich holte Wasser und Hafer und stellte es vor sie hin, und sie fraßen und tranken ruhig. Ich stellte die Lanze ab, nahm meinen Schild und warf ihn über die Schulter. Dann schob ich das Tor zu und ging weiter.

Überall stank es nach Mist und Jauche, nach offenen Wunden und nach Leichen, nach Brand und Fäulnis. Die gespenstische Stille zerrte an meinen Nerven und ich hielt den Bogen schußbereit. Inmitten dieser Verwüstung und des Todes suchte ich einen Lebenden.

»Gespenstisch ...«, murmelte ich, als ob ich mir Mut machen müßte.

Es wäre mir nicht aufgefallen, wenn ich dieses Dorf in der Nacht betreten hätte. Aber jetzt, fünf Stunden nach Sonnenaufgang, ging ich zwischen den Leichen von Männern und halbnackten Frauen hindurch, die alle Variationen eines gewaltsamen und qualvollen Todes zeigten, entlang rauchgeschwärzter Mauern, die noch ihre Hitze verströmten. Ich sprang über schwelende Balken, saß auf einem Mauerrest, gegen den ein durchgehendes Gespann gerast war, sah hinauf in die sommerlichen Bäume und verfolgte mit den Augen die Spur von Korn, die ein aufgeplatzter Sack gezogen hatte. Tote Pferde und tote Kühe. Erschossene Schafe und Ziegen und als Triumph der sinnlosen Niederträchtigkeit eine Katze, die man an einen zerschlagenen Tisch genagelt und mit mindestens fünfzehn Pfeilen getroffen hatte. Diese Abteilung zurückflutender Hunnen schien aus meisterlichen Schützen zu bestehen. Es war gespenstisch. Eine Welt des Todes im freundlichen, warmen Licht der vormittäglichen Sonne. Jedesmal, wenn ich durch einen Schatten ging, schauderte ich und spürte, wie die Haut rauh wurde und wie sich die Härchen aufrichteten. Ich machte einen Rundgang durch die Ruinen der Siedlung, und ich gab es auf, die Toten zu zählen. Es waren mehr als fünfzig. Dann stand ich vor einem Tor aus aufgemauerten Feldsteinen. »Das muß dieses Kloster sein ...«, sagte ich mir.

Ich streckte meinen Kopf durch den Torbogen und trat auf ein Brett, das hochschnellte und mich am Knie getroffen hätte, wenn ich das Bein nicht zurückgerissen hätte.

Vorsicht! Hier gibt es viele kleine Räume und Verstecke. Sieh nach dem Falken über dir! schrie mein Extrasinn in unüberhörbarer Warnung. Ich hob den Kopf, dann trat ich in einen Garten, der noch vor wenigen Stunden gepflegt und eine Stelle gewesen war, in der man der Ruhe und Betrachtung pflegen konnte. Auf einer Bank aus Stein lag ein Mönch und schien in den Himmel zu starren – diese barbarischen Hunnen hatten ihn geblendet und ihm die Ohren abgeschnitten. In der Brust steckte ein Pfeil.

Ich konnte diese Bilder bald nicht mehr sehen, aber ich kannte auch die Bilder nach dem Kampf vor der hunnischen Wagenburg auf den katalaunischen Feldern.

»Weiter!« sagte ich laut. Ein kleiner Vogel zwitscherte in den Zweigen. Ein Schwarm Tauben war plötzlich hoch über mir und umkreiste den Falken. Es verblüffte mich immer wieder, wie schnell und vor allem wie verblüffend gleichzeitig der ganze Schwarm eine Schwenkung vornahm. Turk ließ sich mit zusammengefalteten Flügeln fallen und zog über mir einen Kreis. Seine Stimme war kaum zu hören.

»Lebender ist hier!«

Ich nickte und entließ ihn wieder. Als ob ich ihn gerufen hätte, war plötzlich der Wolf neben mir und ging auf das schief in den Angeln hängende Bohlentor des großen, flachen Bauwerks zu.

Ich zog den Bogen halb aus. Ein Lebender? Hatten die Hunnen einen der ihren zurückgelassen? Oder hatte sich ein sterbender Bauer hierher verkrochen? Wo war der Verwundete? Ich ging weiter, sicherte erst durch ein Fenster, ehe ich den dunklen Raum betrat. Auch hier war niemand. Ich suchte einen Raum nach dem anderen ab, fand drei gespeerte Männer in dunklen Gewändern und zwei Kinder. Die Hunnen hatten mitgenommen, was sich tragen ließ. Alles andere hatten sie zerstört.

Ich kam durch den Seiteneingang in den Gebetsraum der frommen Männer. Auch hier war alles verwüstet und geraubt worden; das konnte ich durch den Mauerspalt erkennen. Hier war jemand, das konnte ich spüren. Langsam schob ich mich entlang der Wand und näherte mich dem Einschnitt zwischen den massiven, kalten Mauern. Ein Geruch nach Räucherstäbchen oder verbranntem Harz schlug mir entgegen. Ich spannte den Bogen weiter aus. Wen würde ich finden?

Schräge Balken aus Sonnenlicht schossen durch die kleinen Fenster des langgestreckten Raumes. Ein schwerer Tisch, einst in der Mitte des Raumes gestanden, war umgeworfen worden. Ich fand zwischen den umgestürzten Holzstühlen keine Möglichkeit für ein Versteck.

Hinter dem Tisch oder am anderen Ende des Raumes! sagte mein Extrasinn. Ich spannte meine Muskeln, huschte im Zickzack durch den halben Raum und blieb stehen, wo sich die Platte des umgestürzten Tisches in die Höhe reckte. Ich zog die Bogensehne aus, drehte mich halb herum und machte zwei Schritte zur Seite. Die Pfeilspitze aus vierfach zugeschliffenem Arkonstahl deutete geradeaus, und langsam schob ich mich hinter die Platte.

Eine Frau! Sie lag auf dem Bauch, stützte sich mit einer Hand vom Boden weg und sah mich an. In ihrem Blick war eine Mischung aus Zorn und Todesmut, aus Niedergeschlagenheit und der Absicht, ihr Leben so teuer wie möglich zu verkaufen. Ihr Gesicht war schmutzig, aber ich sah die großen, grünen Augen.

»Chaire!« sagte ich. Ein griechischer Gruß. Sie öffnete den Mund und sagte in skythischer Sprache, leise und heiser vor Wut und Angst:

»Keinen Schritt mehr! Ich bin ...«

Ich unterbrach sie mit ruhiger, halblauter Stimme: »Ich bin kein Hunne! Ich bin ein fremder Mann aus dem Westen. Du brauchst keine Furcht zu haben.«

Die andere Hand kam unter ihrer Brust hervor. Zwischen den Fingern hielt sie eine lange Nadel. Sie setzte die Spitze an ihre linke Brust und sagte leise: »Ehe ich von deinem Pfeil umkomme, töte ich mich.«

Ihr Skythisch klang fremd und falsch betont.

»Du brauchst dich nicht zu töten«, sagte ich langsam. »Ich bin ein Feind der Hunnen.«

Sie starrte mich an, mit ausdruckslosem Gesicht, das die Ereignisse der letzten Stunden entfernt widerspiegelte. Es schien, als seien ihre Empfindungen gestört worden, als weigere sie sich, zu glauben, was sie gesehen hatte.

Ich sah ihre Hände und entspannte den Bogen wieder, lehnte ihn an die Tischplatte und steckte den Pfeil in den Köcher zurück. Dann machte ich einen Schritt nach vorn und streckte die rechte Hand aus.

»Steh auf«, sagte ich. »Oder kannst du nicht?«

»Halt!« sagte sie. »Du bekommst mich nicht lebend!«

Ich lächelte zögernd. »Ich will dich nicht. Es ist mir gleichgültig, ob du auch noch stirbst. Aber du stirbst in diesem Fall aus Mißtrauen und Dummheit. Laß mich helfen!«

Langsam und ohne die Augen von mir zu lassen, stand sie auf. Noch immer hielt sie die zugespitzte Metallnadel in der rechten Hand. Sie zog sich an der Tischkante hoch und sah mich an. Sie war groß, schlank und hatte schwarzes, langes Haar.

»Wer bist du?« fragte sie schließlich.

»Man nennt mich Atlan«. sagte ich und wiederholte: »Ich bin kein Freund der Hunnen. Ich suche Attila, um ihm zu schaden.«

Sie starrte mich unsicher an. Ich bewegte mich nicht und musterte sie genau. Ihre Füße steckten in dünnen, roten, durch Goldstickerei wertvoll gemachten Stiefeln, die bis zur Wade reichten. Darüber trug sie einen schmutzigen Purpurmantel, der vorn offen war und lange Schlitze für die Arme besaß. Darunter sah ich ein ehemals weißes Hemd aus grobem Stoff, das durch einen geschlungenen Gürtel gehalten wurde. Das Haar war, wie auch das Gesicht, voller Schmutz und Staub, und über ihre Wange zog sich ein langer Kratzer, eine Spur aus geronnenem Blut. Das Gesicht würde, gewaschen und gepflegt, sehr ausdrucksvoll sein. Ein römisches Gesicht, noch jung und unfertig, aber schon von der klassischen Schönheit einer Gemme.

»Dein Name?« fragte ich. Vorsichtig zog ich meinen Dolch, spielte mit ihm und richtete ihn schließlich, ohne ihn anzusehen, auf das rechte Handgelenk des Mädchens. Sie war nicht älter als zwanzig, zweiundzwanzig Jahre.

»Patricia«, sagte sie. »Ich bin fürstlichen Geblütes.«

»Wie schön«, bemerkte ich bitter. »Ich bin ein Prinz. Wir können also miteinander sprechen.«

Gleichzeitig betätigte ich kurz den Kontakt, und der Lähmungsstrahl traf ihre Hand. Sie schrie leise auf und ließ die Nadel fallen, aber ich sprang nach vorn und blieb dicht vor ihr stehen. Sie war zu Tode erschrocken. Ich legte meine Hand auf ihre Schulter und sagte:

»Ich habe Pferde hier und Essen. Ich kann dich schützen. Und du brauchst nicht zu befürchten, ich wäre wirklich ein räuberischer Hunne. Ich bin es nicht! Komm mit mir. Wir ...«

Sie atmete stoßweise und hielt ihre gefühllose Hand hoch, als habe sie ein rätselhaftes Fundstück vor sich. Ich legte meinen Arm um ihre Schulter und zog sie langsam, ohne fordernde Betonung, mit mir.

»Du wirst zweifellos«, sagte ich halblaut und versuchte, einen beruhigenden Tonfall in meine Stimme zu bringen, »an Wunder glauben. Ich bin kein Übermensch, nur ein müder, alter Mann, der versucht, Ordnung in alles zu bringen. Und mir ist schlecht von allen den Toten, Geschändeten und Ausgeplünderten. Komm mit mir, und wir werden versuchen, alles zu vergessen.«

Sie sah mich an und schwieg, aber sie sträubte sich nicht, als ich meinen Bogen holte und mit ihr zusammen hinaus in das helle Licht der Sonne trat. Auf einem dicken Ast saß der Falke und krächzte heiser: »Verwundeter ist tot.«

Patricia schrak zusammen und ich verstärkte den Druck meines Armes ein wenig. Der Wolf stand an der Pforte der Ruine und sah mich aus seinen rötlich schimmernden Augenlinsen an.

»Meine Pferde sind in dem einzigen Gebäude, das diese Verbrecher nicht niedergebrannt haben«, sagte ich.

Sie nickte schweigend; vermutlich gingen die Dinge über ihr Fassungsvermögen.

»Dort hinüber!«

Ich konnte nicht sagen, wie ich mich fühlte. Unbeschreibliche Gegensätze. Es war immer dasselbe, seit achteinhalb Jahrtausenden. Verglichen mit den Menschen, die ich traf, war ich eine Mischung zwischen Halbgott und Gelehrtem, zwischen Kampfmaschine und Kulturförderer. Ich haßte diese Position, weil sie mich der Natürlichkeit entzog und entfremdete. Wie oft schon hatte ich die Bevölkerung dieses barbarischen Planeten aus dem Zugriff von Sklavenhändlern und kosmischen Ausbeutern befreit? Jetzt erlebte ich mehr sinnlose Grausamkeit als je zuvor. Das Steppenvolk, dessen Keim ich selbst wohl vor undenkbar weit entfernter Zeit mit zwei urzeitlichen Jägern gesetzt hatte, drückte wandernd von Osten nach Westen, trieb kämpfend die Volksstämme vor sich her und schickte sich an, das gesamte Festland zu erobern, den gewaltigen Kontinent, der vom Nordpol bis zu den beiden Ozeanen reichte. Und ich konnte niemals mehr als eine kleine Gruppe Menschen retten, sie beeinflussen, ihnen die fragwürdigen Segnungen der Zivilisation in mikroskopisch kleinen Dosen verabreichen. Ich haßte mich deswegen, ich haßte den Planeten und ich sehnte in geradezu psychopathischer Eindringlichkeit den Tag herbei, an dem ich ein Raumschiff besteigen würde. Dabei hatte ich mir selbst diese Aufgabe gestellt, und nur äußerste Zurückhaltung hinderte mich daran, meine Macht, auf technologischen Möglichkeiten basierend, auszunutzen. Alexander war daran gescheitert, und alle anderen vor ihm. Ich konnte nur die Aufgabe eines Katalysators übernehmen, eines Stoffes oder Dinges, das andere Stoffe veränderte, dabei aber selbst unverändert blieb.

Wir erreichten die Scheune und ich kümmerte mich um alles.

Bis Mittag hatten wir eine kleine Scheinwelt errichtet, in der die Ordnung der Lebenden herrschte. Langsam erwachte Patricia aus ihrer Lethargie der Panik. Und von Stunde zu Stunde wurde sie reizvoller und begehrenswerter. Es war die eindeutige Situation zweier einsamer Menschen auf einer Insel. Für wenige Stunden vergaßen wir, wo wir uns befanden und wer wir waren.

Der halbe Tag, den wir im Sonnenschein neben dem Scheunentor verbrachten, war sogar für mich ein makabres Ereignis. Ich hatte mit Shass' Hilfe die Leichen entfernt und sie hinter einer zerfallenen Mauer versteckt. Aber ihr Geruch war überall. Selbst das Stroh schien von diesem süßlichen, widerlichen Geruch erfüllt zu sein. Ein schwerer Tisch stand im Schatten des Baumes, davor zwei Holzsessel, die ich aus dem Schutt eines Hauses hervorgezerrt und gereinigt hatte.

Wir hatten uns im Wasser eines großen Regenfasses gewaschen; ich holte frisches Wasser aus dem Ziehbrunnen. Zu meiner Überraschung schwammen keine Tierkadaver darin. Wir wuschen den Tisch ab, ließen ihn trocknen und breiteten meine Vorräte aus. Schinken und runde Würste, Brot und kalter Braten, Salz und roter Wein, den ich in widerstandsfähigen Kunststoffschläuchen mitführte. Vorsichtig packte ich die silbernen Kelche aus, die ich von dem Präfekten der geplünderten Stadt Arkadiopolis geschenkt bekommen hatte. Patricia faltete ihren Mantel, legte ihn über ihren Sessel und setzte sich. Dann faßte sie ihr Haar im Nacken zu einem Knoten zusammen und sagte:

»Dein Schädel ist nicht geschoren und deine Augen sind rötlich. Dein Haar ist lang und weiß – du bist nicht aus diesem Land hier?«

»So ist es.« Ich schnitt mit dem Dolch Braten in dicke Scheiben. »Ich komme weit aus dem Westen, aus einem Land, das nicht einmal Attila kennt.«

Sie betrachtete mich noch immer unsicher und mit Mißtrauen.

»Was tust du hier, Atlan?«

Ich brach ein Stück Brot auseinander und schmierte gesalzene Butter auf die Bruchstelle. Dann goß ich Wein in den Silberpokal und schob alles zu Patricia hinüber.

»Ich reite nach Osten, um Attila zu treffen«, sagte ich und trank einen großen Schluck. Der Wein schmeckte leicht und würzig und hinterließ einen metallenen Nachgeschmack auf der Zunge.

»Du hast gesagt, daß du Attila haßt!« meinte sie verwundert.

»Wenn der Falke die Taube ergreift, muß er sie vorher gejagt haben. Ich kann den Hunnen nicht vernichten, wenn ich ihn nicht finde.«

»Kennst du ihn?«

»Ich habe gegen ihn gekämpft«, sagte ich. »Aber ehe ich ihn töten konnte, kamen andere Krieger dazwischen. Und dann verlor ich ihn aus den Augen, als Theoderich von einem Speer getroffen wurde.«

Patricia aß und trank. Plötzlich spürte sie ihren Hunger. Ich öffnete die Verschlüsse meines Schuppenpanzers und legte ihn ab. Trotz des Schattens war es hier sehr heiß. Die erste Hälfte des Jahres war vorbei; die letzten Züge der Hunnen bewegten sich hierher in die Theißebene, um sich zu erholen von der größten Niederlage, die man ihnen je bereitet hatte. Aber diese Erholung würde nur dazu dienen, einen neuen Feldzug vorzubereiten, und tatsächlich schoben sich kleinere Teile des Heeres, von Ostgoten und Gepiden, Alanen und Skiren verstärkt, auf das Zentrum des Römischen Reiches zu. Ostrom war tributpflichtig. Nur die dünne Besiedlung dieses Landes verhinderte Zusammenstöße zwischen Siedlern und räuberischen Nomaden.

»Warum bist du hier?« fragte ich.

»Ich sollte den Mann treffen, der mich zur Frau nimmt«, sagte sie. Ihre Hand mit dem Pokal blieb auf halbem Weg zwischen Tisch und ihrem Gesicht stehen, als erinnere sie sich erst jetzt. Ihr Gesicht wurde verschlossen, beinahe abweisend.

»Du hast ihn getroffen?« fragte ich leise.

»Ich habe ihn gesehen. Er ritt mit den Hunnen und sah zu, wie sie das Dorf verwüsteten. Sie töteten die Mönche, raubten die Heiligtümer, und ich konnte mich im Turm verstecken. Als das Dach brannte, stieg ich wieder herunter, aber da waren die Hunnen schon fort. Alle Männer sind Feiglinge und unehrlich.«

»Möglicherweise kenne ich andere Männer als du«, sagte ich. »Vergiß über dem Verwünschen das Essen nicht.«

Sie schwieg und trank. Ringsum war Stille, endgültige Ruhe des Todes. Nur kleine Singvögel und eine Katze brachten Geräusche und Bewegungen in das Bild. Der Taubenschwarm kreiste über den Ruinen. Aus den Trümmern stieg kein Rauch mehr hoch, aber auch dieser Geruch nistete selbst in den Blättern der Bäume. Irgendwo auf dem Feld, weit entfernt, bellte ein Hund. Dann brüllte eine Kuh, lange und qualvoll. Sie wartete darauf, gemolken zu werden.

Meine Pferde standen in der dunklen Scheune und ruhten sich aus. Meine Waffen lagen griffbereit am anderen Ende der Tischplatte. Als ich mich prüfend umsah, während ich kaute, merkte ich, wie Patricia mich verstohlen musterte, als sähe sie mich zum erstenmal.

»Der große Hund dort ... es ist dein Tier?« sagte sie schließlich und säuberte das Messer an der Tischkante. Ihre Stimme war ein wenig ruhiger geworden.

»Es ist ein Steppenwolf«, sagte ich. »Mein bester Freund. Er sorgt dafür, daß uns niemand stört.«

»Wie alt bist du?« fragte sie und leckte über ihre Lippen.

Ich hob die Schultern und lachte kurz. Sollte ich ihr die Wahrheit sagen? Sie würde es nicht begreifen, wie alle anderen vor ihr. Ich antwortete zögernd: »Älter als du, Patricia, aber nicht zu alt, um gut kämpfen zu können.«

Sie nickte. »Du bist sehr klug, nicht wahr?« fragte sie.

»Man sagt es.«

Sie starrte mich mit jäh erwachter Neugier an.

»Du bist einsam, Atlan. Ich sehe die Einsamkeit in deinen Augen. Du hast niemals ein Weib besessen?«

»Niemals für lange Zeit.«

»Noch nicht einmal Kinder, Atlan?«

Ich lächelte schmerzlich. »Vielleicht. Einen Sohn – ich weiß es nicht. Er ist längst tot.«

Sie schob unschlüssig den Pokal hin und her; Weintropfen liefen über ihre Finger. Erst jetzt sah ich drei kostbare, goldene Ringe mit großen Rubinen und Smaragden daran.

»Keine Brüder? Keine Schwestern?«

»Keine«, gestand ich.

Sie seufzte voller Mitgefühl.

»Was werden wir morgen tun? Heute müssen wir schlafen und uns ausruhen; wir sind müde. Und morgen?«

»Patricia«, sagte ich leise, »ich weiß es nicht. Du solltest zurück zu deinen Eltern und in deine Stadt gehen.«

»Die Stadt ist überfallen und zerstört. Ich habe keine Eltern mehr. Die Hunnen haben sie ...«

Über uns war ein Rauschen, als ob etwas durch die Blätter des Baumes fiel. Die Nachmittagsluft nahm allmählich eine ungewöhnliche Klarheit an. Der Jagdfalke landete auf dem Tisch und stolzierte leichtfüßig heran. Das Mädchen war aufgesprungen und riß einen Dolch aus der Tischplatte heraus. Ich hob die Hand, deutete auf den Vogel und sagte beruhigend:

»Es ist mein Vogel. Er beschützt mich. Was hast du gesehen, Turk?«

Der Vogel öffnete den gekrümmten Schnabel und keuchte: »Nichts. Keine Menschen, keine Hunnen. Ihr seid sicher.«

Während er sprach, beobachtete ich Patricia. Ihre Augen waren aufgerissen und sie blickte zwischen mir und dem Vogel hin und her. Für sie stand es nunmehr fest, daß ich ein mächtiger Zauberer war. Ein sprechender Jagdfalke ... es war ein Wunder. Ich entfernte bedächtig einige Blätter von den Schwingen des Vogels und ordnete dann an:

»Flieg in großer Höhe und warne mich sofort, wenn Hunnen zu sehen sind.«

Der Vogel spreizte seine Schwingen, stieg fast bewegungslos höher und schwebte wie ein Blatt, das der Wind mit sich riß, schräg aufwärts. Sekunden später war er nur noch ein Punkt im stählernen Blau des Himmels. Die Hitze nahm zu. Auf den Feldern reifte das Getreide. Dies war der sechste Tag meiner Reise, seit ich den Gleiter versteckt und mich auf den Ritt nach Osten gemacht hatte. Denn um Attila zu vernichten, mußte ich ihn genau kennenlernen. Vielleicht verstand ich dann mehr von seiner besessenen Kampfeslust. Wollte ich ihn aber kennenlernen, mußte ich sein Vertrauen besitzen. Das ließ sich aber nur erreichen, wenn ich mich ihm behutsam näherte. Er beherrschte dieses Gebiet, ich war der Fremde. Alles Fremde aber war den Nomaden unheimlich und machte sie mißtrauisch.

»Ich weiß nicht, was wir morgen beginnen«, sagte ich nach einer Weile. »Hast du einen Vorschlag?«

Patricia hob die Schultern und sagte:

»Nein. Ich weiß nicht, wohin ich gehen soll. Ich bin allein.«

Ich dachte an das, was mir bevorstand, wenn mein Plan Erfolg haben sollte – und schon allein wegen der Menschen dieses Kontinents mußte ich Erfolg haben –, und ich wußte nicht, ob ich es riskieren konnte, die junge Frau mitzunehmen. Es wäre für uns beide das Beste, dachte ich, aber Patricia war selbst im höchsten Maß gefährdet und eine Gefahr für mich, denn sie hielt mich auf und zwang mich, Rücksicht zu nehmen. Ich beugte mich vor.

»Kannst du reiten?« fragte ich.

»Wie ein Hunne!« sagte sie.

»Es wird Schwierigkeiten geben, wenn wir weiter nach Osten reiten. Ich kann dir nur meinen Schutz geben, nicht mehr. Gegen eine Übermacht bin auch ich wehrlos.«

Sie sagte in kühlem Ton: »Du willst die angenehmen Dinge, aber du willst keine Verantwortung übernehmen. Ist es so?«

Ich faßte ihre Hand und zog sie über den Tisch zu mir heran. Unsere Gesichter waren nur noch Handbreiten voneinander entfernt. Dann sagte ich leise und beschwörend:

»Ich habe die Verantwortung für ein Land mit unzählbar vielen Tausenden Menschen übernommen. Ich versuche, sie vor den Hunnen und vor der Zerstörung zu retten. Und du sprichst von Verantwortung? Kein Mensch kann heute in diesem Teil der Welt für sein eigenes Leben garantieren; ich kann auch nicht für dein Leben Versprechungen machen. Ich werde tun, was ich kann, aber ich bin kein Gott.«

»Ich reite mit dir, morgen«, sagte sie flüsternd.

Ich stand auf, ging zur Scheune, nahm den Tieren die Sättel ab und striegelte die Pferde, untersuchte ihre Hufe und versorgte einige aufgeriebene Stellen an ihren Rücken. Dann breitete ich Heu in einem dunklen Teil des Stalles aus, legte Decken darüber und schaffte meine Ausrüstung hinein. Schließlich begann ich damit, im verwüsteten Dorf nach entsprechender Kleidung für Patricia zu suchen und fand einige Stücke. Schließlich nahm ich meinen Strahler aus dem Gepäck, setzte ihn zusammen und ging auf Umwegen zum Fluß, um mich abzuseifen und zu waschen. Als ich zurückkam, hatte Patricia die Vorräte eingepackt und begrüßte mich mit einem Becher Wein.

»Du warst böse auf mich?« fragte sie lächelnd.

»Nein«, sagte ich und zog sie an mich. »Ich habe nur daran gedacht, was alles vor uns liegt. Und morgen nach Sonnenaufgang fängt es wieder an.«

Sie flüsterte: »Bis zum Sonnenaufgang ist noch viel Zeit. Wir werden zusammensein und du wirst deine Angst verlieren.«

Ich seufzte nur; ich fühlte mich niedergeschlagen.

Staub, der aus dem Stroh aufstieg, kitzelte in der Nase. Auf einem umgestürzten Kübel stand eine Talglampe, deren schwaches Flämmchen ruhig brannte und eine fahle Halbdämmerung schuf. Patricia lag neben mir zwischen den Decken, die wie große Felle aussahen, aber aus Kunststoff bestanden. Sie hatte die Augen geöffnet und starrte schweigend hinauf zu den mächtigen Balken der Dachbinder. Ihre Finger spielten mit einem Ring, sie flüsterte: »Warum willst du Attila vernichten, Atlan? Wie hat alles angefangen?«

Ich lachte kurz.

»Es fing an«, murmelte ich, »daß ich aufwachte und erkennen mußte, daß alle Länder in Gefahr waren, wenn die Hunnen noch mächtiger würden. Ich beschloß, den Vormarsch aufzuhalten. Und ich begann einen großen Plan. Er ist in vier Teile gegliedert.«

»Du bist mächtiger als Attila?«

»Nein«, sagte ich. »Aber ich habe die besseren Waffen. Und ich weiß viele Dinge, die er niemals erfahren wird.«

»Wer bist du?« wiederholte sie.

»Ich bin ein Prinz aus einem fernen Land«, sagte ich. »Das ist die Wahrheit.«

»Aber nicht die ganze Wahrheit!«

Verrate dich nicht! wisperte mein Extrasinn. *Sie kann eine Spionin der Hunnen sein!* Das war so gut wie ausgeschlossen, denn mich sah kein einziger Hunne, wenn ich es nicht wollte. Durch Turk und Shass besaß ich die Möglichkeit, auszuweichen, wann immer mir die Tiere meldeten, daß Hunnen in der Nähe waren. Außerdem besaß ich zusätzliche Tricks, die selbst einem hunnischen Stoßtrupp unbekannt waren. Und, abgesehen von einigen persischen Reitervölkern, waren die Hunnen die besten Krieger, die dieser Kontinent je gesehen hatte.

Wie hatte alles angefangen?

Diesmal war ich nicht wegen kosmischer Eindringlinge, sondern wegen einer planetaren Gefahr geweckt worden. Bemerkenswert immerhin, daß Rico, mein unermüdlich wachender Robot, diese Gefahr als groß genug identifiziert hatte, um mich zu wecken. Meine Gedanken glitten zurück. Vor Monaten war ich geweckt worden und hatte die Welt in einem chaotischen Zustand gesehen.

»Ich werde dir alles erzählen«, sagte ich zu Patricia und schob meinen Arm unter ihren Kopf. »Aber nicht heute. Ich muß schlafen.«

Über der Siedlung kreiste der robotische Falke und beobachtete mit Infrarotaugen die Gegend. Und durch die Ruinen strich der Steppenwolf und sicherte den Boden. Wir waren geschützt; ich konnte beruhigt einschlafen.

»Atlan!«

Ich fuhr hoch, blinzelte und sah, wie die Flamme erlosch. Dunkel war um uns. Wo befand ich mich? Schnell orientierte ich mich und tastete nach dem Strahler.

»Ja?«

Patricias Finger glitten über meine Stirn und Wangen. Sie streichelte mich und drückte mich wieder zurück in die Felle.

»Du hast im Schlaf gesprochen«, sagte sie. »Worte, die ich nicht verstehen konnte.«

Hoffentlich hast du ihr nichts Wichtiges berichtet! tobte mein Extrasinn. Ich atmete langsam ein und aus. Die Pferde waren ruhig und hoben sich als schwarze Schatten gegen das offene Tor der Scheune ab.

Kein schlechtes Zeichen. Im Mondlicht sah ich einmal den langbeinigen Steppenwolf mit der lohfarbenen Mähne über den freien Platz huschen.

»Hab' ich dich geweckt?« fragte ich.

»Nein. Ich habe dein Gesicht angesehen«, sagte sie leise. »Ich schlief nicht.«

Ich zog Patricia wieder an mich, fühlte ihre Haut und ihr Haar. Wir schliefen aneinandergepreßt bis Sonnenaufgang. Dann arbeiteten wir schnell zusammen, um alles fertigzumachen. Nach einem kurzen Frühstück schwangen wir uns in die Sättel und ritten der Sonne entgegen.

In leichtem, kräftesparendem Galopp ritten wir entlang des Flußufers. Nach meinen Berechnungen und nach den Eintragungen in der Karte hatten wir noch drei Tage zu reiten, bis wir an die Grenzen des Hunnengebietes kamen. Ich hatte das Gepäck sorgfältig verteilt; beide Pferde waren frisch und ausgeruht. Wir hielten ein gutes Tempo bis Mittag. Dann sprengten wir in ein kleines Wäldchen hinein und banden die Zügel der Pferde an die Stämme.

»Ich bin nicht müde«, sagte Patricia. »Warum reiten wir nicht weiter?«

Ich lehnte die Lanze an einen Baum, schnallte die Sättel los und nahm den Helm ab. Dann sagte ich: »Wir müssen die Pferde schonen – es sind noch drei Tage bis zu den Hunnen.«

»Bist du hungrig?«

»Ja.«

»Ich sorge für das Essen.«

Sie ging zu den prallen Satteltaschen und öffnete sie. Während der Wolf um das Wäldchen herumrannte und der Falke über uns kreiste, schaute ich mich um. Keine Spuren von Hunnen, keine Kampfspuren. Ein friedliches Stück Natur, erfüllt vom Geschrei der Vögel und den Geräuschen kleiner Tiere, die sich in ihren Verstecken hinter den Blättern und im Gras raschelnd bewegten. Patricia trug ihre Stiefel, darüber einen halblangen Rock, eine meiner Jacken und eine Fellkappe. Ihr Haar lag dicht am Kopf an, und aus der Entfernung konnte man sie für einen Mann halten. Wir saßen auf faulenden Baumstümpfen, schlugen die Ameisen von unseren Stiefeln und aßen. Ich mischte den Wein mit frischem Wasser. Gerade, als ich das Ziegenfell wieder an den Sattel schnallte, schoß der Falke pfeilschnell zwischen den Bäumen hindurch und fing sich dicht vor meinem Gesicht ab.

Er schlug die Krallen in die Schuppen über meiner Schulter und sagte fauchend: »Hunnen. Kommen von Osten. Acht Reiter.«

»Zurück! Notfalls eingreifen!« sagte ich.

»Du hast verstanden?« fragte ich Patricia, während ich den Pferden die Sättel auf die Rücken warf und sie schnell festschnallte. Sie räumte die Spuren unseres Essens weg und knüpfte die Zügel von den Baumstämmen los.

»Ja. Was tun wir?«

Ich deutete nach Westen. »Wir verbergen uns hinter dem Wald und reiten auf der Nordseite langsam nach Osten, wenn die Hunnen südlich vorbeireiten. Im anderen Fall reiten wir an der Südseite entlang. Vielleicht werden wir angegriffen.«

Wir bestiegen die Pferde, ritten durch das Gebüsch; ich überprüfte meine Ausrüstung. Ein Mann zu Fuß war gegenüber einem Reiter meist im Nachteil, wenn es ihm nicht gelang, den Mann aus dem Sattel zu reißen. Ich nahm den Bogen, lockerte mein Schwert und zog die Lanze aus dem Sattelschuh. Dann warteten wir mit angehaltenem Atem. Über die Geräusche der Natur legte sich ein anderer Ton. Man kannte ihn als die trommelnden Laute des Todes. Acht Pferde näherten sich im schnellen Galopp. Die Gefahr, daß die Hunnen uns entdeckten, war von Minute zu Minute größer. Ich legte drei Pfeile vor mich auf den Sattel und klemmte sie mit dem Oberschenkel fest. Ein Pfeil lag auf der Sehne. Ich musterte den Geländeausschnitt, hinter dem die Hunnen auftauchen mußten. Dort würde sich entscheiden, ob sie uns folgten oder weiterritten.

»Ich habe keine Angst«, flüsterte Patricia. Sie hielt einen langen Dolch in der Hand und wartete schräg hinter mir. Ich nickte und lächelte ihr zu, dann drehte ich den Kopf. Das Trommeln der Hufe wurde lauter, kam näher. Und ich wollte den Strahler nicht anwenden, weil sonst einer der Hunnen, die vielleicht entkamen, ein Bild von meinen Möglichkeiten bekam, das ich nicht wollte. Das Getrappel wurde unregelmäßig; die

Geschwindigkeit einiger Pferde hatte sich geändert. Dann wieherte ein Pferd. Ich zog die Zügel straffer, aber hinter mir antwortete der Hengst, auf dem Patricia saß.

Das entschied alles. Rauhe Befehle ertönten und dann sah ich den ersten Hunnen. Er riß einen Schild hoch, deutete mit seinem Schlagschwert nach unten, auf unsere Spuren, dann sah ich direkt in seine Augen. Der Mann setzte sich kurz auf, rammte seinem Pferd die Hacken ein. Ich fühlte die Sehne des Bogens an meinem Ohr.

Der Pfeil schwirrte nach dem Schlag der Saite gegen meinen Unterarm heulend davon und traf den Hunnen in die Brust. Noch während er stürzte und ihn sein Pferd ins Gestrüpp zerrte, heulte der zweite Pfeil durch die Luft und traf den anderen Reiter unterhalb des Schlüsselbeines.

»Die Hunnen – sie reiten uns nieder!« sagte Patricia aufgeregt. Ich wartete, den dritten Pfeil auf der Sehne, zog meinen Lähmstrahler und steckte ihn in den Gürtel. Der dritte und vierte Hunne tauchten auf, hatten Bögen in den Händen und ritten schreiend gegen mich an. Auch der dritte Pfeil traf; der Reiter stürzte, sich zweimal überschlagend, aus dem Sattel. Dann riß ich den rechten Oberarm nach vorn und deckte mich mit dem Schild ab, drückte auf den Auslöser des Lähmstrahlers. Der Pfeil krachte gegen den Schild, prallte ab und mein Pferd stieg senkrecht in die Höhe, als das Tier ihm gegenüber in den Vorderbeinen niederbrach, sich überschlug und den Reiter unter sich begrub. Ich hatte nur noch vier Gegner.

Dann wischte ein sichelförmiger Schatten durch die Sonne, ich hörte den gellenden Schrei des Falken, und er tauchte kurz darauf hinter den Büschen auf. In seinen Krallen hielt er einen Hunnen, der vor Schreck schrie wie ein Wahnsinniger. Der Vogel stieg mit flatternden Flügelschlägen höher und höher und ließ den Mann fallen, als ob er einen Hasen in den Fängen hielte.

»Noch drei ...«, murmelte ich, warf den Bogen über die Schulter und griff nach der Lanze. Mein Schimmel sprengte keuchend die leichte Anhöhe hinauf, dicht neben mir ritt Patricia in die Büsche, die peitschend hinter ihr zusammenschlugen. Ich sah die Gruppe der wartenden Hunnen sofort – sie sahen mich ebenfalls. Der Schreck schien sie gelähmt zu haben. Als der Wolf aus der Deckung sprang und sich im Vorderfuß eines Hunnenpferdes verbiß, ritt ich an.

Ich legte die Lanze ein, spähte über den Rand des Schildes, den ich auf den linken Unterarm gewechselt hatte. Dann erfolgte der Zusammenstoß. Einer der Reiter wurde im hohen Bogen aus dem Sattel gerissen, wiehernd und auskeilend brach sein Pferd aus. Der zweite Reiter sprang geschickt aus dem Sattel, duckte sich zwischen den wirbelnden Vorderfüßen und wehrte einen Hufschlag mit dem Schwert ab. Dann zerfetzte ihm der Wolf das Genick.

Der letzte Mann riß sein Pferd herum, als er den Feuerstrahl aus der Spitze meiner Lanze sah. Er war kreidebleich und floh. Ich hielt mein

Pferd an und senkte die Lanze. Dann holte ich Luft und rief dem Hunnen nach:

»Sag Attila, sein neuer Waffenmeister läßt ihn grüßen! Ich komme zu ihm!«

Der Hunne sprengte mit panischer Eile davon. Große Fetzen Gras und Lehm wirbelten, von den Hufen des Pferdes hochgerissen, durch die Luft.

»Shass!«

Der Wolf kam heran und hob den schlanken Kopf mit den weißen, nadelscharfen Fängen.

»Treib die Pferde zusammen.«

Patricia kam aus dem Wald geritten und hob die Hand. Sie lenkte ihr Tier dicht an meines heran und sagte aufgeregt: »Ich habe viele Hunnen gesehen, und auch mein Bruder war ein schneller Kämpfer. Aber du bist besser, Atlan. Viel besser.«

Ich wischte den Schweiß von meiner Stirn und erwiderte brummend: »Ich habe auch länger Zeit gehabt, die Waffen zu üben.«

Jahrtausende, sagte mein Extrasinn. *Der Hunne wird natürlich berichten, welche Wunder er gesehen hat.* Wir nahmen den Pferden die Zäume ab, schichteten die Sättel auf einen Haufen und nahmen aus den Taschen, was wir brauchen konnten. Dann verjagten wir die Tiere und ritten weiter. Die nächsten zwei Tage bewegten wir uns auf den schmalen Pfaden, die Turk finden konnte, und niemand sah uns. Und schließlich erreichten wir das erste Lager der Hunnen.

Ein Meer von Zelten breitete sich unter uns aus. »Was werden sie von uns verlangen?« fragte Patricia. Sie bemühte sich, das Zittern ihrer Hände zu unterdrücken und hielt sich am Sattelknauf fest.

Unter uns und auf den wenigen Hügeln der Ebene hinter den Sümpfen erstreckten sich gewaltige Mengen von Zelten und Jurten. Es waren Tausende. Zwischen ihnen bewegte sich das Leben des Lagers. Ringsum weideten Pferde aller Farben, meistens aber braune Tiere. Ich schätzte ihre Zahl auf weitaus mehr als zehntausend; die Bilder aus Ricos Spionsonden ließen eher größere Mengen vermuten. An Feldzeichen hingen Schilde, Reiter galoppierten einzeln oder in Formationen über die Ebene. Rauchsäulen zahlreicher Feuer hingen schräg in der Luft, und große, weiße Wolken segelten über die Ebene. Uns schlug ein gewaltiges Summen entgegen; die Reden vieler Menschen und die Geräusche ihrer Arbeiten.

»Attila«, sagte ich leise. »Er und seine Hunnen schieben Menschen und Schicksale auf der Oberfläche unserer Welt umher, und nicht nur nach Westen.«

»Kannst du ihre Sprache?« fragte Patricia. Ich nickte und sah eine Gruppe Hunnen auf uns zusprengen.

»Ja. Ich habe keine Schwierigkeiten, neue Sprachen zu lernen.«

Die Wachen hielten die Pferde an, legten die Hände an die Schwertgriffe, und ein Mann mit kahlgeschorenem Kopf, mit einem Haarbüschel daran, das mit einer Lederschnur hochgebunden war, fragte rauh: »Wer bist du, Mann?«

Ich zeigte auf meinen Lanzenwimpel und antwortete in Hunnisch: »Ein Prinz aus dem Land des fernen Westens, und ich komme um Attila meine Dienste als Waffenmeister anzubieten.«

Der Hunne musterte mich geringschätzig. Ich war mehr als einen Kopf größer als er. Jetzt grinste ich ihn an und murmelte: »Nicht jeder Mann, Reiter, ist schon deswegen schlecht, weil er nicht von eurem Volk ist. Die Krieger um Theoderich haben es bewiesen.«

»Was weißt du von Theoderich?« rief er.

»Alles«, sagte ich. »Ich war sein Freund und Berater. Viele Jahre, bevor er Attila besiegte und selbst dabei starb. Er wurde zur Legende.«

Der Anführer beruhigte sein struppiges Pferd, deutete mit dem Kinn auf Patricia und fragte herausfordernd: »Und das Weib dort?«

»Sie gehört mir. Von edlem Blut. Meine Sklavin.«

»Und was kannst du, Fremder?« fragte einer aus dem Trupp.

»Alles.« Ich nickte langsam. »Du glaubst es nicht? Nachdem ich ausgeruht habe, können wir kämpfen. Du darfst die Waffen bestimmen.«

Die anderen Lagerbewohner schienen kaum Notiz von uns zu nehmen; viele Boten und Abordnungen kamen hierher. Es war wichtig, daß ich möglichst sofort auffiel. Ich beugte mich aus dem Sattel; abzusteigen hätte bedeutet, mich freiwillig zu unterwerfen. Man verhandelte nur vom Sattel aus oder in einer überdachten Halle, dort aber vom Boden.

»Hör zu! Ich bin Prinz Atlan. Wenn ich eines Tages neben Attila und unter Edekon Onegesios sitzen werde, erinnere ich mich vielleicht an dich. Du bestimmst, ob meine Erinnerung schlecht oder gut ist. Gute Männer können Attila und ich immer gebrauchen. Wer befiehlt über dieses Lager?«

Vorausgesetzt, Attilas Zelt stünde in der Ebene, wäre es das größte und schönste. Ich konnte kein weißes Zelt entdecken, auch keinen *Aul,* der groß und prächtig genug war. Auch auf den wenigen Hügeln standen nur einfache Jurten; sicher voll von Wanzen und Ungeziefer.

»Es ist Tigas, der befiehlt«, sagte der Wachreiter.

»Führ mich zu ihm! Ich bin kein Spion, kein Verräter; ich werde euch viel lehren können.«

»Gut«, sagte der Anführer. »Tigas wird entscheiden. Kommt mit.«

Er riß sein Pferd in einer schönen Parade, ohne sichtbare Hilfen, auf der Hinterhand herum. Die anderen taten es ihm gleich. Wir ritten den Hügel hinunter und nach Süden. Ich wandte mich an Patricia und sagte leise, in klassischem Römisch:

»Du hast erleben müssen, daß die hunnische Reiterei allen anderen Truppenteilen außer einigen schnellen Reiterheeren überlegen ist. Der Schrecken, der den Hunnen vorauseilt, lähmt alle Angegriffenen und

Verteidiger. Schnelligkeit des Ansturms in gewaltiger Anzahl, taktische Rückzugmanöver, die Kunst des Täuschens und Überlistens und die verblüffende Wendigkeit dieser Reiter – dem allen sind die westlichen Gegner nicht gewachsen. Und die Landbevölkerung ist ohnehin schutzlos.«

»Du weißt alles, mein Freund«, sagte Patricia ernst. »Was weißt du über Attila?«

Noch vor zwei Jahrzehnten waren die kleinen Pferde im entscheidenden Nachteil. Sie waren von der Weidefütterung abhängig, aber die Pferde der Römer und anderer westlicher Völker konnten in Ställen gehalten und gefüttert werden. Inzwischen besaßen die Hunnen längst römische Pferde, züchteten mit ihnen und brachten ausgezeichnete Kreuzungen hervor. Ich sagte leise:

»Attila, Väterchen, ist sein hunnischer Name. Dei flagellum oder, in Gotisch, *godegisel.* Niemand scheint mehr seinen hunnischen Eigennamen zu kennen. Sein Bruder Bleda war älter als er; es scheint, daß Attila ihn hat ermorden lassen. Mundiuch war ihr Vater, Rua dessen Bruder. Zusammen mit Mundiuch und Oktar sind sie Nachfahren des Charaton. Jetzt herrscht nur noch Attila.«

»Was weiß man sonst von ihm?«

»Stolz schritt er einher.« Ich hob die Stimme, grinste und zwinkerte. »Und ließ sein Auge hierhin und dorthin schweifen, wobei sein Machtgefühl sich in einem gestrafften Körper ausprägte; den Krieg liebte er, aber er vermochte seiner Hand Einhalt zu gebieten. Gewaltig war er im Rat und im Planen, aber den Bittenden schenkte er Gehör, und wen er einmal unter die Seinen aufgenommen, dem blieb er ein gütiger Herr.«

»Bist du ein Dichter, Freund?«

»Von kurzer Statur, breiter Brust, mächtigen Hauptes, spärlichem und grauem Barthaar, plattnasig und dunkelhäutig, besaß er alle Merkmale hunnischer Herkunft. Aber er plant Großes und traut es sich zu.«

»Also ein Mann ohne *virtu* und Allüre«, sagte Patricia. Mein Grinsen wurde breiter.

»Ich dichte nicht, aber ich kenne die Schrift des Priskos, eines byzantinischen Diplomaten, der seine Erinnerungen niederschrieb.«

Wir trabten einen niedrigen Hügel hinauf und hielten die Pferde vor einem Zaun an. Die Hunnen sprangen aus den Sätteln. Sie winkten uns, und ich half Patricia aus dem Sattel. Ich blickte zum Himmel: Unerreichbar für hunnische Pfeile drehte Turk dort seine Kreise. Der Wolf stand auf dem Hügel, den wir eben verlassen hatten, und starrte über das riesige Lager hinweg. Rauch zahlreicher Feuer und Essensgerüche schlugen uns entgegen, als ich weiterging, die Hände am Gürtel und in der Nähe des Lähmstrahler-Dolches. Patricia wartete schweigend, wie es einer Sklavin geziemte, bei den Pferden. Ich winkte dem Anführer.

»Lebt dort der Tigas?« fragte ich.

Inmitten der Umzäumung, in der Sättel lagen, trocknende Decken und kleine Vorratszelte standen, in der Kessel über Feuern hingen, stand eine hellgraue Jurte mit großem Eingang, der nach Osten wies. Feldzeichen und Lanzen steckten im Boden. Es stank nach hundert verschiedenen und meist unangenehmen Dingen, die hier faulten und verrotteten. Ich ging weiter und zog die Brauen hoch.

»Hier lebt er. Warte hier.«

Der Anführer sprach schnell und leise mit einem Posten, der auf einem Schemel gesessen hatte, die Hand um den Knöchel seines rechten Fußes gelegt. Er hatte uns kommen sehen können und betrachtete mich mit echtem Interesse. Dann nickte er und stand auf. Er warf mir einen langen Blick zu und verschwand im Halbdunkel der Jurte. Ich fragte laut:

»Müssen die besten Gäste hier stets am längsten warten, Zehnerführer?«

Er hob die Schultern und sagte:

»Nicht immer. Aber ich kann nichts dafür. Ich bin sicher, Tigas wird dich hören wollen.«

Ich drehte mich um und deutete auf Patricia und die beiden Pferde. Mit unüberhörbarer Schärfe sagte ich halblaut:

»Ich bringe jeden um, der die Frau anrührt. Und jeden, der sich an meinen Satteltaschen vergreift. Ich schleppe kein Gold mit mir.«

Der Mann zupfte an seinem Bart und nickte. Er versprach:

»Ich bleibe dort. Niemand wird dir etwas stehlen. Weiber haben wir genug, auch Sklavinnen aus allen Ländern.«

»Wie schön für euch!« entgegnete ich kurz und trat ein. Festgestampfter Lehmboden war unter den Sohlen meiner Stiefel. Auf dieser harten Fläche lagen einige dicke Teppiche. Ihre Muster bewiesen, daß sie aus aller Herren Länder zusammengestohlen worden waren. Die Kultur, die von den Hunnen mitgebracht worden war, beschränkte sich auf geringe, für die Kriegsführung ausreichende handwerkliche Fähigkeiten. Sie stellten hervorragende Waffen her. Einfache Holzmöbel standen hier, Kartentische und Trinkgefäße. Sehr viele Waffen lagen, standen oder hingen an den durchhängenden Seiten des Zeltes. Die Öffnung in der Decke, durch die der Rauch dicker Räucherstäbchen abzog, ließ genügend Licht herein, so daß ich Tigas erkennen konnte. Er stand auf und kam mir bis zur Mitte der Jurte entgegen.

»Ich komme mit einer Bitte und einer Frage zu dir, Tigas«, sagte ich deutlich.

Ich legte meine rechte Hand auf den Schuppenpanzer. Unter der Handfläche fühlte ich die Form des Zellaktivators, des wichtigsten Talismans meines Lebens.

»Dein Name?«

»Atlan. ›Magister militum‹ nennen mich die Männer Roms.«

»Deine Bitte?«

»Ich will mich Attilas Truppen anbieten als Waffenmeister und Kenner des Landes. Ich brauche ein Zelt und etwas Platz für meine Pferde. Ich frage dich, ob du mir helfen willst, Tigas.«

Tigas war ein ungewöhnlich großer und schlanker Mann. Nur die auffallende Breite seines Brustkastens deutete auf seine Herkunft hin. Unter buschigen Brauen saßen helle, aufmerksame Augen, mongolisch geschlitzt, unter heruntergezogenen Lidern verborgen. Unter den Augen hingen die Halbkreise tiefer Tränensäcke. Ein dünner, spitzer Bart, schwarz gefärbt, ging neben den scharfen Falten der Mundwinkel nach unten. Eine einzige Haarlocke, durch einen Bronzering gezogen, thronte auf dem kahlen Schädel. Die Hände des Mannes waren überraschend gut geformt, die Rechte sehr muskulös. Tigas ging zu einem niedrigen Tischchen und goß stark riechendes Hirsebier in zwei Schalen. Dann drehte er sich um und hob eine Schale an.

»Ein Schluck *Kamon* zur Begrüßung und als Zeichen meines Wohlwollens?«

Ich streckte die Hand aus und nickte.

»Ich danke dir«, sagte ich. Das Bier aus vergorener Hirse, das die Römer als *Camum* bezeichneten, war einigermaßen gut; ich zog andere Getränke vor.

»Dein Wohlwollen ehrt dich«, sagte ich leise. »Erfüllst du meine Bitte?«

Er grinste und deutete auf einen Holzsessel, über dem ein Wolfsfell lag. Ich berührte unauffällig, während ich mich setzte und die Beine ausstreckte, einen Punkt in meiner Gürtelschnalle. Ein Signal für Shass.

»Wir Hunnen sind ein Volk des Krieges, der Eroberungen. Attila handelt im Auftrag der Götter. Wir Hunnen sind ausgezeichnete Krieger – das weiß die Welt, die wir unterwarfen und die uns Tribut schickt. Wir sind nur zu überzeugen, wenn einer besser ist als wir. Bist du besser?«

Ich lachte und trank den Kamon aus.

»Wäre ich sonst hier?« fragte ich.

Aufgeregte Stimmen wurden laut. Ich kannte den Grund; wenige Sekunden später raste der Wolf in die Jurte, orientierte sich blitzschnell und lief zu mir. Er legte sich neben meinen Stiefeln auf den Teppich und öffnete das Maul. Ich spielte mit der Hand in der langen Mähne und sagte:

»Der Steppenwolf ist mein Freund. Vor einigen Tagen haben mich acht deiner Männer überfallen. Einer von ihnen ist entkommen, weil ich ihn mit einer Botschaft laufen ließ.«

»Ich habe gehört, was er berichtet hat.« Tigas nickte. »Er lebt nicht mehr; wir wollen keine feigen Krieger. Also ist wahr, was er sagte. Deine Bitte ist erfüllt. Was ist deine Frage?«

»Glaubst du, daß Attila an einer Landkarte Gefallen findet, die ihm alles zeigt, was über dem Boden ist?«

Alles, was unterhalb des Bodens war, auch was sich unterhalb der Wasseroberfläche bewegte, war für die Hunnen heilig und daher tabu. Aber sie konzentrierten sich auf das, was sich auf der Erdoberfläche befand. Also würden meine Karten sie beeindrucken.

»Eine Landkarte?«

Ich deutete nach oben, wo die Rauchfäden aus den Räucherstäbchen, die schwer und lastend nach Sandelholz rochen, sich mit dem Blau des Himmels und den weißen Wolken vermischten.

»Stell dir einen Falken vor, der hoch über uns kreist. Sein Auge sieht alles aus einer anderen Warte. Er sieht Städte, Wege, Befestigungsanlagen, Magazine, versteckte Reiter und Felder ... alles.«

Ich zog aus meinem Gürtel ein zusammengefaltetes Stück einer Gebietskarte hervor: die Aufnahme der Schlachtordnung, der hunnischen Wagenburg und der Befestigungen und Rückzugspositionen bei der Auseinandersetzung auf den katalaunischen Feldern.

»Hier.«

Tigas studierte die Karte. Er faltete sie immer weiter auseinander, betrachtete die Farben und die Schatten und ging hinaus ins helle Sonnenlicht. Dann kam er zurück, aufgeregt und atemlos.

»Diese Karte«, sagte er und schlug darauf. »Woher hast du sie?«

»Ich bin ein Freund der Falken. Sie sehen mit meinen Augen, Tigas. Meine Frage ist: Willst du Attila diese Karte schicken und ihn bitten, mich zu seinem Waffenmeister zu machen? Ich bin nicht besonders reich und will auch vom Wohlwollen Attilas leben.«

Tigas schien lange zu überlegen. Jedenfalls verblüffte ihn die Karte mehr, als ich vermutet hatte.

»Ich werde bald einen Boten zu Attila schicken«, sagte er. »Attilas Lager ist im Augenblick fünf Tagesritte von hier entfernt.«

Er drehte sich um, zerrte an den Fäden seines Bartes und musterte mich lange. Ich hielt seinem Blick stand, und schließlich sagte er:

»Ich werde dir ein Zelt geben und eine Feuerstelle. Du kannst auch Nahrungsmittel für zwei haben. Aber ... ich werde untersuchen, wie gut du wirklich bist. In drei Tagen werden die besten Krieger gegen dich antreten. Gewinnst du, bist du ein geachteter Mann. Verlierst du, kannst du weiterreiten; kein Hunne wird dich mehr kennen. Abgemacht?«

Ich stand auf.

»Ich sehe, daß du ein Mann von großem Weitblick, großer Vernunft und Klugheit und gastfreundlich bist.«

Er hob die Hand zum Gruß und erwiderte trocken:

»Wir Hunnen kennen keine Vorurteile. Wer unser Freund sein will, kann es bleiben, bis er sich als unwürdig erweist.«

»Richtig!« sagte ich. »Wo schlafe ich?«

»Man wird dein Zelt dort aufstellen!«

Er deutete auf die Westseite des Hügels und ich wußte, daß ich einen der schlechtesten Plätze bekommen hatte. Schlecht, weil ich in der Hierarchie des Lagers so ziemlich an der untersten Stelle siedelte; gut, weil ich ungestört war. Langsam ging ich zurück zu Patricia und den Pferden; hinter mir rief Tigas einige Befehle. Männer und Frauen setzten sich in Bewegung und holten Materialien, die innerhalb der Umzäunung gelagert hatten. Eine Stunde später stand mein Zelt. Ich ließ die Pferde weiden, nachdem ich ihre Vorderbeine leicht gefesselt hatte. Ich hatte noch nicht das Zentrum des Kreises erreicht. Nur den Rand.

Diese Hunnen waren ein merkwürdiges Volk. Das sah und erkannte ich genauer, als mein Zelt gebaut wurde. Sie verstanden es ausgezeichnet, sich das, was sie aus der Kultur der überrannten Völker für sich brauchten, anzueignen. Nicht mehr; sie waren Pragmatiker der Zivilisation. Allein die Sprachmischung innerhalb des großen Hunnenreiches war fast unübersichtlich groß; die hunnische Sprache, Gotisch und Latein, selbst Griechisch wurde gesprochen und von besoldeten Schreibern an den Machtstellen des Reiches geschrieben. Die einstigen Oberhäupter der Stämme fanden am Hof des Attila Beschäftigung als Kriegsführer, Steuereintreiber und reitende Diplomaten, denn die alte Stammesordnung war zerbrochen und das Zehner-System der Herrschaft noch sehr wenig ausgeprägt. Anteil an Beute und Macht band die Männer an den Herrscher. Ich erfuhr, was ich noch nicht wußte, von den Sklaven und dem hunnischen Aufseher, der sie antrieb. Jeder Mensch, der sich ein natürliches Verhältnis zur Kultur und zur Zivilisation, zur Menschlichkeit und zu den Wissenschaften bewahrt hatte, wurde von den Hunnen gleichermaßen angezogen und abgestoßen.

»Und in dieser Lage befindest du dich, Atlan«, sagte Patricia. Wir hatten uns in drei Tagen gut eingelebt. Wir waren als Gäste aufgenommen worden, niemand belästigte uns. Wenn wir hinunter ins Lager gingen, um uns Nahrungsmittel zu holen, die von Bauern und Händlern – alles angesiedelte Hunnen, die zu alt oder zu schwach zum Kriegführen waren, und auch die tributpflichtigen, ortsansässigen Stämme mit den hunnischen Sklaven besorgten Ackerbau und Aufzucht und Verwertung des Viehs – ins Lager gebracht wurden, stellten sich mir unaufhörlich neue Fragen, und nicht immer bekam ich Antworten.

»Das ist richtig«, sagte ich und massierte meine Haut mit Öl.

Über dem Lager breitete sich die Dämmerung des Morgens aus. Leichter Wind kam von Westen, die Wolken erhellten sich an den Unterseiten. Heute war der Tag, an dem Tigas von mir die Beweisführung verlangte. Ich grinste; ich würde es den Barbaren zeigen.

»Hungrig?«

»Noch nicht«, erwiderte ich. In der Mitte des Zeltes stand ein schmiedeeisernes Glutbecken voller glühender Holzkohlen. Zwei einfache Liegen aus Holz, mit breiten Ledergurten und Fellen, dazu meine Decken, ein Tisch aus glattgescheuertem Holz und ein Holzgerüst, an dem Kleider und die Waffen hingen. Das war, abgesehen von einem Boden aus Rindermist und Lehm, der erstaunlich genug, nur einen halben Tag lang mörderisch gestunken hatte, alles, was sich mit dem Begriff »Haus« umreißen ließ. Ich hatte auf dieser Welt weitaus prächtiger, aber auch unter wesentlich schlechteren Bedingungen wohnen müssen.

»Ist der Bote an Attila zurück?« Patricia richtete sich auf. Sie hielt die Decke wegen der morgendlichen Kühle über der Brust zusammen.

»Ich vermute, daß er hier ist. Sicher sieht er sich den Probekampf ann, entschließt zusammen mit Tigas und reitet dann.«

»Glaubst du wirklich, daß die Hunnen so gerissen sind?«

»Wenn es um ihren Krieg und die Eroberungen geht, sind sie noch durchtriebener, als wir glauben«, sagte ich. »Du könntest mir den Rükken massieren!«

Nur die restlose Entspannung garantiert, daß du nachher gewinnst! flüsterte mein Extrasinn. Ich gab mich nutzlosen Gedanken hin, wie sie am frühen Morgen, kurz nach dem Aufwachen üblich sind. Bis heute war alles nur Vorbereitung gewesen. Jetzt befand ich mich an dem Punkt, der über die nächste Zeit entschied. Siegte ich, verließ ich meine Stellung am Rand des Kreises und drang nach innen vor. Verlor ich, mußte ich radikal umdenken und einen anderen Weg finden. Denn mein Ziel hieß nicht nur Attilas Tod, sondern war weiter gesteckt. Ich mußte darüber hinaus auch noch die Macht der Hunnen brechen. Einige Teilerfolge waren ohne mein Zutun schon erfolgt; vor fast genau vier Jahren kämpfte ein römisches Heer unter Arnegisclus an den Ufern des *Vid* und fügte den Hunnen furchtbare Verluste bei. Zwar fiel der Feldherr in dieser Auseinandersetzung, aber die Schlacht wurde von den Hunnen abgebrochen, der Verluste wegen. Endlich war ich fertig, hatte eine Kleinigkeit gegessen und kümmerte mich um mein Pferd und die Waffen. Dann zog ich mich um; Patricia half, den Panzer anzulegen.

Wir trafen zwei Stunden nach Sonnenaufgang vor dem *Aul* des Tigas zusammen.

Ich ritt den Schimmel; er war besser ausgeruht und würde die Anstrengungen gut überstehen. Pferd und Reiter mußten eine Einheit bilden; die geringste Unstimmigkeit konnte über Leben und Tod entscheiden. Mein Schild hing links am Sattel, in der Rechten hielt ich die Lanze ohne Wimpel; alle Teile meiner Rüstung ohne die verkappten Energiewaffen trug ich bei mir. Der Sattel war um alles Überflüssige erleichtert worden. Tigas und ich begrüßten uns, indem wir die Hände hoben. Ich sah, daß er halb gepanzerte Stulpenhandschuhe und einen ähnlichen Schuppenpanzer wie ich trug.

»Du bist bereit?« fragte er leise. Er musterte mich eindringlich; ich vermutete, daß er einer der Kämpfer war, die sich mir entgegenstellten.

»Ich bin bereit, zu siegen«, sagte ich und lachte.

»Dort unten, Atlan. Du bist Magister militum?«

Ich nickte. Zwischen den Hügeln und dem palisadenähnlichen Zaun des Lagers hatte sich ein Viereck aus Berittenen gebildet. In der Mitte des Karrees ritten Männer hin und her. Das Tier des Hunnen tänzelte nervös an meines heran; ich sah daraus, daß auch der Reiter nicht ganz frei von Unsicherheit war. Ein gutes Zeichen.

»Bogenschuß, Wettrennen mit Schwierigkeiten, Lanzenkampf und Schwertkampf, das Abschütteln von Verfolgern und ein Ritt durchs Feuer – das sind die Bedingungen«, sagte Tigas. »Zu viele?«

Ich hob die Schultern und murmelte: »Sicher nicht. Ich welchem Kampf wirst du gegen mich antreten?«

»Bogenschuß!«

Ich hatte es geahnt, denn über seiner Schulter hing ein Bogen, fast so groß wie meiner, aber plumper gearbeitet. Die Pfeile, die meine Maschinen hergestellt hatten, waren auf alle Fälle besser. Ich beschloß, ihn zu beschämen.

»Bogenschuß zu Pferd?« fragte ich, während wir den Hügel abwärts galoppierten. Er zügelte sein Pferd in der Mitte des offenen Vierecks und sagte laut: »Nein.«

Hunnen umringten uns. Einige kümmerten sich um mein Pferd, andere nahmen Tigas die Zügel ab. Ein Mann kam mit einem umgedrehten Helm.

»Wir schießen jeweils drei Pfeile«, sagte Tigas. »Wer mehr trifft, siegt.«

Ein Mann von wenig Worten. Hüte dich – er handelt besser als er spricht! warnte mein Extrasinn. Die Hunnen scherzten untereinander, die Pferde rissen die Köpfe hoch und scharrten; eine wellenförmige Bewegung durchlief die Reihen der Wartenden. Sie waren aufgeregt und neugierig; nichts konnte sie besser unterhalten, als Kampf und Geschicklichkeit. Ich atmete tief ein und aus, versuchte, mich nicht von der Aufregung anstecken zu lassen. Dann stellten wir uns in zehn Schritt Entfernung nebeneinander auf. Ich rückte den Köcher zurecht, zog drei Pfeile heraus, prüfte sie und ging zu Tigas. Auch er steckte zwei Pfeile vor sich in den Grasboden. Ich zog einen davon heraus, schaute ihn lange an, wog ihn über dem Finger und drehte ihn auf der Fingerspitze. Dann sagte ich:

»Es ist ungerecht, wenn wir kämpfen, Tigas. Du bist im Nachteil.«

Er zuckte zusammen und maß mich mit deutlicher Verblüffung. Dann zuckten seine Mundwinkel, er grinste und fragte: »Meine Pfeile sind besser, wie?«

Ich sagte höflich: »Ich habe noch nie mit schlechteren geschossen als mit deinen Pfeilen, Heerführer. Sie sind wertlos.«

Ich griff über die linke Schulter, zog drei Pfeile heraus und reichte sie ihm, die Spitzen voraus. Er betrachtete sie mißtrauisch, ein paar Männer kamen näher und verglichen die Pfeile. Dann steckte Tigas mit vorsichtigen Bewegungen seine Pfeile zurück, nahm meine Geschosse und sagte kopfschüttelnd:

»Du bist entweder hochfahrend und willst mich beleidigen, oder aber du bist ein sehr guter Mann. Wir werden sehen – danke für die Pfeile. Ich beginne.«

Er hob die Hand, nickte mir zu; ich ging auf meinen Platz zurück. Patricia stand auf dem Hügel. Vermutlich war sie weniger sicher als ich, aber das blieb verständlich. Die Hunnen ritten auf Tigas Zeichen auseinander, und ich sah eine Strohpuppe; mannsgroß, an eine Stange gebunden. Über dem Kopf hing ein runder Hunnenschild mit einem kleinen, auffallenden Stammeszeichen – ein Pferdekopf im Profil. Ein Hunne näherte sich und sagte:

»Jeder drei Pfeile. Das Ziel muß vor dem Schuß gesagt werden. Gut verstanden?«

»Klar gesprochen«, sagte ich. »Ich warte.«

Es kam leichter Wind von Westen, den Hügel herunter. Zwischen uns und dem Ziel strich er durch das Tal. Tigas stellte sich in Position, zog den Bogen aus und sagte:

»Die Augen und der Hals der Puppe.«

Die Entfernung war zu groß für einen direkten Schuß. Es mußte eine ballistische Bahn geschossen werden. Tigas war großartig. Er zog den Kompositbogen aus, bis zum Ohr, zielte kurz und schoß. Als er sich bückte und den zweiten Pfeil aus dem Gras zog, schlug der erste Pfeil nach einem ruhigen Flug in die Stirn der Puppe. Fast zweihundert Schritt Entfernung. Der zweite Pfeil wurde von der Sehne geschnellt, flog seine Bahn und traf ins linke Auge der Puppe. Ein ohrenbetäubender Jubel setzte ein; die Pferde scheuten, als die Männer mit Streitäxten und bloßen Schwertern gegen die Schilde trommelten. Tigas zielte diesmal länger, und der dritte Pfeil bohrte sich unterhalb des Schlüsselbeines der Puppe in den Körper und schnitt ein Loch in die Kleidung. Tigas hob die Hand und rief zu mir hinüber:

»Ich bin fertig. Deine Pfeile sind Meisterwerke, Atlan!«

»Ich sagte es bereits«, meinte ich kalt. »Zieht den Pfahl aus dem Boden und bringt die Puppe hundert Schritt weiter weg!«

Tigas sah mich an, als ob ich ihn zu Tode beleidigt hätte. Ich hatte Hunderte von Pfeilen über diese Entfernung verschossen. Außerdem mußte ich meine Stellung verstärken. Je auffälliger ich mich einführte, desto schneller sprach sich herum, wer angekommen war. Die Hunnen zählten mit. Schließlich stand die Puppe dort, wo ich sie haben wollte. Ich konzentrierte mich und sagte zu dem Hunnen in meiner Nähe:

»Der Schild. Alle drei Pfeile in seine Mitte.«

»Ich habe verstanden.«

Jetzt herrschte, verglichen mit zuvor, atemlose Stille. Die Bahn bis zum Ziel war frei. Ich zog meinen rechten Handschuh aus, setzte den Pfeil ein, zog die Sehne aus, zielte sorgfältig und bohrte meine Blicke beschwörend in das Zentrum des Schildes. Die Sehne schlug hart gegen meinen Unterarm, der Pfeil heulte davon und ich berührte den Nietenkopf im kugelartigen Wulst über meiner Schulter. Das Zeichen für Turk, sein Programm abzufahren, das ich gestern nacht befohlen hatte. Noch ehe ich den zweiten Pfeil in den Fingerspitzen hielt, wußte ich, daß ich getroffen hatte. Ein kurzer Laut, schneidend und hämmernd gleichermaßen, kam als Echo zurück. Der zweite Pfeil.

Beim dritten zögerte ich, spannte neu und zielte länger. An der Bewegung der Gräser hatte ich gesehen, daß eine leichte Bö wehte. Als sich das Gras aufrichtete, schoß ich. Dann nahm ich ruhig den Köcher ab, gab den Bogen dem Hunnen und wartete. Wieder jener hämmernde Schlag. Ein Reiter löste sich aus der Masse, ritt zum Pfahl hin und zügelte scharf sein Pferd. Wir hörten seinen erschrockenen Ausruf, dann stürzte wie ein dunkler Klumpen der Jagdfalke aus dem Himmel. Er schlug über der Puppe mit den Flügeln, das Pferd scheute; der Reiter kämpfte gegen den panischen Schrecken des Tieres an. Der Falke zog Kreise, immer enger werdend, um den Pfahl, dann schraubte er sich nach oben und blieb außer Schußweite. Ein langgezogenes Murmeln ging durch die Reihen der Hunnen. Der Reiter zwang sein Pferd unter seine Gewalt, hob den Schild vom Pfahl und galoppierte wie ein Wahnsinniger zu uns heran. Er riß sein Pferd zurück und das Tier rutschte wiehernd, mit ausgestreckten Vorderfüßen auf den Hinterbeinen auf uns zu.

Langsam gingen Tigas und ich auf den Schild zu. Alle drei Pfeile waren zu zwei Dritteln durch die Stahlplättchen, das Leder und die Filzschicht durchgeschlagen und steckten nur mit fingerbreiten Abständen nebeneinander im Zentrum des Schildes. Beinahe ehrfurchtsvoll sagte Tigas:

»Hervorragend! Ich hielt dich für einen Aufschneider ... aber der Tag ist noch lang. Wir werden sehen.«

Ich streifte meinen Handschuh um, behielt aber den Unterarmschutz angeschnallt. Ich versetzte ohne jede Betonung.

»Der Tag wird nicht länger, wenn wir reden, Tigas. Wir werden sehen.«

Ein Hunne brachte mein Pferd. Ich kontrollierte noch einmal den Sattelgurt, die Schnallen und Riemen, dann schwang ich mich auf den Rükken des Tieres, setzte mich zurecht und wartete, wie das Wettrennen mit Schwierigkeiten aussehen würde. Man hatte eine Strecke abgesteckt, und die Wendemarke ragte jenseits des dritten Hügels auf. An verschiedenen Punkten standen Reiter. Barrikaden waren hochgezogen, unterhalb des Hügels stand jemand mit einer Fackel. Der Hunne hielt noch immer den Zügel und schaute zu mir hinauf. Er sagte laut:

»Bis zur Wendemarke und zurück. So schnell wie möglich. Jedes Hindernis muß genommen werden.«

»Woraus bestehen die Hindernisse?« fragte ich.

»Niemand weiß es«, war die diplomatische Antwort. Am kurzen Aufblitzen der Augen konnte ich merken, daß zumindest Tigas davon wußte. Wie hatte er gesagt: *Wir würden sehen!*

»Wer gewinnt?« fragte ich.

»Der zuerst hier ist und alle Hindernisse angenommen hat«, sagte der Hunne. Wir ritten aufeinander zu, auch Tigas hatte eine Lanze in der linken Hand. Ich wartete; vielleicht mußte ich die Waffe wechseln. Nebeneinander stehend warteten wir auf das Handzeichen. Endlich kam es, wir preschten los. Tigas setzte die Sporen zu hart ein. Etwa hundert Meter lang blieben wir dicht nebeneinander. Dann zweigten unsere Wege auseinander, und ich ließ die Zügel los. Vor mir ritt ein Hunne an, eine lange Lanze in der Hand. Ich rammte meinen Arm in die Bügel des Schildes, auf dem mein Zeichen, die drei Sterne, eingeätzt waren. In der Mitte des Schildes saß ein Stück Metall, konkav zugeschliffen – ein Hohlspiegel, mit dem ich die Sonnenstrahlen einfing. Der Hunne galoppierte von rechts auf mich zu, ich hielt den Lanzenschaft hoch, deckte mich mit dem Schild und zielte mit dem tanzenden Lichtfleck. Die Entfernung verkürzte sich schnell, der trommelnde Hufschlag der Tiere bildete die Musik zum Kampf. Ich fällte die Lanze, legte sie über die Ohren des Pferdes, schwang sie zurück, und als wir in vollem Galopp zusammentrafen, lenkte ich mein Pferd von links nach rechts, blendete den Krieger und wischte ihn, die Lanze schwenkend, aus dem Sattel. Ich setzte über ihn hinweg und ließ die Schildhand sinken. Das zweite Hindernis?

Ich sah es rechtzeitig – an der Farbe des Grases und an den Rändern. Hier war eine Grube ausgehoben worden. Mein Schimmel warf sich, durch Schenkeldruck und Zügelhilfe gezwungen, nach links herum und galoppierte um das Loch herum hügelan. Ich sah mich um – Tigas galoppierte dicht hinter mir. Jetzt sah ich eine Reihe weißer Pfähle, in den Boden gerammt, die an der Spitze, in Kniehöhe eines Reiters, Ringe aus Weidengerten trugen. Sie hatten einen Durchmesser von zwei Handbreiten.

Ich senkte meine Lanze und zielte. Die Gefahr, daß der Ring von der Lanze wirbelte, wenn der Schaft nicht sofort hochgerissen wurde, war groß. Die Spitze der Lanze fuhr durch den ersten Ring, ich riß den Schaft hoch und verringerte die Geschwindigkeit des Pferdes nicht. Dann traf ich den zweiten Ring, der lange gefährlich nahe der Spitze rotierte und beinahe heruntergeschleudert wurde. Auch er rutschte nach hinten und verfing sich hinter dem Handschutz. Der dritte Ring. Jetzt tauchten niedrige Gatter auf, so daß ich einen Zickzackkurs reiten mußte. Meine Nerven waren zum Zerreißen gespannt, das Pferd sprengte keuchend zwischen den Pfosten hindurch; schließlich befanden sich zwölf Ringe auf meinem Speer. Fast gleichzeitig erreichten Tigas und ich die Wendemarke.

Wir beachteten uns gegenseitig kaum, nur ein schneller Blick bewies mir, daß der hunnische Anführer einige Ringe weniger auf seiner Lanze zu haben schien. Ich umrundete die Marke von rechts, er kam von links. Dann stoben wir den Hang hinunter und donnerten auf die Gruppe von Kriegern zu. Sie zog sich zu einer langen Kampfreihe auseinander.

Durchbrechen, ohne einen Ring zu verlieren, das dürfte die Regel sein, sagte mein Extrasinn. Ich begriff.

Sie wollten meine Geschwindigkeit verringern. Auch dabei lag der Vorteil klar auf Seiten Tigas. Kein Krieger würde es wagen, sich ernsthaft gegen ihn zu stellen. *Gebrauche seine eigene List!*

Ich mußte trotz der Anstrengung, die mir den Schweiß auf die Haut trieb, grinsen. Ich zwang meinen Schimmel zu einer Änderung und näherte mich dem Anführer. Dicht hinter ihm galoppierte ich den Hunnen entgegen, hob den Schild und senkte die Lanze mit dem stumpfen Ende; ich hatte die stählerne Spitze abgeschraubt, bevor ich mich dieser Ausscheidung stellte. Mit gellenden Schreien und geschwungenen Waffen ritten sie gegen uns an. Ich rammte den ersten aus dem Sattel. Der nächste kam in der Mitte durch. Ein langgezogener Aufschrei ging durch den Kreis der Zuschauer. Ich sprang nach vorn, setzte einen Fußhebel an und warf den Mann zu Boden. Ich setzte die Spitze meines Schwertes auf seine Nasenwurzel und blieb stehen, hob einen Arm und drehte mich halb herum.

»Wer hat gewonnen, Tigas?« fragte ich laut. Tigas zeigte auf mich. Ich rammte das Schwert in den Boden und zog den Krieger hoch. Wir grinsten uns an, aber in seinem Gesicht war nackte Furcht. Er hielt sich das rechte Handgelenk, und unter dem zerschnittenen Leder, am rechten Oberarm, zwischen zwei Eisenplättchen, sah ich eine tiefe, blutende Wunde.

»Ich werde dein Handgelenk heilen und deine Wunde verbinden«, sagte ich. »Nachher.«

Er nickte; zwei Hunnen brachten ihn weg.

Ich winkte Tigas, der wieder im Sattel saß und uns sehr nachdenklich musterte. Langsam ritt er heran und beugte sich aus dem Sattel, biß auf die Unterlippe und sagte:

»Wir reiten durchs Feuer.«

»Ich werde auch deine Brandwunden heilen«, sagte ich und winkte. Sie brachten mein Pferd. »Wo ist das Feuer?«

»Dort drüben.«

Einige Krieger brachten das Pferd heran. Inzwischen hatte ich gesehen, daß ein Großteil der Hunnen ohne Sättel und ohne Steigbügel ritt. Sie brauchten nur breite Gurte, Decken und Felle. Männer wie Tigas, die Sättel benutzten, hatten diese Angewohnheit vermutlich von den Römern abgesehen oder benutzten geraubte Sättel. Ich stieg auf und wandte mich an Tigas.

»Vielleicht hast du erkannt, daß auch Prinzen aus den westlichen Ländern ganz gut kämpfen können?«

»Ich habe scharfe Augen!« versicherte er. *Mach ihn dir nicht zum Feind,* flüsterte mein Extrasinn. In der Richtung auf den Hügel hin wurden Barrieren aus Stäben, mit Gras und Reisig umwickelt, aufgestellt. Man brachte Heuballen herbei und breitete sie aus. Wir würden vier Hürden überwinden müssen. Der Schiedsrichter sagte uns, wir sollten uns bereithalten; wir zügelten unsere Pferde. Dann kam der Mann, der die brennende Fackel gehalten hatte und zündete an zwanzig Stellen die Barrieren an. Mein Pferd war entsprechend geschult worden, aber ich wußte nicht, ob es diese Hürden nehmen würde. Ohne Waffen, nur mit Helm und Rüstung, ritten wir los. Nebeneinander galoppierten wir auf die breite Bahn brennenden Strohs zu, die Pferde scheuten und sprangen vorsichtig, aber im vollen Galopp und wesentlich höher über die Flammen und durch den Rauch. Als ich klar sehen konnte, befanden wir uns vor einer Mauer aus Flammen und Qualm; die Pferde nahmen auch dieses Hindernis in vollem Lauf.

Dann kamen die Zäune. Zwischen brennenden Pfählen waren rauchende, stinkende Seile gespannt worden; die Tiere mußten im Zickzack hindurchlaufen, ohne anzustoßen oder auszubrechen. Funken prasselten nach allen Seiten. Ich murmelte beruhigende Worte und trieb mein Tier durch die Flammenmarkierungen. Hustend und keuchend kamen wir heraus, sahen uns einem riesigen Ring gegenüber, und hier scheute mein Tier.

Ich riß es herum, nahm einen zweiten Anlauf und fühlte mehr, als daß ich es sah, wie Tigas an mir vorbeipreschte. Sein Tier sprang mit einem gestreckten Satz durch den hochkant aufgestellten Feuerring; ich folgte dicht hinter ihm. Wir ritten im weiten Bogen und wesentlich langsamer zu den anderen Kriegern. Der Schiedsrichter kam auf uns zugeritten, hielt an und hob die Hand.

»Der fremde Prinz Atlan wird ins hunnische Heer aufgenommen«, entschied er. »Du bist jetzt ein Krieger des Kagan Attila. Dein Leben gehört ihm.«

»Mein Leben gehört dem mächtigsten Hunnen«, sagte ich. »Wann werde ich Attila sehen?«

»Er entscheidet selbst. Du wartest hier! Gruß dir, Tigas!«

»Gruß!« sagte Tigas. Der Schiedsrichter sprengte davon. Sein Tier war ein gutgenährter Schecke. Ich wandte mich an Tigas, während ich dem Hunnen nachsah, der in einem weiten Bogen dem Lager auswich und nach Osten ritt. Ich fragte leise:

»Er ist ein Kurier Attilas gewesen, nicht wahr? Erbringt die Karte zu Attilas Hof und berichtet vom Kampf? Ist es so?«

Tigas sagte finster: »So ist es. Bleiben wir Freunde, Atlan?«

Anscheinend hielt er seine Position für geschwächt, seit dem Ausgang des Kampfes. Ich legte meine Hand beruhigend auf seinen Unterarm und antwortete halblaut, ohne daß es die anderen hören konnten:

»Ich habe nicht die Absicht, einen guten, mächtigen Krieger wie dich zum Feind zu haben. Ich will leben und für viel Gold Attila dienen – aber ich bin kein Selbstmörder.«

Er lächelte zögernd und deutete zum Hügel, wo sich die Spitze seiner Jurte erhob.

»Wir treffen uns heute abend in meinem Zelt. Wir werden auf den Sieg trinken, ja?«

»Einverstanden.«

Ich ließ mir die Waffen geben, grüßte die Krieger und ritt davon. Patricia hatte neben dem Wolf, der sie beschützte, vor dem Zaun an Tigas' *Aul* gewartet und zugesehen. Ich fühlte, als ich nach oben ritt, wie mich die Müdigkeit übermannte. Jedenfalls hatte ich meine Position am Außenrand des Kreises um Attila verlassen und würde mich in den nächsten Tagen weiter in Richtung des Zentrums bewegen. Der Kampf war vorbei – jetzt kamen die Einzelheiten des Planes auf mich zu.

15.

Langsam ging ich durch das Zentrum des Lagers. Patricia hatte einem Hunnenhandwerker eine Felljacke abgekauft; ich trug diese Jacke jetzt über dem bloßen Hemd. Das Lager war ein Chaos von Geräuschen und Gerüchen. Alles, was einem Bewohner der westlichen Welt den Atem verschlug, stank hier ungehindert. Ein infernalischer Geruch nach rohen Zwiebeln, einem langstieligen Lauchgemüse und nach weißem, ätzendem Knoblauch schlug mir entgegen, als ich einen Hunnen anhielt und fragte:

»Wo ist die Jurte von Askan, dem Schwertkämpfer?«

Der Hunne kratzte sich ausgiebig unter der Achselhöhle, wischte über seinen Mund und deutete nach Süden.

»Dort drüben. Er schreit vor Schmerzen – geh den Schreien nach!«

Ich hörte nichts vor der Geräuschkulisse aus kleinen Trommeln und Flöten, vor den klingenden, unrhythmischen Geräuschen aus den Schmieden und vor dem Hacken der Beile ... und den Stimmen dieser Bewohner. Die Hunnen schienen wirklich, wie der Volksmund behauptete, auf dem Pferderücken zu leben, denn sie besaßen weder Bäder noch Waschstellen, sondern wuschen sich, wenn überhaupt, im Regen oder in Flüssen, die sie auf ihren Feldzügen durchquerten. Außerdem stanken sie durchdringend nach den Pferden. Ich stolperte über Zeltschnüre, die Stangen von Jurten und Reisigbündel, dann fand ich mich einer Straße durch das Rund des Lagers gegenüber, die durch einige Feuerstellen beleuchtet wurde. Ich legte eine Hand an den Dolch, hielt mit der anderen die Satteltasche fest und kämpfte mich durch dichte Rauchschleier, entlang von Stangen, an denen Waffen und Felle hingen, an neugierigen Familien vorbei und in die Richtung einer Jurte, um die herum es verdächtig still war. Ich erreichte sie, nach Luft schnappend, schlug den Eingangsteil aus Leder zurück und sah in ein dämmeriges Inneres. Einige Figuren bewegten sich in der Nähe eines Kohlebeckens.

»Ich suche Askan!« sagte ich laut.

»Herr – hier ist er!« sagte eine Frauenstimme. Ein Schatten bewegte sich auf mich zu. Sicher tat ich den Leuten in gewisser Weise unrecht, aber sie hatten sich die falsche Hälfte der Unterlegenen-Kulturen angeeignet. Den Gebrauch von Licht und Sauberkeit schien die Familie von

Askan, dem Schmied und Schwertkämpfer, nicht übernommen zu haben.

»Wo ist er?« fragte ich grober als beabsichtigt. »Ich sehe nichts. Ich sehe überhaupt nicht in der Dunkelheit!«

»Hier, Atlan!« sagte eine schmerzverzerrte Stimme. Ich bewegte mich zwischen der glühenden Holzkohle und irgendwelchen Geräten geradeaus, bis ich mit dem Schienbein gegen ein Lager stieß. Ich holte aus meiner Tasche eine meiner Öllampen, die, täuschend nachgeahmt von meinen Kuppelmaschinen, ein hundertfach stärkeres Licht als gewöhnliche Öllampen ergaben, setzte sie mit einem Stück Glut in Flammen, dann sah ich mich um. Noch nie war diese Jurte innen so hell gewesen. Askan lag auf einem Lager aus Stroh und schmutzstarrenden Fellen und hielt sich das Handgelenk.

»Schmerzen, Askan?« fragte ich.

»Ja«, sagte er. Er stank nach Kamon oder Kumys, dem Getränk aus vergorener Stutenmilch und streckte mir das unförmig angeschwollene Handgelenk entgegen. Sein Wams war ausgezogen, seine Armwunde versorgt worden. Ich zog mit dem Fuß eine Art Tischchen mit Klappfüßen heran, nickte Askan zu und sah, wie sich im Hintergrund der runden Hütte aus Stangen, einem Scherengitter und vielen Fellen mit einem Abzugsloch die Familie zusammendrängte und mit großen Augen zusah. Die Hunnen verehrten den Schmied, der mit den Göttern in Verbindung stand, verehrten denjenigen, der Wunden heilte und Schmerzen beseitigte, und sie vergötterten denjenigen, der ihnen Nahrung gab. Oft waren die Schmiede Könige geworden; die Götter hatten die Kunst gelehrt.

»Bald wirst du keine Schmerzen mehr haben, Schmied«, sagte ich. »Denn ich werde sie dir nehmen wie den Schmutz deiner Haut.«

Ich faltete ein Tuch auseinander, legte Gegenstände darauf, stellte die Lampe neben dem Lager auf. Ich drückte den Oberkörper des Mannes nach hinten und bemerkte, wie sich die Jurte mit schweigenden Männern füllte. Zuerst tränkte ich ein Stück Stoff mit hochprozentigem Alkohol, rieb einen Teil des Halses sauber und setzte die Hochdruckspritze an. Dann fauchte die Ladung des schmerzstillenden Mittels unter die Haut. Ächzend vor Angst sank Askan zusammen. Ich schnitt mit einer altertümlich gehaltenen, sehr scharfen Schere den Armverband auf, reinigte die Wunde, desinfizierte sie, wobei Askan aufschrie wie ein verwundeter Stier – in die Männer hinter mir kam eine unverhüllt drohende Bewegung. Askan sah die Aufregung und schrie ein paar Worte, die die Männer zurückscheuchten. Dann legte ich den Zellaktivator auf Askans nackte Brust. Mit vier Stichen nähte ich die klaffende Schwertwunde, säuberte die Wundränder und sprühte jene frappierend wirkende Substanz darauf, die gleichzeitig neue Zellen bilden half, desinfizierte, gewebeschützend und schmutzabstoßend wirkte. Schließlich wickelte ich um den Arm, den ich mit Alkohol gesäubert hatte, einen breiten Verband und legte ein Plastikband darum.

»Noch Schmerzen, Askan?« fragte ich dann.

Er schüttelte mit glänzenden Augen den Kopf.

»Nein!« sagte er überraschend klar und deutlich. »Deine Kunst ist wunderbar. Du fügst Schmerz zu und nimmst ihn weg!«

Ich hob das Handgelenk und beobachtete sein Gesicht. Er verzog keine Miene; das Medikament hatte voll gewirkt.

»Heißes Wasser!« sagte ich. Kurze Zeit später hatte ich einen eisernen Kessel davon. Ich schüttete etwas von meinem Reinigungspulver hinein, rührte um und tauchte ein Tuch ein. Dann reinigte ich systematisch die Hand und den Arm, schiente ihn am Handgelenk ein und trug eine tiefenwirkende Breitbandsalbe auf. Jetzt regten die Impulsströme meines Zellaktivators die Regeneration der gequälten Nerven, der geplatzten Blutbahnen und der gezerrten Muskeln an. Ich legte das Handgelenk ruhig, wickelte die Binde straff darum und sagte:

»Du trägst um den Hals, Askan, mein Amulett. Dieses Amulett hilft mir, dich zu heilen. Ich bin ein furchtbarer Kämpfer und ein guter Heilkundiger – du schuldest mir Dank. Richtig?«

»Wahrhaftig gesprochen, Atlan!« sagte Askan halblaut.

»In fünf Stunden wirst du mir dieses Amulett zurückbringen – es ist wichtig für mich. Versprichst du es?«

Er nickte und erwiderte leise: »Bei meinem Leben!«

»Gut«, sage ich. »Du weißt, wo ich zu finden bin. Wenn ich nicht in meiner Jurte bin, gib es der Frau, die bei mir ist. Vor meinem Wolf brauchst du keine Furcht zu haben.«

Jetzt lächelte er. »Ich habe nur vor Attila und den Göttern Furcht, nicht vor Wölfen.«

Ich schlug ihm auf die Schulter, packte meine Instrumente ein und faltete das Tuch zusammen, schloß die Tasche und blies die Öllampe aus; gleichzeitig betätigte ich den verborgenen Schalter. Ich trat hinaus ins Freie, und all der Rauch, der Lärm und der Gestank kamen mir geradezu als Erholung vor. Ich ging durchs Lager und wurde bestaunt; Gerüchte und Erzählungen hatten sich schnell verbreitet. Eine halbe Stunde später befand ich mich in meiner Jurte und setzte mich erschöpft in den hölzernen Sessel. Patricia brannte einige Sandelholzstäbchen an, um den Geruch zu vertreiben, den ich in meinem Haar und der Kleidung mitgebracht hatte.

Kein Mann, der sich ein sicheres Urteil bilden konnte, zweifelte eine Sekunde lang daran, daß sich Attila mit den bisherigen Eroberungen nicht zufriedengeben würde. Alles, was ich erfahren hatte, sprach für seinen Unverstand, der keinerlei sachlichen Überlegungen zugänglich war. Attila war der geborene Herrscher – seiner eigenen, unverrückbaren Überzeugung nach! –, und niemand hatte es je gewagt, ihn daran zweifeln zu lassen. Im Gegenteil; er war ständig darin bestärkt worden. Abstammend von den westlichen Hiung-nu, einem gewaltigen, eroberungslüsternen, chinesischen Reitervolk, vollendeten jetzt die Hunnen unter Attila deren selbstgestellte Aufgabe. Sie waren Vollnomaden und im Gegensatz zu den vorwiegend friedlichen Halbnomaden, die Winterwohnungen hatten, Heuwirtschaft und Ackerbau, blieben die Hunnen ein räuberisches Volk, das die offene Schlacht scheute und mit den grausamsten Methoden des schnellen, flexiblen Partisanenkrieges kämpfte.

Ich war dabei, mich für den Abend in Tigas' Jurte anzuziehen. Gewisse Vorsicht war hier sehr am Platz. Patricia stand vor dem Tisch und bereitete etwas Essen zu. Ich zog den Verschluß der Stiefel zu und legte meinen Gürtel um. »Warum ist dieser Attila, den seine Leute *baga,* Gott, nennen, niemals zufrieden?«

Ich schloß den Gurt, steckte den Lähmstrahler ein und sah zu, wie sich Shass in der Nähe des Einganges auf die Felle legte; die beste Wache, die ich hätte aufstellen können. Ich beantwortete die Frage und versuchte, in Kürze Wesentliches zu sagen.

»In unserer Kultur ist das Tier dem Menschen untergeordnet. Nicht so bei den Hunnen. Das Tier wurde zum Vorbild, zum Schicksal. Das Tier, besonders das Pferd, ist die Grundlage des hunnischen Lebens. Aus Innereien und verbrannten Knochen, aus dem Vogelflug – daraus lesen die hunnischen Schamanen, die Priester, die Schicksale ab. Ein Hirte folgte einer Kuh, und dieses Tier ließ den Hirten ein altes Schwert finden. Er brachte es zu Attila, und seit diesem Tage verkündet der Hunne, er habe das Schwert des Kriegsgottes Ares in seinem Besitz. Dieser Besitz verpflichtet Attila – er wird versuchen, sein Reich auszudehnen, bis ihn der Tod daran hindert.«

»Du wirst verhindern, daß er noch mehr Land verwüstet?«

»Ich werde es wenigstens versuchen«, versprach ich grimmig. Kurz darauf näherte ich mich dem Aul des Kommandanten dieses vorgeschobenen Lagers. Wenn Attila die »Geißel Gottes« war, so erkannte ich in Tigas und seinen Ranggleichen das Ende der Peitschenschnur.

Auch hier: Gestank. Ein Römer hatte mir gesagt, daß die Hunnen auf dem Pferderücken gezeugt und geboren wurden, dort ihr Leben verbrachten und auch starben. Sie sollten ihre Kleidung so lange tragen, bis sie buchstäblich in Fetzen von den Schultern fiel. Das traf auf die Hunnen zu, die unten im Lager gelebt hatten, aber nicht ganz auf Tigas und seine Unterführer. Etwa ein Dutzend Leute hatte sich hier in der Jurte getroffen und saßen an U-förmig ausgelegten, breiten Brettern, die man auf Böcke gelegt und so einen Tisch gebildet hatte. An der schmalen Seite saß Tigas. Er stand auf, als ich hereinkam. Ein hunnisches Mädchen reichte mir eine Schale voll Kamon. Tigas hob die Schale und sagte:

»Ich grüße den großen Krieger Atlan, den Prinzen aus dem Westland.«

Wir tranken uns zu. Tigas deutete auf einen Sessel, auf dem, merkwürdig genug, ein Leopardenfell lag. Ich setzte mich; dann wurden die verschiedenen Teile des Essens gereicht. Wir aßen von silbernen Beutetellern, die eindeutig römische Arbeit waren, desgleichen Becher und Pokale aus Silber, aus denen wir erbeuteten roten Wein tranken. Ich dachte an die Verwüstungen, die vor und nach den Plündereien geschehen waren, und der Wein bekam einen bitteren Nachgeschmack. Männer kamen herein und sangen Lieder, vom Kampf, von Pferden und vom Umtrunk nach den gewonnenen Schlachten. Die Unterhaltung begann. Noch mehr gebratenes und gewürztes Fleisch wurde gebracht. Tigas deutete auf mich und sagte laut:

»Ich werde dir sagen, was Attila mit dir vorhat.«

Ich nickte. »Weißt du es so genau? Ich bin nicht sicher, ob ich Attila überhaupt sehen werde. Was wird er tun?«

Die Männer lachten. Tigas hob die Hand.

»Attila ist klug, denn er ist ein Gott wie der römische Kaiser, der ihm Tribut gibt. Attila hat viele seiner Krieger hier versammelt, damit sie sich ausruhen können, die Pferde wieder fett und stark werden. Waffen werden geschmiedet. Das Land im Westen ist unterworfen. Eines Tages werden wir die Männer nach Theoderich vernichtend schlagen. Woher bist du, Atlan?«

Ich deutete nach Westen. »Aus einem sehr schönen Land, schöner als Pannonien, das zwischen den niedrigen Bergen und dem Meer liegt. Dort haben mich Theoderichs Männer überfallen, mein Land weggenommen und meine Herrschaft zerstört. Ich diente vormals dem Theoderich, aber auch nur, weil ich keine andere Wahl hatte.«

Tigas nickte lange und schweigend und trank einen großen Schluck.

»Das beantwortet viele Fragen«, sagte er sinnend. »Wir haben viele Männer hier, die freiwillig dem großen Attila dienen wollen. Attila wird dir ein kleines Lehen und Sklaven geben. Dafür wirst du vielleicht ein Mann seiner Leibwache. Auf alle Fälle wird Attila mit dir über die Karten, die Blicke aus der Luft, sprechen wollen. Deswegen ...«

Ich hob den Pokal. »Deswegen hast du den Schiedsrichter unseres Kampfes zu Attila geschickt und ihm die Karte mitgegeben.«

Er nickte nur.

»Wann wird Attila mich holen?« fragte ich.

»In nicht mehr als zehn Tagen bist du bei ihm! Wir werden uns sicher treffen, wenn Attila nach Westen und nach Süden zieht. Er plant einen furchtbaren Kampf.«

Das ist es also! Du hast ausgezeichnet geplant! sagte mein Extrasinn triumphierend.

»Ich werde ihm helfen«, sagte ich. »Wann will Attila den Zug beginnen?«

Tigas hob beide Hände und deutete zur Decke. »Ich weiß es nicht.«

Mädchen kamen herein. Ich betrachtete sie genau; sie brachten silberne Platten mit Delikatessen, die von den südlichen Gesandtschaften gebracht worden waren: phönizische Datteln und andere Leckereien, den Hunnen unbekannt und daher sehr begehrt. Wir kosteten davon. Die Mädchen waren Sklavinnen.

»Zwischen Attila und der Hauptstadt des mächtigen Römischen Reiches liegt eine befestigte Stadt«, sagte ich. »Aquileja. Sie wird, da sie günstig liegt, den Zug der Hunnen aufhalten.«

Tigas widersprach lachend und zeigte auf mich.

»Es gibt keine vorsichtigen Hunnen«, rief er. »Auch du, jetzt ein Hunne, darfst nicht vorsichtig sein. Die Stadt wäre die erste, die uns aufhält. Zehntausende Krieger werden gegen sie kämpfen. Ich glaube, daß Attila dich dazu aussuchen wird, ihm den Weg zu zeigen.«

Das konnte mir mehr als recht sein; so erhielt ich die Gelegenheiten, die ich brauchte. Die Mädchen schenkten die Pokale nach. Sie schienen abgestumpft und dachten an alles andere als an Flucht oder Widerstand; breithüftige Bewohnerinnen der Umgegend, Römerinnen mit ausdrucksvollen Augen und scharfen Nasen, Mischlinge zwischen Hunnen und pannonischen Bauern. Die Krieger gaben ihnen zu trinken, und je höher der Grad der Trunkenheit stieg, desto eindeutiger wurde die Unterhaltung, desto enger preßten die Männer die Mädchen an sich. Tigas winkte mit dem Kopf und grinste breit.

»Nimm dir eine!« sagte er. »Sie sind nur für uns da.«

»Nicht für mich«, entgegnete ich halblaut. »Ich will deine Gastfreundschaft nicht beleidigen. Aber ich liebe die Frau, die ... mit mir reitet. Schade – deine Mädchen sind sehr hübsch.«

Kurze Zeit später standen wir vor der Jurte, während sich hinter uns das Klirren der Becher, die hellen Schreie und das Lachen der Mädchen, die Zoten der Krieger und Hitze, Gestank und der stechende, widerwärtige Geruch jener zwiebelähnlichen Knoblauch-Frucht zu einem unvergeßlichen Eindruck mischten. Tigas hatte seinen Arm um die Hüfte eines schwarzhaarigen Mädchens gelegt, das fast halb nackt war. Neben mir stand eine hellhäutige Römerin und hielt meinen Pokal.

»Deine Fähigkeiten ...« Tigas lallte. Ich hörte genau zu, denn er war betrunken und sprach vermutlich die Wahrheit. »Sie werden dich schnell zu einem Ratgeber des Attila machen. Er liebt große, kluge Männer – aber er benutzt sie auch.«

Ich murmelte: »Das Maß, in dem ich mich benutzen lasse, bestimme ich, Tigas. Ich danke dir für die Ehrlichkeit.«

Er rülpste laut. »Eines Tages«, sagte er undeutlich, »eines Tages werde ich in einem steinernen Palast leben. Ich werde über ein großes Land herrschen und nicht mehr ruhelos reiten. Sklaven und Sklavinnen. Gold und gutes Essen, unzählige schöne, schnelle Pferde in den Ställen ...«, seine Stimme verlor sich in undeutlichem Murmeln.

»Sicher. Vorausgesetzt, daß dich vorher der Tod nicht vom Pferd geworfen hat«, wandte ich ein. »Und ich werde, nachdem ich meine Arbeit beendet habe, in meine Heimat zurückkehren.«

Tigas schlug mir zwischen die Schulterblätter, daß ich, hätte ich diesen Gunstbeweis nicht kommen sehen, ins Gras gefallen wäre.

»Schon gut!« sagte er. »Was wirst du in den nächsten Tagen tun?«

Ich erwiderte: »Ich werde lernen. Lernen, wie sich meine neuen Freunde bewegen, wie sie die Waffen gebrauchen und wie sie reiten. Und lernen, warum sie so ruhelos und unstet sind.«

»Daran tust du gut«, murmelte Tigas. Die Geräusche aus der Jurte des Kommandanten waren leiser aber intensiver geworden. Ich trank meinen Pokal leer, ließ nachschenken und sah dem Mädchen in die Augen. Tigas und die kleine Asiatin taumelten, eng aneinandergepreßt schwankend, durch die Dunkelheit davon. Irgendwo wieherte laut ein Pferd, ein Hund antwortete; die Hufschläge eines rasend schnell galoppierenden Pferdes wurden leiser und verklangen. Über uns standen die Sterne des Sommers. Der Ostwind trieb den Geruch des Lagers heran.

»Danke«, sagte ich zu dem Mädchen. »Welches Leben führst du hier?«

»Ein gutes Leben«, antwortete sie leise. »Ich lebe. Meine Familie ist von ihnen niedergemacht worden, aber mich behandeln sie gut. Ich schlafe mit den anderen Mädchen in einer kleinen Jurte. Dort unten.«

»Ich wünsche dir weiterhin ein gutes Leben«, sagte ich. »Wenn du in Not bist, komme zu uns. Ja?«

Sie flüsterte: »Ich danke dir, Prinz. Ich werde kommen, wenn es sein muß.«

Ihre nackten Füße streiften die Gräser, als sie den Hügel abwärts lief und in der Nacht verschwand. Ich war allein. Mit bitterem Geschmack im Mund, nachdenklich und von eiskalter Wut erfüllt. Ich wußte nicht, wie ich es anstellen sollte ... Aber ich würde diesen Attila in seinem rasenden Lauf durch die Geschichte dieses Kontinents anhalten. Wenn nötig, mit kaltem Mord. Das verlangte meine selbstgewählte Verantwortung für die Millionen dieses Planeten, der sich in den Wehen der ersten Kulturen schüttelte. Ich warf mich in Kleidern auf mein Lager und schlief ein.

Die nächsten Tage, in denen Tigas, Patricia und ich auf den Kurier Attilas warteten, vergingen schnell. Ich lernte viel. Askan, der Schmied, brachte den Zellaktivator zurück und bedankte sich in geradezu überschwenglichen Worten; er spürte keine Schmerzen mehr. Ich lernte, die Sprache besser zu beherrschen und erfuhr mehr über die Vorstellungswelt der Hunnen.

Der weite Horizont der Steppe, aus der sie kamen und die ihr liebstes Lebensgebiet blieb, hatte die Götterwelt der »bogenspannenden« Völker zum Firmament gerichtet, aus dem der Regen für ihre Weiden kam. Dort war der Sitz des allwissenden Vaters aller Dinge. Er stellte die Verbindung zwischen sich und den Hunnen durch den Schamanen her, der aus Vogelflug, Eingeweiden und Knochen weissagte und die Trommel schlug, bis er in Trance fiel. Er leitete auch die Seelen der Verstorbenen und der im Kampf gefallenen Männer ins Jenseits.

Ich lernte: Die Hunnen schossen nur zum Teil mit kleinen Stahlbogen. Die mannshohen Kompositbogen aus Horn, Holz und Sehnen benutzten sie, um schwere Pfeile zu schießen – entweder weitreichende Pfeile,

Geschosse mit Nachrichten oder Brandgeschosse. Sonst hatten sie einen kleineren Reflexbogen, den sie in Bogen- und Pfeilköchern aufbewahrten. Er stak meistens dicht am Pferdekörper, um warm und geschmeidig zu bleiben. Nachts hängten sie ihn auf, damit Mäuse und Ratten nicht die Sehnen und das Holz anknabbern konnten. Ihre Pfeile waren, mit geringen Ausnahmen, Waffen, die nur einmal benutzt wurden. Sie führten Hunderte in wuchtigen Pfeilköchern mit sich. Jeder Hunnenkrieger besaß mindestens zehn Pferde, wechselte im Galopp von einem Pferderücken zum anderen, molk die Stuten vom Sattel aus – ich konnte es nicht glauben, ehe ich es nicht selbst sah! Im Lager kannte ich einen Mann, der nach der Niederlage auf den katalaunischen Feldern zwischen Troges und Metz von der hunnischen Wagenburg dort bis zu Attilas Residenz ununterbrochen geritten war, ohne abzusteigen, ohne den Sattel zu verlassen, ohne einmal weniger schnell als im zügigen Trab zu reiten.

Ich lernte die Verachtung des Todes kennen, wenn er in der Schlacht auftrat, begriff zögernd die Gründe der unfaßbaren Grausamkeit, die den Hunnen eigen war: *Es war keine Grausamkeit.* Es war – *nichts.* Sie waren so wenig grausam wie kleine Kinder, die Heuschrecken die Beine ausrissen, wie Tiere, die andere Tiere rissen, um sie zu fressen. Sie kannten keine persönliche Moral außer einigen starren Gesetzen des Zusammenlebens. Sie waren nicht unmoralisch oder verwerflich – sie konnten als amoralisch bezeichnet werden. Und diese Rotte würde sich in wenigen Monden wieder vorwärts wälzen wie ein Heer von pestverbreitenden Kranken, von Berufsmördern, unbesiegbar, fruchtbar und schnell, der offenen Entscheidung ausweichend, beutelüstern und voller Todesverachtung. Und ich würde ihnen den Weg zeigen müssen.

Mich schauderte. Elf Tage nach dem denkwürdigen Gastmahl bei Tigas erschienen drei Kuriere. Sie stiegen bei Tigas ab, der im Lager die Herstellung und das Ausbessern der Waffen überwachte. Dann ließ man mich holen. Ich bekam den Befehl, sofort mit den Kurieren aufzubrechen und ungefähr viereinhalb Tage nach Osten zu reiten. Dort würde man mir ein Lehen geben, einen kleinen Gutshof. Dreißig Sklaven und Sklavinnen, Vieh und Ackergerät. Und eine Horde von zweihundert Reitern mit ihrem Vorrat, die ich einige Zeitlang ausbilden sollte. Wenn diese Truppe reisefertig war, sollte ich zu Attila gebracht werden.

Fünf Tage später befand ich mich an meinem nächsten Ziel, noch einen halben Tag von Attila entfernt!

16.

Ich stand in den Steigbügeln, hatte den Bogen in der Hand und einen Pfeil in der Sehne. Zweihundert Meter von mir entfernt stand die Puppe, die römische Kleidung trug und einen zerbeulten römischen Helm auf dem Kopf hatte. Ich hob die Hand und erläuterte:

»Das ist der Vorteil des Sattels. Ihr könnt die Stöße des Pferdes abfangen, wenn ihr Steigbügel habt. Euer Körper federt, und der Schuß sitzt besser.«

Ich galoppierte an. Der Rappe schnaubte, galoppierte los, und ich federte die Stöße des Tierkörpers in den Knien ab. Die Hunnen, die im Halbkreis auf dem Gras saßen, sahen mir schweigend zu. Ich hatte mir, indem ich einen auspeitschen ließ, den anderen einige Golddrachmen gegeben und eine Nacht lang mit ihnen getrunken hatte, Respekt verschafft, und als ich ihnen sagte, daß allein unsere Fähigkeiten über den Feldzug nach Rom entschieden, bekam ich so etwas wie widerwillige Disziplin in diese Truppe. Ich preschte auf die Puppe zu, zielte über den Pferdehals und feuerte den Pfeil ab. Er schlug in die Brust. Ich galoppierte scharf an der Puppe vorbei, riß mein Schwert heraus und trennte ihr, den Bogen im Flug in die andere Hand wechselnd, den Kopf ab. Dann, immer im Galopp und in den Steigbügeln stehend, zog ich einen Pfeil aus dem Schulterköcher, legte ihn ein und drehte mich im Sattel. Zehn Galoppsprünge von der Puppe entfernt, schoß ich, wie ein Panther, aus der Drehung heraus nach hinten. Wieder traf der Pfeil in die Gegend des Schulterblattes. Dann sprengte ich, nachdem ich meine kostbaren Pfeile aus der Puppe gezogen hatte, zu meinen Schützlingen zurück.

»Ihr habt es gesehen?« fragte ich. Sie nickten. Ich ließ mir eines ihrer Pferde bringen. Die Handwerker unter den Sklaven hatten leichte Sättel konstruiert; kaum mehr als Matten und Felle, zusammengenäht und durch einen breiten Gurt gehalten. Aber diese Sättel besaßen Steigbügel aus Eisen und Leder. Die typische Reithaltung der kleinen, meist krummbeinigen Hunnen war dadurch gesichert.

»Jeder von euch reitet zehnmal gegen die Puppe an und schießt nach vorn, von der Seite und nach hinten. Und – stehend und federnd in den Bügeln! Los!«

Sie eilten zu den Pferden.

Ich gab mein Tier einem Sklaven und ging zurück ins Haus. Es war ein altes, massiv gebautes Bauernhaus. Der letzte Heerführer, der hier gewohnt hatte, war gestorben. Seine Kinder und die Witwe waren zu seinem Bruder gegangen; Attila erwartete von mir, daß ich die Aufgaben dieses Mannes übernahm. Mit Hilfe der Sklaven hatten wir einige Räume gesäubert und vom üblen Geruch befreit, hatten die Wände mit Kalk geschlämmt und fühlten uns wohl. Aber ich hatte pausenlos Arbeit, aus dem verwilderten Haufen der Hunnen eine geschlossene Abteilung zu machen. Der Wolf paßte auf und ich beobachtete, sobald ich Zeit hatte, mit den Augen des *Sukhr,* meines Jagdfalken, das Lager, in dem Attila lebte und die Gesandtschaften empfing.

Ich sprang die Stufen zu einer Art Terrasse hinauf. Patricia lag hier, eine Sklavin saß daneben und beide unterhielten sich und ließen sich von der Sonne bräunen.

»Fertig für heute?« fragte Patricia und richtete sich halb auf.

Meine erste Arbeit war gewesen, die Sklaven unter Androhung von Prügel dazu zu bringen, sich zu waschen. Ich hatte ihnen neue Kleidung beschafft, ihre Wunden behandelt und in der Küche angeordnet, ihnen ebenso gut zu essen zu geben wie uns und den hunnischen Kriegern, die ihr Lager unweit des Hauses hatten. Inzwischen waren Zustände eingekehrt, die meinen Vorstellungen von Zivilisation mehr entsprachen. Die Sklavin, ein römisches Mädchen, von Hunnen geraubt, reichte mir eine Schale voller Früchte. Ich biß in einen Apfel.

»Ich habe noch die schwerste Arbeit vor mir. Achtzehn Zehnerführer müssen ausgesucht werden.«

Ich nickte den Frauen zu und ging in mein Zimmer, setzte mich vor den Tisch und betrachtete die Gebietskarten, die so ausgelegt waren, daß ihre Ränder sich berührten. Ich mußte schon jetzt einen Weg finden, der nach zwei unterschiedlichen Kriterien ausgesucht werden mußte.

Er sollte durch möglichst dünn besiedeltes oder leeres Gebiet führen und sollte den Hunnen den Vormarsch erschweren, ohne daß sie es merkten. Und – ohne daß Attila Verdacht schöpfte. Einige Punkte hatte ich markiert, und während dieser Arbeit tauchten neue Gedanken, neue Schwierigkeiten auf. Während ich arbeitete, lauschte ich auf die Geräusche vor dem Haus. Auf der Grasfläche, von den Spuren zahlloser Ritte zerwühlt und braun galoppierten die Hunnen umher, schrien, riefen sich derbe Schimpfworte zu. Dann waren die Einschläge der Pfeile zu hören. Die Krieger waren mit Feuereifer bei der Sache; ich trainierte sie deshalb so scharf, weil ich bei Attila Eindruck machen wollte und weil diese zweihundert Hunnen meine Lebensgarantie waren, wenn wir nach Süden ritten.

Ein Reiter kam, ich hörte den Hufschlag. Dann tauchte der Kopf Serkans auf, einer der besten Krieger. Ich blickte zwischen dünnen Stoffvorhängen aus dem Fenster und rief: »Was gibt es?«

»On'ijiz Atlan!« sagte er laut. »Ist es wahr, daß du heute oder morgen die Männer heraussuchst, die andere anführen sollen?«

»Es ist richtig, Serkan«, sagte ich. »Und du bist einer von ihnen. Aber eines sage ich dir: Wir gehorchen Attila, und ihr gehorcht mir. Klar?«

Er nickte mehrmals und stob davon. Beim Aufräumen hatte ich in einer

Wandnische einen silbernen Krug voller Goldstücke entdeckt. Mit diesem Gold hatte ich Rüstungen gekauft, Waffen und gute Pferde. Ich hatte Felle nähen lassen, Stiefel und breite Gurte, Rüstungen und Schuppenpanzer. Alle Ausrüstungsgegenstände lagerten in der Scheune und warteten auf den großen Tag. *On'ijiz* hatte Serkan mich genannt, »Mann der zehn zum Gefolge hat«. Eine überkommene Bezeichnung für einen Heerführer, denn die straffe Gliederung in Zehnergruppen und eine pyramidenähnliche Rangabstufung galt nur für meine Truppe, nicht allgemein für die Hunnen.

Während ein Großteil der Sklaven auf den Feldern arbeitete, das Vieh betreute und wichtige Arbeiten durchführte, arbeitete ich an meinen Karten. Es war unumgänglich – aber die Hunnen würden eines Tages vor Aquileja stehen. Ich mußte verhüten, was ich konnte.

Du hast deinen Gleiter und deine Verkleidungen, sagte mein Extrasinn. *Und du hast genügend Zeit, um alles vorzubereiten. Attila ruft dich, wenn er dich braucht!*

Als ich mit der Bearbeitung unseres zukünftigen Weges nach Südwesten, in die riesige Ebene des Nordens von Italia, nicht mehr recht weiterkam, machte ich mich an die Listen. Ein griechischer Schreiber hatte mir geholfen. Ich rechnete zusammen, wieviel den Menschen hier zum Leben gelassen werden mußte und was ich an den Hof des Attila schaffen mußte; dieses Lehen war, wie alle anderen, abgabenpflichtig.

Die Hunnen übten bis in die Nacht hinein. Ich hatte keine Lust mehr, mich mit ihnen zusammenzusetzen. Als ob ich es geahnt hatte – meine Planungen wurden noch in dieser Nacht vorläufig zunichte gemacht.

Es war dunkel, aber der Feuerschein warf ein zitterndes, rotes Dreieck auf Patricias Körper. Wir lagen im fast leeren, kleinen Raum, dessen einzige Öffnung, getragen von zwei Balken und einem Binder, nach Osten wies. Ein weicher Wind bewegte den weißen Vorhang. Die einzigen Geräusche waren das Knacken verbrennender Scheite und das Zischen der Funken. Neben uns standen zwei Pokale und ein Krug mit rotem Wein. Bisher hatte ich Patricia als angenehme Bereicherung meines Lebens betrachtet; nunmehr fühlte ich mich stärker zu ihr hingezogen; die gegenseitige Zuneigung wuchs von Tag zu Tag.

»Ich habe dich beobachtet, amicus Atlan«, sagte sie träumerisch. »Du bist härter und verschlossener geworden seit dem Tag, an dem wir uns getroffen haben – unter so merkwürdigen Umständen.«

Ich sagte leise: »Ich sehe erst jetzt die Größe der Aufgabe, die ich mir gestellt habe. Ich weiß nicht, ob ich sie zu Ende führen kann.«

Ihre schlanken Finger spielten mit der Kette des Zellaktivators, strichen über die Narben unterhalb der Knochenplatte, die zwischen Magen und Schlüsselbein unter der Haut lag. Patricia sagte langsam:

»Du bist nicht nur ein Prinz. Du bist ein Magier, ein Denker und ein Mann, der über viele andere Fähigkeiten verfügt. Wer bist du wirklich, Atlan?«

Ich wickelte ihr schwarzes Haar um meine Hand, zog sie zu mir herab und sah in ihre grünen Augen.

»Ich bin, wenn ich einmal verschwunden sein werde, eine Legende, an die niemand glauben wird«, sagte ich. »Frag nicht. Ich werde dir alles erklären, wenn die Zeit dazu reif ist.«

Ein rauschendes, pfeifendes Geräusch unterbrach uns. Patricia zuckte zusammen und hob den Kopf. Ein Schatten huschte heran, streifte mit den Schwungfedern der ausgebreiteten Schwingen die Vorhänge und ließ sich zwischen das Feuer und uns fallen. *Sukhr* war es, mein fliegender Beobachter.

»Du hast etwas gesehen?« fragte ich. Der Vogel antwortete in kehligen, fauchenden Lauten.

»Ein Reiter, verwundet. Er kommt. Vielleicht stirbt er. Kommt von Süden. Vielleicht ein Bote, der überfallen wurde.«

Ich fragte, plötzlich alarmiert: »Wie weit entfernt?«

»Eine Stunde. Sehr schwach, nur zwei Pferde. Ein Hunne«, sagte der Vogel. »Verwundet und blutend. Er braucht Hilfe.«

»Zurück! Weiter beobachten. Notfalls hierher schleppen, ja?« sagte ich scharf.

Der Vogel hüpfte ungelenk davon, stieß sich ab und breitete die Schwingen aus. Dann schoß er aufwärts, und das Rauschen seiner Flügel verklang in der Nacht. Patricia faßte mich bei den Schultern und sagte leise:

»Vielleicht ein Kurier. Was wirst du tun?«

Sofort helfen! Eingreifen! Selbständig etwas unternehmen! rief mein Extrasinn. Ich hob die Schultern und murmelte:

»Ich weiß es noch nicht. Wenn er Hilfe braucht, dann werde ich ihm helfen. Vielleicht sollte ich hinüberreiten und die Krieger wecken ...«

Sie lächelte und sagte: »Einige Reiter sind hier bei den Sklavinnen. Sie werden alles ebenso schnell erfahren wie du.«

Es war ein sonderbarer Augenblick. Patricia warf plötzlich ihre lässige Ruhe, die scheinbare Distanz zu allem, was sie erlebt und gesehen hatte, ab. Sie schaute mich mit sehnsüchtiger Zärtlichkeit an, als habe sie begriffen, daß sie in meiner Person die einzige Verbindung zu ihrer Erinnerung, ihrer Vergangenheit hatte. Die menschliche *anima* scheint sich in gewissen Augenblicken offen zu zeigen; die Maske fällt ab wie ein Stück morscher Rinde. Patricia war jetzt weder kühl und ohne Anteilnahme, weder berechnend noch fremd – sie war nur noch verzweifelt, müde und sehnsuchtsvoll. Ich legte meine Arme um ihre Schultern und zog sie an mich. Sie fing meinen Blick auf; ihre Augen wurden zärtlich, sie sagte leise: »Ich ahne, daß diese Nacht alles entscheiden wird. Bleib bei mir, Atlan.«

Ich nickte schweigend und küßte sie. Als wir später den unregelmäßigen, bockigen Galopp der zu Tode erschöpften Pferde hörten, hatten wir die Kelche geleert. Wir standen auf den kalten Steinen der Terrasse.

Männer kamen mit Fackeln aus dem Haus. In meiner Nähe sah ich den Schatten des stets wachsamen Shass.

»Er kommt«, sagte Patricia. Sie lehnte sich an mich. Ich hielt eine erloschene Fackel hoch, ging in den Schlafraum und steckte das Ende in die Glut. Mit der brennenden Magnesiumfackel kehrte ich zurück und sah den reitenden Boten zwischen den massiven Pfosten auftauchen. Er lag schwer auf dem Hals des Tieres, das keuchend und schäumend auf uns zustolperte. Jetzt befand sich ein Dutzend Menschen im Hof und lief auf den Reiter zu. Ich schwang mich hinunter und rannte geradeaus.

»Herr ... wir sind in Not ...«, stammelte der Mann. Er glitt langsam vom Rücken des Pferdes. Beide Tiere waren zuschanden geritten. Wir fingen ihn auf und legten ihn flach auf den Boden. Sein Gesicht war mit Schlamm bespritzt und blutverkrustet. Quer über seine Stirn zog sich eine tiefe Wunde. Der Mann war halb bewußtlos. Das zweite Pferd fiel plötzlich mit einem keuchenden Wiehern um, schlug mehrmals aus, zuckte zusammen und verendete.

»Woher kommst du?« fragte ich und beugte mich über den Mann. Er atmete tief und verzog das Gesicht. Als wir ihn näher untersuchen wollten, sahen wir einen abgebrochenen Pfeil unterhalb der Achselhöhle stecken.

»Süden. Grüne Schlucht ... Ellac ist in Gefahr!«

Ellac war Attilas ältester Sohn. Ich raste zurück ins Haus, stürzte meine Medikamententasche um und holte die getarnte Hochdruckspritze heraus und rannte zurück. Atemzüge später kreiste das aufputschende und schmerzlindernde Medikament im Kreislauf des halbtoten Reiters.

»Was ist passiert?« fragte ich und hob seinen Kopf an. Er schluckte, stöhnte, dann murmelte er:

»Ellac und wir ... überfallen von Ostgoten ... hundert Reiter mehr als wir ... ein Gefecht ... wir zogen uns zurück ... Dunkelheit ... Schlucht ... Falle.«

Ich drehte mich halb herum und fragte halblaut: »Kennt einer von euch die grüne Schlucht?«

Ich erkannte im Licht der Fackeln Serkan. Er nickte und sagte rauh: »Gut einen halben Tag entfernt. Wir haben dort noch niemals Goten gesehen. Es muß ein Stoßtrupp sein. Ich weiß, daß Ellac in diese Richtung geritten ist, um neue Pferde zu holen.«

Ich beugte mich noch tiefer zu dem Verletzten und fragte eindringlich: »Wie viele Männer sind es?«

Er stammelte: »Vielleicht zweihundert Goten. Ellac hat hundert Krieger. Einige sind tot. Aber die Schlucht ist ... Falle.«

Ich stand auf und winkte Sklaven herbei. Ich sagte ihnen, was sie mit dem Mann tun sollten, dann wandte ich mich an Serkan.

»Ruf hundert Männer zusammen! Die besten! Jeder soll fünf Pferde nehmen und alle Waffen. Wir reiten in zwei Stunden los und entsetzen Ellac. Verstanden?«

Er nickte und rannte davon. Nachdem ich den Reiter betäubt und seine Wunden versorgt hatte, ging ich zurück und zog meinen Kettenpanzer an, legte die Waffen an und machte mich fertig. Patricia half mir und sah stumm zu, wie ich die Sporen anschnallte und die Handschuhe überstreifte. Ich nahm den Helm unter den Arm und sagte leise:

»Shass wird auf dich aufpassen. Ich bin in zwei Tagen zurück, Patricia. Mir wird nichts geschehen!«

»Du bist der erste Mann«, sagte sie leise, »der mich noch nicht enttäuscht hat. Bitte, komm zurück!«

Ich nickte und küßte sie zum Abschied. Auf dem Grasplatz, auf dem wir am Tag geübt hatten, wogte die Masse von Männern, Fackeln und Pferdeköpfen. Serkan ritt hart auf mich zu, hob die Hand und deutete auf zwei Reiter hinter ihm. Er sagte laut:

»Wir drei kennen den Weg. Wenn wir schnell reiten, sind wir am Vormittag dort und können Ellac befreien.«

Ich stellte mich in den Steigbügeln auf und schrie: »Vorwärts! Wir retten Ellac!«

Dann begann der wilde Ritt. Jeder von uns hatte ein zweites, ungesatteltes Pferd hinter sich. Die anderen Reiter führten jeweils fünf Pferde mit sich; einige Männer hatten die Zügel unserer Reservetiere an ihren Sätteln festgebunden. Serkan, der dicht hinter dem Hals seines Pferdes saß, direkt über den Vorderbeinen, galoppierte schräg vor mir und hielt eine Fackel hoch. Es war Vollmond. Wir ritten über den lehmigen Weg neben dem Kanal des Gutes. Dann begannen die Weiden, auf denen Rinderherden stehend schliefen. Die Tiere stoben erschreckt brüllend auseinander. Pferde liefen wiehernd eine Zeitlang neben dem Zug mit und fielen wieder zurück. Kleine Gruppen bildeten sich, die erste Gruppe blieb die schnellste. Die Flächen der Landschaft lagen voll im kalten Licht des Mondes, und in den Schatten, in den Hecken und Waldstücken schienen Geister zu lauern. Die Nacht wurde kühler. Wir schlossen die Felljacken über den Schuppenpanzern.

»Es muß ein versprengter Zug östlicher Goten sein!« rief Serkan. »Sie sind über den großen Fluß gekommen, um zu plündern.«

Ich fragte durch das Hämmern der Hufe, das den Boden weithin erschütterte wie ein fernes Gewitter: »Wie kommt es, daß gerade der älteste Sohn des Attila dort ist?«

»Die Herden. Wir haben fast alle unserer Pferde frei laufen lassen – so erholen sie sich am besten. Wir brauchen sie im Frühjahr.«

Eine einmalige Chance und zugleich eine große Gefahr. Hier, im weiten Umkreis der Hunnenlager, die wie vorgeschobene Forts das zentrale Lager mit Attilas festen Bauwerken umgaben, sollte eigentlich aus dem einfachen Grund Ruhe herrschen, weil es keine anderen Volksstämme gab außer denen, die die Hunnen unterworfen und tributpflichtig gemacht hatten. Bauern und Handwerker, die wenigen Händler und die Dörfer und ihre Bewohner nahmen viele Hunnen auf; alte Nomaden, die nicht mehr reiten und kämpfen konnten, die Menschen vermischten sich, heirateten und zeugten Kinder, Sklaven wurden freigelassen und später assimiliert – jedenfalls wagte keiner einen bewaffneten Widerstand gegen die Krieger oder Attila. Wie kam es, daß ein Heer oder eine Gruppe von Ostgoten hier auftauchte? Bedeutete das, daß sich hier eine Allianz gegen den Hunnenkönig festigte? Es sah danach aus.

»Du kennst den Weg genau?« rief ich. Die Ohren des Rappen bewegten sich, und hoch über uns wußte ich den Falken.

»Bis dort hinten an die Furt!« bestätigte Serkan. »Dann führt uns Skitay an!«

Wir ritten weiter, im schärfsten Galopp. An einem Tag konnte ein gutes Pferd bis zu sechzig Halbmeilen zurücklegen; wenn wir nach jeweils einer Stunde scharfen Rittes die Pferde wechselten, stiegen die Geschwindigkeit und die zurückgelegten Entfernungen. Die Hunnen hinter uns ritten wie der Teufel, und sie hatten jetzt die Möglichkeit, sich an das Reiten in Steigbügeln zu gewöhnen. Der Mond wanderte durch die Sterne; mit der weißen, großen Scheibe wanderten die Schatten. Schließlich waren die Schatten lang und gefährlich, und die Pferde wurden unsicher. Die meisten Fackeln erloschen. Nur der Donner der mehr als zweitausend Hufe begleitete uns. Wir ritten zur Grenze von Pannonien, und schließlich kamen wir an das Ufer des Flusses.

»Skitay! Nach vorn!« schrie Serkan gellend. »Zeig uns die Furt!«

Ich zog eine Magnesiumfackel aus der Satteltasche, entzündete sie und gab sie dem Hunnen.

»Hier! Hinein ins Wasser. Ellac wartet auf uns!«

Der Bote war fast einen ganzen Tag geritten. Wir brauchten etwa die gleiche Zeit. Also würden wir den Ort der Auseinandersetzung achtundvierzig Stunden nach dem Überfall betreten. Ellac war, wie ich wußte, ein ausgezeichneter Krieger, seines Vaters würdig, und die Hunnen hatten sich sicher in der Schlucht verschanzt und würden den Gegner mit den Bogen in Distanz halten. Also gab es genügend Hoffnung.

Das Pferd des Kriegers sprang in vollem Galopp in den Fluß. Die Tropfen blitzten im letzten Mondlicht silbern auf, und die Fackel verbreitete einen stechend weißen Kreis im Wasser. Vorsichtig lenkte Serkan seine Pferde über den schmalen, schlammigen Uferstreifen. Wir folgten, und hinter uns staute sich die Kolonne der Reiter und Pferde. Einer nach dem anderen folgte dem Licht der Fackel; nachdem Skitay das jenseitige Ufer erreicht hatte, drehte er um und ritt zurück, bis er in der Mitte des dahinfließenden Wassers stand. Eine hohe Welle umspülte die Brust des Tieres und die Beine des Reiters. Auch für die Pferde war das Bad eine willkommene Unterbrechung und Abkühlung. Wir sammelten uns auf dem jenseitigen Uferhang.

»Weiter, schnell!« drängte Serkan.

»Als ausgepumpte Reiter nützen wir Ellac und seinen Männern nicht.« Ich schnallte den Sattel los. Ich wechselte zum zweitenmal auf den

Schimmel über und trabte zur Spitze des Zuges. Dann berührte ich den Kontakt, der den Falken herbeirief.

An mir stoben die Hunnen vorbei und trieben sich und die Tiere mit gellenden Rufen an. Serkan scherte aus und blieb an meiner Seite, während sich der Falke aus der Dunkelheit heruntersenkte, die Flügel einfaltete und auf dem Lederschutz meines Handgelenkes landete. Ich spürte die messerscharfen Krallen durch das Leder, das mit Drahtgewebe aus Arkonstahl verstärkt war.

Ich sagte in der Sprache Arkons: »Flieg weiter. Such die Schlucht, orientiere dich und komm zurück, wenn du alles gesehen hast. Los!«

Ich riß den linken Arm hoch und warf den großen, dunklen Vogel in die Luft wie ein burgundischer Falkner. Der Asiate starrte mich fassungslos an und murmelte:

»Dir gehorchen die Steppenwölfe, du sprichst mit den Vögeln ... was kannst du noch, *baga* Atlan?«

Ich grinste kalt. »Ich kann vieles. Ihr werdet es sehen. Ich werde aus euch den wildesten Haufen Krieger machen, den Attila je gesehen hat.«

Wir warfen unsere Tiere herum und sprengten dem Zug nach. Wir sahen das Licht der Fackel nur undeutlich, aber die Geräusche – und der Gestank, den diese Truppe mit sich zog wie einen Staubschleier – zeigten uns den Weg. Der Mond schwand hinter den zackigen Wipfeln von Bäumen. Die Sterne verblaßten, die Dämmerung kam. Wir ritten weiter, atemlos, mit schmerzenden Wirbelsäulen und aufgeriebenen Schenkeln. Stunde um Stunde. Die Sonne kam, der Tau verschwand, sommerliche Nebel stiegen aus den Niederungen und wurden von der Hitze des Tages aufgelöst. Kurz nach Überwindung der steindurchsetzten Ebene, die sich über den Wäldern und dem unabsehbar wogenden Gebüsch erhob, kam der *Sukhr* zurück. Er setzte sich auf meine Schulter, schlug mehrmals, um sein Gleichgewicht zu finden, mit den Schwingen und krallte sich an den Schuppen aus Arkonstahl fest.

»Die pannonischen Goten haben die Schlucht umzingelt und beginnen, mit Pfeilen zu schießen. Hunnen sind versteckt. Viele Tote liegen da. Goten wissen nicht, daß du kommst.«

Ich fragte leise: »Können wir sie überraschen?«

»Ja. Von allen Seiten angreifen. Goten in Schlucht treiben.«

»Du hilfst mir, wenn es nötig ist. Zurück in die Luft!«

Flatternd entfernte sich der Falke. Langsam erkannten wir die Geländeformationen, und als wir endlich, kurz vor Mittag, die Umrisse der Schlucht sahen, weil die Buschgruppen und die Bäume hier plötzlich wie abgeschnitten aufhörten, hielt ich die Kolonne an. Sie sammelten sich um mich.

»Wir nehmen ausgeruhte Tiere. Die anderen Pferde lassen wir hier. Drei Männer passen auf sie auf.«

Rücksichtslos bahnten sich Skitay und Serkan einen Weg durch das Gedränge der Tierleiber.

»Wann greifen wir an?« fragte Skitay aufgeregt. Ich hob die Hand.

»Ruhe!« donnerte ich. »Die Pferde bleiben hier. Dann reiten wir nach beiden Seiten auseinander. Wir bilden einen Ring um die Schlucht. Ihr bleibt im Sattel, ich schleiche mich an den Rand. Wenn ihr einen furchtbaren Donner hört, greift ihr schreiend an. Ihr zieht euch zurück, wenn sich die Goten wehren. Ihr wendet dieselbe Taktik an, wie ich sie euch gelehrt habe. Verstanden?«

Sie nickten und unterhielten sich leise. Ich sagte:

»Wer sich nicht an meine Befehle hält, stirbt von meiner Hand. Los, jetzt, und wir reiten erst dann in die Schlucht ein, wenn die Goten geflohen sind.«

Skitay sagte: »Wir werden dir den Anführer als Gefangenen bringen. Dann kannst du ihm die Augen ausstechen.«

»Wir haben keine Zeit, Gefangene zu quälen«, sagte ich entschlossen. »Und wer einen Verwundeten martert, den martere ich zweimal solange. Verstanden?«

»Ja, *baga.«*

Ich winkte die erste Hälfte nach Westen, die zweite nach Osten. Ich ritt mit Serkan und Skitay geradeaus, blieb aber immer in Deckung. Wir achteten darauf, daß die Pferde ihre Hufe auf den Waldboden oder auf Gras setzten, und wir ritten langsam. Inzwischen sahen wir mehr Einzelheiten.

Goten in Kettenhemden und schweren Eisenhelmen standen am Rand der Schlucht, warfen Speere und Steine nach unten und schleuderten Brände hinunter. Weit hinter ihnen sah ich hin und wieder die Pferde meiner Leute. Ich mußte ein Blutbad verhindern, und ich mußte den Anführer der Goten in meine Gewalt bekommen.

Die Schlucht war ein felsiges Oval mitten im gelichteten Wald. Der Eingang lag vor mir, von zwei riesigen Felsen flankiert, und dahinter senkte sich eine Geröllhalde, teilweise bewachsen, nach unten. Es war hell hier, die Sonne brannte senkrecht herunter. Langsam setzte ich meinen Helm auf und flüsterte:

»Serkan – du schießt deine Pfeile nach links. Schieße die Männer vom linken Felsen, aber bleib unsichtbar. Skitay – du bleibst dort. Ich verteidige die Mitte von hier aus.«

Sie nickten und lenkten die Tiere nach beiden Seiten auseinander. Dann verschwanden sie. Leise, trappende Laute waren zu hören, zwischen den Fichten und Buchen des Waldes. Jenseits der Schlucht stieg senkrecht der Falke hoch und schlug mit den Schwingen, als stünde er über einem Hasen oder einem Wiesel. Das Zeichen. Der Kreis war geschlossen. Ich zog meinen Strahler aus dem Gürtel und hielt ihn über den Kopf. Dann zog ich den Auslöser durch. Ein donnernder Schlag rollte durch die Schlucht.

Ich feuerte nach rechts und links. Die Detonationen rissen die Felsen halb auseinander und ließen eine Wolke verbrannter Gase aufsteigen.

Und dann mischte sich in das hallende Echo der Explosionen das gellende, nervenzermürbende Geschrei angreifender Hunnen.

Sie tauchten von allen Seiten auf. Ich hob meinen Schild, behielt das Schwert in der Linken und zog den Lähmstrahler aus dem Gürtel. Die ersten Pfeile heulten durch die Luft. Ein Gote fiel in die Schlucht, schrie wimmernd und überschlug sich, ehe er auf die Steine prallte. Dann schossen Serkan und Skitay ihre Pfeile ab. Geschrei erhob sich, Speere flogen in den Wald; überall hörte ich das Schlagen der Bogensehnen. Die Goten verließen den Rand der Schlucht, aus der die Wolken von vielen Bränden hochstiegen, und wandten sich gegen den Angreifer. Die Hunnen preschten zwischen den Stämmen heran, schossen angreifend die Pfeile ab, wirbelten herum und schossen weiter, im Sattel gedreht, während sich die Pferde in die Deckung zurückzogen. Hunderte solcher Angriffe wurden in den nächsten Minuten geritten, ehe ich vor mir eine laute Stimme hörte. Sie rief in der Sprache, die ich nicht gerade meisterhaft sprach:

»Zurück! Sie sind in der Übermacht! Zurück zu den Pferden!«

Gleichzeitig donnerten vier Reiter vor mir aus der Schlucht heraus. Ihre Gesichter über den Schildrändern waren rußgeschwärzt, die Haare waren versengt. Noch während ich den Lähmstrahler hob, erschien in der Brust eines Mannes eine Pfeilspitze. Ein gespenstischer Anblick. Der Reiter, von einem Pfeil aus der Schlucht in den Rücken getroffen, breitete die Arme aus, der Schild wirbelte wie ein Teller davon, der Reiter sackte aus dem Sattel. Ein zweiter Gote, dem ein Pfeil im Auge steckte, krachte hinunter, dann hatte ich die beiden Reiter dicht vor mir.

Ich zielte auf denjenigen mit der wertvolleren Rüstung und drückte ab. Mit gelähmtem Oberkörper taumelte der Krieger. Ich blickte in ein erstauntes, stoppelbärtiges Gesicht. Dann drängte ich mein Tier aus den Büschen heraus, ritt auf den jüngeren Begleiter des Goten zu, galoppierte zwischen die Pferde und starrte dem Mann in die Augen.

»Flieh!« sagte ich scharf. »Schnell! Wir sind in der Übermacht. Ihr werdet sonst alle sterben! Flieh – los!«

Er blickte mich verständnislos an und ich drehte meinen Fuß, soweit es ging. Der Sporn ritzte eine lange Schramme in die Haut seines Pferdes; das Tier wieherte schmerzerfüllt. Dann ging es durch, und der Krieger hatte zu tun, um sich im Sattel zu halten. Pferd und Reiter verschwanden zwischen dem Gebüsch und den Stämmen. An mir ritten drei Hunnen vorbei, schwenkten ihre Bögen und näherten sich dem Ausgang der Schlucht. Überall wurde gekämpft, aber die Goten wandten sich zur Flucht. Ich ergriff die Zügel des scheuenden Pferdes des Anführers, riß den Kopf herunter und zerrte den Reiter hinter mir her in den Wald.

Um mich herum tobten zahlreiche Einzelkämpfe. Die Hunnen griffen an; die Goten verteidigten ihren eigenen Rückzug. Ich hatte den Strahler auf die geringste Stärke eingestellt. Langsam wich die Lähmung der Zunge und die der Arme von dem Goten. Sein Gehör hatte offensichtlich nicht gelitten. Ich fragte deutlich: »Kannst du mich verstehen, Gotenfürst?«

Ich wartete gespannt – er nickte langsam; seine Muskeln gehorchten ihm nicht ganz.

»Attila sammelt ein riesiges Herr. Er wird im Frühjahr oder noch eher nach Italien ziehen und überall Verwüstung hinterlassen. Du hast verstanden?«

Wieder nickte er.

»Zieht euch zurück! Greift keine Hunnen mehr an! Helft den Bauern und den Städten! Warnt alle Menschen – ich werde versuchen, den Marsch aufzuhalten. Und jetzt: flieh!«

Er nickte; er hatte verstanden. Ich hielt seinen Arm fest und schloß: »Ich bin, wie du siehst, ein hunnischer Anführer. Aber ich bin kein Hunne. Attila ist mein Feind. Ich stehe auf der Seite des Westens!«

Dann drehte ich mich herum, deutete in die Richtung, in der sich keine Hunnen mehr befanden und sagte: »Dort entlang!«

Seine Finger öffneten sich und schlossen sich um die Zügel. Dann streckte er den Oberkörper, atmete tief ein und aus und sagte: »Danke!« Die Lähmung war von ihm abgefallen, er sprengte davon.

Ich atmete aus; die Anspannung der Nerven lockerte sich. Dann setzte ich die Sporen ein und ritt nach Osten, sammelte meine Reiter und schrie, daß der Kampf beendet sei. Er war augenscheinlich ohne Verluste auf unserer Seite abgegangen.

Meine Reiter sammelten sich. Ich schickte sie zum Eingang der Schlucht. Sie sollten hineinreiten und sich Ellac zu erkennen geben. Ich ritt einmal um die Schlucht herum, stieß auf sterbende Goten und verletzte Hunnen, auf ein Pferd, das sich beide Vorderbeine gebrochen hatte; ein Reiter tötete es und machte sich daran, Zaumzeug und Sattel abzuschnallen. Ich zählte fünfzehn tote Goten – keine Verletzte. Das erleichterte das Handeln. Schließlich befand sich meine Schar fast vollzählig in der Schlucht. Eine kleine Gruppe sprengte auf meinen Befehl hin davon, um die Pferde zu holen. Dann nahm ich meinen Helm ab und lenkte das Pferd in die Schlucht.

Geruch nach kühler, nasser Luft und leichte Spuren der Brände kam mir entgegen. Die Hunnen stolperten aus ihren Verstecken, wurden von meinen Kriegern begrüßt. Man tauschte Proviant und Wasser aus, Kumys und Kamon. Überall bildeten sich Gruppen und erzählten sich die Abenteuer der letzten Stunden. Alles schien vergessen zu sein – Hunger, Durst, Tote und Verwundete, die auf dem Gras lagen, die Furcht und der Kampf, der so überraschend geendet hatte. Endlich sah ich Ellac. Er stand mit gespreizten Beinen auf einem Findlingsblock und starrte mit verschränkten Armen vor sich hin. Ich ritt heran und stieg ab, somit machte ich mich ihm, der nicht im Sattel saß, ranggleich.

»Ellac!« rief ich. Er zuckte zusammen und musterte mich schweigend.

»Wer bist du?« fragte er. Mein helles Haar irritierte ihn.

»On'ijiz Atlan nennen mich meine Krieger«, sagte ich und berührte den verborgenen Schalter. Der *Sukhr,* der bisher über der Schlucht gekreist war, näherte sich, flog eine Spirale um Ellac und setzte sich auf meine Schulter. Er krallte sich zwischen den Schuppen fest und schrie kehlig mit der Stimme des Würgfalken.

»Dich hat mein Vater geschickt?« fragte er mißtrauisch.

»Nein. Dein Bote kam zu meinem Haus. Wir ritten durch die Nacht wie die Wilden. Die Goten sind geflohen.«

»Woher kommst du?«

Ich lächelte. »In meinem Land, in dem jetzt die Wisigoten herrschen, bin ich so mächtig wie dein Vater, Ellac *baga.* Ich sehe gern zu den Göttern auf, aber ungern sehe ich es, wenn Attilas Sohn aus den Wolken mit mir spricht.«

Finster musterte er mich, meine Rüstung und mein Pferd, dann kauerte er sich nieder und sprang mit einem Satz mehr als drei Meter tief herunter. Langsam kam er, nachdem er den Fall abgefedert hatte, auf mich zu. Ich überragte ihn um mehr als einen Kopf; ein junger, jähzorniger Mann, sicherlich nicht so gerissen wie sein Vater, aber ein ebenso besessener Kämpfer. Ihn würde nur ein Bergrutsch oder der eigene Tod aufhalten. Er schien zu drohen:

»Du hast mit meinem Vater gesprochen?«

»Dein Vater will mich als Waffenmeister«, sagte ich grinsend, die Hand am Schwertgriff. »Als Anführer von Spähern. Ich bilde zweihundert Krieger aus, die vor Attila nach Italia reiten.«

»Möglich.« Er schüttelte den Kopf. »Hier ist nicht Attilas Hof. Hier gehorchst du mir!«

»Du irrst, Ellac.« Mein Grinsen verschwand langsam. »Mir befiehlt Attila oder der eigene Verstand. Ich will dich nicht zum Feind, nachdem ich das Leben deiner Leute gerettet habe. Und deines. Vor Attila werden wir darüber reden, aber nicht hier.« Ich zischte leise in Arkonidisch: »Turk! Auf meine rechte Hand!«

Der Falke schlug mit den Schwingen, ich duckte mich, dann schlug das Tier die Krallen ins Leder der Handschuhstulpe. Ellac starrte mich finster an; wenn er nachgab, verlor er sein Gesicht. Er hielt nicht viel von Klugheit und sagte scharf:

»Du begleitest mich zu Attila!«

»Nein. Attila hat es nicht befohlen. Ich reite mit meinen Leuten zurück – du wirst mich nicht aufhalten.«

Attila, so hatte ich gehört, war seinen Söhnen gegenüber anspruchsvoller und unbarmherziger als jedermann sonst. Ellac schrie:

»Ihr reitet mit uns zurück – oder gar nicht!«

Die Krieger starrten unruhig zu uns herüber. Die Gespräche hörten auf. Ellacs Spannung und Wut würden sich, deutete ich seinen Gesichtsausdruck richtig, jeden Augenblick entladen. Ich starrte in seine dunklen Augen und sagte:

»Nein!«

Er riß, blitzschnell, das Schwert aus der Scheide und drang auf mich ein. Ich schnarrte: »Angriff!« und schleuderte ihm den Vogel entgegen. Der Falke schoß auf ihn zu, schlug die überlangen Schwingen in Ellacs Gesicht und spreizte die Krallen vor seinen Augen. Aus der Vocoderkehle des Tieres kamen keuchend-pfeifende Laute; ich sprang zur Seite und schlug dem geblendeten Attilasohn das Schwert aus der Hand, hakte einen Fuß hinter seinen und gab ihm einen Stoß vor die Brust. Der Falke, der seine Krallen um Ellacs Halsring geschlagen hatte, fiel mit ihm. Ich drehte mich um und brüllte:

»Serkan! Skitay! Her zu mir!«

Sie galoppierten auf mich zu und schwangen sich aus den Sätteln. Ellac rappelte sich auf, der Falke kehrte auf meinen Arm zurück. Ich sagte:

»Sammelt euch. Wir lassen für Ellacs Krieger ein paar Pferde hier. Versteht sich: die schlechtesten. Wir reiten zurück.«

Skitay wurde bleich, als er auf Ellac blickte. »Aber ...«

»Wer nicht gehorcht, stirbt.« Ich stellte mich mit gezogenem Schwert vor Ellac. »Sagt es den anderen. Schnell!«

Gespräche, Scherze, selbst das Stöhnen der Verwundeten hatten aufgehört. Lastende Stille füllte den Talkessel. Ich ging langsam zu meinem Pferd und sagte zu einem Reiter Ellacs:

»Eure Pfeile können den Wundervogel nicht verletzen. Wir reiten zurück; wenn wir weiter weg sind, rufe ich den Vogel.«

Wieder schwang sich der *Sukhr* in die Luft und blieb rüttelnd über Ellacs Kopf. Ich winkte meinen Reitern. Serkan und Skitay setzten sich an die Spitze der Einhundert, und wir ritten in der eigenen Spur zurück und erreichten den Platz, an dem wir vor einigen Stunden die Pferde zurückgelassen hatten. Ich betätigte das Signal für den Falken, und weit hinter uns ließ der Vogel von Ellac ab. Serkan fragte furchtsam:

»Du hast keine Angst vor der Rache Ellacs, Atlan *baga?«*

»On'ijiz Serkan«, sagte ich laut und band meinen Helm fester an den Sattelknauf, »ich glaube nicht, daß Attila, der Mächtige, das Verhalten seines Sohnes entschuldigt. Aber ich weiß, daß sich Ellac beklagen wird. Ich glaube, daß Attila ihn bestraft, weil er sich von den Goten in einen Hinterhalt hat locken lassen und weil er seinem Lebensretter, nämlich mir, nicht gebührend gedankt hat.«

»Aber er ist Attilas Sohn!« rief Skitay. »Er wird uns alle bestrafen!«

Ich schüttelte den Kopf.

»Das wird er nicht«, sagte ich laut. »Er wird froh sein, wenn ihn sein Vater nicht bestraft. Aber wir werden bald zu Attila gerufen werden, das ist sicher.«

Sie sahen mich an und nickten, während ich beobachtete, wie der Falke hoch über unserem Zug kreiste. Dann sagte ich nachdenklich:

»Also werden wir in den nächsten Tagen ununterbrochen arbeiten. Ich möchte mit den besten, schönsten, mächtigsten und diszipliniertesten Reitern an Attilas Hof erscheinen.«

Skitay versprach: »Wir werden alles tun, um dir zu helfen.«

Der Trupp aus mehr als vierhundert Pferden erreichte das Bauernhaus und die kleine Garnison kurz nach dem Morgengrauen. Wir waren zu müde und zu zerschlagen, um Lärm machen zu können; fast mechanisch verrichteten wir die Handgriffe, die nötig waren. Absatteln, die Zäume herunter, die Pferde zur Tränke und auf die Weide treiben, Rüstungen und Waffen versorgen. Dann warfen wir uns nieder und schliefen.

Die nächsten sieben Tage arbeiteten wir ununterbrochen. Zuerst achtete ich darauf, daß zwanzig Männer ausgesucht wurden, die intelligentesten, besten Reiter, meist jüngere Männer. Jeder von ihnen suchte sich neun andere Krieger aus, für die er die Verantwortung übernahm. Ich scheuchte die Männer unter dem Versprechen drakonischer Strafen zum Waschen. Wir stellten grobe Seife her, ein Sklave schor die Bärte und das Kopfhaar; wir verbrannten die alten Fetzen und mit ihnen zahllose Läuse. Daraufhin nahm der penetrante Gestank, den meine Hunnen verströmten, ein wenig ab. Jeder Mann erhielt Stiefel mit eingearbeitetem, stählernem Schienbeinschutz. Statt der unförmigen, weiten Hosen aus Leder ließ ich von den Handwerkern und Sklaven engere Hosen nähen. Sie erhielten breite Schlaufen, durch die starke Gurte gezogen wurden, an den Nieren und in der Bauchgegend durch Eisenblech geschützt. Die Panzer wurden leichter und besser beweglich – ununterbrochen kontrollierte ich die Arbeiten. Auch ließ ich in das Leder Löcher schneiden, damit sich der Schweiß nicht überall festsetzen konnte.

Schilde wurden ausgebessert, verstärkt und neu verziert. Ich ließ Kupfer schmieden, prüfte eigenhändig jede Arbeit, jedes Schwert und alle Waffen. Wir suchten zweihundert gescheckte Pferde aus und trainierten sie. Ihre verfilzten Mähnen wurden kürzer geschnitten, die Hufe mit pedantischer Mühe gesäubert und mit glühenden Eisen behandelt. Die Anführer erhielten farbige Wimpel an die Lanzen; kein Mann ritt ohne Sattel. Langsam bildete ich eine geschlossene Truppe heran, und während Turk die Ereignisse am Hof von Attila beobachtete; warteten wir darauf, daß uns Attila rufen würde.

Schließlich, am neunten Tag, probten wir unseren Auftritt. Ich war unbarmherzig und erstickte jeden Versuch, aus der ungewohnten Ordnung auszubrechen, sofort. Sogar unsere Sklaven waren beeindruckt, als eine geschlossene Phalanx von zwanzig Reihen, von denen jede zehn Pferde breit war, über die gemarterte Wiese ritt. Es war ein Block einheitlich ausgebildeter, schweigender Krieger, die ihre Pferde beherrschten und nicht aus der Reihe tänzelten. Ich ließ verschiedene Gangarten ausführen und studierte einige Manöver ein, mit denen wir Attila beeindrukken würden. Aus dem schreienden, verlausten Haufen von Reitern war eine Truppe geworden, die es jederzeit mit burgundischen Rittern aufnehmen konnte. Die Männer mit den Wimpeln ritten links von ihren Reitern; wenn die Masse eine Schwenkung von neunzig Grad durchführte, befanden sie sich an der Spitze.

Ich war zufrieden. *Schließlich,* kommentierte mein Extrasinn, *willst du mit ihnen den folgenschwersten Verrat der Hunnengeschichte durchführen. Viel Erfolg.* Am zehnten Tag, ich saß über meinen Karten und neben mir stand Patricia, kam die römische Sklavin in das sonnige Arbeitszimmer.

»Was hast du?« fragte Patricia halblaut. Ich wandte mich um.

»Ich ... ein Bote von Attilas Hof.«

»Bring ihn herein!« sagte ich. Patricia holte den Weinkrug und Pokale, die gleichviel faßten, aber in Bearbeitung und Linienführung verschieden voneinander waren. Kurz darauf kam ein gepflegt aussehender Hunne ins Zimmer.

»Atlan?« fragte er und grüßte.

»Ja. Du bist ein Kurier? Ich kenne dich nicht.«

»Ich bin Skottas, der Bruder von Onegesios«, sagte er. »Du sollst morgen mittag bei Attila sein. Er wird Arbeit für dich haben.«

Ich nickte: »Ich habe diese Botschaft erwartet. Einen Schluck zur Begrüßung?«

Wir hoben die halbvollen Pokale, und er stürzte den schweren Rotwein in einem langen Zug hinunter. Dann wischte er mit dem Handrücken über den Mund, blies die Luft aus den Lungen und näherte sich breitbeinig dem Tisch mit den Karten. Er starrte sie lange an, und ich wußte nicht, ob er begriff, was er da sah. Schließlich meinte er bewundernd:

»Ich glaube, daß Attila viel Arbeit für dich hat. Das bringt viel Ehre mit sich. Ich werde dich begleiten ... übrigens: Ellac hat seinen Bauch voller Wut und ein paar Risse in der Wange, die von einem Zaubervogel stammen. Wie ist das?«

Er war mir nicht unsympathisch; auch ich schien ihm nicht gerade ein Fremdling zu sein, dem man uneingeschränktes Mißtrauen entgegenzubringen hatte. Ich erwiderte lachend:

»Zaubervögel töten, aber sie verursachen keine Kratzer. Ellac hat sich bestimmt geirrt.«

Er nickte.

»Du wirst in ein Zimmer gebracht werden«, sagte ich. »Dort kannst du dich ausschlafen; deine Augen sehen müde aus. Dort kannst du dich auch waschen und zurechtmachen. Bis später!«

Patricia klatschte in die Hände, ein alter Sklave kam und führte Skottas aus dem Raum. In wenigen Stunden würde ich im Mittelpunkt des Kreises stehen. Dann würde ich erkennen, wie ich vorzugehen hatte. Mehrere Möglichkeiten boten sich an; aber obwohl ich entlang meines Weges eine breite Spur von Grauen und Verwüstung gesehen hatte, schreckte ich in meiner tiefsten Seele vor kaltblütigem Mord zurück.

Es war die siebente Stunde, kurz nach dem Moment des höchsten Sonnenstandes. Die Zelte bedeckten buchstäblich die Ebene unter dem Hügel. Es waren Zehntausende. Keines von ihnen überragte die gemauerte Jurte des Attila. Sternförmig führten breite Gassen auf den Platz zu. Attilas Jurte war ein massives Gebäude aus Holzwänden auf einem Steinfundament; eine Seite war offen und führte auf einen großen Hof. Jenseits des Barrikadenzaunes breitete sich der zentrale Platz des Lagers aus. Wir alle, Skottas und ich an der Spitze der zweihundert Krieger auf scheckigen Pferden, hielten eine Weile auf der Kuppe des Hügels an und betrachteten dieses Panorama. Zahllose Rauchsäulen stiegen in die unbewegte Luft. Unermeßlicher Trubel herrschte hier: Truppen und Handwerker, Frauen und Kinder, Tiere und Reiter, die durch das Gewimmel preschten. Stimmengewirr, Geräusche und Gerüche – all das, was eine riesige Menschenmenge ausmachte. Kein schönes Bild, aber ein Ausblick, der wie kaum etwas anderes geeignet war, die Macht Attilas deutlich zu zeigen.

»Werden wir erwartet, reitet uns Attila entgegen, oder reiten wir zu ihm hinunter?« fragte ich Skottas. Der Bruder des Onegesios sagte mit einem ungläubigen Lachen:

»Attila? Uns entgegenkommen? Attila kommt niemandem entgegen.«

»Auch gut«, meinte ich achselzuckend. »Los!«

Ich hob und senkte den Arm. In geschlossener Ordnung ritten wir den Hang hinunter, auf die Palisaden des riesigen Zaunes zu. Die Wachen, die im Gras lagen, Knoblauch aßen oder würfelten, sprangen auf. Die Wimpel flatterten träge an den Lanzenschäften; schweigend ritten wir durch den breiten Durchlaß, eine der Gassen entlang, immer geradeaus, bis wir auf dem freien Platz waren. Dort gab ich ein kurzes Kommando, der Haufen führte ein schnelles Manöver aus, und aus dem mehr langen als breiten Zug wurde eine zehn Reiter tiefe Mauer aus Körpern. Die Waffen glänzten in der Sonne. Von überall her liefen Männer, Kinder und kläffende Köter zusammen. Meine Krieger bewegten sich nicht und hielten die Pferde genau ausgerichtet. Uns gegenüber öffnete sich der Zaun des großen, mit barbarischen Schnitzereien verzierten Aul des Attila. Eine erwartungsvolle Stille kehrte ein; sogar die Köter schwiegen und schlichen davon, die Schwänze zwischen die Hinterläufe geklemmt.

»Was jetzt?« fragte ich Skottas. »An meinem Königshof weiß ich, was ich zu tun habe. Hier nicht.«

Ich hatte mit Hilfe des Falken das Leben hier studiert, aber man würde einem Fremden gegenüber nachsichtiger sein als einem, der alles beherrschte.

»Wir reiten geradeaus, bis wir Attila sehen«, sagte Skottas. Ich gab Skitay und Serkan einen Wink; meine Reiter würden warten, bis ich ihnen einen gegenteiligen Befehl geben würde.

Wir ritten geradeaus, an den Pfosten vorbei, in den rechteckigen Hof hinein. Er war staubig, und einige Gerätschaften lagen herum.

»Bis zur Rampe!« sagte Skottas. Wir blieben stehen, als sich vor den Hufen der Pferde eine steinerne Mauer erhob, die oben mit Balken verdeckt war und so eine Art Terrasse bildete. Teppiche lagen darauf, in der Halle dahinter herrschte Halbdunkel. Als sich unsere Augen an die veränderten Lichtverhältnisse gewöhnt hatten, sahen wir einige Personen, unverkennbar Hunnen. Ich erkannte einige Sessel, einen Tisch, Hocker, Feuerschalen und sehr viele Waffen. Umrißhaft und außerordentlich dilettantisch schien die Karte zu sein, die an der Wand angenagelt war. Wir stiegen ab, als sich einer der Männer rührte und hinaus in die Helligkeit blinzelte. Er kam näher. Wir blieben stehen, die Zügel in den Händen.

»Attila, dies ist der Waffenmeister, den du sehen wolltest!« sagte Skottas. »Er ist hier, und das Lager hat dieses Schauspiel genossen.«

Attila trat hinaus ins Licht. Aus der Nähe wirkte er um vieles älter, als es mir die Augen des Vogels gezeigt hatten. Hatte ich gegen diesen Mann an der Seite von Theoderich gekämpft? Ich konnte es nicht glauben.

»Dein Name?« fragte er. Ich sagte es ihm.

»Du willst in meine Dienste treten?« fragte er mit dunkler, rauher Stimme. Sie faszinierte seine Krieger, auf mich aber machte sie den Eindruck, als käme sie aus der Kehle eines Säufers. Seine Augen waren wachsam, der Blick zwingend; man sagte, er habe den zauberischen Blick.

»Ich war schon in deinen Diensten, baga, ehe ich Ellac das Leben rettete«, sagte ich. »Er hat dir sicher von unserem mutigen Einsatz berichtet?«

Attila suchte meine Augen und grinste kalt. »Ja«, sagte er. Dann, nach einer kleinen Pause: »Du bist kein Hunne.«

Ich erwiderte mit ausdruckslosem Gesicht:

»Die Augen des großen Attila sind scharf und klug. Ich bin Prinz in meinem Land; dort, wo noch keiner deiner Krieger war. Das Meer ist eine Grenze, die Berge des Westens die andere. Ein paradiesisches Land voller starker Männer und schöner Frauen.«

Der Hunnenfürst grinste säuerlich.

»Man sagt allerlei von dir, Atlan. Du hast wunderbare Karten, die Tiere gehorchen dir, und wenn ich die Reiter dort sehe, scheint es mir, daß du auch etwas von der Kriegsführung verstehst.«

Ich lächelte. »Wir müssen nicht gegeneinander kämpfen, damit ich es dir beweise, Attila. Aber es gibt viele Erzählungen. Frage meine Reiter.«

Attila zupfte an seinem Bart, drehte einzelne Haare zwischen den Fingern und strich sie wieder glatt. Dann lachte er rauh auf.

»Du bietest deine Dienste an. So ist es. Ich brauche gute Männer, die mehr können als meine Krieger. Was verlangst du?«

Ich wartete, bis sich sein kurzer Husten gelegt hatte, dann sagte ich: »Angemessene Bezahlung.«

»Du hast Karten, wie ich gesehen habe?«

Ich nickte. Etwas fiel mir auf, und ich sah genauer hin, weil ich es nicht zu glauben vermochte. Attilas Gesicht sah auf seltsame Weise gesund und blühend aus. Zu gesund. Seine Bewegungen zeigten, als er lebhafter wurde und wieder in die Richtung meiner Reiter blickte, eine unnatürliche Heftigkeit. Dann dieser Husten. Jetzt das zweitemal. Ich war kein hervorragender Diagnostiker, aber dieser Mann vor mir war krank, ohne sich dessen bewußt zu sein.

»Ja. Karten, die alles so zeigen, wie es das Auge des Falken zeigt.«

»Karten von meinem Reich?«

»Ja. Und von den Ländern jenseits der Grenzen«, antwortete ich.

»Woher hast du diese Karten?«

»Dort, woher ich komme, kennt man diese Kunst«, sagte ich. »Und noch andere Dinge. Meine Reiter stehen in der heißen Sonne – wie lange stehen sie noch dort?«

Attila wedelte mit der linken Hand und ordnete an:

»Sie sollen ins östliche Lager reiten, dort stehen leere Jurten. Ich brauche sie noch nicht. Ich brauche dich! Sag es ihnen und komme zurück.«

Ich nickte, stieg in den Sattel und ritt zurück. Mit Skitay und Serkan sprach ich ab, daß ich sie heute noch aufsuchen würde. Ich blickte ihnen nach, wie sie, von Serkan angeführt, in vorbildlicher Ordnung nach Osten ritten und zwischen den Stäben verschwanden, die um die Jurten und Zelte standen. Auch Attila und die Männer, die bei ihm waren, schauten den zweihundert Reitern verblüfft nach. Ich ließ mein Pferd versorgen und bewunderte das steinerne Badehaus des Herrschers. Ein römischer Sklave, ein Architekt, hatte es für ihn errichtet und sich davon die Freiheit versprochen; Attila hatte ihn zum Dank zu seinem Bademeister gemacht! Hoffentlich plante er nicht für mich eine ähnliche Auszeichnung. Dann stand ich in der offenen Halle neben Attila und hakte meine Daumen hinter den Gürtel. Attila hustete, dann sagte er leise:

»Ich werde Rom vernichten und über dieses Land herrschen. Ich muß mit vielen Kriegern über die Berge. Du hast Karten?«

»Ich habe sie«, antwortete ich. Gereizt fuhr Attila herum, winkte einer Sklavin und rief:

»Ich frage dich, und du gibst Antworten, die so kurz sind, daß niemand daraus klug werden kann. Was soll das?«

Ich erwiderte ernst:

»Attila – ich bin ein Fremder. Ich kenne dich nicht, und ich habe überall, wo ich vorbeiritt, die Spuren deiner Wege gesehen. Tote, Verwundete, Ruinen und brennende Dörfer, verwüstete Städte. Maissos zum Beispiel. Dort liegen die Gebeine der Toten in gewaltigen Haufen an den Ufern. Ich bin nur ein einzelner Mann. Ich vermag mich nicht gegen dich zu wehren, und du hast alle Macht. Ich bin in der Lage eines Kaufmannes, der Waren hergeben will und nicht weiß, ob der Käufer sie ihm zahlt.«

Attila grinste kalt. »Nicht jeder Handel ist ein Verbrechen. Ich zahle für das, was ich kaufe.«

»Vielleicht ist deine Münze für mein Leben nichts wert, wer weiß?« fragte ich und nahm die Schale mit wohlriechendem Wein entgegen. »Ich verkaufe gern, aber ich muß wissen, ob du mit Gold, Ehren oder einem Messer zahlst.«

Attila sagte beschwichtigend:

»Du sollst mir einen Weg durch die Berge bahnen. Du sollst es möglich machen, daß meine Heere nicht erfrieren, daß sie genügend Nahrung haben, daß sie schnell vorankommen. Ich brauche keinen blind gehorchenden Sklaven – ich habe genug von ihnen.«

»Es freut mich, das zu hören«, erwiderte ich. »Wie kannst du einem Fremden ein so wichtiges Amt anvertrauen?«

»Ein Mann, der das Leben meines Sohnes rettet, ist kein Fremder.«

Ich fragte: »Bist du sicher, daß ich euch nicht irreführe?«

»Ganz sicher. Denn ich würde dich finden, und dann würdest du wünschen, niemals geboren worden zu sein«, sagte er grob. »Bekomme ich Antworten, die mich zufriedenstellen?«

»Ich denke, daß wir uns sehr gut verstehen werden«, sagte ich.

»Dann trinken wir.«

Ich traute ihm nicht eine Sekunde lang. Er wußte dies, aber offensichtlich lockten ihn meine Karten und die Vorstellung, daß sein Heer auf dem kürzesten, besten Weg nach Italia reiten würde. Eine Strecke von mehr als fünfhundert Meilen oder im günstigsten Fall hundert Tage für uns, Länger für das Heer mit dem schwerfälligen Troß. Frauen und Kinder würden hier zurückbleiben. Wir tranken, wobei ich wartete, bis Attila die Schale zum Mund geführt hatte; ein grober Verstoß, vor dem Herrscher zu trinken. Attila wandte sich an mich und fragte:

»Ihr sollt bald reiten. Hast du die Karten bei dir?«

Ich nickte.

»In den Taschen meines Sattels. Soll ich sie holen lassen?«

Der Herrscher deutete auf die anderen Männer.

»Hol sie und komm in zwei Stunden wieder. Bis dahin werde ich meine Geschäfte erledigt haben. Dann können wir darüber sprechen.«

»Gut. Ich danke dir.«

»Noch hast du keinen Grund dazu«, sagte der Herrscher und räusperte sich. Er ließ mich stehen und ging zu der Gruppe zurück, in der ich Edekon erkannte, dann Skottas und andere Kriegsführer seiner Heere. Eine gewisse Stimmung des Aufbruchs lag in der Luft. Ich verließ den Aul, schwang mich auf mein Pferd und ritt meinen Leuten nach. Ich fand sie schließlich am äußersten Ende des Lagers. Sie hatten Feuer entzündet und brieten Ziegenfleisch und Lämmer an Speeren. Dazu tranken sie Kamon oder Kumys. Ich setzte mich zu ihnen und berichtete, was ich wußte. Serkan sagte beruhigt:

»Also werden wir reiten! Wenn Attila uns schickt ...«

»Hier ist es nicht gerade ungefährlich«, wandte ich ein. »Vielleicht will sich Ellac rächen. Heute abend gibt der Herrscher ein Fest. Wir werden so schnell wie möglich wieder zurückreiten. Ich brauche einen Tisch – ist hier einer in der Jurte?«

»Ja, dort drinnen! Aber es ist stickig unter den Fellen!«

Ich nickte, trank aus und ging zu meinem Sattel. Ich zog den Packen heraus, den ich für diesen Tag vorbereitet hatte. Noch einmal zählte ich die doppelten Karten und die präparierten, die ich Attila würde zurücklassen müssen, steckte ich ein. Die anderen wurden zusammengefaltet und in das geheime Fach unter das Sattelleder geschoben. Ich versuchte, mich über meine neue Lage zu orientieren, aber in dem Wirbel aus Menschen und Geräuschen kam ich zu keinem klaren Gedanken. *Das hat Zeit bis heute abend! Hüte dich vor Ellac!* sagte mein Extrasinn mit deutlicher Warnung.

Zwei Stunden später ritt ich zur Palisadenwand um Attilas Aul. Jetzt erst merkte ich, daß sich in dieser Ebene eine leichte Schräge erhob, an deren Spitze, immerhin mehrere Ellen über den Dächern der übrigen Jurten, Attilas Aul stand. Er hatte ein weißes Dach und weiße Vorhänge aus schwerem Stoff; weiß war die Farbe der Herrscher. Hölzerne Türme stachen über die Spitzen der Palisaden hervor. Ein anschließender Zaun, ohne Türme und sanft über die Flanke des Hügels abfallend, umschloß das Haus des Onegesios. Dicht daneben stand das Badehaus; man hatte die Werkstücke auf Pferderücken, Schlitten und Bauernwagen aus Pannonien herbeigeschleppt. Der Architekt, ein Gefangener des Kampfes um Sirmium, schien gerade Heißwasser zu bereiten; eine träge, schwarze Rauchwolke schwebte über dem Steinbau. Als ich auf den Platz hinausritt, hörte ich hinter mir Hufgetrappel. Einige Reiter kamen zwischen den Jurten hervor. Sie benahmen sich seltsam – sie sahen mich genau und taten, als sähen sie mich nicht.

Ellac! Mein wachsamer Extrasinn. Ich vergewisserte mich, ob mein Strahler noch im Gürtel steckte und zog verstohlen den Lähmstrahler-Dolch.

Die Reiter hinter mir rückten zusammen. Andere kamen dicht neben mir auf die Gasse hinaus, und, merkwürdig!, die Hunnenweiber und ihre nackten Kleinkinder waren verschwunden. Nur ein Hund hob an einer Jurtenwand ein Bein. Ein faustgroßer Stein kam aus einer Öffnung geflogen und ließ den Köter aufheulend davonhumpeln. Dann stob, rücksichtslos reitend, ein einzelner Mann aus der Gasse zwischen den Jurten hervor. Er riß vor mir sein Pferd in die Höhe, deutete auf mich und schrie: »Bringt ihn um!«

Ich handelte mit *der* Schnelligkeit, die mir das Leben rettete. Ich zielte mit der Spitze des Dolches auf Ellac, noch während ich mich aus dem Sattel warf. Ich landete auf dem Boden, einige Pfeile flogen mir um die Ohren. Ich hielt den Zügel meines Schimmelhengstes in der Hand, drehte mich und ließ den Lähmstrahler fallen, während ich den Strahler hochriß. Er war entsichert – grelle Flammenbahnen fuhren unter dem krachenden Donner der Entladungen dicht vor den Vorderfüßen der Pferde in den

Sand. Gegenstände begannen zu brennen, und Funken sprühten nach allen Seiten. Es waren etwa zehn Reiter, deren Tiere jetzt durchgingen. Nicht einmal die besten Reiter der Welt konnten sich mehr auf dem Rükken der Tiere halten.

Wiehernd sprang eines der Tiere vorwärts und rammte eine Jurte. Aus dem Halbzelt erhob sich ein Kreischen, eiserne Gefäße kippten um. Zwei Pferde rasten an mir vorbei und sprangen über Ellac, der auf dem Boden lag und sich nicht mehr rührte.

Ein anderes Tier hetzte im Zickzack durch die Lagergasse, streifte einen Stab, an dem Töpfe, Schilde und Pfannen hingen. Sein Reiter wirbelte durch die Luft und landete kopfüber im Eingang eines Zeltes. Eine dicke Frau kam heraus, ein rauchendes Scheit in der Hand und trieb den Mann vor sich her. Ich lachte laut.

Dann herrschte Ruhe. Ich hob den Dolch auf, sicherte beide Waffen, steckte sie zurück und schwang mich in den Sattel. Dann trabte ich an, hielt mich am Sattelknauf fest und versuchte einen Trick, den mir Skitay mühsam beigebracht hatte – mein Hengst war höher als die Hunnenpferde. Ich ließ mich halb aus dem Sattel fallen, faßte mit der Rechten in den Gurt des gelähmten Ellac und hob ihn hoch. Seine Hände und Stiefelspitzen schleiften im Sand des Lagers und ich ritt, schneller werdend, über den Platz und im donnernden Galopp hinein in den Palisadenhof des Attila. Dicht vor den hölzernen Arkaden des Balkenhauses ließ ich das Tier hochsteigen und schleuderte Ellac wie eine unserer Trainingspuppen auf die Teppiche. Dann sprang ich aus dem Sattel, erklomm mit einem Satz die Rampe und rief:

»Wo ist Attila?«

Männer stürzten auf mich und auf den schlaffen Körper zu. Ich zog mein Schwert und blieb breitbeinig stehen. Vorsichtshalber berührte ich den Signalknopf für meinen Falken.

»Ellac!« schrie jemand. Ich erkannte Edekon.

»Er ist tot!« kreischte ein junger Sklave.

»Er hat nur seinen wenig bemerkenswerten Verstand verloren«, sagte ich. »In einem Tag wird er, so Attila es will, wieder zu sich kommen und heiter damit fortfahren, die Gäste seines Herrn und Vaters zu ermorden versuchen. Wo ist Attila?«

Ich wandte mich nicht um, als dicht neben mir eine inzwischen vertraute Stimme sagte: »Hier!«

»Dein Sohn«, sagte ich, »Herrscher der Hunnen, benimmt sich wie ein Kriegsknecht, dem die Wisigoten das Hirn aus dem Schädel geprügelt haben.«

Er stürzte auf mich zu, packte mich an den Oberarmen und blies seinen übelriechenden Atem in mein Gesicht. Ich roch es jetzt – die Lungen dieses Mannes waren mehr als krank.

»Was ist geschehen? Warst du das?«

Ich berichtete ihm, was eben passiert war. Jetzt wartete ich nicht ohne

Spannung auf seine Reaktion. Trieb er seinen Sohn, der die Gastfreundschaft des Vaters gröblichst mißachtet und seinen Lebensretter angegriffen hatte, mit Fußtritten durch die Ebene, verlor der König durch seinen Sohn sein Gesicht. Erschlug er mich, verstieß er gegen die Gesetze der Hunnen, die er selbst mitgeschaffen hatte. Er überlegte und wandte sich schweigend an Edekon. Er sagte finster, mit belegter Stimme:

»Bring ihn hinaus. Schließlich ...«

Sie schleppten ihn an Armen und Beinen aus dem Saal, der für das Gastmahl vorbereitet wurde. Attila wandte sich an mich und murmelte: »Hast du Söhne?«

»Nein«, sagte ich. »Nicht einmal ganz kleine. Von Töchtern ganz zu schweigen.«

Er sagte sorgenvoll: »Nur Männer zählen. Diese Söhne ... Ellac; ich muß einen Fehler gemacht haben, als ich ihn erzog. Er ist dumm, aber ein hervorragender Krieger.«

Ich stimmte zu: »Weisheit kommt meist im Alter. Dein Sohn ist noch jung, und er wird noch lernen, der Vernunft zu gehorchen.«

»Die Seher, die Knochen ins Feuer werfen und, wenn sie schwarz geworden sind, aus den Linien auf den Knochen das Schicksal klar erkennen«, sagte Attila verdrossen in einem Ton, als wisse er selbst, daß das Gegenteil der Fall sein würde, »sagten mir, daß mein Geschlecht einen tiefen Fall tun wird. Und nur mein jüngster Sohn Ernac wird das Geschlecht wieder aufrichten und größer machen, als es sein Vater gekonnt hat.«

Dies schien eine kurze Sekunde der Selbstbesinnung gewesen zu sein; vielleicht waren es aber nur die Würmer in Attilas Lunge, die ihm Schmerzen zufügten. Unsaubere Schweine, die Rinder mit den Eiern dieser Würmer in den Muskeln ... sie waren der Grund für die Schmerzen. Er wußte es nicht. Viel Zeit, sein Weltreich auszudehnen blieb ihm nicht mehr.

Wieder eine Chance weniger, einen Kristallprinzen zum Meuchelmörder werden zu lassen, sagte mein Extrasinn voller Ironie.

»Fangen wir mit dem Essen an!« sagte der Herrscher und deutete in den Saal hinein. Er hatte seine alte Form wiedergefunden; ein Mann, der wußte, daß er von einem Gott der ausgefeilten Grausamkeit, des Widersinnes und der Wut, der Zerstörung und des Krieges berufen war. Es waren dämonische Kräfte, die Attila bis zum letzten Blutsturz vorantreiben würden. Das Essen begann; der Bratenduft verscheuchte meine Gedanken. Attilas Becher trugen, wie sein Helm, das Wappen des Habichts.

Ich stand vor der Schwelle des Saales, gegenüber von Attila. Ein Hunne brachte einen Krug und einen goldenen Kelch, goß den Kelch halb voll – dem Geruch nach ein erlesener, römischer Wein. Der Begrüßungstrunk wurde eingenommen, dann setzten sich ungefähr zwanzig Männer an ihre Plätze. Auf meinem Holzsessel lag ein dickes, sauberes Bärenfell. Ich setzte mich und stellte den Pokal vor mich auf den Tisch. Die Sessel standen entlang der Seitenwände, in der Mitte saß Attila auf seiner *Kline,* einem gepolsterten Ruhebett. Dahinter führten einige Stufen hoch – eine andere, mit Leinentüchern und bunten Decken geschmückte *Kline* stand dort. Ich saß zur linken Seite Attilas; die rechte gehörte seinen engsten Vertrauten. Neben Onegesios saß ein Mann, den ich noch nicht gesehen hatte, dem Vertrauten Attilas gegenüber saßen Dengizich und Ernac, die beiden jüngeren Söhne; Ellac fehlte. Attila hob seinen Pokal, ein Mundschenk füllte ihn, dann trank der Herrscher jedem Anwesenden zu, der so Geehrte stand auf und durfte sich erst setzen, wenn Attila den Becher vom Mund nahm. Auch ich kam an die Reihe und Attila sagte:

»Dieser Mann ist ungewöhnlich mutig. Nicht was ihr denkt; er ist nicht gleichermaßen dumm. Er wird unserem Heer den Weg über die Berge zeigen.«

Ich schaute jedem in die Augen. Sie begriffen, daß ich durch die Worte des Hunnen in ihre Gruppe aufgenommen worden war. Niemand wagte, etwas über Ellac zu sagen. Die Zeremonie verlief noch einmal umgekehrt – alle Anwesenden tranken dem König zu, wünschten Heil und langes Leben, reiche Beute und ungewöhnliche Klugheit; eine Prozedur, die mich zum Grinsen reizte, da nach ihr die meisten Männer schon angetrunken waren.

Dann kam ein Diener herein. Er trug ein mächtiges Brett voller Fleisch; ich erkannte Hirschkeulen, Masthühner, verschiedene Salate, die allesamt nach Knoblauch rochen, daß mir die Augen tränten. Ich und alle Männer aßen von silbernen Tellern und zerteilten das Fleisch mit ihren Messern und Dolchen, nur Attila aß, nachdem der Sklave hinter ihm von jeder Fleischsorte gekostet hatte, von einem weißen Holzteller. Auch war sein Becher aus gedrechseltem Holz.

Der erste Gang war verzehrt, und wir standen auf. In vorgeschriebener Reihenfolge tranken wir auf Attilas Wohlbefinden – allein nach den Worten dieses Abends mußte er weit über vierhundert Jahre alt werden; ein lächerliches Zeremoniell, aufgesetzt, auswendig gelernt, zusammengestohlene Fetzen römischer oder gotischer Kultur.

Als die Dunkelheit kam, zündete man Fackeln an und steckte sie in eiserne Ringe an den Wänden. Dahinter waren polierte Kupferschilde mit Habichtswappen aufgehängt, die das Licht reflektierten. Sänger traten auf und berichteten in Liedern, die nicht einmal so übel waren, vom Ruhm der Hunnen. Wir aßen Gebäck, süße Früchte und tranken weiter ... ich hielt mich zurück und sah zu, versuchte, mir nichts entgehen zu lassen. Vergebens suchte ich mich zu erinnern: In seiner schweren Rüstung und dem tief heruntergezogenen Helm hatte Attila auf den katalaunischen Feldern anders ausgesehen. Wir erkannten einander nicht wieder.

Ein Hofnarr kam herein, machte Scherze und verschwand. Attila sah ihn, hörte ihm zu, aber sein starres Gesicht änderte sich nicht. Als der maurische Zwerg Zerkon eintrat, erschrak ich. Noch nie während der letzten Jahrtausende hatte ich einen so häßlichen und abstoßenden Bewohner dieses Planeten gesehen!

Seine Tracht und sein Gestammel aus Lateinisch, Hunnisch und Gotisch riefen einen Orkan der Heiterkeit hervor. Nur Attila saß mit steinerner Miene da und drückte seinen Sohn an sich, dessen Augen vor Müdigkeit ganz groß waren und glänzten. Ernac war ein bemerkenswert hübscher Junge, und schließlich, mitten im Geschrei und den Witzen, polternden Pokalen und schwitzenden Mundschenken, dem Lachen der Männer und dem jammernden Zetern des maurischen Pygmäen, fing ich einen langen Blick des Attila auf. Ich zog die Brauen hoch.

Attila machte eine Bewegung mit dem Kopf; sie deutete auf eine der Seitentüren. Ich nickte, auch Onegesios stand auf. Wir gingen, ohne daß es die anderen merkten, in ein geräumiges Nebengemach. Die Geräusche kamen, durch schwere Teppiche gedämpft, nur undeutlich herein. Ein Fenster gab es, vor dem dicke Vorhänge hingen. Attila klatschte in die Hände. Einige hübsche, hunnische Mädchen kamen herein. Attila übergab einer von ihr seinen Sohn. Er lachte uns an, bevor er den Raum verließ.

Attila sagte: »Gebt euch die Hände, Männer – wir haben ein gemeinsames Ziel. Im Frühjahr werde ich in die Ebene des West-Ost-Flusses vorstoßen, von dem mir meine Krieger erzählt haben. Sie und die Römer, die ich gefangennahm. Atlan – zeig deine Karten. Eine habe ich schon.«

Jetzt bedienten uns die Mädchen. An einer Wand hing meine Karte, ein genaues Abbild der Umgebung. Ich griff hinter meinen Gürtel und zog die zusammengefalteten Kunststoffbögen heraus. Sie glätteten sich unter meinen Fingern, ich schob die Weinpokale auseinander und breitete die präparierten Karten aus. Sie würden nach spätestens einem Jahr verblassen und enthielten weniger Einzelheiten als meine Fotografien. Außerdem fehlten viele Städte und kleinere Siedlungen.

»Vierzig oder sechzig Tage«, sagte Attila und zog mit dem Zeigefinger eine Spur über die Karte. »Hier ist eine Stadt mit Namen Aquileja. Hier sind viele andere Städte. Was ist dieses Weiße?«

Ich sagte: »Gefrorenes Wasser, das die Berge und, bis spät in den Frühling hinein, auch die Täler bedeckt und ausfüllt. Hier kommt nur durch, wer Flügel hat. Ich werde dir zeigen, wie wir dieses Gebiet erreichen.«

Wir gingen auseinander, als es schon fast Morgen war. Ich hatte meine Befehle und wußte, was ich verlangen konnte. Ich sollte einen Pfad bahnen, mit Punkten, an denen das Heer, langsam vorrückend, stationiert werden konnte. Und in dieser Spur würde, wenn der Winter vorbei war, Attila mit hunderttausend Kriegern und noch mehr Pferden aufbrechen. Ich ritt zurück zu meinen Reitern, legte mich außerhalb der Jurte zu Boden, wickelte mich in die Decken und schlief lange nicht. Meine Gedanken vollführten einen lautlosen Tanz.

Eines stand fest: Ich konnte Attila nicht einfach umbringen. Gift ...? Das schied aus; er würde auch diesen Anschlag überleben. Sein Sklave würde zuerst sterben, dann jener Fremde, ich, der zuletzt hier gewesen war. Sinnlos. Ein Pfeil? Dasselbe Ergebnis. Ich würde Attila töten, und dann würden mich seine Krieger hetzen. Wenn der Falke Attila aus einer Versammlung griff, ihn in die Luft riß und zu Boden schmetterte, würde die Legende einsetzen, und die Hunnen hatten dann auch noch einen Gott: Ein Strahlerschuß schied aus, weil ich im Schutz meines Deflektors zwar nahe genug an ihn herankam, aber inmitten von Zehntausenden oder mehr Hunnen wehrlos war. Ich schreckte vor offenem Mord zurück – ich konnte nicht anders. Ich sollte weniger Skrupel haben. Zweikampf? Er würde, außer in der Schlacht, nicht mit einem gewöhnlichen Sterblichen kämpfen. Er starb von selbst an der Vergiftung durch die winzigen, madenförmigen Tierchen, die mit der Zeit alle seine Organe befallen würden. Vielleicht nicht gerade die Leber; dort war zuviel Alkohol. Was blieb übrig?

Zusehen, wie er starb. Ihm Strapazen zumuten, furchtbare Warnungen zukommen lassen. Psychologisches Eingehen also. Ihm Aufregungen verschaffen, die schließlich in einem Blutsturz endeten. Onegesios hatte mir vor einer Stunde gesagt, daß Attila schon mehrmals einen leichten Blutsturz erlitten habe; ich half Attila nicht, und das beschleunigte sein langsames Sterben. Viel Alkohol, Reiten, Regen und schneidender Wind, die Eismassen der Berge und der Klimaumschwung im Norden Italiens.

Patricia – für sie hatte ich bereits den besten Plan gefunden, den es im Moment gab. Die Menschen entlang der Spur des Spähtrupps?

Dort würde ich eine Doppelrolle spielen, die ich während meines ersten Einsatzes bei Aëtius und Theoderich gespielt hatte. Ein arbeitsreicher Winter stand uns bevor; aber ich hatte Patricia bei mir und würde für die Zeit nachher arbeiten. Als ich mich in die Betrachtung der verpaßten Chancen nach der Schlacht nahe von Troges und Metz vertiefte, schlief ich endlich ein.

Kurz nach Sonnenaufgang galoppierten wir in der gleichen blockförmigen Ordnung durch das Lager, ließen uns von Attila und Onegesios verabschieden und erhielten wertvolle Geschenke. Die Männer waren müde und hielten sich solange richtig in den Sätteln, bis wir das Lager verlassen hatten.

Es gab viele hübsche Hunnenmädchen hier. Aber sie stanken allesamt nach diesem widerlichen Gewürz, jener weißen Zwiebelpflanze, die eigentlich Attilas Feldzeichen sein sollte, und ... deren Geruch mich schon an den Ufern des Hapi-Nils abgestoßen hatte.

Als wir den Hügel erreichten, atmete ich tief die kalte, feuchte Luft ein und freute mich, daß wir Attila im Rücken hatten.

17.

Wir waren eine schnelle, leichte Truppe. Zweihundertzwanzig Männer, eine Frau und mehr als achthundert Pferde. Wir ritten in drei Abteilungen: eine Spitze, die das Gelände erkundete, der Hauptteil, der geradeaus weiterzog und der Troß mit Zelten und Pferden, mit Decken, Nahrungsmitteln und Nachschub. Wir hatten nicht einen einzigen Wagen; alles war auf Packpferde verteilt. Seit vielen Siebentagen zogen wir so dahin, und alles lief nach einem Schema ab. Zuerst markierte ich auf meinen Karten den Weg, dann zeichnete ich eine Teilkarte dieses Gebietes, und zwar dergestalt, daß ich eine Art Panorama mit den wichtigsten Bestandteilen zeichnete und Eintragungen in hunnischer, runenähnlicher Schrift machte. Mit dieser Zeichnung und der Angabe, wie lange das Heer für diese Strecke brauchen würde, jagte ich einen Kurier los. Entlang unseres Weges hatten wir ständig kleine Gruppen unserer zusätzlich mitgenommen Leute versteckt. Die Karte wanderte in der Stafette zurück zu Attila. Wir rasteten in der Nähe der Berge – noch war Herbstanfang.

Ich ließ das Lager aufschlagen, überwachte die Pferde und die Arbeiten, starrte nachdenklich meinen Wolf an und ging in mein Zelt. Patricia wartete unter dem ausgespannten Vordach.

»Werde ich heute auch wieder die ganze Nacht auf dich warten müssen, Atlan?« fragte sie. Ich nickte.

»Du weißt, daß ich ein Doppelleben führe, um Menschen deines Volkes zu retten.«

»Wann wird dieses Wanderleben, diese Tage voller Gefahren ... wann wird das aufhören?« fragte sie.

»Mit Attilas Tod hört alles auf!« sagte ich.

»Wann stirbt er?«

»Ich rechne jeden Tag mit der Nachricht von seinem letzten Blutsturz. Du weißt, was wir uns vorgenommen haben. Hab' Geduld, Patricia!«

Während wir in einem versteckten Seitental das Lager aufschlugen, die hunnischen Wachen aufzogen, Tiere grasten und zur Tränke gebracht wurden, fast rauchlose Feuer brannten, dachte ich nach. Wir waren an vielen kleinen Städten vorbeigekommen. Ich hatte diese Städte besucht und mit den Verantwortlichen gesprochen. Die Hunnen glaubten mit felsenfester Überzeugung, ich habe die Befestigungen der Stadt erkundet, in der Maske eines reisenden Römers. Das stimmte bis zum gewissen Maß, aber die vielen Bauernhäuser und die kleinen Dörfer hatten wir nicht überfallen, sondern nur hin und wieder ein Rind, ein paar Schafe oder Ziegen stehlen lassen. Wir hatten keinen einzigen Toten auf unsrem

Weg hinterlassen. Jetzt stand die letzte Etappe vor uns: die Berge und die Pässe. Aber ... ich kannte den Weg.

»Einen halben Tagesmarsch vor uns liegt eine Stadt«, sagte Patricia. »Ich erinnere mich daran, weil wir dort rasteten.«

»Ich weiß«, sagte ich. »Ich muß bis zur Dunkelheit warten, dann erst kann ich verschwinden.«

Diese nächtlichen Ausflüge kosteten mich Nerven, aber die Anzahl der Menschen, die ich dadurch retten würde, war sehr groß. Attilas Marsch würde, wenn alle mir und meinen Dokumenten gehorchten, durch totes Land führen. Wir aßen, tranken eine Kleinigkeit, warteten, sprachen mit den Zehnerführern, die mir beim Kartenzeichnen zuschauten, schließlich befahl ich Nachtruhe. Ich sagte Serkan und Skitay, daß ich geradeaus reiten und in der Dunkelheit den Hang besteigen würde; sie brauchten sich keine Sorgen zu machen. Endlich waren wir allein. Shass, der Steppenwolf, lag vor den Füßen des Mädchens. Ich küßte Patricia.

Unsichtbar schwebte über mir, im dunkelblauen Himmel, der *Sukhr*. Ich hielt nach einer halben Stunde an, band meinem Pferd die Vorderbeine zusammen und berührte den Schulterkontakt. Der Falke kam, ich schlug das Seil um seine Ständer, setzte mich in die Schlinge und sagte:

»Zum Gleiter!«

Mit ausgebreiteten Flügeln und summendem Antigravelement schwebte der Falke höher, bis er sich zwischen den Baumwipfeln befand. Wir drehten uns und flogen zum Gleiter, den ich jeden zweiten Tag neu versteckte. Unsichtbar, einem riesigen, unförmigen Nachtvogel gleich, flogen wir um Felsen herum, durch den Wald und auf das schmale Felsenband hinauf, das so gut wie unbesteigbar war. Dicht neben der großen Doppelschale des Schwebefahrzeugs setzte mich Turk ab.

»Ausgezeichnet!« murmelte ich. »Und jetzt der Mummenschanz!«

Ich öffnete das Verdeck, zog meine hunnische Kleidung aus und verwandelte mich mit Hilfe eines vergoldeten Helmes und einer ebensolchen Rüstung, eines Purpurmantels, leichten Beinschienen und entsprechenden Waffen in einen römischen Adeligen. Als ich zu meinem ersten Einsatz bei Aëtius aufgebrochen war, führte ich gefälschte Pergament-Dokumente mit mir. Ich nahm eines dieser rollenförmigen Stücke, überlegte sorgfältig ... *Deine Maske ist vollkommen! Du kannst fliegen!* sagte mein Extrasinn.

»Mitkommen!« sagte ich zu Turk, kletterte in den Gleiter, öffnete eine Klappe und nahm aus der vollen Flasche einen kräftigen Schluck. Das Getränk belebte, berauschte unmerklich und kräftigte mich. Dann startete ich den Gleiter. Mein Ziel: Die Siedlung vor mir. Eine von vielen – bisher hatten sie mir alle geglaubt. Zögernd zwar und nicht ganz überzeugt, aber die Last meiner Beweise war erdrückend. Mit offenem Verdeck flog ich durch die Nacht, den wenigen Lichtern entgegen.

Ich versteckte den Gleiter in einem Gehölz, kletterte wieder in die Schlinge, und der *Sukhr* brachte mich über die dunkle Stadt bis zum Marktplatz. Neben dem Brunnen der Stadt, die hier in Gebirgsnähe einen südlichen, römischen Eindruck machte, berührten meine hochgeschnürten Stiefel den Boden.

»Das Übliche«, murmelte ich, während der Falke hochstieg und abwartend in der Dunkelheit blieb. »Lügen für einen guten Zweck. Und wo finde ich den Dorfschulzen?«

Ich richtete mich nach der Laterne vor einem größeren Haus, las eine Aufschrift: die Herberge, stieß die Tür auf und sah mich einem verräucherten Raum voller Menschen gegenüber. Ich blieb neben der Tür stehen, sah mich um und schlug die Tür zu. Die Unterhaltungen brachen ab, und hundert neugierige Augen sahen mich an. Ich hob die Hand, zog das Pergament aus dem Gürtel und sagte laut: »Salve. Wo finde ich den Magister dieser Stadt?«

Ein vierschrötiger Mann mit einem hageren, verwitterten Gesicht stand auf und deutete auf den Holzstuhl neben sich.

»Salve, Herr. Ich bin Andronicus. Was wünscht Ihr?«

Ich löste meinen Mantel; der Raum erhellte sich, als das Licht von den vergoldeten Teilen der Rüstung reflektiert wurde. Die Männer hoben grüßend ihre Becher und versammelten sich um mich. Ich hob die Hand, warf meinen Mantel mit einer gezierten Bewegung über den Stuhl und setzte mich.

»Andronicus – du bist römischer Bürger?«

Er nickte und zwinkerte überrascht. Dann winkte er dem Wirt, einem gemütlichen, fetten Mann mit unzähligen geplatzten Äderchen auf der Nase und den Wangen. Er brachte Wein und frische Becher.

»Ich komme aus Rom«, sagte ich und entrollte das Pergament. »Hier sind die Siegel. Aëtius schickt mich, unterstützt von Präfekt Trygetius. Ich soll euch warnen und euch die Befehle Roms übermitteln.«

»Warnung? Befehle?«

Ich sagte hart, während ich den Becher hob und den Männern in die verwunderten Gesichter blickte:

»Unsere Streifen, die überall sind, haben einen hunnischen Zug entdeckt. Wir fingen einen Hunnen und er sagte unter der Folter folgendes aus: Wenn der Schnee schmilzt, kommt Attila von der unteren Danubia hierher. Er hat ein mächtiges Heer und wird Milano berennen, Aquileja und die anderen Städte. Concordia und Altinum, Patavium und Vicetia und alle anderen. Es werden Hunderttausende Krieger sein; jeder wird Männer töten, Kinder schlachten und Frauen schänden. Höfe, Dörfer, Städte und Speicher werden ausgeraubt und verbrannt. Darum lautet der Befehl Roms: Wenn der Frühling kommt, verlaßt ihr eure Städte. Sagt es allen, die ihr trefft! Allen! Verlaßt die Städte und nehmt alles mit, was von Wert ist!

Geht in die Berge, richtet euch in Höhlen ein! Nehmt Vieh mit, Gold und Frauen, euren Besitz und soviel wie möglich. Beginnt schon jetzt, im Herbst, eure Habe in Sicherheit zu bringen. Heu und Stroh, Getreide und Schinken und Wein – alles!«

Andronicus sagte mit kalkweißem Gesicht: »Aber ... Aëtius hat Attila besiegt! Auf den katalaunischen Feldern? Wer sagt uns, daß Attila sich auf den Weg macht?«

Meine Hand schoß vor, packte den Magister am offenen Hemd und zog ihn über den Tisch.

»Du blutiger Narr!« schrie ich. »Ich selbst habe neben Aëtius gekämpft und die Leichenberge gesehen und das verwüstete Land. Ihr könnt euch auch dem Befehl von Rom widersetzen, aber das bedeutet Tod und Mord für euch alle. Wir wissen, daß Attila hier vorbeizieht. Ein Heer, mordend und schändend, sengend und so schnell, daß es von hier bis zum Paß nur einen Tag braucht. Sie haben zehn Pferde für jeden Reiter. Sie schießen Brandpfeile mit großen Bögen – siehst du jetzt, daß ich nicht lüge? Kannst du lesen?«

Ich ließ ihn los und atmete schwer. Dann brach ich das gefälschte Siegel auf und strich das knisternde Pergament glatt.

»Ich kann lesen!« brummte Andronicus, während ich durstig den halben Becher leer trank.

»Dann lies!« rief ich. Langsam studierte er die lateinischen Schriftzeichen, die Siegelabdrücke und die Unterschriften. Auf diesem Pergament hatte ich jeden Punkt deutlich und präzise erklärt, und meine Maschinen hatten die Dokumente vervielfältigt und eingerollt. Ich besaß genug davon.

»Verstehst du jetzt?« fragte ich.

»Ja. Wir werden alles tun, was Rom befiehlt. Sind die Hunnen schon im Land?«

»Ja«, sagte ich bitter. »Ein schnelles, kleines Heer zieht nach Südwesten und ist in den Bergen. Langsam rücken andere Truppen nach und bilden eine Reihe Heerlager, die von den Ufern der Danubia bis hierher reichen werden. Wenn der erste Paß frei ist, kommt Attila. Deshalb muß das Land leer sein. Hungernde Hunnen sind schlechte Kämpfer.«

Der Magister sagte leise:

»Wir werden Kuriere an alle Bauern schicken und in alle Weiler und Hütten. Wir werden gehorchen. Stirbt denn dieser Attila niemals?«

»Er ist nicht unsterblich. Mit seinem Tod ist auch die Gefahr für den Westen gebannt. Habt ihr Fragen?«

Ein Mann erkundigte sich ängstlich: »Wird diese Stadt zerstört?«

Ich nickte und versicherte: »Vermutlich. Nehmt eure Habe und packt sie ein. Vergrabt sie außerhalb der Stadt und pflanzt Büsche darüber – bis zum Frühling habt ihr Zeit. Bewahrt nur das Nötigste auf, damit ihr, wenn die Hunnen auftauchen, schneller fliehen könnt. Stellt Wachen auf, wenn der Winter vorüber ist. Will noch jemand etwas wissen?«

Jetzt erwachten sie aus ihrer angstvollen Starrheit. Sie bedrängten mich mit Fragen, erkundigten sich einfach nach allem, was mit Attilas Scharen zusammenhing. Ich saß bis spät in die Nacht da, aß eine Kleinigkeit, trank und antwortete, antwortete ... bis mir die Augen zufielen. *Genug! Du brauchst Schlaf!* sagte mein Extrasinn laut und vernehmbar. Ich stand auf und sagte leise:

»Wirt – ich brauche ein Zimmer, ich bin müde. Morgen werde ich auch ein gutes Pferd kaufen müssen; meines ist draußen vor der Stadt zusammengebrochen. Ich bin seit einigen Monden unterwegs.«

»Selbstverständlich, Herr! Folgt mir.«

Ich verabschiedete mich, warnte noch einmal dringend und folgte dem Wirt die steile Treppe hinauf. Er ließ mich allein, und kaum hörte ich ihn unten in der Schankstube, zerwühlte ich das Bett, verriegelte die Tür, stieß das Fenster auf und legte eine Goldmünze mit römischer Prägung auf den Tisch. Der Falke kam und schleppte mich zum Gleiter. Ich steuerte die Maschine zum nächsten Versteck, höher in den Bergen, zog mich um und schlief fast ein, als wir zu meinem Pferd zurückflogen. Weit nach Mitternacht taumelte ich ins Zelt und warf mich auf das Lager. Ich merkte nicht, daß Patricia mir die Stiefel auszog und die Rüstung. In den nächsten Nächten lagen keine Siedlungen vor uns.

Vor uns waren die Berge. Die Pässe und der kommende Winter. Wir mußten schneller werden. Und unsichtbar bleiben, denn schon ein kleines, römisches Heer konnte uns aufreiben.

Hunnische Reiter, ein Arkonide und eine Römerin. Siebenhundert Pferde, vierzig Zelte, nein einundvierzig waren es. Hinter uns lagen Berge, Pässe, Furten über eisige, reißende Bäche, Steinschläge und Lawinen. Verlorenes Ausrüstungsmaterial lag in den Schründen der Schluchten, trieb mit dem Wasser nach Süden. Wir hatten ein vorzügliches Versteck gefunden, mehr als zehn Siebentage nach unserem Aufbruch. Es regnete. In dünnen Fäden sickerte eiskalter Regen aus einem grauen Himmel; und hin und wieder wehte der heulende Wind Nebelfetzen durch den Talkessel. Aber es gab klares Wasser, trockenes Gras unter den Bäumen, kleine Waldtiere, die wir mit Bogenschüssen erlegten. Niemand hatte uns gesehen, ausgenommen ein Köhler, dem wir viele Säcke voller Holzkohle gestohlen hatten. Regen tropfte von den Zweigen, von den Ästen, verwandelte den Boden in einen lehmigen Morast, und nur ganz selten, wenn die tiefen Wolken aufrissen, sahen wir Einzelheiten der riesigen Tiefebene von Norditalia. Der letzte Kurier, den wir mitgenommen hatten, war vor einem Tag mit zehn Pferden davongaloppiert und brachte Karten und Eintragungen der Zeitabstände zu Attila.

Im Zelt war es warm; die Holzkohle verbreitete Wärme und rotes Licht. Patricia und ich lagen auf der Pritsche, die ich aus federndem Holz hergestellt und mit Lederbändern klappbar und fest zugleich gemacht hatte. Wir hörten die Geräusche des Sturmes, des Regens und der Hunnen.

Ich wußte nicht, wie Attila plante. Ich hatte für den Anmarsch seines Heeres die Tagesstrecken um jeweils einen Tag verlängert. Ging es nach meinen Angaben, dann brauchte der Herrscher wesentlich länger, und wir konnten – *wir,* das waren die Menschen Norditalias, Patricia und ich – Zeit herausschinden, um ein Heer zusammenzustellen. Schließlich war es sicher, daß sich die Städte untereinander verständigten und meine Arbeit noch mehr Früchte trug. Spielte Attila aber falsch, beschleunigte er den Vormarsch des Heeres, dann wurden wir überrumpelt; Rico würde es mir mitteilen.

»Woran denkst du?« fragte Patricia. Ich strich eine Haarsträhne aus ihrer Stirn und entgegnete leise:

»An die Zeit, die vor uns liegt. Wir werden irgendwo ein Haus kaufen, in der Sonne liegen und träumen. Wir werden reiten, guten Wein trinken und Freunde finden.«

»Alles wird erst geschehen, wenn Attila tot ist.«

»Nein, schon früher«, sagte ich.

»Wie soll das geschehen?«

»Ich rechne folgendermaßen«, sagte ich leise und zärtlich. »Je weiter wir vordringen, desto mehr Menschen sind gewarnt. Gerüchte und Kuriere werden auch die Garnisonen der Römer, alle Soldaten und Fürsten, Konsuln und Adeligen erreichen. Seit den Katalaunischen Feldern weiß man, daß die Hunnen zu besiegen sind. Wenn die Geißel Gottes erscheint, wird Attila alle Stämme, alle Menschen gegen sich geeint wissen. Dieser Macht ist selbst Attila nicht gewachsen – seine besten Männer sind tot. Dann werden wir unser Haus haben.«

Sie nickte und schlief ein. *Wahrscheinlich ist Attila eher hier, als du denkst!* sagte mein Extrahirn leise. Wieder verging ein Mond, und wir verbargen uns, nachdem alles ausgekundschaftet war, zwischen Aquileja und Brixia. Zweihundert Mann warteten auf Attila.

Ricos kommentierte Bilder zeigten es mir: Im Frühling dieses Jahres überschritten die hunnischen Reiter die Ostalpes. Kein einziger römischer Krieger stellte sich ihnen entgegen, aber sie ritten durch eine Zone, die von allem Leben entblößt zu sein schien. Hin und wieder stieß die Vorhut auf ein paar Bauern, schlug sie tot und nahm ihnen weg, was sie besessen hatten. Das Heer drang in die Ebene um Venetien ein. Ich hatte mich verrechnet – Attila kam um fast einen Mond zu früh. Rom hatte den Überfall nicht erwartet; offensichtlich wurde Aëtius ebenso wie sein Kaiser unvorbereitet getroffen. Vor der Stadt Aquileja kam der Vormarsch ins Stocken – die starke Festungsstadt schirmte Italia im Nordosten ab. Der Fluß und die Kanäle dieser Stadt boten einen hervorragenden Schutz, aber Attilas Eigensinn trieb seine Krieger an, als ob dies ein Bauerngehöft sei. Seit den Belagerungen von Maximin wußte die Stadtchronik, was der Siedlung blühte, wenn sie fiel: Sie wurde verbrannt, eingeebnet und verfiel zu Ruinen und unkenntlichen Steinhaufen, auf denen Gras und Büsche wuchern würden. Die geflüchteten Landleute stürmten in die Stadt, und Aquileja bereitete sich auf die härteste Belagerung seit Urzeiten vor. Ein Kurier erreichte uns und befahl uns in die Nähe der Stadt. Attila ließ mich rufen.

Patricia wandte sich um, nachdem der Bote fortgeritten war. »Du wirst gehen?«

Ich ahnte das Schlimmste. Die Stadt war dem Untergang geweiht; es war nur eine Frage der Zeit. Ich erinnerte mich mehr als deutlich an die Bilder des Schreckens der Städte, die ich gesehen hatte, und ich faßte einen schnellen Entschluß.

»Du sollst hierbleiben«, sagte ich. »Das Heer wird ausschwärmen und einige Heersäulen bilden, die gegen Ticinum und Milano ziehen werden und gegen andere Städte. Das ist hier eine Ebene, das beste Gelände für Attilas Reiter. Es sind zu viele Hunnen in diesem Gebiet; du würdest umkommen, wenn ich dich allein nach Süden schicken würde. Hier bist du am sichersten, weil dich alle kennen. Serkan und Skitay werden dich schützen.«

»Ich tue, was du willst. Aber frag mich nicht, ob ich es gern tue«, sagte sie.

Aber wir hatten keine andere Wahl. Ich ließ zwanzig Männer zu ihrem Schutz und ritt nach Aquileja. Einen Tag später war ich vor der Stadt. Ich sah das Bild, das ich befürchtet hatte. Die Festung wurde berannt.

»Hier wird nicht gekämpft – hier wird gearbeitet!« grollte Attila, als ich neben ihm anhielt. Wir befanden uns auf einem Hügel weit außerhalb der Stadt. Von hier aus konnten wir alles sehen. Ich deutete nach vorn, auf die Rauchsäulen und die herrenlosen Pferde.

»Es wurde aber gekämpft!« sagte ich leise.

»Ja. Die verdammten Städter haben uns blutige Köpfe beigebracht. Sie haben Gräben ausgehoben und als meine Krieger darauf traten und durch die Grasschicht fielen, schossen die Städter Brandpfeile in das Stroh der Gräben. Viele Hunnen verbrannten. Du hast gute Arbeit getan, Atlan!« sagte Attila, dann kam ein schlaues Grinsen in sein Gesicht. »Wir waren schneller, als du angegeben hast, wie?«

Ich konnte nur zustimmen.

»Ich sagte mir, wenn ein langsamer Trupp, der im Verborgenen reiten muß und keine Toten hinterläßt, drei Tage braucht, dann schafft es das schnelle Heer in eineinhalb Tagen.«

Ich erwiderte mit fester Stimme: »Ich wollte nicht, daß deine Krieger ausgepumpt, müde und hungrig hier ankamen. – Du hast das Heer geteilt?«

»Ja. Ich werde alle Städte unterwerfen.« Seine Augen schienen alles zu durchbohren.

Weit draußen, auf dem Meer, bewegten sich die Segel der Schiffe, die voller Flüchtlinge nach Süden segelten. Das hatte ich also geschafft! Ich ließ mir nichts anmerken und fragte:

»Du willst die Stadt unbedingt einnehmen?«

»Ja. Ich will und muß ihnen zeigen, daß es tödlich ist, sich gegen Attila, den Gottgesandten, zu stellen. Und du wirst mir helfen!«

Die Hunnen lagerten als ein zu zwei Dritteln geschlossener Ring um die Mauern. Ich sah, daß die Stadtbevölkerung alles getan hatte, um die Mauern höher zu ziehen. Ständig schwirrten schwere Brandpfeile hin und her. Die hölzernen Türme der Hunnen brannten, und Gebäude in der Stadt brannten ebenfalls. Die Hunnen bauten rollende Türme, Speerschleudern und Katapulte. Wenn sie sich in kleinen Gruppen, unter nassen Schilden, den Toren näherten, um sie in Brand zu setzen, warfen die Verteidiger Steine und Kot herunter, gossen kochendes Öl in rauchenden Fahnen und geschmolzenes Blei auf die Hunnen. Die Bogenschützen Aquilejas waren ausgezeichnet; sie minderten die Menge der Angreifer. Attila, dessen Schild mit dem Falkenwappen stets dort auftauchte, wo ihn niemand vermutete, brachte drei Katapulte vor den drei Stadttoren in Stellung, ließ Lehm aus den Kanälen holen und bedeckte die Verschanzungen damit; die Brandpfeile erloschen darin. Ein ständiger Hagel von Felsbrocken ergoß sich über die Stadt, durchschlug Dächer, legte Mauern um und begrub Menschen unter sich. Die Toten wurden nicht begraben; Seuchen brachen aus. An einigen Stellen füllten die Hunnen den Graben um die Stadt und brachten gedeckte Widder heran, deren eisenumkleidete Rammböcke gegen die Tore hämmerten.

Menschenmengen drängten sich um die unfertigen Maschinen. Jeder, der sich in die Nähe der Mauern wagte, wurde beschossen. In den nächsten Tagen wuchs ein Wall aus Hunnenleibern, aufgeblähten Pferdekörpern, Rüstungen und Pelzen um die Stadt. Lange Rußspuren zeichneten sich auf den Quadern ab. Tagelang gingen die Kämpfe hin und her. Die Städter kämpften mit allem, was ihnen in die Hände kam. Sie unternahmen blitzschnelle Ausfälle und entfernten sich dabei nie weit von den Mauern. Noch ehe die Hunnen sich sammeln konnten, zogen sich die Krieger zurück und ließen zerstörte Belagerungsmaschinen hinter sich.

Attila wurde von Tag zu Tag gereizter. Der zaubermäßige Blick seiner Augen wich; er suchte, grimmig starrend, nach schwachen Stellen. Ich ritt oft mit ihm und versuchte ihm die Belagerung auszureden; ich wies auf das massenhafte Sterben seiner Krieger hin, und manchmal schien es, als könne ich Erfolg haben. Der Würgefalke, seine Schwingen drei Ellen weit gespreizt, kreiste über uns. Sein düster-schwarzbraunes Gefieder und der metallisch blaue Schnabel waren wie ein Symbol des Leidens und Sterbens. Aber ich mußte vorsichtig bleiben in der Wahl meiner Worte. Im Zweifelsfall würde Attila nicht lange zaudern und mich töten lassen, wenn ich etwas sagte, das seinen Widerspruch und seinen Jähzorn hervorrief. Ich hielt meine Hand ständig in der Nähe des Schirmfeld-Schalters.

Am achtzehnten Tag, als nur noch drei ballistische Geschütze arbeiteten, sagte der Herrscher:

»Die Verluste sind hoch! Zu hoch! Ich denke, daß ich noch einen letzten Versuch mache und dann das Heer abziehe. Wir haben so viele Männer aus der Stadt getötet, daß sie uns nicht mehr in den Rücken fallen werden.«

Ich bemühte mich, meine Erleichterung nicht zu zeigen. Attila deutete zum Himmel und sagte mit breitem Lachen:

»Störche! Ein Zeichen, wie?«

Auf Aquilejas Dächern hatten viele Störche genistet. Da es kaum noch ein festes Dach gab und unentwegt Steine, Speere und Pfeile durch die Luft schwirrten, hatten sich die Tiere verstört zur Flucht gewandt. In langen Ketten flogen sie landeinwärts. Attila brüllte:

»Ein Zeichen des Himmels! Die Tiere verlassen die Stadt! Aquileja wird fallen!«

Alles war vergeblich, tobte mein Extrasinn. Ich beherrschte mich und sage leise:

»Wenn ein hunnisches Lager tagelang beschossen wird, brennt, wenn höllischer Lärm herrscht, fliehen selbst die Läuse aus den Pelzen. Daran ist nichts Wunderbares; der Lärm vertreibt selbst die Gedanken. Ich würde dies nicht als Himmelszeichen deuten, Attila – wegen der Vögel stirbt nicht ein Hunne weniger.«

Er starrte mich zornbebend an, seine Hand zuckte zum Schwertgriff; dann hustete er qualvoll, riß sein Pferd herum und galoppierte mit seinem Troß davon, einem kleinen Heer entgegen, das einen wuchtigen Belagerungsturm bewegte. Attila schrie seine Prophezeiung heraus, und im Lauf einer Stunde gelang es ihm, seine Reiter zu überzeugen. Der letzte schwarzweiße Vogel hatte die Stadt verlassen. Über dem großen Schlachtfeld breitete sich eine düstere, unheilverkündende Stille aus. Am nächsten Tag begann der letzte Ansturm; mit ihm begann der Todeskampf der tapferen Stadt.

Als die Hunnen im Morgengrauen zusammenströmten, schien sich Attila gleichzeitig überall zu befinden. Er ritt zu jeder Gruppe, feuerte sie an, belohnte die einen, beschimpfte die anderen, und ich sah tatenlos zu, wie sich auch Männer aus meiner Truppe in den Kampf einmischten. Die Stadtbevölkerung mußte es geahnt haben, denn ich sah überall auf den Mauern Männer, gepanzert, bewaffnet und, als ich meinen Feldstecher hob, mit entschlossenen Gesichtern, die von Arbeit, Hunger und Erschöpfung gezeichnet waren.

Der Angriff konzentrierte sich auf das Haupttor. Die Hunnen brachten floßartige Plattformen aus Baumstämmen herbei, legten sie über den

Graben, den sie mit den Leichen ihrer eigenen Männer und der Pferde gefüllt hatten. Dann rollte ein riesiger Widder heran, dessen Dach mit nassem Lehm verkleidet war. Die Mauerquader, die als Antwort heruntergestoßen wurden, bildeten zwar einen Wall vor dem Tor, aber sie durchschlugen die Dächer nicht. Dann begann das rhythmische Donnern des eisernen Widderkopfes gegen die Bohlen des Tores. Von den Zinnen herab zischten Pfeile und geschleuderte Steine. Langsam formierte sich das hunnische Heer auf dem Platz, auf dem man die Bäume niedergehauen hatte. Die Verteidiger wehrten sich wie besessen; sie füllten den Raum hinter dem knisternden und brechenden Tor mit Sand, Mauerresten und Trümmern. Jeder Hunne, der in die Reichweite der Pfeile kam, starb – Leichen häuften sich; Attila befahl allen, die nicht am Widder zu tun hatten, den Rückzug.

Eine Truppe rückte heran, bewegte sich unter einem großen Schild, der von Pferden getragen wurde. Man hatte den Schild auf ihre Rücken gebunden. Im Nu steckten die Bohlen voller Pfeile und Speere. Die Pferde keilten aus, aber die Männer hielten sie fest am Boden. Unter dem Schild arbeiteten Männer und trieben mit Hammerschlägen riesige Nägel und Klammern in die zersplitterten, brüchig gewordenen Bohlen. Seile wurden an den Klammern befestigt. Als sich etwa fünfundzwanzig Seile vor dem Tor befanden, bewegte sich die Gruppe zurück.

Über dem Kampflärm und durch den Rauch ertönte das hämmernde Geräusch des Widders. Ächzend zurück, dann wieder vorwärts, von der Kraft von hundert Männerkörpern angetrieben. Balken splitterten. Öl wurde von den Mauern geschüttet und in Brand gesetzt. Die Torangeln bogen sich, und eiserne Stücke brachen. Schmerzensschreie durchschnitten die Laute der Einschläge von Speeren, Steinen und Quadern. Ein Hunne, vor Schmerzen kreischend, taumelte unter der Ramme hervor, wurde von einem Stein zwischen die Schultern getroffen, fiel auf das Gesicht.

»Sie siegen! Die Krieger ... in einer Stunde reiten wir in die Stadt!« schrie Attila. Er war wie ein Gespenst hier aufgetaucht, hatte seine Männer gesammelt und ihnen die Befehle gegeben. Eine Reitergruppe kämpfte sich vor und verstärkte die Männer an der Ramme. Während die Krieger mit ihren weitreichenden Bogen die Zinnen säuberten, wurden die Pferde angeschirrt. Man verband ihre Hälse und die Sättel mit Seilen. Das Hämmern der Ramme ging weiter.

»Das ist noch nicht sicher«, sagte ich. »Aber trotzdem – ich wünsche dir Glück!«

Quer über die verwüsteten Felder, durch die Baumwurzeln und Stümpfe, kamen zwei Reiter in halsbrecherischem Galopp herangeprescht. Sie schwenkten Lanzen mit langen, weißen Wimpeln. Als ich genauer hinsah, entdeckte ich, daß es keine Lanzen, sondern zersplitterte, römische Feldzeichen waren. Weiß, die Farbe des Herrschers! Das hatte etwas zu bedeuten. Ich verfolgte den Ritt, und die Männer richteten sich nach Attilas Umgebung. Sie sprengten heran, hoben grüßend die Hände und riefen:

»Concordia ist gefallen und geplündert. Und unsere Krieger haben Altinum genommen!«

Attila schlug mir auf die Schulter und schrie: »Dein Werk, Atlan! Deine Hilfe! Wir dringen noch bis Rom vor, wenn einmal diese Mauern dort gefallen sind!«

Ich nickte mit steinernem Gesicht. Alles war umsonst gewesen. Sie hatten meinen Kurieren nicht geglaubt, und ich hatte sie nicht mehr selbst warnen können. Zwei Städte: verloren. Die Bewohner getötet, die Häuser geplündert. Die Frauen und Mädchen in den Händen der Sieger! Langsam ritt ich von der kleinen Gruppe weg und sah zu, wie der Untergang von Aquileja vollendet wurde. Zehn, zwanzig Schläge der Ramme, dann ein Geschrei, ein Knirschen. Die Torflügel splitterten, die Angeln rissen aus dem Steinwerk, und langsam senkten sich die dunklen Balken auf das Dach der Ramme. Reiter stoben heran, die Pferde begannen, von Peitschenhieben getroffen, ruckartig zu ziehen. Die schwer mitgenommene Ramme rollte ächzend und knirschend rückwärts, und die Teile der Torbohlen folgten ihr. Die Balken bewegten sich schlingernd und polternd über die Steine. Ein erneuter Hagel von Pfeilen trieb die Hunnen zurück, aber die Reiter, die inzwischen näher herangekommen waren, schossen die Verteidiger mit Speeren und Pfeilen von den Mauern. In der Stadt brannten vier Häuser, neben dem offenen Tor drehten sich zwei Rauchsäulen in die Luft, und dann ritt Attila zum Tor.

»Hinterher!« schrie er laut.

Drei Säulen von Hunnen galoppierten auf das Tor zu. Die mittlere Phalanx bestand aus schwer gepanzerten Männern, die anderen hielten die Verteidiger in Schach. Attila ritt als zweiter über die Trümmer, setzte über einen Mann hinweg und schlug ihn mit der Streitaxt nieder. Dann ergossen sich die Hunnen in die Stadt Aquileja. Ich blieb allein zurück.

Noch während des Ansturms begann die Zerstörung. Hunnische Krieger arbeiteten sich wie Insekten die Mauern hinauf, säuberten sie von Verteidigern und begannen, die Quader auseinanderzubrechen. Tausende waren an der Arbeit. Männer wurden, als sie zu flüchten versuchten, erschlagen. In ihrer Not sprangen viele der Verteidiger über die Mauern, brachen sich sämtliche Knochen oder landeten in den Leichenbergen unterhalb der Steine. Eine hunnische Abteilung, die im Galopp um die Stadt ritt, machte sie mit Lanzen und Schwertern nieder. Kreischen und Schreie kamen aus der Stadt. Neue Brände flackerten auf. Die ersten Krieger kamen zurück und schleppten Fässer mit sich, Truhen und Kleidungsstücke. Sie waren ausgelassen wie die Kinder und mit Blut besudelt. Es war eine einzige, stundenlange Grausamkeit. Ich stand hier, sah alles mit an und konnte nicht eingreifen. Als die Sonne unterging, lebten in der Stadt nur noch Frauen. *Du wirst dich in Gefahr bringen! Die Hunnen haben Patricia als Geisel!* warnte mich mein Extrasinn.

»Das ist mir gleichgültig!« sagte ich leise und bewegte einen kleinen Hebel inmitten der verzierten Gürtelschnalle. Das körpereigene Schutzfeld schaltete sich ein und bildete eine unsichtbare Zone um mich. Ich hielt den Strahler in der Hand und suchte Attila. Ich würde ihn töten. Über mir war der Falke, der mich retten konnte. Ich ritt an den Resten der Torbefestigung vorbei, die sich in Form von Steinbergen auftürmte. Der Durchgang war freigemacht worden. Überall lagen verkrümmte Leichen. Weit vor mir war Gelächter. Pokale klirrten, hunnische Scherzworte waren zu hören und das Wimmern von Frauen. Ich kam an einem Haustor vorbei, das schief in einer Angel hing; dort hatte man einen Mönch angenagelt. Hunnen, das Altargerät in den Händen, standen herum, andere schossen mit Pfeilen auf die Leiche. Ich sah, wie drei Hunnen eine Frau verfolgten, die sich vor ihnen zwischen den Trümmern und den Pyramiden der flackernden Lagerfeuer in Sicherheit bringen wollte. Ich zielte, drückte ab, und der Explosionsdruck warf die Krieger besinnungslos auf die Straße. Niemand hatte mich schießen sehen, aber die Frau verschwand in der Dunkelheit. Mit zerbrochenem Hausrat wurden die Feuer geschürt. Jeder Schritt meines Rappen brachte mich anderen, unaussprechlichen Greueln näher.

Kinder waren dahingeschlachtet worden. Keine Frau war den Hunnen entgangen. Die Häuser wurden systematisch verwüstet, geplündert, abgebrochen ... langsam verwandelte sich die Stadt in einen riesigen flachen Trümmerhaufen. Ich beugte mich aus dem Sattel und fragte einen Hunnen:

»Wo ist Attila?«

Er stierte mich aus blutunterlaufenen Augen an; im Schein der Feuer wirkte sein Gesicht wie die Maske der Bosheit. Er rülpste laut, schlug sich auf den Bauch und sagte lallend:

»Dort hinten. Beim anderen Tor – zum Meer.«

Ich ritt weiter. Jetzt war ich fest entschlossen, den Herrscher umzubringen. Ich suchte ihn, fand ein paar meiner Männer und befahl ihnen, sofort auf mich vor der Stadt zu warten. Weitere Grausamkeiten enthüllten sich mir. Alles, was Wert hatte, wurde gestohlen. Das, was weniger wert war, hatten die Hunnen zerstört, verbrannt, zerschlagen. Die Grausamkeiten, die ich ansehen mußte, gingen über mein Fassungsvermögen hinaus. Ich rief mich unausgesetzt zur Ordnung, weil ich nichts tun konnte. Ich vermochte nicht einmal, Einfluß auf die Hunnen auszuüben. Sie waren betrunken und unzurechnungsfähig, und ihre Aggression konnte sich beim geringsten Anlaß entladen – und tat dies auch. Sie stritten untereinander um die Beute, ob aus Gold oder aus Menschen. Ich drehte meinen Kopf, suchte Attila, fand ihn nicht. Das hier durfte sich nicht wiederholen ... ich mußte den rasenden Lauf dieses Mannes und seiner Kreaturen stoppen. Und auch die Römer hatten versagt: Niemand hatte sich den Hunnen entgegengeworfen.

Wo war Attila? Plötzlich schoben sich zwei Reiter aus der Dunkelheit.

Ich erkannte Skitay und einen anderen Hunnen, den ich noch nie gesehen hatte. Er trug, wie Skitay, die Spuren eines langen, harten Rittes. Ich hob die Hand und rief: »Skitay!«

»*Baga* Atlan!«

Wir ritten aufeinander zu, hielten die Pferde an, und dann betrachteten wir einander. Langsam steckte ich den Dolch zurück und fragte: »Was ist los? Warum seid ihr hier?«

»Bote«, sagte Skitay lakonisch und deutete auf seinen Partner. »Er kommt von Patavium. Wir haben die Stadt.«

Ich schwieg. »Habt ihr Attila gesehen?« fragte ich nach einer Weile.

»Er ist unterwegs nach Milano.«

Meine Schultern sackten nach unten; noch eine Niederlage. Eine vierte Stadt war genommen worden und auch sie war nach einigen Tagen nur noch rauchende Vergangenheit. Attila war bereits wieder auf dem Weg. Ich hatte ihn aus den Augen verloren und die Möglichkeit, ihn einzuholen, gab es nicht mehr. Attila war auf der anderen Seite der Stadt hinausgeritten, hatte einen Teil seiner Leute gesammelt und die Heersäule stieß vom Südrand der Alpen langsam nach Süden vor – die gesamte Ebene und der Rest des Halbinselbereiches lagen vor ihm. Auch Vicetia und Verona würden fallen. Skitay sagte halblaut:

»Attila hat eine Botschaft für uns, Atlan.«

»Ja?«

»Wir sollen den Weg nach Mailand freimachen. Nur wir Zweihundert. Ich werde den Rest sammeln.«

Ich nickte. Ich war halb von Sinnen – wieder war meine Planung zusammengebrochen. Mein Entschluß war um eine Stunde zu spät gekommen. Ich sagte resignierend:

»In zwei Stunden draußen vor der Stadt. Wie geht es – Patricia?«

»Sie ist wohl«, sagte Skitay. Es ging also weiter. Wir sammelten uns; zwanzig Männer fehlten. Wir wußten nicht, ob sie mit Attila geritten oder von den Verteidigern Aquilejas erschossen worden waren. Einige Tage später waren wir nach Westen unterwegs, hundertachtzig Männer und eine Frau. Ich fühlte mich unbeschreiblich elend.

In den folgenden Zehntagen war dieses Gebiet fest in der Hand der Hunnen. Dörfer gingen in Flammen auf. Es war an den Tagen eine Rauchspur zu sehen, aus lauter senkrechten Säulen bestehend, die in großer Höhe auseinanderfaserten. Wir ritten durch verwüstetes Land. Sieben Städte waren gefallen, mit Aquileja waren es acht; verwüstet und dem Erdboden gleichgemacht. Nur Ticinum wurde nicht zerstört. Kuriere preschten hin und her und stellten die Verbindung zwischen den Heeresteilen her. Schließlich stand Attila selbst vor dem kaiserlichen Palast; wir hatten seinem Heer den Vormarsch gezeigt und erleichtert. Schließlich überraschte mich Turk mit einer Mitteilung, die mich hoffen ließ. Später kam Skottas, setzte sich vor mein Zelt und sagte langsam:

»Attila will, wenn er dieses Gebiet beherrscht, nach Rom aufbrechen. Er beansprucht die Weltherrschaft.«

Patricia brachte uns Wein. Wir tranken langsam.

»Attila ging in den Palast des Kaisers. Er sah ein Bild, es stellte die Kaiser von Ostrom und Westrom auf ihren Thronen dar. Die Hunnen waren zu ihren Füßen dargestellt. Attila ließ ein paar Künstler holen und das Bild ummalen. Jetzt sitzt er auf dem Thron und die beiden Kaiser schütten zu seinen Füßen Gold aus. Sagt dir das genug, Atlan?«

Ich fragte erstaunt: »Du scheinst nicht zu wollen, daß er gegen Rom zieht, Skottas?«

Er schüttelte müde den Kopf und erwiderte leise:

»Nein. Die besten Männer unseres Heeres liegen tot auf den Schlachtfeldern. Ein Glück, daß du uns geholfen hast – wir wären so schnell nicht vorangekommen.«

»Ein Glück, daß du ihnen geholfen hast!« sagte Patricia mit schwer zu deutendem Gesichtsausdruck.

»Wahrscheinlich wird Attila nicht nach Rom ziehen«, sagte ich. »Er ist jetzt an den Ufern des Mincio?«

»Ja. Er weiß durch deine Karten, die Kuriere und durch gefolterte Gefangene, daß sich zahlreiche Völker gegen ihn verbünden.«

Das war richtig; meine wiederholten, nächtlichen Ausflüge im Gleiter trugen langsam Früchte. Skottas sagte:

»Attila erwartet eine Gesandtschaft von Rom. Aus diesem Grund hat er Ticinum und Mailand nicht zerstört. Du sollst ihm helfen. Morgen sollt ihr losreiten ... ich führe euch zu Attila.«

Ich stimmte zu. Vielleicht bekam ich jetzt die Chance, die ich zweimal hatte verstreichen lassen. Ich sollte also mit Attila und der Gesandtschaft aus Rom zusammentreffen und den Hunnenkönig beraten. Ich schwor mir, diese Beratung auf meine Art durchzuführen.

So traf ich Attila zum drittenmal: Es war nur ein kleines Lager. Als wir es erreichten, war gerade die Sonne aufgegangen. Eine zauberhafte, südliche Landschaft wurde sichtbar: Wasser und Ufer, viele Bäume und die leichten Jurten der Hunnen. Nur etwa dreitausend Krieger waren zu sehen, nicht mehr als fünfhundert Zelte, die sich in einem breiten, gekrümmten Streifen entlang der Flußbiegung erstreckten. Eine trügerische Schönheit, denn sie stand unter dem Eindruck der Gedanken. Was würde die Delegation erreichen können? Ich sagte meinen Männern, daß sie absitzen könnten, nahm mein Gepäck und näherte mich dem Zentrum des Lagers. Attila war aufgestanden, jetzt aß er allein, an seinem Tisch, den er von der Donau bis hierher mitgeschleppt hatte. Er erkannte mich, winkte Skottas, der mir folgte, und deutete auf die freien Sessel.

»Sie kommen, um sich zu unterwerfen!« sagte er und hustete qualvoll. Ich sah mich um und dachte an Mord. Aber dann entdeckte ich die kleinen, wachsamen Gruppen von Hunnen, die den freien Platz umstanden.

Sie hatten die Bogen in den Händen und schienen darauf zu warten, daß etwas Unverhofftes passierte. Ich setzte mich und wartete. Skottas sagte:

»Feldherr Aëtius weiß, daß die Gesandtschaft sich hier mit dir trifft, Attila. Das bedeutet ...«

Attila machte eine wegwerfende Bewegung und knurrte:

»Ich weiß! Das bedeutet, daß sich die vielen Stämme und die Städte gegen mich verbünden. Sie haben es schon getan, als ich durch die Berge kam ... warum war das Land so verlassen, Atlan, durch das wir zogen?«

Ich hob die Schultern. »Wir haben die Begegnung mit den Menschen nicht gerade gesucht, weil wir unsichtbar bleiben sollten. Aber ich sah, daß dies ein leeres Land war. Sicher haben deine Heere hier schon geplündert, so daß die Bauern und Städter geflohen sind, als sie die Spitzen des Heeres sahen.«

Attila blitzte mich an, dann murmelte er: »Skottas und Edekon haben mich gewarnt. Sie erzählten mir, daß der Gotenkönig Alarich, der Rom erobert hat, kurz darauf gestorben ist. Was hältst du von dieser Geschichte?«

Ich sagte deutlich: »Sie hat dieselbe Bedeutung wie die Zeichen der Störche vor Aquileja.«

Gut gesprochen. Er glaubt mehr an diese Zeichen als an die Logik! sagte mein Extrasinn. Ich lehnte mich zurück; jetzt wußte ich, was zu tun war. Ich langte in meine Satteltasche und zog die Karten heraus, die sämtliche Länder rund um unseren Standort zeigten. Die Stimmung auf der freien Fläche wurde langsam unbehaglich; die Hunnen schienen nervös auf die Ankunft der Gesandten zu warten. Der Rauch der Lagerfeuer roch aromatisch, und Attilas Finger waren unruhig. Auch Skottas zeigte ein gedrücktes Wesen. Ich breitete die Karte aus und zog einen Stift aus meinem Gepäck. Dann stand ich auf und deutete auf das vielfarbige, plastisch wirkende Blatt. Attila beugte sich, einen goldenen Pokal mit Kumys in der Hand, angespannt darüber. Ich deutete auf einen Punkt weit im Süden und sagte:

»Hier wohnt der Stamm ...«

Eine Stunde lang sprach und zeichnete ich. Ich schilderte Attila, wieviel Städte es gab; ich konnte es ja beweisen. Ich sagte ihm, übertriebene Zahlen vortragend, wieviel Menschen oder Männer dort lebten, und daß ich wisse, daß sie sich alle gegen den Hunneneinfall zusammenschlossen, bewaffneten, Heere aufstellten, ihre Krieger schulten und die Stadtmauern verstärkten.

»Wir werden sie hinwegfegen. Wir schieben sie vor uns her ins Meer!« beharrte die Geißel Gottes. Ich fragte warnend:

»Attila – wer siegt, deiner Meinung nach? Ein Hunne oder zehn Römer?«

»Die Römer. Zehn gegen einen ... das verträgt der beste Krieger nicht.«

»Wenn du rechnen kannst, weißt du es. Überall hier, wo ich Striche gezogen habe, warten Heere auf dich. Es sind zehnmal soviel Männer.

Du hast selbst gesehen, daß Gruppen von Ostgoten sich gegen dich auflehnen – Ellac wurde beinahe getötet. Es reicht, wenn du diese Ebene beherrscht, Väterchen!«

Er blickte mich aus schmalen Augen an. Seine Haut schien gelber als sonst, ungesund gelb. Ich hatte keine Chance, ihn umzubringen. Patricia war in der Gewalt der Hunnen, und ich konnte kaum fliehen, trotz des Energieschirms. Aber ich würde die Gelegenheit noch bekommen. Gift?

»Bist du für mich, oder bist du gegen mich?« knurrte er wütend. Seine Selbstherrlichkeit schien keine Grenzen zu kennen, aber die Ausdehnung des feindlichen Gebietes schien ihn wider seinen Willen zu überzeugen. Ich hatte einmal mehr den Eindruck, als befände er sich in der Lage eines alternden, kranken Mannes, der kurz vor seinem Ende, das er erahnte, es der ganzen Welt noch einmal zeigen wollte. Ich erwiderte:

»Ich bin für dich, aber ich bin gegen sinnloses Schlachten. Und wenn du deine Krieger, die schon müde vom Kämpfen sind, weiter nach Süden jagst, dann werden sie fallen wie die Gräser. Die Römer haben jahrelang hier keinen Krieg gehabt, und ihre besten Männer werden gegen dich antreten. Dann ...« Ich senkte meine Stimme zu einem verschwörerischen Murmeln und sagte leise: »Denk daran, daß du krank bist! Deine Lungen stechen dich, und du hast schon Blutstürze hinter dir. Willst du auf dem Marsch nach Rom sterben und fern von der Heimat, fern von Kreka, deiner letzten Frau?«

Er schlug mit der flachen Hand auf den Tisch und schrie: »Attila krank? Ich bin nicht krank! Ich werde nicht krank!«

Ich sagte säuerlich: »Krankheiten greifen sogar nach Göttern. Auch Alexander der Große mußte sterben, und er war fast dort, woher deine Vorfahren kamen. Auch Attila ist davor nicht sicher. Du solltest auf deine Ratgeber hören, Väterchen!«

Er schwieg und lehnte sich zurück, und ich mußte mich zusammennehmen, um keine Unbesonnenheit zu begehen und ihm die Kehle durchzuschneiden. Dann änderte sich sein Blick, sein ausgestreckter Arm, der auf der Karte lag, deutete nach vorn.

»Die Römer!« sagte er. Sie kamen. Etwa fünfzig Reiter, kostbare Rüstungen, edle Pferde, funkelnde Waffen und große Schilde. Ich schaute genauer hin und versuchte, die Namen mit den Bildern, die über meine Suchschirme gelaufen waren, in Verbindung zu bringen. An die letzten Meldungen von Turk erinnerte ich mich.

»Der Papst!« sagte Skottas verblüfft. »Leo kommt dir entgegen, Attila!«

Der Herrscher sprang auf und schrie: »Empfangt die Gesandten freudig! Keine Waffen! Seid friedlich und beleidigt sie nicht!«

Die Krieger rannten durcheinander, und wenn ich jetzt Attila umbrachte, würde es mit dem Erscheinen der Römer in Verbindung gebracht werden. Außerdem stand noch nicht fest, was die Verhandlungen ergeben würden. Der Empfang wurde vorbereitet und ich blieb allein auf der freien Fläche vor Attilas Zelt sitzen. Ich betrachtete den herankommenden Zug. Es waren ausgesuchte Kämpfer, das sah ich schon aus der Entfernung. In ihrer Mitte, durch einen Wall von Speeren und Schilden geschützt und durch die flach einfallenden Sonnenstrahlen in eine Art Lichtgefunkel getaucht, ritten drei Männer mit scharfgeschnittenen Gesichtern. Sie waren unverkennbar von den Zeichen der Macht geprägt worden.

Papst Leo, wie Turk richtig gehört hatte, Gennadius Avienus, der Konsul vergangener Jahre, und der einstige Präfekt Trygetius. Männer, die versuchen würden, Attila umzustimmen. Sie wollten Rom retten, und ich wollte es auch. Wir mußten zusammenarbeiten; vielleicht ging der Rest des Jahres ohne Blutvergießen vor sich. Der Zug kam näher.

Binnen einer Stunde hatte sich die Szene entscheidend gewandelt. Die römischen Gesandten hatten einige Kisten wertvoller Geschenke mitgebracht und verteilten sie. Tische wurden aufgeschlagen, Sättel, Decken und Sessel dienten als Sitzgelegenheiten. Ich schwieg weiterhin, dachte an meine Möglichkeiten und betrachtete die Männer, die mit den drei Gesandten gekommen waren, dann studierte ich das Gesicht von Leo, der über eine gewaltige Schar von Gläubigen herrschte. Die Männer schienen genau zu wissen, was sie von dem Hunnen verlangen konnten. Man brachte Wein und Essen, man hielt höfliche Reden, stellte einander vor, und Schreiber und Dolmetscher hatten zu tun. Die Sonne stand höher und wärmte mehr; schon jetzt begann sich der Sommer abzuzeichnen. Die Landschaft war voll frischem Grün, Vögel sangen in den Zweigen; sie schienen nicht zu wissen, welche Gefahrenquellen unter ihnen zwischen den Bäumen umhergingen. Dann bat Attila die Männer an den Tisch. Es war ein großer Kreis gebildet worden; fast zwei Drittel davon nahmen die Fremden ein.

»Wir sind gekommen«, sagte Leo und stand auf, »großer Attila, um dir zu sagen, daß du aufhören sollst, weiter unsere Menschen zu töten und die Häuser zu zerstören. Wir sind an einem Frieden interessiert.«

Auch er schien Attilas Krankheit erkannt zu haben. Ich sah Leo an; herrscherliche Gesten und Worte waren zu beobachten, denen man entnehmen konnte, daß sie Gehorsam forderten und erhielten.

»Euer Schicksal liegt in meinen Händen und in meinem Schwert«, sagte Attila und blieb sitzen. »Was bietet ihr?«

Leo deutete hinter sich. »Unser Schicksal liegt in den Waffen unserer Krieger. Und wir haben viel mehr Männer als du. Ausgeruhte, junge Männer, die voller Ungeduld darauf warten, den Hunnen die Hälse durchzuschneiden. Was wir bieten? Wir bieten Frieden!«

Ich lächelte in mich hinein.

»Ich habe vor einigen Tagen einen Kurier gesprochen, Attila«, sagte Avienus in einem Ton, der keinen Zweifel daran ließ, daß er die Wahrheit sprach. »Dieser Kurier kam von einem Feldherrn, der auch Aëtius heißt. Marcianus hat die Danubia überschritten, und als die Hunnen angriffen, wurden sie von Aëtius vernichtend geschlagen. Du siehst ... Der Kampf tobt in der Nähe deines Lagers. Du hast eine Welt gegen dich, Attila.«

Attila fragte barsch: »Was bekomme ich, wenn ich Frieden gebe? Wenn ich hier umkehre und mich in meinen prächtigen Aul zurückziehe?«

»Was gibt es mehr als Frieden?« fragte Leo. »Wir werden dir keinen Tribut zahlen wie Ostrom. Wir halten Frieden und sichern die Grenzen, über deren Linien wir uns hier einigen werden. Ich sehe, daß du Karten vor dir liegen hast. Sind sie genau?«

Attila versicherte würdevoll:

»Der Prinz aus dem Westen hat sie mir geschenkt. Sie sind so gut wie der Blick des Falken aus großer Höhe. Kommt, seht sie euch an! Begrüßt Atlan, meinen besten Späher! Hierher!«

Wir traten, nachdem wir uns die Hände geschüttelt und entsprechend eindringlich gemustert hatten, hinter die Karte. Die Gesandtschaft war verwundert, als sie die Fotos sah und meine Eintragungen.

Dann deutete Leo mit seinem weißen Lederhandschuh auf meine Zeichen und sagte:

»Hier hast du die Wahrheit, Attila. Alle die schwarz umrandeten Flächen starren von Kriegsvolk. Hunderttausende und aber Hunderttausende. Die gesamte Bevölkerung würde gegen dich aufstehen, wenn du weitergehst.«

Attila erwiderte bissig: »Das weiß ich bereits. Wie sollen die Grenzen verlaufen?«

Sie nahmen den Stift, den ich ihnen gab, und ich erläuterte ihnen die Karte. Sie zeichneten eine Grenze ein, die sich mit derjenigen deckte, die bisher auch offiziell als Grenzverlauf zwischen dem Hunnenreich und den südlichen Nachbarn ausgewiesen, aber niemals respektiert worden war. Alles, was jetzt kam, war ermüdend langweilig, aber notwendig. Die Männer feilschten um jeden Millimeter auf der Karte; ich schockierte sie, wenn ich von Zeit zu Zeit einwarf, daß sie sich um einen Geröllhang stritten, ein Stück mückenverseuchten Sumpf oder einen Urwaldstreifen, in dem bestenfalls Bären lebten. Schließlich, es war schon fast Nacht, schlossen sie die Verhandlungen. Ein Vertrag wurde aufgesetzt, durchgelesen, wieder geändert und endlich mit meiner Mithilfe fertiggestellt. Die Vertreter der nördlichen und östlichen Welt – Attila – und die der südlichen und westlichen Völker – Leo – unterschrieben und nahmen die Pergamente an sich. Dann begann das obligate Fest, und ich atmete ein wenig auf.

Während der erbitterten und lautstarken Diskussionen war mir ein älterer Mann aufgefallen, dessen Ruhe unerschütterlich schien. Er war groß und hager und hatte einen scharf ausrasierten, dunklen Bart, der von den ergrauten Schläfen bis zum Kinn reichte. Dieser Mann wirkte äußerst vertrauenswürdig. Mit zwei Pokalen in den Händen bahnte ich mir einen Weg zu ihm.

»Nun«, sagte er kalt, »ein westlicher Prinz aus einem Land, das nicht einmal der Papst auf seinen Karten findet ... und zugleich ein hunnischer Späher. Soll dies ein Versöhnungstrank sein?«

Ich grinste und drückte den Pokal in seine Hand.

»Freund Nomos, du enttäuschst mich. Sehe ich aus wie ein Hunne?«

»Nein«, sagte er mit seiner dunklen Stimme. »So siehst du nicht aus.«

Ich hob den Pokal und fragte: »Ist dir vielleicht zu Ohren gekommen, daß etwa einhundert Städte dieses Landes von einem römischen Adeligen gewarnt worden sind?«

Er zwinkerte überrascht.

»Willst du damit andeuten, daß du dieser ... aber die Pergamente?«

Ich deutete auf den Tisch mit den Landkarten und sagte leise genug, so daß uns niemand hören konnte:

»Pergamente und Karten, alle sind von mir hergestellt. Ich habe neben Aëtius und Theoderich auf den Katalaunischen Feldern gekämpft; seit dieser Stunde hasse ich Attila. Ich bin auf der Seite des Westens, nicht auf seiten der Hunnen. Du verstehst?«

Er dachte lange nach, trank einen Schluck und sagte leise: »Ich verstehe. Du bist seit dieser Zeit bei Attila und machst seine Planungen zunichte?«

»Ich versuche es zumindest. Sag dies Leo und seinen Konsuln. Ich werde auch noch den Rückzug ausspähen und darauf warten, daß dieser verfluchte Hunne endlich stirbt; er ist krank. Dann können wir die Hunnen zurücktreiben – dorthin, woher sie gekommen sind. Ich hasse sie alle. Aber das ist es nicht, weswegen ich dich angesprochen habe. Ich habe ein schweres Problem!«

»Ja?«

»Ich habe eine junge Frau bei mir. Patricia. Ihre Eltern stammen aus einer römischen Grenzstadt; sie sind tot. Ich habe sie aus einem verbrannten Dorf befreien können. Wir lieben uns. Nehmt sie mit euch, gebt ihr ein kleines Haus und genügend Geld, um leben zu können.«

»Und du?« fragte Nomos und schien nachzudenken, wo er das Mädchen absetzen konnte.

»Ich werde in siebzig oder mehr Tagen bei ihr sein. Ich finde sie, wo immer sie auch sein mag.«

Er nickte ernsthaft. »Sie wird bei uns in Sicherheit sein. Du bist sicher, daß du sie findest?«

»Wie eine Brieftaube ihren Schlag«, versicherte ich. »Sie ist mit mir viele Stadien geritten, irgendwann muß diese Reise ein Ende haben. Nehmt sie mit euch und stellt sie unter den Schutz eurer Männer. Ich werde euch danken. Ich habe auch Aquileja gewarnt, aber sie haben nicht auf uns gehört.«

Er lachte bitter auf.

»Es gibt einige hundert Überlebende. Sie sind nach Grado entkommen, denn sie haben tiefe Keller und geheime Gänge angelegt. Viele Frauen und Kinder sind mit den Schiffen gerettet worden. Wir unterhalten einen sehr guten Kurierdienst.«

»Die Hunnen auch. Ich habe gehört, daß Attila schon nach drei Tagen aufbrechen will?«

Wir entfernten uns aus dem Zentrum des Lagers und gingen zwischen den Zelten und Jurten, zwischen Feuern und Gruppen von Hunnen, die besonders Nomos mißtrauisch betrachteten, zu jenem Teil des Lagers, in dem ich meine Krieger untergebracht hatte. Ich würde weiter vor Attila herziehen müssen, um die Menschen zu warnen. Aber dieser Ritt trug für mich deutliche Zeichen – das Ende näherte sich.

»Ja. Er reitet zurück, aber er wird einen anderen Weg reiten. Nördliche Richtung, über die Berge und dann scharf nach Osten.«

Nomos versprach:

»Wir werden Kuriere schicken und entsprechende Befehle an unsere Garnisonen und an alle, die auf uns hören. Heute, im Jahre vierhundertdreiundfünfzig nach der Geburt des Herrn, den Leo anbetet, ist ein wichtiger Vertrag unterschrieben worden.«

»So ist es«, sagte ich langsam. »Er hat vielen Menschen das Leben gerettet. Unter anderem auch dem Hunnenfürsten, denn ich suche schon seit Tagen nach einer Gelegenheit, ihn umzubringen, ohne daß eine Spur Verdacht auf mich fällt.«

Wir blieben vor dem Zelt stehen und als Patricia unsere Unterhaltung in lateinischer Sprache hörte, kam sie heraus. Sie blickte erstaunt von Nomos zu mir und zurück, dann fragte sie:

»Es ist also wahr – der Marsch auf Rom findet nicht statt?«

»Nein, Schwester«, sagte Nomos beinahe heiter. Er nahm den Helm ab, stülpte ihn über einen Pfosten und blieb vor ihr stehen. »Wir haben strengsten Befehl, dich nach Süden mitzunehmen!«

Ich erklärte ihr alles, als Nomos zu seinen Männern zurückgegangen war. Ich setzte eine Frist von siebzig Tagen und versprach nach Ablauf dieser Frist bei ihr zu sein, wühlte in meinem Gepäck und nahm eines der Schmuckstücke heraus, das meine Maschinen hergestellt hatten. Es war ein breites Armband aus getriebenem Silber, aber in Hohlräumen befanden sich eine Hochleistungs-Energiezelle, ein Unterbrecher und ein noch kleineres Funkgerät. Dieses Schmuckstück sendete in Abständen von drei Stunden einen kurzen Peilton aus, den ich verfolgen konnte. Ich schloß das Schmuckstück um ihr rechtes Handgelenk und sagte leise:

»Wo auch immer du bist, ich werde dich finden, solange du dieses Armband trägst. In siebzig Tagen beginnt für uns eine andere Zeit.«

Ihr Kopf lag an meiner Brust. Sie fragte unschlüssig: »Eine Zeit ohne Krieg und Brand?«

»Ja. Eine Zeit, die schön sein wird, ohne Sorgen. Nomos wird dich mit sich nehmen; er wird dich schützen wie seine Schwester. Einer der Konsuln wird dir ein Haus geben, Diener und ein Stück Land. Wenn ich zurückkomme, ist Attila tot. Dann werden wir all das tun können, wovon wir träumen.«

»Ich träume von vielen Dingen«, sagte sie leise. Ich zog sie enger an mich und murmelte:

»Aus den Träumen wird ein schönes Leben werden.«

Bis zur Abreise der römischen Gesandtschaft hatte ich nichts zu tun. Ich unternahm an den Ufern des Mincio Spazierritte mit Patricia, auf denen uns der Wolf und der Falke bewachten. Ich entdeckte eine idyllische Landschaft; Stein, Grün und Wasser gingen eine glückliche Synthese ein. In diesem Land würde ich nach Ablauf der selbstgestellten Frist leben – zusammen mit Patricia.

Schließlich ritten die Römer zurück und nahmen Patricia und den wenigen Besitz, über den sie verfügte, mit sich. Ich hatte ihr einen Beutel Goldmünzen mitgegeben, die meine Maschinen geprägt hatten. Das alte, harte Leben fing wieder an. Möglich, daß die Nachricht von der Niederlage der Hunnen an der Danubia Attilas Heimkehr beschleunigt hatte. Aber er ließ sich nicht einmal von den Umständen zwingen.

Er ritt nicht auf dem schnellsten Weg zurück, sondern auf einem sehr schwierigen Pfad. Wie Blätter in einem treibenden Gewässer zogen sich die Heeresteile zurück, flossen fächerförmig zusammen zu einer breiten, langen Säule, die sich entlang des Weges bewegte, den meine hundertsiebzig Männer und ich ihnen zeigten.

Tagsüber erkundete ich den Weg, schnell und unsichtbar. Nachts verkleidete ich mich und warnte die Menschen entlang des Pfades. Diesmal stieß ich auf weitaus mehr Glauben, denn die furchtbaren Verwüstungen, die in der Ebene stattgefunden hatten, waren bekannt. Je mehr nach Norden wir uns entfernten, desto mehr stießen wir auf Unglauben – der Wolf, der Falke und ich.

Drei oder vier Tage hinter uns marschierten die Hunnen durch ein leeres Gebiet. Sie verwüsteten mit den Hufen ihrer Pferde die Saat ebenso wie mit ihren Brandpfeilen die Gehöfte. Aber sie fanden nur wenige Menschen. Kuriere hetzten hin und her, Herden wurden geschlachtet. Unser Weg wurde wieder von Rauch, Diebstahl und Feuer gekennzeichnet. Aber es schien mir wie das Zucken eines verendenden Raubtieres zu sein, das mit Krallen um sich schlug und, sterbend, tiefe Wunden verursachte. Der lange Ritt nach Norden ging weiter.

Zwei Zehntage später: Skitay und ich standen an der Kante des Felsabsturzes. Vor uns lag das Land, das von der oberen Danubia von Westen nach Osten durchflossen wurde. Noricum sagten sie dazu. Vier Tage hinter uns war Attila, vor uns lag ein schönes, bergiges Land voller Wälder und Äcker. Ich konnte keine Straßen oder Brücken sehen, aber dies war unsere Aufgabe. Wir suchten den Weg.

»Von hier ab werden wir nach Osten reiten«, sagte Skitay. »Ich bin müde.«

Ich schaute ihn überrascht an. »Müde?«

»Zuviel gekämpft, zuviel Frauen, zu lange geritten. Wir alle. Wir machen nur noch etwas Beute, dann ruhen wir uns aus. Lange«, sagte er und ließ die Schultern sinken. Ich wußte es besser. Attila hatte kurz vor der Abreise der römischen Gesandten mit mir gesprochen und versichert, daß er die endgültige, vernichtende Auseinandersetzung mit Ostrom nur aufgeschoben hatte. Ein Kurier mit einer Botschaft war zu Marcianus unterwegs; in dem Schreiben drohte Attila mit der totalen Verwüstung der oströmischen Provinzen, falls der Tribut an ihn nicht in voller Höhe entrichtet werden würde.

»Skitay«, sagte ich nachdenklich, »die Linien des Lebens verlaufen niemals gerade. Sie sind wie Wellen. Eines Tages wird die Macht der hunnischen Heere gebrochen sein. Die ganze Welt ist zusammengeschlossen und wartet nur auf die Gelegenheit, euch alle zu vernichten. Dann, hoffentlich, werde ich nicht mehr bei euch sein.«

»Warum bist du eigentlich bei uns?« fragte er.

»Das wirst du eines Tages begreifen. Vielleicht. Meist sterben die Menschen elend, die im Ruhm gelebt haben. Weißt du, daß Attila ein schwerkranker Mann ist?«

Er schüttelte den Kopf.

»Nein«, sagte er. »Und selbst wenn er stirbt; Ellac und Dengizich und endlich Ernac und Attilas andere Söhne werden sein Erbe weiterführen.«

Ich lachte laut, während wir den steilen Grat verließen und unserer Spähertruppe nachritten. Ich sagte:

»Viele Söhne. Sie werden uneinig werden. Eine Lanze, die in zehn Stücke gebrochen ist, kann nichts mehr als Waffe taugen. Sie werden Attilas Macht brechen wie diese Lanze – glaub mir. Ich weiß es besser.«

Er ritt ein bißchen schneller und sagte laut: »Ich bin nicht zum Denken da. Ich bin Krieger.«

Von den siebzig Tagen, die ich mir als Ziel gesteckt hatte, waren zwanzig vergangen. Nach weiteren zwanzig Tagen sah ich Attila wieder.

18.

Unsere Wege kreuzten sich am Ufer des Danubia. Hinter uns, Tage entfernt, lag das zerstörte Augusta vindelicorum. Der Heerzug schlich müde durch leeres Gebiet in Richtung auf Pannonien. Attila ritt an der Spitze.

»He, Attila!«

Wir sprengten auf ihn zu. Wieder sondierte ich die Gelegenheit. Er war von seinen Männern umgeben und er sah sehr krank aus. Mein Bedauern ließ mich zögern, und mein Extrasinn meldete sich: *Er kann nichts mehr anrichten. Er wird bald sterben. Du brauchst ihn nicht mehr zu ermorden!*

»Atlan! Wir reiten zusammen?«

»Nein«, sagte ich. »Seit mehr als eineinhalb Jahren reite ich für dich. Bis jetzt habe ich, außer einigen Pokalen voller Wein, nicht ein Gramm Gold gesehen, keinen einzigen Satz des Dankes von dir gehört. Womit belohnst du gemeinhin die Dienste deiner besten Späher?«

Er antwortete nicht.

»Damit etwa«, fragte ich, »daß ich noch am Leben bin?«

Er starrte mich lange an. Sein Blick wurde düster und schließlich fragte er: »Was willst du haben?«

»Was würdest du mir geben?« fragte ich. Er hielt sein Pferd an und deutete nach Norden. Dann sagte er stoßweise, scharf betont und sehr ernst:

»Ich werde heiraten. Ich habe viele Frauen; ein Zug meiner Krieger oben im Norden hat ein Weib für mich gefunden. Ildico ist von großer Schönheit; eine schlanke, weißhäutige Fränkin. Sie wird mein Weib werden. Wir werden in meinem Hauptlager ein riesiges Fest feiern. Sei dann wieder in meiner Nähe, ich werde dich so beschenken, daß dein Herz keine Wünsche mehr haben wird. Das ist mein Wort – so wird es geschehen!«

Ich erkundigte mich brutal: »Und was bekomme ich, wenn du vor der gewaltigen Hochzeit stirbst? Dein Gesicht sieht wie das eines Dahinsiechenden aus, Attila – du weißt, daß ich nicht nötig habe, zu schmeicheln!«

»Dann haben wir beide viel gewagt und alles verloren«, sagte er sehr leise. *Sprich mit dieser Ildico!* sagte mein Extrasinn. Ich ritt gedankenvoll eine Weile neben ihm her und fragte endlich: »Wann wird die Hochzeit stattfinden, Attila?«

»Einen Tag, nachdem wir in unserem Lager sind. Ildico und ich reiten auf getrennten Wegen dorthin. In zehn, zwölf Tagen etwa.«

»Wo ist die junge Braut?« fragte ich sarkastisch.

»Etwa auf gleicher Höhe im Norden«, sagte er. »Ich frage dich etwas, Atlan. Wie ist es zu erklären, daß mein Heer, als es durch die Berge ritt, viele Bauernhöfe, aber nur wenige Menschen traf?«

Er starrte mich an, als wisse er, was ich getan hatte. Ich lächelte kalt, schaltete meinen Schutzschirm ein und sagte:

»Ich kann es dir erklären, Attila. Aber ich will nicht. Vielleicht wurden die Menschen gewarnt?«

»Vielleicht. Von dir?« fragte er rauh. Ich hob die Schultern.

»Nichts ist unmöglich«, sagte ich. »Aber es ist unwahrscheinlich, daß ich mich an zwei Stellen gleichzeitig befinde, bei meiner Truppe und bei den Bauern dieser Gebiete.«

»Unwahrscheinlich.« Er senkte den Kopf. »Wir treffen uns auf meiner Hochzeit!«

»So ist es!« Mein Plan war fertig. Wir verabschiedeten uns voneinander, und ich sprengte zurück zu meiner Truppe, die schneller vorwärtskam, weil sie weniger Troß hinter sich herschleppte. Ich wartete zwei Nächte, ehe ich meinen Plan durchführte. Aber eine Stunde nach dem Auseinandergehen flog mein Falke nach Norden und kundschaftete für mich die Lage aus. Das nächste Treffen mit Attila würde für ihn das letzte sein.

»Seltsam«, sagte Cyr Aescunnar leise zu sich selbst. »Eigentlich war Atlan stets überzeugter Anhänger und Förderer einer jeden Staatsidee. Aus begreifbaren Gründen. Das frühe chinesische, das römische und das Hunnenreich fanden nicht seine Zustimmung.«

Der Arkonide schwieg. Cyr hatte das Gefühl, daß sich die Erzählung aus den letzten Lebensjahren Attilas und der Hunnengefahr für Europa dem Ende zuneigte; nach kurzer Unterbrechung würde Atlan weiter berichten, denn die SERT-Haube war nicht in die Aus-Position hochgefahren worden.

Ohne daß Atlan es damals gewußt haben konnte, war auch ES wieder tätig gewesen. Der Zellaktivator würde Attila mit Leichtigkeit geheilt haben, wenn Atlan es gewollt hätte; während seines Tiefschlafs hatten die Medorobots das Gerät wieder aus Atlans Körper herausoperiert, und nun hatte Atlan auch mit einer zusätzlichen Frustration leben müssen: Rettete er Attila, tötete er ihn, oder ließ er zu, daß ihn die Lungenkrankheit tötete?

Zwischen etwa 200 und 453 nach Christi Geburt hat Atlan ungewöhnlich oft seinen Tiefschlaf unterbrochen, und er ist einige Male bemerkenswert lange zwischen den Barbaren geritten, sagte sich der Historiker. Der Flug zur Venus! Hatte er die Zeit zwischen seinem Besuch bei den Burgundern und Attilas Tod durch Schlafphasen unterbrochen?

»Auch bei den frühen Mayas fühlte er sich nicht wohl«, brummte Cyr. »Verständlich. Bei jedem Aufenthalt wurde seine Gefährtin getötet. Hyksa zuerst, und dann Narnia, die Liebenswerte.«

Es gab noch zu viele offene Fragen. Aber die Bestimmung der Daten und deren Überprüfung waren weniger wichtige Probleme. Die Studenten der Historischen Fakultät konnten dabei helfen. Cyr entspannte sich, lehnte sich zurück und schloß die Augen. Länger als eine Sekunde blieb der Eindruck des zuletzt gesehenen Bildes schwarzweiß auf der Netzhaut, dann verging er langsam. Wieder hatte Cyr den Eindruck, er könne durch die Front der Monitoren und die scheinbare Schichtung der Holografien hindurchsehen und das technische Innenleben der Geräte sehen. Ein kurzer, eiskalter Schrecken durchzuckte ihn – fing es schon wieder an? Er riß die Augen auf, sah sich blinzelnd um; der Anflug der Furcht verging.

»Atlans Bogen, die Pfeile«, sagte Cyr. »Er hat beides schon vor Ilion oder Troja benutzt. Südlich gegenüber Byzanz, Constantinopolis oder Istanbul, jenseits des Bosporus und des Hellesponts oder der Dardanellen liegen die Ruinen Trojas, längst unter überwucherten Hügeln begraben, vom Wind der Geschichte. Und auch die Königreiche der Kandaken an den Nil-Oberläufen beschäftigen nur noch Historiker und Archäologen. Ich weiß noch immer nicht, wo die sogenannte Oase lag.«

Aescunnar las die Stichpunkte einer eingespielten Information über den zweiten Sol-Planeten: Die Oberfläche ist kaum älter als 50 Millionen Jahre, der Druck am Boden beträgt das Neunzigfache des terranischen atmosphärischen Drucks, Meteoriten mit Durchmessern von einigen Kilometern verglühen in der Atmosphäre ... Krater mit Durchmessern zwischen 30 und 280 Kilometern. Ausgedehnte Lavaausschüttungen. Venustag = 243 Terra-Tage ... unklar, welche Prozesse die Oberfläche der Venus gestaltet haben ... Er schüttelte den Kopf und betrachtete Bilder und Computersimulationen der Venusoberfläche, einschließlich der ruhigen Zonen unter der unglaublich großen Energieglocke.

»War es Mut, Übermut oder der Mut der Verzweiflung, Atlan – dieser Flug?«

Cyr erwartete keine Antwort. Jedesmal, wenn er den ausgestreckten Körper Atlans im Überlebenstank ansah, glaubte er, der NEI-Statthalter würde im nächsten Augenblick aufstehen, die Fühler der Meßinstrumente abstreifen und aus dem Tank klettern; Cyr grinste und rief weitere Informationen ab, teils aus den Speichern seiner Fakultät, teils aus der ENZYCLOPAEDIA TERRANIA – Karten des Landes südlich des Nasser-Stausees in Ägypten, der Halbinsel im Golf von Mexico, des Zentrums Mitteleuropas und Italiens, gesicherte Geschichtszahlen wie dem Todesjahr Attilas: 453 n. Chr.

Atlan rührte sich nicht. Aescunnar suchte einige Sekunden lang und fand heraus, daß es zwei Herrscher namens Theoderich gegeben hatte: Jenen, an dessen Seite der Arkonide gegen Attila gekämpft hatte, und Theoderich der Große – der legendäre Dietrich von Verona/Bern – der 471 gekrönt wurde und 526 n. Chr. starb. War Volker aus Alzeye tatsächlich ein Geschöpf, das den Kunstplaneten Wanderer hatte verlassen können? Ein Beobachter von ES, so wie Khach't? Aescunnar zuckte mit den Achseln; gleichzeitig holte Atlan tief Luft und sprach weiter.

In dieser Nacht gab es ein Gewitter. Ein frühes Sommergewitter, das den gesamten Himmel überzog. Blitze zuckten, der Donner hämmerte rollend über das bergige Land, und schwere Wolken verhüllten den Mond und die Sterne. Es war ein Wetter, wie ich es mir besser nicht wünschen konnte. Langsam und methodisch zog ich mich unter dem Verdeck des Gleiters um; ich wählte eine Verkleidung, die der Kleidung eines hochgestellten Gotenfürsten entsprach. Der Regen prasselte schwer auf das Dach. Turk saß neben mir und flüsterte heiser:

»Werde dich führen – zwei Stunden Flug. Niedrige Höhe.«

Ich zog die Schnallen der Stiefel zu und fragte gespannt: »Wieviel Hunnen?«

Kehlig flüsterte der Robotvogel: »Zehntausend. Gewaltige Masse Pferde mit Packsäcken voller Beute.«

»Finde ich Ildico?«

»Ich führe dich zu ihr.«

Ich zog mich weiter an. Meine Spannung stieg langsam; ich hatte ein merkwürdiges Gefühl im Magen. Einer gegen zehntausend Männer. Krachend rollte der Donner über unser Versteck hinweg; Blitze tauchten die Landschaft in kalkig weißes Licht. Methodisch zog ich mich um, testete meine Ausrüstung sorgfältig und schaltete die Maschinen des Gleiters an. Klar erschienen die Bilder von Ultraradar und Infrarotdetektoren auf den großen Schirmen. Ich lehnte mich in den Sitz zurück, kippte den Schalter und sah zu, wie die Hochleistungsdüsen das Wasser von der Bugscheibe bliesen.

Dann hob sich die schwere Maschine. Hinter mir wußte ich Shass, den Steppenwolf. Der Flug nach Norden führte mich aus dem Dickicht heraus, in dem ich mein Pferd zurückgelassen hatte. Dann raste der Gleiter über freie Felder. Ich sah die Lichter kleiner Bauernhöfe. Eine Stunde lang folgte ich dem Kompaß, dann stellte ich das Infrarotgerät feiner ein. Undeutlich hob sich eine waagrechte, aus unzählbaren Punkten bestehende Lichtlandschaft von der Dunkelheit des Schirms ab. Die besonders hellen Punkte waren Feuer; und jeder Gegenstand, dessen Körpertemperatur sich von derjenigen der Umgebung abhob, bildete einen Impuls. Wieder schüttelte uns ein Sturmstoß; ich ließ den Gleiter höher steigen.

»Wo ist das Zelt dieser fränkischen Schönheit?« fragte ich Turk.

»Rechts. Spitze des Zuges.«

Der Gleiter führte die notwendigen Bewegungen aus. Langsam und unsichtbar kam ich in großer Höhe über die ersten Zelte der langen Reihe. Qualmende Feuer im Regen waren zu sehen, Pferde, die müde die Köpfe hängenließen. Die Wege zwischen den Zelten hatten sich in morastige Flächen verwandelt. Der Gleiter beschrieb einen weiten Kreis, ich ging tiefer und starrte nach unten.

»Das Zelt in Mitte des Ringes«, sagte Turk.

»Verstanden. Mach dich bereit.«

Die Nacht war schwarz und von Regen erfüllt. Das Zentrum des Gewitters zog nach Osten, aber der Regen war mein Verbündeter. Ich tastete ein letztes Mal meine Taschen ab, schob das Verdeck nach hinten und deutete nach oben. Während der Gleiter unbeweglich in vierhundert Ellen Höhe stand, schwebten Turk und ich nach unten. Ich hing in der Schlinge und sank, binnen weniger Atemzüge triefend naß, auf das allein stehende Zelt der fränkischen Schönheit hinunter. Die zukünftige Gemahlin Attilas war streng bewacht.

Niemand rechnete mit einem Überall aus der Luft. Schließlich landeten wir zwischen zwei Zelten, die im Kreis um das weiße große Zelt herum errichtet waren. Ich stand in der Dunkelheit, der Falke schwebte wieder nach oben. Ich duckte mich, hörte gedämpfte Stimmen und Flüche wegen des qualmenden Feuers, sah schattenhafte Gestalten und orientierte mich. Langsam schlich ich in die Richtung des einzeln stehenden Zeltes. Die nassen Wände schimmerten durch die Dunkelheit, und ich konnte dahinter die Silhouette eines einzigen Körpers erkennen. Ildico?

Wer sonst? fragte mein Extrasinn. Ich schaltete meinen Schutzschirm ein, zugleich den Deflektor, griff nach dem Lähmstrahler und tastete mich vorwärts. Die Stiefel versanken im Morast und gaben schmatzende Geräusche von sich, als ich geduckt schnell nach vorn lief und mich neben dem Zelt in die Dunkelheit kauerte. War sie allein? Ich drehte meinen Kopf, versuchte, die Finsternis zu durchdringen; ein schmetternder Blitz blendete mich. Ich blinzelte, dann versuchte ich, geräuschlos das Zelt zu umrunden; ich suchte den Eingang. Nach zwölf Schritten fand ich ihn, lauschte und hob den Strahler, schlug den triefend nassen Türvorhang zur Seite, Wasser lief in meinen Ärmel. Dann war ich mit einem Satz im Zelt. Zwei Öllampen und ein Glutbecken verbreiteten schwache Helligkeit. Sie genügte, mir zu zeigen, daß sich außer mir nur noch ein Mensch in diesem feuchtwarmen Raum befand. Ich desaktivierte die Schirme.

»Du bist Ildico, nicht wahr?« flüsterte ich eindringlich und steckte den Dolch zurück. Ich hob beschwichtigend beide Hände.

Die junge Frau nickte. Wir starrten uns an. Sie war nicht besonders groß, aber blond, mit blauen Augen und weißer Haut. Ich konnte in ihren Zügen keine besonderen Merkmale der Schönheit entdecken, aber für Attila galten kaum die Maßstäbe eines arkonidischen Kristallprinzen. Die Fränkin saß auf einem einfachen Faltbett, auf dem sich Pelze und schwere Mantelstoffe stapelten. Sie zog die Füße an sich und starrte mich aus großen Augen an. Ihr Mund war halb offen.

»Du bist auf dem Weg zu Attilas Lager, um ihn zu heiraten«, sagte ich. Sie zwinkerte und flüsterte:

»Ja. So ist es. Der große Herrscher hat mich ausgesucht.«

Die Unterhaltung verlief schnell und sehr leise. Niemand hörte uns, trotzdem lauschte ich auf den Warnschrei des Falken.

»Du kennst Attila?« fragte sie.

»Ja. Er ist so groß«, ich deutete es an, indem ich meine Hand waagrecht vor meine Schlüsselbeine hielt. »Er hat eine ungesunde, gelbe Haut und einen schütteren Bart. Nicht mehr viel Haar. Er riecht aus dem Mund – wie ein verwesender Hund. Aus der Nase wachsen ihm lange Haare, und aus seinen kleinen, runzeligen Ohren auch. Er hat zwanzig Frauen und wesentlich mehr Söhne. Er trinkt sehr viel, stinkt nach nassem Fell und ist lungenkrank. Er hustet ständig und wird in Kürze sicherlich an einem Blutsturz sterben. Ich beglückwünsche dich zu deiner Wahl.«

Ihr Gesicht war bei meiner Aufzählung zusehends verfallen. Jetzt starrte sie mich an, stöhnte leise; dann ließ sie sich kraftlos auf ihre Unterarme nieder.

»Seine Krieger haben mir versichert, er sei ein schöner Mann«, widersprach sie schwach. Ich nahm einen Ring vom Finger und gab ihn ihr.

»Dich graut davor, ihn zu heiraten?« fragte ich.

»Ja ... jetzt, wo du es sagst? Wer bist du eigentlich? Was willst du?«

Ich sagte beschwörend: »In wenigen Tagen wirst du Attila selbst sehen. Er wird betrunken und stinkend zu dir kommen und dich nehmen. Wenn du ihn lieben solltest, dann schütte den Inhalt dieses Ringes in seinen Wein.«

Ich zeigte ihr, wie man den Stein drehte. Darunter befanden sich einige Kristalle, die kostbar schimmerten und auf gewisse Weise auch kostbar waren. Sie flüsterte:

»Und wenn ich ihn nicht liebe?«

Ich lächelte, wie ich hoffte, vertrauenerweckend.

»Ich gebe dir zwei Ringe. In diesen Ringen ist für Attila eine Substanz enthalten, die auf alle Fälle wirkt. Wenn du ihn nicht liebst, schütte den Inhalt des roten Ringes in den Wein. Dann wird sein Herz zu rasen beginnen, und er stirbt am Herzschlag. Wenn du ihn aber liebst, was freilich unwahrscheinlich ist, dann schütte den Inhalt des grünen Ringes in den Wein. Dann wird er dir ein zauberhafter Gatte sein. Merk es dir: Rot bedeutet Tod!«

Sie nickte und wisperte: »Wer bist du?«

»Ich bin ein Gote, der für Attila geritten ist. Ein Freund Attilas, aber auch ein Freund aller Menschen. Mein Herr hat von deiner Schönheit und von deinem reinen Wesen gehört. Wenn Attila stirbt, wird er um dich werben – wenn ihr glücklich werdet, dann wird er sich zurückziehen. Ich bin sein Bote, aber verrate mich nicht.«

Sie steckte die kostbaren Ringe an ihre Finger. Die kleinen Kontakte schlossen sich. Sie würde die Ringe nur nach einer langen Fastenkur wieder von den Fingern bekommen. Ich streichelte beruhigend über ihr blondes Haar, nickte dann und glitt zurück zum Eingang.

Ich lauschte. Im lehmigen Boden näherten sich schwere Schritte. Ein hunnischer Wächter kam näher. Ich hörte ihn durch den Regen, der nachgelassen hatte. Ich legte den Finger auf die Lippen, wir sahen uns an, und dann spähte ich durch den Schlitz des ledernen Vorhanges nach draußen.

Mein Falke spielte gekonnt den verletzten Vogel. Er hüpfte mit einem nachschleifenden Flügel durch den Morast. Der Hunne hörte und sah ihn. Er ging auf ihn los, rannte ihm nach, und ich zog den Dolch. Als der Mann in die Nähe einer Zeltschnur kam, drückte ich ab. Der Hunne stolperte, überschlug sich und fiel zu Boden. Im gleichen Augenblick schwirrte der Vogel zurück, blieb über mir in der Luft, und ich setzte mich in die Schlinge. Dann begann unser Steigflug, und ich sah das große Lager kleiner werden. Der Regen wusch den Dreck von meinen Stiefeln. Ich fiel aufatmend in den Gleiter zurück. *Geschafft. Vermutlich ausgezeichnet vorbereitet!* sagte mein Extrasinn.

Während der Gleiter mit der automatischen Steuerung an den Punkt seines Starts zurückkehrte, löste ich die Seilschlinge von den Ständern des Falken. Ich zog mich um, drehte die Heizung auf und öffnete die Seitenfenster, trug wieder meine trockene Ausrüstung, nahm einen Schluck meines Spezialgetränkes und lehnte mich zurück.

In wenigen Tagen würde ich Attila zum letztenmal sehen. Das würde an der Stelle geschehen, an der ich ihn auch von Angesicht zu Angesicht zum erstenmal gesehen hatte, wenn ich von dem Treffen hinter den Visieren der Helme auf den Katalaunischen Feldern absah. Ich hoffte, es war unwiderruflich das letztemal ... Der Gleiter landete im Versteck. Ich schaltete alle Geräte aus, ließ die Fernsteuerung aktiviert und ritt, weit über Mitternacht, zu meiner Truppe zurück.

Es war am sechzigsten Tag: Das Lager schien von einem Taumel der Freude erfüllt zu sein. Braten drehten sich über den Feuern. Es wurde ununterbrochen getrunken. Je mehr man sich dem Zentrum des Lagers näherte, desto lauter wurde der Lärm. Man sang Lieder, schlug Trommeln. Pferde sprengten durch das Gewühl, Flüche ertönten und der durchdringende Geruch nach Knoblauch und Zwiebeln lag über allem und vermischte sich mit dem Staub, der von den Hufen hochgewirbelt wurde.

Zehn Männer meines Trupps, der zu meinem Gutshof zurückgekehrt war, und ich ritten zum Aul des Herrschers. Dort schien der offene Wahnsinn ausgebrochen zu sein. Niemand benahm sich natürlich; betrunken waren sie alle. Sogar die Sklavinnen und der Bademeister, jener römische Architekt. Wenn ich daran dachte, daß eine fränkische Jungfrau der Grund dafür war, daß sich viele tausend Hunnen und besonders diejenigen um Attila betranken, dann konnte ich nur sarkastisch lachen. Serkan, Skitay und ich stürzten uns in den Trubel. Auch wir tranken; der Beutewein war ausgezeichnet. Wir aßen von riesigen Braten und den Früchten, von allerlei erbeuteten Kostbarkeiten des Gaumens und des Magens.

»Wo ist Attila?« fragte ich. Skottas stand an einem Fenster und winkte. Es war später Nachmittag, fast schon Abend. Ich durchquerte den Saal, begrüßte Menschen, die ich irgendwann einmal gesehen hatte und blieb neben Skottas stehen.

»Was gibt es?« fragte ich. Er schob einen schweren Vorhang zur Seite und deutete schweigend durch das große Fenster. Hier war der kleine Garten; eine Kostbarkeit inmitten einer kulturlosen Umgebung. Hier befanden sich Attila und die Fränkin. Sie saßen auf einer niedrigen Bank und sprachen. Schweigend und konzentriert betrachtete ich die Gesichter. Die junge Frau schien von dem Hunnen gleichermaßen fasziniert wie abgestoßen zu sein. Attilas Züge trugen die Spuren schwerer Trunkenheit und seiner Krankheit, aber offensichtlich war er ausgeschlafen, frisch gewaschen und mit neuen Kleidern versehen worden. Er wirkte wie eine geschminkte, alte Frau, die versuchte einen jungen Liebhaber zu verführen. Ein Anblick, der mich schockierte; wenigstens auf dem Schlachtfeld hatte ich Attila als Mann kennengelernt, nicht als balzenden Vogel. Ich hob die Schultern und wartete, bis der Vorhang gefallen war.

»Was ist an diesem Mädchen, das Attila gefällt?« fragte ich abschätzig. »Sie ist von höchst mittelmäßigem Aussehen.«

Skottas sagte rauh: »Sie ist schön! Und wenn nicht Attila ...«

Er zuckte zusammen, starrte mich an und ging weg, mir den Rücken zukehrend. Er war innerhalb weniger Augenblicke im Gedränge verschwunden.

Du brauchst nur noch zu warten! sagte mein Extrasinn. So war es wohl auch. Auf dem Fest nach der vollzogenen Hochzeit, die mit Hilfe einiger Schamanen und vieler Trommeln und ähnlicher Instrumente zelebriert worden war, fanden sich alle Männer zusammen, die während des letzten Jahres wichtige militärische Aufgaben gehabt hatten. Je wichtiger die Position gewesen war, desto mehr konnte sich der betreffende Mann dem Palast nähern. In den Hallen des Aul herrschte eine wilde, barbarische Ausgelassenheit. Gegen diese Explosion von Gelächter und Trunkenheit waren die Feste in Babylon und manche Nächte von Troja geradezu stille Feierstunden der Besinnlichkeit gewesen. Ich glitt durch die Menge und versuchte, nicht betrunken zu werden; Mädchen drängten sich an mich – ich schob sie höflich zur Seite. Männer schlugen mit grölendem Gelächter auf meine Schultern, rempelten mich an, entschuldigten sich oder nicht; später nahm der Lärm ab.

Müdigkeit und Trunkenheit griffen nach den Gästen, die sich mit römischem Wein, Kamon und Kumys vollgeschüttet hatten. Einer nach dem anderen fiel um, döste im Sessel oder auf der Kline, schäkerte mit den Mädchen, unfähig zu allem, was über ein hilfloses Lallen ging.

Die Fackeln gingen aus, rußige Fäden kringelten sich von den abgebrannten Spitzen. Schnarchen wurde laut, Kichern aus einer Ecke, dann fiel ein Weinkrug. Es roch nach den verschiedenen Ausdünstungen betrunkener Menschen. Ein Mitglied einer oströmischen Delegation lehnte mit glasigen Augen, aber erstaunt hochgezogenen Brauen an einer Säule; noch im Vollrausch betrachtete er das Treiben der Hunnen mit sarkastischem Lächeln.

Jedes Geräusch erstarb. Ich ging auf lautlosen Sohlen durch die leeren Gänge. Vereinzelt brannten Öllämpchen und warfen zitternde Lichter an die Wände, die mit Beuteschilden behängt waren. Die Nacht lastete schwer über den Gängen, Zimmerchen und Sälen des Aul. Ich hörte ein grelles, tiefes Lachen, dann ein klatschendes Geräusch. Ich schlich weiter. *Niemand wacht mehr!* sagte mein Extrasinn. Ich schien dicht vor meinem Ziel zu sein. Das bellende Husten wies mir den Weg. Ich betrat den kleinen Garten; hier rieselte ein Rinnsal über eine Steinfigur und hatte grünlichweiße Streifen hinterlassen. Kies knirschte leise unter den Sohlen meiner Stiefel. Ein scharfes Flüstern:

»Attila! Nein!«

Ich brauchte nur dem Schall zu folgen. Ich umrundete einige exotische

Pflanzen, ging auf den Lichtschein hinter einem schweren Vorhang zu. Ein gatterförmiges Bauwerk aus Holz, mit schweren Schmiedearbeiten als Zierat und Schloß, versperrte mir den Weg – dahinter waren sie. Ich hob die Hand und fast geräuschlos beseitigte ich die Sperre. Dann hielt ich den Atem an, öffnete den schweren Vorhang einen Finger breit und spähte in das Zimmer.

Verschwenderisch ausgestattet! sagte mein Extrahirn. Das Hochzeitsbett, mit weißen, schweren Pelzen und seidig glänzenden Stoffen ausgestattet, stand mitten im Raum. Darum gruppierten sich niedrige Tische voller Pokale und Krüge, Schemel, mit kostbaren Pelzen überzogen, Lampen und römische Leuchter mit schweren Kerzen. Zwei der Kerzen brannten und Attila lag halbnackt auf dem Bett und stierte Ildico an.

»Du bist ... betrunken!« flüsterte sie. Ein Mädchen von stiller Einfalt, dachte ich; zu dieser Feststellung brauchte es wenig Geistesschärfe.

»Betrunken und müde«, lallte er. »Und du bist so schön!«

Sie flüsterte: »Ich habe etwas, das dich aufwecken und nüchtern machen wird. Ich schütte ... ein Becher Wein ...«

Ich sah genauer hin. Diese Närrin öffnete den grünen Ring, klappte den Stein herum und schüttete die Kristalle in die Flüssigkeit. Mit dem Griff eines goldverzierten Messers rührte sie um; es klang wie eine Totenglocke. Dann kam Ildico durch das halbe Zimmer auf den Hunnenfürsten zu, kniete sich neben ihn und gab ihm den Becher. Ich wagte nicht zu atmen – gut, daß beide Ringe das gleiche Mittel enthielten, das den Kreislauf eines Menschen beschleunigen konnte. Ein Mittel, um Tote aufzuwecken. Attila griff ungeschickt nach dem Pokal und verschüttete etwas vom Wein.

»Trink, und du wirst ...«, flüsterte die Fränkin. Knoblauch und Nasenhaare schienen sie nicht gestört zu haben. Sie betete Attila geradezu an, und die aufgelösten Zöpfe rutschten von ihren Schultern; wie der kleine Wasserfall draußen fiel das Haar auf die Felle. Während Attilas Oberkörper sich nach hinten bog, während er den kalten Wein in sich hineinschüttete wie in einen Kübel, griff er nach dem Haar der jungen Frau und zog sie über das Bett zu sich heran. Er langte nach ihr, als ob er einen Schemel zu sich heranzöge. Dann schmetterte er den Kelch an eine der Wände und drehte den Kopf. Es schien, als würde er jemanden suchen. »Wo bist du, Ildico?« fragte er rauh. Plötzlich wirkte er unglaublich nüchtern und – alt. Seine Augen verloren den glasigen Ausdruck und sein Herz schlug immer schneller. Er atmete tief durch und begann zu husten. Er krümmte sich nach vorn und keuchte laut.

»Der verfluchte Wein!« sagte er überraschend klar. »Du hast etwas ... in den Wein ... Gift ... du Närrin!«

Er ließ sie los, sie wich langsam vor ihm zurück. Der weiße Mantel glitt von ihren Schultern. Jetzt, wo sie nichts als unmittelbare Angst empfand, konnte man sie schön nennen. Ich verließ meinen Platz und schob die Vorhänge zur Seite. Niemand sah mich im Halbdunkel des Raumes.

Attila saß auf dem Bett, schüttelte den Kopf und murmelte immer wieder:

»Warum ... warum ... gerade jetzt ...?«

»Auch du hast niemals gefragt, Attila, warum die Tausende, die du hingeschlachtet hast, gerade jetzt sterben müssen!« sagte ich laut.

Sein Kopf fuhr herum und er machte eine schnelle Bewegung, als wollte er auf mich losgehen. »Atlan!« sagte er ungläubig.

»Ja«, erwiderte ich. »Ich bin es. Dein bester Späher, dein Todfeind! Wenn du jetzt stirbst, ist das mein Werk. Auf den katalaunischen Feldern bist zu zurückgeritten, um das Feldzeichen aufzurichten.«

Er keuchte: »Der silberne Ritter neben Theoderich. Ich ahnte es – das kannst nur du gewesen sein!«

»So war es«, sagte ich. »Du hast Gift im Leib und wirst qualvoll sterben. Wie eine Ratte.«

Er starrte mich an, aber seine Beine versagten ihm den Dienst. Sein Herz mußte jetzt in einem rasenden Wirbel schlagen. Dann hustete er lange, wischte Blut von seinem Mund und richtete sich langsam auf. Er glitt vom Bett, knickte in den Knien ein und stemmte sich wieder hoch. Er griff nach einem der gefüllten Pokale und hob ihn unter furchtbaren Mühen hoch. Schweiß bedeckte seine Stirn, troff von seiner Brust, sikkerte unter den Achselhöhlen hervor.

»Du hast mich ermordet! Warum?« fragte er tonlos in der Pause zwischen zwei Hustenanfällen.

»Warum hast du Tausende ermordet, tausende Frauen geschändet, Tausende von Kindern geschlachtet?« fragte ich.

»Ich habe die Welt erobern wollen.«

Ich lachte kurz und sagte mit schneidender Schärfe:

»Und du stirbst im Bett einer blonden Barbarin. So ist das Ende. Diejenigen, die hoch steigen, fallen am tiefsten.«

»Mörder! Verräter!« gurgelte er.

»Lieber ein Mord als weitere tausend!« sagte ich. »Das ist der Lohn, den ich von dir hätte fordern wollen. Dein Leben. Ich fordere es und bekomme es. Du sollst im Bewußtsein sterben, daß alle deine Kriegszüge sinnlos waren. Deine Söhne sind zahlreich, aber dumm. Sie werden alles, was du aufgerichtet hast, zerstören. Alles war vergeblich – hättest du nicht gelebt, wäre es für dich und diese Welt besser gewesen, Attila. Fühlst du, wie der Tod sich näher schleicht?«

Ich blieb stehen und beobachtete ihn. Von der anderen Seite des Raumes starrte ihn, jeder Bewegung unfähig, die fränkische Frau an. Und dann ereignete sich etwas Seltsames: *Er stirbt mit Würde!* sagte mein Extrasinn mit schrankenloser Anerkennung.

»Ich fühle den Tod«, sagte er gepreßt. Er stand auf zitternden Beinen, aber er stand aufrecht. Langsam, als stemme er ein Pferd, hob er den Pokal und trank. Das Blut aus seinem Mund mischte sich mit dem roten Wein, der über sein Kinn lief. Dann stolperte er, fiel auf den Rücken und krümmte sich zusammen. Ein Hustenanfall schüttelte ihn, dann streckte er sich aus und blieb in seinem Blut liegen. Ich ging zwei Schritte zurück, hob die Hand und schloß den Vorhang. Dann bewegte ich das Gatter, schloß es ab und ging zurück in den Park. Ein langgezogenes, würgendes Stöhnen zeigte mir, daß Attila starb.

»Mein Ziel ist erreicht«, sagte ich deutlich. »Die *godegisel* wird die Welt nicht mehr länger verwüsten und verbrennen.«

Meine Aufgabe war beendet. Ich schnippte mit den Fingern, und der Falke senkte sich aus der Luft. Ich setzte mich in die Schlinge. Kurze Zeit später landeten wir in der Nähe des kleinen Gutshofes. Dort wartete ein Pferd, ein Steppenwolf und Sklaven auf mich. Diese Nacht konnte ich nicht einschlafen. Ich sehnte mich danach, alles zu vergessen und den Rest meiner Zeit mit Patricia zu verbringen.

Als sich am nächsten Mittag die ersten Menschen wieder an den Abend erinnern konnten, schlichen sie sich mit schweren Köpfen in allen Richtungen aus Attilas Aul hinweg. Die Diener und Sklaven warteten darauf, daß sich Attila zeigte, aber er kam nicht. Man rief nach ihm – vor der verschlossenen Tür. Niemand gab Antwort. Aber man hörte, wie jemand im Gemach weinte. Man rief lauter und riskierte einen der gefürchteten Wutausbrüche des Hunnenherrschers. Niemand erwiderte etwas. Nur das Weinen blieb.

Selbst Priskos, der Oströmer, der bei der Hochzeit zwar nicht dabei war, aber es sich zur Aufgabe gemacht hatte, eine Art Chronik des Attila zu führen, ahnte nicht im entferntesten, was geschehen war. Schließlich brach man mit Ästen und Eisenstangen die Tür auf; an das Gatter in dem kleinen Hofraum dachte in der Panik niemand, nicht einmal Skottas, der seinen Kopf unter kaltes Wasser hielt.

Man fand Attila in seinem Blut; erstickt. Ohne jede Wunde. Neben ihm saß das Mädchen Ildico und senkte den Kopf. Es hatte einen Stoffetzen wie einen Schleier über den Kopf gezogen, verhüllte das Gesicht und weinte. Attila war tot.

Zuerst blieb es nur ein halb ungläubiges, furchtsames Flüstern. Dann wurde daraus ein schwaches, murmelndes Geräusch, eine leise Klage. Die Hunnen wurden still, dann verbreitete sich der Ruf, weitergegeben von Jurte zu Jurte, durch das Lager. Schließlich schien die Ebene erschüttert zu werden.

Die Hunnen, als sie erfuhren, daß Attila tot war, schoren sich das Haar und zerfleischten sich mit Fingernägeln, Dolchen und Pfeilspitzen Wangen und Brust. Um einen solch gewaltigen Krieger sollte nicht mit dem Weinen von Frauen, sondern mit dem Blut von Kämpfern getrauert werden. In feierlichem Zug brachte man die Leiche auf die Spitze eines Hügels und riß einige Jurten ab, damit man das Zelt aus vergoldeten Zeltstangen und Seidenstoffen von überall sehen konnte. Attila wurde gewaschen und feierlich bekleidet. Dann bahrte man ihn im Schmuck aller seiner Waffen auf.

Am frühen Abend erreichte mich ein Kurier; es war Skitay. Auch ich, sagte er, sollte einer der ausgesuchten Krieger sein, die um den Toten reiten mußten.

Es war eine gleißende Morgendämmerung. Die Sonne war wie eine gewaltige Scheibe aus Kupfer, die durch dünne, wehende Nebel trieb. Eine unheilvolle Last hing über der Ebene. Aus Westen schoben sich niedrige hängende, schwarze Wolken daher; alles wirkte dunkel und bedroht. Es war wie ein Zeichen. Als die Sonnenstrahlen die Bahnen des weißen Zeltes berührten, mußten die Hunnen glauben, auf dem Hügel brenne ein helles Feuer. Reiter galoppierten aus der Ebene heran, schwangen Waffen und formierten sich zu einem dichten Ring, der schnell um die Spitze des Hügels herumritt; eine uralte hunnische Sitte. Sie kreisten den Toten ein. Aus eintausend Mündern hallte ein schauriger Gesang über die Zelte und Jurten hinweg, und nicht einmal die räudigen Köter der Hunnen wagten zu heulen.

Der Hunnen vornehmster König Attila, sangen sie, ritten, schwangen ihre Waffen und zwangen die Pferde in den engen Kreis. Neue Reiter stießen hinzu.

Sohn des Mundiuch, der Herr tapferster Völker,
der mit bisher unbekannter, unerhörter Macht allein der Skythen und Goten Königswürden besaß.

Im Lager drängten sich Krieger und Frauen zwischen den Zelten und starrten schweigend hinauf zum Hügel, um den wir herumritten und sangen. Ich allerdings sang nicht; ich kannte nicht einmal den Text dieses Liedes. Vermutlich wäre er, von mir verfaßt, anders ausgefallen, aber ich versuchte nur, die Zeichen des Verfalls zu erkennen. Mit einem finsteren Gesicht ritt Ellac einmal in meiner Nähe, und einmal sah ich Ennac. Sie sangen weiter:

Er, der des Römischen Erdkreises doppeltes Reich durch Raub der Städte schreckte,
und, auf daß nicht nur Beute der Rest wurde, erweicht durch Flehen, jährlichen Tribut nahm;
und der, als dieses alles mit der Hilfe des Glücks getan,
nicht durch des Feindes Wunde, nicht durch der Seinen Trug,
sondern in der Blüte seines Geschlechtes, froh, unter Freuden,
schmerzlos dahinging ...

Schließlich mündete das Lied in einen Refrain, der ständig, lauter werdend, in einem gewaltigen Schrei, immer noch einmal wiederholt, ausklang:

... wer mag das einen Tod heißen,
wo keiner Rache fordern kann?

Nun, ich wußte es besser. Langsam sonderten sich immer mehr Hunnen von dem Kreis ab, das Lied wurde schwächer, der Schrei am Schluß war verhallt. Zurück blieb eine riesige Staubwolke und der Rauch, der aus den vier Feuern aufstieg, die alle Himmelsrichtungen versinnbildlichen sollten, über die der Herrscher seine Heere hatte galoppieren lassen. Das Totenlied war beendet.

Die Hunnen bereiteten einen gewaltigen Totentrunk, und auch die Männer, die das Grab aushoben – es war eine mächtige, tiefe Grube –, bekamen zu trinken. Die Schamanen sprangen kreischend herum und weissagten aus Knochen der Tiere, die sie in die Feuer geworfen hatten und nun herauszogen.

Den ganzen Tag über ging das Fest. Erst als die Nacht kam, wurden viele große Feuer angezündet. Sie bildeten eine Gasse zum Lager hin. Attilas Körper wurde in einen goldenen Sarg eingeschlossen; die Waffen wurden dem Toten mitgegeben. Seltsam, wie wenig mich das berührte. Ich war nur noch unbeteiligter Zuschauer.

Dann senkten die Männer den goldenen in einen größeren, silbernen Sarg. Schließlich schloß ein Sarg aus schweren Eisenplatten die beiden anderen und den Leichnam ein. Die Waffen der getöteten Feinde wurden gebracht und über die Särge gelegt; sie stammten von den Wänden des herrscherlichen Aul. Der Schmuck von Attilas Pferden kam in einer breiten Prozession, von seinen engsten Freunden und den Söhnen begleitet, an das Grab. Auch die Feldzeichen des Herrschers wurden in die Grube gebettet.

Dann tötete man schnell alle Männer, die beim Ausheben des Grabes geholfen hatten.

Ich fragte entsetzt: »Skitay ... warum erschlagen sie die Männer?«

Leise erwiderte der Krieger: »Damit die Habsucht und der Neid der Menschen nicht geweckt werden, Atlan. Was wirst du jetzt tun?«

»Ich reite zurück zu meinem Gutshof und trauere.«

Er nickte gedankenschwer. Eine Stunde später war ich auf dem Weg. Ich ließ nichts zurück außer einem Pferd und einem Sattel; nichts sonst, keines meiner Geräte, nicht einmal meine Karten. Die Zeichnungen, die Attila besaß, würden nach gewisser Zeit von selbst verschwinden. Ich ritt einen halben Tag – genauer: eine halbe Nacht –, dann waren wir wieder auf dem Gutshof. Ich schirrte das Pferd ab, schlief den Rest dieser letzten Nacht und machte mich am Morgen daran, meinen endgültigen Abschied von den Hunnen vorzubereiten. Ich brachte mit Hilfe des Steppenwolfes und des künstlichen Vogels alles, was ich hatte, zum Gleiter, schließlich setzte ich mich ans Steuer und startete die Maschine. Ich flog nach Südwesten; zu Patricia ...

An jenem Morgen, dem achtundsechzigsten seit meinem Abschied von Patricia, kam eine gewaltige Ruhe über diesen Landstrich. Sie war geradezu körperlich spürbar. Das Licht der südlichen Sonne hing als winziges Spiegelbild millionenfach an den Spitzen der Gräser, an den funkelnden Einschüssen im Gestein des Berges, zwischen den Zweigen und selbst auf den Federn der Vögel. Die Erinnerung an die letzten

Monde fiel langsam von mir ab wie die Haut einer großen Schlange. Seltsam, dachte ich, ständig fallen mir Schlangen ein ... es mußte etwas mit Attila zu tun haben, und mit der schnellen, giftigen und scharfzähnigen Gefahr aus dem Osten der pannonischen Steppen. Aller Schmutz, der Rauch der brennenden Häuser – vorbei das alles. Die Luft wurde glasklar, und eine moosfrische Kühle erfüllte das Land vor mir. Ich saß auf dem Rand des Gleiters; vor mir lag die riesige Ebene Norditalias. Mein Blick schweifte darüber hin und ging bis zum dunstigen Horizont. Ich wurde munter und reckte mich.

Wo war Patricia? Ich hatte Zeit. Sehr viel Zeit – meine Aufgabe war vollendet. Ich hatte dieses Mal den Barbaren dieses Planeten nichts gezeigt, nichts gelehrt, abgesehen von einigen Verhaltensregeln, einen Spähtrupp betreffend. Ein unbezähmbares Verlangen nach Ruhe und Frieden, nach Geborgenheit und einer sinnvollen Tätigkeit durchfuhr mich. Ich packte meine Geräte aus, schaltete den Funkempfänger ein und bereitete mir ein reichhaltiges Frühstück. Ein winziges Feuer brannte, und der *Sukhr* schwang sich auf mein Kommando hoch in die Luft und zog dort in der Morgensonne seine Kreise.

Du bist zu aufgeregt! Zwing dich zur Ruhe! sagte mein Extrasinn. Ich aß und trank und wußte, daß ich Ruhe brauchte. Ich war abgemagert und fühlte mich nervös. Alles, was ich brauchte, bekam ich, wenn wir wieder zusammen waren, Patricia und ich. Ich wusch mich sorgfältig an der eiskalten Quelle in meiner Nähe, dann legte ich die bequemsten Kleidungsstücke an, die sich in meiner Ausrüstung befanden. Der Funkempfänger war bis jetzt still geblieben; ich mußte das erste Signal abwarten, das aus Patricias Armband gesendet wurde, um ihren Standort einpeilen zu können.

Der Robotwolf lag ruhig auf einem der Sitze und sah mich an. Endlich war ich fertig, hatte Gesicht und Hände mit einer wohlriechenden Salbe eingerieben und fühlte mich einigermaßen gut. Niemand außer mir und Rico wußte es, aber ich hatte einen halben Kontinent und viele Kulturen vor der Verwüstung und dem Untergang gerettet. Natürlich konnte ich keine Prognosen abgeben; das Zufallselement der Barbaren-Denkschemata war so groß, daß ich immer wieder mit Überraschungen rechnen mußte. Also blieb ich weiter an diesen Planeten gefesselt. Nur die Zwischenspiele, angefüllt mit Abenteuern und mit der Liebe zu Barbarenmädchen, würden mich ablenken können. *Oder die Landung eines weiteren Schiffes, du Pessimist!* sagte mein Extrasinn. So war es.

Das Signal: Ein schriller, kurzer Pfeifton. Ich drehte mich herum, öffnete die Einstiegstür der Maschine und sah auf die Speicheranzeigen des Gerätes. Die Nadel deutete nach Süden. Dort also hatte ich das Armband zu suchen, das Patricia am Handgelenk trug. Das Signal hatte eine bestimmte Stärke gehabt, war deutlich zu hören gewesen; auf einem Planeten, auf dem nur meine eigenen Geräte funkten, war dies eine Selbstverständlichkeit. Ich startete den Gleiter – die Entfernung des Senders lag zwischen tausend und achthundert Halbmeilen. Ich öffnete das Verdeck, setzte die dunkle Brille auf und flog über das Land. Unter mir sah ich unzählige arbeitende Menschen. Sie bauten wieder auf, was Attila zerstört hatte. Vor mir flog Turk. Ich fühlte mich wie neugeboren; hoffnungsvoll und mißtrauisch zugleich. Der relative Begriff des Glücks, das vor mir lag, brachte eine Spur Unsicherheit in meine Selbstverständlichkeit.

Stunden vergingen. Die Sonne blendete mich und brannte wohltuend auf der Haut. Ich sah auf die Uhr und wartete, gespannt und beunruhigt. Das zweite Signal mußte sofort kommen. Ich schaltete das Radar an, um zu wissen, von welchem Punkt aus das Peilsignal gesendet wurde. Unter mir hatte sich das Land verändert und war bergig geworden, zu beiden Seiten, verborgen durch den leichten Nebel des Vormittags, wußte ich das Meer. Das Meer, über dessen östlichen Teil ich gefahren war, als ich Troja suchte und Kreta. Endlich ...

Das zweite Signal: Ein zwei Herzschläge langer Ton, zugleich optisch sichtbar gemacht. Ich stellte die Lage fest und fand heraus, daß Patricia sich in einem Bergtal aufhalten mußte – die Berge waren nicht sehr hoch. Ich gab Turk einen Befehl und steuerte den Gleiter abwärts. Langsam sank die Doppelschale dem Boden entgegen. Grüne und erdbraune Farben kamen mir entgegen und ordneten sich zu bekannten Formationen, als ich dicht über dem Boden dahinflog. Ich beobachtete abwechselnd meine Geräte und die Landschaft. Hier verlief eine Straße in endlosen Windungen; sie schien bereits unter Caesar angelegt worden zu sein und war überwuchert, trug aber Spuren der Benutzung. Einmal sah ich einen hochrädrigen Karren, von einem Esel gezogen.

Wo war ich? Hier wohnte offensichtlich niemand. Nur einige bearbeitete Felder waren zu sehen. Als ich wieder die Radaranzeige zu Rate zog, tauchte hinter einer Biegung der Straße ein idyllisches, kleines Tal auf. Es war vollkommen rund und von dem Mäander eines schmalen Flüßchens halb ausgefüllt. Der Fluß ringelte sich um einen bewaldeten Hügel.

Der Hügel ... von dort war das Signal gekommen. Ich trat den Beschleunigungshebel hinein; der Gleiter machte einen Satz. Er fegte über die Straße hinaus, raste über einige groteske Felstrümmer und über Äcker und Weiden. Eine kleine Rinderherde stob davon, als sie das Fahrzeug sah. Ich steuerte auf den Hügel zu, der Gleiter gewann an Höhe, und zwischen den Bäumen erhoben sich schlanke, weiße Säulen. Ein kleiner Tempel. Betete dort Patricia zu unbekannten Göttern der Römer?

Ich setzte den Gleiter zwischen ausladenden Bäumen ab. Ich faßte an meinen Strahler und vergaß über meinen inneren Zweifeln alles andere. Langsam ging ich durch das verwilderte Gras auf den Tempel zu. Die Säulen verschoben sich, als ich näher kam, und durch die Wirkungen der Perspektive sah es aus, als ob sich der Tempel drehen würde. Näher heran. Ich sah nach einigen weiteren Schritten, daß sich außer einer Figur aus weißem Stein, die auf einem Sockel stand, niemand im Tempel befand. Es war ein rundes Tempelchen mit zwölf schlanken Säulen, einer doppelten, umlaufenden Stufe und einem Holzdach aus gedeckten Bohlen.

Niemand. Ich näherte mich zögernd der Gestalt. Sie stellte einen schöngewachsenen, nackten Jüngling mit einer Art Harfe in der Hand dar. Der ausgestreckte Arm deutete nach Süden, und an diesem Arm hing das Schmuckstück. Ich erstarrte.

Dies ist ein Signal, ein mehr als deutlicher Hinweis, dachte mein Extrasinn. Ich fühlte, wie Kälte an meinem Rücken hochkroch und mich mit kalten Fingern im Nacken berührte.

»Ja«, sagte ich.

Ich wollte gar nicht wissen, aus welchen Gründen das Armband hier hing und sich leise drehte, als ich mit dem Zeigefinger daran stieß. Patricia hatte mir zu verstehen gegeben, daß sie mich nicht mehr haben wollte. Nomos? Der Augenblick, in dem heiße Wut in mir hochkam, ging schnell vorbei. Nomos hatte, wenn überhaupt, nichts damit zu tun. Ich allein war schuld. Ich hatte mehr von ihr verlangt, als sie zu geben imstande war. Es war auch nicht ihre Schuld, denn sie konnte nicht mehr geben, als sie besaß – nur ein Narr tut dies. Es war überdies mehr als sinnlos, die Frage der Schuld erörtern zu wollen.

Ich nahm das Armband ab und drehte es zwischen den Fingern. Was jetzt? Schlagartig verließen mich Hochstimmung und Freude. Der alte Zustand war wiederhergestellt, ganz undramatisch und durchschaubar. Ich war allein. Atlan, der Arkonide, Kristallprinz und Abkömmling der mächtigen Gonozal, würde wieder in sein stählernes Gefängnis am Meeresboden zurückkehren. Ich versuchte, meine Verzweiflung zu unterdrükken.

Warum war mir dieses winzige Glücksgefühl nicht gegönnt? Langsam ging ich zum Gleiter und verwarf den Einfall; ich wollte noch einige Zeit auf dieser Welt bleiben und die Orte besuchen, an denen ich gewesen war ... aber die Erinnerungen würden mich nur unmäßig belasten. Außerdem hatte ich zu nichts mehr Lust. Ich kehrte zurück.

Ich rief den Robotvogel und schaltete ihn aus. Sein Scheinleben war vorüber. Ich schob das Verdeck zu, ließ die Maschine höher hinaufklettern und beschleunigte die Fahrt. Die Richtung war, wie immer, programmiert; so rasten die Roboter und ich zurück zur Tiefseekuppel nach Südwesten.

Der Begriff *Glück.* Was ist es, wo fand ich es, wo sollte ich es in dieser Situation und auf diesem Planeten finden? Ein Blick, eine Berührung oder ein zärtliches Flüstern oder, vielleicht, mehr als das. Nur in der Erinnerung begannen all die Gesten und die Gedanken der Vergangenheit aufzublühen wie Knospen. Dann erst war ich in der Lage, Glücksgefühle besser zu definieren.

Attilas Söhne würden das Reich unter sich aufteilen. Bei der Teilung würde man in einer Weise vorgehen, die den Betroffenen keinerlei Wahl ließ. Kriegserfahrene Könige und ihre Völker würde man wie die Dienerschaft von Attilas Haushaltung aufteilen, wie den Gewinn eines Spieles und die Beute einer Schlacht.

Du verfällst in zu trübselige Gedanken. Weniger Selbstmitleid, sagte mein Extrasinn. Es würde nur wenige Zeit dauern, bis die Völker merken würden, daß der Zügel, der sie bisher unbarmherzig gehalten hatte, lokker und schlaff geworden war. Dazu kamen mit Sicherheit die Erbstreitigkeiten der Nachfahren. Unter den Ostgoten der Theißebene würde es zuerst zu gären beginnen; der Überfall auf Ellac schon zu Lebzeiten Attilas bewies es. Vermutlich würde Ardarich, der König der Gepiden, zu den Aufständischen übertreten. Er würde dem Haufen der jungen Herren nicht so freiwillig gehorchen, wie er es Attila gegenüber getan hatte. Er würde auch Walamir, den Ostgotenkönig, seinen ehemaligen Freund, zu sich und somit zu den Aufständischen hinüberziehen.

Also doch Prognosen! sagte mein Extrasinn. *Du brauchst eine Bestätigung für dein Wirken, damit du nicht vor Selbstmitleid überfließt!* Die große Masse der freiheitsdurstigen Sklaven und Rugier würde sich gegen die Hunnen stellen. Sueben und Heruler würden sich mit den Goten verbinden, die Attila nur widerwillig geduldet und keinesfalls anerkannt hatten; schließlich waren sie ein Volk von großer Kultur, verglichen mit den östlichen Reitervölkern. Es würde Kämpfe geben. Ardarich und die Gepiden gegen Ellac? Vermutlich würde er sterben, nicht ohne sich bis zum letzten Blutstropfen gewehrt zu haben. Die Sieger würden die Ländereien unter sich aufteilen. Zersplitterung bedeutete das Ende.

Vielleicht kamen die Hunnen ein zweites Mal. Vielleicht, wahrscheinlich nicht. Ein anderer Herrscher, andere Kulturen – diese Welt war in ständigem Wandel begriffen.

Die Erinnerung an Patricia und Attilas Tod verblaßten, als ich hörte, wie Veonard Barco sagte:

»Ich weiß, Lordadmiral, was Sie zu dieser Erinnerung und zum Berichten gebracht hat.«

Mit der Morgendämmerung kamen Nebel, die nach kaltem Rauch stanken. Hoch über uns, in einem freien Stück des pastellblauen Himmels über Dong-soni raste der Mond Yin als bleiche Kugel durch die Nebelschwaden. Ich schüttelte mich und griff nach dem Kaffeebecher.

»So, Sie wissen's also?« fragte ich ironisch.

»Es waren die Ähnlichkeiten und die Symboltiere: Wolfsheulen, Schlangen, die Landschaft, unsere Gespräche und die Erwartung, mit der wir diesen Planeten betrachten.«

»Zugegeben.« Ich nickte. »Zufrieden? Das war Attila, eine der niederschmetternden Episoden, die ich auf Larsaf Drei oder Terra erleben mußte.«

»Und ein paar Jahrhunderte später kam Dschinghis-Khan auf dem gleichen Weg und tat nichts anderes als Attila. Waren Sie zu seiner Zeit auch an der Planetenoberfläche?«

»Nein, ich glaube nicht«, sagte ich. »Vermutlich wollte mich Rico vor einer Enttäuschung von ähnlicher Größe bewahren. Verlangen Sie nicht, daß ich mich noch einmal erinnern und erzählen muß. Wie es endete? Nun, nachdem das Reich der aus Norden eingewanderten Burgunder bei Worms aufgelöst worden war, siedelten die Burgunder zuerst im südöstlichen Frankreich, erst später in Savoyen. Ich suchte in Frankreich meine Freunde und fand sie nicht mehr; Rico erwartete mich mit der unerschütterlichen Ruhe und Gemessenheit eines eisernen Denkmals. Ich ließ die Zeremonie des Einschlafens resignierend über mich ergehen und verwarf den Impuls, etwas anderes zu tun als lange zu schlafen.«

Atlan hörte zu reden auf. Cyr sah blinzelnd zu, wie sich die SERT-Haube hob. Die Schrift auf der Printplatte erstarrte, die Anzeigen auf den Monitoren veränderten sich. Cyr stand auf und ging im Raum hin und her, holte aus dem Kühlschrank eine Dose Bier und blieb vor dem ersten, gründlich ausgearbeiteten Teil der Zeittafel stehen; die Daten des Einsamen der Zeit, der Länge seines Schlafes und der Dauer seiner Aufenthalte.

»Morgen, Professor«, sagte er im Selbstgespräch, »wird die Liste weitergeführt, gecheckt, noch einmal überprüft und verifiziert. Oasenbesuche, Mayas, Venusflug, Handelsweg im Roten Meer, die Mauern Constantinopolis', Usha Tizias Meroe-Königreich, Burgund, Theißebene und Italien; es wird ein *harter Nagel,* wie der Sänger aus Alzeye es auszudrücken beliebte.«

Aescunnar tippte: 8. KAPITEL – ANNALEN DER MENSCHHEIT:

(vorläufige Datierung:)

Im Jahr 17437 nach arkonidischer Berechnung, im Jahr 180 n. Chr., also 8180 Jahre nach Untergang von Atlantis (NUvA) und einer Tiefschlafdauer von 109,35 Jahren wachten Atlan, Usha Tizia und Narnia auf und verbrachten sieben Monate in der sogenannten Oase. Es folgte eine Schlafphase von 12,8 Jahren; im Jahr 8193 NUvA, erfolgte der zweite Besuch der Oase, der zwölf Monate (»Monde«) dauerte; die anschließende Seereise mit der HERRIN DES SANDES und der Aufenthalt bei den Mayas, Nachfahren der Olmeken, dauerte bis zum Ende des Jahres 295 n.Chr. (= 8295 NUvA).

»Die sog. Frühklassik der Maya-Kultur umfaßt die Jahre zwischen 300 und 900 n.Chr. Erste Siedler lassen sich um 1100 v. Chr. nachweisen (Atlans Prä-Olmeken?!), die Blütezeit fällt mit der Frühklassik zusammen. Im Gegensatz zu den Anfängen, die ein fleißiges, göttergläubiges Volk erkennen lassen, sprechen alle Hieroglyphen – die letzte Stele wurde 909 n. Chr. aufgerichtet! – von Selbstverherrlichung, Machterwerb, Vergöttlichung, Krieg und Machterhalt. An mehr als 3000 archäologischen Plätzen kann dokumentiert werden, daß die Rivalität zwischen den Mächten *Calakmul* und *Tikal,* die viele Kleinstaaten beherrschten, ein Macht-Gleichgewicht war. Gegen Ende des 6. Jhdts. wurde Tikal stärker, nahm den Göttlichen König *Jaguartatze* von Calakmul gefangen, siegte 711 n. Chr. abermals über Calakmul, 750 eroberte Tikal Naranjo, und nach diesem Datum taucht der Name Calakmul nicht mehr auf. Das Riesenreich Tikals zerbrach, Tikal wurde vergessen, der Dschungel wucherte über Äcker und Städte: Kulturen kommen und gehen.«

Cyr versuchte, Atlans Schilderungen in den Kontext der Karten, Bilder und Grafiken einzuordnen; als die Informationen ihn zu ersticken drohten, schrieb er weiter:

Der Alarm des arkonidischen Robots des Silos 5470 A am »Kap der einschmeichelnden Worte« erfolgte im Jahr 8394 NUvA; Usha Tizia und Atlan, zusätzlich von ES geweckt, betraten die Oase im Jahr 394 n.Chr., nach einer Schlafperiode von 99 Jahren. Nach der Reise nach Alexandria arbeitete Atlan ein halbes Jahr in Constantinopolis (Byzantium, Byzanz, später Stambul bzw. Istanbul) an den »Mauern der Ewigkeit«. Usha Tizias Königreich am Oberlauf des Nils wurde im Jahr 395 gegründet, ein halbes Jahr Aufenthalt folgte in der Oase. Die nächste Schlafperiode begann 396 n.Chr.

Auch in der ENCECLOPAEDIA fand Cyr keine exakten Daten über die Burgunder; keine solchen, die Atlan, Hagano, Kriemhild/Ildico mit Attila in zeitlich korrekte Verbindung gebracht hätten. Die Burgunder, las er, kamen ursprünglich von der Insel Bornholm, wanderten in die Umgebung von Worms am Rhein und errichteten ein späteres Reich im südöstlichen Frankreich, lebten dort bis 534, vom römischen Feldherr Aëtius nach Savoyen umgesiedelt. 451 n. Chr. kämpften Römer und Westgoten unter König Theoderich auf den Katalaunischen Feldern in Gallien; Theoderich fiel, Attila wurde besiegt und fiel ein Jahr später in Italia ein. Er starb am Blutsturz im Jahre 453. Cyr versuchte eine neue Atlan-Chronologie:

Nach einer Schlafphase von 16 Jahren kam Atlan im Jahr 8450 NUvA, also spätestens 450 n.Chr., an den Hof König Theoderichs (?), kämpfte 451 an dessen Seite, besuchte die Burgunder wahrscheinlich 434, diente dem Hunnenfürsten und zog sich im Frühjahr 454 (oder wenige Monate danach), von Patricias Verschwinden enttäuscht, in den Kälteschlaf zurück.

»Dies scheint mir eine vorläufig ziemlich genaue Datierung zu sein.« Cyr Aescunnar gähnte, sah auf den Chronometer und rieb seine Augen. Es war vier Uhr morgens; er würde, wenn er auf die Terrasse hinaustrat, den Mond, Atlans Begleiter durch so viele Nächte, vermissen. Gäa besaß keinen Trabanten.

Atlan war aus dem Überlebenstank gehoben worden, lag in wohltuend normaler Schlafhaltung auf weißen Laken, die sich über einem Antigravgitter spannten. Solarlampen brannten, der Körper glänzte vom medizinischen Öl. Cyr grinste, ging zu seinem Tisch und wählte eine Vergrößerung: Die wulstigen Narben über dem Magen des Arkoniden, Überbleibsel von mehreren barbarischen Operationen des Zellaktivators, waren von den Chirurgen weitestgehend geglättet worden; jetzt, dreieinhalb Jahrtausende nach der Zeitwende, waren die letzten äußerlichen Spuren der Larsaf-Strapazen beseitigt!

Lange und in tiefer Nachdenklichkeit starrte Cyr trotz seiner Müdigkeit den Arkoniden an – er vermochte noch immer nicht zu glauben, daß Atlan wirklich auf dem Weg der Besserung war, fürchtete einen Rückschlag, irgend etwas Unvorhergesehenes. Als er, einer langen Pause in Atlans Erzählungen gewiß, die meisten seiner Geräte abschaltete, um endlich selbst schlafen zu können, dachte er an seine Augen, an das völlig abstruse Gefühl, durch bestimmte Dinge hindurchsehen zu können, und er wußte, daß für ihn, Cyr, jetzt eine Nacht voller Alpträume begann.

2. Das Ch'in-Reich

3. Rom, die